KB191280

개정증보

당시선

唐詩選

머리말

여기에 뽑힌 시들은 옛날에 시집인 《고문진보(古文眞寶)》 전집(前集)(1986, 명문당)을 번역하면서 모아놓았던 당시(唐詩)가 중심을 이루고 있다. 그 《고문진보》 전집의 시를 뽑은 기준은 본인의 시에 대한 이해와 매우 가까운 것이어서 자연스럽게 그렇게 된 것이다.

흔히들 중국시 또는 한시(漢詩)라면 풍류를 중시하는 경향이 많다. 그 때문에 본인이 뽑은 중국 역대의 한시들은 한시 같지 않은 한시들이라는 평을 많이 받아왔다. 그러나 시도 멋진 풍류보다도 문학적으로나 역사적으로나 그 시대를 대변할 수 있는 것이어야 한다는 소신에는 지금껏 변함이 없다. 그러한 시를 뽑은 기준은 이 《당시선》 이외에도 《시경선(詩經選)》을 비롯하여 《악부시선(樂府詩選)》·《송시선(宋詩選)》·《명대시선(明代詩選)》·《청대시선(淸代詩選)》(이상 모두 명문당 간행) 등에도 분명히 드러나고 있다.

때문에 당시에 있어서는 일반적으로 중국학자들이 당제국의 발전과 전성의 시대인 초당(初唐)·성당(盛唐)을 중시하고 있지만 필자는 당제국이 혼란과 쇠퇴기로 접어든 중당(中唐)·만당(晩唐)

의 시를 더 중시한다. 이 《당시선》에 실린 시들이 중당 시인들의 작품이 압도적으로 많은 것도 그 때문이다. 그 까닭은 다음의 〈당시 해제〉에 보다 자세히 밝혀질 것이다. 그리고 뽑힌 작가들을 보더라도 이백(李白)과 두보(杜甫)를 제외하고는 한유(韓愈)와 백거이(白居易) 시의 분량이 뛰어나게 많은 까닭도 같은 맥락에서 이해하여야 할 것이다.

다만 이 시들은 일시에 번역한 것이 아니라서 번역문이나 주해와 해설 등에 일관성이 결여되고 적지 않은 차이가 있을 것으로 생각된다. 그밖에도 잘못된 곳은 적지 않으리라 여겨진다. 독자 여러분의 거리낌없는 고견으로 잘못을 알려주시기 간절히 바란다. 끝으로 이 자리를 빌어 어려운 우리나라 출판계의 실정에도 불구하고 이 책의 출간을 허락하신 명문당 김동구 사장의 문화사업에 대한 열정과 사명감에 경의를 표한다.

2003년 2월

김학주 인헌서실에서

차례

I. 초당(初唐)의 시

III. 시선(詩仙)과 시성(詩聖)

IV. 중당(中唐)의 시

V. 신악부파(新樂府派) 시인들

VI. 만당(晩唐)의 시

당시(唐詩) 해제

1. 당시란 어떤 시인가?

당시라는 말은 거의 중국의 고전시가를 대표하는 말처럼 쓰이고 있다. 중국의 시가는 서기 기원전 천 년을 전후하여 유행하던 시가를 모아놓은 《시경(詩經)》에서 시작하여, 한(漢)나라 시대의 '악부시(樂府詩)'를 거치면서 큰 발전을 이루게 된다. 그리고 조조(曹操, 155~220)의 위(魏)나라에 이르러는 본격적으로 문인들이 나와 시를 짓기 시작하면서 시가 중국 전통문학의 중심을 이루면서 중국문학사가 본격적으로 발전을 하게 된다. 그리고 진(晉)나라를 지나 남북조(南北朝)에 이르러는 수많은 시인들이 나와 시의 형식과 내용을 발전시킨다.

다시 당(唐)대에 이르러는 시의 구절이 오언(五言)과 칠언(七言)의 모양으로 크게 정비된 위에 고체(古體)와 근체(近體)의 모든 형식이 다 갖추어지고, 시의 내용에 있어서도 그 노래하는 대상이 무척 다양해진다. 곧 여러 가지 고체시(古體詩)와 함께 근체시(近體詩)에 있어서 율시(律詩)와 절구(絕句)도 다 갖추어지게 된다. 그 때문에 중국사람들은 당대는 중국시가 최고의 발전을 이루었던 시대라고 주장하면서, 당시가 중국시를 대표한다고 여기고 있다. 그리고 당제국은 한제국(漢帝國)과 함께 이 지구상에서 가장 크고도 강력하였던 한족(漢族)의 나라여서, 중국사람들은 당나라와 그 문화를 되도록 크게 내세우려고 한다. 따라서 여기에서는 먼저 당나라의 정치사회상의 특징을 얘기한 다음 그 시대 문학상의 특징을 논하고 나서, 당나라에 있어서의 시의 발전양상을 시기를 구분하여 설명하려 한다.

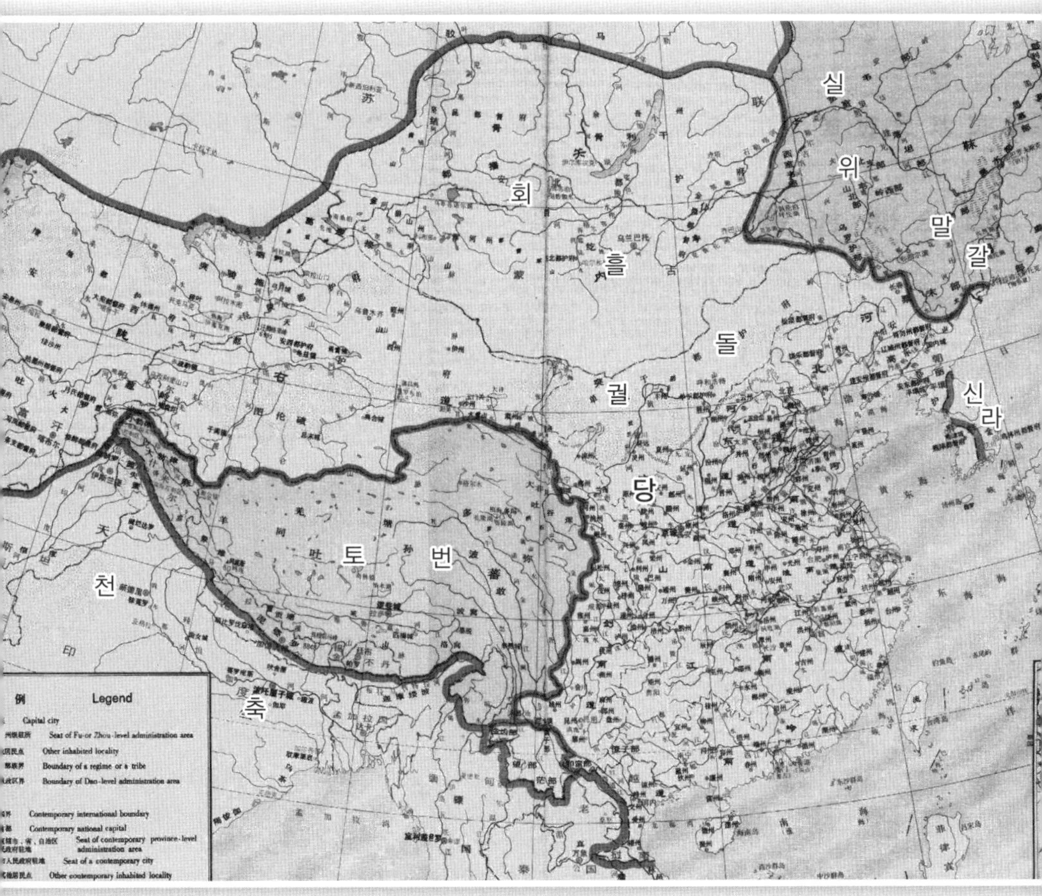

▲당나라 전성기의 지도

2. 당대 정치 사회상의 특징

서기 581년에 수(隋)나라 문제(文帝) 양견(楊堅)은 오랜동안 분열과 혼전을 거듭해온 중국 땅을 통일한다. 그러나 겨우 30여 년간 나라를 지탱한 뒤 서기 618년에 당나라 고조(高祖) 이연(李淵)이 그 뒤를 잇는다. 당나라는 906년까지 대략 300년 동안 대제국으로 위세를 떨치고 망하는데, 그 뒤를 960년에 송(宋)태조 조광윤(趙匡胤)이 다시 통일하기까지 약 50년간 이른바 오대(五代) 열 나라의 혼전이 이어진다. 앞 30여 년의 수나라는 당제국의 건설을 준비한 성격의 나라였고, 뒤 50년간의 오대는 당나라의 멸망으로 인한 혼란의 연장기간으로 볼 수 있어, 이들을 모두 당대에 붙여 얘기하기로 한다.

수를 이어 건국한 당나라는 수나라의 멸망을 교훈 삼아 '균전제(均田制)' 와 '조용조법(租庸調法),[1] 등을 시행함으로써 나라의 경제력을 발전시키고 사회생활을 안정시키기에 노력하였다. 그 결과 국력이 크게 신장되어 태종(太宗)의 정관(貞觀, 627~649)에서 현종(玄宗)의 개원(開元, 713~741)과 천보(天寶, 742~755) 연간에 이르는 기간은 당나라 제국의 경제 · 정치 · 문화 각 방면의 발전이 극성을 이루었다. 그래서 역사책에서는 흔히 '정관지치(貞觀之治)', '개원성세(開元盛世)' 란 말을 쓰고 있다.

당나라 초기에 실시한 '균전제' 는 토지의 자유로운 매매를 허용하였

1) 均田制란 15세 이상 농민들에게 남자는 40畝, 여자는 20畝의 땅을 고루 나누어주어 耕作케 하던 制度. 그 밖에 桑田은 남자에게 1人 20畝, 麻田은 남자에게 10畝, 부인에겐 5畝를 나누어주었다. 일할 수 없게 되거나 죽게 되면 땅을 나라에 되돌려주었다. 租庸調는 壯丁에게 땅 1頃을 경작케 하고 '租' 로서 해마다 곡식을 一定量 바치게 하고, '庸' 으로 1년 20일 賦役을 하게 하고, '調' 로서 一定量의 비단 · 베 · 銀 등을 바치게 하던 제도임.

으나 또 철저하지 않은 면도 있었기 때문에 곧 넓은 토지를 적은 수의 지주들이 다 차지하는 현상이 일어나 현종(玄宗) 때에 이르러서는 대부분의 토지를 대지주들이 차지하게 되었다. 이에 따라 땅을 잃고 유랑하는 농민이 늘어났고, 국토 개척을 위한 전쟁이 계속되고 황제의 사치는 날로 심해져서 세금과 요역(徭役)이 날로 늘어났다. 서민들의 생활은 어려웠으나 현종의 향락적인 생활과 이임보(李林甫) · 양국충(楊國忠) 같은 대신들의 전횡은 날로 더해갔다. 거기에 변방 개척으로 강력해진 지방 군벌은 중앙정부와 자주 충돌까지 하게 되었으니, 당제국의 번영도 극에 달하여 파국의 일보 직전에 놓여있는 상태였다.

이러한 문제들이 곪은 끝에 '안사의 난(安史之亂, 755~763)'[2]이 되어 터졌다. '안사의 난'은 평화로웠던 당제국을 하루아침에 전란 속으로 휘몰아넣어, 당대의 정치 · 경제 · 문화 전반에 걸쳐 일대 전환점이 되게 하였다. 전란으로 황하 유역은 크게 파괴되고 더구나 여러 해 흉년이 계속되어 쌀값은 개원(開元) 연간에 비하면 3백 배나 뛰어올랐다고 한다. 이에 수많은 백성들이 고향을 등지고 떠돌아다니다가 길거리에서 죽는 비참한 현상이 벌어졌다. 그리고 북방의 대지주들도 하루아침에 몰락한 반면, 많은 사람들이 별로 전란에 휩쓸리지 않은 남방으로 몰려가 항주(杭州) · 양주(揚州) 등 남방 도시를 중심으로 하여 상업이 발달하기 시작했다. 한편 안록산의 반란부대가 거의 이민족의 젊은이들로 이루어졌었고, 또 반란을 평정하기 위하여 숙종(肅宗)과 대종(代宗)은 모두 회흘(回紇)을 중심으로 하는 외국의 원병을 불러들였다. 이 때문에 이 내란을

---

2) 安史之亂 : 玄宗의 天寶 14年(755) 安祿山이 范陽에서 亂을 일으켜 大燕皇帝를 自稱하고 쳐들어와 長安까지 함락시켰다. 그러나 757년에 安祿山은 아들 安慶緒에게 弑害되고, 2년 뒤에 安慶緒는 다시 史思明에게 살해되었으며, 다시 史思明도 아들 史朝義에게 살해되었다. 그리고 代宗의 廣德 元年(763) 다시 賊將 李懷仙이 史朝義를 죽이고 항복하여 亂이 비로소 끝났다.

계기로 중국에 대한 오랑캐 민족의 세력이 커지고, 당나라에 외국 문화의 영향이 더욱 뚜렷해진다. 이는 모두 경제적 · 문화적 대변혁의 기초가 되는 것이다. 정치면에 있어서는 조정에서 환관(宦官)들이 득세하기 시작하고, 변방을 지키던 장수들이 자주 반란을 일으켰다. 그리고 밖에서는 회흘(回紇) · 토번(吐蕃) · 남조(南詔) 등이 끊임없이 침입해왔다. 이에 각종 세금이 많아졌으나 국고는 여전히 비었고 국민들의 생활은 날로 어려워졌으며, 정치 · 사회적 모순은 더욱 심각한 문제로 발전하였다.

당대 말엽에 와서는 이러한 혼란과 부패가 더욱 심해진다. 환관의 세도는 더욱 늘어나 나라의 정권이 그들 수중으로 들어가다시피 하였다. 만당(晩唐) 헌종(憲宗, 806~820 재위) 이후 8명의 황제가 자리를 이었으나 그 중 7명이 환관에 의하여 옹립되었을 정도이다. 특히 '우리당쟁(牛李黨爭)'[3]은 전후 40년을 두고 계속되면서 정치를 더욱 부패시켰고, 지방 군벌들의 반란도 자주 일어났다. 희종(僖宗, 874~888) 때에는 황소(黃巢)가 난을 일으키어 낙양(洛陽)과 장안을 함락시키고 크게 위세를 떨쳤다. 반란은 10년 이어진 뒤 평정되었으나 당나라는 이미 무력해져, 결국 소선제(昭宣帝, 904~907 재위) 때 후량(後梁) 태조(太祖)가 된 주전충(朱全忠)에 의하여 완전히 멸망당했다.

이후 오대(五代)의 혼란으로 접어드는데, 남부 지역만은 계속 전란에 크게 휩쓸리지 않아서 어느 정도의 안정과 번영을 누릴 수 있었다. 이에 오대에 있어서도 후촉(後蜀)과 남당(南唐)은 가장 경제적으로 부유한 고장이었으며, 이 시대 회화와 음악 · 문학 등 문화활동의 중심지역이었다.

이러한 당대 3백 년간의 역사를 통하여 문학 발전에 큰 영향을 준 다

---

3) 牛李黨爭 : 牛僧孺와 李宗閔이 朋黨을 이루어 李吉甫 · 李德裕 父子와 반목하며 세력을 다투어, 穆宗 때로부터 敬宗 · 文宗 · 武宗을 거치는 시대(821~846)를 중심으로 하여 전후 40년을 두고 벌어졌던 黨爭임.

음과 같은 몇 가지 특징을 지적할 수가 있다.

첫째, 상공업의 발달과 소시민층의 형성이다. 당나라 초기의 농업 생산과 경제상의 안정에 따라 각종 수공업이 크게 발달하고, 또 수륙(水陸) 교통의 발전과 함께 상업도 크게 성하여, 개원(開元) 연간에는 당나라와 통상하는 나라가 40여 국이나 되고 장안 한 도시에만도 외국 상점이 4천여 개나 있었다 한다.

'안사의 난' 이후 북방은 연이은 전란으로 크게 파괴되었으나, 남방은 안정되어 상업이 발달하고 도시가 번영하였다. 양주(揚州) 같은 도시는 국제적인 시장으로 발전하였고, 항주(杭州)에는 10여 만호(戶)가 모여 살았다. 따라서 이런 도시에 생겨난 큰 공장주 · 부자 상인 · 노동자 같은 사람들이 이른바 시민 계층을 형성하게 되어, 새로운 사회적 세력으로 등장하였다. 이들은 당시의 정치 · 경제 · 문화 전반에 걸쳐 큰 영향을 끼치게 된다. 문학면에 있어서는 시대적인 요구에 따라 문학 전반에 걸친 개혁운동이 일어나, 전기소설(傳奇小說) · 사(詞) · 변문(變文) · 고문운동(古文運動) · 신악부(新樂府) 등이 생겨났던 것이다.

둘째, 외국 문화의 도입이다. 당나라는 처음부터 국토 개척의 정책을 써서 사방 여러 나라와의 전쟁을 통하여 제국의 판도를 넓히고 변경을 안정시켰다. 그 결과 그 당시로는 세계 최대의 제국을 건설하고, 전쟁을 통하여 개척된 외국과의 육해 교통망을 이용하여 세계 여러 나라와 문화적 · 경제적 교류를 갖게 되었다. 아시아 여러 나라들은 말할 것도 없고 서역과 유럽 일부의 나라와도 교역이 있게 되었다. 그 결과 서역과 인도 등지의 문화가 대량 수입되어, 당나라 음악 · 무용 · 회화와 문학 발전에 큰 자극이 되었다. 지금 돈황(敦煌)을 비롯하여 중국 각지의 석굴에 보전되어 있는 조각과 벽화 등은 인도 문화의 영향 아래 이루어진 결정(結晶)이며, 문학에 있어서도 변문(變文)은 인도의 영향을 많이 받고 발전한 것으로 보아야 할 것이다.

특히 '안사의 난' 때 반란군의 주력이 이민족의 군대였고, 또 당나라 조정은 반란을 진압하기 위하여 외국 군대를 불러들이기도 하였다. 이에 반란군뿐만 아니라 진압군의 외국 군대들도 백성들에 대한 약탈과 살육을 멋대로 하였다. 그 결과 반란이 평정된 뒤에도 이민족들의 압력이 강해지고, 외국문화의 영향도 더 두드러지게 되었다.

셋째, 과거제도의 확립과 학교 교육의 발달 및 중하층(中下層) 지식분자들의 대두이다. 당나라는 수나라의 제도를 계승하여 과거제도를 확립시켰다. 현종 때에 이르러 과거의 내용과 형식이 명경(明經) · 진사(進士)의 두 과로 확정되었는데, 이전부터도 당나라에서는 시부(詩賦)로 시험을 치르는 진사과(進士科)를 중시하는 습성이 있어 문학을 크게 발달케 하였다.

특히 중당 이후로는 많은 하층의 지식분자들이 과거를 통하여 고급 관료로 출세하여 새로운 사회세력을 형성하였다. 이것은 사회적으로 진보적인 요인이 되었을 뿐만 아니라, 문학 발전을 위하여도 신선하고 적극적인 역량이 되었다. 시인들도 사회문제와 서민생활에도 눈을 뜨게 되어 시에는 현실주의적인 경향이 두드러지게 되었고, 새로운 시가(곧 新樂府 · 詞)와 고문(古文) · 전기소설 등을 발전케 하였다.

당대에는 학교 교육도 매우 발달하여, 장안에는 국학(國學)이 있고, 지방에도 각기 부(府) · 주(州) · 현(縣)에 학교가 있었으며, 사학(私學)도 성행하였다. 이것도 지식층의 확대를 통하여 당대문화를 발전시키고 문학을 성행케 하는 중요한 원인의 하나가 되었을 것이다.

넷째, 각종 예술과 종교의 발전이다. 당대에는 음악이 외국음악의 영향 아래 크게 발전하여 수(隋)대의 구부악(九部樂)을 계승한 십부기(十部伎)가 연주되었다. '십부기'란 곧 연악(宴樂) · 청상(淸商) · 서량(西凉) · 부남(扶南) · 고려(高麗) · 구자(龜茲) · 안국(安國) · 소륵(疏勒) · 강국(康國) · 고창(高昌)의 열 가지 음악이다. 그리고 현종 때에는 음악 기관인

▲구자악대(龜茲樂隊) ; 송나라 사람의 그림.

교방(敎坊)이 더욱 확장되어, 여러 가지 음악과 춤이 연주되고 연출되었다. 또 남북조를 이어 대면(大面)·발두(鉢頭)·참군희(參軍戲) 등 여러 가지 가무희(歌舞戲)[4]가 각지에 유행하였다. 이것들은 시가의 발전과 직접 관계가 깊으며, 후세 강창(講唱) 등의 민간 연예 및 소설·희곡 발달에도 기여하게 된다.

미술도 크게 발전하여 '화성(畵聖)'이라 일컬어지는 오도자(吳道子)와 중국 산수화의 경지를 높여준 이사훈(李思訓)·왕유(王維) 등이 나왔다. 왕유는 그림뿐만 아니라 시에 있어서도 자연시의 경지를 높여 놓았고, 이백(李白)·두보(杜甫) 등은 제화시(題畵詩)도 짓고 있으니, 회화는 시와 깊은 관련이 있음을 알 수 있다. 그밖에 돈황(敦煌)의 천불동(千佛洞)을 비롯한 여러 곳의 유적과 유물로 보아 건축과 조각 기술도 굉장히 발달했음을 알 수 있다.

---

4) 任半塘 〈唐戲弄〉 1958, 北京作家出版社 참조.

당나라는 다른 왕조들이나 마찬가지로 유교가 정치 · 사회의 기본 윤리를 이루었으나, 도교도 국교처럼 존중되어, 노자(老子)는 태상현원황제(太上玄元皇帝)로 봉해지고 《노자》와 《장자(莊子)》 · 《문자(文子)》 · 《열자(列子)》 등은 지식인들의 필독서가 되었다. 불교도 극성하여 한때 현장(玄奘)을 중심으로 하여 대규모의 인도 불경의 번역 작업이 진행되었고 많은 불교 유적을 남겼다. 그밖에 외국의 종교인 경교(景教) · 요교(祆教) · 마니교(摩尼教) · 회교(回教) 등도 외국 세력을 따라 들어와 유행하였다. 이러한 종교의 자유로운 성행과 다양화는 당대 사상의 폭을 넓혀, 갖가지 문학이 크게 발전할 수 있는 터전이 되었다.

3. 당대 문학의 특징

당대는 시의 형식과 내용상의 발전이 완성 단계에 이르렀던 시대이다. 시의 형식에 있어 악부고시(樂府古詩)와 함께 율시(律詩) · 절구(絕句)가 다 갖추어졌고, 이전에 볼 수 없었던 수많은 시인들이 나와 수많은 작품을 썼다. 작가들의 폭도 넓어졌고 작품의 내용도 다양해졌다. 청나라 강희(康熙) 46년(1707)에 칙명으로 편찬한 《전당시(全唐詩)》는 도합 9백권인데, 거기에는 2천3백여 명의 시인의 작품 4만 8천9백여 수가 실려 있으니 그 성황을 짐작할 수 있을 것이다.

흔히 당시 발전의 시기를 초당(初唐) · 성당(盛唐) · 중당(中唐) · 만당(晩唐)의 네 시기로 구분하는데[5], 전체 당대문학의 발전을 이렇게 나누

5) 宋 嚴羽의 《滄浪詩話》에서 시작하여, 元 楊士弘이 《唐音》에서 이렇게 구분하였고, 明 高棅이 《唐詩品彙》에서 다시 이를 따름으로써 이 시기 구분이 일반화되었다.

어 보아도 좋을 것이다. '초당'은 당나라 건국부터 현종 직전인 예종(睿宗)의 태극(太極) 원년까지(618~712), '성당'은 현종의 개원(開元) 원년에서 천보(天寶) 말년까지(713~755), '중당'은 숙종(肅宗)의 지덕(至德) 원년부터 문종(文宗)의 태화(太和) 9년까지(756~835)[6], '만당'은 문종의 개성(開成) 원년부터 당나라가 망하기까지(836~907)이다. 그리고 수나라는 '초당'에, 오대는 '만당'에 붙여서 이해하면 된다. 또 '성당'에서 '중당'으로의 이전은 '안사의 난'이 계기가 되며, 이는 당제국의 정치·사회 전반에 걸쳐 큰 변혁을 가져왔던 대변란이어서, 문학의 발전에 있어서도 뚜렷한 변화를 가져오게 된다.

수나라에서 '초당'에 이르는 기간에는 남북조의 문학풍조를 융화시켜 새로운 문학풍조를 이룩하기는 했으나, 대체로 형식미를 존중하는 유미주의를 그대로 계승하였다. 따라서 '초당'에는 제(齊)·양(梁)의 여풍을 계승한 궁정(宮廷) 문학이 성행하였고, 이들의 형식미와 성률(聲律)의 추구는 마침내 심전기(沈佺期)·송지문(宋之問)에 이르러 근체시를 완성케 하였다. 그러나 뒤에는 왕적(王績)·왕범지(王梵志) 같은 개성적인 작가들이 나오고 다시 진자앙(陳子昻)처럼 형식주의를 반대하고 건안풍골(建安風骨)을 내세움으로써 '성당'의 번영을 준비하는 작가도 나온다. 산문은 '변려문'이 더욱 성행하는데 문장의 구절이 4언·6언으로 더욱 규식화하여 흔히 '사륙문(四六文)'이라고도 부르게 된다.

'성당'은 당제국의 경제와 문화가 고도로 발달했던 기간이며, 중국시도 큰 발전을 이룩했던 시기이다. 이제까지 닦아온 시의 형식적인 아름다움의 표현기교에다가 다양한 사상과 내용을 담아 보다 높은 수준의 시들을 생산한 것이다. 왕유(王維)·맹호연(孟浩然)을 비롯한 자연을 노래

---

6) 중국 문학자들은 모두 중당의 시작을 대력(大曆) 년간(766~779)부터라 보고 있으나, 필자는 '안사의 난(755~763)'부터라 보았다. 김학주 《중국문학사론》(서울대 출판부) 《중국문학사》(신아사) 참고 바람.

하기에 힘쓴 시인들, 왕창령(王昌齡) · 이기(李頎) 등처럼 전쟁이 잦은 국경인 변새(邊塞)의 낭만과 고통을 노래한 사람들, 그 시대의 낭만주의적 경향의 최고봉에 위치하는 이백(李白) 등 무수한 뛰어난 작가들이 이 시기에 활약하였다. 그리고 경제적인 여유로 인한 오락의 추구는 궁정과 민간에 여러 가지 음악과 가무희를 비롯한 연예들을 성행케 하여 '중당' 이후 새로운 문학들이 생겨나 발전할 수 있는 바탕을 마련해 주었다.

'중당'은 '안사의 난' 직후의 시기로서, 당제국의 정치 · 경제 · 문화 전반에 걸쳐 큰 변화가 일어났던 시기이다. 이 혼란과 변화는 지식인들에게 사회의식을 지니게 하여 문학작품에는 현실주의적인 경향이 두드러지게 되었다. 혼란을 통해 깨닫게 된 자기 각성 및 서민들의 고난과 저력에 대한 이해도 새로운 시와 문학의 발전 요인으로 작용한다. '중당'은 '시성(詩聖)'이라 부르는 두보(杜甫)의 새로운 시의 창작 노력에 이어, 문학 전반에 걸친 개혁운동이 진행되었던 시기이다. 시를 통하여 사회적 모순을 고발하려던 백거이(白居易) 등의 신악부(新樂府) 운동은 그러한 배경 아래 나왔던 것이다. 백거이는 또 무식한 노파도 알아들을 수 있는 평이한 시어를 쓰면서 저속한 서민의 서정(抒情)도 추구하였다. 그 밖에도 새로운 전기소설(傳奇小說)이 성행하고, 그와 함께 한유(韓愈) 등에 의하여 문장의 형식보다도 그 내용을 중시하려는 고문운동(古文運動)도 전개된다. 강창(講唱)체의 변문(變文)도 이 시기에 성행하였다. 그리고 민간에 유행하던 노래의 형식을 응용하여 이 시기부터 길이가 자유로운 구절로 이루어진 새로운 형식의 시인 사(詞)를 문인들이 짓기 시작하였다. 또 혼란을 통해서 변화를 보여준 지식인들의 성격을 반영하는, 시의 표현이나 내용에 있어 개성을 추구한 한유(韓愈) · 이하(李賀) 같은 작가들의 시는, 뒤의 '만당'과 송대의 시 발전에 큰 영향을 끼치게 된다. 따라서 '중당'은 중국문학이 여러 면으로 다양하게 발전하여 보다 높은 수준으로 올라섰던 시기이다.

풍원군(馮沅君)과 육간여(陸侃如)가 공저한 《중국시사(中國詩史)》에서는 '8세기 중엽에서 10세기 초에 이르는 중만당(中晩唐)은, 시사(詩史)에 있어서는 영광의 시대가 되지만 당대 역사에 있어서는 영광스럽지 못한 시대가 된다.' (篇四 中晩唐詩 章一 導論)라고 하였는데, 적절한 표현이라 하겠다.

'만당'에서 '오대'에 이르는 시기는 정치면에서 혼란이 극했던 시기이다. 이 시기에는 약해지기는 했지마는 '중당'의 문학풍조가 대체로 계승되는 경향을 보인다. 그러나 개성적인 표현을 추구하며 문학의 형식과 수사(修辭)를 중시하는 풍조가 두드러진다. 따라서 시에 있어서는 표현 기교면에서 독특한 경지를 개척한 이상은(李商隱) 같은 작가가 돋보인다. 산문에 있어서는 다시 변려문이 고개를 들기는 하지만 '고문운동'의 명맥도 그대로 이어진다. 사(詞)의 창작도 이어져서 '만당'을 뒤이어 오대에 와서는 사(詞)는 문학으로서의 자리를 확보하는 것이다.

당대의 시를 중심으로 한 문학의 발달은 문학론에 있어서도 상당한 발전을 보여주고 있다. '초당'에서 '만당'에 이르기까지 거의 모든 작가들이 문학론에 대하여도 연구를 하여, 그들 업적의 대부분이 그들의 시문 여러 곳에 보이고 있다. 근래에는 중국 역대의 《문학비평자료휘편(文學批評資料彙編)》[7]에 이들 글이 모아져 있어 공부하기에 무척 편리하다.

전문적인 저술로는 교연(皎然, 760 전후)의 《시식(詩式)》 5권과 《시평(詩評)》 3권, 사공도(司空圖, 837~908)의 《이십사시품(二十四詩品)》 1권, 장위(張爲, 874 전후)의 《시인주객도(詩人主客圖)》 1권이 있다.

다음에는 당대 시의 발전상황을 초당 · 성당 · 중당 · 만당으로 시기를 구분하여 간략히 설명할까 한다.

---

7) 臺北 成文出版社에서 西漢에서 淸에 이르기까지 시대별로 모두 12冊으로 발간하고 있다.

1) 초당

'초당' 은 당나라 개국(618)으로부터 현종이 즉위하기 전 해(712)까지의 90여년간이다. 정치적으로도 당제국의 기초를 다져 번성의 기반을 마련했던 시기이지만, 문학에 있어서도 제(齊)·양(梁)으로부터 수나라에 이어지면서 발전해온 유미주의를 계승하여 시의 형식과 시작 기교를 발전시킴으로써 당시가 크게 성행할 기초를 이룩하였던 시기이다. 그리고 시의 형식미와 아름다운 표현 및 성률의 조화의 추구는 마침내 새로운 시의 격률(格律)을 이룩하여 근체시를 완성시켰다. 상관의(上官儀, 608~664)로 대표되는 궁정시인(宮廷詩人)들이며 초당사걸(初唐四傑)·문장사우(文章四友) 등도 형식미와 음률을 중시하여 율시와 절구의 격률 완성에 공헌하였다. 그러나 심전기(沈佺期, 656?~713)와 송지문(宋之問, 656?~712?)에게서 결국은 그 새로운 근체시의 격률이 완성된다.

이 시기에도 시대조류에 초연했던 왕적(王績, 585~644)·왕범지(王梵志)·한산(寒山)·습득(拾得) 등이 있어 새로운 시풍 진작에 자극제가 되기도 하였다. 그리고 끝으로 시의 형식과 성률을 중시하는 유미주의 풍조를 반대하고 한·위의 풍골(風骨)과 흥기(興寄)를 내세웠던 진자앙(陳子昂, 661~702)은 '성당' 을 준비한 작가로서 주목할 만하다.

2) 성당

'성당' 은 현종의 개원(開元, 713~741)·천보(天寶, 742~755) 연간을 중심으로 한 '안사의 난' 이 일어나기 이전의 기간을 뜻한다. 따라서 이 시기는 당제국이 극도의 번영을 누렸던 시기이다.

특히 '성당' 의 전반부인 개원 연간은 당제국의 국력이 가장 크게 떨치어 안정과 번영을 누린 시기였다. 모든 주변 이족들은 당나라 위세에 굴복하여 조공이 줄을 이었고, 장안은 세계적인 국제도시로 번영을 극하였다. 그러나 그 뒤의 천보 연간은 번영이 극에 달한 나머지 황제와 귀족들이 사치와 향락에 빠져 나라의 기강이 무너져가던 기간이었다. 특히 현종은 양귀비라는 미녀에게 빠져 국정과 민생문제는 젖혀놓고 향락에 여념이 없었다. 따라서 광대한 제국을 유지하며 황제의 허영심을 만족시키기 위해서는 백성들에게 과중한 세금이 부과되었고, 허술해진 중앙의 통제를 틈타 변경지방을 지키던 장수들은 제각기 독립된 세력으로 발전하여 강대한 병력을 지닌 군벌로 변해 갔으며, 황제의 정치에 대한 무관심은 조정안에 국정을 마음대로 요리하는 이임보(李林甫) · 양국충(楊國忠) 같은 권신들이 생겨나게 하였다. 그 결과 천보 말년인 755년에는 범양절도사(范陽節度使)였던 안녹산(安祿山, ?~757)이 난을 일으켜 단숨에 장안까지 함락시킴으로써 당제국을 혼란과 파국으로 몰아넣었다. 현종은 이때 사천성(四川省)으로 피난을 떠나고 황제 자리를 아들 숙종(肅宗)에게 물려주어 난을 평정케 하였다. '성당' 은 여기에서 끝맺어진다.

'성당' 은 당제국이 극도의 번영과 안정을 누린 시기이다. 성당의 정치와 사회는 유사 이래 전무후무한 호사와 평화를 누렸던 것이다. 그리고 이 시대를 살았던 사람들은 풍유하고 호사스런 안정된 생활을 누렸고, 문인들은 작품을 통하여 그 생활을 구가하였다.

▲현종(玄宗)

이 때문에 이전의 어느 시

대보다도 '성당'의 시는 평화와 안정을 상징하고 있다. 더욱이 '성당'은 위진남북조로부터 수와 '초당'을 거치면서 닦여지고 발전한 아름다운 수사와 극도로 발달한 시의 형식을 계승하고 있다. 이처럼 아름다운 수사와 극도로 발달한 형식에다 풍족한 생활과 안락한 삶에서 우러나온 사상 감정을 실었기 때문에, 그 시는 고도의 발달을 이룩하지 않을 수 없었던 것이다. 이로 말미암아 심지어 중국시는 당시가 대표하고, 당시는 다시 '성당시'가 대표한다고까지 생각하는 사람도 있게 되었던 것이다.

성당시는 자연시 작가로 알려진 왕유(王維, 701~761)·맹호연(孟浩然, 689~740)과 술을 좋아하고 달을 사랑한 시인 이백(李白, 701~762) 등이 대표한다. 중국사람들이 성당을 중국시를 대표하는 시대로 크게 내세웠기 때문에, 후세에는 이른바 음풍농월(吟風弄月)이 중국시의 특징처럼 인식되는 경향도 있었다. 그러나 '중당' 이후로 중국시는 현실문제를 의식하게 되고 서민적인 것의 예술적 가치도 다시 평가하게 되면서, 그 시대를 대표하는 개성적인 시들이 지어지기 시작하였다. 중국의 고전시가는 '중당'으로부터 한 단계 더 발전하기 시작하여, 결국 북송(北宋)에 가서는 중국시가 발전의 정점이라 할 경지에 도달하게 된다.

3) 중당

중당(756~835)은 '안사의 난'으로 말미암아 전성을 구가하던 당제국이 일시에 파괴되어 혼란에 빠진 끝에, 정치·경제면에 있어서나 문화 각 방면에 걸쳐 큰 변혁을 보여주었던 시기이다. 문학에 있어서는 모든 시인들이 보다 더 민중의 생활과 감정에 접근하고, 또 새로운 자아를 발견한 시대이다. 따라서 거의 모든 시인들이 민간 가요에 대하여도 많은 관심을 기울였고 개성적인 새로운 표현을 추구하였다. 민간 가요 형식을 채택한 새로운 형식의 시가인 사(詞)를 문인들이 본격적으로 짓기 시작한 것도 이때이다. 산문에 있어서는 형식미를 중시하는 변려문(騈儷文)을 반대하고 내용에 치중하는 고문(古文)을 쓰자는 '고문운동'이 전개되었고, 사원을 중심으로 민간에 강창(講唱) 형식의 변문(變文)이 유행했으며, 그러한 속강(俗講)과 설화(說話)의 영향을 받은 전기소설(傳奇小說)도 성행했다. 그러니 '중당'은 중국문학 전반에 걸쳐 개혁운동이 일어나 큰 발전을 이루었던 시대라 할 수 있다. 모두 '안사의 난' 때문에 대족(大族)을 중심으로 이루어지던 정치와 경제질서가 무너지면서, 지식인들에게 위대한 민중의 저력이 인식되었기 때문일 것이다.

중당의 시의 개혁운동은 두보(杜甫, 712~770)에 의하여 불이 당겨진다. 그리고 잠삼(岑參, 715~770)과 고적(高適, 702?~765)이 또 다른 각도에서 이를 뒷받침한다. 두보는 '안사의 난'을 겪으면서 비정한 현실에 대하여 눈을 뜨게 되고, 빠른 속도로 변화하는 사회 속에서 새로운 자아를 발견하게 된다. 따라서 그는 시를 통해서 현실 문제를 다루는 한편, 자신의 새로운 삶을 시로 노래하기 시작하였다. 그는 시의 내용에 있어서 뿐만이 아니라 시의 언어에 있어서도 '말이 사람을 놀라게 하지 못한다면 죽는다 해도 물러서지 않겠다.'(語不驚人死不休)고 하면서 시의 개성적인 표현에도 노력하였다. 그 결과 '성당'과도 다른 새로운 중국시의 세계를 전개시키게 된다.

잠삼과 고적은 이미 '성당' 때에 옛 '악부'의 정신을 계승하여 전쟁이 잦은 국경지대의 처절한 풍경과 특수한 상황을 노래했던 '변새파'의 시를 이어받아, 내란을 틈타 외족의 침입이 잦아졌던 '중당'의 '변새' 문제를 노래하였다. 때문에 이들의 시는 성당 '변새파'보다도 더욱 냉엄한 태도로 현실을 반영하여, 새로운 '중당'의 시풍을 발전시키는 계기가 된다.

비슷한 시기에 원결(元結, 723~772) 같은 작가도 현실에 눈을 뜨며 새로운 시의 세계를 추구하지만, 뒤이어 백거이(白居易, 772~846) · 원진(元稹, 779~831) 같은 시인들이 나와 이른바 '신악부운동(新樂府運

動)'을 전개하는 한편, 서민들도 이해할 수 있는 평이한 용어로 민중들의 서정에 어울리는 시들도 짓게 된다. 한편 한유(韓愈, 768~824)·맹교(孟郊, 751~814) 등은 두보의 개성적인 시의 표현을 추구하던 일면을 계승하여 자기의 독특한 시의 내용과 표현을 추구하게 된다. 이밖에도 새로운 시의 창작을 시도한 유장경(劉長卿, 709~780)·위응물(韋應物, 735~789?)·유우석(劉禹錫, 772~842)·유종원(柳宗元, 773~819)·이하(李賀, 791~817) 등 많은 시인들이 나와 '중당'의 문학개혁운동에 참여한다.

끝으로 이러한 시의 개혁운동도 '고문운동'이나 마찬가지로 송대까지 계승 발전되어 큰 열매를 맺게 된다는 점에 유의해야 할 것이다.

4) 만당

'만당'은 당제국의 정치가 혼미해져 나라가 파국으로 치달던 시대였다. 그러나 '중당' 때 진행되었던 문학개혁운동은 기세가 일단 수그러진 듯한 느낌은 주지만 거의 그대로 '만당'에도 계속되었다. 따라서 시에 있어서는 한유(韓愈)와 맹교(孟郊)같이 개성적이고도 독특한 표현을 추구하던 시풍을 이어받아 이를 더욱 발전시킨 작가가 있는가 하면, 현실주의적인 시풍을 계승하여 혼란한 그 시대의 사회적인 모순을 고발하며 현실문제와 싸움하던 작가들도 있었다. 다만 어지러운 세상 때문에 사람들 개개인의 가치관에도 큰 혼란을 가져오게 되어 문제에 대한 의식이 '중당'의 문인들처럼 철저하지는 못하였다. 게다가 어지러운 세상에 뜻을 잃고 자신의 뜻을 올바로 추구하지 못하는 지식인들도 있었다. 그 때문에 '만당' 시기를 문학창작이 퇴조한 시기, 또는 문장의 아름다움이나 추구하던 '유미주의'의 시기로 보는 이들도 적지 않다. 그러나 '만당'은 '중당'의 개혁운동을 이어받아 그 명맥을 유지하며 뒷날 송대에 그 열매를 맺을 수 있도록 하였던 시기로 봄이 옳을 것이다.

'만당'의 개성적인 표현을 추구했던 대표적인 시인은 두목(杜牧, 803~852)과 이상은(李商隱, 812~858)이다. 그리고 정치와 사회의 부패와 혼란을 보고 분개하여 분연히 이런 정치 사회의 문제들을 추구하고 그 때문에 고통받는 백성들 편에 서서, 이것들을 시로 노래한 현실주의적인 작가들로는 피일휴(皮日休, 843?~883?)·섭이중(聶夷中, 837?~884?)·두순학(杜荀鶴, 846~907) 등이 대표적인 작가들이다. '중당'의 백거이·원진에 필적할 만한 대가는 없었지만 그러한 경향의 시를 쓴 작가들은 상당히 많았다. 이들의 작품은 수사를 지나치게 중시하는 옛 중국문학자들의 전통과 '만당'에 새로 발전한 개성적인 표현을 추구한 일파의 작품들 때문에 너무나 가려져 있는 듯한 느낌이다.

▲두목(杜牧)의 '아방궁부(阿房宮賦)'를 새겨놓은 비석
〈산시성(陝西省) 시안(西安) 서쪽에 있음〉

I. 초당(初唐)의 시

■ 작가 약전(略傳) ■

위징(魏徵, 580~643)

자는 현성(玄成). 어려서 고아로 가난하게 자랐으나 열심히 공부하며 자기의 뜻을 추구하였다. 수나라를 거쳐 당나라가 서자 그는 바로 고조(高祖, 618-626 재위) 이연(李淵) 밑으로 가 비서승(秘書丞)으로 활약하기 시작하여 태종(太宗, 627-649 재위) 때에는 간의 대부(諫議大夫)를 거쳐 시중(侍中)의 자리까지 올랐고 좌광록대부정국공(左光祿大夫鄭國公)에 봉해지기도 하였다. 그는 특히 황제에게 곧은 말을 많이 한 강직한 정치가로 유명하다. 그의 논설문은 《정관정요(貞觀政要)에 많이 실려 있으며, 그의 문집으로는 《위정공문집(魏鄭公文集)》 3권이 있다.

마음속 생각을 읊음(述懷)

중원 땅에서는 아직도 나라를 두고 서로 다투고 있어서
붓을 내던지고 군대 일에 종사하게 되었네.
나라를 바로 세울 계책을 이룩하지는 못하였지만
세상을 걱정하는 뜻은 그래도 지니고 있다네.
수레를 몰고 가서 천자를 뵈옵고는
말을 달려 관문을 나서게 되었네.
긴 갓끈만 주면 남월 임금을 묶어 끌고 오겠다고 나섰던 이가 있었고,
수레 앞턱나무에 기대어서서 제(齊)나라를 굴복시키겠다고 한 이도 있었네.
험하고 꾸불꾸불한 높은 산꼭대기 올라가니,
바라보는 넓은 들판은 나왔다 들어갔다 하네.
고목에서는 쌀쌀한 날씨에 새가 울고
넓은 산속에서는 밤이 되면 원숭이가 우네.
천리 길을 내다보려니 이미 눈이 상할 지경이고,
더욱이 꾸불꾸불한 길은 혼이 나갈 정도로 놀랍네.
어찌 어렵고 험한 길을 꺼리지 않겠는가?
깊이 나라의 선비로 대우해준 은혜를 생각하기 때문이지.
계포(季布)는 두 가지 대답을 하는 일이 없었고,
후영(侯嬴)은 자기의 한 마디 말을 중히 여겼네.
사람으로 태어나 의기를 느낀다면
공명 같은 것을 누가 또 문제 삼겠는가?

중원환축록　　　　투필 사융헌
中原還逐鹿[1]하니,　　投筆[2]事戎軒[3]이라.

종횡계 불취　　　　강개 지유존
縱橫計[4]不就로되,　　慷慨[5]志猶存이라.

장 책 알 천 자　　구 마 출 관 문
仗策[6]謁天子하고,　　驅馬出關門[7]이라.

청 영 계 남 월　　빙 식 하 동 번
請纓繫南粤[8]하고,　　憑軾下東藩[9]이라.

울 우 척 고 수　　출 몰 망 평 원
鬱紆[10]陟高岫[11]하니,　　出沒望平原이라.

고 목 명 한 조　　공 산 제 야 원
古木鳴寒鳥하고,　　空山啼夜猿이라.

기 상 천 리 목　　환 경 구 절 혼
旣傷千里目[12]하고,　　還驚九折魂[13]이라.

기 불 탄 간 험　　심 회 국 사 은
豈不憚艱險[14]이리오?　　深懷國士[15]恩이라.

계 포 무 이 낙　　후 영 중 일 언
季布無二諾[16]하고,　　侯嬴重一言[17]이라.

인 생 감 의 기　　공 명 수 부 론
人生感意氣면,　　功名誰復論고?

註解 1) 逐鹿(축록)－사슴은 천하 또는 천자 자리를 가리키는 말이다. 따라서 “사슴을 뒤쫓는다.”는 것은 “천하 또는 천자 자리를 두고 다투는 것”을 뜻한다. 《한서(漢書)》 괴통전(蒯通傳)에서 “진(秦)나라가 그의 사슴을 잃자 온 세상이 모두 그것을 뒤쫓게 되었다.(秦失其鹿, 天下共逐之.)”라고 한 데서 나온 말임. 2) 投筆(투필)－붓을 내던지다, 학문을 중단하는 것을 가리킴. 3) 戎軒(융헌)－군대의 수레, 여기서는 널리 군대의 일을 가리키는 말로 쓰였다. 4) 縱橫計(종횡계)－말로 여러 나라 임금을 설득시키어 자기 뜻대로 여러 나라의 관계를 이끄는 계책. 전국시대 말엽에 소진(蘇秦)이 당시의 일곱 나라 중 여섯 나라임금을 설복하여 그들이 연합하여 가장 강한 진(秦)나라에 대하여 공동 대처토록 하였는데, 이를 합종책(合縱策)이라 불렀다. 다시 장의(張儀)가 진나라 재상이 되어 다른 여섯 나라 임금들을 설복하여 하나하나 진나라와 친하게 지내도록 하였는데 이를 연횡책(連橫策)이라 하였다. 이 ‘합종’과 ‘연횡’에서 ‘종횡’이란 말이 이루어졌는데, 이를 합종(合從) 또는 연형(連衡)이라고도 하여 ‘종형(從衡)’이라 표현하기도 한다.

5) 慷慨(강개)－의기가 복 바치다, 걱정하고 슬퍼하다. 6) 仗策(장책)－말채찍에 의지하다, 곧 말을 타고 가는 것. 말이 모는 수레를 타고 가는 것. 7) 關門(관문)－장안 동쪽의 동관(潼關)이나 함곡관(函谷關)이다. 동쪽으로 나가려면 반드시 이 관문의 둘 중 하나를 통과하여야 한다. 8) 請纓繫南粤(청영계남월)－'영'은 갓끈. 갓끈을 요청하여 남월 임금을 묶어 오겠다. '남월'은 남월(南越)이라고도 쓰며 광동(廣東)과 광서(廣西) 두 성에 걸쳐있던 오랑캐 나라 이름. 옛날 서한(西漢) 무제(武帝, B.C.140-B.C.87 재위) 때에 종군(終軍)이란 사람은 18세에 박사(博士)가 된 다음 뒤에 간대부(諫大夫)가 되어 남월 나라로 사신으로 가게 되었다. 종군은 사신으로 떠나기 전에 무제에게 자기에게 긴 갓끈(長纓)을 내려주면 반드시 가서 남월 왕을 묶어 끌고 오겠다고 하였다. 곧 종군은 긴 갓끈을 받아들고 남월로 가서 임금을 설복하여 온 나라가 서한에 굴복하기로 하였다. 이를 좋지 않게 여긴 남월의 재상이 군대를 동원하여 자기 임금을 죽이고 종군도 죽여 버렸다. 종군이 죽을 때 20여 세의 나이였다(이상《前漢書》終軍列傳 의거). 9) 憑軾下東藩(빙식하동번)－'식'은 수레 앞턱나무. '동번'은 동쪽에 있는 서한나라 울타리가 되는 제후의 나라로, 여기서는 제(齊)나라를 가리킨다. 서한 고조(高祖, B.C.206-B.C.195 재위) 때의 장군 한신(韓信, B.C.231?-B.C.196)이 동쪽 제나라 땅을 치는데 애를 먹고 있었다. 이때 역이기(酈食其, ?- B.C.203)가 황제에게 명령만 내려주시면 수레를 타고 제나라로 가서 임금을 설득하여 굴복시켜 서한의 동쪽 울타리 나라(東藩)가 되게 하겠다고 자청하였다. 서한에서는 역이기를 제나라로 보내어 그 나라 임금을 설복하자 제나라 임금은 역이기의 말을 따르겠다고 하였다. 한신은 역이기가 제나라로 가서 수레 앞턱나무에 기대어 앉아 그들을 설득하여 항복케 하였다는 말을 듣고는 바로 군대를 동원하여 제나라를 공격하였다. 제나라 임금은 자신이 역이기에게 속았다고 생각하고 역이기를 죽여 버렸다. 이에 역이기의 일은 없던 일이 되고 말았다. 10) 鬱紆(울우)－나무가 욱어지고 험한 위에 길이 꾸불꾸불한 것. 11) 高岫(고수)－높은 산 꼭대기. 12) 千里目(천리목)－천리길을 내다보는 눈, 먼 곳을 바라보는 눈. 13) 九折魂(구절혼)－길이 매우 꾸불꾸불하여 혼이 나갈 지경, '구절'은

매우 꾸불꾸불 꺾이는 것. 14) 艱險(간험)－어렵고도 험한 것. 15) 國士(국사)－나라의 선비, 한 나라 안에서 가장 훌륭한 인물. 16) 季布無二諾(계포무이낙)－계포는 두 가지 대답을 하는 일이 없었다. '계포'는 진(秦)나라와 서한(西漢) 사이에 산 인물로, 항우(項羽)의 장수였는데 의협(義俠)적인 사람으로 유명하다. 서한 고조(高祖)가 항우를 친 뒤 어렵게 그를 데려와서 낭(郎)으로 삼았는데, 그는 두 가지 대답을 하는 일이 없어서 유명하였다. "두 가지 대답을 하지 않는다는 것"은 한 번 한 말을 다시 다르게 말하는 것을 뜻할 것이다. 때문에 당시에는 "황금 백근(百斤)을 받는 것보다 계포의 한 번 응락(應諾)을 받는 편이 좋다."는 속담까지 유행하였다 한다. 17) 侯嬴重一言(후영중일언)－후영은 한 마디 말을 중히 여겼다. '후영'은 전국(戰國)시대 위(魏)나라의 숨어 살아가던 사람. 가난하게 살다가 70세에 도성의 문지기가 되었다. 위나라의 공자(公子)인 신릉군(信陵君)이 진(秦)나라 대군에 포위당하여 있는 자기의 의형(義兄)인 조(趙)나라 임금을 구해주기 위하여 후영을 모셔다가 그에게 계책을 무른 뒤, 그 의 계책을 따라 후영 밑에 있던 용사인 주해(朱亥)를 데리고 위나라 군대의 지휘권을 빼앗은 다음, 그들을 이끌고 가서 조나라를 구해주었다. 그때 후영은 신릉군을 떠나보낸 뒤 자결하였다. 후영은 계책을 알려주기는 하였으나 그 전쟁이 정당한 싸움은 아니었음으로 한 번 한 말에 대한 책임으로 의기(意氣)를 따라 자결하였던 것이다.

解說 작자 위징이 당나라로 들어왔을 적에 변두리에서 반역을 하던 이밀(李密)의 잔당의 일부가 아직도 여양(黎陽)에 버티고 있었다. 이연(李淵)이 당나라 고조(高祖, 618-626 재위)가 된 무덕(武德) 원년(618) 위징이 자진하여 이들을 가서 굴복시키고 오겠다는 역할을 자청해서 맡아 비서승(秘書丞)이라는 신분으로 사자가 되었다. 그때 시인이 칙명에 따라 동관(潼關)을 나갈 적에 지은 것이 이 시라고 한다. 그러나 위징은 여양으로 가서 일을 뜻대로 풀지 못하고 여러 가지 고난을 겪는다.

다시 무덕 9년(626) 고조가 황제 자리를 태종(太宗, 627-649)인 이세민(李世民)에게 물려주자, 위징은 곧은 황제의 신임을 받아 간의대부(諫議大夫)가 되었다. 그리고 불안한 움직임이 있는 하북도(河北道) 일대를 무마하려고 태종은 위징을 선무사(宣撫使)로 삼아 그곳으로 파견하였다. 이 시는 이때 위징이 하북 지방으로 가려고 관문을 나서면서 읊은 시라고 주장하는 이들도 있다. 위징은 늘 바른 말을 하고 또 자기의 속마음을 숨기는 일이 없어 태종의 신임이 더욱 두터워져 뒤에는 시중(侍中) 자리에까지 오른다.

그는 당나라 초기의 정치가로 이름을 남겼지만, 시는 많이 짓지 못하였다. 그러나 여기에 소개한 시는 개성이 있고 초당(初唐)을 대표할 만 하다고 여겨진다. 그리고 시의 내용으로 보아 앞의 고조 때 지은 시라고 보는 것이 더 그때 처지와 들어맞는 것 같다. 이 시는 길지만 대체로 네 구절씩 다섯 절로 내용이 나누어진다.

첫째 절; 세상이 어지러워 자기는 공부를 한 사람이지만 책을 덮고 전쟁과 관계되는 일을 하게 되었는데, 세상을 위하려는 큰 꿈이 있어서가 아니라 나라를 걱정하는 뜻이 있어 이 일을 하는데 나서게 되었다는 것이다.

둘째 절; 천자님을 뵙고 자기 뜻을 아뢰어, 동쪽 여양(黎陽)의 반역 잔당을 굴복시키려고 자진하여 동관(潼關)을 거쳐 함곡관(函谷關)을 나가 험한 길을 가게 되었다는 것이다. 그리고는 이어서 옛날 서한(西漢)의 종군(終軍)과 역이기(酈食其)가 나라의 어려운 일을 해결하려고 자진하여 남월(南越)과 동쪽 제(齊)나라로 가서 각각 자기의 뜻대로 일을 성사시키고도 결국은 희생당하였던 일을 읊고 있다. 자신도 반역자들을 설복하여 당나라에 머리를 숙이게 하는 일은 성공을 자신하고 있으면서도 거기에 수반하여 생길지도 모르는 여러 가지 위험을 걱정하고 있는 것이다.

셋째 절; 관문을 나가 험하고 높은 산길을 가는 어려움을 노래하고 있다. 산속 깊은 숲에서는 새도 울고 있고 밤이면 원숭이 우는 소리도 들린다.

넷째 절; 사방을 살피며 꾸불꾸불 먼 길을 오다보니 이미 눈도 아프고 혼도 달아날 지경이다. 이런 어렵고 험난한 일을 자진하여 하는 것은 나라에서 자신을 선비로 높이 대우해준 은혜에 보답하기 위해서라는 것이다.

다섯 절; 끝으로 자기의 뜻과 말을 어기지 않았던 옛날의 계포(季布)와 후영(侯嬴)을 보기로 들면서 자신도 이미 밝힌 뜻을 끝까지 관철하겠다는 의기를 노래하고 있다. 자신은 공명(功名)을 추구하기 위하여 이런 짓을 하고 있는 게 아니라는 것이다.

이 시를 통해서도 위징이 곧고 바른 사람이며 세상을 위하여 일하려는 열정을 지닌 사람이라는 것이 느껴진다.

■ 작가 약전(略傳) ■

왕적(王績, 585~644)

자는 무공(無功), 스스로 동고자(東皐子)라 호하였으며, 강주(絳州) 용문(龍門 : 지금의 山西省 稷山縣) 사람. 유명한 문중자(文中子) 왕통(王通)의 아우. 수(隋)나라 때에 비서성정자(秘書省正字)를 거쳐 육합현승(六合縣丞)을 지낸 일이 있다. 당나라로 들어와서는 태악승(太樂丞)을 지냈다 하나, 술을 특히 좋아하여 벼슬도 버리고 고향으로 돌아가 술을 즐기며 자유로운 일생을 보낸 인물이다. 그는 《주경(酒經)》 1권 · 《주보(酒譜)》 1권 · 《취향기(醉鄕記)》 1편 등 술에 관한 저술도 남겼다. 이런 그의 성격 때문에 도연명(陶淵明)과 비슷한 풍격의 시를 썼으나, 시의 형식에 있어서는 제(齊) · 양(梁)의 율체(律體)에 가까워진 경향을 그대로 따르고 있다. 어떻든 그 시대 궁체(宮體) 시인들과는 판이한 풍격을 지닌 시인이다. 시집으로 《왕무공집(王無功集)》 5권이 있다.

들판을 바라보며(野望)

동쪽 언덕에 해질 무렵 올라
서성이면서 어디를 가려는 것일까?
나무들 모두 가을빛 물들고
여러 산엔 오직 기운 햇빛뿐일세.
목동들은 송아지 몰고 돌아오고
말 탄 사냥꾼은 잡은 새 갖고 돌아오네.
둘러보아도 알아볼 이 없으니
길게 노래부르며 백이(伯夷) · 숙제(叔齊) 흠모하네.

동고 박모왕　　　　사의 욕하의
東皐[1]薄暮往하여,　徙倚[2]欲何依오?

수수개추색　　　　산산유낙휘
樹樹皆秋色이오,　山山唯落暉[3]라.

목인구독반　　　　엽마대금귀
牧人驅犢返하고,　獵馬帶禽歸라.

상고무상식　　　　장가회채미
相顧無相識[4]하니,　長歌懷采薇[5]라.

註解 1) 東皐(동고) – 왕적의 고향에 있던 동편 언덕. 왕적이 동고자(東皐子)라 호한 것을 보면 고향 언덕 이름인 고유명사였던 듯하다. 2) 徙倚(사의) – 서성거리다, 왔다갔다하다. 3) 落暉(낙휘) – 지는 햇빛, 저무는 해. 4) 相識(상식) – 아는 사람. 5) 采薇(채미) – 옛날 은(殷) 말에 주(周) 무왕(武王)이 은나라를 쳐부수자 백이(伯夷)와 숙제(叔齊)가 두 임금은 섬기지 않겠노라고 수양산(首陽山)으로 들어가 고비〔薇〕만 뜯어먹고 지내다 굶어죽은 일을 가리킨다. 그처럼 지극히 깨끗하게 살아가려는 뜻을 나타낸 것이다.

解說 왕적의 시 중 사람들에게 가장 많이 읽혀지는 작품인 동시에, 가장 초기에 이루어진 오언율시(五言律詩)라고도 할 수 있다. 이 시는 가을의 풍경을 조용히 바라보면서 외로운 채로 깨끗한 삶을 추구하는 작자의 정을 느끼게 한다.

■ 작가 약전(略傳) ■

왕범지(王梵志, 590?~660?)

당나라 초기의 불교 신자로서 세상에서 숨어살아 그의 생애를 잘 알 수도 없는 작가이다. 그의 시는 당나라에 이어 송나라 시대까지 유행하다가 뒤에는 잘 전해지지 않게 되었다. 그러나 청대 말에 돈황(敦煌)의 동굴에서 그의 시의 잔권(殘卷)의 사본(寫本) 4종이 발견되어, 호적(胡適)이 그의 《백화문학사(白話文學史)》에서 그의 시를 높이 평가하여 다시 세상 사람들의 이목을 끌게 되었다. 왕범지는 불교도로서 아무런 구속도 받지 않고 그의 소박한 삶을 자유로이 노래한 시인이다. 시의 제목은 전해지지 않아 여기에는 편의상 필자가 첫 구절에서 따서 붙였다.

십 묘의 밭(十畝田)

내게는 십 묘의 밭이 있어
남산 기슭에서 농사짓고 있는데
푸른 소나무도 너덧 그루 있고
녹두 두세 무더기도 있네.
더우면 연못에서 미역 감고
서늘하면 언덕에 올라 노래부르네.
유유히 노닐며 자급자족 하는데
그 누가 날 어쩌겠는가?

오 유 십 묘 전　　　종 재 남 산 파
吾有十畝[1]田하여, 種在南山坡로다.

청 송 사 오 수　　　녹 두 양 심 과
青松四五樹에, 綠豆兩三窠[2]로다.

열 중 지 중 욕　　　양 편 안 상 가
熱中池中浴하고, 涼便岸上歌로다.

오 유 자 취 족　　　수 능 내 아 하
遨遊[3]自取足하니, 誰能奈我何리오?

註解 1) 畝(묘)－이랑. 밭의 면적을 나타내는 단위. 6척(尺) 사방을 1보(步), 100보가 1묘임. 2) 窠(과)－식물의 무더기. 3) 遨遊(오유)－유유히 노는 것.

解說 그의 시에는 아무런 구속도 없고 때도 묻지 않은 순수한 인간의 삶의 모습이 살아있는 것 같다. 특히 그는 시에 속되고 쉬운 말도 그대로 써서, 그 시대에 이루어진 율체(律體)의 내용을 완전히 민가나 같은 품격의 노래로 탈바꿈시켜 놓았다. 그의 시는 직접 한산(寒山)과 습득(拾得)이라는 선승(禪僧)들에게 영향을 주어 이들로 하여금 더욱 세속의 때가 묻지 않은 아름다운 세계를 노래한 시를 짓게 하였다. 이들의 시는 대부분이 속어체로 선리(禪理)를 담고 있는 것이어서 이를 '게(揭)'라 부르는 사람도 있다. 이들의 시는 그 시대 풍조를 초월한 청신한 것들이기는 하지만, 한편 그 시대 궁정시인들로부터 도외시되었던 것이기도 하다.

■ 작가 약전(略傳) ■

왕발(王勃, 649－676)

자는 자안(子安), 강주(絳州) 용문(龍門, 지금의 山西省 稷山縣) 사람. 초당사걸(初唐四傑)이라 칭송되는 시인 중의 한 사람이다. 나이 14세에 과거에 급제하여 벼슬을 시작한 재사이며, 패왕부(沛王府)의 수찬(修撰)이 되기도 하였으나, 20세의 나이로 남강(南疆)에 귀양가 있는 아버지를 만나려고 바다를 건너가다가 물에 빠져 죽었다.

'초당사걸' 은 노조린(盧照鄰) · 낙빈왕(駱賓王) · 양형(楊炯)과 그의 네 사람이다. 이들은 모두 시와 함께 변려문(騈儷文)도 잘 지었다. 여기에 소개하는 〈등왕각〉 시의 서문도 초당 변려문의 대표작이라 칭송되고 있다. '초당사걸' 은 시풍이 모두 같지는 않으나 다 같이 이 시대의 남북조 시대의 유미주의적인 경향에서 벗어나지는 않고 있다. 그러나 이전의 시인들 보다는 시의 주제를 좀 더 넓히고 어느 정도 자신의 개성적인 정서와 표현도 추구하려 한 것이 이들의 특징이다. 그런 중에도 특히 오언율시의 형식을 발전시키어 당시가 성당으로 가면서 화려한 발전을 이룩할 수 있는 길을 열어 주었다.

등왕각(滕王閣)[1]

등왕의 높은 누각 강가에 우뚝 서 있는데,
허리에 찬 옥돌과 방울소리 울리며 추던 춤과 노래도 이젠 사라졌네!
아침에는 아름다운 누각 용마루 위로 남쪽 물가의 구름이 날고,
저녁때 구슬 발 걷어 올리면 서산에 비 내리네.
한가로운 구름 연못에 잠기고 해는 유유히 지나가면서,
만물이 바뀌고 별자리 옮겨 갔으니 몇 해나 지났는가?
누각 안에 있던 왕자는 지금 어디에 있는가?
난간 밖에는 긴 강물만이 예대로 흘러가고 있네.

▲등왕각(滕王閣) 그림

등왕고각임강저　　　패옥 명란 파가무
滕王高閣臨江渚[2]러니, 佩玉[3]鳴鸞[4]罷歌舞로다.

화동 조비남포운　　　주렴모권서산우
畫棟[5]朝飛南浦雲하고, 珠簾暮捲西山雨라.

한운담영일유유　　　물환성이 도기추
閑雲潭影日悠悠하니, 物換星移[6]度幾秋아?

각중제자 금하재　　　함외장강공자류
閣中帝子[7]今何在오? 檻外長江空自流로다.

註解 1) 滕王閣(등왕각)－강서성(江西省) 남창시(南昌市)에 있는 누각 이름. 자세한 내용은 해설 참조 바람. 2) 渚(저)－물가, 모래톱. 3) 佩玉(패옥)－춤추던 여자가 허리에 찼던 옥. 4) 鸞(란)－수레나 칼 같은데 장식용으로 달던 방울. 5) 畫棟(화동)－화려한 들보, 아름다운 누각을 형용한 말. 6) 物換星移(물환성이)－사철 따라 만물이 바뀌고 별과 천체가 운행하는 것. 세월의 흐름을 형용한 말임. 7) 帝子(제자)－왕자. 여기서는 등왕을 가리킨다.

解說 '등왕각'은 옛 터가 지금의 강서성 남창시 장강문(章江門) 부근 공강(灨江)이 내려다보이는 자리에 있다. 멀지 않은 곳에 형산(衡山)과 여산(廬山)이 있고 파양호(鄱陽湖)·청초호(靑草湖) 등이 있는 풍광이 아름다운 고장이다. 본시 당(唐) 고조(高祖, 618－626 재위)의 아들인 이원영(李元嬰)이 홍주(洪州) 도독(都督)으로 재직할 때 높고 화려한 누각을 이곳에 지었는데, 그는 등왕에 봉해져 있었으므로 이름을 '등왕각'이라 하였다.

그 뒤 고종(高宗) 상원(上元) 2년(675)에 홍주 태수 염백서(閻伯嶼)가 이 누각을 다시 수리하고 그 기념으로 9월 9일 중양절(重陽節)에 여기에서 큰 연회를 베풀었다. 그는 사위인 오자장(吳子章)의 글 솜씨를 자랑하려고 미리 그에게 '등왕각'에 관한 글을 지어놓게 하고는 참석한 손님들에게 즉석에서 글을 짓게 하였다. 모두 그의 의도를 짐작하고 글짓기를 사양하고 있었다.

그때 왕발은 〈투계격문(鬪鷄檄文)〉을 지었다가 임금의 노여움을 사서 벼슬이 깎이고 아버지 왕복치(王福畤)가 있는 교지(交趾)로 가던 길에 우연히 그 자리에 참석하게 되었다. 나이 어린 왕발은 선뜻 나서서 종이와 붓을 받아들고 단숨에 글을 써내려가기 시작했다. 염백서는 이 뜻하지 않은 불손한 행동에 노하여 일단 자리를 떴으나 궁금하여 하인을 보내어 그가 지은 글을 가져오게 하였다. 왕발은 먼저 변려체(駢儷體)로 된 명문인 〈등왕각서(滕王閣序)〉를 짓고 그 뒤에 여기에 소개하는 시를 지어 붙여놓고 있었다. 염백서는 크게 웃으면서 그 글을 읽다가, "저녁 노을 속에 외로운 따오기 날아가고 있고(落霞與孤鶩齊飛), 가을 강물은 하늘과 한 색깔로 이어져 있다(秋水共長天一色)."라고 한 대목에 이르자 무릎을 치며 경탄하고는 다시 잔치를 벌이고 왕발의 글재주를 극찬하였다 한다.

이 시는 특히 시상이며 풍격이 성당시에 매우 접근하고 있다. 그러나 앞머리 서문과 함께 시의 글이 모두 아름답고 멋지기는 하지만 젊은이 답지 않게 아부 기색이 느껴지고, 내용은 아직도 사대부들의 소일거리 범위를 벗어나지 못하고 있음이 아쉽기만 하다.

두소부가 촉천으로 부임하는 것을 전송함 (送杜小府[1]之任蜀川[2])

장안성은 삼진(三秦)지방이 뒷받침하고 있고
바람과 안개 속에 오진(五津) 바라보인다.
그대와 이별하는 뜻 각별함은
다 같이 벼슬살이로 떠도는 인생이기 때문일세.
이 세상에 자기를 알아주는 이가 있기만 하다면
하늘 저쪽 가에 있다 하더라도 이웃에 있는 거나 같다네.
헤어지는 갈림길에서
아녀자처럼 함께 수건에 눈물 적시지 마세.

성 궐 보 삼 진 / 풍 연 망 오 진
城闕[3]輔[4]三秦[5]하고, 風煙望五津[6]이라.

여 군 이 별 의 / 동 시 환 유 인
與君離別意는, 同是宦遊人[7]이라.

해 내 존 지 기　　　　천 애 약 비 린
海內存知己면,　　　　天涯[8]若比隣[9]이라.

무 위 재 기 로　　　　아 녀 공 점 건
無爲在岐路에,　　　　兒女共霑巾[10]하라.

註解 1) 杜少府(두소부)－'소부'는 현령(縣令) 아래의 벼슬인 현위(縣尉)를 이르는 말. '두' 씨는 작자의 친구라는 것 이외에는 이름도 무엇인지 알 길이 없다. 2) 蜀川(촉천)－지금의 사천(四川)성 지방을 널리 가리키는 말. '천' 자가 주(州)로 된 판본도 있으나, 글자 모양이 비슷하여 착오가 생긴 것으로 보는 이들이 많다. 3) 城闕(성궐)－본시는 임금의 궁궐을 이르는 말이나, 여기에서는 장안성(長安城)을 가리키며 그들이 송별을 하고 있는 고장이다. 4) 輔(보)－돕다, 뒷받침하다. 5) 三秦(삼진)－지금의 섬서(陝西)성 일대를 이르는 말. 옛날 초나라 항우(項羽)는 진(秦)나라를 쳐부수고 그곳을 옹(雍)·새(塞)·적(翟)의 세 나라로 쪼개어 놓은 데서 생긴 말임. 6) 五津(오진)－사천성 민강(岷江)은 관현(灌縣)으로부터 건위현(犍爲縣)에 이르는 사이에 백화진(白華津)·조리진(皀里津)·강수진(江首津)·사두진(沙頭津)·강남진(江南津)의 다섯 곳의 나루터가 있어서 그 지역을 '오진'이라 부른다. 그곳은 두소부가 부임하여 갈 곳이다. 7) 宦遊人(환유인)－벼슬을 하기 위하여 고향을 떠나 돌아다니는 사람. 8) 天涯(천애)－하늘 저쪽 끝, 극히 먼 곳을 뜻함. 9) 比鄰 (비린)－가까운 이웃. 10) 霑巾(점건)－눈물로 수건을 적시는 것, 눈물을 흘리는 것.

解說 작자가 아주 젊었을 시절의 시라 한다. 작자가 떠나보내는 친구도 젊고 앞날이 밝은 청년이었을 것이다. 이별은 슬프기는 하지만 희망이 있고 전도가 양양한 이들이기에 "아녀자들처럼 눈물을 흘리지 말자"고 하면서 헤어지고 있는 것이다. 의기는 있는 것 같지만 시에는 이별을 아쉬워하는 서운한 정이 짙게 서려있다.

■ 작가 약전(略傳) ■

낙빈왕(駱賓王, 640?~680?)

낙빈왕은 일곱 살에 이미 시를 지었다 하며, 벼슬은 장안 주부(長安主簿)까지 지냈는데, 측천무후에게 여러 번 상소를 하다가 도리어 좌천되자 벼슬을 그만두었다. 서경업(徐敬業)이 무후에게 반란을 일으키자, 거기에 가담하여 무후의 죄목을 열거한 격문을 써서 돌렸다. 반란이 실패하자 그는 도망쳐 자취를 감추었다. 그는 협기가 강하여 비장한 감정을 노래한 작품이 많고, 장편의 시를 잘 지었다. 장편의 〈제경편(帝京篇)〉·〈주석편(疇昔篇)〉 등은 특히 유명하며, 〈대곽씨답노조린(代郭氏答盧照隣)〉·〈대증도사이영(代贈道士李榮)〉 등 칠언시도 독자적인 풍격을 들어내고 있다. 그러나 여기에 인용한 시와 같은 짧은 시에도 빼어난 작품이 많다.

역수에서 사람을 전송하는데(易水送人)

이곳은 연나라 태자 단(丹)이 형가(荊軻)와 이별하던 곳,
장사의 머리 고추 서 관을 치받네.
옛적 사람들 이미 모두 죽어버렸으되
오늘도 강물만은 여전히 차갑구나!

차 지 별 연 단　　　　장 사 발 충 관
此地別燕丹[1]할새,　壯士髮衝冠[2]이라.

석 시 인 이 몰　　　　금 일 수 유 한
昔時人已沒이로되,　今日水猶寒이로다.

註解 1) 別燕丹(별연단) – 연나라 단이 이별하다, 형가(荊軻)라는 사람이 연나라에 위협적인 존재가 되고 있는 진(秦)나라 시황제(始皇帝)를 암살하겠다고 자원해서 나서자, 연나라의 태자(太子) 단(丹)이 역수(易水)까지 나가서 그를 전송하였다. 역수는 허베이성(河北省)에 흐르고 있는 강물 이름으로 지금은 사하(沙河)라 부른다. 형가는 진나라로 가서 진시황 옆까지 접근했으나 암살에는 실패를 하였다. 때문에 이 시 제목도 「역수송인」이다. 2) 髮衝冠(발충관) – 머리털이 관을 치받다, 사람의 의기가 치솟는 모양을 강조한 말임.

解說 연나라의 태자인 단이 폭군 진시황을 암살하겠다고 떠나가는 형가라는 사람을 역수 물가까지 나가 전송할 때의 모습을 읊은 시이다. 본시 형가는 전국(戰國) 시대(B.C.403–B.C.221) 제(齊)나라 사람이었다. 뒤에 위(衛)나라로 갔다가 다시 연(燕)나라로 옮겨 살았다. 책도 열심히 읽으며 공부하였고 칼싸움 하는 재주도 익히었다. 연나라에서는 태자 단의 집에 드나들었는데, 그때 태자 단은 진(秦)나라 시황제에게 위압을 가하여 제후들의 땅을 침략하는 행위를 막고자 하였다. 뜻대로 되지 않자 다시 진시황을 죽이고자 하였다. 형가는 그러한 태자 단의 뜻을 훌륭하게 여기고 연나라 태자에게 자기가 진시황을 암살하는 일을 맡겠다고 자청하였다. 형가는 먼저 진시황에게 큰 죄를 짓고 연나라에 와있는 번어기(樊於期)라는 자의 목을 잘라줄 것을 요

구하였다. 그러면 진나라로 숨어들어가 자신이 반역자의 목을 잘라왔다고 하면서 진시황에게 접근하여 몰래 품고 간 비수로 진시황을 찔러죽이겠다는 것이었다. 태자 단은 형가의 계책에 따라 모든 준비를 철저히 해 주고, 마침내 형가를 진나라로 몰래 보내게 된 것이다. 때문에 역수 가까지 나가 남몰래 큰일을 하려고 태자 단이 형가를 떠나보내는 정경은 무척이나 심각했을 것이다.

시에서는 이때 "장사의 머리 고추 서 관을 치받네." 하고 읊고 있지만, 떠나가는 형가의 머리만이 고추 서서 머리에 쓴 관을 치받을 정도가 아니라, 태자 단의 비장한 마음이며 이를 지켜보는 사람들의 감정도 그들의 머리털이 고추서 관을 치받을 정도였을 것이다. 그러나 진시황 가까이까지 접근했던 형가는 품고 갔던 비수로 진시황을 제대로 찌르지 못하고 결국 잡혀서 죽게 된다. 결국 지금 와서 보면 태자 단이고 진시황이고 모두 죽고 없다. 시인은 허전한 마음 가눌 길 없어 끝 구절을 "오늘도 강물만은 여전히 차갑구나!" 하는 말로 맺고 있는 것이다.

■ 작가 약전(略傳) ■

양형(楊炯, 650~692?)

양형은 화음(華陰, 지금의 陝西省) 사람으로, 과거에 합격하여 교서랑(校書郞)이 되었고, 숭문관(崇文館) 학사 · 첨사사직(詹事司直)을 거처 재주(梓州)의 사법참군(司法參軍) · 영천령(盈川令) 등을 지냈다. 글재주를 자부하였으나 독창성은 부족하며, 변경생활과 전쟁을 주제로 한 작품들 속에 격앙된 정서가 잘 나타나 있다. 〈종군행(從軍行)〉 · 〈출새(出塞)〉 · 〈자류마(紫騮馬)〉 등을 대표작으로 들 수 있다. 원래의 그의 문집은 없어지고, 명대에 편찬된 《영천집(盈川集)》이 전해지고 있다.

종군행(從軍行)

봉화가 서경에 비추이니
마음 저절로 격앙되네.
군사 이끌고 궁성 하직하고 가서
철갑 기병으로 흉노의 도성 포위하네.
눈발 자욱하여 깃발 그림도 빛을 잃고
바람 요란한 중에 북소리 섞이네.
차라리 백부장이 되는 것이
한 서생으로 사는 것보다 좋으리라.

봉 화 조 서 경
烽火照西京[1]하니,

심 중 자 불 평
心中自不平[2]이라.

아 장 사 봉 궐
牙璋[3]辭鳳闕[4]하고,

철 기 요 용 성
鐵騎繞龍城[5]이라.

설 암 조 기 화
雪暗凋[6]旗畵하고,

풍 다 잡 고 성
風多雜鼓聲이라.

녕 위 백 부 장
寧爲百夫長[7]이,

승 작 일 서 생
勝作一書生이로다.

註解 1) 西京(서경)－장안(長安)을 이르는 말. 2) 不平(불평)－평안하지 않은 것, 크게 흔들리는 것. 3) 牙璋(아장)－상아(象牙) 와 옥의 일종인 '장' 으로 만든 물건. 옛날 중국에서 군대를 출동시킬 때 지휘자가 손에 들고 지휘하던 물건. 여기서는 군대를 출동시킨 것을 뜻함. 4) 鳳闕(봉궐)－천자의 궁궐. 5) 龍城(용성)－한(韓) 나라 때 흉노족(匈奴族)이 크게- 모임을 갖고 하늘을 제사지내던 곳임. 흉노족의 중요한 성을 가리킴. 6) 凋(조)－시들다, 빛을 잃다. 7) 百夫長(백부장)－졸장(卒長), 옛날 중국 군대에서 가장 낮은 지휘자. 지금의 분대장 정도였다.

解說 이 시에는 종군하는 이의 기개와 이별을 통한 우정이 진지하게 잘 표현되어 있다. 단순하게 군대에 관한 일을 읊은 시가 아니다. 당나라

초기에 유행한 문장의 형식과 수사만을 중시하던 궁정시인들의 작품과는 완전히 다른 풍격의 시이다. 이런 진실한 서정의 개척을 통해서 뒤의 성당(盛唐)시대에 가서는 근체시가 제자리를 잡고 성행하게 되었던 것이다. 그런 면에서 양형의 시는 크게 평가해 주어도 좋을 것이다.

■ 작가 약전(略傳) ■

진자앙(陳子昂, 661~702)

초당의 제(齊) · 양(梁) 궁체(宮體) 시풍을 반대하고 한위(漢魏)의 풍골(風骨)을 주장하여 성당의 길을 열어준 작가이다. 자가 백옥(伯玉)이고, 자주(梓州) 사홍현(射洪縣 : 지금의 四川省 射洪縣) 사람이다. 칙천무후(則天武后) 초기에 〈대주수명송(大周受命頌)〉을 지어 바치어 칙천무후의 인정을 받아, 인대정자(麟臺正字)를 시작으로 뒤에는 우습유(右拾遺)가 되었다. 그는 언제나 권력에 굴하지 않고 올바른 주장을 내세웠다. 만세통천(萬歲通天) 원년(696)에는 무유의(武攸宜)를 따라 북정(北征)을 하였으나 의견 충돌이 생기어 직책이 더 낮아지게 되었으며, 결국 성력(聖歷) 원년(698)에는 벼슬을 내던지고 고향으로 돌아왔다. 그러나 곧 무삼사(武三思)의 모함으로 옥에 갇혔다가 죽었다.

그는 육조(六朝) 이래로 중시해온 시의 형식과 허식적인 겉껍질을 벗어 팽개치고, 시에는 흥기(興寄)가 있어야 하고 골육(骨肉)이 있어야 한다고 주장하며 작자의 개성적인 생명과 감정을 내세웠다. 그의 시는 지금 우리에게 전하는 것은 그다지 많지 않으나 모두가 제 · 양의 궁체와는 풍격이 다른 자신의 생각과 감정을 곧바로 표현한 것들이다. 곧 그가 주장한 흥기(興寄)나 건안(建安) · 정시(正始)의 풍력(風力)이 잘 드러나 있는 것이다. 두보(杜甫)는,

'공(진자앙)은 양웅(揚雄) · 사마상여(司馬相如) 뒤에 태어났으나 이름은 해나 달처럼 뚜렷하네. ……고금의 충의를 세웠으니 남겨놓은 시로 〈감우시〉가 있네(杜甫 〈陳拾遺故宅詩〉 : 公生揚馬後, 名與日月懸. ……終古立忠義, 感遇有遺篇).'

하고 노래하였고, 《당서(唐書)》의 그의 전기에서는,

'당나라가 일어나자 문장은 서릉(徐陵) · 유신(庾信)의 여풍을 계승하여 온 천하가 이를 숭상하였는데, 진자앙이 비로소 이를 우아하고 올바르게 변화시켰다(唐興, 文章承徐庾餘風, 天下祖尙, 子昂始變雅正).'

라고 평하고 있다. 그러니 진자앙이야말로 육조의 형식주의적인 문풍을 벗어나 발전과 성황을 이루는 성당의 시단을 준비한 작가였다고 할 수 있다.

유주대에 올라(登幽州臺[1]歌)

앞으로는 옛사람들 보이지 않고
뒤로는 올 사람들 보이지 않네.
천지의 영원함 생각하니
홀로 슬퍼져 눈물 흘리네.

전불견고인 / 후불견래자
前不見古人이오 後不見來者라.
염천지지유유 / 독창연 이체하
念天地之悠悠[2]하니, 獨愴然[3]而涕下라.

註解 1) 幽州臺(유주대)－유주(幽州)는 당대에 하북도(河北道)에 속하던 지역으로, 지금의 북경(北京) 일대. 옛날에는 그 북쪽은 이민족들이 살던 변경이었다. 대(臺)는 그곳에 있던 누대(樓臺). 유주대는 당대에 유주절도사(幽州節度使)가 있던 계현(薊縣) 서북쪽의 계북루(薊北樓) 또는 계구루(薊丘樓)이거나 연대(燕臺) 중의 하나일 것이다. 2) 悠悠(유유)－끝없이 계속되는 모양, 영원한 것. 3) 愴然(창연)－슬픈 모양.

解說 높은 누대에 올라 끝없이 펼쳐지는 자연을 바라보며 짧은 인간의 목숨을 슬퍼한 것이다. 옛사람들에게는 이런 시간의 흐름을 통한 인생의 숙명에 대한 슬픔이 좋은 시제 중의 하나였다. 이런 숙명에 대한 초탈은 송대에 가서야 이루어진다.

시세에 대한 감상(感遇[1]詩) 제2수

난초와 두약이 봄 여름에 자라는데,
무성히 얼마나 푸르른가?

그윽히 고요한 숲속에 색깔 빼어나고,
자색 꽃대 위에 붉은 꽃이 피어 늘어졌네.
밝은 해 더디 지고,
산들산들 가을바람 일고 있네.
핀 꽃들 다 떨어지고 나면
향기를 뿜던 뜻 무얼 이룰 수 있는가?

蘭若(난약)[2]生春夏(생춘하)하니, 芊蔚(천울)[3]何靑靑(하청청)고?
幽獨(유독)[4]空林色(공림색)이오, 朱蕤(주유)[5]冒紫莖(모자경)[6]이라.
遲遲白日晩(지지백일만)이오, 裊裊(요뇨)[7]秋風生(추풍생)이라.
歲華(세화)[8]盡搖落(진요락)하면, 芳意(방의)[9]竟何成(경하성)고?

註解 1) 感遇(감우)－자기가 살아오면서 경험한 일에 대한 감상. 진자앙은 38수의 〈시세에 대한 감상〉 시를 짓고 있는데 이 시는 그 중의 둘째 시이다. 2) 蘭若(난약)－난초와 두약(杜若), 두 가지 모두 향초임. 3) 芊蔚(천울)－초목이 우거진 것, 무성한 것. 4) 幽獨(유독)－그윽히 홀로 있는 것, 그윽하면서도 빼어난 것. 5) 朱蕤(주유)－붉은 꽃이 피어 아래로 늘어져 있는 것. 6) 冒紫莖(모자경)－그 꽃이 "자색의 꽃대 위에 피어있다"는 뜻. 7) 裊裊(요뇨)－하늘하늘하는 모양, 산들산들한 모양. 8) 歲華(세화)－한 해 동안 무성하고 화려했던 풀과 나무의 잎새와 꽃을 가리킴. 9) 芳意(방의)－향기로웠던 뜻, 올바른 일을 해보려고 노력하였던 뜻 같은 것에 비유한 말.

解說 진자앙의 〈시세에 대한 감상〉 38수는 시인이 살아오면서 느낀 세상에 대한 여러 가지 감상을 노래한 시들이다. 초당은 육조의 유미주의적인 문학풍조가 만연했던 시대이나, 진자앙만은 이른바 한위풍골(漢魏風骨)을 유지하며 문학을 통하여 여러 가지 사회문제를 부각시키는

데도 힘썼다. 그는 초당대에 당대시의 혁신운동을 앞서 이끈 시인이라고 할 수 있다.

그리고 이 〈시세에 대한 감상〉 제2수는 옛날 《초사(楚辭)》에서 향초와 미인으로 올바른 뜻을 지녔으면서도 현실 속에서 고난을 겪고 있는 감상을 노래했던 수법을 계승한 것이다. 쌀쌀한 가을바람이 일면서 향초가 시들 듯 절조를 지키려다 어지러운 시세에 밀려 불우하게 지내야만 하는 올바른 사람들의 처경을 노래한 것임에도 불구하고 시의 정취는 무척 아름답게 느껴진다.

시세에 대한 감상(感遇詩) 제3수

푸르고 푸른 정령족이 사는 변경은
옛부터 아득히 멀고 거친 곳이네.
보루는 어찌 이리 무너져 있나?
널려 있는 뼈는 온전한 모습이란 없네.
누런 모래먼지 자욱히 남쪽에 일어나자
밝은 해도 서쪽 구석으로 숨었는데,
한나라 군사 30만이
옛날 흉노를 정벌하러 오던 때였네.
오직 보이는 건 모래 위에 죽은 자뿐이니
누가 변경의 고아를 보살펴줄 것인가?

창창 정령새　　　금고면 황도
蒼蒼[1]丁零塞[2]는,　今古緬[3]荒途라.

정후 하최올　　　폭골무전구
亭堠[4]何摧兀[5]고?　暴骨無全軀라.

황사막 남기　　　백일은서우
黃沙幙[6]南起하고,　白日隱西隅라.

漢甲三十萬이나, 曾以事匈奴라.
(한갑삼십만 / 증이사흉노)

但見沙場死니, 誰憐塞上孤리요?
(단견사장사 / 수련새상고)

註解 1) 蒼蒼(창창)－푸르고 푸른 것, 푸르고 푸른 모양. 2) 丁零塞(정령새)－정령은 종족 이름, 따라서 정령족이 사는 변경지대. 3) 緬(면)－아득히 먼 것. 4) 亭堠(정후)－북방의 경비병들이 머물면서 망을 보던 보루(堡壘). 5) 摧兀(최올)－험하게 무너져 있는 것. 6) 嵮(막)－막(漠)과 통하여, 자욱한 모양. 사막의 뜻으로 보아도 된다.

解說 진자앙의 〈시세에 대한 감상〉 38수 중의 제3수이다. 북방 변경 전쟁이 있었던 곳의 황량한 모양을 노래한 시이다. 수나라 말 당나라 초의 변경 참상을 눈앞에 보는 듯하다.

시세에 대한 감상(感遇詩) 제37수

아침에 운중군으로 들어가
북쪽의 선우대를 바라보네.
오랑캐와 우리가 얼마나 가깝게 있는가?
북쪽의 사막에는 웅장한 기운 일고 있네.
어지러이 버릇없는 오랑캐들은
미친 듯이 날뛰면서 거듭 침략해 오네.
변경의 성 위에는 좋은 장수란 없고
흙으로 쌓은 보루만 공연히 우뚝 우뚝 섰네.
퓨우 하고 나는 무엇을 탄식하는가?
변경 사람들이 흘리는 피가 풀밭을 적시고 있네.

조 입 운 중 군　　　북 망 선 우 대
朝入雲中郡[1]하여, 北望單于臺[2]라.

호 진　하 밀 이　　　사 삭　기 웅 재
胡秦[3]何密邇[4]오? 沙朔[5]氣雄哉로다!

적 적　천 교 자　　　창 광 이 부 래
籍籍[6]天驕子[7]이, 猖狂已復來라.

새 원　무 명 장　　　정 후　공 최 외
塞垣[8]無名將이오, 亭堠[9]空崔嵬[10]라.

돌 차　오 하 탄　　　변 인 도 초 래
咄嗟[11]吾何嘆고? 邊人涂草萊[12]로다.

註解 1) 雲中郡(운중군)－지금의 산서성(山西省) 대동시(大同市) 근처의 고을 이름. 당시에는 변경의 고을이었다. 2) 單于臺(선우대)－한나라 무제(武帝)가 흉노(匈奴)의 침략을 막기 위하여 18만의 군사를 거느리고 올라갔던 곳. 지금의 내몽고 호화호특(呼和浩特)시 서쪽 운중군으로부터 서북쪽으로 40리 되는 곳에 있음. 3) 胡秦(호진)－오랑캐들과 중국. 4) 密邇(밀이)－아주 가까운 것. 5) 沙朔(사삭)－사막의 북쪽. 6) 籍籍(적적)－어지러이 움직이는 모양. 7) 天驕子(천교자)－하늘에 대하여도 교만한 자, 오랑캐들을 가리킴. 8) 塞垣(새원)－변경의 성벽. 9) 亭堠(정후)－흙을 쌓아 만든 보루. 10) 崔嵬(최외)－높이 솟은 모양. 11) 咄嗟(돌차)－한탄하는 모양. 12) 涂草萊(도초래)－피로 풀밭을 널리 적시는 것, 넓은 풀밭을 피로 물들이는 것.

解說 진자앙에게는 〈시세에 대한 감상〉이라는 제목 아래 38수의 시가 있는데, 여기에 소개한 것은 그 중 제37수의 작품이다. 이 시는 북쪽 돌궐(突厥)의 침입에 제대로 대처하지를 못하여 무참히 오랑캐들에게 살육당하고 있는 변경 백성들의 처지를 슬퍼한 내용이다. 변경의 운중군에 가서 멀리 선우대를 바라보며 옛날 한무제의 위대한 무공을 생각하면서 현실을 한탄하고 있는 것이다. 선우(單于)는 본시 흉노의 왕의 호칭이며 선우대는 흉노 왕과 깊은 관계가 있는 곳이다.

당나라 같은 대제국일수록 그늘진 곳이 더 많고 그 그늘 속에는 이런 백성들의 참상이 보다 많을 수밖에 없었을 것이다.

봄날 밤에 벗과 작별하며(春夜別友人)

은빛 촛불은 파란 연기를 토하고,
황금 술통이 화려한 자리 곁에 놓였네.
작별 술자리 벌어진 방에선 금슬 가락이 슬픔 자아내고,
이별하고 갈 길 생각하니 산천을 감돌고 있네.
밝은 달 높은 나무 밑으로 숨으니,
은하수는 새벽 하늘에서 사라져 가네.
아득히 낙양으로 떠나가면
이런 모임 언제나 다시 있으려나?

은촉 토청연 銀燭[1]吐靑烟하고,	금준 대기연 金尊[2]對綺筵[3]이라.
이당 사금슬 離堂[4]思琴瑟[5]하고,	별로요 산천 別路繞[6]山川이라.
명월은고수 明月隱高樹하니,	장하 몰효천 長河[7]沒曉天[8]이라.
유유 낙양거 悠悠[9]洛陽去면,	차회재하년 此會在何年고?

註解 1) 銀燭(은촉)－은빛 촛불. 밝은 촛불. 2) 金尊(금준)－금 술통. 3) 綺筵(기연)－아름다운 잔칫자리. 화려한 자리. 4) 離堂(이당)－이별의 술자리가 벌어진 방. 5) 琴瑟(금슬)－중국의 대표적 옛 현악기. 금은 7현(絃), 슬은 25현이 일반적이다. 6) 繞(요)－감돌다. 7) 長何(장하)－은하수. 8) 曉天(효천)－새벽 하늘. 9) 悠悠(유유)－아득한 모양.

解說 작자가 낙양으로 떠나가려 하면서, 친구들과 송별연을 벌인 자리에서 지은 시이다. 어떤 친구인지는 알 수가 없다.

■ 작가 약전(略傳) ■

송지문(宋之問, 656?~712?)

일명 소련(少連)이라고도 하였고, 자는 연청(延淸)이다. 당나라 분주(汾州 : 山西省) 사람으로 어려서부터 세상에 글 재주가 뛰어나 유명하였으며, 오언시(五言詩)를 특히 잘 지었다. 그러나 사람됨이 지저분하여 칙천무후(則天武后) 때 무후의 총애를 받는 대신인 장이지(張易之)에게 아첨하여 그 사람 대신 시를 써주었을 뿐 아니라, 요강〔溺器〕까지 받쳐들었다고 한다. 중종(中宗) 때 수문관직학사(修文館直學士)가 되었고 예종(睿宗) 때 귀양을 흠주(欽州)로 가서 그곳에서 오래지 않아 임금의 명으로 죽게 되었다. 그는 인품이 비록 깨끗하지 못하나 초당 때 심전기(沈佺期)와 함께 글 재주로 이름을 날리어 흔히 '심송(沈宋)'이라 불렀고, 근체시의 완성에 특히 큰 공헌을 하였다.

님을 그리며(有所思[1])

낙양성 동쪽의 복숭아와 오얏꽃이
이리저리 날리며 떨어지고 있는 것은 누구의 집인가?
깊은 규방의 아가씨 얼굴빛을 아끼어
앉아서 떨어지는 꽃보며 길게 탄식한다.
올해 꽃이 지면 얼굴빛은 또 바뀔 것이니,
내년 꽃이 다시 필 적엔 누가 다시 그대로 있을 것인지?
이미 소나무와 잣나무도 잘리어 땔감 되는 것 보았고,
또 뽕나무밭이 변하여 바다가 되었다는 말도 들었다.
옛사람은 낙양성 동쪽으로 다시 찾아오지 못하는데,
지금 사람은 또한 꽃을 떨어뜨리는 바람을 대하고 있다.
해마다 꽃은 비슷하게 다시 피지만,
해마다 사람들은 달라지고 있다.
아주 왕성한 얼굴 붉은 젊은이에게 말하나니,
반은 죽은 머리 흰 노인을 동정해야 하느니라.
이 노인의 흰 머리는 정말로 가엾은 것이니,
그도 옛날엔 얼굴 붉은 미소년이었단다.
공자나 귀족들은 향그런 나무 아래에서,
맑은 노래와 묘한 춤을 추는 꽃 앞에 즐기고 있다.
화려한 못과 누대는 비단 무늬로 장식되었고,
권세가의 누각에는 신선의 그림이 그려져 있다.
하루아침 병들어 누우면 알아주는 이 하나 없으니,
한 봄의 즐김은 어느 곳에 가 있는가?
아리따운 미인도 얼마나 갈 수가 있는가?
얼마 안 가 흰 머리가 실처럼 어지럽게 날 것이다.
옛부터 노래하고 춤추며 즐기던 고장에도,
오직 황혼에 새들만이 날고 있는 것이 보인다.

낙양성동도리화　　비래비거낙수가
洛陽城東桃李花는,　　飛來飛去落誰家오?

유규 아녀석안색　　좌견낙화장탄식
幽閨[2]兒女惜顏色하여,　　坐見落花長歎息이라.

금년화락안색개　　명년화개부수재
今年花落顏色改하니,　　明年花開復誰在오?

이견송백최위신　　갱문상전변성해
已見松柏摧爲薪[3]하고,　　更聞桑田變成海[4]라.

고인무부낙성동　　금인환대낙화풍
古人無復洛城東이요,　　今人還對落花風이라.

연년세세화상사　　세세연년인부동
年年歲歲花相似나,　　歲歲年年人不同이라.

기언전성홍안자　　수련반사백두옹
寄言全盛紅顏子하나니,　　須憐半死白頭翁이라.

차옹백두진가련　　이석홍안미소년
此翁白頭眞可憐이니,　　伊昔紅顏美少年이라.

공자왕손 방수하　　청가묘무낙화전
公子王孫[5]芳樹下에,　　淸歌妙舞落花前이라.

광록지대 문금수　　장군누각 화신선
光祿池臺[6]文錦繡요,　　將軍樓閣[7]畵神仙이라.

일조와병무상식　　삼춘 행락재수변
一朝臥病無相識하니,　　三春[8]行樂在誰邊고?

완전 아미 능기시　　수유학발 난여사
婉轉[9]蛾眉[10]能幾時오?　　須臾鶴髮[11]亂如絲라.

단간고래가무지　　유유황혼조작 비
但看古來歌舞地에,　　惟有黃昏鳥雀[12]飛라.

註解 1) 有所思(유소사)－한대 악부(樂府) 요가(鐃歌) 18곡 가운데의 하나. 본시는 그리운 사람이 멀리 있음을 노래한 것이다. 여기서는 '봄에 생각하는 바, 곧 인생의 무상함을 느끼고 노래한 것' 이란 뜻. 시의 제목이 《당시유향(唐詩遺響)》이나 《당시선(唐詩選)》 등엔 〈대비백두옹(代悲白頭翁)〉이라 되어 있고 유희이(劉希夷)가 지은 것이라 하였다. 유희이가 지은 것으로 봄이 옳을 것이다(해설 참조). 2) 幽閨(유규)－그윽한 규방(閨房). 여인들이 거처하는 깊은 방. 아녀(兒女)는 '여아(女兒)'로 된 판본도 있다. 3) 松柏摧爲薪(송백최위신)－소나무와 잣나무도 잘리어 땔나무가 된다. 만고불변(萬古不變)이란 소나무와 잣나무도 결국은 땔나무가 되고 마는데 사람이야 말해 무엇하겠느냐는 것이다. 4) 桑田變成海(상전변성해)－뽕밭이 변하여 바다가 된다. 역시 이 세상엔 영원불변이란 있기 어렵다는 뜻이다. 《신선전(神仙傳)》에 '동해가 세 번 변하여 뽕밭이 됨을 보았다' 한 데서 성어(成語)가 된 말이다. 5) 公子王孫(공자왕손)－귀족들. 6) 光祿池臺(광록지대)－《한서(漢書)》 원후전(元后傳)에 '상(上 : 成帝)이 평복을 입고 나가 곡양후(曲陽侯 : 光祿大夫였던 王根, 五侯 중의 1人)의 집을 들렀는데 정원 안의 만들어 놓은 산이며 연못과 건물이 백호전(白虎殿)과 비슷함을 발견했다' 하였다. 옛날 광록대부(光祿大夫) 왕근(王根)의 집 정원 같은 화려함을 가리킨다. 7) 將軍樓閣(장군누각)－《후한서(後漢書)》 양기전(梁冀傳)에 의하면 그의 집은 동칠(銅漆)과 조각으로 장식하고 누각에는 하늘에 나는 구름과 신선 모습이 그려져 있었다. 양기는 동한의 순제(順帝) 양황후(梁皇后)의 오빠로 자는 백거(伯車), 발과장군(跋扈將軍)이라 불렸으며 사치와 휘두르는 권세로 유명했다. 이렇게 호사를 극하며 오래 살려는 염원에서 신선을 그려 붙였지만 모두 죽어갔음을 뜻한다. 8) 三春(삼춘)－석 달 동안의 한 봄. 9) 婉轉(완전)－아리따운 것. 예쁜 것. 10) 蛾眉(아미)－나방의 수염 같은 가는 눈썹을 가진 미인. 11) 鶴髮(학발)－학같이 흰 머리. 12) 鳥雀(조작)－새와 참새.

解說 떨어지는 꽃들을 바라보며 무상한 인생을 아름답게 노래하고 있다. 아무리 사람들이 사치를 다하고 마음껏 놀아보아야 결국은 모두 죽어갈 몸, 죽고 나면 허무한 것이 인생이라는 것이다.

특히 이중에서도 '연년세세화상사(年年歲歲花相似), 세세연년인부동(歲歲年年人不同)'이란 구절은 명구로 알려졌다. 《당재자전(唐才子傳)》에 의하면 이 구절을 유희이가 지었는데 장인이 되는 송지문이 그 구절을 보고 감탄하여 그 구절을 자기에게 달라고 하였다. 유희이가 그 구절을 양보하지 않자 송지문은 자기 사위인 그를 흙 포대로 눌러 압살해 버리고 이 시구를 빼앗은 것이라 한다. 이때 유희이의 나이는 30세도 채 못된 젊은이였다. 이 구절은 흡사 유희이가 자기의 운명을 미리 노래한 듯하다고들 말하여 온다.

■ 작가 약전(略傳) ■

이교(李嶠, 644~713)

자는 거산(巨山). 당나라 초기의 조주(趙州) 찬황(贊皇 : 河北省) 사람. 어려서부터 글 재주로 이름을 날렸고, 진사가 된 뒤 급사중(給事中) 등의 벼슬을 지내다가 칙천무후(則天武后)의 비위에 어긋나 윤주(潤州) 사마(司馬)로 쫓겨났다. 오랜 뒤에 다시 봉각사인(鳳閣舍人)이 되었고, 동중서문하삼품(同中書門下三品)으로 특별 승진하고 조국공(趙國公)에 봉(封)해졌다. 현종(玄宗) 때엔 다시 노주별가(盧州別駕)로 쫓겨나기도 하였다. 그의 시에는 물건을 노래한 작품이 많아 정취가 부족하나 최융(崔融) · 소미도(蘇味道) 등과 함께 그 시대에 이름을 날렸다. 《문집(文集)》 50권, 《잡영시(雜詠詩)》 12권 등이 전한다.

분음의 노래(汾陰行[1])

그대는 보지 못했는가, 옛날 서한의 전성시대를?
분음(汾陰)에서 땅의 신을 천자가 친히 제사지냈는데,
재계하는 궁전에 머물러 자면서 재계 음식 만들어 올리게 하여 들고,
종 치고 북 울리며 새깃 꽂은 깃대 세웠네.
한나라 왕실은 5대 임금이 재능 있고 영웅다웠으니,
모든 신령들 받들어 모시고 모든 오랑캐들 복종시켰네.
한 무제(武帝)가 백량대(栢梁臺)에서 시를 읊으며 성대한 잔치 끝내고,
조서 내린 다음 천자의 수레 내어 하동(河東)으로 납시었던 것이네.

▲한 무제(武帝) 초상

하동태수(河東太守)는 친히 후토사(后土祠)를 소제한 다음,
황제 받들어 마중하여 천자의 수레 인도하였는데,
오영(五營)의 장교들 늘어서서 의식과 호위를 맡고,
삼하(三河) 사람들은 모두 구경나와 동네를 비웠네.
정문(旌門)으로 돌아와 머물며 신령 모시는 곳으로 내려와,
향 피우고 맑은 술 올리며 여러 가지 복을 비는데,
금 솥의 음식 올리니 매우 휘황하고,
신령께서는 번쩍번쩍 상서로운 빛 발산했네.
옥 묻고 제물 늘어놓고 신령께 제사 다 지내고,
지휘기 들고 말 몰아 수레 타고 나가셨네.
그 분수(汾水)의 물굽이는 놀이하기 매우 좋은 곳이라,
목란(木蘭)으로 노 만들고 계수나무로 배를 만들었다.
뱃노래 가늘게 읊조리며 채색의 배를 띄우니,
퉁소와 북소리 슬프게 울리고 가을하늘엔 흰 구름만 떠갔네.
즐거운 잔치 무르익자 제후들에게 상을 내리시고,
집집마다 부역 면제해 주고 우주(牛酒)를 내려주셨네.
천자의 명성 밝게 하늘 감동시키고 신령까지 즐겁게 해드리니,
천년 만년 남산처럼 수하실 것일세.
그러나 천자께서 진관(秦關) 향해 떠난 이후로,
천자의 수레는 다시 돌아오지 못하였네.
구슬 발과 깃털 장막 속은 언제나 적막하기만 하니,
정호(鼎湖)의 용 수염 같은 것에 어찌 매달릴꼬?
천년 두고 사람들이 공들인 일 하루아침에 허사되니,
온 세계 한 집안 만들려던 길 이에 궁해졌네.
영웅호걸의 의기 지금은 어디에 있는가?
제사지내던 곳이며 궁정이며 모두 쑥대로 덮혔네.
길에서 늙은 노인 만나 길게 탄식하니,
세상 일은 돌고돌아 예측할 수 없는 것이어서,

옛날에 기생집에서 어울려 노래하고 춤추던 사람이,
오늘은 누런 먼지 덮어쓰고 싸리와 가시나무에 싸여 있네.
눈 가득히 보이는 산과 내도 옷깃을 눈물로 젖게 하니,
부귀영화는 얼마나 오래 갈 수 있는 건가?
지금은 분수 가에, 아무것도 보이지 않고,
오직 해마다 가을이면 기러기나 날고 있음을 보지 못하는가?

군 불 견 석 일 서 경 전 성 시 분 음 후 토 친 제 사
君不見 昔日西京[2]全盛時아? 汾陰后土[3]親祭祠라.

재 궁 숙 침 설 재 공 당 종 명 고 수 우 기
齋宮[4]宿寢設齋供[5]하고, 撞鍾鳴鼓樹羽旗[6]라.

한 가 오 엽 재 차 웅 빈 연 만 령 복 구 융
漢家五葉[7]才且雄하니, 賓延萬靈[8]服九戎[9]이라.

백 량 부 시 고 연 파 조 서 법 가 행 하 동
栢梁賦詩[10]高宴[11]罷하고, 詔書法駕[12]幸河東[13]이라.

하 동 태 수 친 소 제 봉 영 지 존 도 란 여
河東太守親掃除하고, 奉迎至尊導鑾輿[14]라.

오 영 장 교 열 용 위 삼 하 종 관 공 리 려
五營將校[15]列容衛[16]하고, 三河[17]縱觀空里閭[18]라.

회 정 주 필 강 영 장 분 향 전 서 요 백 상
回旌[19]駐蹕[20]降靈場[21]하여, 焚香奠醑[22]徼百祥[23]이라.

금 정 발 식 정 혼 황 영 기 위 엽 터 경 광
金鼎發食[24]正焜煌[25]하고, 靈祇煒燁[26]攄景光[27]이라.

매 옥 진 생 예 신 필 거 휘 상 마 승 여 출
埋玉[28]陳牲禮神畢하고, 擧麾[29]上馬乘輿出이라.

피 분 지 곡 가 가 유 목 란 위 즙 계 위 주
彼汾之曲嘉可遊[30]하니, 木蘭爲檝[31]桂爲舟라.

도 가 미 음 채 익 부 소 고 애 명 백 운 추
櫂歌[32]微吟彩鷁[33]浮하니, 簫鼓哀鳴白雲秋라.

환 오 연 흡 사 군 후 가 가 복 제 호 우 주
歡娛宴洽[34]賜郡后[35]하고, 家家復除戶牛酒[36]라.

성명동천 낙무유
聲明動天[37]樂無有[38]하니,
천추만세남산수
千秋萬歲南山壽라.

자종천자향진관
自從天子向秦關[39]으로,
옥련금거 불부환
玉輦金車[40]不復還이라.

주렴우장장적막
珠簾羽帳長寂寞하니,
정호용염 안가반
鼎湖龍髯[41]安可攀고?

천령인사 일조공
千齡人事[42]一朝空하니,
사해위가 차로궁
四海爲家[43]此路窮이라.

웅호의기금하재
雄豪意氣今何在오?
단장 궁원진호봉
壇場[44]宮苑盡蒿蓬[45]이라.

노봉고로장태식
路逢古老長太息하니,
세사회환불가측
世事回環不可測이라.

석시청루 대가무
昔時青樓[46]對歌舞러니,
금일황애취형극
今日黃埃聚荊棘[47]이라.

산천만목루첨의
山川滿目淚沾衣하니,
부귀영화능기시
富貴榮華能幾時오?

불견지금분수상
不見只今汾水上에,
유유연년추안비
惟有年年秋雁飛아?

註解 1) 汾陰行(분음행)－분음(汾陰)의 노래. 분음은 산서성(山西省) 영하현(滎河縣) 북쪽에 있던 현(縣) 이름. 분수(汾水)의 남쪽〔陰〕에 있어서 붙여진 이름이다. 원정(元鼎) 4년(기원전 113년)에 한무제는 분음땅 속에서 보정(寶鼎)이 발견된 뒤 그곳에 후토사(后土祠)를 세우고 직접 가서 땅의 신에게 제사지냈다. 2) 西京(서경)－장안(長安). 여기서는 서한(西漢)을 가리킴. 3) 后土(후토)－땅 또는 대지의 신. 4) 齋宮(재궁)－천자가 재계하는 궁전. 5) 設齋供(설재공)－재계할 때의 음식을 재계에 맞게 마련해 올리는 것. 6) 樹羽旗(수우기)－새깃을 꽂은 기를 세우다. 우기(羽旗)는 우기(羽旂)라고도 하며, 오색의 새 깃털을 깃대 위에 꽂은 것. 7) 漢家五葉(한가오엽)－한나라 왕실의 5대(代). 곧 고조(高祖)·혜제(惠帝)·문제(文帝)·경제(景帝)·무제(武帝)를 가리킴. 8) 賓延萬靈(빈연만령)－모든 신령을 손님처럼 모시다. 모든 신령을 잘 모시다. 9) 九戎(구융)－모든 오랑캐들. 융(戎)·이(夷)·적

(狄)·만(蠻)을 다 포함함. 10) 栢梁賦詩(백량부시)－백량대(栢梁臺)에서 시를 읊다. 한무제는 백량대를 짓고 여러 신하들을 모아 잔치하며 모두에게 칠언(七言)의 시 한 구절씩을 읊도록 하였다. 황제 이하 25명이 한 구절씩 읊은 연작 시가 전한다. 원봉(元封) 3년(기원전 108년)에 지은 것이라 하나 청 고염무(顧炎武)를 비롯한 많은 학자들이 후세 사람이 가짜로 지은 것일 것이라며 의문을 제기하고 있다. 11) 高宴(고연)－성대한 잔치. 12) 法駕(법가)－천자의 수레. 13) 河東(하동)－대체로 산서성(山西省) 경내의 황하 동쪽 지방. 분음은 그곳에 있다. 14) 鑾輿(난여)－천자의 수레. 15) 五營將校(오영장교)－여러 군영의 장교들. 장수(長水)·보병(步兵)·사성(射聲)·둔기(屯騎)·월기(越騎) 등 오영(五營, 《後漢書》 順帝紀 注)의 장교들. 16) 列容衛(열용위)－줄을 서서 의식과 호위를 맡다. 의장도 갖추고 호위도 담당하다. 17) 三河(삼하)－한대에 하동(河東)·하내(河內)·하남(河南)의 삼군(三郡)을 이르던 말. 18) 空里閭(공리려)－마을이 텅 비다. 19) 回旌(회정)－정문(旌門)으로 돌아오다. 정문은 천자가 밖에 나가 제사를 지내거나 임시로 쉴 때 장막을 쳐 궁전을 삼고 깃대를 세워 만들어 놓은 문. 20) 駐蹕(주필)－천자가 밖에 나가 다니다 머무는 것. 21) 靈場(영장)－신령이 내리는 곳. 후토사(后上祠)를 가리킴. 22) 奠醑(전서)－좋은 술을 올리는 것. 23) 徼百祥(요백상)－백 가지 상서로움을 빌다. 여러 가지 복을 빌다. 24) 發食(발식)－음식을 올리다. 음식을 제물로 차려 올리는 것. 25) 焜煌(혼황)－휘황하다. 빛이 환한 것. 26) 靈祇煒燁(영기위엽)－신령께서 빛을 발하다. 땅의 신께서 번쩍번쩍 빛을 내시다. 27) 攄景光(터경광)－상서로운 빛을 발산하다. 《한서》 교사지(郊祀志)에는 무제가 분음에 갔을 때, 어떤 사람이 분수 가에 붉은 비단 같은 빛이 나는 것을 보았다 하여, 거기에 후토사(后土祠)를 세웠다고 하였다. 28) 埋玉(매옥)－옥을 땅에 묻다. 땅의 신에게 제물로 바치는 것이다. 29) 麾(휘)－지휘할 때 쓰는 깃발. 30) 嘉可遊(가가유)－매우 놀기에 좋다. 잘 놀기에 합당하다. 31) 檝(즙)－楫(즙)과 동자(同字)로 된 판본도 있음. 배의 노. 32) 櫂歌(도가)－본시는 뱃노래로 옛 악부(樂府) 슬조(瑟調)에 속하는 곡명. 그러나 진(晉)나라 때의 이 노래는 위명제(魏明帝)의 시로 오

(吳)나라를 평정했던 공훈을 노래한 내용이라 한다(《樂府解題》). 33) 彩鷁(채익)－채색으로 장식한 배. '익(鷁)'은 본디 백로(白鷺) 비슷한 큰 물새 이름. 34) 宴洽(연흡)－잔치가 무르익다. 35) 賜群后(사군후)－제후들에게 사은품을 내리다. 군후는 제후들. 36) 戶牛酒(호우주)－모든 집에 우주(牛酒)를 내리다. '우주'는 천자의 하사물로 흔히 쓰이던 술. 《한서》 무제본기(武帝本紀)엔 분음에서 땅의 신에게 제사지내기 직전에 옹(雍)에 가 오치(五時)에 제사지내고 우주를 내린 기록이 있다. 37) 聲明動天(성명동천)－명성이 밝게 하늘을 움직이다. 천자의 명성이 밝게 하늘을 감동시키다. 38) 樂無有(낙무유)－신령을 즐겁게 해드리다. 무유는 존재가 없는 신 같은 것. 39) 秦關(진관)－진(秦)나라 관문. 이곳에서는 한무제가 오작궁(五柞宮)에서 죽은 것을 노래한 것이다. 《한서》 무제기(武帝紀) 후원(後元) 2년(기원전 87년)의 기록에 의거. 오작궁은 진관을 지나가는 곳, 곧 지금의 섬서성(陝西省) 중부에 있었다. 40) 玉輦金車(옥련금거)－천자의 수레를 가리킴. 옥과 금으로 장식한 수레. 41) 鼎湖龍髥(정호용염)－옛날 황제(黃帝)가 정호에서 용을 타고 하늘에 올라갔는데, 그때 용의 수염을 잡고 따라 올라갔던 신하들은 모두 중간에서 떨어졌다고 한다(《史記》 封禪書). 42) 千齡人事(천령인사)－천년 두고 공들여 온 사람의 일. 천년 두고 닦아온 한나라의 정치. 43) 四海爲家(사해위가)－온 세계를 집안으로 삼다. 천하일통을 이룩하는 것. 44) 壇場(단장)－땅을 높이고 깨끗이 만들어 놓은 곳. 곧 제단. 45) 蒿蓬(호봉)－쑥. 쑥대가 우거진 것. 46) 靑樓(청루)－기생집. 47) 聚荊棘(취형극)－싸리나무 · 가시나무가 모여 자라다. 곤경에 빠져 있는 모양을 비유함.

解說 앞에서는 분음에 가 땅의 신에게 제사지내며 국토의 확장을 위해 분주하던 한무제를 찬양하면서 한나라의 위세를 노래하는 한편, 뒤에서는 세월의 덧없음을 한탄하고 있다.

뒤에 당 현종은 '안사의 란'이 일어나 반군이 장안을 향하여 쳐들어오자 임금자리도 버리고 촉(蜀)땅으로 피난을 떠났는데, 도중에 악공이 이 시를 노래하는 것을 듣고 눈물을 흘리며 감탄하였다 한다(《明皇傳信記》). 꼭 자신의 처지를 노래한 듯한 느낌을 받았기 때문일 것이다.

■ 작가 약전(略傳) ■

심전기(沈佺期, 656?~713)

자는 운경(雲卿), 상주(相州) 내황(內黃 : 지금의 河南省 內黃縣) 사람이다. 진사에 합격한 뒤 여러 가지 벼슬을 거쳐 수문관직학사(修文館直學士) · 중서사인(中書舍人) · 태자소첨사(太子少詹事) 등을 지냈다. 역시 궁중시인이라 부를 만한 활동을 하였고, 송지문과 함께 세상 사람들은 '심송(沈宋)' 이라고 불렀다. 특히 7언시를 잘 지었다고 한다.

님은 보이지 않고(獨不見[1])

노씨 댁 젊은 며느리가 사는 울금당에는
바다제비 한 쌍이 대매로 장식한 들보에 깃들이었네.
싸늘한 구월의 다듬이 방망이 소리 낙엽을 재촉하니,
십년이나 수자리 살고 있는 요양 땅의 임 그리워지네.
백랑하 북쪽으로 가서는 소식조차 끊겼으니
장안 성 안의 가을밤은 길기만 하네.
누구 때문에 수심 안고 있는데 임은 보이지 않는가?
더욱이 밝은 달은 누런 비단 장막에 비치고 있는데!

노 가 소 부 울 금 당　　해 연 쌍 서 대 매 량
盧家少婦[2]鬱金堂[3]엔,　海燕雙棲玳瑁梁[4]이라.

구 월 한 침 최 목 엽　　십 년 정 수 억 료 양
九月寒砧[5]催木葉하니,　十年征戍憶遼陽[6]이라.

백 랑 하 북 음 서 단　　단 봉 성 내 추 야 장
白狼河[7]北音書斷하니,　丹鳳城[8]內秋夜長이라.

수 위 함 수 독 불 견　　경 교 명 월 조 유 황
誰爲含愁獨不見고?　更敎明月照流黃[9]이라.

註解 1) 獨不見(독불견)－외로이 만나지 못하다, 외로이 님을 보지 못하다. 이 시 제목이 〈옛날 노래를 지어 교지지 보궐에게 드림(古意呈喬補闕知之)〉으로 되어있는 판본도 있다. 2) 盧家少婦(노가소부)－노씨 집안의 젊은 며느리. 옛 시에서 홀로 지내는 젊은 며느리를 뜻하는 말로 따온 말임. 3) 鬱金堂(울금당)－'울금향'을 진흙에 섞어 벽을 발라 향기가 나게 한 멋진 부잣집 방. 4) 玳瑁梁(대매량)－'대매'로 장식한 화려한 집의 들보. '대매'는 물에 사는 거북이 종류로 그 껍질이 단단하고 윤기가 나는 위에 무늬가 있어서 여러 가지 장식용으로 썼다 한다. 자개 비슷한 것이었던 것 같다. 5) 砧(침)－다듬잇돌, 다듬이 방망이질. 6) 遼陽(요양)－지금의 요녕(遼寧)성 요양현 일대를 가리킨다. 요양으로 수

자리를 살려 간 것은 고구려와의 전쟁 때문이었을 것이다. 당나라 태종의 고구려 원정 때를 생각하며 이 시를 쓴 것 같다. 7) 白狼河(백랑하)－요녕성의 성도인 심양(沈陽)의 훨씬 서쪽에 흐르고 있는 지금의 대릉하(大凌河). 젊은 부인의 남편은 요양으로 출정하였다가 다시 대릉하 북쪽 기슭에서 벌어지는 싸움에 나간 뒤 소식이 끊긴 것이다. 8) 丹鳳城(단봉성)－붉은 봉의 성이란 뜻으로 장안성을 가리킴. 장안성을 단봉성이라 부르게 된 연유는 여러 가지 설이 있으나 확실치 않고 멋진 표현을 위하여 이런 말을 쓴 것임에는 틀림이 없다. 9) 流黃(유황)－누런 얇은 비단, 여기서는 누런 얇은 비단으로 만든 장막.

解說 이 시는 율시로서의 성률과 형식을 완전하게 갖춘 초기에 나온 아름다운 칠언율시라고 옛날부터 많은 칭송을 받아온 작품이다. 이런 작품이 있기에 당대에 이르러 이 시의 작자인 심전기와 송지문 두 사람에 의하여 근체시인 율시가 완성되었다고 전해진다.

율시는 시의 아름다움을 극도로 추구한 나머지 이루어진 시체라서 시에 쓰이는 모든 글자의 평측(平仄)의 성운과 모든 구절의 대구(對句)를 꽤 까다롭게 따질 뿐만이 아니라 글자와 글귀도 되도록 아름답고 멋진 것을 골라 쓰게 되어 있었다. 따라서 얼핏 보면 이해하기 힘든 아름다운 말과 글귀가 많이 쓰이고 있다.

남북조의 유미주의 시풍을 계승한 당나라 초기의 시인들은 아름답고 멋진 시체를 이룩하는 데는 성공하고 있지만 모두 존경하기는 어려운 지식인들이 대부분이다. 이 시의 작자인 심전기는 칙천무후 때에 권력에 아부하여 벼슬자리에 올랐고 특히 칙천무후의 총애를 받던 장이지(張易之) 형제에 아부하며 뇌물을 먹은 탓에 장이지가 처형 당할 적에는 귀양을 가야만 하였다.

심전기는 송지문과 함께 어용문인이어서 그의 작품은 황제의 뜻을 따라 짓거나 권력자들에게 지어 바친 시들이 대부분이다. 이 시도 칙천무후 밑에서 우보궐(右補闕)이란 높은 벼슬을 한 교지지에게 지어 바친 것이다.

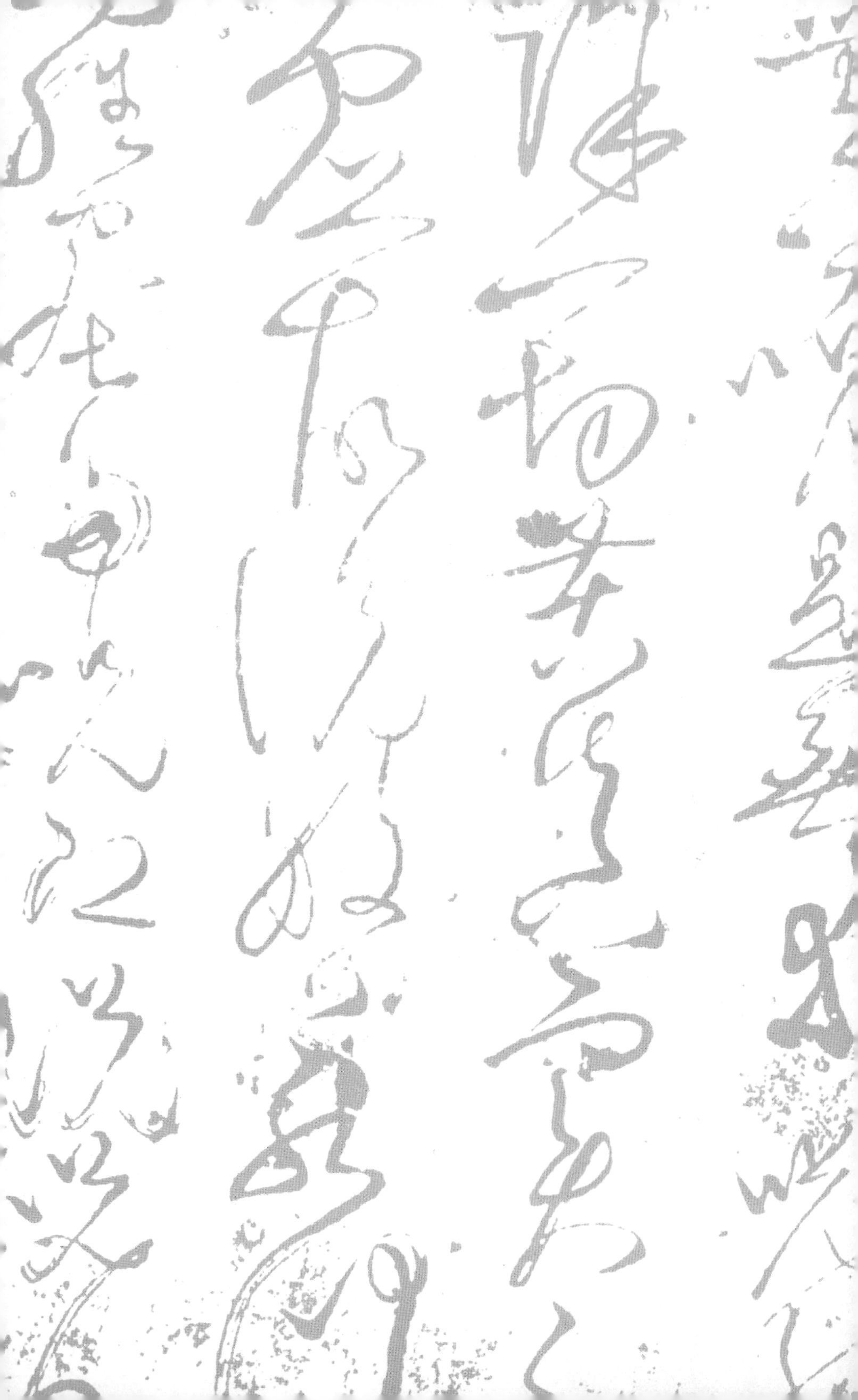

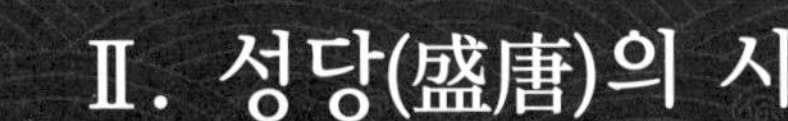

Ⅱ. 성당(盛唐)의 시

■ 작가 약전(略傳) ■

장열(張說, 667~730)

자는 도제(道濟) 또는 열지(說之)이며, 낙양(洛陽) 사람. 칙천무후 때 과거에 급제하여 태자교서랑(太子校書郎)을 비롯 병부시랑(兵部侍郎)·홍문관학사(弘文館學士) 등을 지낸 뒤 현종(玄宗) 때에는 중서령(中書令)이 되고 연국공(燕國公)에 봉해졌다. 그 시대 조정의 중요한 문서는 모두 그의 손에서 나와 세상 사람들이 허국공(許國公) 소정(蘇頲)과 함께 '연허대수필(燕許大手筆)'이라 불렀다. 죽은 뒤 문정(文貞)이라 시(諡)하였다. 그는 시에도 뛰어나 특히 풍경의 묘사와 서정에 뛰어난 솜씨를 보였다. 소설도 썼다 하며, 《장연공집(張燕公集)》 30권이 전한다.

양양 길에서 한식을 만나(襄陽路逢寒食[1])

지난해엔 한식을 동정호 물결 위에서 보냈는데,
올해엔 한식을 양양 길에서 보내누나.
갈 곳은 아랑곳없이 산수를 찾아다니니,
다만 집에 돌아가는 날 봄이 가버린 뒤일 것만 같아 걱정되네.

거 년 한 식 동 정 파 　　금 년 한 식 양 양 로
去年寒食洞庭[2]波러니, 　今年寒食襄陽路라.

불 사 착 처 심 산 수 　　지 외 환 가 락 춘 모
不辭著處[3]尋山水하니, 　祇[4]畏還家落春暮[5]라.

註解 1) 襄陽路逢寒食(양양로봉한식)－양양 가는 길에서 한식을 만나다. 양양은 호북성(湖北省) 한수(漢水) 굽이에 있는 현(縣) 이름. 한식은 동지 뒤 105일째 되는 날. 이 날을 기해서 사흘동안 불을 안 때는 풍습이 중국에는 있어 찬 음식을 먹게 되므로 한식이라고 부르게 된 것이다. 이 초봄의 절기를 객지에서 만난 감상을 적은 것이 이 시이다. 2) 洞庭(동정)－동정호. 호남성(湖南省)에 있는 중국 최대의 호수 이름. 작자 장열은 낙양사람이니 오랫동안 멀리 남쪽 지방을 떠돌아다녔음을 알려준다. 3) 著處(착처)－도착할 곳. 갈 곳. 4) 祇(지)－다만, 지(只)와 통함. 5) 落春暮(낙춘모)－봄이 저물 때 떨어진다. 봄이 다 간 뒤가 된다는 뜻.

解說 고향과 집을 사랑하면서도 산수를 사랑하는 버릇 때문에 계절에 아랑곳없이 객지를 돌아다니다 명절을 당하여 문득 고향을 생각한 것이다. 고향의 따뜻한 집으로 하루속히 돌아가고 싶기는 하다. 그러나 가다가는 또 아름다운 산수에 끌려 이곳저곳 들리다 보면 어느 때나 자기 집에 돌아가게 될는지 모른다. 자연을 사랑하는 정과 객지에서 느끼는 향수가 잘 그려진 시이다.

■ 작가 약전(略傳) ■

소정(蘇頲, 670~727)

소정은 장열(張說, 667-730)과 같이 개원(開元) 연간의 재상이었다. 장열은 여러 번 겪은 귀양살이 기간에 감동적인 시를 많이 남겨 유명하다. 소정은 자가 정석(廷碩)이며, 조정의 중요한 글들은 모두 그와 장열의 손으로 이루어져 당시 사람들은 흔히 "연(燕) · 허(許) 대수필(大手筆)"*이라 불렀다. 소정은 특히 짧은 시에서 개성적인 취향을 발휘하고 있다.

* 蘇頲은 許國公, 張說은 燕國公에 封해졌기 때문에 그렇게 불렀다.

익주로 가기 전에 소원의 벽에 씀(將赴益州[1]題小園壁)

한 해가 다 가자 나이는 더욱 늙게 되는데,
봄이 되자 또 집을 떠나게 되었네.
애석하게도 동원의 나무들은
주인 없어도 여전히 꽃피우리라.

세궁 유익노　　　춘지각사가
歲窮[2]惟益老하고,　春至卻辭家[3]로다.

가석동원수　　　무인야작화
可惜東園樹는,　　無人也作花로다.

註解 1) 익주(益州)－지금의 쓰촨성(四川省)의 고을. 2) 歲窮(세궁)－한 해가 다 가는 것. 3) 辭家(사가)－집을 떠나다.

解說 늙은 몸으로 집을 떠나 멀리 가면서 자기 집 작은 정원 벽에 소회를 읊은 시를 적어놓은 것이다. 아무래도 시인은 재상이라는 높은 지위에 있었기 때문에 공무로 집을 떠나게 된 것이리라 믿는다. 높은 지위에 있으면서도 두고 떠나는 집이 마음에 걸린다. 집의 정원에 나무들은 주인이 없어도 꽃을 피울 것이라 생각하며 집을 생각하고 있다. 이처럼 마음이 약해진 것은 세월의 흐름에 따라 자기가 늙어가고 있음을 의식하기 때문일 것이다. "한 해가 다 가자 나이는 더욱 늙게 되는데" 하고 시를 시작하고 있으니 실은 집보다도 자기가 늙어가고 있다는 사실이 더 아쉽게 느껴졌던 것 같다. 여하튼 이와 같은 개성적인 시를 바탕으로 중국시는 '성당'의 전성기를 맞게 되는 것이다.

■ 작가 약전(略傳) ■

이기(李頎, 690?~751?)

이기는 영양(穎陽, 지금의 河南省 許昌 부근)에서 자라났다. 개원(開元) 13년(725) 진사가 되어 신향위(新鄉尉) 등의 벼슬을 하면서, 최호(崔顥) · 왕유(王維) · 왕창령(王昌齡) 등과 시를 주고받으며 사귀었다. 그러나 그는 벼슬을 오래하지 않고 곧 고향으로 돌아와 숨어살았다 한다.
그는 오언고시와 칠언가행(歌行)을 잘 지었다. 그의 시는 거침없는 재능을 발휘하여 사물의 특징을 잘 묘사했는데, 인물을 읊는데 뛰어났다는 평을 받고 있다. 특히 그는 변새시에서 가행체의 특징을 잘 살리며 거침없는 격정을 시로 써내었다.

고종군행(古從軍行)

한 낮에는 산에 올라 봉화 바라보다가
저녁 무렵엔 교하 가로 내려가 말에 물 먹이네.
행군하는 사람들 두드리는 쇠 냄비 소리 따라 바람에 모래 어둠 속에 날리고,
오손공주(烏孫公主)도 타며 갔을 비파 소리엔 그윽한 원한 서려있네.
만리 들판에 나와 머물고 있으니 성곽조차 없고
눈이 펄펄 날리는 지경은 넓은 사막에까지 이어져 있네.
오랑캐 땅으로 가는 기러기는 슬피 울며 밤마다 날아가고
오랑캐 젊은이 눈에선 두 줄로 눈물 떨어지고 있네.
듣건대 옥문관(玉門關)은 그대로 막혀 있다 하니
응당 목숨 걸고 전차 뒤따라야만 하게 되었네.
해마다 전사한 자들의 뼈 거친 땅에 묻히고 있는데
부질없이 한나라 궁실에 포도가 진상되고 있다네.

백일등산망봉화 / 혼황음마방교하
白日登山望烽火라가, 昏黃飮馬傍交河[1]라.

행인조두 풍사암 / 공주 비파유원다
行人刁斗[2]風沙暗하고, 公主[3]琵琶幽怨多라.

야영만리무성곽 / 우설분분연대막
野營萬里無城郭하고, 雨雪紛紛連大漠[4]이라.

호안애명야야비 / 호아안루쌍쌍락
胡雁哀鳴夜夜飛하고, 胡兒眼淚雙雙落이라.

문도옥문 유피차 / 응장성명축경거
聞道玉門[5]猶被遮하니, 應將性命逐輕車[6]로다.

연년전골매황외 / 공견포도입한가
年年戰骨埋荒外하고, 空見葡萄入漢家로다.

註解 1) 交河(교하)－산시성(山西省) 북쪽 닝무현(寧武縣)에서 북쪽으로 흐르고 있는 강물 이름. 회하(灰河)라고도 부름. 2) 刁斗(조

두)－군대에서 쓰던 그릇의 일종, 동으로 냄비처럼 만들어 낮에는 밥을 짓는데 썼고, 밤에 행군할 적에는 소리 나게 두드리고 다녔다.(『史記』 李將軍傳 「集解」 의거.) 여기서는 '조두'를 두드리어 소리를 내는 것. 3) 公主(공주)－오손공주(烏孫公主). 한(漢)나라 무제(武帝, B.C. 140-B.C. 87 재위) 때 오랑캐 오손(烏孫)의 왕이 사신을 보내어 한나라에 구혼을 하였다. 이에 한나라 무제는 왕건(王建)의 딸 세군(細君)을 공주로 위장하여 오손 왕에게 시집을 보냈다. 세상에서는 이 여인을 오손공주라 불렀다. 이 시에서는 오손공주가 오손 왕에게 시집을 갈 때 비파를 타면서 자신의 처지를 슬퍼했을 것을 상상한 것이다. 4) 大漠(대막)－큰 사막, 넓은 사막. 5) 玉門(옥문)－옥문관(玉門關), 간수성(甘肅省) 둔황현(敦煌縣) 서쪽에 있다. 그 동남쪽의 양관(陽關)과 함께 옛날에는 서역(西域)으로 나가는 중요한 길목이었다. 6) 輕車(경거)－옛날의 전차(戰車), 군인들이 쓰는 수레.

解說 〈고종군행〉이라 하였는데 옛날 한나라 시대의 상황을 생각하며 〈종군행〉 시를 읊은 것이다. 서한(西漢, B.C. 206-A.D. 8) 시대에는 북쪽의 흉노족의 침입이 무척 잦았다. 그때 군인들은 흉노족을 물리치기 위하여 춥고 거친 사람의 흔적도 없는 고장에 나가 싸운다. 오랑캐들뿐만이 아니라 적지 않은 한족의 군사들도 싸우다가 죽어 들판에 버려져 해골만이 뒹그러지게 된다. 그런데도 나라를 다스리는 황제들은 백성들이나 군사들 생각은 전혀 하지도 않고 자기만이 즐거움을 추구하기 위하여 그들이 싸우다가 죽는 길을 통하여 서역으로부터 포도를 드려오고 있다는 것이다. 이것은 옛날 일을 빌어 시인 당시의 당나라 황제와 그 밑의 장관들에게 간접적인 경고를 하고 있는 것이다.

이 밖에도 〈새하곡(塞下曲)〉·〈고새하곡(古塞下曲)〉 같은 시들이 있는데, 이기라는 시인의 변새시는 뒤 중당 시대에 가서 두드러지게 될 현실주의적인 경향에 이미 한 발 더 가까이 다가서 있음을 알 수 있다.

■ 작가 약전(略傳) ■

왕한(王翰, 687~726)

《구당서(舊唐書)》에는 왕한(王澣)으로 되어 있다. 자는 자우(子羽)이며, 진양(晉陽 : 지금의 山西省 太原市) 사람이다. 진사에 급제하여 벼슬이 통사사인(通事舍人) · 가부원외랑(駕部員外郎)에 이르렀다. 선주(仙州 : 지금의 河南省 葉縣)에서 별가(別駕)를 지낼 때, 매일 그곳 재사 및 호걸들과 더불어 술마시고 사냥하기를 즐겼다. 뒤에 도주(道州 : 湖南省)의 사마(司馬)로 좌천되어 그곳에서 죽었다. 특히 〈양주사(凉州詞)〉가 유명하며, 《왕한집(王翰集)》 10권이 있다.

옛 장성을 노래함(古長城吟[1])

장안의 젊은이들 원대한 계획 없어,
일평생 오직 천자 행렬 인도하는 집금오(執金吾)만 부러워하다가,
결국 기린전(麒麟殿) 앞에서 천자께 절하고,
임금 위해 말 달리어 서쪽으로 오랑캐 치러 가게 되었다네.
오랑캐 땅 모래 펄펄 날려 사람들 얼굴 때리니,
한나라 군사와 오랑캐 군사 서로 만나도 보이지 않을 지경이네.
멀리서 종소리 북소리 땅을 진동시키며 들려오는데,
흉노(匈奴)의 선우(單于)는 밤에도 전쟁을 잘한다 하네.
이런 때 임금의 은혜나 생각해야지 어찌 자기 몸 돌보겠는가?
임금 위해 한번 달려나가 만 명의 적을 쳐부수는데,
장사가 창을 휘둘러 밝은 해도 되돌릴 지경이었으니,
선우는 피 뿌리어 우리 붉은 수레바퀴 더럽혔네.
돌아오다 말에게 장성 동굴에서 물 마시게 하는데,
장성의 길가에는 흰 뼈가 많네.
그곳 노인에게 묻기를 이 뼈는 어느 때 사람이오 하니,
말하기를 진시황이 장성 쌓을 적의 졸개들이라네.
해 저무는 국경 북쪽에는 사람들이나 밥짓는 연기 보이지 않고,
귀신들만 훌쩍훌쩍 우는 소리가 하늘로 비등하네.
죄 없이 죽음을 당하여 공로에는 상도 받지 못하고,
외로운 혼은 떠돌아다니다 이 장성 근처에 떨어져 있는 거네.
옛날에 진시황이 손 칼자루에 얹고 일어서면,
제후들은 무릎으로 기며 감히 쳐다보지도 못했다네.
부국강병 정책 20년 쓰는 동안,
원한 쌓으며 사람 징발하여 9천 리의 성 쌓았네.
진시황이 성을 쌓은 게 얼마나 어리석기 짝이 없었던가?
하늘이 실은 진나라 망친 것이지 북쪽 오랑캐 때문이 아니었네.

▲북경 근처의 만리장성

하루아침에 재난이 집안에서 일어나자,
위수 가의 함양은 다시는 도읍 아닌 곳으로 변했네.

장안소년무원도
長安少年無遠圖하여,
일생유선집금오
一生惟羨執金吾[2]라.

기린전 전배천자
麒麟殿[3]前拜天子하고,
주마위군서격호
走馬爲君西擊胡라.

호사엽렵 취인면
胡沙獵獵[4]吹人面하니,
한로상봉불상견
漢虜相逢不相見이라.

요문종고동지래
遙聞鐘鼓動地來하니,
전도선우 야유전
傳道單于[5]夜猶戰이라.

차시고은녕고신
此時顧恩寧顧身고?
위군일행최만인
爲君一行摧萬人이라.

장 사 휘 과 회 백 일
壯士揮戈回白日[6]하니,
선 우 급 혈 오 주 륜
單于汲血汙朱輪[7]이라.

회 내 음 마 장 성 굴
回來飮馬長城窟[8]하니,
장 성 도 방 다 백 골
長城道傍多白骨이라.

문 지 기 로 하 대 인
問之耆老[9]何代人고?
운 시 진 왕 축 성 졸
云是秦王築城卒이라.

황 혼 새 북 무 인 연
黃昏塞北無人煙하고,
귀 곡 추 추 성 비 천
鬼哭啾啾[10]聲沸天[11]이라.

무 죄 견 주 공 불 상
無罪見誅功不賞하고,
고 혼 유 락 차 성 변
孤魂流落[12]此城邊이라.

당 석 진 왕 안 검 기
當昔秦王按劍起면,
제 후 슬 행 불 감 시
諸侯膝行不敢視라.

부 국 강 병 이 십 년
富國强兵二十年에,
축 원 흥 요 구 천 리
築怨興徭[13]九千里라.

진 왕 축 성 하 태 우
秦王築城何太愚오?
천 실 망 진 비 북 호
天實亡秦非北胡라.

일 조 화 기 소 장 내
一朝禍起蕭墻[14]內하니,
위 수 함 양 불 부 도
渭水咸陽[15]不復都라.

註解 1) 古長城吟(고장성음)－옛 장성을 읊음. 만리장성을 쌓아 백성들을 도탄에 빠뜨렸던 진시황의 폭정을 노래한 시. 밖의 적보다 안의 백성들의 원한과 불만이 나라에 더 무서운 망하는 징조가 됨을 강조한 시이다. 《악부시집(樂府詩集)》에는 〈음마장성굴행(飮馬長城窟行)〉이란 제목으로 실려 있다. 2) 執金吾(집금오)－옛날 벼슬 이름. 천자가 길을 나서면 앞에서 인도하며 비상에 대비하고, 평시에는 장안을 순시하며 비상에 대비하는 책임자(《漢書》 百官公卿表, 同注). 손에 금오(金吾)라 부르는, 동(銅)에 금(金)을 입힌 봉을 들었고, 어사대부(御史大夫)·사예교위(司隷校尉) 등도 금오(金吾)를 들었다(최표(崔豹) 《古今注》). 3) 麒麟殿(기린전)－한나라 미앙궁(未央宮)에 있었던 전각 이름(《三輔黃圖》). 4) 獵獵(엽렵)－바람이 부는 모양. 5) 單于(선우)－흉노의 임금. 6) 揮戈回白日(휘과회백일)－창을 휘둘러 밝은 해가 되돌아오게 하다. 옛날 노양공(魯陽公)이 한(韓)나라와 싸울 때 해가 지려 하자 창을 휘

▲중국 서쪽지방의 흙으로 쌓았던 만리장성 유적

둘러 해가 세 발이나 되돌아오게 하였다는 고사(《淮南子》 覽冥訓)에서, 용맹스럽게 싸우는 모양을 비유한 것이다. 7) 汙朱輪(오주륜)－전차의 붉은 바퀴에 묻다. 흉노의 임금 선우가 피를 뿌리며 싸움에 패하여 죽었음(또는 부상한 것)을 형용한 말. 8) 長城窟(장성굴)－장성의 샘이 있는 동굴(《文選》 飮馬長城窟行 李善 注). 9) 耆老(기로)－노인. '기'는 60 또는 70세 이상, '노'는 50세 이상의 노인이라 한다. 10) 啾啾(추추)－많은 소리가 나는 모양. 여기서는 우는 소리. 11) 聲沸天(성비천)－소리가 하늘에 비등하였다. 12) 流落(유락)－흘러다니다 떨어지다. 밖으로 떠다니다 곤경에 빠져 한 곳에 머무는 것. 13) 興傜(흥요)－요역(傜役)을 일으키다. 사람들을 징발하여 일하게 하는 것. 14) 蕭墻(소장)－집안 안. '소'는 숙(肅)의 뜻, '장'은 병(屛)의 뜻으로 신하가 임금을 뵈올 때 병풍 근처에 와서는 엄숙히 공경하는 태도를 지닌다 하여, 몸 가까이를 뜻함(《論語》 季氏 注). 후에는 재난의 불씨가 내부에 있을 때 '소장(蕭墻) 안에 있다'고 말하게 되었다. 15) 咸陽(함양)－함양은 위수 북쪽에 있으며 진나라 도읍이 있던 곳으로, 항우(項羽)가 함양의 궁성에 불을 질러 석 달 넘도록 탔다고 한다.

解說 옛부터 나라가 큰 중국으로서는 나라의 가장 다급한 일은 언제나 국경 방비였다. 따라서 중국에는 옛부터 〈음마장성굴행(飮馬長城窟行)〉 같은 국경 문제를 주제로 한 시들이 무수히 지어졌다. 이 시는 장성을 쌓아 외

적을 막는 것도 중요하지만 내정이 더욱 중요함을 강조한 게 주제이다. 한편 장안 젊은이들의 의기와 전쟁의 잔혹성도 아울러 잘 표현되고 있다.

양주의 노래(凉州詞[1])

포도로 빚은 아름다운 술을 야광배에 따라
마시려 하는데 비파 연주는 말 위에서 떠나기를 재촉하네.
취하여 모래밭에 눕는다 하더라도 그대는 비웃지 말게나!
옛부터 전장에 나가 몇 명이나 살아 돌아왔던가?

포 도 미 주 야 광 배　　욕 음 비 파 마 상 최
葡萄美酒夜光杯[2]를, 欲飮琵琶馬上催[3]라.

취 와 사 장 군 막 소　　고 래 정 전　기 인 회
醉臥沙場君莫笑하라, 古來征戰[4]幾人回아?

註解 1) 凉州詞(양주사) – 양주 가락의 노래. 양주는 지금의 감숙성(甘肅省) 무위현(武威縣), 변경지방이다. 《신당서(新唐書)》 예악지(禮樂志)에 '천보(天寶) 연간의 악곡은 모두 변경 지명을 썼었으니, 양주(凉州) · 이주(伊州) · 감주(甘州) 등이 그것이다' 고 하였다. 2) 夜光杯(야광배) – 밤에도 빛이 나는 백옥으로 만든 술잔. 3) 琵琶馬上催(비파마상최) – 비파로 이별곡을 연주하면서 말 위에서 어서 떠나라고 재촉을 하고 있다. '말 위에서 연주하는 비파 가락을 들으니 더욱 흥이 나서 술을 마시게 된다' 라고 풀이하기도 하나, 이 시는 전쟁터로 나가는 군인이 이별주를 마시면서 부른 노래로 보는 것이 좋을 것이므로, 여기의 번역이 더 합리적인 듯하다. 4) 征戰(정전) – 전장에 나가는 것.

解說 전쟁터로 한 번 끌려나가면 죽게 될 가능성이 많다. 다시는 집으로 돌아올 수 없게 될 것이다. 때문에 비장해진 마음으로 몸도 가누지 못할 정도로 이별주를 마시고 있는 것이다.

■ 작가 약전(略傳) ■

최호(崔顥, 704?~754)

당나라 변주(汴州 : 河南省 開封) 사람. 개원(開元) 11년(723) 진사에 급제하였다. 어떤 사람들의 설에 의하면 글을 잘 지었으나 행실은 경박했다고 한다. 도박을 좋아하고 술을 즐기며 여자도 미인만을 가렸기 때문에 오래 가지 못하고 헤어졌다. 관직은 사훈원외랑(司勳員外郞)에 이르렀다. 그의 시는 어려서는 대단히 아름다우면서도 내용이 경박하였으나 만년에는 기풍이 있고 뼈있는 시를 썼다. 그의 칠언율시 중 〈황학루(黃鶴樓)〉·〈행경화음(行經華陰)〉 등은 특히 유명하다. 《하악영령집(河岳英靈集)》과 《국수집(國秀集)》에 실린 시 10여 편 이외에도 《최호시집(崔顥詩集)》이 있다.

황학루에 올라(登黃鶴樓[1])

옛사람 이미 누런 학 타고 가 버리어,
이 땅에 공연히 황학루만 남았구나.
누런 학은 한번 가고 다시 돌아오지 않으니,
흰구름만 천 년 두고 헛되이 흘러갔네.
맑은 냇물 저쪽엔 한양의 나무들이 역력하고,
봄풀은 앵무주에 무성히 자라 있네.
해는 지는데 고향은 어디쯤인고?
안개낀 강 물결은 사람을 시름에 잠기게 하네.

▲ 황학루(黃鶴樓)

석 인 이 승 황 학 거　　　　차 지 공 여 황 학 루
昔人已乘黃鶴去하니,　此地空餘黃鶴樓라.

황 학 일 거 불 부 반　　　　백 운 천 재 공 유 유
黃鶴一去不復返하니,　白雲千載空悠悠라.

청 천　역 력　한 양　수　　　춘 초 처 처　앵 무 주
晴川[2]歷歷[3]漢陽[4]樹요,　春草萋萋[5]鸚鵡洲[6]라.

일 모 향 관　하 처 시　　　　연　파 강 상 사 인 수
日暮鄕關[7]何處是오?　烟[8]波江上使人愁라.

註解 1) 登黃鶴樓(등황학루)－황학루에 오르다. 거의 모든 《당시선》에 들어있는 명시이다. 황학루는 무창(武昌)의 서남 모퉁이 황학기(黃鶴磯)에 있다. 《무창지(武昌志)》에 의하면, 옛날 신씨(辛氏)라는 술장수가 있었는데, 몸집이 큰 남루한 몰골의 한 선비가 와서 술을 주겠느냐 물었다. 신씨는 거절하지 않고 큰 잔에 술을 따라 주었다. 이렇게 하기 반 년이 지났으나 신씨는 조금도 싫어하지 않았다. 하루는 그 선비가 술빚을 갚겠다면서 바구니의 귤껍질을 벗겨 벽에다 학을 그리니 바로 황학(黃鶴)이 되었다. 자리에 앉은 사람이 손뼉을 치며 노래하면 학은 가락에 따라 춤을 추었다. 많은 사람들이 이 학을 보려고 모여들었으므로 10년 만에 신씨는 거부가 되었다. 그 뒤 선비가 다시 찾아와 신씨는 무엇이든 바라는 대로 올리겠다고 하였다. 선비는 웃으며 피리를 꺼내 부니 바로 하늘에서 그렸던 학이 내려왔다. 선비는 그 학을 타고 하늘로 날아갔다. 이를 기념하려고 신씨는 누를 세우고 황학루라 이름하였다 한다. 2) 晴川(청천)－맑은 하늘 아래 냇물. 이 시구로 말미암아 무창엔 지금도 청천각(晴川閣)이 서 있다 한다. 3) 歷歷(역력)－하나하나 뚜렷이 잘 보이는 것. 4) 漢陽(한양)－호북성(湖北省) 한양부(漢陽府). 무창과 장강을 사이에 두고 서쪽 기슭에 있다. 5) 萋萋(처처)－무성한 모양. 6) 鸚鵡洲(앵무주)－무창의 남쪽 강 가운데 있다. 후한(後漢)의 황조(黃祖)가 〈앵무부(鸚鵡賦)〉의 작자인 문인 이형(禰衡)을 이곳에서 죽였으므로 그를 기념하기 위하여 앵무주라 부르게 되었다 한다. 7) 鄕關(향관)－고향. 8) 烟(연)자가 煙(연)으로 된 판본도 있다.

解說 이백(李白)도 보고 감탄했다는 명시이다. 앞쪽의 4구는 황학루의 유래를 통하여 덧없는 인생을 노래하고 있고, 뒷쪽의 4구는 이곳에서 느낀 감흥으로 아름다운 봄철 해 저무는 때 타향에서 느끼는 향수를 읊었다. 이백도 이에 필적할 시를 지으려고 〈금릉의 봉황대에 올라(登金陵鳳凰臺)〉라는 제목의 시를 지었다 한다. 따라서 이백의 봉황대 시는 이 시의 운을 쓰고 시상과 시의 표현까지도 이를 본뜨고 있다. 송대의 엄우(嚴羽)는 그의 《창랑시화(滄浪詩話)》에서 '당나라 사람의 칠언율시는 최호의 〈황학루에 올라〉로써 첫째를 삼아야 한다'고 극찬하였다.

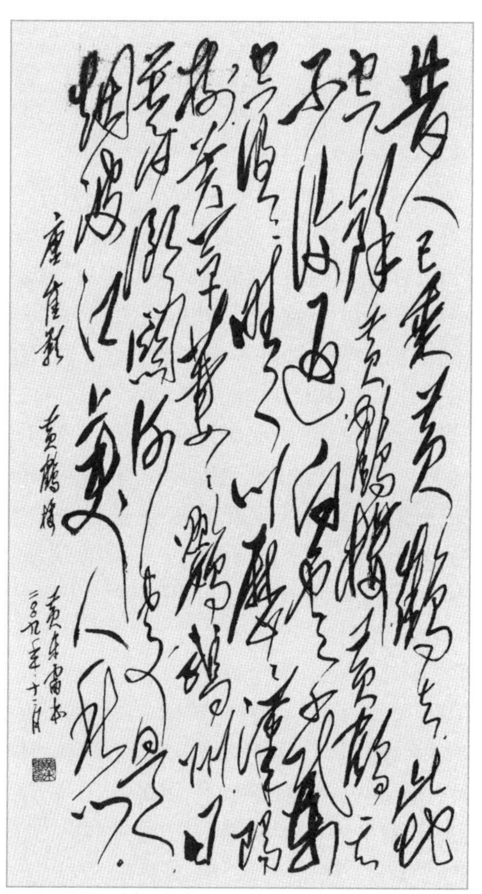

▲최호(崔顥) 황학루(黃鶴樓); 현대 사람 황동뢰(黃東雷)의 초서

■ 작가 약전(略傳) ■

왕창령(王昌齡, 698?~757?)

자는 소백(少伯), 태원(太原 : 지금의 山西省 太原市) 사람. 37세에 진사가 되어 범수위(氾水尉)가 되었으나, 수년 뒤에 다시 박학굉사과(博學宏詞科)에 급제하여 교서랑(校書郎)이 되었다가 강녕령(江寧令)으로 좌천되기도 하였다. 만년엔 용표위(龍標尉)로 귀양을 가기도 했다. 그리고 '안사의 란' 뒤에 벼슬을 버리고 강동(江東) 지방으로 가려다 중도에 호주(濠州)를 지나는 중 그곳 자사(刺史) 여구효(閭丘曉)에게 살해되었다고 한다.

그는 오언고시와 오언과 칠언의 절구(絕句)를 잘 지었으며, 국경지대의 문제인 변새(邊塞) 시를 잘 지어 그의 특징을 이루고, 여인이 떠나간 님을 그리는 규원(閨怨)과 이별에 관한 시들에도 좋은 작품이 있다.

변경의 요새를 나가며(出塞[1])

진나라 때나 한나라 때나 같은 옥문관(玉門關)인데,
만 리 저쪽 싸움터로 나간 병졸들은 돌아오지 못하고 있네.
적지 용성으로 쳐들어가 용명을 날린 이광(李廣) 같은 장군만 있다면
오랑캐 말들이 음산을 넘어오게 두지는 않으련만!

진 시 명 월 한 시 관　　　　만 리 장 정 인 미 환
秦時明月漢時關[2]이나,　萬里長征人未還이라.

단 사 용 성 비 장　재　　　불 교 호 마 도 음 산
但使龍城飛將[3]在면,　不敎胡馬渡陰山[4]이리라.

註解 1) 出塞(출새) - 변경의 요새를 싸우기 위하여 나가는 것. 한대 악부의 제명으로, 《악부시집(樂府詩集)》에는 횡취곡사(橫吹曲辭) 속에 들어있다. 2) 秦時明月漢時關(진시명월한시관) - 진나라 때나 같이 밝은 달이 비치고 있고 한나라 때나 같은 관문이 있다. 또는 옛날에는 서북쪽 국경에 있는 옥문관(玉門關)을 명월관(明月關)이라고도 불렀다. 명월관을 진나라와 한나라 양편으로 나누어 놓았으나, 진나라나 한나라 시대와 다름없는 옥문관을 가리킨다고 보아도 된다. 3) 龍城飛將(용성비장) - 용성은 흉노의 땅 이름. 비장은 한 무제(武帝) 때의 장수 이광(李廣). 이광은 기병을 이용하여 여러 번 흉노를 쳐부수어 흉노에서는 그를 비장군(飛將軍)이라 부르며 두려워했다고 한다 (《史記》 및 《漢書》 李廣傳 참조). 그러나 음산(陰山) 기슭의 흉노의 본거지인 용성까지 쳐들어가 큰 전과를 올렸던 장수는 위청(衛靑)이다(《漢書》 武帝紀). 여기서는 두 한나라 장군의 위업을 적당히 합쳐서 표현한 듯하다. 4) 陰山(음산) - 흉노 땅에 있는 산 이름, 지금의 내몽고자치구 북부에 있다.

解說 진나라와 한나라 시대 이전부터 흉노족은 중국의 서북방을 위협하는 존재였다. 당나라시대까지도 서북방은 그들 흉노족 때문에 전쟁이 끊이지 않아 수많은 젊은이들이 전쟁터로 나가 죽어갔던 것이다. 왕창령은 이러한 참상을 고발하기 위하여 이 시를 지었을 것이다.

규방 여인의 한(閨怨[1])

규방 중의 젊은 부인은 수심을 모르기에
봄날 짙게 화장하고 아름다운 누각에 올라갔다가,
문득 밭두둑 너머 버드나무 색깔을 보고서는
남편 벼슬하러 떠나가게 한 것 후회하네.

규 중 소 부 부 지 수　　　　춘 일 응 장　상 취 루
閨中少婦不知愁하여,　春日凝妝[2] 上翠樓[3]라가,

홀 견 맥 두　양 류 색　　　　회 교 부 서 멱 봉 후
忽見陌頭[4]楊柳色하고,　悔教夫婿覓封侯[5]라.

註解 1) 閨怨(규원) – 규방에서의 원한, 규방에 있는 여인의 한. 2) 凝妝(응장) – 공들여 화장하다, 짙게 화장하다. 3) 翠樓(취루) – 아름다운 누각. 취(翠)는 누각의 아름다움을 형용한 말. 4) 陌頭(맥두) – 밭두둑 너머, 밭두둑 위. 5) 覓封侯(멱봉후) – 왕후(王侯)로 봉해지기를 추구하다. 벼슬을 하려 하는 것.

解說 벼슬을 하려고 집을 떠나간 남편을 그리는 젊은 여인의 정을 노래한 시이다. 예로부터 이런 그윽한 규방에서 아름다운 봄날 떠난 임을 그리는 아름다운 여인의 정은 중국시인들의 좋은 시제가 되어왔다.

부용루에서 신점을 전송하며(芙蓉樓[1]送辛漸[2])

차가운 비가 장강에 내리는 속에 밤중에 오땅으로 들어와
새벽에 손을 전송하는데 초땅의 산들만 외로이 솟아있네.
낙양의 친구들이 내 소식 묻거든
한 조각 얼음같이 깨끗한 마음 옥병 같은 가슴속에 담겨있다 하게.

한 우 연 강 야 입 오　　　　평 명 송 객 초 산 고
寒雨連江[3]夜入吳[4]러니　　平明[5]送客楚山[6]孤라.

낙 양 친 우 여 상 문　　　　일 편 빙 심 재 옥 호
洛陽親友如相問이어든　　一片冰心[7]在玉壺[8]하라.

註解 1) 芙蓉樓(부용루)－윤주(潤州) 단양(丹陽 : 지금의 江蘇省 鎭江市) 서북쪽 장강을 면하여 세워져 있는 누각. 교통의 요지였으므로 그곳에서 송별연이 많이 열렸다. 2) 辛漸(신점)－작자와는 교분이 두터운 친구여서, 〈별신점(別辛漸)〉이란 칠언절구의 시도 있으나 자세한 생애는 알려지지 않는다. 3) 江(강)－장강. 4) 吳(오)－강소성(江蘇省) 일대의 옛 지명. 5) 平明(평명)－새벽, 날이 밝을 무렵. 6) 楚山(초산)－초 지방의 산. 초는 전국(戰國)시대에 강소성을 포함하는 장강 유역 일대에 걸쳐있던 큰 나라 이름. 7) 冰心(빙심)－얼음처럼 깨끗한 마음, 지조가 있는 마음. 8) 玉壺(옥호)－옥돌을 깎아 만든 병, 깨끗한 가슴에 비유했음.

解說 멀리 떠나가는 친구를 전송하는 시인데, 한편 그의 친구들을 향한 깨끗한 우정이 잘 드러나 있다.

■ 작가 약전(略傳) ■

왕유(王維, 701~761)

왕유의 자는 마힐(摩詰)이다. 원적은 산서성(山西省) 태원(太原) 사람이나 아버지를 따라 산서성 영제(永濟)로 옮겨와 살았다. 그는 당나라 시인 중 자연시파를 대표하며 맹호연(孟浩然)·저광희(儲光羲)·위응물(韋應物)·유종원(柳宗元) 등과 맥을 같이하는데 학자들은 모두 그를 첫머리에 꼽는다. 21세에 진사가 되었다. '안사의 란' 때에는 안록산을 찬양하는 시를 지어, 난후에 죽을 뻔하였으나 아우 왕진(王縉) 덕에 목숨을 건졌다.

뒤에 벼슬이 상서우승(尙書右丞)에까지 이르렀으나 한적한 생활을 좋아하여 만년엔 망천(輞川)에 있는 주변의 산수가 아름다운 남전별서(藍田別墅)에 가서 그곳에서 일생을 마쳤다. 그는 시를 잘할 뿐 아니라 그림도 잘 그려 송대의 소식(蘇軾)이 '시 속에 그림이 있고(詩中有畵), 그림 속에 시가 있다.(畵中有詩)'는 유명한 말을 남기게 하였다. 그는 오언율시와 오언절구를 가장 잘 지었다. 그는 '안사의 란'이 일어났던 시기에 살았던 사람이었으나 현실에 관심이 없었던 까닭에 그의 시 가운데 시대상을 반영시킨 것은 찾아보기 힘들다.《당왕우승집(唐王右丞集)》 6권이 전한다.

원이가 안서로 사신으로 가는 것을 전송함
(送元二[1]使安西[2])

위성의 아침 비는 가벼운 먼지를 적시고 있고
객사 앞엔 새로운 버들빛이 싱싱하네.
그대에게 한 잔 더 비우기 권하노니
서쪽으로 양관을 나가면 아는 사람이란 없을 터이니까.

위성 조우읍경진 객사청청유색신
渭城[3]朝雨浥輕塵하고, 客舍青青柳色新이라.

권군갱진일배주 서출양관 무고인
勸君更盡一杯酒하니, 西出陽關[4]無故人이라.

註解 1) 元二(원이)－'원'은 성이고, '이'는 형제의 항열 순서. 그가 누구인지는 알려지지 않고 있다. 2) 安西(안서)－지금의 신강성(新

▲옛날 양관(陽關) 자리

疆省) 위구르자치구 고거(庫車 : 龜玆). 당대에는 그곳에 안서도호부(安西都護府)가 있어 서역을 다스리는 중심지였다. 3) 渭城(위성)－진(秦)나라 때의 수도 함양(지금의 咸陽市의 약간 동쪽). 한(漢)대에 와서 위성이라 불렀다. 4) 陽關(양관)－지금의 감숙성(甘肅省) 돈황현(敦煌縣) 서남쪽에 있던 관문 이름. 중국에서 서역으로 나가는 관문으로 옥문관(玉門關)과 함께 유명하였다.

解說 〈위성곡(渭城曲)〉이라 제목을 붙인 판본도 있으며, 당대에 송별시로 크게 유행하여 흔히 '양관삼첩(陽關三疊)'이라 불렀다. 곽무천(郭茂倩)의 《악부시집》에도 〈위성곡〉이란 제하에 근대곡사(近代曲辭) 속에 실려 있다. 담담한 속에도 친구를 떠나보내는 우정이 잘 표현된 시이다.

녹채(鹿柴)

텅 빈 산엔 사람 뵈지 않고
다만 사람들 말소리만이 울리네.
햇빛 반사되어 깊은 숲속으로 들어와
다시 푸른 이끼 위를 비추네.

공산 불견인 단문인어향
空山[1]不見人하고, 但聞人語響이라.

반경 입심림 복조청태상
返景[2]入深林하여, 復照靑苔上이라.

註解 1) 空山(공산)－텅 빈 산. 2) 返景(반경)－되돌아오는 햇빛, 반사되는 햇빛.

解說 작자 왕유는 당대의 대표적인 자연시인으로 알려져 있다. 특히 만년에는 불교에 귀의하여 불교적인 입장에서 자연을 살펴보고 있다. 시

가 간단하면서도 자연과 융화된 시인의 경지가 잘 표현되어 있다. 그는 그림에 있어서도 일가를 이루어 남종(南宗)의 개조라 알려져 있다. 그리고 송대의 문호 소식(蘇軾)이 그의 시와 그림을 평하여 "시 가운데 그림이 있고, 그림 가운데 시가 있다.(詩中有畫, 畫中有詩.)"라고 한 말은 매우 유명하다.

젊은이의 노래(少年行[1])

신풍 땅의 좋은 술은 한 말에 만 전(萬錢)이고,
함양의 놀이꾼들엔 젊은이들이 많다.
서로 만나면 의기로 상대 위해 술마시느라,
높은 누각 수양버들 곁에 말을 매둔다.

신풍 미주두십천　　　함양 유협 다소년
新豐[2]美酒斗十千[3]이오,　咸陽[4]遊俠[5]多少年이라.

상봉의기 위군 음　　　계 마고루수류변
相逢意氣[6]爲君[7]飮이니,　繫[8]馬高樓垂柳邊이라.

註解 1) 少年行(소년행)－《왕우승집(王右丞集)》 권1에 실려 있는 〈소년행(少年行)〉 4수 중의 제1수. 〈소년행〉은 《악부시집(樂府詩集)》권66 잡곡가사(雜曲歌辭) 속에 들어 있는데 〈결객소년장행(結客少年場行)〉·〈소년자(少年子)〉·〈소년악(少年樂)〉 등과 함께 발랄한 젊은이들의 기개를 노래한 것이다. 이 악부체(樂府體)는 당대에 성행하여 이백(李白)·두보(杜甫)를 비롯하여 많은 시인들에게 소년행시(少年行詩)가 있다. 2) 新豐(신풍)－섬서성(陝西省) 임동현(臨潼縣) 동쪽에 있던 현이름. 한나라 고조(高祖)가 장안에 도읍하였을 때 그의 아버지 태상황(太上皇)이 고향인 강소성(江蘇省) 패현(沛縣)의 풍읍(豐邑)으로 돌아가고 싶어하였으므로, 고조는 장안 근처에 새로이 풍(豐)과 비슷한 고을을 만들고 '신풍'이라 이름하였다. 이곳에선 후에 유명한 술이 나오기도 하였다. 3) 十

千(십천)－만전(萬錢). 곧 십관문(十貫文). 4) 咸陽(함양)－진나라 옛 도읍의 이름으로 당나라 장안을 가리킨다. 5) 遊俠(유협)－협기(俠氣)를 가지고 노는 사람. 6) 意氣(의기)－의기를 중히 여기다. 7) 君(군)－만난 상대방. 8) 繫(계)－매다. 붙들어 매다.

解說 이 시는 당대 장안의 젊은이들의 발랄한 생활을 아름답게 묘사한 것이다. 젊은이는 드높은 기개와 정의감이 있어야 하고 또 패기에 넘쳐야 한다. 일면 위태롭게 여겨지면서도 아름다운 젊은 사람들의 특징을 여기서 발견하게 되는 것이다.

여러 날 비가 올 적에 망천장에서 지음(積雨[1]輞川[2]莊作)

여러 날 비가 오자 빈 숲엔 밥짓는 연기 더디게 오르는데,
명아주 삶고 기장밥 지어 동쪽 밭으로 내다 주네.
넓은 논 위엔 백로가 날고
우거진 여름 나무에선 꾀꼬리가 우네.
산 속에서 고요함 익히며 아침 무궁화 바라보고
소나무 밑에서 깨끗이 재계하며 이슬 젖은 아욱 뜯어오네.
들에 사는 늙은이 남들과의 자리다툼을 그만 두었거늘
바다 갈매기가 무슨 일로 다시 날 의심하겠는가?

적우공림연화지 積雨空林煙火遲[3]어늘,	증려취서 향동치 蒸藜炊黍[4]餉東菑[5]라.
막막 수전비백로 漠漠[6]水田飛白鷺요,	음음 하목전황리 陰陰[7]夏木囀黃鸝[8]라.
산중습정관조근 山中習靜觀朝槿하고,	송하청재절로규 松下淸齋折露葵[9]라.
야로 여인쟁석파 野老[10]與人爭席罷[11]어늘,	해구 하사갱상의 海鷗[12]何事更相疑오?

註解 1) 積雨(적우)－여러 날 계속하여 비가 오는 것. 2) 輞川(망천)－장안 근처 남전현(藍田縣) 서남쪽의 지명. 그곳에 왕유의 별장이 있었다. 3) 煙火遲(연화지)－연기가 더디게 피어오르다. 4) 蒸藜炊黍(증려취서)－명아주 삶고 기장밥 짓다. 명아주는 반찬을 만들기 위한 나물임. 5) 菑(치)－일군 지 1년 된 밭, 여기서는 보통 밭을 가리킨다. 6) 漠漠(막막)－넓은 모양. 물이 질펀한 모양. 7) 陰陰(음음)－나무가 우거져 그늘진 모양. 8) 囀黃鸝(전황리)－꾀꼬리가 울다. 9) 折露葵(절로규)－이슬맺힌 아욱을 꺾다. 이슬에 젖은 아욱을 뜯다. 10) 野老(야로)－들에 사는 늙은이, 벼슬하지 않고 늙어가는 노인. 11) 罷(파)－그만두다, 마치다, 그치다. 12) 海鷗(해구)－바다 갈매기. 《열자(列子)》 황제(黃帝)편에, '바닷가에 한 젊은이가 갈매기와 친해져서 함께 어울려 놀았다. 어느 날 그의 아버지가 아들을 보고 "너는 갈매기와 친하다니 나가서 한 마리 잡아 오라."고 말하였다. 젊은이가 갈매기를 잡으려고 바닷가로 나가 보았으나 갈매기들은 한 마리도 그 가까이로 날아오지 않았다' 는 요지의 얘기가 있다.

解說 시골에서 농민들과 어울리어 소박하게 살아가는 정경을 노래한 시이다. '남들과의 자리다툼을 그만 두었다.' 는 것은 벼슬살이나, 세상에서의 출세를 하려는 마음을 버렸다는 뜻이다. 자신도 촌사람이나 같이 되었다는 것이다. 그리고 끝머리 '바다 갈매기' 는 촌사람들을 가리킨다. 촌사람들도 자기에 대하여는 아무런 의심도 없이 함께 어울려 주기를 바라는 것이다.

망천에서 한가히 지내면서 시를 지어 배적에게 줌
(輞川閑居贈裵秀才迪[1])

싸늘한 산은 푸른빛이 날로 바뀌어가고
가을 물은 쉬지 않고 졸졸 흐르고 있네.
사립문 밖에 지팡이 짚고 서서

바람 쐬며 저녁 매미 소리 듣고 있노라니,
나루터 위에는 지는 해 걸려 있고
저편 마을에는 저녁연기 피어오르네.
다시 만난 초광(楚狂) 접여(接輿) 같은 친구 술 취하게 되자
내 앞에서 멋대로 노래 부르네.

한 산 전 창 취 　 추 수 일 잔 원
寒山[2]轉[3]蒼翠[4]하고, 秋水日潺湲[5]이라.

의 장 채 문 외 　 임 풍 청 모 선
倚杖柴門[6]外하여, 臨風聽暮蟬[7]이라.

도 두 여 락 일 　 허 리 상 고 연
渡頭餘落日하고, 墟里[8]上孤烟이라.

부 치 접 여 취 　 광 가 오 류 전
復値接輿[9]醉하니, 狂歌五柳[10]前이라.

註解 1) 裵秀才迪(배수재적)－왕유보다 15,6세 어렸지만 역시 망천장 근처에 살면서 시를 주고받으며 함께 술로 세월을 보낸 친구이다. 배적은 과거 시험을 볼 적마다 낙방했으니 '수재'라는 호칭은 "공부한 사람" 정도를 뜻하는 존칭일 것이다. 2) 寒山(한산)－가을 산. 3) 轉(전)－바뀌어 가다. 4) 蒼翠(창취)－풀과 나무의 푸른 빛. 5) 潺湲(잔원)－물이 소리를 내면서 흐르는 모양. 6) 柴門(채문)－사립문. 7) 暮蟬(모선)－'저녁 매미', 매미가 저녁에 우는 것은 늦가을의 현상임. 8) 墟里(허리)－시골 마을. 9) 接輿(접여)－『논어』에 보이는 미친 체 하며 어지러운 세상으로부터 숨어 살던 초(楚)나라 사람이다(微子 편). 여기서는 작자의 친구 배적을 가리킨다. 10) 五柳(오류)－왕유가 그의 〈노장행(老將行)〉 시에서 "문 앞에는 오류선생(五柳先生)을 본떠서 버드나무를 심어 놓았다.(門前學種先生柳.)"라고 하였으니 왕유 자신을 가리킨다. '오류선생'은 진(晉)나라 때의 전원시인 도연명(陶淵明)이다.

解說 작자 왕유는 진사가 된 뒤 우습유(右拾遺)를 거쳐 급사중(給事中)이란 높은 벼슬까지 하였으나 '안사의 란'이 일어나(755) 장안이 함락되었

을 적에 반란군에게 잡히어 그들을 따를 것을 강요받았다. 장안이 수복된 뒤 그때 지은 시 때문에 처형을 당할 처지에 놓였었으나 형부시랑(刑部侍郎)으로 있던 그의 동생 덕분에 풀려났다. 그러나 청(淸) 초의 대학자 고염무(顧炎武)는 그의 『일지록(日知錄)』 권19 문사기인(文辭欺人) 조목에서 반란자 앞에 변절했던 문인으로 남북조(南北朝) 시대의 사령운(謝靈雲)과 왕유를 보기로 들면서, 대시인인 두보(杜甫)가 왕유를 '고인(高人)'이라 했는데 "천하에 도적을 섬기는 고인이 있겠느냐?"고 반문하고 있다.

왕유는 시만을 잘 썼을 뿐만이 아니라 그림도 잘 그리어 중국의 문인화는 왕유에게서 시작된 것으로 알려져 있다. 그 스스로도 "지금 세상에서는 잘못되어 시인이지만 내 전신은 틀림없이 화가였다."고 읊은 시가 있다. 그의 유명한 그림이 많지만 특히 망천도(輞川圖)가 유명하다.

그는 자신의 자를 마힐(摩詰)이라 하여 거기에 자기 이름 유(維)를 이어놓으면 불교의 대거사(大居士) 유마힐(維摩詰)이 된다. 이는 그가 불교의 독실한 신자였음을 뜻한다. 따라서 그의 시에는 "높은 것은 선(禪)과 같고 낮은 것은 승(僧)과 같다."고 평한 이가 있을 정도로 불교적인 정취가 짙은 것도 두드러진 특징의 하나이다.

다만 이민족이 주축을 이루는 반란군이 장안을 점령하자 그들에게 머리를 숙이고, 어려운 백성들의 삶은 아랑곳 하지도 않고 홀로 망천의 별장에 노닐면서 자연의 아름다움을 시로 읊고 그림으로 그려내면서 술로 세월을 보낸 그의 생활이 올바른 시인의 몸가짐은 아니라는 생각이 든다. 대학자 고염무가 문사기인(文辭欺人)의 보기로 들고 있는 두 사람이 모두 중국문학사상 가장 대표적인 자연시인이라는 것은 우연이 아닌 성 싶다.

향적사를 찾아서(過香積寺)

향적사 있는 곳 알지도 못하고
몇 리 길을 걸어 구름 덮인 산봉우리 사이로 들어갔네.
고목 사이엔 사람 다니는 길이란 없거늘
깊은 산 어디에서 울리는 종소리인가?
샘물 흐르는 소리 높다란 바위 밑에서 흐느끼듯 나고

햇빛은 푸른 소나무에 차게 비치고 있네.
해질 무렵 고요한 연못 구비에는
망령된 생각을 물리치려는 듯 좌선하는 스님 계시네.

부 지 향 적 사　　　　수 리 입 운 봉
不知香積寺[1]하고,　數里入雲峰이라.

고 목 무 인 경　　　　심 산 하 처 종
古木無人徑이어늘,　深山何處鐘고?

천 성 열　위 석　　　　일 색 랭 청 송
泉聲咽[2]危石[3]하고,　日色冷青松이라.

박 모　공 담 곡　　　　안 선 제 독 룡
薄暮[4]空潭曲[5]에,　安禪制毒龍[6]이라.

註解 1) 香積寺(향적사) - 장안 남쪽 종남산(終南山) 자락에 있는 절 이름. 당나라 무칙천(武則天) 때(706) 세워졌다고 한다. 2) 咽(열) - 흐느끼다. 3) 危石(위석) - 높이 솟은 바위. 4) 薄暮(박모) - 해질 무렵. 5) 潭曲(담곡) - 연못 모퉁이. 6) 毒龍(독룡) - 《열반경(涅槃經)》에 나오는 사람들을 해치는 무섭고 악한 용, 사람의 마음속의 망령된 생각을 가리킨다.

解說 향적사는 작자 왕유의 망천별서(輞川別墅)와는 다른 쪽 산기슭에 있다고 한다. 그는 빼어난 20경(景)이 있는 넓고 아름다운 별장에서 유유자적하면서 아름다운 자연을 시로 읊고 그림으로도 그렸다. 그리고도 틈이 나면 종남산을 중심으로 이곳저곳을 유람하면서 눈에 들어오는 아름다운 경치를 시로 노래하였다. 이 시는 자기 별장이 있는 종남산의 다른 골짜기를 유람하다가 향적사라는 절에 들러 지은 것이다.

시인은 "향적사가 있는 곳을 알지도 못하고", 꼭 그곳에 가보겠다는 의식도 없이 구름 덮인 종남산의 산봉우리들이 솟아있는 골짜기를 몇 리 걸어 들어갔다. 주위에는 고목이 우거져 있고 사람 다니는 길도 없는 깊은 산인데 어디에선가 종소리가 들려온다. 작자는 종소리를 듣자 그쪽에 절이 있음을 알고 방향을 다시 잡아 그 곳으로 향하였다. 절을 찾아가는 길 옆에서는 "샘물 흐르는 소리 높다란 바위 밑에서 흐느끼듯 나고" 푸른 소나무 가지에 비치고 있는 햇빛이 차갑게 느껴진다. 조용한 산속의 절에 와 보니 한 스님이 해가 저무는 속에 절 앞 연못가에 앉아 망념을 털어버리려는 듯 좌선을 하고 있다.
마치 해탈(解脫)의 구도과정을 읊은 것도 같아서, 이 시의 끝 구절을 작자인 왕유 스스로가 향적사 앞에 이르러 연못가에 앉아 번민을 털어버리려고 조용히 좌선하였다고 풀이하는 사람도 있다. 그러나 절의 스님이 좌선하는 것으로 봄이 자연스러울 것이다. 스님의 좌선을 통하여 향적사의 깊고 그윽하고 맑고 깨끗한 분위기가 더 잘 살아난다고 여겨지기 때문이다.

▲청 말에 다시 지은 지금의 서안(西安)에 있는 향적사

진시황의 묘를 찾아가서(過秦始皇墓)

오래된 무덤은 푸른 산을 이루었고,
땅 속의 궁궐은 천제(天帝) 계시는 궁전 본떴다네.
위쪽에는 해와 달과 별들이 박혀있고,
아래쪽에는 은하가 흐르고 있다네.
바다도 있다고 하지만 사람들이 어찌 건너다니겠는가?
봄가을이 없으니 기러기도 찾아 돌아오지 않는다네.
더욱이 소나무 바람소리 애절하게 들리니,
진시황에게 대부(大夫) 벼슬 받은 소나무가 슬퍼하는 것만 같네.

고묘성창령 / 유궁 상자대
古墓成蒼嶺[1]하고, 幽宮[2]象紫臺[3]로다.

성신 칠요 격 / 하한 구천 개
星辰[4]七曜[5]隔하고, 河漢[6]九泉[7]開로다.

유해인녕도 / 무춘안불회
有海人寧渡아? 無春雁不廻로다.

갱문송운 절 / 의시대부애
更聞松韻[8]切하니, 疑是大夫哀로다.

註解 1) 蒼嶺(창령) - 푸른 산봉우리, 푸른 산. 2) 幽宮(유궁) - 깊숙한 궁전, 땅속의 궁궐. 3) 紫臺(자대) - 천자가 사는 곳, 천자의 궁전. 4) 星辰(성신) - 별들, 하늘의 별. 5) 七曜(칠요) - 해와 달과 화(火)·수(水)·목(木)·금(金)·토(土)의 다섯 가지 별. 6) 河漢(하한) - 은하수. 7) 九泉(구천) - 땅속, 지하. 8) 松韻(송운) - 소나무에 부는 바람 소리.

解說 이 시는 왕유가 15세 때 지은 것이라 하니 더욱 감동적이다. 1991년 시안(西安)의 진시황 무덤을 찾아가 거기에서 발굴한 병마용(兵馬俑)을 구경하던 생각이 다시 떠오른다. 그곳 땅속 구덩이에 줄지어 서있는 수많은 흙을 구어 만든 모습이 모두가 서로 다른 병사들과 그 속에서 함께 나왔다는 병거(兵車)와 무기 등은 그저 놀랍기만 하였다.

보병과 기병 모두 합쳐 7,000여 명이라는 병사들은 실물보다 약간 더 컸고, 발굴된 넓고 긴 구덩이는 세 개가 있었다. 지금 남아있는 진시황(B.C. 246-B.C. 211 재위)의 무덤 봉분만도 높이가 50미터, 둘레가 1.5 킬로미터에 이르는 작은 산처럼 보이는 거대한 묘이다. 그런데 이 병마용은 봉분에서 상당히 멀리 떨어진 밭에서 농부가 샘을 파다가 발견한 것이라니 진시황의 무덤의 땅속 규모는 우리로서는 상상하기도 어려운 기가 막히게 큰 것이다. 병마용은 그 일부가 드러난 것에 불과할 것이다.

그런데 왕유의 시를 읽어보면 이미 당나라 때에도 사람들이 진시황의 무덤의 엄청난 규모에 대하여 알고 있었다. "오래된 무덤은 푸른 산을 이루었다."는 것은 흙을 쌓아 만든 봉분 모습이니 당나라 때나 지금이나 크게 달라질 수가 없다. 그러나 바로 둘째 구절에서 "땅속의 궁궐은 천제(天帝) 계시는 궁전 본떴다."고 노래하고 있다. 이미 그때부터도 무덤의 땅속 규모는 밖에 보이는 봉분보다도 더 굉장함을 알고 있었다. 바로 이어 무덤 속의 궁궐 모습을 "위쪽에는 해와 달과 별들이 박혀있고, 아래쪽에는 은하가 흐르고 있다."고 읊고 있다. 북위(北魏) 역도원(酈道元, ?-527)의 《수경주(水經注)》 위수(渭水)편을 보면 진시황의 묘를 만들 때 위수 근처의 흙을 파내어 쓰느라고 어지(魚池)라는 연못이 생겨났음을 설명한 다음 그 무덤 속의 모습을 다음과 같이 설명하고 있다. "위에는 하늘 모습과 별자리 모습(天文星宿之象)을 만들어놓고, 아래에는 수은을 가지고 장강(長江) · 황하(黃河) · 회수(淮水)와 제수(濟水)를 비롯하여 온갖 강물을 다 만들어 놓았다. 오악(五嶽)과 구주(九州)가 다 갖추어진 땅의 형상이 모두 만들어져 있고, 궁궐과 모든 관청이며 기이한 그릇과 진귀한 보배가 그 속에 가득 채워졌다." 곧 땅속에 진시황이 생각하고 있던 새로운 세상을 만들어 놓았다는 것이다. 그리고 뒤에 어떤 자가 도굴을 하려고 무덤 속으로 가까이 가면 기계장치가 그를 화살로 쏘아 죽이도록 되어있다고도 하였다.

왕유도 《수경주》의 글을 읽었거나 그러한 소문이 세상에 널리 알려져 있었음이 분명하다. 왕유가 "위쪽에는 해와 달과 별들이 박혀있고, 아래쪽에는 은하가 흐르고 있다."고 읊은 셋째와 넷째 구절은 《수경주》에 보이는 기록과 흡사하다. 왕유가 "바다도 있다고 하지만 사람들이 어찌 건너다니겠는가?" 하고 읊은 것은 그곳은 일반 사람으로서는 가까이 갈 수도 없는 곳임을 뜻하기도 한다.

지금 드러나 있는 '병마용'은 진시황이 땅속에 만들어 묻어놓은 물건의 극히 일부임이 분명하다. 진시황이야말로 보통 사람으로서는 생각하기조차도 어려운 굉장한 인물이다. 진시황은 중국의 역사상 처음으로 장강 유역 남쪽 지방까지도 북쪽에 합쳐 진짜 천하통일을 이루어 대 중국을 건설한 황제이다. 그리고 유명한 만리장성(萬里長城)을 쌓았고, 한자의 글자체와 읽는 음도 통일하고, 전국 각지로 통하는 치도(馳道)라는 한길을 개통한 뒤 천하의 모든 수레의 바퀴 폭도 통일하고, 전국의 화폐와 도량형도 통일하였다. 사상을 통일하기 위하여 유가의 경서를 비롯한 여러 가지 책을 모아 불태워 없애고, 선비들을 잡아다가 산 채로 땅에 묻어버리는 유명한 분서갱유(焚書坑儒)도 행하였다. 그는 잔인무도한 폭군이라는 비난을 받기도 하지만 천하를 통일하여 대중국의 터전을 마련한 위대한 황제라는 칭송도 받게 된 것이다.

그러나 아무리 발버둥을 쳐도 사람은 사람의 한계를 벗어나지 못한다. 왕유의 시도 앞의 네 구절은 진시황 무덤의 엄청난 규모를 읊고 있지만 뒤의 네 구절은 그러한 진시황의 노력이 모두 헛된 것임을 노래하고 있다. 다섯 여섯째 구절에서는 "바다도 있다고 하지만 사람들이 어찌 건너다니겠는가? 봄가을이 없으니 기러기도 찾아 돌아오지 않는다네." 하고 읊고 있다. 아무리 거창하게 만들어 놓았지만 그 세상에는 사람도 새나 짐승도 하나 없는 쓸데 없는 세상임을 뜻한다. 일곱 여덟째 구절에서는 "더욱이 소나무 바람소리 애절하게 들리니, 진시황에게 대부(大夫) 벼슬 받은 소나무가 슬퍼하는 것만 같네." 하고 읊고 있다. 사마천(司馬遷, B.C. 145-B.C. 86?)의 《사기(史記)》 진시황본기(秦始皇本紀)를 보면 진시황이 산동(山東)에 있는 태산(泰山)으로 하늘에 제사를 지내러 갔다가 갑자기 비바람이 불어와 잠시 큰 소나무 밑으로 가서 쉬었는데, 그때 진시황은 그 소나무의 공로를 높이 사 오대부(五大夫) 벼슬을 내려주었다 한다. 그 소나무는 아닐 터이지만 지금도 태산 기슭의 아담한 절 경내에는 이러한 기록으로 말미암아 이름이 부쳐진 '대부송(大夫松)'이라고 사람들이 부르는 잘 자란 늙은 소나무가 있다. 어떻든 진시황은 그처럼 큰 일을 이룩하고 죽었지만 그를 슬퍼하는 사람은 하나도 없고 오직 그로부터 벼슬을 받았던 소나무나 홀로 슬퍼하고 있을 것이라는 것이다. 아무리 거대한 일이라도 사람들에게 쓸 데가 없는 것이라면 그것은 무의미하다.

봄 계수나무와의 문답 두 번(春桂[1]問答二)

봄 계수나무에게 묻기를,
"복숭아와 오얏은 방금 향기로운 꽃을 피워,
봄빛이 모든 곳에 찼거늘,
어째서 홀로 꽃을 피우지 않소?"
봄 계수나무 대답하기를,
"봄꽃이 어찌 오래 갈 수 있으리?
서릿바람에 잎새 떨어질 적에,
홀로 빼어남을 그대는 알지 못하는가?"

문 춘 계 問春桂하되,	도 리 정 방 화 桃李正[2]芳[3]華[4]라.
연 광 수 처 만 年光[5]隨處[6]滿커늘,	하 사 독 무 화 何事獨無花오?
춘 계 답 春桂答하되,	춘 화 거 능 구 春華詎[7]能久오?
풍 상 요 락 시 風霜搖落[8]時에,	독 수 군 지 불 獨秀[6]君知不아?

註解 1) 春桂(춘계)－봄의 계수나무. 계수나무는 상록수이다. 봄에 계수나무와 문답한 형식으로 읊은 시이다. 2) 正(정)－바로 지금. 방금. 막. 3) 芳(방)－향기. 4) 華(화)－꽃. 5) 年光(연광)－춘광(春光). 봄빛을 가리킨다. 6) 隨處(수처)－모든 곳. 7) 詎(거)－어찌. 8) 搖落(요락)－낙엽지는 것. 6) 獨秀(독수)－홀로 낙엽지지 않고 잎새가 푸르른 것을 뜻함.

解說 계수나무와의 문답을 통하여 자기의 마음가짐을 나타낸 것이다. 계수나무가 1년 내내 똑같이 푸르듯이 자기의 마음가짐도 언제나 변함이 없을 것이라는 것이다. 일시적인 허영보다는 이러한 절개가 귀중한 것이다. 작자 왕유는 만년엔 불교사상에 마음이 기울어져 조용히 은거하며 시 쓰고 그림 그리는 일을 하며 여생을 보냈다. 그의 시 가운

데 염정담원(恬靜淡遠)한 정조가 보이는 것은 이 시에서 보여준 세상의 영화를 초월하는 마음가짐이 바탕이 되고 있기 때문일 것이다.

■ 작가 약전(略傳) ■

맹호연(孟浩然, 698~740)

자도 호연이며, 양양(襄陽 : 湖北省 襄陽縣) 사람이다. 일찍이 고향의 녹문산(鹿門山)에 숨어 지내다가 나이 40세에 장안으로 나와 벼슬길을 찾았으나 뜻을 이루지 못하였다. 그러나 그의 글재주와 시는 세상에 더욱 널리 알려지게 되었다. 장구령(張九齡)이 형주장사(荊州長史)로 있을 때 한동안 그의 밑에서 벼슬살이를 하였다.

그는 왕유와 병칭되며, 위응물(韋應物) · 유종원(柳宗元)에게로 이어지면서 당대 자연시파를 이룬다. 그러나 그의 시는 왕유의 경우처럼 불교적인 관조를 통해 이루어진 듯한 초연함은 없다. 《맹호연집(孟浩然集)》이 전해지고 있다.

친구의 집 찾아가(過[1]故人[2]莊)

친구가 닭 잡고 기장밥 차려놓고
나를 농가로 초청하였네.
파란 나무들 마을 가에 우거져 있고
푸른 산은 성 밖에 비끼어 있네.
창을 여니 마당과 채마밭 보이는데
술잔 들고 농사 얘기하네.
9월 9일 중양절이 되걸랑
다시 와서 국화 감상하기로 하자 하네.

고 인 구 계 서　　　요 아 지 전 가
故人具鷄黍하여,　邀我至田家라.

녹 수 촌 변 합　　　청 산 곽　 외 사
綠樹村邊合이오,　青山郭[3]外斜라.

개 헌　 면 장 포　　　파 주 화 상 마
開軒[4]面場圃[5]하고,　把酒話桑麻라.

대 도 중 양 일　　　환 래 취 국 화
待到重陽日[6]엔,　還來就菊花하리라.

註解 1) 過(과)－찾아가다. 방문하다. 2) 故人(고인)－오래 사귄 사람. 친구. 3) 郭(곽)－외성(外城). 4) 軒(헌)－집안 장랑(長廊)의 창. 여기서는 보통 창을 뜻한다. 5) 場圃(장포)－마당과 채마밭. 6) 重陽日(중양일)－음력 9월 9일. 이 중양일에 중국에선 친구들과 높은 산으로 올라가 국화를 감상하며 술을 즐기는 습관이 있었다.

解說 농사짓는 친구 집에 찾아가 술을 마시며 깨끗하게 즐기는 시인의 감상이 잘 표현된 시이다. 그들 사이의 대화도 누에치고 곡식 기르는 얘기이다.

봄 새벽(春曉)

봄 곤한 잠에 새벽이 된 것도 모르는데,
여기저기서 새 울음소리 들려오네.
밤새 빗 바람 소리 났었으니
꽃은 또 얼마나 떨어졌을까?

춘 면 불 각 효 　 처 처 문 제 조
春眠不覺[1]曉러니, 處處[2]聞啼鳥로다.

야 래 풍 우 성 　 화 락 지 다 소
夜來[3]風雨聲하니, 花落知多少아?

註解 1) 覺(각)－깨닫다, 알다. 2) 處處(처처)－곳곳에서, 여기저기에서. 3) 夜來(야래)－밤새.

解說 성당에 들어와 완성된 오언절구의 명작으로 옛날부터 널리 사람들에게 읽혀져 온 시이다. 초당 시인들이 임금의 명에 따라 지은 작품들과는 달리 자연을 보는 눈에 개성이 있고 시정이 신선하다. 표현이 쉽고도 깨끗하면서도 글귀가 잘 다듬어지고 아름답다.

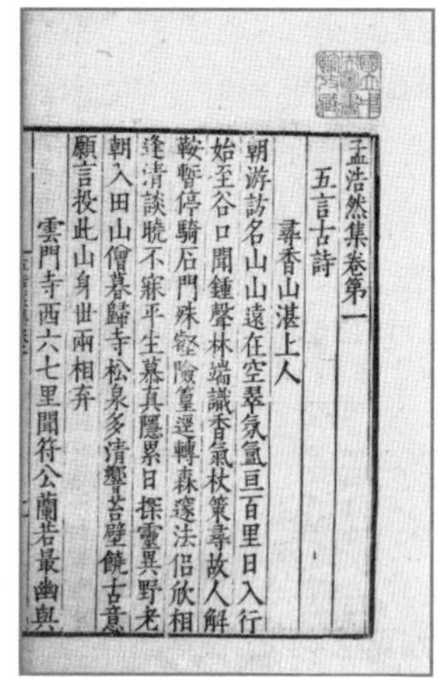

孟浩然集卷第一
五言古詩
尋香山湛上人
朝游訪名山山遠在空翠氛氳亘百里日入行
始至谷口聞鍾聲林端識香氣杖策尋故人解
鞍暫停騎石門殊壑險篁逕轉森邃法侶欣相
逢清談曉不寐平生慕真隱累日探靈異野老
朝入田山僧暮歸寺松泉多清響苔壁饒古意
願言投此山身世兩相弃
雲門寺西六七里聞符公蘭若最幽與

▲맹호연의 맹호연집(孟浩然集)

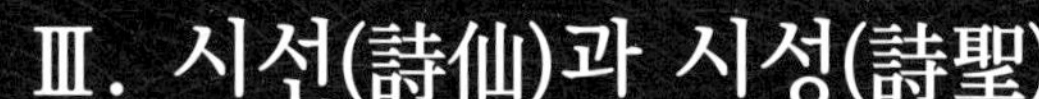

Ⅲ. 시선(詩仙)과 시성(詩聖)

太白少夢筆頭生花自是天才倍贍沉酣中譔文未常錯誤而與不醉之人相對議事
皆不出太白所見時人號為醉聖其詩放浪縱恣擺脫塵俗模寫物象體格豁達杜
甫稱其詩無敵志氣宏放飄然有超世之心亦喜縱橫擊劍晚好黃老云

▲ 이백(李白)

▲두보(杜甫)

■ 작가 약전(略傳) ■

이백(李白, 701~762)

이백의 자는 태백(太白), 청련거사(靑蓮居士)라 스스로 호를 불렀다. 두보(杜甫)와 함께 쌍벽을 이루는 당대의 대표적인 시인이다. 선조 때 농서(隴西) 성기(成紀 : 甘肅省 天水)에 살다가 죄를 져서 서역으로 옮겼는데, 이백은 그곳에서 태어났다. 어머니가 아마도 외국사람인 것같이 생각되므로 이백은 혼혈일 가능성도 있다. 당시 그를 가리켜, 눈은 불꽃 같고 입을 벌리면 굶주린 호랑이 같다고 한 것도 외국인의 풍모를 연상케 한다. 다섯 살이 되던 때 온 집안이 사천(四川)으로 옮겨왔다. 그래서 어떤 사람은 그를 촉군(蜀郡) 사람이라고도 한다. 또 그 스스로는 농서(隴西 : 지금의 甘肅省)의 평민이라 말하고 있다(〈與韓荊州書〉). 어떤 사람은 이백의 선조는 원래 오랑캐였는데 장사하려고 사천으로 옮겨온 것이라고도 한다.

그의 일생은 낭만으로 가득차 있으며 세상 일들에 구애받지 않았다. 어려서부터 의협심이 강했고 재산을 가볍게 여겨 남에게도 상당히 후하였다. 15세가 되어서는 검술을 좋아하여 널리 여러 제후들의 일에도 간여하였다. 또 일찍이 양주(揚州)에 놀러가서는 1년도 되지 못해 황금 3천여만을 써버렸다고 한다.

25세쯤 되던 무렵 촉(蜀)을 떠나 장강(長江) · 한수(漢水) · 제(齊) · 노(魯) 등의 지방을 두루 돌아다녔다. 천보(天寶) 초에 장안에 이르러 하지장(賀知章)의 알선으로 현종(玄宗)을 만나 송(頌) 한 편을 올리어 한림원(翰林院)에 벼슬하게 되어, 후세엔 이한림(李翰林)이라고도 불렸다.

한번은 현종이 침향정(沈香亭)에서 양귀비(楊貴妃)와 잔치를 벌이고 꽃구경을 하면서 이백을 불러 시를 짓게 하였는데, 이때 지은 것이 바로 〈청평조삼수(淸平調三首)〉

이다. 그는 벼슬은 하지 못하고, 곧 다시 장안을 떠나 여러 곳을 놀면서 돌아다녔다. 안록산이 난을 일으켰을 때는 여산(廬山)에 있었는데 영왕(永王) 이린(李璘)의 청을 받아 그를 돕다가 영왕 인의 모반이 실패하자 그도 잡혀갔으나 곽자의(郭子儀)의 도움으로 죽음을 면하여 야랑(夜郎)으로 귀양가게 되었는데 도중에 사면되어 돌아왔다.

그 뒤에 곧장 심양(潯陽 : 九江) · 의성(宜城) · 금릉(金陵) 일대를 유랑하였다. 마지막에는 집안 아저씨뻘 되는 당도령(當塗令) 이양빙(李陽冰)에게 의지하여 살았는데, 전하는 말에 의하면 채석기(采石磯)라는 강가에서 뱃놀이를 하다가 술에 취하여 달을 잡으려고 물속에 뛰어들어 죽었다고 한다.

그는 낭만시인의 한 사람으로 전하여지고 있다. 그 일에 관계되는 여러 가지 얘기도 무척 많아서 일일이 기록할 수 없을 정도이다. 그의 시풍은 첫째 의기가 빼어나서 늘 자기 마음대로 글을 짓기 때문에 크고도 넓고 힘있고 아름다운 멋진 글을 이루고 있다. 둘째 그의 생각과 감정이 빼어나서 글과 시가 신선의 말 같아서 사람들을 감탄케 한다. 하지장(賀知章)은 그를 보자 '귀양 온 신선(謫仙人)'이라 불렀다. 또 일생 동안 시국이 뜻같지 않다고 생각하여 시 가운데에는 세상을 우습게 여기며 자기 멋대로 행동하려는 의향이 뚜렷이 보인다. 두보가 이백을 읊어 '실컷 술 마시고 미친 듯 노래부르며 공연히 나날을 보냈으니, 높이 휘날리고 우뚝 솟은 의기는 누구 위해 웅장한 것인가?(痛飮狂歌空度日, 飛揚跋扈爲誰雄)' 라고 하였다. 《이태백시집(李太白詩集)》 30권이 전한다.

고향생각(靜夜思[1])

침대 머리에 밝은 달이 비치니
땅 위에 서리가 내린 듯.
머리 들어 밝은 달 바라보고
머리 숙여 고향 그리네.

상 전명월광 의시지상상
床[2]前明月光하니, 疑是地上霜이라.

거두망명월 저두사고향
擧頭望明月하고, 低頭思故鄕이라.

註解 1) 靜夜思(정야사)－고요한 밤의 생각. 고요한 달 밝은 밤에 밝은 달을 쳐다보며 고향을 그리는 시이다. 2) 床(상)－침대, 잠자리.

解說 간단한 시이면서도 달 밝은 밤에 잠 못 이루고 고향을 생각하는 아름다운 서정이 잘 표현된 시이다. 이백은 이런 절구를 비롯한 짧은 시와 악부체의 고시에서 그의 글 재주를 마음껏 발휘하고 있다.

홀로 경정산 대하고 앉아(獨坐敬亭山[1])

뭇새들은 높이 다 날아가 버리고
외로운 구름은 홀로 한가히 떠가네.
서로 바라보아도 모두 싫증나지 않는 것은
오직 경정산이 있을 따름일세.

중조고비진 고운독거한
衆鳥高飛盡이오 孤雲獨去閑이라.

상간양불염　　　　지유경정산
相看兩不厭[2]은　　只有敬亭山이라.

註解 1) 敬亭山(경정산) - 소정산(昭亭山)이라고도 부르며, 지금의 안휘성(安徽省) 선성현(宣城縣) 북쪽에 있다. 2) 兩不厭(양불염) - 서로 바라보는 두 사람 모두 싫증내지 않는다.

解說 간단하면서도 산을 사랑하는 정이, 읽는 이들에게도 감동을 주는 아름다운 시이다.

왕소군(王昭君[1])

한(漢)나라 서북 지방의 달이
흐르는 그림자로 명비를 전송하였네.
한번 옥문관을 나서서
하늘 저쪽 끝으로 가서는 돌아오지 않았네.
한나라의 달은 여전히 동해에서 뜨고 있건만
명비는 서쪽 땅으로 시집가 돌아오지 못하였네.
연지산(燕支山)이 있는 오랑캐 땅은 언제나 추워 눈이 꽃을 이루니
미인은 초췌하여 오랑캐 모래땅에 묻혔으리.
살아선 황금이 모자라 초상화를 잘못 그리게 하고,
죽어서는 청총을 남기어 사람들을 탄식케 하네.
왕소군 옥안장 떨고,
말에 오르는 붉은 볼에 눈물이 흥건한 모습!
오늘까지도 한나라 궁전 사람이더니,
하루아침에 오랑캐 땅의 첩이 되었다네!

한가진지월　　　　유영송명비
漢家秦地月이　　　流影送明妃[2]라.

▲왕소군이 흉노로 시집가는 모습, 송(宋)대 화가의 그림

일 상 옥 관 도　　　　천 애 거 불 귀
一上玉關道[3]하여　　天涯[4]去不歸라.

한 월 환 종 동 해 출　　명 비 서 가 무 내 일
漢月還從東海出이나　明妃西嫁無來日이라.

연 지 장 한 설 작 화　　아 미 초 췌 몰 호 사
燕支[5]長寒雪作花니　蛾眉[6]憔悴沒胡沙라.

생 핍 황 금 왕 도 화　　사 류 청 총 사 인 차
生乏黃金枉圖畫[7]하고　死留青塚[8]使人嗟로다.

소 군 불 옥 안　　　　상 마 제 홍 협
昭君拂[9]玉鞍[10]하여,　上馬啼紅頰[11]이라.

금 일 한 궁 인　　　　명 조 호 지 첩
今日漢宮人이,　　　明朝胡地[12]妾이라.

註解 1) 王昭君(왕소군)－한나라 4대 황제 원제(元帝)는 후궁이 너무 많아 일일이 친히 고를 수가 없었다. 그래서 원제는 화공(畵工)으로 하여금 초상화를 그려 바치게 하여 그 그림을 보고 후궁들을 불러들였다. 화공은 이에 여자들로부터 뇌물을 받고 뇌물의 많고 적음에 따라 초상화를 예쁘고 밉게 그려 바쳤다. 이때 후궁에서 왕소군(王昭君 : 이름은 嬙, 昭君은 字임)만은 뇌물을 안써서 임금 근처에도 못가봤다. 이때 흉노의 세력이 커서 한나라를 위협하고 있었는데, 그 흉노의 선우(單于)가 한나라로 미인을 구하러 왔다. 이에 원제는 화공의 그림을 보고 가장 못생긴 왕소군을 골라 주었다. 그러나 떠날 때 왕소군을 보니 천하의 절색이라, 원제는 잘못되었음을 뉘우쳤지만 이미 어찌할 수 없었다. 이에 원제는 화공을 베고, 왕소군의 아름다움을 아끼며 흉노에게로 떠나보내었다(《西京雜記》). 이 왕소군의 기구한 운명은 옛부터 많은 문인들의 마음을 움직이어 많은 작가들이 시나 소설 또는 희곡으로 그의 일생을 노래하였다. 2) 明妃(명비)－왕소군을 이르는 말. 3) 玉關道(옥관도)－옥문관(玉門關)으로 나가는 길. 옥문관은 지금의 감숙성(甘肅省) 돈황현(敦煌縣) 서쪽에 있던 관문 이름. 그곳을 나가면 오랑캐 땅이었다. 4) 天涯(천애)－하늘 끝, 하늘 저쪽 끝. 5) 燕支(연지)－흉노 땅에 있는 산 이름. 언지산(焉支山)이라고도 부르며, 여자들이 얼굴에 바르던 연지분이 그곳에서 산출되어 유명하다. 6) 蛾眉(아미) — 나방의 더듬이처럼 가늘고 아름다운 눈썹. 미인을 가리키는 말로도 흔히 쓰이며, 여기에서는 왕소군을 가리킨다. 7) 枉圖畵(왕도화) — 왕소군의 초상화를 화공이 잘못 그린 것. 8) 靑塚(청총) — 전설적으로는 사실과 달리 왕소군이 흉노로 시집가다가 강물에 뛰어들어 자결하였는데, 그가 묻힌 무덤은 겨울에도 풀이 마르지 않고 푸르러 청총이라 불렀다 한다. 9) 拂(불) — 먼지 같은 것을 떠는 것. 10) 玉鞍(옥안) — 안(鞍)은 말 안장. 구슬로 장식된 안장. 11) 啼紅頰(제홍협) — '제'는 우는 것. '협'은 뺨. 아름다운 붉은 볼에 눈물을 흘리며 우는 것. 12) 胡地(호지) — 북쪽의 오랑캐 땅. 흉노를 말함.

解說 곽무천(郭茂倩)의 《악부시집》 29 상화가사(相和歌辭) 4만을 보아도 음탄곡(吟歎曲)엔 진(晉)나라 석숭(石崇)의 〈왕소군〉을 비롯하여 29수의 왕소군 시가 있고, 그밖에도 명군사(明君詞) · 소군사(昭君詞) · 소군탄(昭君歎) 등 왕소군을 주제로 한 시가 많다. 왕소군은 또 명군(明君) · 명비(明妃)라고도 불리었다.

이 시는 왕소군이 오랑캐 땅으로 눈물을 흘리며 떠나가는 모습을 노래한 것이다. 한나라의 황제인 원제도 왕소군을 사랑하면서도 흉노의 위협에 못이기어 떠나가는 왕소군을 보고 있는 수밖에 없었다. '오늘까지도 한나라 궁중의 사람이더니 내일 아침이면 오랑캐 땅의 선우(單于)의 첩이 되는가' 하고 읊은 시인의 마음에는 외세를 배격하고 튼튼한 조국을 간직하고픈 진정이 스며 있다. 한나라 이후에도 주변 오랑캐들의 위협은 내내 가시지 않았다.

왕소군이 오랑캐 땅으로 가서는 절개를 지키기 위하여 스스로 물에 뛰어들어 죽었는데, 그 무덤은 1년 내내 푸르렀다 한다. 그래서 그의 무덤을 청총(靑塚)이라 불렀다는 전설도 전해진다. 그러나 그것은 자존심이 강한 중국인들이 만들어낸 전설에 불과한 얘기이다.

자야오가(子夜吳歌[1])

장안엔 한 조각 달이 밝은데,
집집에선 다듬이 소리.

가을바람도 끊일 줄 모르니,
모두가 옥문관의 임 그리는 정 일깨우네.
언제나 오랑캐들을 평정하고,
임께선 원정에서 돌아오시려나?

장안 일편월 만호 도의 성
長安[2]一片月이오, 萬戶[3]擣衣[4]聲이라.

추풍취부진 총시 옥관 정
秋風吹不盡[5]하니, 總是[6]玉關[7]情이라.

하일평호로 양인 파 원정
何日平胡虜[8]하고, 良人[9]罷[10]遠征고?

註解 1) 子夜吳歌(자야오가)－자야(子夜)는 옛 민요조의 악부시(樂府詩). 자야라는 동진(東晉)의 한 여인이 처음 만든 노래인데, 곡조가 슬퍼서 후인들은 이로써 사시행락(四時行樂)의 노래를 지었다 한다(《樂府古題要解》). 동진의 도읍은 오(吳 : 江蘇省)의 건업(建業 : 金陵. 지금의 南京)에 있었기 때문에 이를 오가(吳歌)라 한 것이다. 《악부시집》 제45 청상곡사(淸商曲辭)에는 이백의 자야사시가(子夜四時歌) 4수를 싣고 있고, 《이태백시집(李太白詩集)》에는 〈자야오가〉라 제목을 달고 있는데, 이곳에 실린 것은 그 중의 〈가을 노래(秋歌)〉이다. 따라서 《당시삼백수(唐詩三百首)》 같은 데서는 〈자야추가(子夜秋歌)〉라 제목을 달고 있다. 2) 長安(장안)－당나라의 수도. 섬서성(陝西省) 서안(西安)의 옛 이름임. 3) 萬戶(만호)－모든 집. 4) 擣衣(도의)－'도'는 방망이질하는 것. '도의'는 다듬이질을 하는 것. 5) 吹不盡(취부진)－다함이 없이 끊이지 않고 부는 것. 6) 總是(총시)－'모두가'. 곧 일편월(一片月)·도의성(擣衣聲)·추풍(秋風) 등의 모두가의 뜻. 7) 玉關(옥관)－옥문관(玉門關). 장안의 북서쪽 3천6백리에 있던 서역 땅으로 나가는 관문. 감숙성(甘肅省) 돈황현(燉煌縣) 서쪽 150리, 양관(陽關)의 서북쪽에 있다. 여인의 남편은 지금 옥문관 근처로 서쪽 오랑캐들과 싸우러 원정가 있는 것이다. 8) 胡虜(호로)－남편과 싸우고 있는 '오랑캐들'. 9) 良人(양인)－'우리 임'. 여인이 남편을 가리키는 말. 10) 罷(파) – 오랑캐들을 평정하여 원정이 끝나 집으로 남편이 돌아오는 것.

解說 밝은 달, 다듬이 소리에 가을바람, 이런 것은 모두가 멀리 원정나가 있는 남편을 그립게 만든다. 남편은 서북쪽의 옥문관 밖으로 오랑캐들과 싸우러 나가 있다. 여인은 남편을 향하는 그리움 속에 원정에 성공하고 돌아올 영광의 날을 손꼽아 기다리고 있는 것이다.

벗과 함께 묵으며(友人會宿[1])

천고의 시름을 씻어 버리며,
눌러앉아 백 병의 술을 마신다.
좋은 밤은 마땅히 얘기로 지새울지니,
밝은 달빛에 잠들지 못하네.
술 취하여 빈 산에 누우니,
하늘과 땅이 곧 이불이요 베개로다.

척 탕 천 고 수 　　유 련 백 호 음
滌蕩[2]千古愁[3]하며, 留連[4]百壺[5]飮이라.

양 소 의 차 담 　　호 월 미 능 침
良宵[6]宜且[7]談이니, 皓[8]月未能寢이라.

취 래 와 공 산 　　천 지 즉 금 침
醉來臥空山[9]하니, 天地卽衾枕[10]이라.

註解 1) 會宿(회숙) – 만나 함께 묵는 것. 이 시는 친구와 함께 하룻밤을 묵으며 밝은 달빛 아래 밤새워 술마신 일을 읊은 것이다. 2) 滌蕩(척탕) – '척' 은 씻다. '탕' 은 깨끗이 하는 것. '척탕' 은 깨끗이 씻어 없애는 것. 3) 千古愁(천고수) – 아득한 옛날부터 사람들이 지녀온 영원히 씻을 수 없는 시름. 4) 留連(유련) – 자리에 미련이 있어 떠나지 못하는 것. 5) 壺(호) – 술병. 6) 良宵(양소) – 좋은 밤. 7) 宜且(의차)－'의'는 마땅한 것. 의당. '차'는 또. 8) 皓(호)－흰 것. 밝은 것. 9) 醉來臥空山(취래와공산)－'취래'는 '취하게 되면'의 뜻. '래'는 취향을 나타내는 조사로 봄이 좋다. '와'는 눕다. 공산은 인기척 없는 조용한 산. 10) 衾枕(금침)－'금'은 이불. '침'은 베개. 베개를 베다.

解說 술을 마시는 것은 사람들이 언제나 지니고 있는 시름으로부터 해방되어 인간 본연의 자태로 돌아가는 데 있다. 더욱이 뜻이 맞는 친구를 달 밝은 밤에 만나면 그대로 잠자리에 들어 눈을 감을 수는 없다. 마음껏 마시고 얘기하다 취하면 자연 속에서 하늘을 이불삼고 땅을 베개삼아 누우면 그만이라는 것이다. 진(晉)나라 때 죽림칠현(竹林七賢)의 한 사람이었던 유령(劉伶)이 〈주덕송(酒德頌)〉에서 '하늘을 장막삼고 땅을 자리로 삼아 멋대로 지낸다'고 한 크고 거리낌 없는 정신과 통한다. 뒤에 나오는 〈술을 권하면서(將進酒)〉에서도 이백은 술로써 '만고의 시름'을 없애자고 하였다. 술을 빌어 자연으로 돌아가자는 것은 도가의 정신과도 통한다.

달 아래 홀로 술 마시며(月下獨酌[1])

꽃 밑에서 한 병의 술을,
친한 이도 없이 홀로 마시네.
잔을 들어 밝은 달을 맞이하니,
그림자를 대하게 되어 세 사람이 되었네.
달은 본시 술 마실 줄을 모르고,
그림자는 그저 내 몸을 따라다니네.
잠시 달과 그림자를 벗하노니,
즐김은 반드시 봄철을 놓치지 말아야 하네.
내가 노래하면 달은 머뭇머뭇거리고,
내가 춤을 추면 그림자가 어지럽게 흔들리네.
아직 깨었을 적에는 함께 서로 즐기지만,

취한 뒤에는 각기 헤어지네.
영원히 인정 깃들지 않은 놀음을 맺어,
멀리 은하수를 향하여 다시 만날 것을 기약하네.

화하 일호주 　독작무상친
花下[2]一壺酒를, 　獨酌無相親이라.

거배요 명월 　대영성삼인
擧盃邀[3]明月하니, 　對影成三人[4]이라.

월기불해 음 　영도수아신
月旣不解[5]飮하고, 　影徒隨我身이라.

잠반월장 영 　행락 수급춘
暫伴月將[6]影하니, 　行樂[7]須及春[8]이라.

아가월배회 　아무영능란
我歌月徘徊[9]하고, 　我舞影凌亂[10]이라.

성 시동교환 　취후각분산
醒[11]時同交歡이나, 　醉後各分散[12]이라.

영결무정 유 　상기 막운한
永結無情[13]遊하여, 　相期[14]邈雲漢[15]이라.

註解 1) 月下獨酌(월하독작) – 달빛 아래 홀로 술마시다.《이태백시집(李太白詩集)》 권23에 실린 4수 중의 제1수. 2) 花下(화하) – 《이태백시집》엔 '화간(花間)' 으로 되어 있다. 3) 邀(요) – 맞다. 4) 三人(삼인) – 달과 그림자와 자기의 세 사람. 5) 解(해) – '능(能)' 의 뜻. 원진(元稹)의 시에 '복숭아 꽃은 웃을 줄 알고 꾀꼬리는 말할 줄 아네.(桃花解笑鶯能語)' 라 했고, 또 미인을 '말할 줄 아는 꽃(解語花)' 라 하였는데 모두 '해' 는 '능' 곧 '……할 줄 안다' 는 뜻으로 풀이함이 옳다. 6) 將(장) – '여(與)' 의 뜻. '……과' '……과 함께'. 7) 行樂(행락) – 나가서 놀며 즐기는 것. 8) 須及春(수급춘) – 반드시 봄에 미쳐야 한다. 곧 '봄철 같은 좋은 때를 놓쳐서는 안된다' 는 뜻. 9) 徘徊(배회) – 왔다갔다하는 것. 서성대는 것. 우물쭈물 떠나지 못하는 것. 10) 凌亂(능란) – 제멋대로 움직이는 것. 어지러이 움직이는 것. '영란(零亂)' 으로 된 판본도 있으나 같은 뜻이다. 11) 醒(성)－술에 취하지 않고 있는 것. 12) 醉後各分散(취후각분산)－취하여 누우면 달이나 그림자의 존재를 잊게 되니 각기 분산한다고 표현한 것이다. 13) 無情(무정)－인정이 깃들지 않은 것. 14) 相期(상기)－서로 다시 만날 것을 기약하는 것. 15) 邈雲漢(막운한)－먼 은하수 곁에 있는 달과 약속을 한다는 뜻.

解說 이 시는 호탕하고 매인 데가 없는 이백의 흉금을 표현한 것이다. 꽃그늘 아래 밝은 달을 바라보며 혼자 술잔을 기울이노라면 외로움이 스며들 것이다. 그러나 이백은 거침없이 달과 자기의 그림자를 벗삼아 술마시며 노래와 춤으로 봄철을 즐긴다. 달이나 그림자는 만나도 친분이 없고 헤어져도 석별의 정을 안 느껴도 되는 친구들이다. 이런 벗들과 영원히 인정을 초월한 교유를 갖겠다는 것이다. 아름다운 자연 속에 자연과 완전히 융화된 신선의 모습을 보는 듯하다.

봄날 취중에 일어나 뜻을 말하다(春日醉起言志[1])

세상을 살아감은 큰 꿈을 꾸는 것과 같은 것이니,
어찌하여 그 삶을 수고롭게 할 것인가?
그러니 하루종일 취하여,
몸 가누지 못하고 대청 기둥 앞에 눕는다.
깨어나 뜰 앞을 바라보니,
한 마리의 새가 꽃 사이에서 울고 있네.
묻노니 어떤 철인가?
봄바람 살랑거리고 날아다니는 꾀꼬리가 지저귀네.
봄철에 감동되어 탄식이 절로 나려 하고,
술을 대하고는 또 스스로 잔을 기울인다.
큰 소리로 노래하며 밝은 달을 기다리니,
한 곡이 끝나자 이미 모든 감정을 잊네.

처세 약대몽 호위 노기생
處世[2]若大夢[3]하니, 胡爲[4]勞其生[5]고?

소이 종일취 퇴연 와전영
所以[6]終日醉하여, 頹然[7]臥前楹[8]이라.

각래면 정전 일조화간명
覺來眄[9]庭前하니, 一鳥花間鳴이라.

차문여하시 춘풍어 류앵
借問如何時[10]오? 春風語[11]流鶯[12]이라.

감지 욕탄식 대주환자경
感之[13]欲歎息하고, 對酒還自傾이라.

호가 대명월 곡진이망정
浩歌[14]待明月하니, 曲盡已忘情[15]이라.

註解 1) 春日醉起言志(춘일취기언지)－봄날에 취했다 일어나 뜻을 말한다. 이 '뜻' 이란 이백의 인생관 또는 생활관의 일단이라 보아도 좋다. 《이태백시집》 권23에 실려 있다. 2) 處世(처세)－세상에 처하는 것, 세상을 살아가는 것. 3) 若大夢(약대몽)－《장자(莊子)》 제물론(齊物論)에 '깨어난 뒤에야 그것이 꿈임을 안다. 또한 크게 깨우침이 있은 뒤에야 그것이 큰 꿈임을 안다' 하였다. 장자가 말하는 '그것' 이란 인생을 가리킨다. 4) 胡爲(호위)－하위(何爲). '어째서'. 5) 勞其生(노기생)－《장자》 대종사(大宗師)에 '대지는 우리를 실음에 형체로써 하고, 우리를 수고롭게 함에 삶으로써 하고, 우리를 편안케 함에 늙음으로써 하고, 우리를 쉬게 함에 죽음으로써 한다' 고 하였다. 사는 동안에 이해관계 때문에 노고함을 뜻한다. 6) 所以(소이)－'그래서'. 인생은 약대몽이기 때문에. 7) 頹然(퇴연)－몸을 가누지 못하고 쓰러지는 모양. 8) 臥前楹(와전영)－'와' 는 눕다. 전영(前楹)은 대청 앞쪽에 있는 기둥. 9) 眄(면)－흘낏 바라보는 것. 10) 如何時(여하시)－'차하시(此何時)' 로 되어 있는 판본도 있다. '어떠한 때인가?' 의 뜻. 11) 語(어)－동사로 '지저귀다'. 12) 流鶯(유앵)－이리저리 날아다니는 꾀꼬리. 13) 感之(감지)－'지' 는 '그것'. 곧 '봄철의 아름다움'. '감' 은 감동되는 것. 14) 浩歌(호가)－큰 소리로 노래하는 것.

15) 忘情(망정)－사람의 모든 감정을 잊는 것. 술에 취하여 노장 철학에서 말하는 혼돈의 자기 자신을 잊은 경지로 들어가는 것.

解說 술에서 깨어난 희미한 의식 속에서 몸의 긴장을 풀어주는 부드러운 봄바람과 아름답게 지저귀는 꾀꼬리 소리에 도취된다. 봄철의 아름다움은 탄식이 나올 것같이 이백의 마음을 희열로 차게 한다. 이러한 희열 속에 다시 술을 마시고 아무 거리낌없이 노래부르다 다시 자기 자신을 잊은 경지의 취한 세상으로 들어간다. 인생은 꿈과 같은 것, 기왕 꿈을 꾸자면 좀 멋지고 수고로움 없는 꿈을 꾸자는 것이다. 이 시에서도 호탕한 이백의 성품과 속세의 가치관을 초월한 신선의 풍모가 느껴진다.

소무(蘇武[1])

소무는 흉노 땅에 잡혀 있으면서,
10년이나 한나라의 부절(符節)을 지녔다.
흰 기러기가 상림원까지 날아와
편지를 전한 것도 소용없이 되었고.
양 치느라 변경 땅에서 고생하노라니,
지는 해를 바라볼 적마다 돌아가고픈 마음 간절했다.
목 마르면 월굴(月窟)의 물을 마시고,
배고프면 하늘에서 내린 눈을 먹었다.
동쪽으로 돌아가려니 사막의 변방 아득한데,
북쪽 하수 다리에선 이릉(李陵)과의 이별로 슬퍼했다.
울며 이릉의 옷자락을 잡고,
마주보며 피눈물을 흘렸단다.

소 무 재 흉 노　　　　　십 년 지 한 절
蘇武在匈奴하여,　　十年持漢節[2]이라.

백안 상림비　　　　공전일서찰
白雁[3]上林飛하니,　　空傳一書札[4]이라.

목양변지고　　　　낙일귀심절
牧羊邊地苦하니,　　落日歸心絕[5]이라.

갈음월굴 수　　　　기찬천상설
渴飮月窟[6]水하고,　　飢餐天上雪[7]이라.

동환 사새 원　　　　북창 하량 별
東還[8]沙塞[9]遠하고,　　北愴[10]河梁[11]別이라.

읍파이릉의　　　　상간누성혈
泣把李陵衣하고,　　相看淚成血[12]이라.

註解 1) 蘇武(소무)－한나라 무제 때의 사람.《한서》열전(列傳) 24엔 다음과 같은 전기가 있다. '소무는 자가 자경(子卿). 젊어서 아버지의 벼슬을 따라 형제가 다 같이 낭(郎)이 되었다가 얼마 뒤엔 이중구감(移中廏監)이 되었다. 그때 한나라는 연이어 오랑캐를 치고 자주 사신을 보내어 그들을 엿보았다. 흉노는 한나라 사신 곽길(郭吉)·노충국(路充國) 등을 모두 잡아두어 전후 10여 명이 잡혔다. 흉노의 사신이 오면 한나라에서도 잡아두고 이에 대처하였다. 천한(天漢) 원년(기원전 100년) 흉노가 잡아두었던 한나라 사신들을 전부 돌려보내자 무제는 소무에게 중랑장(中郎將)이란 벼슬을 주고 사신으로 절(節)을 가지고 잡아놓았던 흉노 사신들을 데리고 가 되돌려주게 하였다. 소무는 부중랑장(副中郎將) 장승(張勝) 및 가리(假吏) 상혜(常惠) 등과 1백여 명을 이끌고 함께 갔다. 소무가 흉노에 들어간 뒤 바로 변란이 생기어 흉노는 소무를 큰 땅굴 속에 가두고 협박과 권유로 흉노에게 항복하기를 권하였다. 땅굴 속에 가두고 음식을 주지 않으니, 눈이 오자 소무는 누워서 눈과 깃대 수술〔旃毛〕을 씹어 먹었다. 이리하여 며칠이 지나도 죽지 않으니 흉노는 그를 신이라 여기었다. 이에 소무를 북해(北海) 가의 사람 없는 곳으로 옮기어 수양을 치게 하고 새끼를 낳으면 곧 돌려보내겠다고 하였다. 소무는 바닷가로 갔으나 식량도 보내주지 않아서 들쥐들이 감춰놓은 풀열매를 파먹고 살았다. 그는 한나라의 절(節, 사신의 표지)을 지팡이로 짚고 양을 치는데 언제나 그것을 손에 들고 있어 절모(節旄 : 쇠꼬리로 만든 절의 장식)가 다 떨어졌다. 뒤에 이릉(李陵)이 북해(北海) 가로 와서 소무에게 황제가 돌아가셨음을 알렸다. 소무는 이를 듣고 남쪽을 향하여 통곡하며 피를 토하였다. 소제(昭帝)가 즉위하고 수년 만에 흉노는 한나라와 화친하였다. 한나라가 소무를 돌려달라고 요구하자 흉노는 그가 죽었다고 속이었다. 뒤에 한나라 사신이 다시 흉노에게 갔다. 이때 상혜(常惠)가 그들을 지키고 있는 자에게 간청하여 함께 한나라 사신을 만나보고 모든 일을 얘기하고, 사신에게 선우(單于)에게 다음과 같이 말해 달라고 하였다. 곧 천자께서 상림원(上林苑)에서 기러기를 쏘아 잡았는데 다리에 편지가 매어 있었다. 거기에 소무 일당이 어떤 호수 가운데에 있다고 했다고 말해 달라는 것이다. 사신은 크게 기뻐하고 상혜의 말대로 하여 선우는 소무를 돌려보내기로 하였다. 이에 이릉은 술자리를 벌여놓고 소무에게 축하하며 말했다. 그리고 이릉은 눈물을 줄줄 흘리며 소무와 작별하였다. 소무를 따라 돌아온 사람은 9명이었다. 소무는 시원(始元) 6년 봄에 장안에 이르러 전속국(典屬國)이 되었다. 소무가 흉노에 머물기 19년, 젊을 때 나가 돌아올 때에는 백발이 되어 있었다. 소무는 나이 80여 세로 신작(神爵) 2년(기원전 69)에 병으로 죽었다'(抄譯). 이 시는 파란 많은 일생을 절조를 지키며 살아온 소무의 생애를 읊은 것이다. 2) 漢節(한절) – 한나라 사신의 절(節). 절은 부절(符節)이라고도 한다. 《후한서(後漢書)》 주(注)에 의하면 절은 대나무로 만드는데 자루의 길이가 8척, 모우(旄牛)의 꼬리를 세 겹으로 묶어 절을 만들어 달았다. 《주례(周禮)》 지관장절(地官掌節)의 주(注)에 '천자의 명으로 왕래함엔 반드시 절이 있어서 증거로 삼는다'고 하였다. 3) 白雁(백안) – 흰 기러기. 상림(上林)은 상림원(上林苑). 한나라 궁전에 있던 정원 이름. 여기서는 《한서》 소무전(蘇武傳)과는 달리 실제로 소무가 편지를 보냈던 것처럼 읊고 있다. 4) 書札(서찰) – 편지. 5) 落日歸心絕(낙일귀심절) – 지는 해에 돌아가고픈 마음 절실해진다. '절'은 끊기었다라기보다 '절실(切實)'의 '절'과 같은 뜻. 6) 月窟(월굴) – 서역에 있다는 달이 나온다는 굴. 여기선 흉노 땅에 비유한 것이다. 7) 天上雪(천상설) – 하늘 위로부터 내린 눈. 8) 東還(동환) – 동쪽 한나라로 돌아가는 것. 9) 沙塞(사새) – '사'는 사막. '새'는 변방. 국경. 10) 愴(창) – 슬퍼하다. 11) 河梁(하량) –

하수(河水)의 다리. 소무는 한나라로 돌아올 때 북쪽 황하 상류의 다리 위에서 이릉과 작별을 슬퍼했던 것이다. 이릉은 자가 소경(少卿). 한나라의 명장으로 흉노와 적은 병력으로 싸워오다 마침내는 잡히어 항복하였다. 그는 영영 한나라로 못 돌아가게 되었으므로 소무와의 작별은 슬펐다. 12) 淚成血(누성혈)－《한비자(韓非子)》 화씨편(和氏篇)에도 '초(楚)나라 문왕(文王)이 즉위하자 화씨(和氏)는 곧 구슬을 안고 초산(楚山) 아래서 울었다. 사흘 밤낮이 지나자 눈물이 다하여 피가 이어 나왔다' 라고 하였다.

解說 절조를 지키며 고난의 일생을 산 소무의 평생이 전기를 읽는 것보다도 강력한 인상을 남겨주는 시이다. 소무는 흉노에게 갇혀 있는 10년 동안 줄곧 한나라 사신의 부절(符節)을 손에 들고 있었다. 흉노의 모진 핍박 아래에서도 한나라 사람으로서의 긍지와 자기의 임무를 잊지 않았기 때문에 어떻게든 살아 돌아가 천자에게 귀환보고를 올리려 하였다. 그러기에 눈과 깃대 수술을 씹으면서도 살아왔다. 그리고 마침내는 한나라로 돌아오게 되었던 것이다.

기러기가 편지를 전한다는 전설은 소무의 얘기로부터 나왔다. 실은 소무가 기러기 편에 편지를 보낸 것이 아니라 사신이 선우에게 꾸며낸 얘기지만, 뒤에는 차차 소무가 실제로 편지를 보낸 것처럼 전설로 발전하여 이백도 그렇게 노래하고 있다.

홀로 술잔 기울이며(獨酌[1])

하늘이 만약 술을 좋아하지 않는다면,
술별이 하늘에 있지 않을 테고.
땅이 만약 술을 좋아하지 않는다면,
술샘이 땅에 없어야만 하리라.
하늘과 땅도 술을 좋아하니,
술 좋아하는 것은 하늘에 부끄러울 것 없네.
예로부터 맑은 술은 성인에 비겼고,

또 탁주는 어진 사람 같다고 일러왔네.
어진 사람과 성인 같은 것을 이미 마셔 왔으니,
꼭 신선되기 바랄 게 무엇 있으리?
석 잔을 마시면 위대한 도에 통하고,
한 말을 마시면 자연과 합치되네.
다만 취중의 취향을 얻은 것이니,
술 안 먹는 자에겐 전할 것도 없는 거네.

천약불애주　　주성 부재천
天若不愛酒면, 酒星[2]不在天이오.

지약불애주　　지응무주천
地若不愛酒면, 地應無酒泉[3]이라.

천지기애주　　애주불괴 천
天地既愛酒하니, 愛酒不愧[4]天이라.

이문청비성　　부도탁여현
已聞清比聖[5]이오, 復道濁如賢이라.

현성 기이음　　하필구신선
賢聖[6]既已飲하니, 何必求神仙고?

삼배통대도　　일두합자연
三盃通大道[7]요, 一斗合自然[8]이라.

단득취중취　　물위성자 전
但得醉中趣[9]니, 勿爲醒者[10]傳하라.

註解 1) 獨酌(독작) – 본시는 앞에 실은 〈달 아래 홀로 술잔 기울이며(月下獨酌)〉의 제2수이다. 시 가운데 달이 나오지 않아 그대로 〈홀로 술잔 기울이며〉라 따로 제목을 단듯하다. 2) 酒星(주성) – 《진서(晉書)》 천문지(天文志)에 '헌원(軒轅 : 별 이름) 오른쪽 모퉁이 남쪽의 세 별을 주기(酒旗)라 한다. 주관(酒官)의 기(旗)로써 잔치할 적의 음식을 주관한다. 오성주기(五星酒旗)를 지키면 온 천하가 크게 술을 마시게 된다' 라고 하였다. 3) 酒泉(주천) – 술 샘. 응소(應劭)의 《지리풍속기(地理風俗記)》에 '주천군(酒泉郡)은 그 물이 술과 같다. 그래서 주천(酒泉)이라 한다' 라고 했다. 안사고(顔師古)의 《한서》 주(注)에도 '옛날부터 전해오는 말에 성 밑에 금천(金泉)이 있는데 맛이 술과 같다' 라고 했다. 주천은 군명(郡名)으로 지금의 감숙성(甘肅省) 주천현(酒泉縣)이다. 4) 愧(괴)-부끄러운 것. 5) 淸比聖(청비성)-청주(淸酒)를 성인에 비겼다. 《위지(魏志)》에 '서막(徐邈)은 자가 경산(景山), 위(魏)에 벼슬하여 상서랑(尙書郎)이 됨. 이때 술을 금하였는데 막(邈)은 몰래 마시고 매우 취하였다. 조달(趙達)이 법에 어긋나는 행동을 따지니 막은 성인에 알맞는 것이라 했다. 조달이 이를 아뢰니 태조(太祖)는 화를 냈다. 선우포(鮮于輔)가 나아가 말하기를, "취객은 술이 맑은 것을 성인이라 하고 탁한 것을 야인(野人)이라 합니다. 서막은 가끔 취하여 그렇게 말할 따름입니다."' 하였다. 여기에서 취하여 후세엔 청주를 성(聖), 탁주를 현(賢)이라 부르게 된 것이다. 6) 賢聖(현성)-탁주와 청주. 7) 大道(대도)-도가에서 말하는 우주의 본체가 되는 위대한 도. 8) 合自然(합자연)-인간의 모든 욕망이나 감정을 잊고 사람 본연의 순박한 상태로 되돌아가는 것. 9) 醉中趣(취중취)-취중의 취향. '주중취(酒中趣)' 로 되어 있는 판본도 있다. 10) 醒者(성자)-술에 취하여 있지 않은 사람. 술을 마시지 않는 사람.

解說 이백의 술 마시는 것을 읊은 시 가운데의 하나. 술을 통하여 우주 자연의 위대한 도에 통할 수 있고, 술을 마심으로써 인간본연의 아무런 욕망도 없는 순박한 상태로 되돌아갈 수 있다는 것이다. 이것은 위진(魏晉)시대의 죽림칠현(竹林七賢)이나 도연명(陶淵明)이 노장(老莊)의 허무적이면서도 낭만적인 우주관 또는 인생관을 근거로 술을 마셨던 것과도 통한다. 어지러운 세상에 정신차리고 앉아 있을 필요도 없다. 그렇다고 애써 수도를 하여 지저분한 세상을 초월하는 신선이 되려고 애쓸 필요도 없다. 그것은 술 속에서 간단히 신선의 경지를 얻을 수 있기 때문인 것이다.

왕우군(王右軍[1])

우군(右軍)은 본시 깨끗하고 참된 분이어서,
거리낌없이 속세에 있었네.
산음 땅에서 도사를 만났는데,
이 거위를 좋아하는 손과 친해졌다네.
흰 비단을 쓸고 《도덕경(道德經)》을 베끼니,
필법이 정묘하여 신이 든 듯하였네.
쓰기를 마치자 거위를 채롱에 넣어가지고,
주인에겐 작별도 없이 떠났다네.

우 군 본 청 진 　　　 소 쇄 　 재 풍 진
右軍本淸眞[2]하니,　瀟洒[3]在風塵[4]이라.

산 음 　 우 우 객 　　 애 차 호 아 빈
山陰[5]遇羽客[6]하니,　愛此好鵝賓[7]이라.

소 소 　 사 도 경 　　 필 정 묘 입 신
掃素[8]寫道經[9]하니,　筆精妙入神[10]이라.

서 파 롱 　 아 거 　　 하 증 별 주 인
書罷籠[11]鵝去하니,　何曾別主人[12]고?

註解 1) 王右軍(왕우군) – 동진(東晉)의 명필가 왕희지(王羲之)이다. 그는 우군장군(右軍將軍)이라는 벼슬을 지냈기 때문에 왕우군(王右軍)이라고도 부른다. 왕희지는 자가 일소(逸少)이고, 아버지 광(曠)은 동진의 대재상(大宰相) 왕도(王導)의 조카이다. 왕희지는 13세 때 주의(周顗)의 인정을 받고, 자라서는 연설과 토론을 잘했으며 특히 붓글씨를 잘 썼는데 예서(隸書)에 뛰어나 고금 제일이라 하였다. 그의 필세는 구름 위를 노니는 놀란 용과 같았다 하며 회계군(會稽郡)의 내사(內史)로서 59세에 죽었다. 《진서(晉書)》 왕희지전(王羲之傳)에 '산음(山陰)에 한 도사가 있었는데 좋은 거위를 기르고 있었다. 왕희지가 가서 그 거위를 보고 몹시 좋아하였다. 그래서 굳이 그것을 팔라고 졸랐다. 도사는 《도덕경》을 써

주면 거위떼를 모두 주겠다고 하였다. 왕희지는 흔연히 《도덕경》을 베껴주고 거위를 채롱에 담아와 매우 즐거워하였다'는 기록이 있다. 이 시는 왕희지가 자신이 좋아하는 거위를 위하여 천하의 명필로 《도덕경》을 베껴주는 거침없는 성격을 읊은 것이다. 2) 淸眞(청진)－도가의 상용어로 깨끗하고 참된 성품. 저속한 형식이나 예법을 초월한 천진스럽고 깨끗한 성격을 말한다. 3) 瀟洒(소쇄)－깨끗하고 아무런 거리낌이 없는 모양. '쇄'는 쇄(灑)로도 쓴다. 4) 風塵(풍진)－속세 · 진세(塵世). 5) 山陰(산음)－회계군(會稽郡)에 있는 고을. 왕희지는 그 지방의 지방장관인 내사(內史)를 지냈으며, 영화(永和) 9년(353) 3월 3일엔 그곳 난정(蘭亭)에서 흘러가는 물에 술잔을 띄워놓고 술을 마시며 즐기는 잔치를 베풀고 유명한 〈난정집서(蘭亭集序)〉를 지었다. 지금의 절강성(浙江省) 소흥부(紹興府) 땅이며, 회계산(會稽山)의 북쪽에 있다 하여 산음(山陰)이라 불렀다. 6) 羽客(우객)－도사들은 새깃으로 만든 새깃 옷을 입었기 때문에 '우인(羽人)' 또는 '우객'이라 불렀다. 도사들이 새깃 옷을 입는 것은 본시 '우화등선(羽化登仙)'한다는 데서 취한 것이다. 7) 好鵝賓(호아빈)－거위를 좋아하는 손님. 왕희지를 가리킨다. '아'는 거위. 8) 掃素(소소)－글씨를 쓰기 전에 글씨 쓸 비단을 손으로 쓸어 잘 펴는 것. 9) 道經(도경)－노자(老子)의 《도덕경》. 《도덕경》은 상하권으로 되어 있는데 상권을 《도경(道經)》, 하권을 《덕경(德經)》이라 구별한다. 그러나 여기의 《도경》은 《진서(晉書)》 본전(本傳)대로 《도덕경》 전체를 가리키는 것으로 봄이 좋겠다. 10) 筆精妙入神(필정묘입신)－'필'은 필법(筆法) · 필력(筆力). '정'은 정교(精巧) · 정진(精進)의 뜻. 묘입신(妙入神)은 묘하기가 신이 든 것 같다, 사람의 솜씨 같지 않다는 말. 11) 籠(롱)－바구니. 바구니에 담다. 12) 何曾別主人(하증별주인)－'어찌 일찍이 주인에게 작별 인사 같은 것까지 하였겠느냐?' 곧 작별 인사도 없이 훌훌 털고 떠나 버렸다는 뜻.

解說 북제(北齊)의 안지추(顔之推)는 《안씨가훈(顔氏家訓)》에서 왕희지를 '풍류의 재사요, 세상 일에 거리낌이 없는 명사'라 평하고 있다. 왕희지는 〈난정집서(蘭亭集序)〉에 보이는 것처럼 글과 글씨로써 개성적인 풍류를 남긴 사람이다. 이백의 거침없는 성격으로 왕희지의 재주와

멋을 좋아했을 것은 짐작이 가고도 남는다. 뒤에 실린 이백의 하지장(賀知章)을 읊은 시도 그의 멋을 주로 노래한 것이다.

성 남쪽에서의 싸움(戰城南[1])

지난해에는 상건하(桑乾河) 흘러나오는 곳에서 싸우고
올해에는 총령하(葱嶺河)로 가는 길에서 싸웠네.
조지(條支)의 바닷가 물결에 피 묻은 무기를 씻고
타던 말은 풀어놓아 천산(天山)의 눈 속 풀을 뜯어먹게 하였는데,
만 리 넘는 먼 길 떠나와 싸우느라
온 군사들은 모두 늙고 쇠약해졌네.
흉노족은 사람 죽이는 일을 생업으로 하고 있으니
옛날부터 누런 사막 같은 땅에는 흰 사람 뼈만 보이고,
진나라가 오랑캐들 대비하느라 만리장성 쌓아놓았으나
중국 쪽에는 여전히 횃불이 타오르고 있네.
횃불이 타오르며 꺼질 새가 없으니
전쟁이 멈출 적이 없기 때문일세.
들판에서 싸움이 붙어 육박전을 하다 죽으니
주인 잃은 말은 하늘 보고 울부짖으며 슬퍼하고,
까마귀와 솔개가 사람들 창자 쪼다가
물고 날아올라 말라죽은 나뭇가지에 걸쳐놓네.
병졸들 흘린 피로 풀밭만 더렵혀졌으니
장군들도 전쟁을 부질없이 한 것일세.
그러니 무기란 흉악한 연모여서
성인들은 마지못해 썼던 것임을 알겠네.

▲북쪽의 만리장성

거년 전상건 원
去年[2]戰桑乾[3]源하고,
금년전총하 도
今年戰葱河[4]道라.

세병 조지 해상파
洗兵[5]條支[6]海上波하고,
방마천산 설중초
放馬天山[7]雪中草라.

만리장정전
萬里長征戰하니,
삼군 진쇠로
三軍[8]盡衰老라.

흉노 이살륙위경작
匈奴[9]以殺戮爲耕作하니,
고래유견백골황사전
古來唯見白骨黃沙田이라.

진가 축성비호처
秦家[10]築城備胡處엔,
한가환유봉화연
漢家還有烽火然[11]이라.

봉화연불식
烽火然不息하니,
정전무이시
征戰無已時라.

야 전 격 투 사
野戰格鬪死하니,

패 마 호 명 향 천 비
敗馬號鳴向天悲라.

오 연 　 탁 인 장
烏鳶[12]啄人腸하여,

함 비 상 괘 　 고 수 지
啣飛上挂[13]枯樹枝라.

사 졸 도 　 초 망
士卒塗[14]草莽[15]하니,

장 군 공 이 위
將軍空爾爲[16]라.

내 지 병 자 시 흉 기
乃知兵者是凶器요,

성 인 부 득 이 이 용 지
聖人不得已而用之라.

註解 1) 戰城南(전성남)-'성 남쪽에서의 싸움', 본시 한나라 때의 악부시 제목으로 한대의 군악(軍樂)인 단소요기(短簫鐃歌) 18곡 중의 하나임. 2) 去年(거년)-지난해. 불확실하지만 여기에서의 "지난해"는 현종의 천보(天寶) 원년(742) 왕충사(王忠嗣)가 북쪽 지방을 정벌하여 많은 오랑캐들을 정벌한 것을 가리키고, 다음 구절의 금년(今年, 올해)은 천보 6년(747) 고구려 출신 장군 고선지(高仙芝)가 보병과 기병 1만을 거느리고 나가 토번(土蕃)을 비롯한 서역 지방을 정벌하였던 일을 가리킨다고 보는 이들이 많다. 3) 桑乾(상건)-상건하(桑乾河), 산서(山西)성 북쪽의 관잠산(管涔山)에서 시작하여 하북(河北)성 서쪽을 지나 북경 근처를 흘러 천진(天津)을 거쳐 바다로 흘러드는데 북경 근처로부터는 영정하(永定河)라 부른다. 따라서 "상건하 흘러나오는 곳"이란 산서 북쪽을 가리킨다. 4) 葱河(총하)-총령하(葱嶺河), 파미르 고원으로부터 신강 경내로 흐르는 강물, 지금의 타림(塔里木)하. 5) 洗兵(세병)-전투를 끝내고 피묻은 무기를 물에 씻는 것. 6) 條支(조지)-옛날 서역의 나라 이름. 페르시아만 곁에 있었다. 7) 天山(천산)-신강성 북쪽 경내의 천산산맥. 8) 三軍(삼군)-전군, 제후의 군대는 삼군, 천자의 군대는 육군(六軍)으로 편성되어 있었다. 9) 匈奴(흉노)-몽고족. 몽고족은 억세고 사람 죽이기를 좋아했음을 뜻하는 구절임. 10) 秦家(진가)-진나라. 따라서 한가(漢家)는 한나라. 11) 然(연)-불타다, 연(燃)과 같은 글자. 12) 烏鳶(오연)-까마귀와 솔개. 13) 挂(괘)-걸쳐놓다, 괘(掛)와 같은 글자. 14) 塗(도)-피로 더럽히다. 시체가 진흙에 묻힌다고 풀이하는 이도 있다. 15) 草莽(초망)-잡초더미, 풀밭. 16) 空爾爲(공이위)-부질없이 그런 짓을 하다. '공이'는 공연(空然)과 같은 말.

解說 이 시는 당 제국의 전성기 태평성세라고 하던 때의 작품이다. 중국에는 옛날부터 하루도 전쟁이 끊일 날이 없었다. 특이 이 시에서 '흉노'라 부른 중국 북쪽의 몽고족은 틈만 나면 중국 땅으로 쳐들어와 살인과 약탈을 일삼았다. 오죽하면 이들을 막기 위하여 진시황에서 시작하여 중국 왕조들은 북쪽에서 서북쪽에 이르는 넓은 지역에 만리장성을 쌓았겠는가? 호기만 부리면서 술로 세월을 보내던 이백 같은 시인도 이 나라 변경에 쉴 새 없이 일고 있는 전쟁에 대하여는 모른 체 하는 수가 없었다. 이 시 이외에도 이백에게는 〈관산의 달(關山月)〉·〈변경을 생각함(思邊)〉 등 전쟁과 관련이 있는 시가 몇 편 더 있다. 중국시의 현실주의적인 경향은 이런 시들을 바탕으로 발전하게 된다.

당나라는 세계에 위세를 떨친 대제국이었지만 그들의 넓은 변경에서는 어디에선가 하루도 쉴 새 없이 전쟁이 이어지고 있었다. 안정된 시대라 하는데도 중국의 많은 젊은이들이 침략자들을 막기 위하여 머나먼 변경의 전쟁터로 끌려 나가 다시는 집으로 돌아가지 못하고 늙어갔고 또 더 많은 사람들은 싸우다가 죽어 만리장성 너머의 사막에 썩은 흰 뼈만을 남겼다. 시인의 눈에 비친 현실이 역사의 겉모습과는 딴 판으로 처참하기만 하다.

술을 대하고 하지장을 생각하는 시 두 수 (對酒憶賀監[1] 二首)

사명산에 광객이 있으니,
풍류쟁이 하계진일세.
장안에서 처음 만났을 때,
나를 귀양온 신선이라 불렀지.
옛날에는 술잔깨나 좋아하더니,
지금은 소나무 아래 흙 먼지가 되었구려.
금거북으로 술을 사놓고 보니,

추억으로 눈물이 수건 적시네.

광객이 사명산으로 돌아가니,
산음의 도사들이 그를 마중했네.
칙명으로 경호의 물을 내리시니,
당신의 누대와 연못을 위하여 영광된 일이었지.
사람은 죽고 옛집만 남았는데,
공연히 연꽃만 피어 있으리.
이를 생각하면 아득하기 꿈만 같으니,
처연히 내 마음 슬퍼지네.

사 명 유 광 객 풍 류 하 계 진
四明[2]有狂客[3]하니, 風流[4]賀季眞[5]이라.

장 안 일 상 견 호 아 적 선 인
長安一相見[6]하고, 呼我謫仙人[7]이라.

석 호 배 중 물 금 위 송 하 진
昔好盃中物[8]터니, 今爲松下塵[9]이라.

금 귀 환 주 처 각 억 누 첨 건
金龜[10]換酒處에, 却憶[11]淚沾巾이라.

광 객 귀 사 명 산 음 도 사 영
狂客歸四明하니, 山陰道士[12]迎이라.

칙 사 경 호 수 위 군 대 소 영
敕賜鏡湖[13]水하니, 爲君臺沼[14]榮이라.

인 망 여 고 택 공 유 하 화 생
人亡餘故宅하고, 空有荷花[15]生이라.

염 차 묘 여 몽 처 연 상 아 정
念此杳[16]如夢하니, 凄然[17]傷我情이라.

註解 1) 賀監(하감) - 하지장(賀知章, 677~744). 자는 계진(季眞)이며 월주(越州) 영흥(永興) 사람. 성격이 활달하고 거침이 없었으며 사람들과 웃고 얘기하기를 잘 하였다. 태상박사(太常博士) · 비서감(秘書監) 등의 요직을 거쳤고, 만년에는 더욱 거침없이 세상을 멋대로 놀면서 살았다. 스스로 사명광객(四明狂客) 또는 비서외감(秘書外監)이라 호하였다. 현종의 천보(天寶) 초, 벼슬을 그만두고 고향으로 돌아와 수도하다 죽었다. 이때 현종은 경호(鏡湖) 섬천(剡川)의 한 골짜기를 그에게 내렸다 한다. 이백이 처음 장안에 갔을 때 하지장은 그를 보자 '귀양 내려온 신선(謫仙人)'이라 불렀다. 이 시는 하지장이 죽은 뒤 술을 대하고 앉아 이백이 자기를 알아주던 풍류객인 그를 추억하며 부른 노래이다. 《이태백집》에는 권23에 이 시가 실려 있다. 2) 四明(사명) - 산 이름. 절강성(浙江省)에 있으며 280개 봉우리가 있다 한다. 도교의 제구동천(第九洞天)이라 알려져 있는데, 산 위에 네 굴이 있어 안으로 해와 달과 별과 별자리의 빛을 통하게 한다 하여 사명산(四明山)이라 이름을 붙였다 한다. 하지장은 만년에 이 산에 은거하여 스스로 사명광객(四明狂客)이라 호하였다. 3) 狂客(광객) - 세속에 구애받지 않고 자유분방히 사는 사람. 4) 風流(풍류) - 행동에 멋이 있는 것. 멋있는 놀이를 또 풍류라 한다. 5) 季眞(계진) - 하지장의 자. 6) 長安一相見(장안일상견) - 이백이 장안으로 가 처음 하지장을 만났을 때를 말함. 7) 謫仙人(적선인) - 귀양온 신선. 곧 세상에 내려온 신선. 8) 盃中物(배중물) - 잔 안의 물건. 곧 술을 뜻한다. 9) 松下塵(송하진) - 지금은 죽어 산에 묻히어 소나무 아래 흙 먼지가 되어 버렸다는 뜻. 10) 金龜(금귀) - 관리들이 예복의 띠에 매는 주머니, 본시는 물고기 모양으로 금 · 은의 물고기 모양 주머니가 있었으나 칙천무후(則天武后)가 거북 모양으로 바꿨다. 금귀는 3품 이상의 고관, 은귀는 5품 이상의 관리들이 지녔다. 11) 却憶(각억) - 추억. 회상의 뜻. 12) 山陰道士(산음도사) - 앞에 이백의 〈왕우군(王右軍)〉 시에 보인 산음(山陰)의 도사. 사명산(四明山)이나 회계(會稽) 산음 땅에는 입산 수도하는 사람들이 많았다. 13) 鏡湖(경호) - 절강성(浙江省) 소흥현(紹興縣)에 있는 호수 이름. 14) 臺沼(대소) - 하지장의 누대(樓臺)와 연못. 하지장은 은거하는 집을 천추관(千秋觀)이라 하였는데, 그 집과 근처의 경호(鏡湖) 및 섬천(剡川)을 현종으로부터 하사받았다. 15) 荷花(하화) - 연꽃. 16) 杳(묘) - 아득한 것. 17) 凄然(처연) - 여기서는 '처연(悽然)' 과 통하여 '슬픈 모양'.

解說 이백과 하지장은 두보가 〈술 잘 마시는 여덟 신선의 노래(飮中八仙歌)〉에서 읊은 것처럼 모두가 '술 신선(酒仙)'이라 할만한 사람들이었다. 더욱이 처음으로 이백이 장안에 나타났을 때 하지장은 그를 보자마자 '귀양 온 신선(謫仙人)'이라 불러준 자기를 알아주던 친구이다. 이백은 지금 금 거북을 잡히고 술을 받아왔다. 중국의 옛 속담에 '여인은 자기를 사랑해 주는 사람을 위하여 치장하고, 대장부는 자기를 알아주는 사람을 위하여 목숨을 바친다'고 하였다. 이백의 거침없는 성격으로도 술을 대하니 시로써 술로써 또는 성격으로써도 통하던 자기를 알아주던 친구 하지장이 그리워진다. 그와 함께 술잔을 기울이며 담소하고픈 마음 간절하지만, 그는 이미 고인이 되어 산속에 흙이 되었다. 하지장이 은거하던 사명산(四明山)과 경호(鏡湖) 등이 머리에 꿈결처럼 떠오르며 추억은 이백을 슬프게 하는 것이다.

장사인이 강동으로 가는 것을 전송함 (送張舍人[1]之江東[2])

장한이 강동으로 떠나가는데,
마침 가을바람이 싸늘한 때다.
맑은 하늘에는 외기러기 멀리 날고,
넓은 바다에는 외로운 돛배가 떠있네.
밝은 해는 뉘엿뉘엿 저물어가고,
푸른 물결은 돌아올 기약 아득하네.
오땅의 바닷가에서 달을 보거들랑,
멀리 이 몸을 생각해 주게.

장한 강동거 / 정치 추풍시
張翰[3]江東去하니, 正値[4]秋風時라.

천청일안 원　　　해활고범지
天晴一雁[5]遠[6]하고,　海闊孤帆遲[7]라.

백일행욕모　　　창 파묘난기
白日行欲暮[8]하고,　滄[9]波杳難期[10]라.

오주 여견월　　　천리행상사
吳洲[11]如見月커든,　千里幸相思[12]하라.

註解 1) 舍人(사인)－벼슬 이름. 장사인(張舍人)이 누군지는 알 수 없다. 2) 江東(강동)－장강의 동부 지방, 지금의 강소성(江蘇省). 이 시는 이백이 친구 장사인이 강동으로 떠나가는 것을 전송하며 지은 것이다. 3) 張翰(장한)－자는 계응(季鷹), 오(吳)땅의 사람이며, 뛰어난 재주가 있어 글을 잘 지었다. 성격이 분방하여 그때 사람들이 강동의 보병(竹林七賢 중의 한 사람인 阮籍을 가리킴. 그는 步兵校尉란 벼슬을 하였으므로 步兵이라 부른 것이다)이라 하였다. 낙(洛)땅으로 들어간 뒤에는 제왕(齊王) 경(冏)이 불러 대사마동조연(大司馬東曹掾)이란 벼슬을 주었다. 장한은 가을 바람이 이는 것을 보고 곧 고향인 오땅의 고채(菰菜)와 순갱(蓴羹) 및 노어(鱸魚) 생각이 나서 '인생은 뜻에 맞는 것이 제일이다. 어찌 멀리 수천리 땅에서 벼슬에 매어 이름과 벼슬을 구할까 보냐' 고 말하고 마침내는 수레를 불러 향리로 돌아갔다 한다(《晉書》). 여기서 이백은 자기의 친구 장사인을 장한에 비긴 것이다. 4) 正値(정치)－'마침 ……한 철을 만났다' 는 뜻. 5) 雁(안)－기러기. 6) 遠(원)－동사로서 '멀리 날고 있다' 는 뜻. 7) 闊孤帆遲(활고범지)－'활' 은 넓은 것. '고범' 은 외로운 한 척의 돛단배. '지' 는 배가 가기는 하겠지만 멀리서 보면 별로 움직이는 것 같지 않으므로 '더디게 가고 있다' 고 형용한 것이다. 8) 白日行欲暮(백일행욕모)－'백일' 은 밝은 해. '행' 은 뉘엿뉘엿. '욕모' 는 해가 저물려 하고 있다는 뜻. 9) 滄(창)－푸른 것. 창(蒼)과 통함. 10) 杳難期(묘난기)－'묘' 는 아득한 것. '난기' 는 여행이 끝나 돌아갈 날을 '기약하기 어렵다' 는 뜻. 11) 吳洲(오주)－'오' 는 나라 이름. 지금의 강소성(江蘇省) 지방을 가리킨다. '주' 는 여기서는 물이 있는 고장. 또는 '바닷가' 를 가리킨다. 12) 千里幸相思(천리행상사)－'천리' 는 멀리. '행상사' 는 다행히 자기를 잊지 말고 생각해 주었으면 좋겠다는 뜻.

解說 이백에겐 또 〈금릉(金陵)에서 장십일(張十一)이 다시 동오(東吳)로 떠나가는 것을 전송한다〉는 시가 있다. 장십일은 장사인(張舍人)과 같은 사람인 듯하다. 그 시는 다음과 같다.

장한의 국화를 읊은 시는,
5백년 동안의 풍류라 한다.
누가 지금 그를 계승할꼬?
그분은 세상에서 현인이라 일컬었다.
다시 출발하여 오땅의 노를 저으며 놀고자,
다시 바다로 들어가는 배를 탄다.
백문(白門 : 金陵에 있음)의 버들은 봄빛으로 따스하고,
적성산(赤城山 : 浙江省 天台縣에 있음)의 하늘은 노을빛으로 곱네.
고향을 떠나려니 이별이 어려워,
돌아서려 하면서도 서로 돌아서질 못하네.
공연히 가생(賈生 : 漢代 賈誼)의 눈물(그가 귀양갈 때 흘린 눈물)만을 남기고,
서로 돌아보며 다 같이 슬퍼하네.

張翰黃花句는　　風流五百年이라.
誰人今繼作고?　　夫子世稱賢이라.
再動遊吳棹하여,　　還浮入海船이라.
春光白門柳요,　　霞色赤城天이라.
去國難爲別이니,　　思歸各未旋이라.
空餘賈生淚하고,　　相顧共悽然이라.

이처럼 이백은 장한(張翰)의 풍류를 좋아하여 장씨 친구가 떠날 때마다 그의 이름을 들어 전송하였다. 일설에 장사인(張舍人) 또는 장십일(張十一)은 장열(張說)이라고도 하나 확실치 않다.

장난삼아 정율양에게 지어줌(戲贈[1]鄭溧陽[2])

도연명은 매일 취하여,
다섯 그루 버들에 봄이 옴을 몰랐네.
소금(素琴)엔 본시부터 줄이 없었고,
술은 칡베 건으로 걸렀다네.
그리곤 맑은 바람 부는 북쪽 창 아래서
스스로 희황적 사람이라 하였네.
언제면 율리로 가서
평생의 친구를 만나보게 될까?

도령　일일취　　　부지오류　춘
陶令[3]日日醉하여,　不知五柳[4]春이라.

소금　본무현　　　녹　주용갈건
素琴[5]本無絃하고,　漉[6]酒用葛巾[7]이라.

청풍북창하　　　자위희황인
淸風北窓下에,　自謂羲皇人[8]이라.

하시도율리　　　일견평생친
何時到栗里[9]하여,　一見平生親[10]고?

註解 1) 戲贈(희증)－장난삼아 시를 지어 주는 것.　2) 溧陽(율양)－강소성(江蘇省) 진강부(鎭江府)의 고을 이름. 이백의 친구 정(鄭) 아무개가 율양의 영(令)으로 있었다. 이 시는 율양령(溧陽令) 정 아무개를 팽택령(彭澤令)이었던 도연명(陶淵明)에 비기면서 심심풀이로 지어보낸 것이라는 뜻이다.　3) 陶令(도령)－도연명. 그는 일찍 강서성 북부에 있는 팽택이란 곳의 영(令)을 지냈으므로 도령(陶令)이라 부른 것이다.　4) 五柳(오류)－도연명은 집 주위에 다섯 그루의 버드나무를 심어 놓았었다. 그리하여 '오류선생(五柳先生)' 이라 불렀는데, 그에게는 풍자적인 자서전인 〈오류선생전(五柳先生傳)〉이 있다.　5) 素琴(소금)－소박한 금(琴)의 뜻인데, 줄이 없는 금을 말한다. 도연명은 줄이 없는 금을 옆에 두고 흥겨우면 언제나 이를 어루만졌다 한다. 6) 漉(록)－거르다. 7) 葛巾(갈건)－갈(葛)은 칡. 갈포(葛布 : 곧 칡베)로 만든 두건(頭巾). 8) 羲皇人(희황인)－옛날의 삼황(三皇)의 한 사람인 복희(伏羲) 때의 사람. 소박하고 꾸밈없는 태평시대의 사람을 뜻한다. 9) 栗里(율리)－심양군(潯陽郡)에 있는 도연명이 살던 곳. 이백의 친구 정 아무개가 영으로 있는 율양에 비긴 것이다. 10) 平生親(평생친)－평생의 친구 정율양을 가리킨다.

解說 이백은 도연명처럼 술을 좋아했고 또 그의 소박하고 참된 인간성을 좋아하였다. 도연명은 계절에 아랑곳없이 술을 즐기며, 흥이 나면 줄도 없는 소금(素琴)으로 기분을 내고 술이 익으면 머리에 썼던 갈건(葛巾)을 벗어 걸러 마셨다. 이렇게 소박한 생활 속에 참되고 소박한 흥취를 즐기며 자연의 아름다움을 사랑하고, 자기는 근심걱정없이 소박하게 본성대로 살아가던 태곳적 사람이라 스스로 말했다. 이태백은 친구 정율양도 그러한 도연명의 멋을 이해한다고 생각한다. 그래서 속히 그 벗을 만나고 싶다는 것이다. 심심풀이로 지었다지만 친구를 그리는 진정이 엿보인다.

왕역양이 술을 마시려 하지 않음을 조롱함 (嘲[1]王歷陽[2]不肯飮酒)

땅은 희고 바람기는 차가운데,
눈송이는 크기가 주먹 만하네.
우습다 도연명이,
술을 마시지 않네.
쓸데없이 소금(素琴)만을 어루만지고,
헛되이 다섯 그루 버드나무 심었구나.
공연히 머리 위의 건을 배반하고 있으니,
그대에게 내가 무엇을 하리?

지백 풍색 한　　설화 대여수
地白[3]風色[4]寒하니, 雪花[5]大如手라.

소쇄 도연명　　불음배중주
笑殺[6]陶淵明이, 不飮盃中酒라.

낭무 일장금　　허재 오주류
浪撫[7]一張琴하고, 虛栽[8]五株柳라.

공부 두상건　　오어이하유
空負[9]頭上巾하니, 吾於爾何有[10]오?.

註解 1) 嘲(조)－비웃는 것. 2) 歷陽(역양)－안휘성(安徽省) 화현(和縣)에 있던 지명. 왕역양(王歷陽)은 그곳의 영(令)인 이백의 친구 왕(王) 아무개. 이 시는 이백의 친구인 역양령(歷陽令) 왕 아무개가 술을 마시려들지 않음을 비웃는다는 내용의 시. 3) 地白(지백)－눈이 와서 대지가 흰 눈에 덮여 있는 것. 4) 風色(풍색)－바람기. 5) 雪花(설화)－눈송이. 눈송이는 자세히 보면 꽃 모양으로 생겼으므로 설화라 한다. 6) 殺(쇄)－심함을 나타내는 조사. '살(煞)'로도 쓴다. 소쇄(笑殺)는 '참 우습다' 는 뜻. 7) 浪撫(낭무)－'낭'은 헛되이. 쓸데없이. '무' 는 어루만지는 것. 금(琴)이 소금(素琴)이기 때문에 '무' 라 말한 것이다. 8) 虛栽(허재)－'허' 는 헛된 것. '재' 는 심는 것. 9) 空負(공부)－'공' 은 공연히. '부' 는 배반하는 것. 어기는 것. 도연명의 갈건은 술을 걸러 마시는 데 썼는데, 왕역양은 공연히 건만 쓰고 있으니 건을 배반했다고 한 것이다. 10) 何有(하유)－무엇을 하랴? 무엇이 있으랴? 무슨 상관이 있으랴? 곧 이젠 너를 모른 체 하겠다는 뜻. 도연명의 〈음주(飮酒)〉 제12수에 '만약 다시 통쾌히 술을 마시지 않는다면(若復不快飮), 공연히 머리 위의 건을 배반하는 것이다(空負頭上巾)' 고 읊은 말에서 취한 것이다.

解說 술을 마시지 않는 왕역양을 조롱하는 데 도연명을 인용한 것은 정율양에게 보낸 앞의 시와 대조할 때 재미있다. 도연명에게는 줄이 없는 소금(素琴)을 비롯하여 다섯 그루의 버드나무와 술거르는 데도 쓴 갈건 등 재미있는 일화가 많지만 이들은 술을 통음할 때 비로소 생기를 띠게 되는 것이다. 술을 마시지 않는 도연명이라면 소금이며 다섯 그

루의 버드나무 · 갈건이 모두 우스꽝스러울 뿐이다. 조소받은 왕역양도 이 시를 읽고 실소를 금치 못했을 것이다.

자류마(紫騮[1] 馬)

자색 띤 붉은 말이 울부짖으며 걷는데,
벽옥 같은 말발굽이 번갈아 뒤척이네.
물가에 이르자 건너려 하지 않으니,
비단 진흙 가리개를 아끼는 것 같네.
흰 눈 덮인 관산은 멀고,
누런 구름 뜬 해변 수자리는 아득하네.
채찍을 휘두르며 만리 길을 달려가는데,
어찌 처 있는 집 생각을 하랴?

▲당 태종의 소릉(昭陵) 묘석에 새겨진 말을 그때의 화가 염립본(閻立本)이 그린 육준도(六駿圖) 중의 습벌적(什伐赤)

자 류 행 차 시　　　　쌍 번　벽 옥 제
紫騮行且嘶[2]하고,　雙翻[3]碧玉蹄[4]라.

임 류 불 긍 도　　　　사 석 금 장 니
臨流不肯渡하니,　似惜錦障泥[5]라.

백 설 관 산　원　　　황 운 해 수 미
白雪關山[6]遠하고,　黃雲海戍迷[7]라.

휘 편　만 리 거　　　안 득 념 향 규
揮鞭[8]萬里去하니,　安得念香閨[9]리오?

註解 1) 騮(류)－검은 갈기에 털빛이 붉은 말. 자류마(紫騮馬)는 자줏빛을 띤 검은 갈기의 몸이 붉은 명마(名馬). 자류마는 옛날 악부(樂府)의 가곡명으로 《악부시집》 권24 횡취곡(橫吹曲)엔 15수가 실려 있다. 《이태백시집》 권6의 이 시에 양제현(楊齊賢)은 다음과 같은 주를 달고 있다. '진(晉)나라의 왕제(王濟)는 말의 성질을 잘 이해하였다. 일찍이 연금(連錦)의 장니(障泥 : 진흙 가리개)를 단 한 말을 타고 가는데, 앞에 물이 닥치자 끝내 건너려 하지 않았다. 왕제는 말했다. 이것은 반드시 이 장니가 아까워서일 거라고. 사람을 시켜 그것을 끌러내니 곧 건너갔다. 《고금악록(古今樂錄)》 자류마의 곡은 모두가 남편이 멀리 수자리에 나가 돌아갈 날을 그리는 곡이다.' 2) 行且嘶(행차시)－말이 걸어가며 우는 것. 3) 雙翻(쌍번)－두 발이 쌍쌍이 번갈아가며 굽을 뒤집어 보이면서 걸어가는 것. 말이 걸어갈 때의 발굽을 형용한 것. 4) 碧玉蹄(벽옥제)－푸른 옥같이 아름다운 말발굽. 5) 錦障泥(금장니)－비단으로 만든 진흙 가리개. 장니는 말의 안장 밑에 단다. 6) 關山(관산)－나라를 지키는 요소인 관소가 있는 산. 7) 海戍迷(해수미)－'수'는 수자리. '해수'는 바닷가 수자리. '미'는 아득하여 어느 곳인지 잘 분간 못하는 것. 8) 揮鞭(휘편)－채찍을 휘두르는 것, 곧 말을 달리는 것. 9) 香閨(향규)－'춘규(春閨)'로 된 판본도 있으며 다같이 사랑하는 처가 있는 규방(閨房)을 가리킨다.

解說 이 시는 전반 4구에선 주해 1)에서 얘기한 왕제(王濟)의 명마의 고사를 읊고, 후반 4구에선 악부인 〈자류마〉의 본뜻인 수자리에 나간 젊은 남자가 돌아갈 날을 그리는 정을 읊었다. 겉으로는 대장부가 멀리

수자리 살러 나가 집에 있는 아내를 생각해서는 안된다지만, 자기의 사랑하는 처를 그리는 정이 절실히 느껴진다.

오지 않는, 사러간 술을 기다리며(待酒不至[1])

옥병에 파란 실을 매고,
술을 사러 갔는데 어찌 이리 늦게 오나?
산꽃은 나를 향해 방긋하니,
술잔을 기울이기 마침 좋은 때라.
저녁에 동산 아래서 술 마시는데,
날아다니며 우는 꾀꼬리가 여기에도 있구려.
봄바람과 취객이,
오늘이야말로 잘 어울리누나.

옥 호 계 청 사 　 고 주 내 하 지
玉壺[2]繫靑絲[3]러니, 沽[4]酒來何遲[5]오?

산 화 향 아 소 　 정 호 함 배 시
山花向我笑하니, 正好銜盃[6]時라.

만 작 동 산 하 　 유 앵 부 재 자
晩酌東山[7]下러니, 流鶯[8]復在茲라.

춘 풍 여 취 객 　 금 일 내 상 의
春風與醉客이, 今日乃相宜[9]라.

註解 1) 待酒不至(대주부지) – '술을 사오라고 보냈는데 기다려도 오지 않는다' 는 뜻. 이 시는 술을 사오라고 사람을 보내놓고 산꽃을 바라보며 술을 기다리다, 술이 오자 꾀꼬리 노랫소리를 들으며 동산 아래서 술을 마시면서 즐긴다는 내용이다. 2) 玉壺(옥호) – 백옥으로 만든 술병. 3) 繫靑絲(계청사) – 파란 실로 들기 편하도록 옥 술병에 끈을 맨 것. 4) 沽(고) – 사다. 5) 來何遲(내하지) – 오는 게 어찌 더딘가? 6) 銜盃(함배)－술잔을 입에 무는 것. 곧 술을 마시는 것. 7) 晩酌東山(만작동산)－'만'은 저녁. '작'은 술을 따라 마시는 것. '동산'은 동쪽 산. '동창(東牕)'으로 된 판본도 있다. 8) 鸎(앵)－꾀꼬리 '앵(鶯)'과 같은 자. 유앵(流鸎)은 여기저기로 날아다니며 우는 꾀꼬리. 9) 相宜(상의)－양편이 잘 어울리는 것. 서로 조화가 잘 되는 것.

解說 술을 좋아하는 이백의 기분을 잘 표현한 시이다. 술을 사러 보내놓고 술을 기다리는 애주가의 마음이야 얼마나 지루했을까? 안타까울 지경이다. 그 사이 주위를 바라보니 산에는 꽃들이 피어, 나를 보고 웃고 있는 듯하다. 정말 술을 마시기 좋은 철이라 이백이 생각하고 있는 동안에 술이 왔다. 이백이 동산 아래 술자리를 벌인 것은 저녁 무렵이 되어서이다. 여기에서도 꾀꼬리가 이리저리 날아다니며 고운 소리로 노래를 불러 흥을 돋구어 준다. 술에 얼큰히 취한 이백은 정말 오늘이야말로 봄바람에 어울릴 만큼 멋지게 술을 즐겼다며 만족한다. 아름다운 자연 속에 홀로 의젓이 술을 즐기는 신선 같은 작자의 모습을 눈앞에 보는 듯하다.

아미산의 달노래(峨眉山月歌[1])

아미산의 조각달이 가을하늘에 떠있는데,
그 그림자는 평강강에 비치어 강물과 함께 흐른다.
밤에 청계를 출발하여 삼협으로 향하노니,
그대를 그리면서도 만나지 못하고 유주로 내려가누나.

아 미 산 월 반 륜 추 　 영 입 평 강 강 수 류
峨眉山月半輪[2]秋에, 影入平羌[3]江水流라.

야 발 청 계 향 삼 협 　 사 군 불 견 하 유 주
夜發淸溪[4]向三峽[5]하니, 思君不見下渝州[6]라.

註解 1) 峨眉山月歌(아미산월가)－아미산의 달노래. 《이태백시집》 권8

에 실려 있다. 아미산은 '아미산(峨嵋山)' 또는 '아미산(蛾眉山)'이라고도 쓴다. 사천성(四川省) 아미현(峨眉縣) 서남쪽에 있는데, 불교에선 광명산(光明山), 도가에선 허령동천(虛靈洞天) 또는 영릉대묘천(靈陵大妙天)이라고도 부르는 명산이다. 2) 半輪(반륜)－반원(半圓)의 뜻. 반륜추(半輪秋)는 반원 모양의 달이 가을하늘에 떠 있다는 뜻. 3) 平羌(평강)－강물 이름. 평향강(平鄕江)이라고도 부른다. 사천성 아안현(雅安縣) 북쪽으로부터 흘러 대도하(大渡河)와 합쳐진다. 이곳에서 제갈량(諸葛亮)이 강족(羌族)을 물리쳤대서 평강강(平羌江)이라 부르게 되었다고 한다. 4) 淸溪(청계)－사천성 성도부(成都府) 자주(資州)의 내강현(內江縣) 동북쪽 80리 되는 곳에 있다. 5) 三峽(삼협)－사천성으로부터 호북성(湖北省)에 걸친 장강의 흐름에서 가장 물살이 세고 험난한 세 곳. 구당협(瞿塘峽)·무산협(巫山峽)·서릉협(西陵峽)을 말한다. 6) 渝州(유주)－지금의 사천성 중경부(重慶府) 치파현(治巴縣).

解說 아미산에 조각달이 걸려 있는 맑은 가을밤, 청계(淸溪)를 출발하여 유주(渝州)로 떠나면서 못만나고 떠나는 친구에 대한 아쉬움을 노래한 것이다. 끝 구절의 사군(思君)은 친구를 그리는 것이 아니라 아미산월(峨眉山月)을 가리킨다고 푸는 이도 있으나 밝은 달빛 아래 벗을 생각한 것이라 봄이 좋을 듯하다.

이 시는 아미산·평강강·청계·삼협·유주 등 지명이 대부분을 차지하고 있지만 글이 어색하지 않고 매끄러운 것은 이백의 천재를 얘기해 주는 것이라 하겠다.

산중에서 속인들에게 답함(山中答俗人[1])

내게 무엇하러 푸른 산에 사느냐고 묻기에,

웃으면서 대답은 하지 않았지만 내 마음은 스스로 한가롭네.

복사 꽃잎이 떠 흐르는 물 아득히 흘러가니,

이곳은 별천지지 인간 세상이 아니로구나.

문 여 하 사 서　벽 산　　소 이 부 답 심 자 한
問余何事栖[2]碧山고?　笑而不答心自閑[3]이라.

도 화 유 수 요 연　거　　별 유 천 지　비 인 간
桃花流水窅然[4]去하니, 別有天地[5]非人間[6]이라.

註解 1) 山中答俗人(산중답속인)－산속에서 속인들에게 대답한다. 《이태백시집》 권19에는 〈산중문답(山中問答)〉이라 제목을 달고 있다. 2)栖(서)－머물다. 살다. 서(棲)와 같은 자. 3) 自閑(자한)－스스로 한가롭다. 자연스럽게 한적하다. 4) 窅然(요연)－아득히 보이는 모양. 판본에 따라 '묘연(杳然)'이라고도 되어 있는데 모두 '아득한 모양'을 뜻한다. 간혹 '완연(宛然)'으로 되어있는 판본도 있는데, 그것은 잘못이다. 5) 別有天地(별유천지)－무릉도원(武陵桃源) 같은 별천지가 있다는 뜻. 6) 人間(인간)－사람들이 사는 세상. 사회.

解說 이백의 대표적인 시 중 하나이다. 산중에 조용히 숨어사는 맑은 정취가 완전히 자연 속에 융합되어 있다. 이런 분위기를 이백은 언제나 지니고 있었기에 하지장(賀知章)은 그를 보자 바로 '귀양내려온 신선〔謫仙人〕'이라 불렀을 것이다. 도연명의 경지와 서로 통하면서도 더욱 신선 기운을 느끼게 하는 것이 그의 특징이다.

산속에서 대작함(山中對酌[1])

두 사람이 마주 앉아 술잔 주고 받는데 산에는 꽃 피어 있으니,
한 잔 한 잔 또 한 잔 하게 되네.
나는 취해 자고 싶으니 그대는 돌아갔다가,
내일 아침 생각 있거든 거문고를 안고 다시 오게나.

양 인 대 작 산 화 개　　일 배 일 배 부 일 배
兩人對酌山花開하니,　一盃一盃復一盃라.

아취욕면군차거　　　　명조유의포금래
我醉欲眠君且去[2]하고, 明朝有意抱琴來하라.

註解 1) 山中對酌(산중대작)－산속에서 두 사람이 술잔을 주고 받는다. 〈산중여유인대작(山中與幽人對酌)〉이라고 된 판본도 있다. '유인(幽人)' 이란 숨어서 조용히 살아가는 사람이다. 2) 我醉欲眠君且去(아취욕면군차거)－《남사(南史)》 은일전(隱逸傳)에 '도잠(陶潛)은 먼저 취하면 곧 손님에게 말하기를, "나는 취하여 자고 싶으니 그대는 가도 좋다."고 했다 한다. 그의 솔직함이 이와 같았다' 고 했다. 《이태백시집》에는 '군(君)' 을 '경(卿)' 으로 쓴 판본이 있다. 어떻든 이것은 도연명의 경계와 통하는 것이다.

解說 앞의 〈산중에서 속인들에게 답함(山中答俗人)〉 시나 마찬가지로 산속에 숨어살면서 벗들과 술 마시며 살아가는 깨끗한 정취를 노래한 것이다. 여기에선 세상의 예의나 체면에 구애받지 않는다. 자고 싶으면 자고 놀고 싶으면 논다. 완전히 자유스런 산속의 낙원이 눈에 뵈는 듯하다.

강가의 노래(江上吟)

목란의 노가 달린 사당나무 배 타고
옥통소 금피리로 양편에 앉아 풍악 울리며,
좋은 술 술통 안에 넘치도록 부어 싣고
기녀 태우고 물결 따라 떠다니며 노네.
신선은 노란 학을 탔으니 의지하는 데가 있었지만
바다에 노는 우리는 무심하여 흰 갈매기도 따랐네.
굴원(屈原)의 사부는 해와 달처럼 하늘에 떠 있으나
굴원을 추방한 초나라 임금의 누각은 빈 산 언덕이 되어 있네.
흥에 겨워 붓을 들면 오악(五嶽)을 뒤흔들고
시가 이루어져 웃고 즐기노라면 선경(仙境)보다 더 좋은 곳이 되네.

공명과 부귀가 만약 오래도록 있게 되는 것이라면
한수(漢水)도 응당 서북쪽으로 거꾸로 흐르게 되리라.

목란 지설 사당 주　　옥소금관좌양두
木蘭[1]之枻[2]沙棠[3]舟에,　玉簫金管坐兩頭[4]라.

미주준 중치천곡　　재낭수파임거류
美酒樽[5]中置千斛[6]하고,　載娘隨波任去留[7]로다.

선인유대승황학　　해객무심수백구
仙人有待乘黃鶴[8]이나,　海客無心隨白鷗라.

굴평 사부현일월　　초왕 대사공산구
屈平[9]詞賦懸日月이로되,　楚王[10]臺榭空山丘라.

흥감 낙필요오악　　시성소오릉창주
興酣[11]落筆搖五嶽하고,　詩成笑傲凌滄洲[12]라.

공명부귀약장재　　한수 역응서북류
功名富貴若長在면,　漢水[13]亦應西北流리라.

註解 1) 木蘭(목란)－향기로운 나무 이름. 2) 枻(설)－배의 노, 배의 키. 3) 沙棠(사당)－곤륜산(崑崙山)에 있다는 해당 종류의 아름다운 나무 이름. 4) 兩頭(양두)－양편. 5) 樽(준)－술 통. 6) 斛(곡)－10 말(斗)가 1 곡. '천곡'은 무척 많은 양을 형용한 말. 7) 任去留(임거류)－떠나고 머무는 일을 맡기다. 8) 黃鶴(황학)－노란 학, 중국 후베이성(湖北省)에는 옛날 신선이 노란 학을 타고 하늘로 올라간 곳이라는 전설이 있는 황학루(黃鶴樓)가 있다. 9) 굴평(屈平)－굴원(屈原), 그의 이름이 '평'이고 자가 '원'이다. 춘추(春秋)시대 초(楚)나라의 문인, 《초사(楚辭)》의 작자로 알려져 있다. 따라서 '굴평사부'는 『초사』를 가리킨다. 10) 楚王(초왕)－초나라 임금. 굴원은 초나라의 삼려대부(三閭大夫)로 제(齊)나라와 손을 잡고 잔인한 진(秦)나라와 싸울 것을 초나라 임금에게 아뢰었으나 모함을 받고 쫓겨나 결국은 멱라수(汨羅水)에 몸을 던졌다. 11) 興酣(흥감)－흥겨운 것, 흥이 이는 것. 12) 滄洲(창주)－깨끗한 사람들이 세상을 떠나 살던 곳, 신선 세상 같은 곳. 13) 漢水(한수)－후베이성(湖北省)에 동남쪽으로 흘러 장강(長江)에 합쳐지는 강물 이름.

解說 세상의 공명(功名)이나 명리(名利)는 멀리한 채 배를 타고 물 위에서 유유히 노니는 시인의 정경을 노래한 시이다. 그 스스로의 처경이 신선 못지않음을 자랑하고 있는 것 같다. 실은 신선이 따로 있는 것이 아니라 이 시를 읊는 이백 같은 사람을 두고 신선이라 불러야 옳을 것만 같다.

오송산 아래 순 할머니 집에 머물며(宿五松山荀媼家)

내가 오송산 아래 묵었는데
심심해도 즐길 곳이 없었네.
농사꾼들은 추수하느라 고생을 하고
이웃 여인들은 밤에도 추위 무릅쓰고 절구질일세.
꿇어 앉아 줄밥을 먹는데
달빛만이 깨끗한 소반 위에 밝게 비치네.
사람으로 하여금 밥 먹여준 아주머니께 부끄러워
여러 번 사양하며 밥을 제대로 먹을 수가 없었네.

아숙오송 하 / 적료 무소환
我宿五松[1]下러니, 寂寥[2]無所歡이라.
전가추작고 / 린녀야용 한
田家秋作苦[3]하고, 鄰女夜舂[4]寒이라.
궤 진조호반 / 월광명소반
跪[5]進雕胡飯[6]이러니, 月光明素盤[7]이라.
영인참표모 / 삼사 불능찬
令人慚漂母[8]하여, 三謝[9]不能餐이라.

註解 1) 五松(오송) – 오송산, 지금의 안후이성(安徽省) 퉁링시(銅陵市) 남쪽에 있는 산 이름. 2) 寂寥(적료) – 적적하다, 심심하다. 3) 秋作苦(추작고) – 가을에 일하느라 고생하다, 추수를 하느라 고생을 하다. 4) 舂(용) – 절구, 절구질을 하는 것. 5) 跪(궤) – 무릎 꿇고 앉는 것, 꿇어앉는 것. 6) 雕胡飯(조호반)－줄 밥. '조호'는 줄이라는 식물, 줄은 볏과의 여러 해 살이 식물로, 물가에 자라다가 가을이면 줄기 끝에 이삭이 나와 열매를 맺는다. 열매는 흉년에 거두어 밥을 지어먹기도 하였다 한다. 7) 素盤(소반)－흰 소반, 위에 음식이 별로 없는 소박한 소반. 8) 漂母(표모)－솜을 물에 빠는 아주머니. 한(漢)나라 때의 장군 한신(韓信)이 어렵게 지내던 시절 물가에서 굶주리며 낚시를 하고 있었는데, 근처에서 솜을 빨던 아낙네가 밥을 먹여 주었다. 한신이 밥을 업어먹은 은혜를 뒤에 꼭 갚겠다고 말하자, "내가 어찌 보답을 바라고 밥을 먹여주었겠느냐?"고 하며 화를 내었다 한다. 그러나 한신은 출세한 뒤에 그 아주머니를 잊지 않고 천금(千金)으로 보답하였다 한다(司馬遷《史記》淮陰侯傳). 여기서는 제목에 보이는 순 할머니를 가리킨다. 9) 三謝(삼사)－세 번 사양하다, 여러 번 사양한 것을 가리킴.

解說 앞에 소개한 맹호연(孟浩然)의 시 〈친구의 집 찾아가(過故人莊)〉에서는 "친구가 닭 잡고 기장 밥 차려놓고, 나를 농가로 초청하였다.(故人具鷄黍하여, 邀我至田家라.)"고 노래를 시작하고 있다. 이 이백의 시와 함께 가난하든 돈이 많던 당나라 시대 시골 사람들의 넘치는 인심을 알려주는 시이다. 이백은 오송산 아래 가난한 순 할머니 집에 머물면서 받은 따스한 대접을 진심으로 감사하고 있다. 용 할머니는 힘들여 일하고 가난하게 살면서도 자기 같은 뜨내기손님을 거친 음식이었지만 성심을 다하여 대접해 주었기 때문이다. 이백은 한나라 시대의 한신(韓信)이 물가에서 솜을 빠는 아주머니에게 밥 한 끼를 얻어먹고 그 은혜를 가슴속 깊이 새겨두었던 것처럼 고마운 마음을 깊이 간직하고 싶었던 것이다.

젊은이의 노래(少年行)

오릉의 젊은이들이 서시(西市) 동쪽에서
은 안장 얹은 흰 말 타고 봄바람 가르며 달려가네.

떨어진 꽃잎 짓밟으며 어디로 놀러 가는가?
웃음소리 날리며 오랑캐 여인들이 반기는 술집으로 들어가네.

오릉 소년금시 동　은안백마도춘풍
五陵[1]少年金市[2]東에, 銀鞍白馬度春風이라.

낙화답진유하처　소입호희 주사 중
落花踏盡遊何處오? 笑入胡姬[3]酒肆[4]中이라.

註解 1) 五陵(오릉)-당나라 장안 서북쪽 위수(渭水) 북쪽 기슭의 지역. 그곳에는 한나라 고조(高祖)를 비롯하여 다섯 황제의 능이 흩어져 있어 '오릉'이라 불렀고, 그 지역은 높은 관리와 부호들이 모여 사는 부촌으로 유명하였다. 2) 金市(금시)-서시, 오행설에 '금'은 서쪽에 해당한다. 당대의 장안에는 외국 사람들이 많이 들어와 살았는데, 특히 서시는 파사(波斯)·대식(大息) 등 서역 여러 나라 상인들이 몰려와 진귀한 서역 물건을 파는 특별한 시장이었다. 3) 胡姬(호희)-오랑캐 여인. 서시의 술집에는 눈이 파랗고 머리가 노랗고 살갗은 희고 코가 높은 서역 여자들이 많이 들어와 있어 사대부 젊은이들에게 인기가 높았다. 4) 酒肆(주사)-술집.

解說 이 〈젊은이의 노래〉는 남북조시대부터 유행한 악부(樂府)의 잡곡가사 중의 일종이다. 이백은 악부체의 시를 많이 지었다. 이 시는 특히 당나라 장안의 국제도시적인 면모를 보여준다. 이 시대에는 실크로드를 통하여 수많은 서역 상인들이 장안으로 몰려와 교역을 하였고 이를 따라 서역의 여인들과 함께 여러 가지 서역의 문물도 크게 유행하였다. 당나라에 호등무(胡騰舞)·호선무(胡旋舞) 같은 서역의 호무(胡舞)와 호가(胡歌)가 크게 유행하였고, 호복(胡服)·호장(胡帳)·호상(胡床)·호장(胡妝)·호적(胡笛)·호반(胡飯) 등이 크게 유행하였다. 특히 이백은 술집의 오랑캐 여인을 매우 좋아하였던 것 같다. 이 시 이외에도 오랑캐 여인이 있는 술집에서 술을 즐기는 것을 노래한 시가 〈전유준주행(前有樽酒行)〉·〈송배십팔도남귀숭산(送裵十八圖南歸嵩山)〉 등 여러 수가 있다.

우림 도장군을 전송하며(送羽林陶將軍[1])

장군께서 사신으로 떠나가며 누선들을 거느리니,
강 위의 정기는 자줏빛 안개 속에 펄럭인다.
만 리를 창 비껴들고 호랑이 굴을 뒤지고,
세 잔 술엔 칼 빼어 들고 검무를 춘다.
문인은 용기가 없다 말하지 마소,
이별을 앞두고 격려하는 채찍을 드리오.

장 군 출 사 옹 루 선　　강 상 정 기 불 자 연
將軍出使擁樓船[2]하니, 江上旌旗拂紫煙[3]이라.

만 리 횡 과 탐 호 혈　　삼 배 발 검 무 용 천
萬里橫戈探虎穴하고, 三盃拔劒舞龍泉[4]이라.

막 도 사 인 무 담 기　　임 행 장 증 요 조 편
莫道詞人無膽氣[5]하라, 臨行將贈繞朝鞭[6]이라.

註解 1) 送羽林陶將軍(송우림도장군) – 우림도장군을 보낸다. 우림은 벼슬 이름. 궁성(宮城)을 친위(親衛)하는 금군(禁軍)을 가리킨다. 당대엔 좌우우림군(左右羽林軍)이 있었고, 대장군(大將軍)·장군(將軍) 등의 벼슬이 있었다. 도장군의 이름은 알 수 없다. 2) 擁樓船(옹루선) – '옹'은 옹위하다. '누선'은 크고 높은 배. '옹누선'은 많은 누선들을 거느리는 것. 3) 拂紫煙(불자연) – '자연'은 자줏빛 안개. '불'은 스친다는 것이 본뜻이나 여기서는 안개 속에 펄럭이는 것. 4) 龍泉(용천) – 옛날 초(楚)나라에 있던 유명한 칼의 이름. 5) 膽氣(담기) – 용기. 6) 繞朝鞭(요조편) – 《좌전(左傳)》 문공(文公) 13년조에 "진백(秦伯)이 하서(河西)에서 전쟁을 하게 되었는데 위(魏)나라 사람들은 동쪽에 있었다. 선비들을 모이게 하니 요조(繞朝)가 그에게 채찍을 주면서 '당신은 진(秦)나라에 사람이 없다고 말하지 마시오'라고 말했다." 하였다. 따라서 '요조편'은 격려하는 뜻에서 보내는 채찍인 것이다.

解說 무인(武人) 친구가 사신으로 나가는 것을 전송하는 시이다. 이백은 젊어서 칼쓰기도 배운 일이 있는 호걸이어서 무인들에게도 어울리는 의기가 엿보인다. 잘 가라는 인사보다도 용기를 북돋아주는 방향으로 시를 쓰고 있음은 상대가 무신이기 때문에 적절하다고 느껴진다.

연꽃 따는 노래(採蓮曲[1])

약야계 물가의 연꽃 따는 아가씨가,
웃으며 연꽃을 사이에 두고 딴 사람과 얘기하네.
해가 새로 화장한 얼굴에 비치어 물 바닥에 밝게 비춰 있고,
바람은 향기로운 소맷자락 날리어 공중으로 들어올리네.
언덕 위엔 어느 집의 풍류객인지,
서너댓 명씩 수양버들 사이로 보이네.
자색 명마가 울부짖으며 떨어지는 꽃 속으로 달려가니,
이것을 보고 머뭇거리며 공연히 애끊이네.

약 야 계 방 채 련 녀 / 소 격 하 화 공 인 어
若耶溪[2]傍採蓮女가, 笑隔荷花共人語라.

일 조 신 장 수 저 명 / 풍 표 향 수 공 중 거
日照新粧水底明하니, 風飄[3]香袖空中擧라.

안 상 수 가 유 야 랑 / 삼 삼 오 오 영 수 양
岸上誰家遊冶郎[4]고? 三三五五映[5]垂楊이라.

자 류 시 입 낙 화 거 / 견 차 주 저 공 단 장
紫騮[6]嘶[7]入落花去하니, 見此躊躇[8]空斷腸이라.

註解 1) 採蓮曲(채련곡)-《악부시집》 권50 청상곡사(淸商曲辭) 7 강남롱(江南弄) 7곡(曲)의 하나에 양(梁)나라 간문제(簡文帝)의 〈채련곡〉 두 수를 비롯한 27수가 실려 있다. 연꽃이 피었을 때 배를 띄우고 미녀들로 하여금 꽃을 따게 하고 놀며 부르던 노래이다. 《이

태백시집》 권4에 실려 있다. 2) 若耶溪(약야계) – 절강성(浙江省) 회계현(會稽縣) 동남쪽에 있으며 야계(耶溪)로 약칭하기도 한다. 북으로 흘러 경호(鏡湖)로 들어가는데 춘추시대 오왕(吳王) 부차(夫差)가 총애하던 여인 서시(西施)가 이곳에서 연꽃을 땄다고 전해진다. 3) 飄(표) – 바람에 날리는 것. 4) 遊冶郎(유야랑) – 놀며 돌아다니는 풍류꾼. 멋쟁이. 5) 映(영) – 비치는 것. 수양버들 사이로 번득번득 보이는 것. 6) 紫騮(자류) – 자색을 띤 검은 털에 검은 말갈기를 지닌 좋은 말. 7) 嘶(시) – 말이 우는 것. 8) 躊躇(주저) – 머뭇거리는 것. '지주(蜘躊)'로 된 판본도 있으나 뜻은 같다.

解說 전반부는 연꽃을 따는 아가씨들의 아름다운 모습과 밝은 풍경을 그렸고, 후반에선 젊은 멋쟁이들이 말을 타고 지나가는 모습을 보고 마음이 들뜨는 아가씨들의 연모의 정이 봄경치와 함께 아름답게 그려져 있다.

▲당(唐)대 화가인 한간(韓幹)의 목마도(牧馬圖)

금릉의 봉황대에 올라(登金陵鳳凰臺[1])

봉황대 위에는 봉황새가 놀더니,
봉황은 사라지고 빈 대 앞엔 강물만 흐르고 있네.
오나라 궁전의 화초는 오솔길에 묻혀 버렸고,
진나라 때의 귀인들은 낡은 언덕을 이루었네.
삼산은 푸른 하늘 밖으로 반쯤 솟아 있고,
두 강물이 백로주를 가운데 두고 갈라져 흐르네.
어떻든 뜬구름은 해를 가릴 수가 있으니,
장안이 보이지 않아 시름만이 더해지네.

봉 황 대 상 봉 황 유
鳳凰臺上鳳凰遊러니,
봉 거 대 공 강 자 류
鳳去臺空江自流라.

오 궁 화 초 매 유 경
吳宮[2]花草埋幽徑[3]이오,
진 대 의 관 성 고 구
晉代[4]衣冠[5]成古丘[6]라.

삼 산 반 락 청 천 외
三山[7]半落[8]靑天外요,
이 수 중 분 백 로 주
二水[9]中分白鷺洲[10]라.

총 위 부 운 능 폐 일
總爲浮雲能蔽日[11]하니,
장 안 불 견 사 인 수
長安不見使人愁라.

註解 1) 登金陵鳳凰臺(등금릉봉황대) - '금릉'은 남경(南京)의 옛 이름. 송(宋)나라 원가(元嘉) 연간(424~453)에 왕기(王覬)가, 이상한 새가 산에 내려앉은 것을 보았는데, 그때 사람들이 봉황이라 하였다. 그래서 대(臺)를 그 자리에 세우고 봉황대라고 불렀다 한다. 지금도 남경시 남쪽에 봉황대의 옛터가 있다. 《이태백시집》 권21에 실려 있다. 2) 吳宮(오궁) - 3국(國)의 오나라 손권(孫權)이 만든 궁전. 3) 幽徑(유경) - 그윽한 풀로 덮인 작은 길. 4) 晉代(진대) - 동진(東晉)이 처음으로 서울을 건업(建業 : 金陵)에 옮기어 비로소 금릉이 나라의 도읍이 되었다. 5) 衣冠(의관) - 예복에 관(冠)을 쓴 귀인들을 가리킨다. 6) 古丘(고구) - 낡은 무덤이 이룬 언덕. 7) 三山(삼산) - 강소성(江蘇省) 강녕현(江寧縣) 서남쪽에 있는 3개의 봉우리가 연이어 있는 산 이름. 8) 半落(반락) – 위쪽은 푸른 하늘에 솟아 있고 아래쪽은 구름에 가리어 공중에 떠있는 것 같은 모양. 9) 二水(이수) – 진회하(秦淮河)가 금릉에서 둘로 갈리어 한 가닥은 성 안으로 들어오고 한 가닥은 성 밖을 감돈다. 10) 白鷺洲(백로주) – 이수(二水)가 나뉘어지는 곳에 있는 섬 이름. 11) 總爲浮雲能蔽日(총위부운능폐일) – '총위' 는 '모두가' '어떻든'. '부운' 은 뜬구름. 간신(奸臣)에 비유한 것이다. '폐' 는 가려지다. '일' 은 천자의 성총에 비유한 것임.

解說 봉황새가 날아들던 좋은 시절은 가버렸으나 옛날 그대로 아름다운 산천 속에 옛날 봉황새가 날아들던 봉황대만 남아있다. 이처럼 강산은 예나 다름없지만 지금 조정에는 양국충(楊國忠) · 고역사(高力士) 등의 간사한 신하들이 황제를 둘러싸고 있어 나라가 위태로워지고 있다. 이백도 이들 간사한 신하들 때문에 조정에서 쫓겨나 이렇게 사방을 유랑하는 몸이 되었다. 아름다운 경치를 대하니 마음 한구석엔 나라를 위한 근심이 서린다.

이른 봄 왕한양에게 지어 보냄(早春寄王漢陽[1])

봄이 돌아왔다는 말을 들었으나 아직 몰라서,
일어나 찬 매화 곁으로 가 소식을 알아보네.
어젯밤 동풍이 무창으로 불어들더니,
길 가의 버드나무가 황금빛을 띠었네.
푸른 강물은 아득하고 구름은 자욱하니,
그리운 그대 오지 않아 공연히 애끊이네.
미리 푸른 산의 한 바위를 깨끗이 쓸고,
그대와 연일 술잔 들며 취하려 하고 있네.

문도 춘환미상식 기방한매방소식
聞道[2]春還未相識[3]하여, 起傍寒梅訪消息[4]이라.

작야동풍입무양
昨夜東風入武陽[5]하니,
맥두 양류황금색
陌頭[6]楊柳黃金色이라.

벽수묘묘 운망망
碧水渺渺[7]雲茫茫[8]하니,
미인 불래공단장
美人[9]不來空斷腸이라.

예 불 청산일편석
預[10]拂[11]靑山一片石[12]하고,
여군연일취호상
與君連日醉壺觴[13]이라.

註解 1) 早春寄王漢陽(조춘기왕한양)－이른 봄에 한양 현령(縣令)으로 있는 왕모(王某)에게 부친다. 왕한양이 누구인지는 알 수 없다. 《이태백시집》 권14에 실려 있다. 2) 聞道(문도)－말하는 것을 들었다. 도(道)는 말한다는 뜻. 3) 未相識(미상식)－아직 서로 알지 못한다. 봄이 정말로 돌아왔는지 확인은 못하였다는 뜻. 4) 訪消息(방소식)－소식을 찾는다. 봄이 왔다는 소식을 확인한다. 5) 武陽(무양)－장강과 한수(漢水)가 합치는 지점에 있는 무한삼진(武漢三鎭), 곧 무창(武昌)·한구(漢口)·한양(漢陽) 중의 '무창'. 6) 陌頭(맥두)－거리. 길가. 7) 渺渺(묘묘)－물이 질펀한 모양. '호호(浩浩)'라고 된 판본도 있다. 8) 茫茫(망망)－자욱히 널리 펼쳐진 모양. 9) 美人(미인)－왕한양을 가리킨다. 그리운 그대의 뜻. 10) 預(예)－미리. 미리 준비하는 것. 11) 拂(불)－먼지나 흙을 털고 깨끗이 하는 것. 12) 石(석)－올라앉아 술을 마실 만한 바위를 말한다. 13) 壺觴(호상)－술병과 술잔.

解說 이른 봄 자기의 벗 왕한양에게 보낸 시이다. 벗을 기다리는 참된 우정이 넘쳐흐른다. 벗이 온다는 약속도 없이 그가 오면 함께 앉아 술 마시려고 미리 푸른 산의 바위를 깨끗이 하는 마음씨가 아름답다.

금릉성 서쪽 누각에서 달빛 아래 읊다 (金陵城西樓月下吟[1])

금릉의 밤은 고요한데 싸늘한 바람이 일고,
홀로 높은 누각에 올라 오월 지방을 바라보네.

흰 구름은 물에 비치어 가을 성 그림자와 함께 흔들리고,
흰 이슬은 떨어지는 구슬처럼 가을 달빛 아래 방울지고 있네.
달 아래 길게 읊으며 오래도록 돌아가지 않으니,
고금의 잇따른 일들은 눈 안에 별로 남지 않네.
맑은 강물은 곱기가 비단 같다는 시구가 떠올라,
옛 시인 사조(謝朓)를 생각케 하네.

금 릉 야 적 량 풍 발 金陵夜寂凉風發하니,	독 상 고 루 망 오 월 獨上高樓望吳越[2)]이라.
백 운 영 수 요 추 성 白雲映水搖秋城하니,	백 로 수 주 적 추 월 白露垂珠滴秋月이라.
월 하 장 음 구 불 귀 月下長吟久不歸하니,	고 금 상 접 안 중 희 古今相接[3)]眼中稀[4)]라.
해 도 징 강 정 여 련 解道[5)]澄江淨如練[6)]하니,	영 인 각 억 사 현 휘 令人却憶謝玄暉[7)]라.

註解 1) 金陵城西樓月下吟(금릉성서루월하음)－금릉은 남경(南京). 《이태백시집》 권7에 실려 있다. 2) 吳越(오월)－춘추시대 오나라와 월나라가 다스리던 지방. 지금의 강소(江蘇)·안휘(安徽)·절강(浙江) 지방. 3) 古今相接(고금상접)－오(吳)·월(越)을 중심으로 한, 옛부터 지금까지의 여러 가지 일들이 잇따라 머리에 떠오른다는 뜻. 4) 眼中稀(안중희)－자기 눈에 남는 일들은 드물다. 자기 마음 속에 세상일들은 모두 멀어져 있다는 뜻. 5) 解道(해도)－지도(知道), 이해(理解)의 뜻. 6) 澄江淨如練(징강정여련)－사현휘(謝玄暉)의 〈저녁에 삼산(三山)에 올라 경읍(京邑)을 바라본다〉는 제목의 시 중의 한 구절. 징(澄)은 맑은 것. 정(淨)은 정결한 것. 깨끗한 것. 연(練)은 깨끗한 비단. 7) 謝玄暉(사현휘)－남북조시대(南北朝時代) 제(齊)나라 시인 사조(謝朓). 자가 현휘임.

解說 이전 시대의 시인 중에서 이백은 사조(謝朓)를 가장 좋아하였다. 〈가을 선성(宣城)의 사조의 북루(北樓)에 오르다〉라는 시에서는 '누가 생각했으리, 북루 위에서 바람을 쐬며 사공(謝公)을 그릴 줄을' 하고 읊

었고, 또 〈선주(宣州) 사조루(謝朓樓)에서 교서(校書) 숙운(叔雲)을 전별(餞別)한다〉는 시에선 '봉래(蓬萊)의 문장은 건안(建安)의 뼈가 있고, 중간의 소사(小謝)는 또 맑고 구김이 없다' 라고 하였다. 소사(小謝)는 사성운(謝聖雲)에 비기어 사조를 그렇게 부른 것이다. 이백은 이처럼 사조를 좋아했을 뿐만 아니라, 또 그의 맑고 구김이 없는 시의 풍격도 배웠다. 아름다운 금릉의 밤, 자기가 좋아하는 달빛 아래 청발한 사조의 시를 생각한 것은 자연스런 일인 것이다. 다음의 〈동계공(東溪公)이 숨어사는 집에 대하여 읊음〉이란 시에서도 '집은 푸른 산에 가까우니 옛날 사조와 같고' 라고 읊고 있다.

동계공이 숨어사는 집에 대하여 읊음
(題東溪公幽居[1])

두릉에 사는 현명한 사람은 청렴하여,
동계에 집 짓고 사는데 한 해 다 저물고 있네.
집은 푸른 산에 가까우니 옛날 사조와 같고,
문 앞엔 푸른 버들 드리웠으니 도잠과 같네.
좋은 새는 봄을 맞아 뒤뜰에서 노래하고,
나는 꽃잎은 술을 권하듯이 처마 앞에서 춤추네.
손이 오면 다만 붙들어 한바탕 취하게 할 줄밖에 모르니,
소반 가운데엔 오직 수정 같은 소금뿐이네.

두릉 현인청차렴
杜陵[2]賢人淸且廉하여,
동계 복축세장엄
東谿[3]卜築歲將淹이라.

택근청산동사조
宅近靑山同謝朓[4]요,
문수벽류 사도잠
門垂碧柳[5]似陶潛이라.

호조영춘가후원
好鳥迎春歌後院이오,
비화송주 무전첨
飛花送酒[6]舞前簷이라.

객도단지류일취
客到但知留一醉하니,
반 중지유수정염
盤[7]中祗有水晶鹽이라.

註解 1) 題東溪公幽居(제동계공유거)－동계공이 누군지 알 수 없으며, '유거'는 숨어사는 집. 이 시는《이태백시집》권15에 실려 있다. 2) 杜陵(두릉)－장안 근처에 있는 한나라 선제(宣帝)의 능(陵). 3) 東谿(동계)－선주(宣州) 완계(宛谿)의 별명. 복축(卜築)은 점을 쳐 살 곳을 정하고 집을 짓는 것. 엄(淹)은 머물다. 버리다. 물에 빠지다. 여기서는 해가 다 가는 것. 4) 宅近青山同謝朓(택근청산동사조)－집은 푸른 산에 가까우니 사조와 같다. 사조의 〈동전(東田)에 노닐다〉는 시에 '또 푸른 산의 성곽을 바라본다'는 구절이 있다. 5) 門垂碧柳(문수벽류)－《진서(晉書)》도연명전(陶淵明傳)에 '도잠(陶潛)의 집 문앞엔 다섯 그루의 버드나무가 있어, 〈오류선생전(五柳先生傳)〉을 지어 자신에 비겼다'라고 하였다. 6) 送酒(송주)－기녀 등이 술을 받들어 권하며 춤추는 것. 꽃잎을 보며 춤추는 기녀들을 연상한 것이다. 7) 盤(반)－술안주를 담은 그릇을 벌여놓은 쟁반, 또는 소반.

解說 세상으로부터 숨어살고 있는 동계공의 소탈한 생활을 노래한 것이다. 실은 동계공의 생활이 아니라 이백의 머리속의 이상향이 바로 이러한 곳이었던 것이다. 이백도 만년엔 도교를 좋아했고 사조처럼 푸른 산이 보이는 곳(安徽省 當塗縣 남쪽 30里)에 살 곳을 정하려 하였다 한다.

이옹에게 지어 올림(上李邕[1])

대붕은 어느 날 바람과 함께 날아오르며,
회오리바람 타고 곧장 9만 리를 날아 올라간다네.
가령 바람이 멎어 어느 때건 내려오게 된다면,
그래도 푸른 바닷물을 쳐 날려보낼 수 있다네.
세상 사람들은 나를 보고 언제나 하는 짓이 다르다 하고,
내 큰 소리를 듣고는 모두가 냉소를 하네.
공자께서도 후생을 두려워하실 줄 아셨으니,

대장부는 젊은이를 가벼이 여겨서는 안되네.

대 붕 일 일 동 풍 기	부 요 직 상 구 만 리
大鵬[2]一日同風起하여,	扶搖[3]直上九萬里라.
가 영 풍 헐 시 하 래	유 능 파 각 창 명 수
假令風歇[4]時下來면,	猶能簸却[5]滄溟水라.
세 인 견 아 항 수 조	문 여 대 언 개 냉 소
世人見我恒殊調[6]하고,	聞余大言皆冷笑라.
선 부 유 능 외 후 생	장 부 미 가 경 연 소
宣父[7]猶能畏後生하니,	丈夫未可輕年少[8]라.

註解 1) 上李邕(상이옹)－이옹에게 올림. 이옹은 자가 태화(泰和). 양주(揚州) 강도인(江都人)이다. 이교(李嶠)의 추천으로 좌습유(左拾遺)가 되었고 현종(玄宗) 때엔 공부낭중(工部郎中)을 거쳐 급군(汲郡) 북해(北海)의 태수(太守)가 되어 이북해(李北海)라고도 부른다. 뒤에 재상 이임보(李林甫)가 그의 재능을 시기하여 나이 70에 죽었다. 이 시는《이태백시집》권9에 실려 있다. 2) 大鵬(대붕)－《장자(莊子)》소요유(逍遙遊)에 보이는 북명(北溟)에 산다는 수천 리 길이의 큰 새. 3) 扶搖(부요)－아래서 위로 부는 회오리바람. 여기서는 회오리바람을 타는 것. 이것도《장자》에 있는 말을 인용한 것임. 4) 歇(헐)－쉬다. 5) 簸却(파각)－키로 까불 듯이 나래로 쳐서 바닷물을 날리는 것. 창명(滄溟)은 푸른 바다. 6) 恒殊調(항수조)－항상 행동과 취향이 다른 것. 7) 宣父(선부)－공자.《당서(唐書)》예악지(禮樂志)에 '정관(貞觀) 11년 조칙(詔敕)으로 공자를 높이어 선부라 하였다' 라고 했다. 8) 輕年少(경연소)－나이 젊은 자기를 가벼이 여긴다.

解說 앞쪽 4구절은 이옹의 위인이 큰그릇임을 칭찬한 말이고, 뒤쪽 4구절은 자기는 취향이 일반 세상 사람들과 달라 냉소를 받고 있기는 하지만 가벼이 여기지 말고 천거해 달라는 뜻을 담은 것이다. 천거를 부탁하는 시인데도 기개를 잃지 않음은 이백의 특성이라 할 것이다.

금릉의 술집에 지어 남겨두고 떠남 (金陵[1]酒肆[2]留別)

바람이 버들꽃에 불어 가게 안이 온통 향기롭고,
오나라 미인은 술을 걸러 손님 불러 맛보라 하네.
금릉의 젊은이들이 나를 전송하러 와서,
가려다 가지도 못하고 모두 술잔을 다 비우네.
청컨대 동쪽으로 흐르는 강물에 물어 보아라,
전송하는 뜻을 이것들과 비길 때 어느 것이 짧고 긴가를!

풍 취 유 화 만 점 향　　　　오 희　압 주　환 객 상
風吹柳花滿店香하고,　吳姬[3]壓酒[4]喚客嘗이라.

금 릉 자 제 내 상 송　　　　욕 행 불 행 각 진 상
金陵子弟來相送하니,　欲行不行各盡觴이라.

청 군 시 문 동 류 수　　　　별 의 여 지　수 단 장
請君試問東流水하라,　別意與之[5]誰短長가?

註解 1) 金陵(금릉)－강소성(江蘇省) 남경(南京)의 옛 이름. 2) 酒肆(주사)－술집. 이 시는《이태백시집》권15에 실려 있다. 금릉의 술집에서 전송하러 나온 사람들에게 시를 지어 남겨주고 떠난다는 뜻. 3) 吳姬(오희)－오나라의 미녀. 오·월(越)에선 옛날부터 미인이 많이 나기로 유명하며 남경도 오나라에 속한다. 4) 壓酒(압주)－술을 눌러 짜 거르는 것. 5) 與之(여지)－동쪽으로 흐르는 강물(東流水)과 비교할 때.

解說 아름다운 봄 오나라 미인이 따라주는 술을 마시며 이별연을 열었다. 첫 구에 '버들꽃에 온 가개(滿店) 안이 향기롭다'는 것은 버들꽃 솜이 날릴 무렵이면 향기가 가게에 가득 차는 좋은 계절이라는 뜻이다. 좋은 계절에 좋은 벗들을 두고 떠나기는 더욱 아쉬운 것이다.

변경을 생각함(思邊[1])

지난해 어느 때에 당신이 나를 떠나갔던가?
남쪽 동산 푸른 풀 위에 나비가 날고 있을 때였지.
올해는 어떤 때이길래 내가 그대를 그리고 있는가?
서쪽 산엔 흰 눈이 쌓였고 진땅엔 구름이 까맣게 덮여 있기 때문이네.
그대가 있는 옥문관은 여기서 3천 리나 떨어져 있으니,
편지를 부치고 싶어도 어떻게 전해진단 말인가?

거세 하시군별첩　　남원녹초비호접
去歲[2]何時君別妾고?　南園綠草飛蝴蝶[3]이라.

금세하시첩억군　　서산백설암진운
今歲何時妾憶君고?　西山白雪暗秦雲[4]이라.

옥관 차거삼천리　　욕기음서나득문
玉關[5]此去三千里니,　欲寄音書那得聞[6]고?

▲서북쪽 옥문관 근처의 흙으로 쌓은 만리장성

註解 1) 思邊(사변) - 변경에 가 있는 남편을 생각하는 시. 《이태백시집》 권25에 실려 있고 〈춘원(春怨)〉이라고 제한 판본도 있다. 2) 去歲(거세) - 지난해. 남편이 떠나갔을 때를 생각하는 것이다. 3) 蝴蝶(호접) - 나비. 4) 秦雲(진운) - 진(秦)땅, 곧 지금의 섬서성(陝西省) 일대의 하늘을 덮은 구름. 5) 玉關(옥관) - 옥문관(玉門關). 감숙성(甘肅省) 돈황현(敦煌縣) 서쪽에 있는 서역으로 통하는 관문. 남편은 그곳으로 수자리 살러 가 있다. 6) 那得聞(나득문) - 어찌 들리게 될 수가 있겠는가? 즉 소식을 전하더라도 남편에게까지 알려지지 않을 것이라는 뜻.

解說 중국의 옛사람들은 흔히 밖에 나가 있는 남편을 그리워하는 여인의 정을 시로 읊었다. 여인의 안타까운 그리움은 시인들에게 아름다운 슬픔을 느끼게 하였기 때문일 것이다. 《시경》 소아(小雅)의 채미(采薇) 시를 비롯하여 고시나 당대 변새파(邊塞派) 시인들에게는 이러한 내용의 작품이 많다. 이백에게는 〈학고사변(學古思邊)〉이라는, 이 시와 비슷한 내용의 고시가 또 있다.

까마귀 밤에 우는데(烏夜啼[1])

누런 구름이 낀 성가엔 까마귀가 깃들려고,
날아 돌아와 까악까악 나뭇가지 위에서 우네.
베틀에서 비단을 짜며 남편 그리는 여인에게는,
푸른 창사(窓紗)는 연기 같은데, 창 저쪽에선 말소리 들려오는 듯하네.
북 쥔 손 멈추고 창연히 멀리 있는 사람 그리다가,
홀로 자는 외로운 방에서 눈물만 비오듯 흘리네.

황운 성변오욕서 / 귀비아아 지상제
黃雲[2]城邊烏欲棲하니, 歸飛啞啞[3]枝上啼라.

기 중 직 금 진 천 녀　　　　　　벽 사 여 연 격 창 어
機中織錦秦川女[4]는,　　　碧紗如煙隔窓語라.

정 사　창 연 억 원 인　　　　　독 숙 고 방 누 여 우
停梭[5]悵然憶遠人이라가,　獨宿孤房淚如雨라.

註解 1) 烏夜啼(오야제)－까마귀가 밤에 운다. 청상곡(淸商曲)에 속하는 악부시의 제목으로 《이태백시집》 권3에 실려 있다. '오야제'는 본시 길한 일의 전조(前兆)를 뜻하였으나 뒤에는 잠 못 이루고 임을 그리는 상사곡으로 변하였다. 2) 黃雲(황운)－저녁 노을이 비낀 누런 구름. 3) 啞啞(아아)－까악까악. 까마귀 우는 소리. 4) 秦川女(진천녀)－《진서(晉書)》 열녀전(列女傳)에 '두도(竇滔)의 처 소씨(蘇氏)는 이름이 혜(蕙), 자가 약란(若蘭)이고 글을 잘 지었다. 남편이 양양(襄陽)으로 출정하여 그의 첩을 데리고 간 뒤 오랫동안 소식이 끊겼다. 소씨는 비단을 짰는데, 가로 세로가 여덟 치〔寸〕 크기의 천에 회문(廻文)으로 짜넣은 시가 2백여 자였다. 선기도(璇璣圖)라 이름을 붙인 다음 하인을 내어 그것을 양양(襄陽)으로 보냈다. 남편은 그 절묘함에 감동되어 소씨를 다시 찾아왔다'라고 하였다. '진천녀(秦川女)'란 이 소씨를 가리키며, '회문(廻文)'이란 써 놓은 글을 가로 세로 어떤 방향으로 읽어도 운이 맞는 시가 되는 글이다. 이것을 '회문금자시(廻文錦字詩)'라 한다. 이 시에선 '진천녀'처럼 비단을 짜며 남편을 애타게 그리워함을 뜻한다. 5) 梭(사)－베틀의 북.

解說 이 시도 앞의 것과 마찬가지로 멀리 떠나간 남편을 그리는 여인의 마음을 읊은 것이다. 남편은 아마 수자리 살러 가 있을 것이다. 이처럼 이백에게는 변새(邊塞)와 관련된 시도 많기 때문에 호운익(胡雲翼)은 그의 《중국문학사》에서 고적(高適)·잠삼(岑參) 등과 함께 이백을 변새파 시인이라 하였다.

남릉에서의 이별(南陵敍別[1])

막걸리가 처음 익을 때 산속으로 돌아오니,
누런 닭이 기장을 쪼고 있는데 가을이 되어 통통히 살졌네.
아이 불러 닭 잡아 삶게 하고 막걸리를 마시니,
아이들은 즐거워 웃으며 내 옷자락을 잡아끄네.
소리 높이 노래하며 술에 취하여 스스로를 위로하려는 것이니,
일어나 춤추며 지는 해와 취한 얼굴은 붉은 빛을 다투네.
천자님께 내 뜻을 설득시키는 일 일찍 못하였음이 괴로우니,
채찍 치며 말에 올라 먼 길을 떠나려네.
옛날 회계 땅의 어리석은 여자도, 출세 못한 남편을 버렸으니,
나도 역시 집을 떠나 서쪽 장안으로 가려네.
하늘을 우러러 크게 웃으며 문을 나서 가려 하니,
내가 어찌 초야에 묻혀 살다 죽을 사람이겠는가?

백주 초숙산중귀
白酒[2]初熟山中歸하니,　　황계탁 서추정비
黃鷄啄[3]黍秋正肥라.

호동팽 계작백주
呼童烹[4]雞酌白酒하니,　　아녀희 소견인의
兒女嬉[5]笑牽人衣라.

고가취취욕자위
高歌取醉欲自慰니,　　기무낙일쟁광휘
起舞落日爭光輝[6]라.

유세 만승고부조
游說[7]萬乘苦不早니,　　착편 과마섭원도
著鞭[8]跨馬涉遠道라.

회계 우부경매신
會稽[9]愚婦輕買臣하니,　　여역사가서입진
余亦辭家西入秦[10]이라.

앙천대소출문거
仰天大笑出門去하니,　　아배 기시봉호인
我輩[11]豈是蓬蒿人가?

註解 1) 南陵敍別(남릉서별)－남릉은 안휘성(安徽省) 무호현(蕪湖縣) 남쪽에 있던 땅 이름. '서별'은 이별을 기술한다는 뜻. 판본 중에

는 〈남릉에서 자식들과 작별하고 서울로 들어가면서(南陵別兒立入京)〉라고 되어 있는 경우도 있다. 2) 白酒(백주)－흰 술. 막걸리. 산중귀(山中歸)는 산속의 집으로 돌아온 것. 3) 啄(탁)－새가 부리로 쪼는 것. 서(黍)는 기장. 곡식. 추정비(秋正肥)는 때는 가을이어서 마침 살이 쪄 있다. 4) 烹(팽)－삶다. 5) 嬉(희)－희롱하다. 견(牽)은 끌다. 6) 爭光輝(쟁광휘)－얼굴이 취하여 붉어져지는 붉은 해와 빛깔을 다투는 듯하다는 뜻. 7) 游說(유세)－여러 나라로 돌아다니며 자기의 포부나 의견을 임금에게 설득시키는 것. 만승(萬乘)은 천자. 승(乘)은 전차인데 천자는 만대의 전차를 갖고 있었다 한다. 고부조(苦不早)는 일찍 못한 게 괴롭다는 뜻. 8) 著鞭(착편)－채찍을 치는 것. 과마(跨馬)는 말에 올라타는 것. 9) 會稽(회계)－절강성(浙江省)에 있는 고을 이름. 매신(買臣)은 주매신(朱買臣). 한대 사람으로 자는 자옹(子翁). 회계(會稽) 사람. 무제(武帝) 때 중대부(中大夫)가 되어 회계태수(會稽太守)를 거쳐 승상장사(丞相長史)까지 되었던 사람이다. 일찍이 그는 집안이 매우 가난하여 나무를 해다 팔아먹고 살아갔는데 나뭇짐을 지고 다니면서도 책을 읽었다 한다. 그의 처는 이것을 창피하게 여기고 남편을 버리고 가버렸다. 뒤에 태수가 되어 회계로 부임하면서 보니 전의 자기 처는 개가한 남편과 길을 수리하는 노동 일을 하고 있었다. 주매신은 이들 부부를 뒷수레에 태워 태수의 관사로 데려왔는데 그 처는 부끄럽고 분하여 목매어 죽고 말았다(《漢書》 朱買臣傳). 지금 이백 자신도 처의 푸대접을 받고 있는데, 주매신이 집을 나가 출세했듯이 자기도 출세할지 모르니 집을 다시 나가겠다는 뜻이다. 10) 秦(진)－장안이 진땅에 있었으므로 장안에 감을 뜻한다. 11) 我輩(아배)－나같은 무리. 이백 자신을 가리킨다. 봉(蓬)은 쑥. 다북쑥. 호(蒿)도 쑥. '봉호인(蓬蒿人)'은 쑥대밭에 묻혀 사는 사람. 쑥대밭은 초야(草野)를 뜻한다.

解說 유랑생활로부터 오랜만에 집으로 돌아온 이백이 가족들과의 즐거운 만남을 즐길 겨를도 없이 또다시 장안으로 떠나가는 마음을 노래한 것이다. 닭 잡아 놓고 아이들을 보며 막걸리를 마시는 기쁨은 순간적인 것이다. 남편으로 떳떳하지 못한 자신의 행색이 한편 부끄럽기도 하려니와, 어쩌면 자기의 경륜을 한번쯤 펼 기회가 있을지도 모른다는 기대가 다시 그의 발길을 장안으로 돌리게 하는 것이다.

야랑으로 귀양가며 신판관에게 드림
(流夜郎贈辛判官[1])

옛날 장안에선 꽃과 버들에 취해 놀며,
고관 귀족들과 술잔을 같이했지.
의기는 높이 호걸들을 훨씬 능가하였으니,
풍류에 남보다 뒤지려 들었겠나?
당신은 홍안 소년 나도 젊은이여서,
장대에 말 달리며 금채찍을 휘둘렀지.
글을 써서 기린전의 천자님께 바쳤고,
노래와 춤으로 대모로 장식한 잔칫자리에서 오래도록 즐겼지.
그대와 서로 언제까지나 이러하리라 하였거니,
풀이 날리며 먼지 날리는 바람이 일어날 줄이야 어찌 알았으리?
함곡관 쪽에서 갑자기 놀랍게도 안녹산의 반란군이 쳐들어오니,
장안의 복숭아와 오얏꽃은 누구를 보고 피겠는가?
내 근심은 멀리 야랑으로 귀양가는 것이니,
어느 날이면 금닭 아래 사면되어 돌아올는지?

석재장안취화류 오후 칠귀동배주
昔在長安醉花柳[2]하여, 五侯[3]七貴同盃酒라.

기안 요릉호사전 풍류긍락타인후
氣岸[4]遙凌豪士前하니, 風流肯落他人後아?

부자 홍안아소년 장대 주마착금편
夫子[5]紅顔我少年이니, 章臺[6]走馬著金鞭이라.

문장헌납기린전 가무엄류 대모연
文章獻納麒麟殿[7]이오, 歌舞淹留[8]玳瑁筵이라.

여군상위장여차 영지초동 풍진기
與君相謂長如此러니, 寧知草動[9]風塵起오?

함곡 홀경호마래 진궁 도리향수개
函谷[10]忽驚胡馬來하니, 秦宮[11]桃李向誰開오?

아 수 원 적 야 랑 거　　　　하 일 금 계 방 사 회
我愁遠謫夜郎去하니, 何日金雞[12]放赦回오?

註解 1) 流夜郎贈辛判官(유야랑증신판관)－야랑은 지금의 귀주성(貴州省) 서쪽 변두리에 있던 고을 이름. 이백은 '안녹산의 난'이 일어난 뒤, 영왕(永王) 인(璘)의 반란에 가담한 죄로 건원(乾元) 원년(元年, 758) 야랑으로 귀양갔다. 그러나 도중에 사면되어 돌아왔다. 이 시는 귀양길에 오르며 신판관(辛判官)에게 준 시이다. 신판관은 어떤 사람인지 알 수가 없다. 판관은 절도사(節度使)나 관찰사(觀察使) 밑에서 일하는 관리였다. 《이백시집》 권11에 이 시가 들어 있다. 2) 花柳(화류)－호화로운 유흥가를 말한다. 3) 五侯(오후)－한나라 하평(河平) 2년(27) 6월에 성제(成帝)는 황제와 성이 다른 제후들을 다섯 명 봉하였다. 담(譚)은 평아후(平阿侯), 상(商)은 성도후(成都侯), 입(立)은 홍양후(紅陽侯), 근(根)은 곡양후(曲陽侯), 봉시(逢時)는 고평후(高平侯)였다. 이 다섯 명을 같은 날 봉하였으므로 세상에선 이들을 오후(五侯)라 불렀다 한다(《漢書》 元后傳). 그밖에도 동한(東漢) 광무제(光武帝)는 왕흥(王興)의 다섯 명의 아들을 제후로 봉하였다. 여하튼 '오후'는 높은 귀족들을 가리킨다. 칠귀(七貴)는 《문선(文選)》 권10 반악(潘岳)의 〈서정부(西征賦)〉 '규칠귀어한정(窺七貴於漢庭)' 구절의 이선(李善)의 주에 의하면 '칠귀'는 '여(呂)·곽(霍)·상관(上官)·조(趙)·정(丁)·부(傅)·왕(王)'의 일곱 집안으로 한대 서경(西京)의 귀족들이었다. 여기서는 오후와 함께 장안의 귀족들을 가리킨다. 4) 岸(안)－언덕. 언덕처럼 높음을 뜻한다. 요릉(遙凌)은 훨씬 능가하는 것. 5) 夫子(부자)－선생, 당신. 홍안(紅顔)은 소년. 얼굴에 핏기가 많은 젊은이. 6) 章臺(장대)－본시는 장안 서남쪽에 있던 전국시대 진나라 궁전 안의 대(臺). 그러나 여기서 이름을 따 궁전 앞 호화로운 거리를 장대가(章臺街)라 불렀다. 여기서는 장안의 장대가를 뜻한다. 착금편(著金鞭)은 금채찍으로 말을 치며 달리는 것. 7) 麒麟殿(기린전)－천자가 있던 궁전 이름. 8) 淹留(엄류)－오래 머물며 즐기는 것. 대모연(玳瑁筵)은 대모로 장식한 호화로운 잔칫자리. '대모'는 대모(瑇瑁)로도 쓴다. 9) 草動(초동)－풀이 움직인다. 반란이 일어남을 뜻함. 풍진기(風塵起)는 먼

지 날리는 바람이 일어나는 것. 전쟁이 벌어짐을 뜻함. 10) 函谷(함곡)－관문의 이름. 하남성(河南省) 영보현(靈寶縣)에 있던 장안을 지키는 데 필요한 요충임. 호마래(胡馬來)는 오랑캐 출신인 안녹산이 난을 일으키어 쳐들어왔음을 뜻한다. 11) 秦宮(진궁)－장안의 궁전. 향수개(向誰開)는 누구를 향하여 피는가? 임금이나 궁전에 살던 궁녀들은 모두 피란을 갔음을 뜻한다. 12) 金雞(금계)－《당서(唐書)》 백관지(百官志)에 의하면 중서령(中書令)이 죄인을 방면하는 날엔 그 자리에 긴 장대 위에 금빛 닭을 만들어 올려놓은 것을 세워놓았다. 방사회(放赦回)는 죄를 용서받고 방면되어 돌아오는 것.

解說 귀양을 떠나는 기막힌 처지에 생각나는 건 옛날의 화려했던 시절이다. 호기좋게 술 마시고 글 지으며 장안을 활개치던 때가 어제만 같은데 지금은 멀리 야랑으로 귀양가는 몸이 되었으니 슬프다는 말조차도 나오지 않는다. 이것은 모두 '안사의 란' 때문에 세상이 어지러워져 영왕(永王) 인(璘)이 반란을 일으킬 때 어쩌다가 가담을 하게 되었기 때문이다. 그저 죽지 않고 언제 다시 돌아올 수 있을까 하는 것만이 그의 관심사이다.

정십팔이 시로써 내가 황학루를 쳐부순다고 한 것을 나무란 것에 술취한 뒤에 답함 (醉後答丁十八以詩譏予搥碎黃鶴樓[1])

높은 황학루를 쳐부수고 나니,
황학 탄 선인은 의지할 곳 없어졌네.
황학이 하늘로 올라가 하느님께 호소하니,
도리어 황학을 쫓아 강남으로 돌려보냈네.
총명한 태수가 황학루를 다시 고치고 장식하니,
흰 벽에 새롭게 그린 황학이 아직도 향기롭네.
온 고을에서 나를 광객이라 비웃고,

젊은이들은 가끔 와서 항의를 하네.
선인에게 신선술을 배운 이는 어느 집 아들이오?
요동의 정령위라 말들 하네.
그가 시를 지어 나를 흔들어 빼어난 흥취 놀라게 하니,
흰구름 붓을 감돌며 창 앞에 날았을 게다.
내일 아침 술이 다 깨는 것을 기다려라,
그대와 함께 꽃이 만발한 봄빛을 찾아가리라.

황학고루이추쇄 / 황학선인무소의
黃鶴高樓已搥碎하니, 黃鶴仙人無所依라.

황학상천소상제 / 각방 황학강남귀
黃鶴上天訴上帝하니, 却放[2]黃鶴江南歸라.

신명 태수재조식 / 신도 분벽환방비
神明[3]太守再雕飾하여, 新圖[4]粉壁還芳菲라.

일주 소아위광객 / 소년왕왕래상기
一州[5]笑我爲狂客하고, 少年往往來相譏라.

군평 렴하수가자 / 운시요동정령위
君平[6]簾下誰家子오? 云是遼東丁令威[7]라.

작시도 아경일흥 / 백운요필 창전비
作詩掉[8]我驚逸興하니, 白雲遶筆[9]窓前飛라.

대취 명조주성파 / 여군난만 심춘휘
待取[10]明朝酒醒罷하라, 與君爛熳[11]尋春輝하리라.

註解 1) 醉後答丁十八以詩譏予搥碎黃鶴樓(취후답정십팔이시기여추쇄황학루)－술 취한 뒤에 정십팔이 시로써 내가 황학루를 쳐부순다고 한 것을 나무람에 답한다. 정십팔의 십팔은 형제의 항열 차례이나 그가 누구인지는 알 수 없다. 기(譏)는 나무라다, 꾸짖다. 추쇄(搥碎)는 쳐부수는 것. 황학루는 앞에 나온 최호(崔顥)의 〈황학루에 올라(登黃鶴樓)〉 시 참조. 무창(武昌)에 있는 누각 이름임. 이백의 〈증위남릉(贈韋南陵)〉이란 시에 '내 또한 그대 위해 황학루를 쳐부수리니, 그대 또한 날 위해 앵무주(鸚鵡洲)를 뒤엎어라'

라고 한 것을 정십팔이 너무 과하고 지나치다고 나무라는 시를 지었던 모양이다. 그러나 정십팔의 시는 전해지지 않고 있다. 《이태백집》 권19에 이 시가 실려 있다. 2) 却放(각방)-도로 놓아보내는 것. 3) 神明(신명)-신처럼 총명한 것. 신처럼 밝은 덕이 있는 것. 조식(彫飾)은 다시 조각하고 꾸미어 수리하는 것. 4) 新圖(신도)-새로 그린 황학의 그림. 분벽(粉壁)은 흰 벽. 방비(芳菲)는 화초처럼 향기가 나는 것. 황학의 깨끗하고 고운 모습을 형용한 것이다. 5) 一州(일주)-무창(武昌)의 온 고을. 6) 君平(군평)-한나라 엄준(嚴遵). 자가 군평(君平)이었다. 그는 사천(四川) 성도(成都)에서 점을 쳐주며 살았는데, 몇 사람에게만 점을 쳐주어 백전(百錢)을 벌어 자기가 먹고 지낼 비용만 되면 곧 가게문을 닫고 발을 내리고 《노자》를 가르쳤다는 신선에 가까운 사람. 군평렴하수가자(君平簾下誰家子)는 '엄준의 집 발 아래에서 도가 공부를 한 이 가운데 어느 집 아들이 있는가? 신선 공부를 한 사람이 어느 집에 있는가?' 란 뜻. 7) 遼東丁令威(요동정령위)-요동 땅의 정령위. 《수신후기(搜神後記)》에 의하면 정령위는 본시 요동 사람으로 영허산(靈虛山)에 가서 도를 닦고 뒤에 학(鶴)이 되어 요동으로 돌아가 성문의 화표(華表) 기둥 위에 앉았다. 때마침 한 젊은이가 활을 들어 그를 쏘려 하니 학은 곧 날아올라 공중을 배회하면서 '새가 되어 정령위가 집을 떠난 지 천 년만에 비로소 돌아왔다. 성곽은 옛날과 같으나 사람들은 달라졌네. 무덤만 울퉁불퉁 남는데 어째서 신선을 배우지 않나?' 고 하였다. 그리고는 하늘로 높이 올라가 버렸다. 지금도 요동의 여러 정씨(丁氏)들은 그 선조들 중에 신선이 된 사람이 있다고 하는데 이름만은 알지 못한다 하였다. 정십팔이 마침 정령위와 성이 같으므로, 정령위란 신선이 정십팔이 되어 나타난 것이라고 비꼰 것이다. 8) 掉(도)-흔드는 것. 요동시키는 것. 경일흥(驚逸興)은 자기의 빼어난 흥취를 놀라게 한다는 뜻. 자기는 뛰어난 흥취로 황학루를 부순다고 하였는데 무얼 그렇게 알지도 못하며 문제삼느냐는 것이다. 9) 白雲遶筆(백운요필)-흰구름이 붓을 감돈다. 흰 구름은 신선 고장에 언제나 있는 것. 그가 시를 지을 적에는 신선의 기운을 띠고 있었을 것이라는 뜻. 자기를 이해는 잘 못하였으나 신선을 좋아하는 그대 마음을 이백은 알겠노라는 뜻을 나타낸다. 10) 待取(대취)-기다리어. ……한 뒤에. '취'는 조사임. 11) 爛熳(난만)－꽃이 아름답게 만발한 모양.

解說 이백이 황학루를 부숴 버리겠다는 것은 신선을 모르면서도 우뚝 서 있는 그 누각이 안타까워서였다. 그러니 정말로 자기가 황학루를 쳐부수어 황학이 있을 곳이 없어 하느님께 호소한다면 하느님은 황학을 되돌려 보낼 것이라는 것이다. 그리고 뒤에 총명한 태수(太守)가 나온다면 황학루를 다시 더 잘 지을 것이 아니냐는 것이다. 그대가 신선을 사랑하는 마음을 나는 잘 안다. 그러나 그대는 내 진실한 뜻을 오해하고 있다. 지금은 술이 취하였으니 술이 깬 다음에 내일 만나보면 모든 것을 이해하게 될 거라는 것이다.

술잔을 들고 달에게 물어봄(把酒問月[1])

푸른 하늘에 달이 있은 지 얼마나 되었는고?
나는 지금 술잔을 멈추고 한번 물어보네.
사람은 밝은 달로 기어오를 수 없으나,
달은 오히려 사람을 따라다니고 있네.
희기가 나는 거울 같은 것이 붉은 문에 비치고,
푸른 안개 다 없애고 맑은 빛을 발하네.
다만 밤이면 바다로부터 떠오르는 것을 볼 뿐이니,
새벽이면 구름 사이로 져가는 것을 어찌 알리?
옥토끼는 불사약(不死藥)을 가을이고 봄이고 찧고 있는데,
항아는 외로이 살며 누구와 이웃하고 있을까?
지금 사람은 옛적의 달을 보지 못하지만,
지금의 달은 전에도 옛사람들을 비췄으리라.
옛사람이나 지금 사람이나 흐르는 물 같은 것이니,
다같이 밝은 달을 보고 모두 이런 것을 느꼈으리라.
오직 노래하며 술 마시고 있을 때만은,

달빛이 언제나 금술통 속에 비추고 있기를 바라네.

청 천 유 월 래 기 시　　　아 금 정 배 일 문 지
青天有月來幾時[2]오?　我今停盃一問之라.

인 반　명 월 불 가 득　　　월 행 각 여 인 상 수
人攀[3]明月不可得이나,　月行却與人相隨라.

교　여 비 경 림 단 궐　　　녹 연　멸 진 청 휘 발
皎[4]如飛鏡臨丹闕하고,　綠煙[5]滅盡淸輝發이라.

단 견 소　종 해 상 래　　　영 지 효 향 운 간 몰
但見宵[6]從海上來니,　寧知曉向雲間沒고?

옥 토 도 약　추 부 춘　　　항 아　고 서 여 수 린
玉兎擣藥[7]秋復春하니,　姮娥[8]孤栖與誰隣가?

금 인 불 견 고 시 월　　　금 월 증 경 조 고 인
今人不見古時月이나,　今月曾經照古人이라.

고 인 금 인 약 류 수　　　공 간 명 월 개 여 차
古人今人若流水하니,　共看明月皆如此라.

유 원 당 가　대 주 시　　　월 광 장 조 금 준　리
惟願當歌[9]對酒時에,　月光長照金樽[10]裏라.

註解 1) 把酒問月(파주문월)－술을 들며 달에게 물어본다.《이백시집》 권20에 실려 있다. 2) 來幾時(내기시)－얼마나 되었는가? 얼마나 시간이 지났나? 3) 攀(반)－휘어잡다. 더위 잡고 올라가는 것. 4) 皎(교)－흰 것. 밝은 것. 단궐(丹闕)은 붉은 문궐(門闕). 궁전이나 호화로운 집의 문. 5) 綠煙(녹연)－녹색의 안개. 6) 宵(소)－밤. 7) 玉兎擣藥(옥토도약)－중국 고대엔 달에 옥토끼가 불사약(不死藥)을 찧고 있다는 전설이 있었다. 부현(傅玄)의 〈의천문시(擬天問詩)〉에도 '달 속에 무엇이 있는가? 옥토끼가 약을 찧고 있지.(月中何有? 玉兎擣藥.)' 라는 구절이 있다. 8) 姮娥(항아)－상아(嫦娥)라고도 한다.《회남자(淮南子)》 남명훈(覽冥訓)에 '예(羿)가 서왕모(西王母)에게서 불사약을 얻었는데 항아가 훔쳐가지고 달나라로 달아났다' 고 하였다. 항아는 본시 예의 처였다. 고서(孤栖)는 외로이 사는 것. 9) 當歌(당가)－노래를 하고 있을 때. 10)

樽(준) – 술통.

解說 이백은 술을 좋아하기로 유명하다. 그러나 그 술에는 낭만과 자유로운 감정뿐만 아니라 세상에 대한 분만과 인생에 대한 감개가 깃들어져 있는 것이다. 술잔을 기울이며 자기가 좋아하는 밝은 달을 바라보니 자연 흥취뿐만 아니라 무상한 인생에 대한 감회가 그의 가슴을 착잡하게 했을 것이다. 저 달은 옛날부터 오늘까지 변함없이 사람들 머리 위에 빛나고 있지만 사람들은 잠시도 쉴 새 없이 변화하여 왔던 것이다. 언제나 자기 앞에는 술잔이 있고 하늘 위에는 달이 있기를 바라지만 즐거움이 순간적이듯 사람도 순간적으로 변해 가는 것이 아니냐는 한이 가슴에 사무친다.

술을 권하면서(將進酒[1])

그대는 황하 물이 하늘로부터 흘러내리는 것을 보지 못하는가?
여울져 흘러 바다에 이르면 되돌아오지 못한다.
또 높다란 대청에서 밝은 거울 대하고 자기 흰머리 슬퍼하는 모습 보지 못했는가?
아침에는 검푸른 실 같더니 저녁엔 눈같이 희어졌다.
사람이 태어나 뜻을 얻었을 적엔 반드시 기쁨을 다해야 하는 것이니,
금술잔 들고서 공연히 달만 바라보고 있지 말아야 하네.
하늘이 나 같은 인재를 내셨으니 반드시 쓰일 곳 있을 것이며,
많은 돈은 다 써버려도 또다시 돌아오는 것.
염소 삶고 소를 잡아 또한 즐기려 하나니,
틀림없이 한번 마신다면 3백 잔은 들어야지.
잠(岑)선생, 그리고 단구(丹丘)군!
술을 드리니 거절하지 마시기를
그대들 위하여 한 곡조 뽑을 테니,
청컨대 그대들은 귀 기울이고 들어주오!

'훌륭한 음악 울리며 좋은 음식 먹는 것도 귀할 것 없고,
다만 언제나 취하여 깨지 않기 바랄 뿐.
옛날부터 현명하고 출세한 이들은 자취도 없지만,
오직 술 마신 사람들만이 그의 이름을 남기고 있네.'
진사왕(陳思王)이 옛날 평악관(平樂觀)에서 잔치할 적엔,
한 말에 만금(萬金)가는 좋은 술을 멋대로 즐겼다네.
주인은 어째서 돈이 적다고 말하는가?
어떻든 술을 받아다 그대와 마셔야겠네.
내 오색마(五色馬)와 천금 나가는 갖옷을,
아이 불러 내어주고 좋은 술 바꿔오게 하여,
그대와 더불어 함께 인생의 영원한 시름 없애리라!

군불견 황하지수천상래 분류도해불복회
君不見 黄河之水天上來아? 奔流到海不復廻라.

우불견 고당 명경비백발 조여청사 모여설
又不見 高堂[2]明鏡悲白髮가? 朝如青絲[3]暮如雪이라.

인생득의수진환 막파금준공대월
人生得意須盡歡이니, 莫把金樽空對月하라.

천생아재 필유용 천금산진환부래
天生我材[4]必有用하며, 千金散盡還復來라.

팽고 재우차위락 회수 일음삼백배
烹羔[5]宰牛且爲樂이니, 會須[6]一飮三百杯라.

잠부자 단구생 진주 군막정
岑夫子[7]丹丘生이어! 進酒, 君莫停이라.

여군가일곡 청군위아경이청
與君歌一曲하니, 請君爲我傾耳聽하라.

종고찬옥 부족귀 단원장취불용성
鐘鼓饌玉[8]不足貴요, 但願長醉不用醒이라.

고래현달 개적막 유유음자류기명
古來賢達[9]皆寂寞하되, 惟有飮者留其名이라.

진왕 석일연평악
陳王[10]昔日宴平樂엔,

주인하위언소전
主人何爲言少錢고?

오화마
五花馬[13]와,

호아장출환미주
呼兒將出換美酒하여,

두주십천 자환학
斗酒十千[11]恣歡謔이라.

차수 고취대군작
且須[12]沽取對君酌하리라.

천금구
千金裘를,

여이동소 만고수
與爾同銷[14]萬古愁라.

註解 1) 將進酒(장진주)－한대 악부시 고취요가(鼓吹鐃歌) 18곡(曲) 중의 하나. 제명은 '술을 드리려 한다'는 뜻. 따라서 짧고 시름 많은 인생, 술이라도 마시며 즐기자는 내용이다.《이백시집》권3에 들어 있다. 2) 高堂(고당)－높고 넓은 대청. 3) 青絲(청사)－푸른 실. 여기서는 검푸르고 윤기있는 머리에 비유한 말. 4) 材(재)－인재. 재질. 5) 烹羔(팽고)－염소를 삶다. 염소 고기로 요리를 만드는 것. 재(宰)는 잡다. 6) 會須(회수)－반드시. '회'는 '필(必)'의 뜻을 나타냄. 7) 岑夫子(잠부자)－잠조(岑助)라는 사람이라 주장하는 이도 있으나, 두보(杜甫)와도 많이 시를 지어 주고 받았던 같은 시대의 시인 잠삼(岑參)일 가능성이 더 많다. 단구생(丹丘生)은 원단구(元丹丘). 이백과 늘 함께 술을 마신 사람. 8) 鐘鼓饌玉(종고찬옥)－좋은 음악 연주하며, 좋은 음식을 먹는 것. 9) 達(달)－출세한 사람, 만물에 통달한 달인(達人), 또는 성인으로 보아도 좋다. 적막(寂寞)은 본뜻은 쓸쓸한 것. 여기서는 이름도 전해지지 않고 흔적도 없어졌음을 가리킴. 10) 陳王(진왕)－진사왕(陳思王). 조조(曹操)의 셋째 아들 조식(曹植). 뒤에 진왕(陳王)에 봉해졌고, 시(諡)를 사왕(思王)이라 하였다. 평악(平樂)은 관(觀)의 이름. 지금의 하남성(河南省) 낙양현(洛陽縣) 서쪽에 있던, 황제와 귀족들의 오락 장소이다. 한대에는 장안에도 있었다. 11) 斗酒十千(두주십천)－'십천(十千)'은 만(萬), 두주십천은 한 말에 만전(萬錢)이 나가는 좋은 술. 자환학(恣歡謔)은 멋대로 즐기며 놀았다는 뜻. 12) 且須(차수)－또한, 반드시의 뜻. 13) 五花馬(오화마)－다섯 가지 빛깔의 호화로운 털을 지닌 좋은 말. 천금구(千金裘)는 천금의 값이 나가는 좋은 갖옷. 14) 銷

(소)－녹이다. 만고수(萬古愁)는 만고로부터 인생이 지니고 있었던 시름, 병(病)·사(死) 등 사람들의 숙명적인 불행에 대한 시름.

解說 내용은 인생은 짧으니 언제나 술이나 마시며 즐겨야 한다는 간단한 것이다. 그러나 날아 움직이는 것 같은 표현과 웅대한 황하 물이 여울져 흘러내리는 듯한 기세는 이백의 시 아니면 맛볼 수 없는 특징이다. 인생의 숙명에 대한 걱정, 생명을 애석히 여기는 정은 사람들이면 누구나 갖고 있는 것이리라. 그러나 이처럼 이러한 시름을 멋대로 거침없이 표현하여 읽는 이의 마음을 후련케 해주는 시는 드물 것이다.

원단구가 무산이 그려진 병풍 앞에 앉아있는 것을 보면서(觀元丹丘坐巫山屏風[1])

옛날 삼협(三峽)을 노닐다 무산(巫山)을 보았는데,
무산의 그림 보니 완연히 비슷하네.
하늘가에 솟은 열두 봉우리가,
그대의 집 색칠한 병풍 속으로 날아든 게 아닌가 싶다.
차가운 소나무에선 씽씽 바람소리 나는 듯하고,
양대(陽臺)는 희미한데 다정하게 보이네.
비단 이불과 옥돌 자리는 얼마나 쓸쓸한가?
초나라 임금과 신녀는 공연히 아리땁기만 하구나.
높은 봉우리도 그림에선 한 자 못되지만 천 리로 보이고,
푸른 병풍 같은 산에 붉은 벼랑이 비단처럼 곱네.
검푸른 먼 나무들이 형문산(荊門山)을 둘러싸고,
뚜렷하게 흐르는 배는 파수(巴水)에 떠 있네.
바위 사이의 물 철철 많은 골짜기에 갈리어 흐르고,
안개빛 풀빛이 한데 어울려 자욱하네.
시냇가 꽃은 해를 향해 웃고 있는데 언제부터 핀 것일까?

강가 나그네가 듣는 원숭이 소리는 어느 해부터 들리는 것인가?
이 그림 대하고 있으려니 마음 아득해져,
숭산으로 들어가 채색의 구름을 꿈꾸고 있는 듯 착각케 하네.

석 유 삼 협　견 무 산　　견 화 무 산 완 상 사
昔遊三峽[2]見巫山이러니,　見畵巫山宛相似라.

의 시 천 변 십 이 봉　　비 입 군 가 채 병 리
疑是天邊十二峰[3]이,　飛入君家彩屛裏라.

한 송 소 슬　여 유 성　　양 대　미 망 여 유 정
寒松蕭瑟[4]如有聲하고,　陽臺[5]微茫如有情이라.

금 금　요 석 하 적 적　　초 왕 신 녀 도　영 영
錦衾[6]瑤席何寂寂고?　楚王神女徒[7]盈盈이라.

고 구 지 척 여 천 리　　취 병 단 애 찬　여 기
高丘咫尺如千里요,　翠屛丹崖粲[8]如綺라.

창 창 원 수 위 형 문　　역 력　행 주 범 파 수
蒼蒼遠樹圍荊門[9]하고,　歷歷[10]行舟汎巴水라.

수 석 잔 원　만 학 분　　연 광 초 색 구 온 분
水石潺湲[11]萬壑分하니,　煙光草色俱氤氳[12]이라.

계 화 소 일 하 시 발　　강 객 청 원 기 세 문
溪花笑日何時發이며,　江客聽猿幾歲聞고?

사 인 대 차 심 면 막　　의 입 숭 구 몽 채 운
使人對此心緬邈[13]하니,　疑入嵩丘夢綵雲[14]이라.

註解 1) 觀元丹丘坐巫山屛風(관원단구좌무산병풍) – 원단구(元丹丘)는 앞의 〈술을 권하면서(將進酒)〉 시에 나왔던 단구생(丹丘生). 이태백의 〈원단구의 노래〉에 '원단구는 신선을 좋아하여, 아침엔 영천(穎川)의 맑게 흐르는 물을 마시고 저녁엔 숭잠(嵩岑)의 자줏빛 안개가 되어 돌아온다' 고 하였다. 무산(巫山)은 사천성(四川省) 무산현(巫山縣) 동남쪽에 있는 산 이름. 무산엔 열두 봉우리가 있고, 그중 신녀봉(神女峰) 아래엔 신녀묘(神女廟)가 있다. 송옥(宋玉)의 〈고당부(高唐賦)〉 서에 초나라 양왕(襄王)이 송옥과 운몽(雲夢)에 놀러갔는데 송옥이 "옛날 선왕께서 고당(高唐)에 놀러나가

셨습니다. 꿈에 신녀들이 잠자리를 자청하여 함께하고는 떠날 때 스스로 무산 남쪽 기슭에 산다 하였습니다."고 말했다고 했다. 이러한 신녀들이 산다는 무산을 그린 병풍 앞에 앉은 신선풍의 원단구를 본 느낌을 읊은 것이 이 시이다. 2) 三峽(삼협)－장강 상류 사천(四川)·호북(湖北) 두 성의 7백 리 사이에 있는 구당협(瞿塘峽)·무협(巫峽)·서릉협(西陵峽)의 삼협으로 거센 물 흐름으로 유명하다. 그밖에 무협(巫峽)·서릉(西陵)·귀협(歸峽) 또는 서릉(西陵)·명월(明月)·황우(黃牛)를 삼협이라 치는 이도 있다. 3) 十二峰(십이봉)－무산에 있는 열두 봉우리. 망하(望霞)·취병(翠屛)·조운(朝雲)·송만(松巒)·집선(集仙)·취학(聚鶴)·정단(淨壇)·상승(上昇)·기운(起雲)·비봉(飛鳳)·등룡(登龍)·취천(聚泉)의 열두 봉우리. 4) 蕭瑟(소슬)－바람이 나뭇가지 사이에 소리내며 부는 모양. 5) 陽臺(양대)－송옥(宋玉)의 〈고당부(高唐賦)〉 서에 '옛날 초나라 양왕(襄王)이 송옥과 운몽(雲夢)의 대(臺)에 노닐며 고당(高唐)의 관(觀)을 구경하였다. 그 위에 구름 기운이 있어 높이 올라가 갑자기 모양을 바꾸었는데 잠깐 사이에 변화가 한이 없었다. 임금이 송옥에게 물었다. "이건 무슨 기운인가?" 송옥이 대답하였다. "이른바 조운(朝雲)이라는 것입니다." "어째서 조운이라는 거요?" "옛날 선왕께서 고당에 노셨는데 고단하셔서 낮잠을 주무셨습니다. 꿈에 한 부인이 나타나, 저는 무산의 여자인데 고당의 손이 되었습니다. 임금께서 납신다는 말을 듣고 잠자리를 모시고자 하옵니다 하고 말하였습니다. 임금님께선 잠자리를 함께하셨는데 떠나면서, 저는 무산의 남쪽 기슭 높은 언덕의 산허리에 있는데, 아침엔 떠다니는 구름이 되고 저녁엔 비가 되어 내립니다. 아침이고 저녁이고 양대(陽臺) 아래 있습니다고 하였습니다. 아침저녁에 그곳을 보니 말과 같았습니다. 그리하여 묘(廟)를 세우고 조운(朝雲)이라 이름을 붙였습니다." 무산현(巫山縣) 북쪽에 양운대(陽雲臺)의 옛 터가 있다 한다. 미망(微茫)은 아득하고 희미한 것. 6) 衾(금)－이불. 요석(瑤席)은 옥돌로 장식된 자리. 7) 徒(도)－공연히. 소용없이. 영영(盈盈)은 아리따운 모습. 고시(古詩) 19수의 제2수에도 '아리따운 누각 위의 여인(盈盈樓上女)'이라 하였다. 8) 粲(찬)－고움. 기(綺)는 비단. 9) 荊門(형문)－호북성(湖北省) 의도현(宜都縣) 서북쪽 장강의 극히 험한 곳에 있는 산 이름. 10) 歷歷(역력)－뚜렷한 모양. 범(汎)은 뜨다. 파수(巴水)는 사천성 파주(巴州)에 있는 강물 이름. 11) 潺湲(잔원)－물이 콸콸 흐르는 모양. 학(壑)은 골짜기. 12) 氳氛(온분)－기운이나 연기가 자욱한 모양. 13) 緬邈(면막)－아득하고 먼 것. 14) 夢綵雲(몽채운)－채색 구름을 꿈꾼다. 아침에는 구름이 된다는 무산의 신녀를 연상한 말일 것이다.

解說 무산의 그림을 그린 병풍 앞에 신선의 기풍을 지닌 그의 친구 원단구가 앉아 있어 낭만적인 상상이 더욱 멋지게 전개된 듯하다. 장강을 끼고 매우 험한 무산의 경치가 연이어지는 그림 자체도 아름답지만, 이 산과 함께 전해지는 초나라 회왕(懷王)과 신녀 사이의 전설이 더욱 신선 기운을 짙게 느끼게 한다. 송옥의 〈고당부〉에 연유하여 후세까지도 '무산'이니 '운우(雲雨)'로써 남녀관계를 표현하고 있다. 속세의 명리를 초월한 이들도 이처럼 이해관계를 초월한 남녀관계는 동경의 대상이었을 게다.

삼오칠언(三五七言[1])

가을바람 맑고 가을달 밝은데,
낙엽은 모였다가 또 흩어지고,
쌀쌀한 까마귀는 깃들었다가 또 놀라 푸덕인다.
그립기만 한데 만날 날은 어느 날이 될런지?
허구한 이 날 이 밤은 이별의 정 가누기도 어렵구나!

추풍청　　　　　　추월명
秋風淸,　　　　　　秋月明한데,

낙엽취환산　　　　한아 서부경
落葉聚還散이오,　　寒鴉[2]棲復驚이라.

상사상견지하일　　차시차야난위정
相思相見知何日고?　此時此夜難爲情[3]이라.

註解 1) 三五七言(삼오칠언)－삼언(三言)·오언(五言)·칠언(七言)의 구절로 이루어진 시라는 뜻. 《이백시집》 권25에 들어 있다. 2) 鴉(아)－까마귀. 서(栖)는 깃들다. 3) 難爲情(난위정)－정을 가누기 어렵다. 마음이 괴로워진다.

解說 달 밝은 가을밤 떨어지는 나뭇잎새를 보며 멀리 떠나간 임을 그리는 시. 구절의 장단에 변화가 있고, 시정이 또 그 형식과 잘 어울리어 짧기는 하지만 그리운 임을 멀리 둔 연인의 정이 아름답게 잘 그려져 있다.

양왕의 서하산 맹씨네 도원 가운데 올라 (登梁王栖霞山孟氏桃園中[1])

파란 풀 이미 땅에 가득하고,
버들과 매화가 봄을 다투네.
옛날 진(晉)나라 사안석(謝安石)에겐 동산에 언제나 기녀가 있었으니,
금병풍 앞에 웃으며 앉아있는 모습 꽃과 같았네.
그러나 오늘은 어제가 아니고,
내일이 또다시 올 것일세.
흰머리로 파란 술을 대하고서,
억지로 노래불러 보지만 마음은 벌써 빼개지는 듯하이.
그대는 양효왕(梁孝王) 정원 연못 위에 비친 달을 보지 못했는가?
옛날엔 양효왕 술잔 속에 비추고 있더니,
양효왕은 이미 가버렸어도 밝은 달은 그대로 있어,
꾀꼬리도 시름 속에 취하여 봄바람 속에 울고 있네.
뚜렷이 눈앞에 무상한 인생을 보며 격정을 느끼고 있으니,
취하여 도원 동쪽에 눕는 것을 안타까워하지 말게나.

벽 초 이 만 지　　　　　유 여 매 쟁 춘
碧草已滿地하고,　　　柳與梅爭春이라.

사 공　자 유 동 산 기　　　금 병 소 좌 여 화 인
謝公[2] 自有東山妓하니,　金屛笑坐如花人이라.

금 일 비 작 일　　　　　명 일 환 부 래
今日非昨日이오,　　　明日還復來라.

백 발 대 록 주　　　　　강 가　심 이 최
白髮對綠酒하니,　　　强歌[3] 心已摧라.

군 불 견 양 왕 지 상 월　　석 조 양 왕 준 주 중
君不見梁王池上月가?　昔照梁王樽酒中터니,

양 왕 이 거 명 월 재　　　황 리　수 취 제 춘 풍
梁王已去明月在하여,　黃鸝[4] 愁醉啼春風이라.

분 명 감 격　안 전 사　　　막 석 취 와 도 원 동
分明感激[5] 眼前事하니,　莫惜醉臥桃園東하라.

註解 1) 登梁王栖霞山孟氏桃園中(등양왕서하산맹씨도원중)－양왕이 놀았다는 서하산의 맹씨 도원 가운데 오르다. 양왕은 한나라 문제(文帝)의 둘째 아들인 양효왕(梁孝王) 무(武). 두태후(竇太后)가 그의 어머니이고 문제 12년(기원전 168)에 양왕이 되었다. 시(諡)를 효왕(孝王)이라 한다. 서하산은 산동성(山東省) 연주부(兗州府) 단현(單縣) 동쪽 4리 거리에 있는 산 이름. 맹씨는 이름이 무엇인지 알 수 없다. 《이태백시집》 권20에 실렸고, 〈기생을 데리고 양왕의 서하산 맹씨네 도원 가운데 올라(携妓登梁王棲霞山孟氏桃園中)〉라고 제목이 되어있는 판본도 있다. 2) 謝公(사공)－진(晉)나라 때의 명사로 이름은 안(安), 자는 안석(安石). 회계(會稽) 땅의 동산(東山)에 숨어 음악과 주색으로 나날을 즐겼다. 동산은 지금의 절강성(浙江省) 임안현(臨安縣) 서쪽에 있다. 3) 强歌(강가)－억지로 노래하는 것. 최(摧)는 꺾다. 여기서는 가슴이 빠개지는 것, 부숴지는 것. 4) 黃鸝(황리)－꾀꼬리. 5) 感激(감격)－격정을 느끼는 것. 안전사(眼前事)는 눈앞에 보고 있는 무상한 인생사.

解說 이 시 이외에도 이백에겐 〈양원음(梁園吟)〉이 있어 화려했던 양왕의 생활도 지금은 자취도 없어졌다는 데서 인생의 무상함을 절감하는 노

래를 읊고 있다. 또 〈동산음(東山吟)〉이 있어 사안(謝安)이 기녀를 데리고 음악과 주색을 즐기던 동산에도 오래된 무덤과 거친 풀만 우거져 있다는 감개를 노래하고 있다. 모두 속절없는 인생을 통탄한 비슷한 내용의 시인 것이다. 인생이 속절없다고 해서 이백은 술을 마셨지만 술을 마셔도 인생은 여전히 속절없는 것이다.

촉도의 험난함(蜀道難[1])

아아 참, 위험하고도 높도다!
촉(蜀)으로 통하는 길의 험난함은,
푸른 하늘에 오르는 것보다도 어렵도다!
잠총과 어부 같은 임금이,
이 땅에 나라를 연 게 얼마나 아득한 옛날이었던가?
그 뒤로 4만 8천 년,
진나라 요새와도 사람들 왕래가 없었네.
서쪽으로 태백산(太白山) 향하여 새나 다닐 길이 나 있어서,
아미산(峨嵋山) 꼭대기를 가로지를 수 있게 되어 있네.
이 길 내느라 땅 무너지고 산 부서져서 많은 장사들이 죽었는데,
그리고 나서야 공중에 걸친 사다리와, 바위 쪼아 만든 길로 서로 연하여지게 된 거라네.
위로는 해를 끄는 여섯 마리 용도 돌아가야 하는 높은 표적 같은 봉우리 있고,
아래로는 물결이 부딪치어 거꾸로 구비치는 꾸불꾸불한 냇물이 있네.
황학(黃鶴)이 난다 해도 넘어갈 수가 없고,
원숭이들이 건너려 하더라도 부여잡고 의지할 것을 걱정하리라.
청니령(靑泥嶺)은 어찌나 꾸불꾸불한지,

백 발자국에 아홉 번 꺾이며 바위 뿌리 감돌아야 하니,
삼성(參星)을 만지고 정성(井星)을 스쳐가며 우러러 숨을 죽이고,
손으로 가슴을 치며 앉아서 긴 한숨 뿜게 되네.
그대에게 묻노니, 서쪽 촉땅엘 갔다가 언제 돌아오겠는가?
두려운 길과 높은 바위는 부여잡을 곳도 없네,
다만 슬픈 새들 고목에서 울고,
수컷이 날면 암컷 뒤좇으며 숲 사이를 맴도는 게 보이고,
또 두견새 밤달 보고 울며 텅 빈 산 걱정하는 소리만이 들리네.

희허희
噫吁戲[2],
위호고재
危乎高哉여!

촉도지난
蜀道之難은,
난어상청천
難於上青天이라.

잠총급어부
蠶叢及魚鳧[3]는,
개국하망연
開國何茫然[4]고?

이래사만팔천세
爾來四萬八千歲에,
불여진새 통인연
不與秦塞[5]通人烟이라.

서당태백 유조도
西當太白[6]有鳥道하니,
가이횡절아미 전
可以橫絕峨嵋[7]巓이라.

지붕산최 장사사
地崩山摧[8]壯士死하고,
연후천제석잔 상구련
然後天梯石棧[9]相勾連이라.

상유육룡회일 지고표
上有六龍回日[10]之高標하고,
하유충파역절 지회천
下有衝波逆折[11]之回川이라.

황학 지비상불능과
黃鶴[12]之飛尚不能過요,
원노 욕도수반연
猿猱[13]欲度愁攀緣이라.

청니하반반
青泥何盤盤[14]고?
백보구절영암만
百步九折縈巖巒[15]이라.

문삼역정 앙협식
捫參歷井[16]仰脅息하고,
이수부응 좌장탄
以手拊膺[17]坐長歎이라.

문군서유하시환
問君西遊何時還고?
외도참암 불가반
畏途巉巖[18]不可攀이오,

단견비조호고목 웅비종자요 임간
但見悲鳥號古木하고, 雄飛從雌遶[19]林間하여,

우문자규 제야월수공산
又聞子規[20]啼夜月愁空山이라.

▲당 현종이 피란 길에 촉도(蜀道)를 넘는 모습

촉으로 통하는 길의 험난함은,
푸른 하늘에 오르는 것보다도 어려우니,
사람들은 이런 말 들으면 혈기 좋은 붉은 얼굴 시들게 되네.
연이은 봉우리들은 하늘과의 거리가 한 자도 못될 듯하고,
말라 죽은 소나무 넘어져 절벽에 걸쳐 있네.
날아 떨어지는 여울물과 사나운 흐름은 시끄럽게 울리고,
절벽에 부딪치고 돌을 굴리는 물은 여러 골짜기에 우레소리만 같네.
그 험난함이 이와 같거늘,
아아, 그대 먼 길을 온 사람이여!
무엇 때문에 여길 왔는가?
검각(劍閣) 우뚝히 높이 솟아 있어,
한 사람이 관문 막으면 만 사람으로도 열 수가 없으니,
그곳 지키는 사람이 친한 이가 아니라면,
이리나 승냥이 같은 존재가 되어 버리네.
아침이면 사나운 호랑이 피해야 하고
저녁이면 긴 뱀 피해야만 하니,
이를 갈며 피를 빨고,
사람 죽이기를 삼대 쓰러뜨리듯 하기 때문이네.
성도(成都) 비록 즐거운 곳이라지만,
일찍이 집으로 돌아감만 못할 걸세.
촉(蜀)으로 통하는 길의 험난함은,
푸른 하늘에 오르는 것보다도 어려우니,
몸을 기울이며 서쪽 바라보고 긴 한숨짓게 되네.

촉 도 지 난 　 난 어 상 청 천
蜀道之難은 難於上靑天하니,

사 인 청 차 조 주 안
使人聽此凋朱顔[21]이라.

연봉거천불영척　　고송도괘 의절벽
連峯去天不盈尺이오, 枯松倒掛[22]倚絕壁이라.

비단 폭류쟁훤회　　빙애 전석만학뢰
飛湍[23]瀑流爭喧豗요, 砯崖[24]轉石萬壑雷라.

기험야여차　　차이원도지인　　호위호 래재
其險也如此하니, 嗟爾遠道之人이여, 胡爲乎[25]來哉오?

검각 쟁영이최외　　일부당관만부막개
劍閣[26]崢嶸而崔嵬하여, 一夫當關萬夫莫開니,

소수혹비친　　화위낭여시
所守或匪親이면, 化爲狼與豺[27]라.

조피맹호　　석피장사
朝避猛虎요, 夕避長蛇니,

마아연혈　　살인여마
磨牙吮血[28]하고, 殺人如麻라.

금성 수운락　　불여조환가
錦城[29]雖云樂이나, 不如早還家라.

촉도지난　　난어상청천
蜀道之難은 難於上青天하니,

측신 서망장자차
側身[30]西望長咨嗟[31]라.

註解 1) 蜀道難(촉도난) – 장안에서 촉(蜀)으로 가는 길의 험난함. 촉은 지금의 사천성(四川省) 지방. 이는 옛 악부시의 제목이며, 〈행로난(行路難)〉·〈태행로(太行路)〉 등의 시가와 비슷한 성질의 노래로써, 촉으로 가는 길의 험난함을 노래하면서 세상살이와 인심의 험난함도 아울러 풍자하는 게 보통이다. 촉군(蜀郡)의 절도사(節度使) 엄무(嚴武)의 횡포가 심하여 그곳에 살던 시인 방관(房琯)과 두보(杜甫)가 위해를 받을까 하여 이 시를 지은 것이라고도 한다(《新唐書》). 《이태백시》 권3 악부(樂府) 중에 들어 있다. 2) 噫噓戲(희허희) – 감탄사. 특히 촉지방에서 많이 쓰는 감탄사라 한다. 3) 蠶叢及魚鳧(잠총급어부) – 잠총과 어부. 모두 촉나라를 연 임금의 이름(揚雄 《蜀國本紀》). 잠총의 아들이 어부라고도 한다(《成都記》). 4) 茫然(망연) – 아득한 모양. 시대가 오래된 모양.

5) 秦塞(진새)－진나라 요새. 곧 장안으로 가는 길목에 있는 진나라 변경의 요새. 인연(人烟)은 인호(人戶)와 연화(烟火), 사람들과 그들의 생활. 6) 太白(태백)－산 이름. 태일산(太一山)·태을산(太乙山)·종남산(終南山)으로도 불리며, 섬서성(陜西省) 미현(郿縣) 남쪽에 있는 진령산맥(秦嶺山脈)의 최고봉. 1년 내내 흰눈을 이고 있어 '태백'이란 이름이 생겨났다. 조도(鳥道)는 새나 다닐 수 있을 듯한 높고 험한 곳에 가늘게 나있는 길. 7) 峨嵋(아미)－산 이름. 사천성 아미현(峨眉縣) 서남쪽에 있으며, 두 봉우리가 나란히 고운 눈썹 모양으로 솟아 있어 붙여진 이름. 8) 地崩山摧(지붕산최)－땅이 무너지고 산이 허물어지다. 《촉왕본기(蜀王本紀)》에 '하느님이 촉왕(蜀王)을 위하여 산을 옮길만한 다섯 명의 역사를 낳게 해주었다. 진왕이 촉왕에게 미녀를 바치자, 다섯 역사를 보내어 미녀를 데려오도록 하였다. 도중에 큰 뱀을 만났는데 산 동굴 속으로 도망하여 역사들이 함께 뱀 꼬리를 잡아당기자 산이 무너져 이들 역사와 미녀가 모두 깔려 죽고, 이들이 바위로 변하였다 한다.' 또 본서(本書) 주에는 진왕이 보내주는 쇠로 만든 금 똥을 눈다는 소를 가져오기 위하여 촉나라 역사 다섯 명이 길을 낸 것을 가리킨다고도 하였다. 9) 天梯石棧(천제석잔)－공중에 걸쳐 있는 사다리와 절벽에 돌을 깎고 발판과 손잡이를 부착한 길(사다리길). 구련(勾連)은 걸리어 이어져 있는 것. 10) 六龍回日(육룡회일)－옛 전설에 해는 여섯 마리의 용이 끄는 수레에 싣고 희화(羲和)가 몰고 가는 것이라고 하였다(《淮南子》). 여기서는 산봉우리가 너무 높아 해를 싣고 가는 여섯 마리 용도 그 봉우리를 돌아간다는 뜻. 고표(高標)는 높은 표적. 그곳의 최고봉을 가리킴. 산 이름이라 보기도 한다. 11) 衝波逆折(충파역절)－물결이 맞부딪치어 거꾸로 굽이치는 것. 12) 黃鶴(황학)－누런 학. 옛날 신선이 타고 신선세계로 날아갔다는 학임(앞 崔顥의 〈登黃鶴樓〉 참조). 13) 猿猱(원노)－원숭이. '노'는 긴팔원숭이임. 반연(攀緣)은 부여잡고 의지하다. 14) 青泥何盤盤(청니하반반)－청니령은 얼마나 꾸불꾸불한가. 청니령은 섬서성 약양현(略陽縣)에 있는데, 높은 절벽을 끼고 있고 비와 구름이 많아 길 가는 사람들은 진흙 때문에도 애먹는다 한다(《元和郡縣志》). 반반(盤盤)은 꾸불꾸불 서리는 모양. 15) 縈巖巒(영암만)－바위 봉우리를 감돌다.

16) 捫參歷井(문삼역정)－삼성(參星)을 만지고 정성(井星)을 스쳐 지나간다. 삼성은 촉(蜀)의 분야, 정성은 진(秦)의 분야에 속하는 별이라 한다. 협식(脅息)은 숨을 몰아 쉬다. 숨을 죽이다. 17) 拊膺(부응)－가슴을 두드리다. 놀란 마음을 진정시키려는 동작임. 18) 巉巖(참암)－바위가 높고 험한 것. 19) 遶(요)－맴돌다. 감기다. 20) 子規(자규)－두견(杜鵑). 촉나라 어부(魚鳧)의 후손인 망제(望帝) 두우(杜宇)가 뒤에 임금자리를 공이 큰 재상 개명(開明)에게 물려주고 서산(西山)에 숨었는데, 두견새가 되었다 한다(《華陽國志》). 21) 凋朱顔(조주안)－붉은 얼굴이 시들다. 붉은 얼굴이란 혈기 좋은 젊은이의 얼굴을 가리킴. 22) 倒掛(도괘)－넘어져 걸리다. 23) 飛湍(비단)－나는 듯이 높은 곳에서 흘러 떨어지는 여울물. 훤회(喧豗)는 떠들썩하게 서로 부딪치다, 시끄럽게 울리다. 24) 砅崖(빙애)－절벽에 물이 부딪치며 소리를 내는 것. 만학뢰(萬壑雷)는 온 골짜기에서 우레소리가 나다. 25) 胡爲乎(호위호)－어찌하여, 무엇 때문에, 하위(何爲). 26) 劍閣(검각)－사천성 검각현(劍閣縣) 북쪽에 있는 대검산(大劍山)과 소검산(小劍山) 사이에 만들어 놓은 사다리 길 이름. 검문관(劍門關)이라고도 하며 제갈량(諸葛亮)이 촉상(蜀相)으로 있을 때 만들었다 한다(《華陽國志》). 쟁영(崢嶸)은 산이 높은 모양. 최외(崔嵬)는 산이 우뚝 솟은 모양. 27) 狼與豺(낭여시)－이리와 승냥이. 사람들을 해치는 도적들에 비유함. 28) 磨牙吮血(마아연혈)－이를 갈고 피를 빨다. 호랑이나 긴 뱀의 사나운 몸짓을 형용한 말. 29) 錦城(금성)－사천성의 성도인 성도(成都)의 옛 이름. 금관성(錦官城)이라고도 했다. 30) 側身(측신)－몸을 기울이다. 31) 咨嗟(자차)－한숨쉬다.

解說 이 시는 기세 좋고 분방한 필치로, 민간의 전설 등을 원용하며 장안으로부터 촉으로 가는 길의 험준함을 노래한 이백의 낭만주의적 시풍을 대표할 만한 작품이다. 다만 시의 주제에 대하여는 옛부터 학자들 사이에 의견이 여러 가지였다. 촉군의 절도사(節度使) 엄무(嚴武)를 규탄하는 뜻이 담겼느니(《新唐書》), '안사의 란' 때 현종이 촉으로 피난갔던 일을 풍자한 것이라느니 (《李太白詩》 권3 蕭士贇 注) 여러 가지 의견이 있으나, 첨영(詹鍈)의 《이백시문계년(李白詩文系年)》에 의하면 천보(天寶) 3년(744) 이전의 작품이니 모두 적절하지 못하다. 다만 끝머리에 '일찍이 집으로 돌아감만 못하다'고 노래하고 있으니,

촉으로 가는 길의 험난함에 깃들이어 벼슬길의 어려움이나 인생항로의 어려움도 비유하고 있다고 보는 게 좋을 것이다.

양양가(襄陽歌[1])

지는 해 현산 서쪽으로 넘어가려 할 제,
진(晉)나라 산간(山簡)이 두건 거꾸로 쓰고 꽃가지 밑에서 비틀거리니,
양양 아이들은 모두 손뼉을 치며,
길거리 막고 다투어 백동저(白銅鞮)를 노래했네.
곁의 사람이 아이들에게 무슨 일로 웃고 있느냐 물으니,
산간 노인이 진흙처럼 취해 있어 몹시 웃고 있다네.
가마우지처럼 잔질을 앵무새 잔으로 하여,
백년 3만 6천일 동안,
매일 반드시 3백 잔의 술은 기울여야지.
멀리 한수가 오리 머리 빛깔처럼 푸르른데,
마치 포도주가 처음 익어 고이기 시작한 듯하네.
이 강물이 만약 봄술로 변해 준다면,
누룩 술지게미 쌓은 언덕 위에 누대를 만드리라.
천금의 준마를 보내어 내 첩을 불러오면,
웃으며 조각한 안장에 앉아 낙매(落梅)의 노래 부르리라.
수레 곁에는 비스듬히 한 병 술 매 달려 있고,
봉황새 조각한 생황(笙簧)과 용무늬 새긴 저〔笛〕는 가면서도 늘 술 마시기 재촉하리라.
진나라 이사(李斯)도 함양에서 처형당할 때 누런 개 데리고 사냥하지 못하게 된 것을 탄식했다 하니,
달빛 아래 금술잔이나 기울이는 게 어떻겠는가?

그대는 보지 못하는가, 진(晉)나라 양공(羊公)의 한 조각 비석을?
조각한 거북이 머리 깨어져 떨어지고 이끼만 잔뜩 나있네.
타루비(墮淚碑)라 하지만 이젠 눈물도 이 때문에 떨어뜨릴 수 없게 되고,
마음도 이 때문에 슬퍼할 수 없게 되었네.
맑은 바람과 밝은 달은 한 푼의 돈이라도 써서 살 필요가 없으니,
진(晉)나라 혜강(嵇康)은 그 속에서 술 취하여 옥의 산이 스스로 무너지듯 하였지 남이 밀어 넘어뜨린 게 아니었네.
서주(舒州) 술국자와 역사(力士) 술양푼이여!
이백은 그대들과 생사를 함께하리라!
양왕(襄王)이 즐긴 운우(雲雨)의 재미야 지금 어디에 있겠는가?
강물은 동쪽으로 쉬지 않고 흐르고 원숭이들만이 밤에 슬피 울고 있는 것을!

낙 일 욕 몰 현 산 서
落日欲沒峴山[2]西에,

도 착 접 리 화 하 미
倒著接䍦[3]花下迷하니,

양 양 소 아 제 박 수
襄陽小兒齊拍手하고,

난 가 쟁 창 백 동 저
攔街[4]爭唱白銅鞮[5]라.

방 인 차 문 소 하 사
傍人借問笑何事오?

소 쇄 산 옹 취 사 니
笑殺[6]山翁[7]醉似泥[8]라.

노 자 작 앵 무 배
鸕鶿酌[9]鸚鵡杯[10]로,

백 년 삼 만 육 천 일
百年三萬六千日에,

일 일 수 경 삼 백 배
一日須傾三百杯라.

요 간 한 수 압 두 록
遙看漢水[11]鴨頭綠[12]하니,

흡 사 포 도 초 발 배
恰似葡萄初醱醅[13]라.

차 강 약 변 작 춘 주
此江若變作春酒면,

누 국 변 축 조 구 대
壘麴[14]便築糟丘臺[15]라.

천 금 준 마 환 소 첩
千金駿馬喚小妾[16]하여,

소 좌 조 안 가 낙 매
笑坐雕鞍[17]歌落梅[18]라.

거방측괘 일호주
車傍側掛[19]一壺酒하고,
봉생용관 행상최
鳳笙龍管[20]行相催[21]라.

함양 시상탄황견
咸陽[22]市上嘆黃犬[23]하니,
하여월하경금뢰
何如月下傾金罍[24]오?

군불견진조양공일편석
君不見晉朝羊公一片石가?
귀두 박락생매태
龜頭[25]剝落生莓苔[26]라.

누역불능위지타
淚亦不能爲之墮요,
심역불능위지애
心亦不能爲之哀라.

청풍명월불용일전매
淸風明月不用一錢買요,
옥산자도 비인추
玉山自倒[27]非人推라.

서주작 역사당
舒州杓[28]力士鐺[29]이어,
이백여이동사생
李白與爾同死生이라.

양왕운우 금안재
襄王雲雨[30]今安在오?
강수동류원야성
江水東流猿夜聲이라.

註解 1) 襄陽歌(양양가)－양양의 노래. 옛 악부시의 제목 이름. 《이태백시집》 권7 가음(歌吟)에 실려 있다. 양양은 호북성(湖北省) 양양현(襄陽縣)으로 고적이 많은 곳임. 2) 峴山(현산)－호북성 양양현 남쪽에 있으며 현목산(峴目山)이라고도 부른다. 진(晉)나라 양호(羊祜)가 양양에 도독(都督)으로 와 여기에서 술마시고 놀았다. 양호가 죽자 후인이 산 위에 비석을 세웠는데, 많은 사람들이 보고 눈물을 흘리어 타루비(墮淚碑)라 부르기도 하였다 한다. 3) 接䍦(접리)－두건의 일종, 백접리(白接䍦)라고도 불렀다. 진(晋)나라 산간(山簡, 字 季倫)은 세상이 어지러운 때 양양을 다스리며 늘 습씨(習氏)네 고양지(高陽池) 가에서 술에 듬뿍 취하여 두건〔接䍦〕을 거꾸로 쓴 채 백마를 타고 다녔다 한다(《晉書》 山簡傳). 4) 攔街(난가)－길거리를 가로막다. 5) 白銅鞮(백동저)－양무제(梁武帝)가 지었다는 옛 악곡 이름. 저(鞮)는 제(蹄)가 잘못 전해진 것이며, 무제가 의병을 일으키어 양주(揚州) 지방을 평정한 기념으로 지은 것임(《隋書》 樂志). 백동제(白銅鞮)·답동제(踏銅蹄)라고도 함. 양양에서의 송별을 노래한 주제의 것이 많음(《玉臺新詠》에 두 수가 실려 있음). 6) 笑殺(소쇄)－매우 우습다. '쇄'는 동사 밑에 붙어 강조를 나타내며, 쇄(煞)로도 씀. 7) 山翁(산

옹)－진(晉)나라 산간을 가리킴(앞 주해 3) 참조). 8) 醉似泥(취사니)－진흙처럼 취하다. 몸을 가누지 못할 정도로 취한 것을 형용하는 말. 물에서 사는 이충(泥蟲)이 물을 벗어나기만 하면 진흙처럼 되는 데서 나온 말이라 한다. 9) 鸕鶿酌(노자작)－가마우지처럼 잔질하여 술마시다. 가마우지는 더펄새라고도 부르는 물새의 일종. 물속으로 머리를 들이밀어 물고기를 잘 잡는다. 가마우지가 연방 물고기를 잡으려고 고개를 물속에 들이밀듯이 계속 술잔을 기울임을 뜻함. 작(酌)을 작(杓)으로 쓰고, 더펄새의 긴 목을 조각한 술국자로 해석하기도 한다. 10) 鸚鵡杯(앵무배)－앵무새 모양으로 조각하여 만든 술잔. 11) 漢水(한수)－양양의 동쪽을 흘러 장강으로 합쳐지는 강물 이름. 장강의 가장 큰 지류임. 12) 鴨頭綠(압두록)－오리 머리 빛의 푸른 색. 13) 醱醅(발배)－술이 익어 고이는 것. 14) 壘麴(누국)－쌓이는 누룩. 누룩을 쌓아. 15) 糟丘臺(조구대)－술지게미를 언덕처럼 쌓아 놓고 그 위에 만든 누대. 16) 小妾(소첩)－작은 첩. 자기의 첩을 가리킴. 17) 雕鞍(조안)－조각으로 장식한 말안장, 좋은 말안장. 18) 落梅(낙매)－본시 악부의 적곡(笛曲) 이름. 〈낙매화(落梅花)〉 또는 〈매화락(梅花落)〉이 본 이름이며, 이별을 슬퍼하는 게 주제였다. 19) 側掛(측괘)－비스듬히 걸어놓다. 20) 鳳笙龍管(봉생용관)－봉황을 조각한 생황(笙簧)과 용을 조각한 저(笛). 21) 行相催(행상최)－가면서 서로 술 마실 것을 재촉하다. 계속 술을 권하는 것을 뜻함. 22) 咸陽(함양)－섬서성 장안 서북쪽에 있는 도시. 진나라 때는 효공(孝公) 이후 이곳을 도읍으로 썼다. 23) 嘆黃犬(탄황견)－진시황의 승상 이사(李斯)는 함양에서 처형당하기에 앞서 '어찌하면 다시 누런 개를 끌고 동문으로 나가 사냥을 할 수 있겠는가?' 라며 탄식하였다 한다(《史記》 李斯列傳). 24) 金罍(금뢰)－금술잔. '뇌' 는 구름과 번개의 모양을 조각하고 황금으로 장식한 술잔이라 한다(《詩經》 周南 卷耳詩 毛傳). 25) 龜頭(귀두)－거북 모양으로 조각한 비석 받침돌의 거북 머리. 26) 莓苔(매태)－이끼 종류. 27) 玉山自倒(옥산자도)－옥의 산이 스스로 무너지듯 하다. 죽림칠현(竹林七賢) 중의 한 사람인 진(晉)나라 혜강(嵇康)이 늘 술에 취하여 옥산이 무너지듯 몸이 무너졌다고 한다(《世說新語》 容止) 28) 舒州杓(서주작)－서주(舒州)에서 나는 술국자. 《당서(唐書)》 지리지(地理志)에 의하면 서주 동안군(同安郡)에서는 좋은 술 그릇과 쇠 그릇을 생산하였다. 29) 力士鐺(역사당)－역사를 조각한 술양푼. '당'은 술을 데우는 데 쓰던 일종의 솥 종류임. 30) 襄王雲雨(양왕운우)－초나라 양왕(襄王)이 송옥(宋玉)에게서 들은 무산신녀(巫山神女)와의 즐김. 송옥의 《고당부》에 송옥이 양왕에게 옛날 회왕(懷王)이 무산에 놀러나왔다 꿈에 신녀와 기가 막히는 재미를 본 이야기를 하는데, 헤어질 때 여자들에게 정체가 무엇이냐 물으니 '아침엔 비가 되어 내리다가 저녁엔 구름이 되어 떠있는 존재'라고 대답했다 한다.

解說 세월은 흘러 옛사람은 가고 없다. 지금도 '강물은 쉬지 않고 동쪽으로 흐르고, 원숭이가 밤이면 슬피 울 듯 사람들에게는 시름이 끝없다.' 옛부터 그래도 뜻있는 일을 하여 이름을 전하는 이란 계속 술마신 이들밖에 없다. 그러니 자신도 매일 술이나 벗하고 아무런 뉘우침 없이 살다 가겠다는 것이다. 이백의 낭만적인 경향을 잘 드러낸 시이다. 그에게는 또 오언으로 된 〈양양곡(襄陽曲)〉 네 수가 있는데 주제는 완전히 이 시와 일치한다.

초서의 노래(草書歌行[1])

젊은 스님이 호를 회소(懷素)라 했는데,
초서 쓰는 솜씨가 천하에서 독보적이라 하네.
먹물이 이룬 못에서는 북해(北海)의 큰 고기도 튀어나올 정도이고,
붓털 하도 닳아서 중산(中山)의 토끼를 다 잡아 없애게 할 정도이네.
8, 9월 달 날씨 시원할 때,
술꾼과 문인이 큰 집 대청에 가득 찼네.
삼베 종이 흰 비단 여러 방에 벌려 놓고,
선주(宣州)의 돌벼루에는 먹물 빛이 넘치네.
우리 스님 취한 뒤 의자에 기대앉아,
잠깐 사이에 수천 장을 다 써버리네.

회오리바람 일며 소낙비 쏴 하고 내리듯 놀라게 하고,
꽃잎 떨어지고 눈 날리듯 얼마나 엄청난가?
일어서서는 벽을 향해 손 멈추지 않고 써내니,
한 줄이 네댓 자요 한 자 크기가 한 말 정도이네.
정신 아찔한 사이 귀신도 놀라는 소리 들리는 듯하고,
때때로 오직 교룡(蛟龍)이 달리는 것만이 보이는 듯하네.
왼편으로 구부리고 오른편으로 끌어당기고 하는 것이 번개치는 듯하고,
모습이 마치 초나라와 한나라가 서로 공격하며 전쟁하는 듯하네.
호남의 일곱 군(郡)에는 거의 모든 집에,
집집마다 그분 글씨 담긴 병풍이나 액자가 두루 펴져 있다네.
왕희지(王羲之)나 장지(張芝) 같은 사람들은,
옛부터 얼마나 부질없이 명성을 얻었는가?
장욱(張旭)은 늙어 죽었으니 따질 것도 없고,
우리 스님의 이러한 서법은 옛분을 스승 삼은 것도 아닐세.
옛날부터 모든 일은 타고난 것이 소중하니,
어찌 반드시 공손대낭의 혼탈무(渾脫舞)가 있어야만 하겠는가?

소년상인 호회소 / 초서천하칭독보
少年上人[2]號懷素하고, 草書天下稱獨步라.

묵지 비출북명어 / 필봉쇄진중산토
墨池[3]飛出北溟魚[4]요, 筆鋒殺盡中山兎[5]라.

팔월구월천기량 / 주도사객만고당
八月九月天氣凉한대, 酒徒詞客滿高堂이라.

전마소견 배수상 / 선주 석연묵색광
牋麻素絹[6]排數廂[7]하고, 宣州[8]石硯墨色光이라.

오사취후의승상 / 수유소진 수천장
吾師醉後倚繩床[9]하여, 須臾掃盡[10]數千張이라.

표풍취우 경삽삽 / 낙화비설하망망
飄風驟雨[11]驚颯颯[12]이오, 落花飛雪何茫茫[13]고?

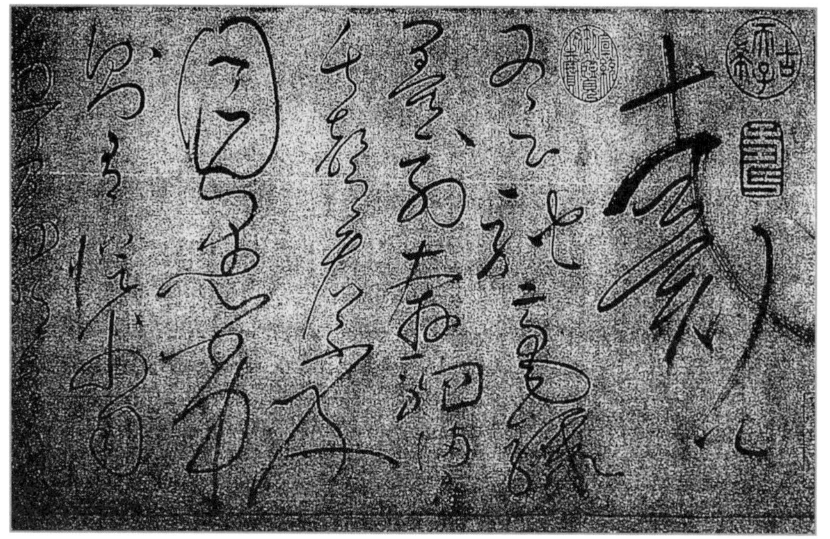

▲당나라 때의 스님 회소(懷素)의 초서, 그의 자서첩(自叙帖)

기 래 향 벽 부 정 수　　일 행 수 자 대 여 두
起來向壁不停手하니,　一行數字大如斗라.

황 황　여 문 신 귀 경　　시 시 지 견 교 룡 주
恍恍[14]如聞神鬼驚이오,　時時只見蛟龍走[15]라.

좌 반 우 축　여 비 전　　상 동 초 한　상 공 전
左盤右蹙[16]如飛電하고,　狀同楚漢[17]相攻戰이라.

호 남 칠 군　범 기　가　　가 가 병 장　서 제 편
湖南七郡[18]凡幾[19]家에,　家家屛障[20]書題徧[21]이라.

왕 일 소　장 백 영　　고 래 기 허　낭　득 명
王逸少[22]張伯英[23]이　古來幾許[24]浪[25]得名고?

장 전　노 사 부 족 수　　아 사 차 의　불 사 고
張顚[26]老死不足數요,　我師此義[27]不師古라.

고 래 만 사 귀 천 생　　하 필 요 공 손 대 낭　혼 탈 무
古來萬事貴天生이니,　何必要公孫大娘[28]渾脫舞[29]오?

註解 1) 草書歌行(초서가행)－초서의 노래. 회소(懷素)라는 스님의 초서 쓰는 모습을 노래한 시. 《이태백문집》 권7에 들어 있다. 2) 上

人(상인)－불교에서 상덕지인(上德之人)의 뜻으로 쓰는 말. 후세에는 스님을 일컫는 말로 변하였다. 회소(懷素)는 성격이 매인 데가 없고 술을 좋아하고 초서를 잘 썼는데, 술이 취해 흥이 나면 절벽이고 동리 담이고 아무 데나 썼고, 가난하여 종이가 없었으므로 파초를 만여 그루 길러 그 잎새에 글씨를 썼다 한다(陸羽 〈懷素傳〉). 3) 墨池(묵지)－먹물로 이루어진 연못. 옛날 진(晉) 왕희지(王羲之)가 영가태수(永嘉太守)로 있을 때 늘 못가에서 글씨를 써 못물이 검어져 사람들이 먹물 연못(墨池)이라 불렀다고 한다. 절강성(浙江省) 영가현(永嘉縣) 적곡산(積穀山) 기슭에 있다. 4) 北溟魚(북명어)－북극 바다의 고기. 《장자》 소요유(逍遙遊)편 첫머리에 '북극 바다에 고기가 있는데 그 이름을 곤(鯤)이라 한다. 곤은 길이가 몇천 리나 되는지 모른다'라고 한 데서 나온 말. 글씨를 많이 써서 큰 물고기가 튀어나올 정도의 큰 묵지를 이루었다는 뜻. 5) 中山兎(중산토)－중산의 토끼. 중산은 안휘성(安徽省) 선성현(宣城縣) 북쪽에 있는 산 이름. 이곳에서 나는 토끼털로 만든 붓이 예부터 유명하였다. 6) 牋麻素絹(전마소견)－마지(麻紙)와 흰 비단. 마지는 삼을 원료로 만든 듯하며, 왕희지가 중년에 많이 써 유명하다(《癸辛雜識》). 7) 排數廂(배수상)－몇 개의 방에 벌여 놓다. 상(廂)은 행랑채의 방. 8) 宣州(선주)－안휘성(安徽省) 선성현(宣城縣)의 옛 이름. 본시 좋은 종이와 붓(宣州筆과 畫宣紙)의 산지로 유명하다. 9) 繩床(승상)－호상(胡牀)이라고도 부르며 지금의 의자이다. 10) 掃盡(소진)－다 쓸어 버리다. 다 초서를 써 버리는 것. 11) 飄風驟雨(표풍취우)－회오리바람과 소낙비. 12) 颯颯(삽삽)－바람소리 또는 빗소리. 13) 茫茫(망망)－광대한 모양. 14) 恍恍(황황)－정신이 아찔한 모양. 정신 차리지 못하는 모양. 15) 蛟龍走(교룡주)－교룡이 달리다. 교(蛟)도 용의 일종. 초서를 쓰는 모양을 형용한 말. 16) 左盤右蹙(좌반우축)－왼편으로 구부리고 오른편으로 끌어당기다. 이리저리 초서를 거침없이 쓰는 모양. 17) 楚漢(초한)－항우(項羽)의 초나라와 유방(劉邦) 외 한나라. 18) 湖南七郡(호남칠군)－동정호(洞庭湖) 남쪽 지방의 일곱 군(郡). 호남성(湖南省)뿐만 아니라 광서성(廣西省)까지도 포함하는 지역을 옛날엔 호남(湖南)이라 불렀는네, 일곱 개의 주(州)가 있었다(《讀史方輿紀要》 歷代州城形勢). 19) 凡幾

(범기)－거의 모든. 20) 屛障(병장)－병풍. 21) 書題徧(서제편)－글씨 쓴 액자가 보편화되어 있다. 서액(書額)이 널리 퍼져 있다. 22) 王逸少(왕일소)－왕희지(王羲之). 일소(逸少)는 그의 자. 〈난정집서(蘭亭集序)〉·《황정경(黃庭經)》 등을 남긴 진(晉)대의 명필가. 23) 張伯英(장백영)－후한(後漢)의 장지(張芝). 백영(伯英)은 그의 자. 비백서(飛白書)를 잘 썼고 초서에 뛰어나 초성(草聖)이라고 일컬어진다. 24) 幾許(기허)－얼마나. 25) 浪(랑)－부질없이. 할 일 없이. 26) 張顚(장전)－당대의 장욱(張旭). 자는 백고(伯高). 초서를 잘 썼고, 술에 취하면 머리에 먹을 찍어 글씨를 쓰기도 하여 장전(張顚)이라 불렀다. 특히 공손대낭(公孫大娘)의 검기무(劍器舞)를 보고 영감을 받아 초서가 크게 발전하였다 한다. 27) 此義(차의)－이러한 의법(儀法). 이처럼 초서를 쓰는 법. 28) 公孫大娘(공손대낭)－당 현종 때의 교방(敎坊)의 기녀 이름. 노래도 잘했지만 검기무(劍器舞), 즉 칼춤을 잘 추었다. 전하는 말로는 장욱(張旭)뿐만 아니라 회소(懷素)까지도 그의 춤에서 이리저리 굽히는 초서의 오묘한 원리를 얻었다 한다. 29) 渾脫舞(혼탈무)－당대에 유행한 춤 이름. '혼탈'은 서역지방 말인 듯하며, 공손대낭의 칼춤을 서하검기(西河劍器) 또는 검기혼탈(劍器渾脫)이라고도 부른다(杜甫 〈觀公孫大娘弟子舞劍器行〉 序).

解說 옛부터 이 시는 이백의 작품이 아니라고 보는 학자들이 많았다. 회소(懷素)의 술 좋아하고 매인 곳 없이 행동하는 모양이 이백과 서로 통한다 하여 이 시를 이백에게 갖다붙였는지도 모른다. 어떻든 회소의 초서는 이 시를 통해서 더욱 유명해졌다.

까마귀 깃들일 때(烏棲曲[1])

고소대(姑蘇臺) 위로 까마귀 깃들이려 날아 돌아올 적에,
오나라 임금 부차(夫差)의 궁전 안에서는 서시(西施)와 함께 모두 술 취하여,
오나라 노래 초나라 춤으로 즐거움 다함이 없었는데,

푸른 산은 어느덧 반쪽 해를 물고 있었다네.
은바늘 달린 금 물시계의 물 많이 떨어져 내려,
일어나 보니 가을달 강 물결 속으로 떨어지고,
동쪽엔 해 점점 높이 떠올랐지만 그 즐거움 어찌 하였겠는가?

고소대 상오서시 姑蘇臺[2] 上烏棲時에,	오왕 궁리취서시 吳王[3]宮裏醉西施[4]라.
오가초무환미필 吳歌楚舞歡未畢이나,	청산유함반변일 靑山猶銜半邊日[5]라.
은전금호 누수다 銀箭金壺[6]漏水多[7]하여,	기간추월추강파 起看秋月墜江波하고,
동방점고내락하 東方漸高奈樂何오?	

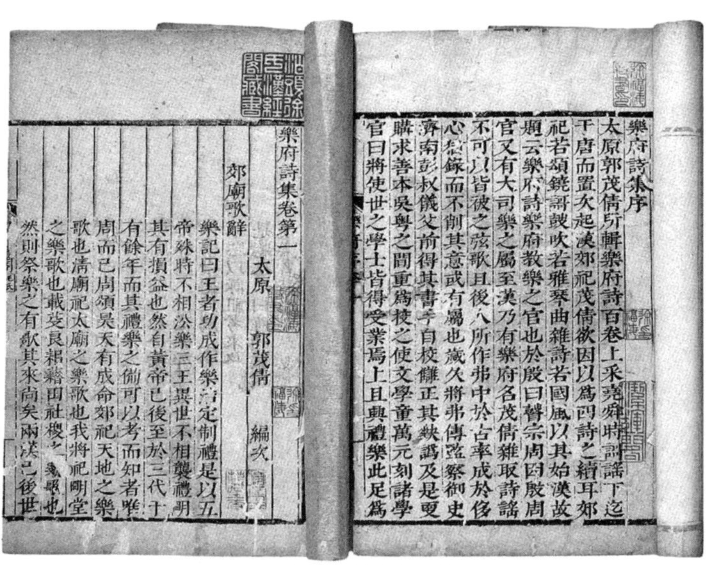

樂府詩集序
太原郭茂倩裒輯樂府詩百卷上采堯舜時謌謠下迄
于唐而置次起漢郊祀茂倩欲因以爲四詩之續耳郊
祀若頌鐃謌鼓吹若雅琴曲雜詩若國風以其始漢故
題云樂府詩樂府教樂之官也於殷曰瞽宗周因殷周
官又有大司樂之屬至漢乃有樂府名茂倩雜取詩謠
不可以皆被之弦歌且後人所作弗中於古率成於俗
心怨録而不削其意或有屬也歲久將弗傳監察御史
濟南彭叔儀父前得其書手自校讎正其缺譌及是更
購求善本吳粵之間重爲梓之使文學童萬元刻諸學
官曰將使世之學士皆得受業焉上且與禮樂此足爲

樂府詩集卷第一
太原 郭茂倩 編次
郊廟歌辭
樂記曰王者功成作樂治定制禮是以五
帝殊時不相沿樂三王異世不相襲禮明
其有損益也然自黃帝已後至於三代千
有餘年而其禮樂之備可以考而知者唯
周而已周頌昊天有成命郊祀天地之樂
歌也淸廟祀太廟之樂歌也我將祀明堂
之樂歌也載芟良耜藉田社稷之樂歌也
然則祭樂之有歌其來尚矣兩漢已後世

▲악부시집(樂府詩集)

註解 1) 烏棲曲(오서곡)－까마귀 깃드는 노래.《악부시집》청상곡사(淸商曲辭) 서곡가(西曲歌)에 들어있는 옛 악부시의 제목이며,《이태백시집》권3에 실려 있다. 2) 姑蘇臺(고소대)－소주(蘇州)에 있는 대(臺) 이름. 춘추시대 오나라 임금 합려(闔閭)가 지었고 다시 부차(夫差)가 증수하였다. 3) 吳王(오왕)－부차를 가리킴. 4) 西施(서시)－본시 월(越)나라 미녀. 월나라 임금 구천(勾踐)이 오나라 임금 부차가 여색을 좋아함을 알고 부차를 망치기 위해 바쳤던 여자. 과연 부차는 서시에게 빠져 월나라에게 패망하고 만다. 5) 半邊日(반변일)－반쪽 해. 6) 銀箭金壺(은전금호)－은바늘과 금물통으로 된 물시계. 7) 漏水多(누수다)－물시계의 흘러 떨어진 물이 많다. 밤 시간이 다 갔음을 뜻함.

解說 〈까마귀 깃들일 때〉는 대부분이, 환락을 노래한 것들이다. 환락을 노래하면서도 나라를 망친 오나라 부차와 서시를 인용하여 은근히 경계심을 불러일으키고 있다. 2구(句) · 2구 · 3구로 짝지어 운(韻)을 바꾸고, 도합 일곱 구로 이루어진 독특한 시체이다. 중국학자들 중에는 이백이 현종과 양귀비를 풍자하는 뜻으로 이 시를 지었다고 주장하는 이들도 있으나 아무래도 지나친 풀이인 듯하다.

■ 작가 약전(略傳) ■

두보(杜甫, 712~770)

두보는 당나라뿐 아니라 중국 역사상 가장 위대한 시인 중의 한 사람이다. 보통 이백(李白)을 시선(詩仙), 두보를 시성(詩聖)이라고 하며 흔히 '이두(李杜)'라 부르고 있으나, 후세 중국 문학에 끼친 영향은 두보가 이백보다 훨씬 크다. 두보는 중당(中唐)시대의 중국시의 변화를 선도하여 중국시를 한 단계 더욱 높은 차원으로 발전시킨 작가이기 때문이다. 두보가 개척한 새로운 중국시의 변화는 중당의 여러 시인들과 북송(北宋)의 대가들에게로 계승되면서 발전을 이루게 된다.

두보의 자는 자미(子美), 본시 양양(襄陽 : 湖北省) 사람이나 할아버지 때 하남성(河南省) 공현(鞏縣)으로 옮겨왔다. 40세까지 놀면서 떠돌아다니는 것이 그의 주된 생활이었다. 남으로 오(吳)와 월(越), 북으로 제(齊)와 조(趙) 지방에 이르렀으며, 30세를 전후하여 이백과 사귈 때는 그와 함께 양(梁) · 송(宋) · 제(齊) · 노(魯)를 돌아다니며, 이른바 '가을밤 취하여 잘 적에는 한이불 덮고, 손잡고 종일 함께 다녔네(醉眠秋共被, 携手日同行.)'라는 생활을 하기도 하였다. 그러나 이백보다 11세나 젊었다. 40세가 되어서 장안에 이르러 〈삼대예부(三大禮賦)〉를 올려 현종(玄宗)을 감탄시켰으나 높은 벼슬자리에 등용되지는 못했다. 〈안사의 란〉 때는 반란군 점령지에 있다가 도망하여 봉상(鳳翔)에 이르러 숙종(肅宗) 황제를 찾아뵙고 좌습유(左拾遺)란 벼슬을 받았다. 그러나 얼마 못가서 방관(房琯)의 일로 말미암아 화주(華州)로 귀양가게 되었다. 이 뒤부터 관직에 마음이 없어 진주(秦州) · 동곡(同谷) 등을 돌아다니다가 다시 성도(成都)로 돌아왔다. 성도에서 옛친구 검남절도사(劍南節度使) 엄무(嚴武)에게 의탁하여 한 칸의 초가집을 짓고 얼마 동안을 보냈다. 이때 검교공부원외랑(檢校工部員外郎)으로 엄무를 도와 흔히 두공부(杜工部)라고도 부른다.

엄무가 죽은 뒤 성도로부터 기주(夔州)로 옮겨 2년을 지내고 다시 호남(湖南)으로 갔으며 뇌양(耒陽)에서 일생을 마쳤다. 그는 일생을 유랑하였으나 심후한 천성이 여러 가지 현실을 접하면서 그 감회를 위대한 시로 써내게 된 것이다. 흔히 그를 현실주의적인 사회시인이라 말한다. '술잔 찌꺼기와 찬 고기로, 가는 곳마다 슬픔과 고생 겪었네(殘杯與冷炙, 到處潛悲辛.)' 라는 시구를 보면 알 수 있듯이 그의 생활은 대체적으로 매우 곤궁했다.

'안사의 란' 이 일어나기 얼마 전부터 그는 백성들의 삶의 어려움과 사회의 모순 등, 그 당시의 현실을 그대로 시로 읊었으므로 후세사람들이 그를 '시사(詩史)' 라고도 부른다. 그가 섬(陝) · 촉(蜀) · 호남(湖南) 등의 지방을 유랑하던 12년 동안의 생활은 특히 비참하였고, 그때의 그의 생활과 경험의 모든 것이 시로 표현되었다. 그가 스스로 '표현하는 말에 사람들 놀래지 않는다면 죽어도 물러서지 않으리(語不驚人死不休)' 라 하고, 또 '늙으면서 점차 성률에 상세해졌다(老來漸於聲律細)' 라고 했듯이 그의 시를 쓰는 기교도 더욱 성숙해졌으며 당대의 각종 시체를 거의 모두 그는 시험하였다.

그의 시는 율시와 악부가 가장 아름답고, 고체(古體)와 배율(排律)도 역시 대단히 훌륭한 것이 많으나 절구만은 그다지 뛰어나다고 할 수 없다. 그는 한때 장안의 두릉(杜陵)에 살았으므로 소릉야로(少陵野老) 또는 두릉포의(杜陵布衣)라 자칭했고, 또 노두(老杜)라고도 부른다. 《두공부집(杜工部集)》 25권이 있다.

태산을 바라보며(望嶽[1])

태산은 그 어떠한가?
제나라 노나라에 걸쳐 푸르름 끝이 없네.
조물주께서는 신묘(神妙)함과 빼어남 모아놓았고,
높이 솟아 그늘진 곳과 양지쪽을 저녁과 아침인 듯 쪼개놓았네.
가슴 출렁이도록 산에서 뭉게구름 피어나고
보다가 눈꼬리 찢어질 지경으로 새가 날아 돌아가네.
언제건 산꼭대기 올라가 보면
다른 산들은 모두 조그맣게 보이리라.

▲태산(泰山)의 정상에서 역자와 친구들

대종　부여하　　　　제로　청미료
岱宗[2]夫如何오?　　齊魯[3]靑未了로다.

조화　종신수　　　　음양　할혼효
造化[4]鍾神秀하고,　陰陽[5]割昏曉로다.

탕흉　생층운　　　　결자　입귀조
蕩胸[6]生層雲하고,　決眥[7]入歸鳥라.

회당　능절정　　　　일람중산소
會當[8]凌絕頂하면,　一覽衆山小리라.

註解 1) 望嶽(망악)－태산을 바라보다. 보통 악(嶽)은 큰 산을 가리키는 말이나, 여기서는 동악(東嶽)인 태산을 뜻한다. 두보는 젊어서(735년) 낙양(洛陽)에 가 과거를 보았으나 낙제했는데 산동(山東)으로 유람을 와서 태산을 바라보면서 지은 시이다. 2) 岱宗(대종)－태산의 별명. 오악(五嶽) 중에서도 우두머리란 뜻에서 그렇게 부른다. 3) 齊魯(제로)－제나라와 노나라. 지금의 산동성(山東省)은 대체로 태산의 북쪽은 제나라고 남쪽은 노나라였다. 이 구절은 태산이 굉장히 넓은 범위로 펼쳐져 있음을 표현한 것이다. 4) 造化(조화)－조물주(造物主). 종(鍾)은 모으다. 5) 陰陽(음양)－태산의 그늘진 곳과 양지쪽. 태산이 높이 솟아 그늘진 쪽은 저녁 같고 햇빛 비치는 쪽은 아침 같다고 보아도 되고, 그늘진 쪽은 저녁이 쉬이 되고 양지바른 쪽은 아침이 쉬이 된다고 보아도 될 것이다. 혼효(昏曉)는 저녁과 새벽, 해가 질 때와 해가 뜰 때. 6) 蕩胸(탕흉)－가슴을 출렁이게 하다, 가슴을 뒤흔들어 놓는 것. 층운(層雲)은 뭉게구름. 7) 決眥(결자)－눈꼬리를 찢어 놓는 것. 새가 태산 기슭을 따라 이 편에서 저 편으로 날아가는 것을 보노라니, 그 범위가 너무나도 넓어서 눈꼬리가 찢어질 듯하다는 것이다. 8) 會當(회당)－언제건, 곧 틀림없이.

解說 두보가 시성(詩聖)이라 받들어지는 것은, 그가 현실적인 감각을 가지고 그 시대의 여러 가지 사회문제를 시로 노래하여, 그의 시는 시사(詩史)라 칭송되는 동시에, 또 한편으로는 개성적인 표현을 바탕으로 하여 자기 나름대로의 독특한 시 창작을 추구한 때문이다. 이 시는 그의 개성적인 시의 표현을 대표하는 작품이다. 태산의 푸르름이 '제

나라와 노나라로 끝없이 펼쳐져 있다'는 표현을 비롯하여 그 뒤의 매 구절이 두보 아니면 표현하기 어려울 듯한 글로 이루어져 있다.

▲태산 위의 마애비

절구(絕句[1])

강물이 파라니 새 더욱 희게 보이고
산이 푸르니 꽃은 불타는 듯하네.
올 봄도 다 가고 있는데
언제면 돌아가게 될건가?

강 벽 조 유 백　　　　산 청 화 욕 연
江碧鳥逾白이오,　山青花欲然[2]이라.

금 춘 간 우 과　　　　하 일 시 귀 년
今春看[3]又過하니,　何日是歸年[4]고?

註解 1) 絕句(절구)－네 구절로 이루어지는 가장 짧은 근체시의 명칭. 시 제목을 붙이지 아니하고 시체 명칭으로 시의 제목을 대신한 것이다. 2) 然(연)－불타다. 연(燃)의 본 글자. 3) 看(간)－곧, 보고 있는 사이에. 4) 歸年(귀년)－고향으로 돌아가는 때.

解說 이는 764년 전후 두보가 사천성(四川省) 성도(成都)에 있으면서 지은 시라고 한다. 봄의 정취가 아름답게 잘 표현된 시이다. 특히 시에서 파랑과 흰색, 푸름과 붉은색의 대조가 그림만 같다.

여름날 이공이 내방하다(夏日李公[1]見訪)

멀리 떨어진 숲속은 더위가 엷어,
이공께서 놀러 찾아오셨네.
가난한 내 집은 마을 가의 담이나 비슷하고,
외진 성 남쪽 망루(望樓) 가까이에 있다네.
이웃들은 매우 순박해서,
아쉬운 것도 얻기 쉽다네.

울타리 너머 서쪽 집에 묻기를,
술 혹시 가진 것 없소 하니,
담 너머로 막걸리를 넘겨주어,
자리를 펴고 멀리 흘러가는 냇물을 굽어보네.
맑은 바람이 좌우에서 불어오니,
손님은 속으로 가을이 되었나 하고 놀랄 지경이네.
숲에는 새둥지가 많아 뭇 새들이 다투고,
잎 무성한 나무에선 매미 울음소리가 시끄럽네.
이놈들이 시끄러워 괴롭기만 한데,
누가 내 집이 조용타 하였나?
연꽃이 저녁 노을에 조용히 피어 있으니,
손을 붙들어 머물게 하기에 충분하리라.
미리 술통 비어 버릴까 두려우니,
다시 일어나 그대 위해 주선하려네.

원림 서기박 공자과아유
遠林[2]暑氣薄하니, 公子過我遊[3]라.

빈거류촌오 벽 근성남루
貧居類村塢[4]하니, 僻[5]近城南樓라.

방사 파순박 소원역이구
傍舍[6]頗淳朴하여, 所願亦易求라.

격옥 문서가 차문유주부
隔屋[7]問西家하되, 借問有酒不아?

장두 과탁료 전석부장류
牆頭[8]過濁醪하니, 展席俯長流[9]라.

청풍좌우지 객의이경추
淸風左右至하니, 客意已驚秋라.

소다중조투 엽밀명선 조
巢多衆鳥鬪요, 葉密鳴蟬[10]稠라.

고조 차물괄　　숙위오려유
苦遭[11]此物聒하니, 孰謂吾廬幽오?

수화 만색정　　서 족충엄류
水花[12]晩色靜하니, 庶[13]足充淹留라.

예 공준중진　　갱기위군모
預[14]恐樽中盡하여, 更起爲君謀[15]라.

註解 1) 李公(이공) – 이염(李炎). 당나라 숙종(肅宗)이 태자였을 때 가령(家令)이어서 어떤 판본에는 〈이가령견방(李家令見訪)〉이라 제목을 달고 있다. 이 시는 《두소릉집》 권3에 들어 있으며 천보(天寶) 14년(755) 작품이다. 2) 遠林(원림) – '멀리 떨어진 숲'. 시가로부터 떨어져 있는 숲. 3) 過我遊(과아유) – '내게로 놀러왔다'. '과'는 '방문하다'의 뜻. 4) 村塢(촌오) – 마을에 있는 도둑을 막기 위하여 흙으로 쌓아놓은 담. '오'는 언덕. 5) 僻(벽) – 외진 것. 6) 傍舍(방사) – 이웃집들. 7) 隔屋(격옥) – 집을 사이에 두고. '격옥문서가(隔屋問西家)'는 이 집에서 저 집으로 가지도 않고 울을 사이에 두고 서쪽 집에 물어보는 것. 순박한 시골 이웃의 인정관계를 표현한 것이다. 8) 牆頭(장두) – '담 머리'. '담 위'. 요(醪)는 막걸리. 과탁료(過濁醪)는 막걸리를 넘겨 보내주는 것. 9) 俯長流(부장류) – 긴 흐름을 굽어본다. 높은 곳에 자리를 잡고 멀리 흘러가는 냇물을 바라보는 것이다. 10) 蟬(선) – 매미. 조(稠)는 많다. 11) 遭(조) – 만나다. 차물(此物)은 매미와 새들을 가리킨다. 괄(聒)은 요란한 것, 시끄러운 것. 12) 水花(수화) – 못의 연꽃. 최표(崔豹)의 《고금주(古今注)》에 '부용(芙蓉)은 일명 하화(荷華)이고 연못 가운데 자란다. 열매를 연(蓮)이라 하고 꽃이 가장 빼어난 것이다. 일명 수지(水芝) 또는 수화(水花)라고도 부른다'라고 하였다. 만색(晩色)은 저녁 빛. 13) 庶(서) – 거의. 엄류(淹留)는 오랫동안 머무는 것. 14) 預(예) – 미리. 준중(樽中)은 술통 속의 술. 15) 謀(모) – 계책. 술을 더 장만하는 것. 자기 집엔 돈이나 술이 없으므로 빌어오든가 또는 외상으로 사오게 되므로 '모'로 표현한 것이다.

解說 이염(李炎)의 내방을 빌어 작자는 자기의 가난하고도 깨끗한 생활을

노래하고 있다. 성 남쪽의 망루가 있는 외딴 곳에 자리잡은 자기의 가난한 집은 보잘것없지만 도시로부터 멀리 떨어진 숲 사이에 있어 시원하기 이를 데 없다. 또 집이 높은 곳에 있어 멀리 시냇물이 굽어 보이고 바람이 불어오면 처음 찾아온 손님들은 벌써 가을이 되었는가 하고 놀랄 지경이다. 가난하긴 하지만 이웃 사람들도 인심이 좋아 담 너머로 술을 빌어 온다. 그리고 새소리 매미소리들이 요란한 것은 자기의 집이 더욱 으슥한 곳에 있음을 실감케 한다.

양(梁)나라의 왕적(王籍)은 〈약야계(若耶溪)에 들어간다〉란 시에서 '매미가 시끄러울수록 숲속은 더욱 조용하게 느껴지고, 새들이 울수록 산은 더욱 으슥해진다'고 읊었다. 두보는 이 왕적의 표현을 빌어다 쓴 것이다. 저쪽 연못 속에는 또 연꽃이 아름답게 피어 있다. 가난한 살림이긴 하지만 이만하면 손님의 마음도 흡족하리라 생각하고, 손님보고 며칠 묵어가기를 권한 뒤 두보는 또 술을 장만할 궁리를 한다.

자연 속에 순박하게 살아가는 두보의 모습을 보는 듯하다. 시풍의 차이에도 불구하고 도연명(陶淵明)에 통하는 천진스러움이 있음은 그것이 적나라한 인간본연의 모습이기 때문일 것이다. 범인들은 개인의 욕망이나 사회의 명성과 자기의 이익 추구 때문에 이런 순박을 잃고 있는 것이다. 위대한 시인들을 통하여 범인들이 이러한 순박이나 천진에 젖을 수 있음은 시를 읽는 이득의 하나라 할 것이다.

위팔처사에게 드림(贈衛八處士[1])

사람이 서로 만나지 못함은,
걸핏하면 삼성과 상성처럼 되네.
오늘 저녁은 또 무슨 저녁이기에,
그대와 함께 촛불 아래 대하게 되었는가?
젊음이란 얼마나 갈 수 있는 건가?
귀밑머리 어느덧 희끗희끗하게 되었구나!
옛 친구 찾아보면 반은 귀신 되었으니,
놀라 소리치며 가슴이 뿌듯해지는 슬픔 느끼네.

어찌 알았으랴, 20년 만에,
다시 그대 군자의 대청에 오르게 될 줄이야?
옛날 이별할 적엔 결혼도 아직 안했었는데,
자녀들이 어느덧 줄을 짓게 되었구나.
즐거이 아비 친구를 공경하며,
내게 어디서 왔느냐고 묻네.
문답이 채 끝나기도 전에,
자녀들이 술상을 벌여놓네.
밤비를 맞으며 봄 부추를 잘라 오고,
노란 좁쌀 섞어 새로 밥을 짓네.
주인이 앞으로 만나기 어려울 거라 말하여,
단숨에 여남은 잔을 거듭하네.
여남은 잔을 마셔도 취하지 않으니,
그대의 옛 우정이 변함없음에 감동한 때문이네.
내일 산 너머로 떨어지게 되면,
세상 일은 양편 모두 어떻게 될는지 알 길이 없네.

인생불상견　　동여삼여상
人生不相見은,　動[2]如參與商이라.

금석부하석　　공차등촉광
今夕復何夕[3]고?　共此[4]燈燭光이라.

소장능기시　　빈발각이창
少壯能幾時오?　鬢髮各已蒼[5]이라.

방구반위귀　　경호열중장
訪舊半爲鬼[6]하니,　驚呼[7]熱中腸이라.

언지이십재　　중상군자당
焉知二十載에,　重上君子堂[8]고?

석별군미혼　　아녀홀성항
昔別君未婚터니,　兒女忽成行[9]이라.

이연 경부집 문아내하방
怡然[10]敬父執하여, 問我來何方고?

문답미급이 아녀라 주장
問答未及已에, 兒女羅[11]酒漿이라.

야우전 춘구 신취 간황량
夜雨剪[12]春韭하고, 新炊[13]間黃粱이라.

주칭회면난 일거루 십상
主稱會面難하여, 一擧累[14]十觴이라.

십상역불취 감자고의 장
十觴亦不醉하니, 感子故意[15]長이라.

명일격산악 세사량망망
明日隔山岳이면, 世事兩茫茫[16]이라.

註解 1) 贈衛八處士(증위팔처사) – 위팔처사에게 주는 시. 위(衛)는 성이며, 팔(八)은 형제의 항열 차례이다. 곧 위씨네 형제 중에서 여덟 번째란 뜻이며, 중국에선 흔히 이름 대신 이 배항의 숫자를 많이 썼다. 처사(處士)는 숨어사는 사람을 일컫는 말로서 나가서 벼슬하지 않고 집에 조용히 들어앉아 있는 사람을 가리킨다. 이 시는 《두소릉집》 권6에 들어 있는데 '위팔'이 누구인지는 확실치 않다. 어떤 이는 위빈(衛賓), 어떤 이는 위대경(衛大經)과 한집안 사람일 것이라고 한다. 이 시는 건원(乾元) 2년(759) 두보가 화주(華州)에 있을 무렵 그의 집에 놀러가 지은 것일 게다. 2) 動(동) – 걸핏하면. 자칫하면. 삼여상(參與商)은 삼성(參星)과 상성(商星). 삼성은 동쪽, 상성은 서쪽에 있는 데 삼성이 뜨면 상성이 지고 상성이 뜨면 삼성이 져서 영영 함께 나타나지 않는다. 그래서 삼상은 사람들이 이별하여 만나지 못하는 데 흔히 비유된다. 3) 今夕復何夕(금석부하석) – 《시경》 당풍(唐風) 주무(綢繆) 시에 '오늘 저녁은 무슨 저녁이기에 이 고운 임을 만났나?'라 한 것을 인용한 것이다. 4) 此(차) – 숙(宿)으로 된 판본도 있다. 5) 蒼(창) – 검은 머리에 흰 머리가 섞인 것. 6) 爲鬼(위귀) – 귀신이 되다. 곧 사람이 죽었음을 뜻한다. 7) 驚呼(경호) – 놀라 소리치는 것. 열중장(熱中腸)은 배 속의 창자가 뜨거워지듯이 슬픔으로 벅차게 되는 것. 8) 君子堂(군자당) – 덕이 있는 군자의 집의 당

(堂). 군자는 위팔처사를 가리키며, 당은 우리나라의 대청과 비슷하다. 9) 成行(성항)－'줄을 이룬다'. 곧 자녀들이 많음을 뜻함. 10) 怡然(이연)－기뻐하는 모양. 부집(父執)은 아버지와 같은 뜻을 지니고 있는 사람, 아버지의 동지, 아버지의 친구. 11) 羅(라)－차려놓는 것. 주장(酒漿)은 술과 음료. 12) 剪(전)－자른다. 구(韭)는 부추. 반찬과 안주를 만들기 위하여 부추를 베어오는 것이다. 13) 炊(취)－불을 때어 밥을 짓는 것. 간(間)은 섞는 것. 황량(黃粱)은 노란 좁쌀. 14) 累(루)－거듭하는 것. 십상(十觴)은 여남은 잔, 10여 잔의 술. 15) 故意(고의)－'옛 뜻', '옛 우정'. 장(長)은 오래도록 변치 않는 것. 16) 茫茫(망망)－아득한 것. '세사양망망(世事兩茫茫)'은 세상 일 때문에 둘 다 서로 소식이 아득하여질 것이라는 뜻.

解說 20년 전에 헤어졌던 친구 위팔을 찾아가 두보가 지은 시이다. 오랜만에 친구를 만나보니 서로 옛날 모습과는 달리 머리가 희끗희끗하여졌고 서로 아는 태반의 친구들이 벌써 죽었단다. 인생이란 허무한 것, 그래도 무슨 인연이 있어 우리는 20년 만에 다시 만나는가 하고 두보는 감회에 젖는다.

옛날엔 위처사는 총각이었는데 그 사이 많은 자녀들을 두었다. 자녀들은 아버지 친구가 왔다고 기뻐하며 술상을 차리고 밥을 짓고 하느라 분주하다. 20년 만에 만나는 친구지만 알뜰한 우정이 두보에게 감동을 준다. 친구를 만난 기쁨에 여남은 잔의 술을 단숨에 서로 마셨지만 즐거운 감동에 술 취하는 줄도 모른다. 지금은 이처럼 즐겁기만 하지만 내일이면 또 헤어져 서로 소식조차 모르게 될 것이다. 사람들이 만났다가 이별하는 것이 이렇게도 무상하단 말인가!

친구를 만나 함께 회포를 풀며 즐기는 모습이 감동적으로 잘 표현되어 있다. 두보시 가운데에서도 수작의 하나로 칠 만한 작품이다.

석호촌의 관리(石壕吏[1])

저녁에 석호촌에 투숙하였는데,

관원이 밤에 사람을 잡으러 왔네.

할아버지는 담 너머 달아나고,
할머니가 문 밖에 나가 보네.
관원의 호통은 얼마나 노엽고,
할머니의 울음은 얼마나 괴로운가?
할머니가 앞으로 나아가 말하는 것 들으니,
셋째 아들 업성에서 수자리 살고 있고,
맏아들이 편지를 보내왔는데,
둘째 아들이 요새 전사했다네.
산 사람은 그래도 억지로라도 살아가겠지만,
죽은 사람은 영영 그만이네.
집안에는 또 다른 사람은 없고,
오직 젖먹이 손자가 있을 뿐이라네.
손자가 있어 어미는 가지 못하였으나,
나들이할 온전한 치마도 없다네.
늙은 할미 기력은 비록 쇠약하나,
나리따라 밤에라도 가게 하여 달라네.
급히 하양의 전쟁터에 나가게 되면,
그래도 아침밥은 지을 수 있다는 거네!
밤이 깊어지자 말소리는 끊겼으나,
소리 죽여가며 흐느끼는 울음소리가 들리는 듯했네.
날이 새어 길을 떠나갈 적에는,
홀로 할아버지하고만 작별하였네.

모투석호촌　　　　　유리야착인
暮投石壕村하니,　　有吏夜捉人이라.

노옹유　장주　　　　노부출문간
老翁踰[2]墻走하고,　老婦出門看이라.

이호일　하노　　　　부제일하고
吏呼一[3]何怒며,　　婦啼一何苦오?

청 부 전 치 사　　　삼 남 업 성 수
聽婦前致詞하니,　　三男鄴城[4]戍라.

일 남 부 서 지　　　이 남 신 전 사
一男附書至[5]하고,　　二男新戰死라.

존 자 차 투 생　　　사 자 장 이 의
存者且偷生[6]이나,　　死者長已矣[7]라.

실 중 갱 무 인　　　유 유 유 하 손
室中更無人하고,　　惟有乳下孫이라.

손 유 모 미 거　　　출 입 무 완 군
孫有母未去나,　　出入無完裙[8]이라.

노 구 역 수 쇠　　　청 종 리 야 귀
老嫗[9]力雖衰나,　　請從吏夜歸라.

급 응 하 양 역　　　유 득 비 신 취
急應河陽役[10]하여,　　猶得備晨炊라.

야 구 어 성 절　　　여 문 읍 유 열
夜久語聲絕하니,　　如聞[11]泣幽咽이라.

천 명 등 전 도　　　독 여 노 옹 별
天明登前途러니,　　獨與老翁別이라.

註解 1) 石壕吏(석호리)－《두소릉집》 권2에 들어 있는 두보의 대표적인 사회시 중의 한 편이다. 석호는 지금의 하남성(河南省) 섬현(陜縣)에 있던 석호진(石壕鎭) 동북쪽. 2) 踰(유)－넘다. 3) 一(일)－하(何)를 강조하는 뜻에서 붙였다. 일하(一何)는 '얼마나……한가!' 의 뜻을 나타낸다. 4) 鄴城(업성)－지금의 하남성(河南省) 임장현(臨漳縣) 서쪽에 있던 업현(鄴縣)의 성. 안경서(安慶緖)가 업성(鄴城)을 지키다 안록산(安祿山)의 난을 이어받는 사사명(史思明)에게 건원(乾元) 원년(758) 10월에 포위를 당하였다가 두 달 만에 풀려났다. 업성수(鄴城戍)는 이때의 일이다. 5) 附書至(부서지)－'편지를 보내왔다' 는 뜻. 6) 偷生(투생)－구차하게 살아가는 것. 7) 長已矣(장이의)－'영원히 그만이다' 의 뜻. 8) 完裙(완군)－완전한 치마. 9) 嫗(구)－할머니. 노파. 10) 河陽役(하양역)－하양은 지금의 하남성(河南省) 맹현(孟縣) 남쪽에 있던 고을 이름. '역' 은 전역(戰役). 당나라의 장수 곽자의(郭子儀)의 군대가 사사명(史思明)에게 패하자 도우후(都虞侯) 장용제(張用濟)의 계책으로 근처의 다른 성들을 비우고 하양을 지켰다고 한다. 때는 건원(乾元) 2년(759). 11) 如聞(여문) – '들은 것 같다'는 것은 가늘게 들렸다는 뜻. 열(咽)은 흐느끼는 것. 흐느껴 우는 것.

解說 천보(天寶) 14년(755) 당나라가 태평에 젖어있을 무렵에 변경을 지키던 장수 안록산(安祿山)이 난을 일으켰다. 태평 속에 무방비상태이던 당 제국을 안록산은 단숨에 휩쓸어 현종은 왕위를 아들 숙종(肅宗)에게 물려주고 사천성(四川省)으로 험난한 피란을 하지 않으면 안되었다. 3년 만에 안록산은 아들 안경서(安慶緖)에게 죽임을 당했으나 건원(乾元) 원년(758)엔 그의 부하 사사명(史思明)이 다시 반란의 지휘권을 이어받는다. 사사명도 4년 만에 죽음을 당하고 말지만, 이 내란을 통해서 당나라 천지는 일시에 수라장이 되고 말았다. 특히 전쟁을 통하여 백성들이 당한 괴로움은 비참을 극하고 있다. 시인 두보는 이 전쟁통에 각지를 전전하며 백성들의 참상을 눈으로 보고, 여기에서 받은 감동과 세상의 정상을 시로 썼다. 사회시인으로서의 두보의 면목은 이 '안사의 난'을 통해서 더욱 빛을 발한다.

이 〈석호리〉는 그러한 전쟁의 참상을 읊은 사회시의 대표적인 작품의 하나이다. 장정들은 이미 다 붙들려 전쟁에 나가고 집에는 노인과 부녀자들만이 있는데, 할아버지도 관원을 피하여 달아나야만 했던 세상이라, 할머니가 대문 밖에 나갔다가 결국 그 할머니가 전쟁터로 끌려간다. 할머니가 관리에게 잡혀갈 때 또 그밖에 누가 마음놓고 살아갈 수가 있었겠는가? 아들 3형제 중에서 하나는 죽었다는 연락이 왔고, 며느리는 온전한 치마 한 벌이 없어 출입을 제대로 못한다. 이보다 더 처참한 사회가 있을 수 있을까? 몇년 전만 하더라도 평화롭던 마을이 이렇게 변한 것은 모두 전쟁 때문이다. 말은 하지 않고 있지만 이 세상에서 전쟁이 없어지기를 바라는 두보의 진정이 느껴진다.

미인(佳人[1])

절세의 미인이,
조용한 골짜기에 조용히 살고 있네.

자기는 양갓집 딸이었는데,
지금은 몰락하여 초목 속에 몸을 맡기고 있다네.
관중 땅이 옛날 전쟁통에 짓밟힐 때,
형제들이 모두 죽음을 당했다네.
벼슬 높은 것 들추어 무엇하리?
골육도 거두지 못하는 것을.
세상 인정은 집안 망하는 것 싫어하나,
만사가 촛불 꺼지듯 변해 버렸다네.
남편은 경박한 사람이어서,
아름답기 옥 같은 새 사람을 얻었다네.
합혼초는 풀이지만 때를 알고,
원앙새는 새이지만 홀로 자지 않는다는데,
새 사람의 웃음만 보고,
이 옛 처의 울음은 들은 체도 않더라네!
산에서는 샘물이 맑지만,
산을 나서면 샘물이 흐려지는 법.
하녀가 구슬을 팔고 돌아와서는,
댕댕이덩굴 거두며 초가지붕을 매만지네.
꽃을 따되 머리에는 꽂지 않고,
잣나무 잎을 뜯다 보니 어느덧 한줌이 차네.
날은 찬데 푸른 옷소매 얇고,
해가 지자 긴 대나무를 의지하네.

절대 유가인　　　유거재공곡
絶代[2]有佳人하니,　幽居在空谷[3]이라.

자운양가자　　　영락 의초목
自云良家子로,　零落[4]依草木이라.

관중 석상패　　　형제조살륙
關中[5]昔喪敗하여,　兄弟遭殺戮이라.

관 고 하 족 론　　부 득 수 골 육
官高何足論고?　　不得收骨肉[6]이라.

세 정 오 쇠 헐　　만 사 수 전 촉
世情惡衰歇[7]이나,　　萬事隨轉燭[8]이라.

부 서 경 박 아　　신 인 미 여 옥
夫婿[9]輕薄兒니,　　新人[10]美如玉이라.

합 혼 상 지 시　　원 앙 부 독 숙
合昏[11]尙知時요,　　鴛鴦[12]不獨宿이라.

단 견 신 인 소　　나 문 구 인 곡
但見新人笑니,　　那聞舊人哭가!

재 산 천 수 청　　출 산 천 수 탁
在山泉水淸이오,　　出山泉水濁[13]이라.

시 비 매 주 회　　견 라 보 모 옥
侍婢[14]賣珠廻하여,　　牽蘿[15]補茅屋이라.

적 화 불 삽 발　　채 백 동 영 국
摘花[16]不揷髮하고,　　采柏[17]動盈掬이라.

천 한 취 수 박　　일 모 의 수 죽
天寒翠袖[18]薄하니,　　日暮倚脩竹[19]이라.

註解 1) 佳人(가인)－미인, 좋은 사람. 《두소릉집》 권7에 실려 있다. 2) 絕代(절대)－'절세(絕世)' 와 같은 말. 이 세상에 둘도 없음. 한나라 이연년(李延年)의 〈가인가(佳人歌)〉에도 '북방에 미인이 있으니 이 세상에 다시 없을 모습으로 우뚝하다' 라고 했다. 3) 空谷(공곡)－텅비고 사람 없는 산골짜기. 4) 零落(영락)－'영' 도 '낙' 의 뜻을 지녔으며 '몰락(沒落)' 의 뜻. 의초목(依草木)은 몸을 초목에 의지한다. 곧 산림 속에 묻혀 산다는 뜻. 5) 關中(관중)－섬서성(陝西省)의 함곡관(函谷關) 서쪽 지방을 가리킴. 장안은 관중에 있으며 안록산이 난을 일으키어 장안을 함락시켰다. 상패(喪敗)는 '상란(喪亂)' 으로 된 판본도 있으며 모두 전란에 짓밟혀 형편없이 되는 것. 6) 骨肉(골육)－뼈와 살을 물려받은 부모와 자식의 관계. 7) 惡衰歇(오쇠헐)－집안이 쇠하고 망한 것을 미워한다. 곧 집안이 망하면 그 집안 사람들을 멀리하게 된다는 뜻. 헐(歇)은 멸망을 뜻한다. 8) 萬事隨轉燭(만사수전촉)－만사가 촛불이 꺼지듯이 되어간다. 곧 세상의 모든 일이 옛날 집안이 흥성했던 때와는 정반대로 갑자기 촛불이 꺼지는 것처럼 모두 제대로 되어지지 않는다는 뜻. 9) 夫婿(부서)－자기의 남편. 경박아(輕薄兒)는 경솔하고 박정한 사람. 10)新人(신인)－남편이 새로 맞아들인 사람. 새로 얻은 아내. 11) 合昏(합혼)－풀 이름. 밤이 되면 잎새들이 합쳐지는 풀. 이처럼 풀도 밤이 되면 합쳐지는데 자기 남편은 전혀 옛사랑을 모르고 있다는 뜻. 12) 鴛鴦(원앙)－언제나 암수가 함께 노닌다는 새. 옛부터 부부의 애정을 표시할 때 비유로 많이 써왔다. 자기 남편은 이 새만도 못하다는 뜻을 지녔다. 13) 在山泉水清(재산천수청), 出山泉水濁(출산천수탁)－산에서는 샘물이 맑다가도 산을 벗어나면 그 물이 흐려지듯이, 자기가 옛날 집에서 잘 살 때엔 그리운 것 없이 풍부하였으나 지금은 형편없이 궁해진 것을 뜻한다. 옛날 사람들은 흔히 샘물이 맑고 흐린 것을 그의 절조나 마음가짐에 비하고, 절조를 지키려고 자기가 산에 와 살고 있음을 뜻한다든가, 남편을 아직도 생각하고 있다고 풀었으나 잘못인 듯하다. 14) 侍婢(시비)－하녀. 매주회(賣珠廻)는 살기가 궁하여 옛날 지녔던 구슬을 팔고 돌아왔다는 뜻. 15) 牽蘿(견라)－뻗어 올라간 댕댕이덩굴을 끌어 올려 거두는 것. 보모옥(補茅屋)은 초가지붕을 보수하는 것. 16) 摘花(적화)－꽃을 따는 것. 불삽발(不插髮)은 머리에 꽂지 않는다. 《시경》의 위풍(衛風) 백혜(伯兮)에서 "어찌 머리 감고 기름 바를 게 없으랴만, 누구를 위하여 화장을 할까?"라 한 뜻을 표현한 것이다. 꽃을 꺾지만 예쁘게 보일 임이 없어 꽂지 않는 것이다. 17) 采柏(채백)－잣나무 잎새를 따는 것. 잣나무는 1년 내내 푸른 상록수에서 소나무와 함께 송백(松柏)이라 하여 변함없는 절조를 나타낸다. 남편의 절조를 비는 뜻에서 잣나무 잎새를 따는 것이다. 동(動)은 걸핏하면. 어느새. 바로. 영국(盈掬)은 한줌이 찬다는 뜻. 18) 翠袖(취수)－비취 빛깔의 옷소매. 19) 倚脩竹(의수죽)－긴 대나무에 몸을 기댄다. 여기에서도 절조있는 남편 품에 기대고 싶은 소망을 나타낸 것이다. 수(脩)는 긴 것, 장(長)의 뜻.

解說 옛날에는 미인을 현명한 사람에 비긴 것으로 보고, 관중이 내란에 빠진 이후 어질고 훌륭한 사람들은 몰락하고 신진의 덕없는 젊은이들만

을 등용하고 있음을 풍자한 시라고 흔히 해석하였다. 그러나 이것은 건원(乾元) 2년(759) 두보가 진주(秦州)에서 눈으로 친히 본 한 여인을 두고 읊은 것이라 봄이 좋을 것이다. 여인의 가정의 몰락을 통하여 전쟁이 백성들에게 안겨준 비극을 노래하고, 여인과 그의 남편의 관계를 통하여 전쟁 속에 무너진 사회도덕과 얄팍해진 인정을 노래한 것이다. 아무리 사람이 몰락했고 또 사회가 어지럽다 하더라도 사람이면 모두 올바른 절조를 지니기를 바라는 것이다. 그러기에 사시사철 푸른 잣나무 잎새를 따고 또 지는 해를 바라보며 꿋꿋한 대나무에 몸을 의지해 보는 것이다.

가난할 적 사귐의 노래(貧交行[1])

손 제치면 구름 일게 하고 손 엎으면 비 오게 하듯 하는 인심이니,
수없이 어지러운 경박함을 어찌 따질 필요 있겠는가?
그대는 보지 못했는가? 관중(管仲)과 포숙(鮑叔)의 가난할 적부터의 사귐을?
이 도리를 지금 사람들은 흙 버리듯 버리고 있네.

번수 작운복수 우　　분분 경박하수수
翻手[2]作雲覆手[3]雨하니,　紛紛[4]輕薄何須數[5]오?
군불견 관포 빈시교　　차도금인기여토
君不見 管鮑[6]貧時交아?　此道今人棄如土라.

註解 1) 貧交行(빈교행)-가난할 적 사귐을 노래함. 《두소릉집》 권2에 실려 있음. 2) 翻手(번수)-손을 제치다. 3) 覆手(복수)-손을 엎다. 번수의 반대. 4) 紛紛(분분)-많고 어지러운 것. 5) 何須數(하수수)-어찌 반드시 세어야 하나, 어찌 꼭 따져야만 하겠는가? 6) 管鮑(관포)-춘추시대 제(齊)나라의 관중(管仲)과 포숙(鮑叔). 이들은 어릴 적부터 친구여서 관중은 여러번 포숙을 속이기까지 했으나, 포숙은 친구의 입장을 늘 이해해 주었고, 환공(桓

公)이 즉위하자 포숙은 다시 관중을 추천하여 제나라 재상이 되게 했다. 제 환공은 관중의 도움으르 패업(覇業)을 이룩한다(《史記》 管晏列傳). 여기에서 '관포지교(管鮑之交)' 란 고사성어가 생겨났다.

解說 행체(行體)의 시로서는 보기 드물게 짧으면서도 내용이나 문장이 잘 짜여진 빼어난 작품이다. 두보는 세상 인심의 경박함과 친구 사이의 신의가 없음을 탄식하며 이 시를 지었다.

술취하여(醉歌行[1])

진나라 육기(陸機)는 스무 살에 문부(文賦)를 지었다 하나,
너는 더 젊은 나이에 글을 잘 짓고 있다.
총각인데도 초서를 매우 빠르게 쓰니,
세상 아이들은 공연히 많기만 한 듯하다.
준마(駿馬)가 망아지를 낳으니 이미 피 같은 땀 흘리는 명마이고,
사나운 매가 나래 펴 푸른 구름 사이를 나는 듯하다.
네 문장의 원천은 삼협(三峽)의 물이 거꾸로 쏟아져 흐르듯 하고,
붓을 잡으면 홀로 천 명의 적군을 쓸어낼 기세이다.
지금 나이 겨우 16, 7세인데,
임금 앞에서 과거를 보면 1등으로 급제할 것이다.
옛날에 활로 버들잎을 백발백중시킨 양유기(養由基)처럼 정말 스스로를 잘 알고 있으니,
잠시 준마가 서리에 발굽 미끄러졌다 해도 실패인 것은 아니다.
곧 빼어난 인물로 드러나게 되는 것은 어려운 일 아니니,
반드시 바람을 밀고 날아오를 매 같은 재질 있기 때문이다.
네 자신은 이미 침을 뱉으면 진주가 되는 듯한 글재주 보이고 있으나,
네 아저씨 어이하면 머리 옻칠처럼 검게 다시 젊어져 네 성공을 볼

수 있으랴?
지금 봄빛 장안 동정(東亭)에 부드럽고,
물가 창포 흰 싹 돋고 마름 풀은 파란데,
바람은 나그네 옷자락 날리고 햇살은 밝으며,
나무는 이별의 심사 어지럽히고 꽃은 자욱하다.
백사장 가에서 술 마시어 두 백옥병 다 비우니,
여러 손님들 모두 취하였으나 나만은 깨어 있다.
이제야 빈천한 사람들의 이별 더욱 괴로운 줄 알게 되니,
소리 삼켜 울며 머뭇거리자 눈물만 비오듯 한다.

육기 이십작문부　　여갱소년능철문
陸機[2]二十作文賦나,　汝更少年能綴文이라.

총각 초서우신속　　세상아자도분분
總角[3]草書又神速하니,　世上兒子徒紛紛이라.

화류 작구이한혈　　지조 거핵 연청운
驊騮[4]作駒已汗血[5]이오,　鷙鳥[6]擧翮[7]連青雲이라.

사원 도류삼협 수　　필진 독소천인군
詞源[8]倒流三峽[9]水요,　筆陣[10]獨掃千人軍이라.

지금연재십륙칠　　사책 군문기제일
只今年纔十六七에,　射策[11]君門期第一이라.

구천양엽 진자지　　잠궐상제 미위실
舊穿楊葉[12]眞自知니,　暫蹶霜蹄[13]未爲失이라.

우연탁수 비난취　　회시배풍 유모질
偶然擢秀[14]非難取니,　會是排風[15]有毛質[16]이라.

여신이견타성주　　여백 하유발여칠
汝身已見唾成珠[17]나,　汝伯[18]何由髮如漆고?

춘광담타 진동정　　저포 아백수행 청
春光淡沲[19]秦東亭[20]하고,　渚蒲[21]芽白水荇[22]青이라.

풍취객의일고고　　수교 리사화명명
風吹客衣日杲杲[23]요,　樹攪[24]離思花冥冥[25]이라.

주 진 사 두 쌍 옥 병 중 빈 개 취 아 독 성
酒盡沙頭[26]雙玉瓶하니, 衆賓皆醉我獨醒이라.

내 지 빈 천 별 갱 고 탄 성 척 촉 체 루 령
乃知貧賤別更苦하니, 呑聲[27]躑躅[28]涕淚零이라.

註解 1) 醉歌行(취가행) - 본시 제목 아래에 '두보의 조카 두근(杜勤)이 과거시험에 떨어져 고향으로 돌아갈 때, 장안에서 전송하다 취중에 지은 것'이라는 주가 붙어 있다. 《두소릉집》 권3에 실려 있다. 2) 陸機(육기) - 261~303년. 진(晉)나라 문인. 자는 사형(士衡). 아우 육운(陸雲)과 함께 글 재주로 이름을 날렸다. 그의 〈문부(文賦)〉는 중국 역대의 문학 작품을 읊은 대표작임(《晉書》 列傳). 3) 總角(총각) - 옛날 관을 쓰기 전 아이들의 머리 모양. 뒤에는 결혼 전 아이들을 가리키는 말로 쓰였음. 4) 驊騮(화류) - 옛날 주목왕(周穆王)의 팔준마(八駿馬)의 하나(《穆天子傳》 卷一). 털빛이 붉은 준마(駿馬)의 이름임(郭璞 注). 5) 汗血(한혈) - 피같은 땀을 흘림. 한나라 무제(武帝) 때 대완국(大宛國)에서 구한 천리마(千里馬)가 피같은 땀을 흘렸다 한다. 6) 鷙鳥(지조) - 사나운 새. 매나 독수리. 7) 翮(핵) - 죽지, 나래, 칼깃. 8) 詞源(사원) - 문장의 원천. 9) 三峽(삼협) - 장강 상류의 사천성(四川省)과 호북성(湖北省) 접경에 있는 세 곳의 급류. 곧 구당협(瞿塘峽) · 무협(巫峽) · 서릉협(西陵峽)임. 10) 筆陣(필진) - 붓으로 친 진(陣). 여기서는 글을 쓰는 기세를 뜻함. 11) 射策(사책) - 옛날 과거의 한 가지 방법으로, 대쪽〔策〕에 여러 가지 문제를 써놓고 그 중에서 한 가지를 응시자가 뽑은 다음 거기에 맞는 답안을 쓰는 것. 활을 쏘듯 책문(策問)에 맞추어 답을 쓴다는 데서 나온 말. 12) 舊穿楊葉(구천양엽) - 옛날 버들잎을 뚫다. 초(楚)나라의 양유기(養由基)라는 사람은 활을 잘 쏘아 백보(百步) 밖에서 버들잎을 쏘아도 백발백중이었다 한다(《史記》 周本紀). 곧 과거에 급제하는 것은 틀림없는 일임을 비유함. 13) 蹶霜蹄(궐상제) - 서리에 준마의 발굽이 미끄러지다. '궐'은 쓰러지다. 미끄러지다. 14) 偶然擢秀(우연탁수) - 가끔 화초나 곡식이 특별히 빼어나 아름다운 꽃이 피거나 큰 이삭이 달리는 것. 여기서는 특별히 빼어난 인물로 드러나는 것에 비유함. 15) 排風(배풍) - 바람을 밀치다. 매나 독수리가 바람을 밀치고 높은 하늘로 날아오르는 것. 16) 毛質(모질)－사나운 새로서의 깃털의 재질, 높이 날아오를 재질. 17) 唾成珠(타성주)－침이 진주가 되다, 침을 뱉는 대로 모두 진주가 되다. 글을 쓰면 모두 아름다운 글이 됨에 비유함. 18) 汝伯(여백)－너의 백부(伯父), 너의 아저씨. 두보 자신을 가리킴. 19) 淡沲(담타)－담탕(淡蕩)과 같은 말로 물이 출렁이다, 바람에 살랑거리다. 20) 秦東亭(진동정)－'진'은 장안 땅, '동정'은 동쪽의 역정(驛亭). 여기에서 두보가 조카를 고향으로 보내며 술에 취해 이 시를 쓴 것이다. 21) 渚蒲(저포)－물가의 창포. 22) 芽(아)는 牙(아)와 통하여 씀으로 된 판본도 있음. 水荇(수행)－수초의 일종. 노랑어리연꽃. 23) 杲杲(고고)－밝은 모양. 24) 攪(교)－교란하다, 흔들어 어지럽히다. 25) 冥冥(명명)－어두운 모양, 자욱한 것, 분명치 않은 것. 26) 沙頭(사두)－모래밭 가. 27) 呑聲(탄성)－소리를 삼키다. 소리를 삼키며 우는 것. 28) 躑躅(척촉)－머뭇거리다, 서성이다.

解說 이 시는 세 가지 운을 쓰고 있는데, 운이 바뀔 때마다 시의 내용도 단락이 지어지고 있다. 첫 단에서는 조카 두근(杜勤)의 글 재주를 노래하고, 둘째 단에서는 과거 시험에 떨어진 것을 위로하고, 셋째 단에서는 이별을 슬퍼하고 있다. 자기 골육에 대한 두보의 애정과 떠나보내는 슬픔이 독자의 가슴을 치는 작품이다. 특히 앞부분의 청신한 기세와 뒷부분의 침울한 분위기의 대조는 이 시의 효과를 더욱 확대시키고 있다.

미인의 노래(麗人行[1])

삼월 삼짇 날씨 봄기운 새로우니,
장안의 물가에는 놀러 나온 미인 많네.
모습은 색깔 짙고 뜻은 속세에서 멀리 떨어져 훌륭하고 참되며,
살결은 곱고 매끄러우며 뼈와 살 균형잡혔네.
수놓은 비단옷 늦봄 경치에 비추이는데,

금실로 공작 수놓고 은실로 기린 수놓았네.
머리 위엔 무엇이 있는가?
비취 깃으로 나뭇잎 장식 만들어 귀밑머리 끝에 드리웠네.
등 뒤에는 무엇이 보이는가?
구슬이 허리 옷자락 누르고 있어 몸매와 잘 어울리네.
이들 중에서도 구름 같은 장막 속의 황후의 친족들은,
큰나라 이름을 하사받아 괵국부인(虢國夫人) · 진국부인(秦國夫人)으로 불리는 분들이네.
자줏빛 낙타의 등 봉우리 고기 요리가 비취빛 솥에서 나오고

▲두보의 시 〈미인의 노래〉를 주제로 현대 화가 주매촌(朱梅邨)이 그린 그림

수정 쟁반에는 흰물고기 요리가 담겨 있네.
외뿔소 뿔로 만든 젓가락은 음식에 싫증이 나 오래도록 손대어 지지 않고,
방울 달린 칼로 잘게 썰어 공연히 어지럽히기만 하네.
내시는 나는 듯 말 몰고 오는데 먼지도 일으키지 않고,
궁중의 부엌에선 연이어 갖가지 진미를 보내오네.
퉁소소리 북소리 슬피 울려 귀신들도 감동할 지경이고,
손님들과 종자들 어지러이 몰려 요소요소에 차 있네.
뒤에 오는 말안장 위의 분은 어찌 천천히 움직이는가?
장막 문앞에 와 말을 내려 비단방석 위로 들어가네.
버들솜 눈처럼 떨어져 흰 개구리밥 위에 덮이고,
푸른 새 날아가는데 빨간 손수건을 물고 있네.
손을 대면 뜨거워 델 정도로 권세 비길 데 없으니,
삼가 가까이 앞으로 가 승상께서 성내지 않도록 하게나.

삼월삼일 천기신
三月三日[2]天氣新[3]하니,
장안수변다려인
長安水邊多麗人이라.

태농의원 숙차진
態濃意遠[4]淑且眞[5]하고,
기리 세니 골육균
肌理[6]細膩[7]骨肉勻[8]이라.

수라의상조모춘
繡羅衣裳照暮春하니,
축금공작 은기린
蹙金孔雀[9]銀麒麟이라.

두상하소유
頭上何所有오?
취위압엽 수빈순
翠爲㔩葉[10]垂鬢脣[11]이라.

배후하소견
背後何所見고?
주압요겁 온칭신
珠壓腰衱[12]穩稱身[13]이라.

취중운막초방친
就中雲幕椒房親[14]은,
사명대국괵여진
賜名大國虢與秦[15]이라.

자타지봉 출취부
紫駝之峯[16]出翠釜[17]요,
수정지반 행소린
水精之盤[18]行素鱗[19]이라.

서저 염어 구미하 난도 루절 공분륜
犀箸[20]厭飫[21]久未下하고, 鑾刀[22]縷切[23]空紛綸[24]이라.

황문 비공 부동진 어주 낙역 송팔진
黃門[25]飛鞚[26]不動塵하고, 御廚[27]絡繹[28]送八珍[29]이라.

소고애음 감귀신 빈종잡답 실요진
簫鼓哀吟[30]感鬼神하고, 賓從雜遝[31]實要津[32]이라.

후래안마 하준순 당헌 하마입금인
後來鞍馬[33]何逡巡[34]고? 當軒[35]下馬入錦茵[36]이라.

양화 설락복백빈 청조 비거함홍건
楊花[37]雪落覆白蘋[38]하니, 靑鳥[39]飛去銜紅巾[40]이라.

적수가열 세절륜 신막근전승상 진
炙手可熱[41]勢絕倫[42]하니, 愼莫近前丞相[43]嗔이라.

註解 1) 麗人行(여인행)－미인들을 노래함. 천보(天寶) 13년(754), 양귀비의 오라버니 양국충(楊國忠)은 괵국부인(虢國夫人 : 楊貴妃의 언니)과 이웃에 살며 수시로 왕래하고 있었다. 혹 나란히 앉아 입조(入朝)할 때에도 장막을 치지 않아 길거리 사람들이 눈을 가려야 할 지경이었다. 두보는 그래서 이 시를 지었다고 한다. 《두소릉집》 권2에 실려 있음. 2) 三月三日(삼월삼일)－음력 3월 3일은 삼짇날, 곧 상사절(上巳節)이라 하여, 물가에 나가 놀이를 하며 재액을 씻어 버리는 습속이 었었다(《晉書》 禮志). 3) 天氣新(천기신)－날씨가 봄기운이 새롭다, 날씨가 청신하다. 4) 態濃意遠(태농의원)－'태'는 용태(容態), 외모와 태도. '농'은 짙은 것. 색깔이나 행동 등이 분명하고 자신있게 보이는 것. '의'는 뜻, 생각. '원'은 속세의 일이나 보통사람들의 일에서 초연하여 멀리 있는 것. 따라서 이 구절은 귀족들이 의젓하고 존귀하게 보이는 것을 형용한 말임. 5) 淑且眞(숙차진)－훌륭하고도 참되다. '숙'·'진'은 예부터 여자들의 미덕으로 알려졌음. 6) 肌理(기리)－살결. 7) 細膩(세니)－곱고 매끄러운 것. 8) 勻(균)－가지런하다, 고르다, 균형이 잡히다. 9) 蹙金孔雀(축금공작)－'축금'은 금실을 대어 주름이 잡히게 수를 놓는 것. 따라서 금실로 공작 무늬의 수를 놓는 것. 10) 翠爲匐葉(취위압엽)－'압엽'은 나뭇잎새 머리장식. 따라서 비취새 깃으로 나무 잎새 머리장식을 만드는 것. 11) 垂

鬢脣(수빈순)－귀밑머리 끝에 드리우다. 12) 腰衱(요겁)－허리의 옷자락. 13) 穩稱身(온칭신)－안정되게 몸매에 어울리다. 옷이나 장식이 아름다울 뿐만 아니라 몸매도 아름다움을 뜻함. 14) 椒房親(초방친)－황후(皇后 : 여기서는 楊貴妃)의 친족들. '초방'은 황후의 거처. 황후의 거실 벽은 흙에 산초(山椒)를 개어 발랐기 때문에 이런 호칭이 생겼음. 15) 虢與秦(괵여진)－괵국부인(虢國夫人 : 楊貴妃의 셋째 언니)과 진국부인(秦國夫人 : 楊貴妃의 여덟째 언니). 이밖에 큰언니는 한국부인(韓國夫人)에 봉해졌다. 16) 紫駝之峯(자타지봉)－자주색 털빛 낙타의 등 봉우리. 여기서는 낙타의 등 봉우리 고기로 만든 요리. 낙타의 등 봉우리 고기는 맛이 좋기로 유명하다. 17) 翠釜(취부)－비취색 솥, 비취색이 나는 아름다운 솥. 18) 水精之盤(수정지반)－수정 쟁반. 19) 素鱗(소린)－흰비늘. 흰비늘이 달린 깨끗한 생선. 20) 犀箸(서저)－외뿔소 뿔로 만든 젓가락. 筯(저)로 된 판본도 있음. 箸의 이체자로 뜻이 같음. 21) 厭飫(염어)－좋은 음식에 싫증이 나서 먹기 싫은 것. 22) 鑾刀(난도)－난새 우는 소리가 나는 방울이 달린 칼(《詩經》小雅 信南山 · 陳奐《詩毛氏傳疏》). 23) 縷切(누절)－잘게 써는 것. 24) 紛綸(분륜)－어지러운 것, 번잡한 것. 25) 黃門(황문)－중서(中書)에 속하는 내시의 관청 이름(《漢書》天官公卿表), 궁전 안의 황문(黃門)에 있는 내시들(顔師古 注). 26) 飛鞚(비공)－본시 '공'은 말굴레. 여기서는 나는 듯이 말을 모는 것. 27) 御廚(어주)－궁중의 부엌, 궁중의 음식 만드는 곳. 28) 絡繹(낙역)－끊이지 않고 이어지는 것. 29) 八珍(팔진)－여덟 가지 진미(《周禮》天官 官膳夫), 갖가지 진귀한 음식. 30) 簫鼓哀吟(소고애음)－퉁소와 북소리가 슬프게 나다. 여러 가지 악기가 애상을 띤 음악을 연주함을 뜻함. 31) 賓從雜遝(빈종잡답)－손님과 종자들이 많이 모인 것. 32) 實要津(실요진)－요소요소에 차 있다. '요진'을 정치의 실력자로 보고, 정치적 실력자들이 모여 가득 차 있다는 뜻으로 보아도 좋다. 33) 鞍馬(안마)－안장이 놓인 말을 타는 것. 34) 逡巡(준순)－뒷걸음치듯 우물우물하는 것. 여기서는 여유있게 천천히 행동하는 모양. 35) 當軒(당헌)－집 문앞에 당도하는 것, 장막 앞에 당도하는 것. 36) 錦茵(금인)－비단방석. 37) 楊花(양화)－버들꽃. 여기서는 버들솜. 38) 白蘋(백빈)－흰 개구리밥. 수초의 일종으로 잎이 물 위에 떠있음. 39) 靑鳥(청조)－파랑새. 옛날 서왕모(西王母)의 심부름을 하던 새(《漢武故事》). 그러나 여기서는 물새의 일종으로 봄이 좋겠다. 40) 銜紅巾(함홍건)－빨간 손수건을 물다. 물새도 여자들의 빨간 손수건을 물고 갈만큼 물가에 화려한 치장을 한 부인들이 많이 나왔음을 형용한 말로 봄이 좋겠다. 41) 炙手可熱(적수가열)－대면 손을 델 만큼 뜨겁다. 잘못 건드리면 혼이 남을 뜻함. 42) 絕倫(절륜)－달리 비길 곳 없이 뛰어난 것. 43) 丞相(승상)－양국충(楊國忠)을 가리킨다.

解說 이 시는 삼월 삼짇날 물가에 나와 노니는 귀족들의 화려한 놀이를 묘사한 시이다. 글의 흐름으로 보아 귀족들의 화려함을 단순히 칭송한 게 아니라 풍자의 뜻을 담고 있는 듯하다. 그러기에 중국 학자들은 흔히 이 시는 양국충(楊國忠)과 괵국부인(虢國夫人)의 불륜을 풍자한 것이라고 풀이하였다(仇兆鰲 《杜詩詳注》 등). 특히 '버들 솜 눈처럼 떨어져 흰 개구리밥 위에 덮이고, 푸른 새 날아가는데 빨간 손수건을 물고 있네(楊花雪落覆白蘋, 靑鳥飛去銜紅巾)'라고 읊은 것은 이들의 음란한 짓을 직접 암시하며 풍자한 것이라 한다. 그러나 이것은 중국식의 지나친 해석이 아닐까 한다. 오히려 글 뜻대로 시를 읽을 때 더욱 좋은 시임이 실감된다.

촉나라 승상(蜀相[1])

승상의 사당을 어디에서 찾을까?
금관성 밖 백나무 우거진 곳이지.
섬돌 햇빛 아래 푸른 풀은 봄빛을 스스로 드러내고 있고
나뭇잎 사이 꾀꼬리는 부질없이 고운 소리로 우네.
세 번이나 찾아와 천하의 큰 일 의논하니
두 왕조 섬기며 나라 위해 늙은 신하의 마음 바쳤네.
출정하여 승리하기 전에 자신이 먼저 죽으니
길이 후세 영웅들로 하여금 눈물로 옷깃 적시게 하네.

승 상 사 당 하 처 심　　　　금 관 성　외 백 삼 삼
丞相祠堂何處尋고?　　　錦官城[2]外柏森森[3]이라.

영　계 벽 초 자 춘 색　　　격 엽 황 리　공 호 음
暎[4]階碧草自春色이오,　　隔葉黃鸝[5]空好音이라.

삼 고　빈 번　천 하 계　　　양 조　개 제　노 신 심
三顧[6]頻煩[7]天下計하니,　兩朝[8]開濟[9]老臣心이라.

출 사 미 첩　신 선 사　　　장 사 영 웅 루 만 금
出師未捷[10]身先死하니,　長使英雄淚滿襟[11]이라.

註解 1) 蜀相(촉상)－촉나라 승상, 제갈량(諸葛亮)을 가리킴, 2) 錦官城(금관성)－본시는 성도(成都) 남쪽의 작은 성을 이르는 말이었

▲성도의 제갈량 사당

는데, 성도 전체를 이르는 말이 되었다. 3) 森森(삼삼)－매우 우거진 모양. 백(柏)은 보통 잣나무로 알고 있지만 실제로 중국의 백은 잣나무가 아니다. 따라서 그냥 '백나무'라 옮겼다. 4) 暎(영)－햇빛이 비치는 것, 映(영)과 같은 글자. 5) 黃鸝(황리)－꾀꼬리. 6) 三顧(삼고)－제갈량이 호북성 융중(隆中)이란 곳 움막에 숨어살 적에 유비(劉備)가 세 번 찾아가 나랏일을 도와줄 것을 간청하여 마침내 응하였다. 7) 頻煩(빈번)－자주, 여러 번. 8) 兩朝(양조)－제갈량이 유비(劉備)와 후주 유선(劉禪)의 두 임금을 섬겼다. 9) 開濟(개제)－나라를 열고 다스리는 것. 10) 出師未捷(출사미첩)－중원 땅을 회복하기 위하여, 군사를 이끌고 나가 싸우다가 승리하지 못하였다. 제갈량이 건흥(建興) 12년(234) 군대를 이끌고 위(魏)나라 사마의(司馬懿)와 싸우다가 결국 오장원(五丈原)에서 죽은 것을 말한다. 11) 滿襟(만금)－옷깃을 가득 채우다, 눈물로 옷깃을 흠뻑 적시는 것.

解說 두보가 성도의 초당에서 지내는 동안(760~765) 성도에 있는 제갈량의 사당을 찾아가 지은 시이다. 작자는 성도로 와서 초당을 짓고 안착한 뒤로는 마음도 어느 정도 안정되어 차분한 시들을 짓고 있다. 주변의 초목이나 동물에게까지도 관심이 미치고 있다. 작자는 나라가 어지러웠기 때문에, 중원회복을 위하여 위나라와 여섯 번에 걸쳐 싸우다가 마침내는 오장원이란 곳에서 죽은 제갈량에 대하여 큰 관심을 보이고 있다. 이 시 이외에도 두보에게 제갈량과 관련된 시가 10수도 더 되는 것을 보면 관심의 정도를 알 수 있을 것이다.

오래된 백나무 노래(古栢行[1])

제갈량의 묘(廟) 앞에 늙은 백나무 있는데,
가지는 청동 같고 뿌리는 돌 같네.
서리에 오랜 세월 견딘 껍질 빗물에 젖어 있는데 둘레는 40아름이나 되고,
검푸른 잎새 빛은 하늘로 퍼져 2천 척이나 솟아 있네.

임금 유비(劉備)와 신하 제갈량, 이미 함께 시국 위해 만나 활약했으니,
묘 앞의 나무조차도 사람들의 아낌 받게 된 것일세.
나무 끝에 구름 몰려오면 그 기운은 무협(巫峽)으로 길게 연해지고,
달이 떠 나무에 비치면 싸늘함이 설산(雪山)의 흰 빛으로 통하네.
생각컨대 옛날 길을 돌아 금정(錦亭) 동쪽 지난 일 있는데,
촉나라 첫째 임금 유비와 제갈량이 같은 묘당에 모셔져 있었네.
거기에도 높이 백나무 줄기와 가지 자라 있어 교외의 들판도 오래 된 듯하였고,
으슥한 속에 단청은 남아 있었으나 문과 창 안은 텅 비어 있었네.
백나무 가지 퍼지고 뿌리 서리어 비록 좋은 땅 얻고 있으나,
잎새 자욱하고 외로이 높이 자라 사나운 바람 많이 받네.
자신을 지탱하여 온 것은 말할 것도 없이 신명의 힘일 것이고,
바르고 곧게 자란 것은 본시 조물주의 공로 때문이리라.
그러나 큰 집이 기울어 만약 들보나 기둥이 필요하다 해도,
이 나무 언덕이나 산처럼 무거워, 끌고 가려면 만 마리 소도 고개 돌려 버리리라.
아름다운 나무 무늬 드러내지 않았어도 세상 사람들은 이미 큰 재목이라 하여 놀라고,
베어 가기를 사양하지 않으려 해도 이를 누가 운반하겠는가?
나무의 괴로워하는 중심엔 구멍나고 땅강아지와 개미집 짓는 걸 면할 수 없고,
향기로운 나뭇잎새에는 마침내 난새와 봉황새 깃든 적 있었을 것이네.
뜻있는 선비나 속세를 숨어 사는 사람들 원망하고 탄식하지 마라,
옛부터 재목이 크면 쓰여지기 어려웠다네.

공명 묘전유로백 　　가여청동근여석
孔明[2]廟前有老栢하니, 　柯如靑銅根如石이라.

상피 류우 사십위 　　대색 참천 이천척
霜皮[3]溜雨[4]四十圍하고, 　黛色[5]參天[6]二千尺이라.

군신 이여시제회　　수목유위인애석
君臣[7]已與時際會[8]하니,　　樹木猶爲人愛惜이라.

운래기접무협 장　　월출한통설산백
雲來氣接巫峽[9]長이오,　　月出寒通雪山白[10]이라.

억작노요금정 동　　선주무후 동비궁
憶昨路繞錦亭[11]東하니,　　先主武侯[12]同閟宮[13]이라.

최외 지간교원고　　요조 단청호유 공
崔嵬[14]枝幹郊原古[15]요,　　窈窕[16]丹青戶牖[17]空이라.

낙락 반거 수득지　　명명 고고다열풍
落落[18]盤踞[19]雖得地나,　　冥冥[20]孤高多烈風이라.

부지 자시신명력　　정직 원인조화 공
扶持[21]自是神明力[22]이오,　　正直[23]元因造化[24]功이라.

대하 여경요량동　　만우회수 구산중
大廈[25]如傾要梁棟[26]할새,　　萬牛回首[27]丘山重이라.

불로문장 세이경　　미사전벌 수능송
不露文章[28]世已驚하고,　　未辭剪伐[29]誰能送고.

고심 미면용루의　　향엽종경숙란봉
苦心[30]未免容螻蟻요,　　香葉終經宿鸞鳳이라.

지사유인 막원차　　고래재대난위용
志士幽人[31]莫怨嗟하라,　　古來材大難爲用이라.

註解 1) 古栢行(고백행)－백(栢)은 백(柏)으로도 쓰며, 백나무. 보통 잣나무로 알고 있으나 실은 우리나라의 측백나무와 향나무의 중간 모습을 한 나무임. 이 시는 기주(夔州 : 四川省 奉節縣) 제갈량의 묘당 앞에 있는 늙은 백나무를 보고 노래한 것이다. 기주에는 촉나라 임금 유비의 묘와 제갈량의 묘가 따로 있는데, 성도(成都)의 묘당에는 두 사람이 함께 모셔져 있다. 《두소릉집》 권15에 실려 있다. 2) 孔明(공명)－삼국시대 촉(蜀)나라의 제갈량(諸葛亮). 자가 공명(孔明). 본시 양양(襄陽)에 숨어 살았는데 촉나라 임금 유비가 삼고초려(三顧草廬)하여 불러냈고 뒤에 승상으로 삼았다. 제갈량은 지략이 뛰어나 무수히 조조(曹操)의 군대를 패배시켰고, 유비가 죽은 뒤 후주(後主)를 보좌하여 무향후(武鄕侯)에 봉해졌다. 중원 땅을 회복하여 한나라 왕실을 부흥시키려 하였으나 끝내 뜻을 이루지 못하고 54세로 죽었다. 3) 霜皮(상피)－서리맞은 껍질, 여러 해 서리를 맞으며 자란 껍질. 4) 溜雨(류우)－빗물이 흘러내리는 것, 빗물에 젖어 있는 것. 5) 黛色(대색)－검푸른 색깔, 눈썹 그리는 화장품 색깔. 6) 參天(참천)－하늘로 퍼지다. 7) 君臣(군신)－유비와 승상 제갈량을 가리킴. 8) 時際會(시제회)－시국을 위해 만나다. '제회'는 우연히 만나는 것. 9) 巫峽(무협)－장강 상류에 있는 급류인 삼협(三峽)의 하나로 사천성(四川省) 무산현(巫山縣)의 무산(巫山)을 뚫고 흐르는 곳이다. 10) 月出寒通雪山白(월출한통설산백)－달이 떠 나무에 비치면 싸늘함이 설산(雪山)의 흰빛으로 통한다. 여기의 설산은 사천성 송반현(松潘縣) 남쪽에 있는 민산(岷山)의 주봉을 가리킨다. 11) 錦亭(금정)－사천성 성도에 있는 금강정(錦江亭)을 가리킴. 12) 先主武侯(선주무후)－'선주'는 촉나라 첫번째 임금 유비, '무후'는 제갈량. 후주(後主)에게서 무향후(武鄕侯)에 봉해져 무후라고도 부른다. 무향(武鄕)은 섬서성(陝西省) 포성현(褒城縣)의 옛 이름. 13) 閟宮(비궁)－조용히 닫혀져 있는 궁(《詩經》 魯頌 閟宮 毛傳)으로 묘당을 뜻함. 14) 崔嵬(최외)－산이 높이 솟은 모양. 여기서는 나무가 높이 자란 모양. 15) 郊原古(교원고)－성 밖의 들판도 오래된 듯하다. 16) 窈窕(요조)－으슥한 동굴의 모양. 여기서는 묘당이 깊고 으슥한 모양. 17) 戶牖(호유)－문과 창. 18) 落落(낙락)－성글고 틈이 있는 모양, 나뭇가지가 성글게 퍼져 있는 모양. 19) 盤踞(반거)－뿌리가 서려 있는 것, 뿌리가 꾸불꾸불 엉겨붙어 있는 것. 20) 冥冥(명명)－자욱한 모양. 나뭇가지와 잎새가 높이 무성하게 자라 자욱하게 보이는 것. 21) 扶持(부지)－지탱해 오다, 넘어지지 않고 버티어 오다. 22) 神明力(신명력)－천지신명(天地神明)의 힘. 23) 正直(정직)－백나무가 바르고 곧게 자란 것. 24) 造化(조화)－조물주. 25) 大廈(대하)－큰 집, 큰 건물. 26) 梁棟(양동)－기둥과 들보. 27) 萬牛回首(만우회수)－만 마리의 소도 너무 무거워 끌기를 단념하고 머리를 돌린다는 뜻. 28) 文章(문장)－나무의 아름다운 무늬. 29) 未辭剪伐(미사전벌)－측백나무를 자르고 베는 것을 아무도 사양하지 않는다, 베는 것을 거부하지 않는다. 30) 苦心(고심)－괴로워하는 마음. 고난을 겪어온 나무의 중심을 가리킴. 31) 志士幽人(지사유인)－뜻있는 선비와 속세로부터 숨어 사는 사람.

두보는 끝머리에서 이 측백나무를 뜻을 얻지 못한 뛰어난 큰인물에 비유한 것이다.

解說 나무 자체의 묘사로는 이 시의 표현에 과장이 느껴진다. 그러나 늙은 백나무의 겉모양이나 자란 기세를 이처럼 과장이라 느껴질 만큼 강한 기세로 표현한 것은 세상에서 뜻을 이루지 못한 큰인물에 비유하기 위한 것인 듯하다. 두보는 은근히 자신을 백나무에 견주고 싶었을 것이다. 그렇게 본다면 송대의 심괄(沈括)이 《몽계필담(夢溪筆談)》에서 이 백나무 둘레가 40아름이고 높이가 2천 척이라 한 것은 있을 수 없는 일이라고 한 비판같은 것은 무의미해진다.

전차의 노래(兵車行[1])

수레는 덜컹덜컹 말은 히힝히힝,
출정하는 사람들은 활과 화살 제각기 허리에 차고 있네.
그들 부모 처자들은 뛰어오면서 전송하고 있는데,
흙먼지 때문에 함양교(咸陽橋)도 보이지 않네.
옷자락 잡아끌고 발 구르며 길을 막고 곡하니,
그 곡소리 곧장 구름 뜬 하늘에 닿도록 올라가네.
길가를 지나던 사람이 출정하는 사람에게 물어보니,
출정하는 사람은 다만 군대로 뽑혀 가는 일이 잦다고만 말하네.
어떤 이는 열다섯 살부터 북쪽 황하를 방비하러 가,
그대로 마흔 살 되도록 서쪽의 둔전병(屯田兵)으로 있다네.
떠나갈 적에 이장이 관례(冠禮) 미리 올리고 머리 동여 주었는데,
돌아올 때에는 머리 희어졌는데도 또 변방으로 수자리 살러 가야 한다네.
변경 지방엔 흘린 피가 바닷물처럼 고였다 하는데도,
한 무제(武帝)처럼 임금은 변경 개척하려는 뜻 없애지 않고 있네.

그대는 듣지 못했는가, 한 무제는 원정에 백성들 징발하여 산동 지방 2백 고을의,
수천 수만의 마을을 모두 가시덩굴로 덮였던 일을?
비록 튼튼한 부인 있어 호미나 쟁기 잡고 일한다 해도
벼가 밭 둔덕과 이랑에 마구 자라 동서의 분간도 없게 되네.
더욱이 진 땅의 병사들은 고통스런 전쟁 잘 견디어 낸다 하였으니,
부려먹는 것이 개와 닭이나 다를 것 없는 형편일세.
윗분이 비록 물어본다 해도,
졸짜야 감히 원한을 얘기할 수 있겠는가?
또한 올해 겨울 같은 때에는,
관서지방의 병졸 징집도 끊이지 않고 있다네.
고을 관원은 다급히 조세를 거두려 하나,
조세가 어디에서 나오겠는가?
진실로 아들 낳는 건 나쁘고,
도리어 딸 낳는 게 좋음을 알게 되었네.
딸 낳으면 그래도 이웃에 시집보낼 수 있으나,
아들 낳으면 들에 묻혀 잡초와 함께 썩게 된다네.
그대는 보지 못했는가, 청해 근처엔,
옛부터 흰 뼈 널려 있어도 거두는 사람 없다는 것을?
새로운 귀신은 번민으로 괴로워하고 낡은 귀신은 곡을 하여,
날 흐리고 비 젖는 때엔 귀신 우는 소리 끊임없다네.

거린린 마소소
車轔轔[2] 馬蕭蕭[3]하고,

행인 궁전각재요
行人[4]弓箭各在腰라.

야양처자주상송
爺孃妻子走相送하니,

진애불견함양교
塵埃不見咸陽橋[5]라.

견의돈족 란도곡
牽衣頓足[6]攔道哭[7]하니,

곡성직상간운소
哭聲直上干雲霄[8]라.

도방과자문행인　행인단운점행빈
道旁過者問行人하니,　行人但云點行頻[9]라.

혹종십오북방하　변지사십서영전
或從十五北防河[10]하여,　便至四十西營田[11]이라.

거시리정 여과두　귀래두백환수변
去時里正[12]與裹頭[13]러니,　歸來頭白還戍邊[14]이라.

변정 유혈성해수　무황개변 의미이
邊庭[15]流血成海水나,　武皇開邊[16]意未已라.

군불문한가산동이백주　천촌만락생형기
君不聞漢家山東二百州[17]에,　千村萬落生荊杞[18]를?

종유건부파서리　화생농묘 무동서
縱有健婦把鋤犁[19]나,　禾生隴畝[20]無東西[21]라.

황부진병 내고전　피구불이견여계
况復秦兵[22]耐苦戰하니,　被驅不異犬與鷄라.

장자 수유문　역부감신한
長者[23]雖有問이나,　役夫敢伸恨고?

차여금년동　미휴관서 졸
且如今年冬엔,　未休關西[24]卒이라.

현관급색조　조세종하출
縣官急索租[25]나,　租稅從何出고?

신지생남악　반시생녀호
信知生男惡이고,　反是生女好라.

생녀유득가비린　생남매몰수백초
生女猶得嫁比鄰이나,　生男埋沒隨百草[26]라.

군불견 청해 두　고래백골무인수
君不見 靑海[27]頭에,　古來白骨無人收를?

신귀번원 구귀곡　천음우습성추추
新鬼煩寃[28]舊鬼哭하여,　天陰雨濕聲啾啾[29]라.

註解 1) 兵車行(병거행)－전차의 노래. 실제로는 임금이 나라 땅을 넓히려는 욕심 때문에 전쟁에 끌려나가 일생을 망치는 무수한 젊은이와 도탄에 빠지는 백성들의 삶을 노래한 것임. 현종이 토번(吐

蕃)을 징벌하여 백성들이 전쟁터에 끌려나가 고통을 당하고 있는 것을 보다 못해 지은 시라고 한다. 《두소릉집》 권2에 실려 있다. 2) 轔轔(인린)-수레바퀴 소리(《詩經》 秦風 車鄰). 3) 蕭蕭(소소)-말이 우는 소리(《詩經》 小雅 車攻). 4) 行人(행인)-출정하는 사람들, 전쟁터로 끌려가는 사람들. 爺(아비 야)는 耶(아버지를 부르는 말)로 같이 쓰이며 耶로 된 판본도 있다. 孃(양)은 어미. 5) 咸陽橋(함양교)-장안 서쪽 위수(渭水)에 놓인 다리 이름. 서위교(西渭橋)라고도 불렀음(《大明一統志》). 6) 頓足(돈족)-발을 구르다. 7) 攔道哭(난도곡)-길을 가로막고 곡하다. 8) 干雲霄(간운소)-구름 뜬 하늘에까지 올라가 닿다. 9) 點行頻(점행빈)-장정들 명부에서 이름을 가려내어 소집해 끌어가는 일이 잦다, 장정들을 전쟁터로 잡아가는 일이 잦아졌다. 10) 北防河(북방하)-개원(開元) 15년(727) 토번(吐蕃)이 변경을 침입했는데, 황하 상류의 하우(河右 : 甘肅省 지방)도 침략하였다. 이때 '북쪽 하우(河右)를 방비했다' 는 뜻. 제방을 막고 황하물이 넘쳐 터지는 것을 막는 것이 방하(防河)라고도 하나(《集註》) 옳지 않은 듯하다. 11) 西營田(서영전)-서쪽의 둔전병(屯田兵)이 되다. 둔전병은 평시엔 그곳의 농사를 짓고 있다가 일이 생기면 수비병(守備兵)이 되는 제도였다. 12) 里正(이정)-이장(里長), 촌장(村長). 13) 裹頭(과두)-출정하는 사람의 나이 열다섯인데도 미리 관예(冠禮)를 행하여 머리를 묶고 천으로 동여매 주는 것. 관례는 남자 스무 살 때 올리던 성인이 되는 의식. 14) 還戍邊(환수변)-또 변경으로 수자리 살러 가다. 15) 邊庭(변정)-변경지방. 흉노에게 북정(北庭)·남정(南庭)이 있어서(《後漢書》 班國傳) '변정' 이란 말을 썼다. 16) 武皇開邊(무황개변)-한무제가 변경을 개척하다. 당 현종을 한무제에 견준 것임. 17) 山東二百州(산동이백주)-전국(戰國)시대 육국(六國)을 뜻하며, 모두 효산(崤山) 함곡관(函谷關) 동쪽에 있었기 때문이다. 거기에는 211주(州)가 있었다 한다. 이밖에 태행산(太行山) 동쪽(지금의 山東省), 또는 화산(華山)의 동쪽 지방을 산동(山東)이라고도 불렀다. 18) 荊杞(형기)-덩굴이 뻗는 잡초의 일종. 19) 鋤犁(서리)-호미와 쟁기. 농기구를 가리킴. 20) 隴畝(농묘)-밭 둔덕과 밭이랑. 21) 無東西(무동서)-동서가 없다. 농사를 잘못 지어 곡식이 아무렇게나 자라 있는 것을 뜻함.

22) 秦兵(진병)－진 땅(陝西省)의 군대. 鷄(계)는 雞(계)로 된 판본도 있다. 23) 長者(장자)－윗사람. 지위가 높은 군인. 24) 關西(관서)－함곡관(函谷關) 서쪽 지방, 섬서(陝西)·감숙(甘肅) 지방. 25) 急索租(급색조)－다급히 조세(租稅)를 받으려 하다. 26) 隨百草(수백초)－여러 잡초들과 함께 썩어감을 뜻한다. 27) 靑海(청해)－청해성(靑海省)에 있는 호수 이름. 이때 토번(吐蕃)이 이 고장을 침략하여 가서한(哥舒翰)이 이들을 평정하는 데에 큰 공을 세웠던 고장. 28) 煩寃(번원)－번민으로 괴로워하다, 많은 시름이 사무치는 것. 29) 啾啾(추추)－흐느껴 우는 소리.

解說 이 시는 〈석호리(石壕吏)〉 등과 함께 두보가 전쟁에 시달리는 백성들의 처참한 모습을 고발한 유명한 사회시의 하나이다. 두보는 이처럼 백성들의 고통을 이해하고 그들의 입장을 대변하려 하였기 때문에 후세까지도 시성(詩聖)으로 받들어지는 것이다. 두보에게 이처럼 뜨거운 인간애가 없었다면 문장만 가지고 성(聖)이란 칭호까지 얻지는 못했을 것이다.

이 시는 대체로 7언이 중심이지만 5언도 여덟 구절이나 들어 있고, 6언이 두 구절, 10언 조차도 한 구절이 들어 있는 형식상의 변화가 다양한 시이다. 이것이 가요체의 묘미라 할 것이다.

진도를 슬퍼함(悲陳陶[1])

초겨울 열 고을의 양가집 자식들이 죽어
그들의 피가 진도 호수의 물이 되었다네.
넓은 들 맑은 하늘 아래 싸우는 소리도 없는데
사 만의 관군이 하루에 다 죽었다네.
오랑캐 반란군은 돌아와 피 묻은 화살을 씻고
도성 안에서 오랑캐 노래 부르며 술 마시고 있네.
도성 사람들은 북쪽 향해 얼굴 돌리고 울면서
밤낮으로 다시 관군 와주기만을 바라고 있네.

맹동 십군 양가자　　혈작진도택중수
孟冬[2]十郡[3]良家子이,　　血作陳陶澤中水라.

야광천청무전성　　사만의군동일사
野曠天淸無戰聲이어늘,　　四萬義軍同日死라.

군호귀래혈세전　　잉창호가 음도시
羣胡歸來血洗箭하고,　　仍唱胡歌[4]飮都市라.

도인회면향북제　　일야갱망관군지
都人回面向北啼[5]하고,　　日夜更望官軍至라.

註解 1) 陳陶(진도)－장안의 서쪽 함양(咸陽)에 있는 땅 이름. 이 시는 '안사의 란'이 일어난 다음 해인 숙종(肅宗)의 지덕(至德) 원년(756)에 시인 두보가 반란군에게 점령당한 당제국의 수도 장안에서 지은 작품이다. '안사의 란'이 일어나자 당나라 현종은 지금의 사천(四川) 쪽으로 피란을 가고, 아들 숙종(肅宗)에게 임금 자리를 내주어 반란군 진압의 임무를 맡긴다. 숙종이 반란군 진압을 맡은 첫 해에 당나라 장수 방관(房琯)의 군대가 진도에서 안록산의 반란군과 싸우다가 크게 패하여 4만의 군대가 한꺼번에 몰살되었다. 시인 두보는 반란군이 점령하고 있는 장안에 있으면서 이 소식을 듣고 이 시를 지었다 한다. 2) 孟冬(맹동)－첫 겨울, 음력 10월 무렵. 3) 十郡 (십군)－그 당시 관군을 모집했던 장안 서북쪽의 여러 고을들을 가리킴. 4) 胡歌(호가)－오랑캐 노래, 반란을 일으킨 안록산도 오랑캐였고, 그의 주력부대도 오랑캐들이었다. 5) 廻面向北啼(회면향북제)－북쪽 향해 얼굴 돌리고 울다. 그때 황제인 숙종은 장안으로부터 멀리 쫓겨나 북쪽의 팽원(彭原, 지금의 甘肅省 寧縣)에 가 있었기 때문이다.

解說 작자인 두보의 시는 그 시대를 가장 잘 반영하고 있다고 하여 중국 사람들은 흔히 시사(詩史)라고도 한다. '안사의 란' 속에 백성들이 겪고 있는 비참한 고난과 전쟁의 비정함을 시를 통해 고발하고 있다. 그것은 어려운 시대에 처한 시인의 자각을 뜻하기도 하며 중국의 시인과 시풍의 변화를 뜻하기도 하는 것이다. 그는 시의 언어에 있어서도 개성적인 표현을 추구하고, 당나라에 와서 이룩된 근체시인 율시를 중국시의 형식을 대표하는 시체로 세련을 통하여 확정시킨다.
이러한 두보의 시가 보여주는 새로운 경향은 이른바 중당(中唐) 시기에 일어난 중국시의 개혁 또는 발전을 이끌게 된다. 백거이(白居易)·원진(元稹)·한유(韓愈)·유종원(柳宗元)·유우석(劉禹錫) 같은 시인들이 그를 뒤이어 중국 시는 그 시대를 반영하고 그 시대 백성들을 대변하는 개성적인 문인들의 문학작품으로 발돋움한다.

두보는 반란군들이 노래 부르며 술 마시고 있는 장안의 사람들이 "밤낮으로 다시 관군 와주기만을 바라고" 있는 당시의 실정을 노래 부르고 있는 것이다.

무기를 씻는 노래(洗兵行[1])

나라를 다시 일으켜 세운 여러 장수들 산동 지방을 수복하여,
승전 보고가 밤에도 통보되니 밝은 낮이나 같았네.
황하 넓다지만 듣건대 간단히 건너 진격했다니
오랑캐 안록산의 남은 무리들의 위태로운 목숨 쪼개지는 대나무 같은 꼴일세.
오직 업성(鄴城)이 남았다지만 며칠 안으로 수복될 것이니,
오로지 삭방절도사(朔方節度使) 곽자의(郭子儀)에게 무한한 공로 맡겨 두었네.
장안 사람들 모두 서역의 천리마(千里馬) 타고 있고,
우리 도운 위구르 사람들 포도궁(葡萄宮)에서 고기 배불리 먹고 있네.
이미 황제의 위세가 동해와 태산 지방 맑게 한 것 기쁘기는 하나,
늘 임금의 행차가 공동산(崆峒山) 지나 촉 땅으로 피난갔던 일 생각나네.
지난 3년 동안 피리 소리 들으며 관산(關山)의 달 바라보았고,
여러 나라 군사들 앞에서 초목 흔드는 바람 맞았네.
태자인 성왕(成王)은 공로 큰데도 마음은 더욱 작아져 신중해지고,
곽자의(郭子儀) 재상은 계략 깊기가 옛날 사람 중에도 드물 정도

이며,
사도 이광필(李光弼)의 맑은 판단 능력은 밝은 거울 달아놓은 듯하고,
상서 왕사례(王思禮)의 기개는 가을하늘처럼 넓고 크네.
이들 두세 분의 호걸들이 시국을 위해 나왔으니,
천지를 정돈하여 어려운 시국을 잘 구제하였네.
동쪽으로 가며 다시는 옛날 장한(張翰)처럼 고향의 농어 생각이나 벼슬을 내던지는 이 없게 되었고,
남쪽으로 날아가도 모두 제각기 편안히 깃들 둥지가 있게 되었네.
한 봄의 기운도 다시 임금의 관 따라 궁중으로 들어와,
궁성은 아침 안개와 꽃으로 둘려지게 되었네.
태자의 수레 밤새도록 세워져 있고 임금의 수레도 갖추어져 있다가,
닭이 울면 상황의 침소에 문안드리려고 새벽 용루문(龍樓門)을 나서네.
사람들 용(龍)에 매달리고 봉(鳳)에 붙어 공로 세워 기세 감당할 수 없게 되니,
온 천하 사람들 모두 후왕(侯王)이 된 듯하네.
그대들 어찌 임금의 힘입고 있음 의식하겠는가?
때가 왔다고 해서 자신의 능력 강함 뽐내면 안 되는 것일세.
관중(關中)에는 이미 한나라 고조(高祖)의 소하(蕭何) 같은 두홍점(杜鴻漸) 머물고 있고,
군막 아래엔 또 한고조의 장자방(張子房) 같은 장호(張鎬)를 쓰고 있네.
장호는 평생을 장강과 동해지방 떠돌아다니는 나그네였고,
키는 9척에 수염과 눈썹 검푸른 모습이네.
임금에게 불려 쓰여지게 되자 마침 호랑이 바람 만나고 용 구름 만난 것처럼 되어,
넘어지는 나라 부축해 일으키니 비로소 계책 훌륭함 알게 되었네.
푸른 겉옷에 흰 말 탄 반란군이 다시 무슨 문제 되겠는가?

동한의 광무제(光武帝)나 주나라 선왕(宣王)처럼 나라를 다시 일으켜 세우니 기쁘기만 하네.
이젠 천지 어떤 작은 나라까지도 모두 조공(朝貢)을 오게 되고,
특이한 상서로운 물건들을 다투어 보내오네.
어느 나라인지는 알 수 없으나 흰 옥고리를 보내왔고,
다시 여러 산에서는 은항아리가 나왔다 하네.
숨어 지내던 사람들도 자지곡(紫芝曲)을 부르며 숨지 않게 되었고,
문인들은 황하 물이 맑아졌다는 송시(頌詩)를 지어야 하게 되었네.
농가에서는 농사 시작하기 바라며 빗물 마르는 것을 애석히 여기고 있는데,
뻐꾹새는 곳곳에서 봄 씨뿌리기 재촉하고 있네.
기수(淇水) 가의 건장한 병사들은 고향에 돌아가는 일 싫어하지 말게나,
장안 성 남쪽 남편 그리는 부인들 시름 많은 꿈꾸고 있다네.
어찌하면 장사를 구하여 은하수를 끌어다가,
갑옷과 무기 깨끗이 씻어 버리고 영원히 쓰지 않도록 할 수 있을까?

중흥제장 수산동　　첩서 야보청주동
中興諸將[2)]收山東[3)]하여,　　捷書[4)]夜報淸晝同[5)]이라.

하광 전문일위과　　호위명 재파죽중
河廣[6)]傳聞一葦過하니,　　胡危命[7)]在破竹中[8)]이라.

지 잔업성 불일득　　독임삭방 무한공
祇[9)]殘鄴城[10)]不日得이니,　　獨任朔方[11)]無限功이라.

경사개기한혈마　　회흘 위 육포도궁
京師皆騎汗血馬[12)]하고,　　回紇[13)]餧[14)]肉葡萄宮[15)]이라.

이희황위청해대　　상사선장 과공동
已喜皇威淸海岱[16)]나,　　常思仙仗[17)]過崆峒[18)]이라.

삼년 적리관산월　　만국병전초목풍
三年[19)]笛裏關山月[20)]이오,　　萬國兵前草木風[21)]이라.

성왕 공대심전소
成王[22]功大心轉小[23]하고,
곽상 모심고래소
郭相[24]謀深古來少라.

사도청감 현명경
司徒清鑑[25]懸明鏡이오,
상서 기여추천묘
尚書[26]氣與秋天杳[27]라.

이삼호준 위시출
二三豪俊[28]爲時出하니,
정돈건곤제시료
整頓乾坤濟時了[29]라.

동주무부억로어
東走無復憶鱸魚[30]요,
남비 각유안소조
南飛[31]各有安巢鳥라.

청춘부수관면 입
青春復隨冠冕[32]入하여
자금 정내 연화요
紫禁[33]正耐[34]煙花繞[35]라.

학가통소 봉련 비
鶴駕通宵[36]鳳輦[37]備요,
계명문침 용루 효
鷄鳴問寢[38]龍樓[39]曉라.

반룡부봉 세막당
攀龍附鳳[40]勢莫當하니,
천하진화위후왕
天下盡化爲侯王[41]이라.

여등기지몽제력
汝等豈知蒙帝力[42]고?
시래부득과신강
時來不得誇身强[43]이라.

관중 기류소승상
關中[44]旣留蕭丞相[45]이오,
막하부용장자방
幕下復用張子房[46]이라.

장공 일생강해객
張公[47]一生江海客[48]이오,
신장구척수미창
身長九尺鬚眉蒼[49]이라.

징기 적우풍운회
徵起[50]適遇風雲會[51]하니,
부전 시지주책 량
扶顚[52]始知籌策[53]良이라.

청포백마 갱하유
青袍白馬[54]更何有오?
후한금주 희재창
後漢今周[55]喜再昌[56]이라.

촌지척천 개입공
寸地尺天[57]皆入貢[58]하고,
기상이서 쟁래송
奇祥異瑞[59]爭來送이라.

부지하국치백환
不知何國致白環[60]하고,
부도제산득은옹
復道諸山得銀甕[61]이라.

은사휴가자지곡
隱士休歌紫芝曲[62]하고,
사인해찬하청송
詞人解撰河清頌[63]이라.

전가망망 석우건
田家望望[64]惜雨乾[65]이오,
포곡 처처최춘종
布穀[66]處處催春種이라.

기상건아　귀막뢰　　　　성남사부　수다몽
淇上健兒[67]歸莫懶하라,　城南思婦[68]愁多夢이라.

안득장사만천하　　　　　정세갑병장불용
安得壯士挽天河[69]하여,　淨洗甲兵長不用고?

註解 1) 洗兵行(선병행)－무기를 씻는 노래. 《두소릉집》 권6에 실려 있다. 이 시는 안사의 란이 다 평정되어가고 당나라 중흥의 기운이 보임을 기뻐하면서 앞으로는 '무기와 갑옷을 깨끗이 씻어 버리고 다시는 쓰지 않게 되기 바라는 뜻'을 노래한 것이다. 2) 中興諸將(중흥제장)－안사의 란을 평정하여 당나라를 중흥시킨 여러 장수들. 곽자의(郭子儀) 이하 이 시에 보이는 여러 장수들을 가리킴. 3) 山東(산동)－태행산(太行山) 동쪽 지방. 건원(乾元) 원년(元年 : 758) 10월 곽자의가 행원(杏園)에서 하동(河東)으로 건너가 획가(獲嘉)에 이르러 안태청(安太淸)을 격파하니 그는 위주(衛州)로 도망했다. 곽자의는 위주를 포위하고 노경(魯炅)·이선침(李先琛)·최광원(崔光遠)·이사업(李嗣業) 등과 힘을 합쳐 안경서(安慶緖 : 안록산의 아들) 원군(援軍) 7만을 쳐부수고 그의 아우 안경화(安慶和)를 잡아 죽인 뒤에 위주까지 회복하였다(《通鑑》). 4) 捷書(첩서)－승전 보고서. 5) 淸晝同(청주동)－밝은 낮과 같다. 승전 보고는 밤중에 오더라도 낮이나 마찬가지로 즉시 임금에게 아뢰는 것을 뜻한다. 6) 河廣(하광)－황하가 넓다. 《시경》 위풍(衛風) 하광(河廣)에 '누가 황하가 넓다고 했나? 한 개의 갈대로도 건널 수 있다네(誰謂河廣? 一葦杭之)' 하고 노래한 표현을 빌은 것. 곧 옛 위(衛) 땅인 위주를 황하를 쉽게 건너 진격하여 수복하였음을 뜻함. 7) 胡危命(호위명)－오랑캐들의 위태로운 목숨. 안록산 반란군에 남은 무리들의 위태로운 목숨. 8) 破竹中(파죽중)－쪼개지는 대나무 속에 있다. 대나무는 한번 쪼개지기 시작하면 계속 쪼개지므로, 이제는 구제받을 수 없는 형편에 있음을 뜻한다. 9) 祇(지)－다만. 오직. 10) 鄴城(업성)－옛 위군(魏郡)의 고을 이름. 하남성(河南省) 임장현(臨漳縣) 서쪽임. 11) 朔方(삭방)－삭방절도사(朔方節度使) 곽자의(郭子儀)를 가리킴. 12) 汗血馬(한혈마)－피 같은 땀을 흘리는 말. 한나라 무제(武帝) 때 대완국(大宛國)에서 천리마(千里馬)를 구해왔는데 피 같은 땀을 흘렸다 한다. 여기서는 회흘(回紇)에서 3천의 기병을 보내와 안경서(安慶緖)를 치는 것을 도왔던 일을 가리킨다. 13) 回紇(회흘)－위구르의 한자음역(漢字音譯). 흉노의 일파로 돌궐(突厥)에 소속되었으나 당대에 돌궐에서 떨어져 나와 위구르〔回紇〕라 하였다. 곽자의를 도와 안사의 란을 평정하여 회골(回鶻)이라 나라의 이름이 내려진 뒤 내외몽고(內外蒙古) 땅을 차지했다. 14) 餧(위)－먹이다. 15) 葡萄宮(포도궁)－본시 한대 상림원(上林苑)에 있던 궁전 이름으로, 원제(元帝) 때 흉노의 선우(單于)가 한나라로 왔을 때 묵었던 곳(《漢書》 匈奴傳). 이 옛날 얘기를 이용 회흘 군대에게 잔치를 베풀었던 곳을 포도궁이라 불렀다. 16) 海岱(해대)－동해와 태산이 있는 지방. 산동(山東)·하북(河北) 지방을 가리킴. 17) 仙仗(선장)－신선의 의장(儀仗). 천자의 행렬을 가리키며, '안사의 란'이 일어나자 현종이 피란길을 나섰던 것을 가리킴. 18) 崆峒(공동)－감숙성(甘肅省) 평량부(平凉府) 고원주(固原州) 서쪽에 있는 산 이름. 장안에서 촉(蜀)으로 가자면 이 산 곁을 지나야 한다. 19) 三年(삼년)－숙종(肅宗) 지덕(至德) 원년(元年 : 757)에서 건원(乾元) 2년(759)에 이르는 3년. 20) 關山月(관산월)－본시 저(笛)의 곡명. 관문이 있는 산에 걸린 달을 바라본다는 뜻으로 군인이 진중에서 고향을 그리는 뜻이 담긴 가사가 많다. 21) 草木風(초목풍)－초목을 흔드는 바람을 맞았다. 곧 전쟁 기운이 실린 거친 바람을 맞았다는 뜻. 22) 成王(성왕)－숙종(肅宗)의 아들 광평왕(廣平王) 숙(俶). 건원(乾元) 원년(元年 : 758) 2월에 성왕에 봉해졌고 4월엔 태자가 되었다. 특히 장안과 낙양을 수복하는 데 큰 공을 세웠다. 23) 心轉小(심전소)－마음은 작게 되었다. 마음이 더욱 겸허하고 세심하게 되었음을 뜻함. 24) 郭相(곽상)－중서령(中書令) 곽자의(郭子儀). 25) 司徒淸鑑(사도청감)－'사도'는 교육을 관장하는 벼슬로 이광필(李光弼)을 가리키며, '청감'은 맑은 감식력(鑑識力), 분명히 인물을 알아보는 능력, 판단력. 26) 尙書(상서)－병부상서(兵部尙書) 왕사례(王思禮)를 뜻함. 이광필(李光弼)과 함께 안경서(安慶緖) 토벌에 참가했었다. 27) 杳(묘)－아득한 것, 넓고 큰 것. 28) 二三豪俊(이삼호준)－두세 명의 호걸들. 곽자의(郭子儀)·이광필(李光弼)·왕사례(王思禮) 등 뛰어난 인물들. 29) 濟時了(제시료)－시국을 완전히 구제하다, 반란으로 어지러운 세상을 완전히 바로잡다. 30) 東走無復憶鱸魚(동주무부억로어)–동쪽으로 가며 다시는 농어를 생각하지 않다. 진(晉)나라 장한(張翰)이 가을바람이 일자 고향 오(吳)땅의 고채(菰菜)와 순나물〔蓴菜 : 水草의 일종〕국과 농어〔鱸魚〕회가 생각난다며 벼슬을 버리고 어지러운 세상을 피하여 동쪽 오(吳)로 갔다(《晉書》 張翰傳)는 고사를 인용한 표현. 곧 세상을 숨어 살려는 사람이 없어졌음을 뜻함. 특히 송강(松江)의 농어회가 유명하다. 31) 南飛(남비)–남쪽으로 새가 날다. 위나라 조조(曹操)의 〈단가행(短歌行)〉에서 '까막까치 남쪽으로 날아가는데, 나무를 세 번 돌지만, 어느 가지에 의지해야 하나?(烏鵲南飛, 繞樹三匝, 何枝可依?)' 고 한 표현을 인용한 것이다. 남쪽으로 나는 모든 새가 편히 깃들 곳이란 사람들이 몸을 의지할 임금 또는 왕조를 가리킴. 32) 冠冕(관면)–천자의 관. 현종을 뒤이은 숙종(肅宗)을 가리킴. 33) 紫禁(자금)–천자의 궁성. 하늘의 성좌인 자미궁(紫微宮)에서 나온 말로 금(禁)은 보통 사람들의 출입을 금하는 데서 붙여졌음. 34) 正耐(정내)–마침 ……할 만하다, 마침 ……하게 되다. 35) 煙花繞(연화요)–안개와 꽃으로 둘려지다, 안개와 꽃으로 감싸지다. 36) 鶴駕通宵(학가통소)–'학가'는 황태자의 수레. 주령왕(周靈王)의 태자 왕자교(王子喬)가 백학(白鶴)을 타고 신선이 되어 갔다(劉向 《列仙傳》)는 고사에서 태자의 수레를 학가라 부르게 됨. '통소'는 밤새도록 줄곧 세워져 있는 것. 37) 鳳輦(봉련)–천자의 수레. 봉황장식이 있어 그렇게 부른다. 38) 問寢(문침)–침소에 문안드리다. 상황(上皇)이 된 현종의 침전에 가 문안드리다. 39) 龍樓(용루)–한나라 태자궁(太子宮)의 문 이름(《文選》 王元長 曲水詩序 五臣 注). 40) 攀龍附鳳(반룡부봉)–용에 매달리고 봉에 붙다. 용과 봉은 천자에 비유한 말. 곧 훌륭한 임금 밑에 벼슬하여 큰 업적을 세우거나 큰 성과를 이룸을 뜻함. 41) 爲侯王(위후왕)–후왕이 되다, 제후나 왕에 봉해지는 것. 안사의 란이 끝난 뒤 많은 사람들에게 작위가 내려졌다. 42) 蒙帝力(몽제력)–황제의 힘을 입다. 요(堯)임금 때 백성들이 태평을 노래했다는 〈격양가(擊壤歌)〉 끝머리에 '황제의 힘이 우리에게 무슨 상관 있는가?(帝力於我何有哉?)' 라고 노래한 데서(《帝王世記》) 인용한 표현. 43) 誇身强(과신강)–자신의 강함을 뽐내는 개지추(介之推)가 '하물며 하늘의 공을 탐하여 자기 능력이라 해서 되겠는가?(況貪天功, 以爲己力?)' 라고 말한 데서(《史記》 晉世家) 빌은 표현임. 44) 關中(관중)－함곡관(函谷關) 안쪽 지방. 장안을 중심으로 한 지방. 45) 蕭丞相(소승상)－한고조의 승상 소하(蕭何)처럼 군비와 보급에 공이 큰 두홍점(杜鴻漸)(《杜詩詳注》). 46) 張子房(장자방)－한고조의 지장이었던 장량(張良 : 子房은 자임) 같은 장호(張鎬). 지덕(至德) 2년(757) 방관(房琯)의 뒤를 이어 장호가 재상이 되었다. 47) 張公(장공)－장호(張鎬)를 가리킴. 48) 江海客(강해객)－장강과 동해 지방을 돌아다니며 자유로이 살던 사람. 49) 鬚眉蒼(수미창)－수염과 눈썹이 검푸르다. 풍채가 좋음을 뜻함. 50) 徵起(징기)－임금에게 불리어 쓰여지다. 51) 風雲會(풍운회)－호랑이가 바람을, 용이 구름을 만나듯이 훌륭한 임금과 뛰어난 신하가 만난 것.《역경》 건괘문언(乾卦文言)에 '구름은 용을 따르고, 바람은 호랑이를 따른다(雲從龍, 風從虎)' 고 한 말에서 나온 표현. 52) 扶顚(부전)－나라가 전복되어 가는 것을 부축해 일으키다. 53) 籌策(주책)－계책. 54) 靑袍白馬(청포백마)－푸른 겉옷에 흰 말을 탄 자들. 안록산의 반군을 가리킴. 양(梁)나라 무제(武帝) 때 후경(侯景)이 반란을 일으키며 푸른 천으로 겉옷〔袍〕을 만들어 입게 하고 자신은 흰 말에 탔다(《南史》 侯景傳). 이후로 반란군의 복장을 가리키는 말로 쓰이게 되었다. 55) 後漢今周(후한금주)－한나라를 중흥시킨 광무제(光武帝)의 후신과도 같고 주나라를 중흥시킨 선왕이 지금 태어난 것처럼 숙종(肅宗)이 당나라를 중흥시킴을 뜻함. 56) 喜再昌(희재창)－나라를 다시 창성케 함이 기쁘다, 나라의 중흥이 기쁘다. 57) 寸地尺天(촌지척천)－조그만 천지의 한 부분. 조그만 나라들. 58) 入貢(입공)－공물을 바쳐오다, 조공(朝貢)을 바치다. 59) 奇祥異瑞(기상이서)－특이한 상서, 특별히 세상의 상서로움을 나타내는 물건. 60) 致白環(치백환)－흰 옥고리를 바치다. 순(舜)임금 때 서왕모(西王母)가 내조하여 흰 옥고리를 바쳤다 한다(《竹書紀年》, 《帝王世紀》). 흰 옥고리도 상서로운 물건의 하나임. 61) 銀甕(은옹)－은항아리. 흔히 술독으로 쓰였고 상서로운 것으로 알려졌다(《瑞應圖》). 62) 隱士休歌紫芝曲(은사휴가자지곡)－숨어 지내는 사람들은 자지곡을 노래하지 않게 되었다. 곧 세상을 버리고 숨어

사는 사람이 없게 되었음을 뜻함. 자지곡은 진나라 말엽에 상산(商山)에 숨어 살던 네 명의 머리 흰 노인이 불렀다는 노래. 63) 河淸頌(하청송)－태평성세를 찬양하는 노래. 황하는 천 년에 한 번 맑아지는데 그때엔 성군(聖君)이 나와 태평을 이룬다고 하였다(《拾遺記》). 남조(南朝) 송(宋)나라 포조(鮑照)가 〈하청송(河淸頌)〉을 지었다(《宋書》 臨川王義慶傳). 64) 望望(망망)－농사짓기를 바라고 있는 모양. 65) 惜雨乾(석우건)－빗물 마르는 것을 애석히 여기다. 건원(乾元) 2년(759) 봄엔 가뭄이 들었다 한다(本書注). 66) 布穀(포곡)－뻐꾸새. 한자로는 '곡식 씨를 뿌려라' 는 뜻을 나타낸다. 중국에선 예로부터 뻐꾸새가 봄농사를 재촉하는 뜻으로 운다고 알려졌다. 67) 淇上健兒(기상건아)－기수(淇水) 가의 건장한 병사들. 기수는 하남성(河南省) 기진(淇鎭) 동쪽에서 시작, 탕음현(湯陰縣)을 거쳐 기현(淇縣)에서 위하(衛河)로 들어가는 강물 이름. 업성(鄴城)도 이 근처로 안록산 반란군의 남은 무리들이 최후까지 남아 있던 지방이다. 68) 城南思婦(성남사부)－장안성 남쪽의 남편을 그리워하고 있는 부인들. 69) 挽天河(만천하)－은하수를 끌어오다.

解說 이 시는 두보가 자기 조국이 '안사의 란' 을 평정하고 숙종(肅宗)과 곽자의(郭子儀)를 비롯, 뛰어난 신하들의 힘으로 다시 나라를 일으켜 세운 것을 기뻐하는 게 주제이다. 그러나 끝머리에서 어찌하면 '갑옷과 무기를 깨끗이 씻어 버리고 영원히 쓰지 않도록 할까?' 하고 노래한 것은 몇년의 내전을 통해서 겪은 백성들의 희생과 고통이 너무나 컸기 때문이다. 중국 학자들 중에는 이 시가 현종을 밀어놓고 아들인 숙종이 왕위에 올랐던 불효를 풍자한 것이라고 보기도 하나 지나친 해석인 듯하다. 오히려 자기 개인보다도 온 나라와 온 백성을 먼저 생각하는 시인의 큰 마음씀씀이를 높이 사야 할 것이다.

형식에 있어서도 네 번 운을 바꾸며 1운이 12구절이고, 각 구절들은 배율(排律)을 겸한 독특한 체제여서, 내용뿐만 아니라 구성면에 있어서도 독특한 경지를 이룬 작품이다.

달밤에 아우들을 생각하며(月夜憶舍弟[1])

수루의 북소리 따라 사람들 통행 끊이었는데
가을이 된 변경엔 외기러기 소리만이 들려오네.
오늘밤부터는 이슬이 희어진다는 백로 절기인데
달은 고향의 달처럼 밝기만 하네.
있는 아우들 모두 흩어졌는데
죽었는지 살았는지 물어볼 집조차 없네.
보낸 편지 영영 배달되지 못할 것이니,
더욱이 아직 전란도 끝나지 않았다네!

수고 단인행　　　추변 일안성
戍鼓[2]斷人行하고,　秋邊[3]一雁聲이라.

노종금야백　　　월시고향명
露從今夜白[4]이오,　月是故鄉明이라.

유제개분산　　　무가문사생
有弟皆分散하여,　無家問死生이라.

기서장부달　　　황내미휴병
寄書長不達하니,　況乃未休兵이로다!

註解 1) 舍弟(사제) – 아우. 두보에게는 세 명의 아우들이 있었으나 이때('안사의 란'이 한창이던 759년 가을)엔 모두가 하남(河南)과 산동(山東) 등지로 흩어져 있었다. 2) 戍鼓(수고) – 성 위에 망을 보기 위하여 세운 수루(戍樓)에 달아놓은 북. 시각을 알리기 위하여 그 북을 시간에 따라 울렸다. 여기에서는 사람들의 통행금지를 알리는 북소리이다. 3) 秋邊(추변) – 가을이 된 변경 지역. 4) 露從今夜白(노종금야백) – 이슬이 오늘밤부터 희어진다, 곧 오늘이 24절기의 하나인 추분(秋分) 바로 전의 백로(白露) 날(9월 8일 무렵)임을 가리킨다.

解說 이 시는 '안사의 란'이 일어난 뒤 난군이 변주(汴州)를 함락시키고 이어

서쪽으로 진군하여 낙양에서 관군을 크게 쳐부순 건원(乾元) 2년(759) 가을에 두보가 진주(秦州)에서 지은 시이다. 어지러운 세상을 걱정하는 시인의 마음이 아우 생각과 고향 달빛에 얹히어 절실하게 표현되어 있다.

임금님께 아뢰러 들어가는 노래(入奏行[1])

두시어사(竇侍御史)는 천리마(千里馬)의 새끼나 봉황새 새끼 같은 사람이니,
나이 30도 되기 전에 충성과 의리 다 갖추었고,
강직하기 세상에 다시 없을 정도이니,
빛나는 깊은 골짜기에서 나온 한 뭉치 얼음을,
영풍관(迎風館)과 한로관(寒露館)의 옥병에 넣어둔 것 같네.
사탕수수 즙을 부엌으로 가져가 얼려 금그릇에 담아,
무더위 씻어 족히 임금님 몸 편케 해드릴 것이네.
그분의 정치는 일에 통달함으로써 법도에 부합되고,
친척은 호족(豪族) 및 귀족과 연결되며 글과 유학 좋아한다네.
반란은 끝나지 않고 사람들은 아직 소생치 못하고 있으니,
천자께서도 서남쪽 촉(蜀) 지방을 걱정하고 계시다네.
토번(吐蕃)은 당나라를 업신여기고 기세 매우 난폭하니,
두씨(竇氏)가 그곳 검찰(檢察) 맡은 것은 시국의 필요에 따른 걸세.
승교(繩橋)까지 군량을 날라다 주어 장병들은 기뻐했고,
화정(火井) 지방에 나무를 다 베어 숨을 곳 없애자 적은 궁해진 원숭이들처럼 울부짖었네.
여덟 주(州)의 자사(刺史)들도 토번과 싸우려 하게 되고,
세 성의 변경 수비 도모할 수 있게 되었네.
이번 출장에 임금님께 들어가 아뢴 일은 작지 않은 계책일 것이며,

임금님 뜻 남몰래 받들게 될 것이니 은총 매우 각별한 것일세.
시어사(侍御史)의 수놓은 옷 입고 봄날에 은하수 같은 궁전에 서는 한편,
아이처럼 채색 옷 입고 날마다 부모님 찾아뵈러 다니겠지.
성랑(省郞)이나 경윤(京尹)쯤은 땅 위에 물건 줍듯 할 것이고,
강가의 꽃이 지기 전에 성도(成都)로 돌아오게 되리라.
돌아와선 완화계(浣花溪) 가의 이 늙은이 찾아줄 것인가?
당신 위해 술을 사되 잔뜩 살 것이며,
하인에겐 흰 밥 주고 말에는 푸른 꼴 먹여주리라.

두 시 어 기 지 자 봉 지 추　　연 미 삼 십 충 의 구
竇侍御[2]驥之子[3]鳳之雛[4]니, 年未三十忠義俱하고,

골 경 절 대 무
骨鯁[5]絕代無하며,

형 여 일 단 청 빙 출 만 학　　치 재 영 풍 한 로 지 옥 호
炯[6]如一段淸氷出萬壑하며, 置在迎風寒露[7]之玉壺[8]라.

자 장 귀 주 금 완 동　　세 척 번 열 족 이 녕 군 구
蔗漿[9]歸廚金盌凍[10]하여, 洗滌煩熱[11]足以寧君軀라.

정 용 소 통 합 전 칙　　척 련 호 귀 탐 문 유
政用疎通[12]合典則[13]이오, 戚聯豪貴[14]耽文儒[15]라.

병 혁 미 식 인 미 소　　천 자 역 념 서 남 우
兵革[16]未息人未蘇[17]하니, 天子亦念西南隅[18]라.

토 번 빙 릉 기 파 추　　두 씨 검 찰 응 시 수
吐蕃[19]憑陵[20]氣頗麤[21]하니, 竇氏檢察[22]應時須라.

운 량 승 교 장 사 희　　참 목 화 정 궁 원 호
運粮繩橋[23]壯士喜요, 斬木火井[24]窮猿呼라.

팔 주 자 사 사 일 전　　삼 성 수 변 각 가 도
八州刺史[25]思一戰하고, 三城[26]守邊却可圖라.

차 행 입 주 계 미 소　　밀 봉 성 지 은 응 수
此行入奏計未小요, 密奉聖旨恩應殊라.

수의 춘당소한립　　　　채복 일향정위추
繡衣[27]春當霄漢立[28]이오,　　綵服[29]日向庭闈趨[30]라.

성랑경윤 필부습　　　　강화미락환성도
省郎京尹[31]必俯拾[32]이오,　　江花未落還成都[33]리라.

긍방완화 노옹무
肯訪浣花[34]老翁無아?

위군고주 만안고　　　　여노백반마청추
爲君酤酒[35]滿眼酤[36]하고,　　與奴白飯馬靑蒭[37]라.

註解 1) 入奏行(입주행)-천자께 일을 아뢰려고 궁전에 들어감을 노래함. 서산검찰사(西山檢察使) 두시어(竇侍御)가 업무 보고를 하러 조정으로 들어갈 때 지어준 노래임. 《두소릉집》 권10에 실려 있음. 2) 竇侍御(두시어)-'두'는 성, '시어'는 시어사(侍御史)로 벼슬 이름. 불법을 규찰하고 여러 가지 잘못된 일을 찾아 탄핵하는 일을 맡았다. 한대부터 독군량시어사(督軍糧侍御史)·치서시어사(治書侍御史)·전중시어사(殿中侍御史)·감찰시어사(監察侍御史) 등이 있었다. 두씨(竇氏)는 시의 내용으로 보아 사천성(四川省) 지방의 독군량(督軍糧)과 검찰(檢察)을 함께 맡았던 시어사였던 듯하다. 3) 驥之子(기지자)-'기'는 옛 천리마의 이름. '두씨'가 천리마 새끼처럼 뛰어났음을 가리킴. 4) 鳳之雛(봉지추)-봉황새의 병아리. 역시 그의 준수함을 뜻함. 5) 骨鯁(골경)-뜻이 곧바른 것, 강직한 것. 본시 뼈와 생선뼈의 뜻. '경'은 경(骾)으로도 썼는데, 뼈가 목에 걸린다는 뜻으로 남이 하기 어려운 옳은 말을 함을 뜻한다. 6) 炯(형)-빛나는 것, 번쩍번쩍하는 것. 7) 迎風寒露(영풍한로)-한대 궁전 안의 두 관(館) 이름. 8) 玉壺(옥호)-옥으로 만든 병. 특히 옥호빙(玉壺氷)은 마음이 맑은 것을 형용하는 말로 많이 쓰였다(鮑照 〈代白頭吟〉; "淸如玉壺氷"). 9) 蔗漿(자장)-사탕수수 즙으로 만든 음료. 10) 金椀凍(금완동)-자장(蔗漿)을 옥호빙(玉壺氷)으로 얼음물처럼 만들어 금대접에 담는 것. 11) 煩熱(번열)-무더위, 번거로운 더위. 무더위를 씻어 임금을 편안하게 해준다는 것은 그의 강직하고 고결한 마음을 바탕으로 나라를 위해 봉사하여 임금을 잘 보좌함을 뜻한다. 12) 疎通(소통)-통달하는 것, 막힘이 없는 것. 13) 典則(전칙)-

법도, 법칙. 14) 戚聯豪貴(척련호귀)-친척관계는 호족·귀족들과 연결되다. 15) 耽文儒(탐문유)-글과 유학(儒學)을 무척 좋아하다, 문학과 학문에 탐닉하다. 16) 兵革(병혁)-무기와 갑옷. 여기서는 전쟁 또는 내전이나 반란을 뜻함. 17) 人未蘇(인미소)-사람들이 소생되지 못하고 있다, 인민이 반란의 피해에서 완전히 회복되지 못하고 있다. 18) 西南隅(서남우)-서남쪽 모퉁이, 중국 서남 지방. 토번(吐蕃)이 중국의 내란을 틈타 침입하고 있었다. 19) 吐蕃(토번)-지금의 티베트에 있던 나라 이름. '번'은 번(番)으로도 쓰며, 티베트는 토번의 발음이 바뀌어진 것임. 20) 憑陵(빙릉)-형세를 믿고 남을 업신여기는 것, 업신여기다. 21) 氣頗麤(기파추)-기세가 매우 거칠다, 기세가 대단히 난폭하다. 22) 檢察(검찰)-군사와 정치의 잘못을 살피는 것. 23) 繩橋(승교)-줄로 매단 다리, 조교(弔橋). 성도(成都)에 있었고 대나무 줄로 엮어 만들어 작교(筰橋)라 불렀다. 24) 火井(화정)-사천성 임공현(臨邛縣)에 있던 지명. 화정은 여러 곳에 있었는데 천연가스와 온천이 나온 곳인 듯하다. 25) 八州刺史(팔주자사)-'팔주'는 서쪽의 토번(吐蕃)과 남쪽 만료(蠻獠)를 막던 검남절도사(劍南節度使) 아래 속해 있던 송주(松州)·유주(維州) 등 여덟 주(州). 숙종(肅宗) 때(757) 군(郡)을 주(州)로 고치고, 그곳 태수(太守)를 자사(刺史)라고 불렀다. 26) 三城(삼성)-대종(代宗 : 肅宗의 아들) 초기에 토번에게 함락되었던 팔주(八州) 중의 송주(松州)·유주(維州)와 보주(保州)의 3성(《唐書》). 27) 繡衣(수의)-수놓은 옷. 시어사의 예복을 가리킴. 28) 霄漢立(소한립)-하늘의 은하 같은 궁전 안에 서 있다. 29) 綵服(채복)-채색의 옷. 옛날 노래자(老萊子)가 나이 70이 넘어서도 부모 앞에서는 오채(五綵)의 옷을 입고 어린아이 같은 짓을 했다는 얘기(《高士傳》)에서 인용한 말. 30) 庭闈趨(정위추)-부모님 계신 집을 찾아가는 것. '정위'는 부모님의 집 또는 부모님을 가리키는 말로 쓰임. 31) 省郎京尹(성랑경윤)-중서성(中書省)·상서성(尙書省)의 낭중(郎中)·시랑(侍郎) 벼슬과 경조윤(京兆尹). 경조윤은 서울의 장관. 32) 俯拾(부습)-몸을 숙여 물건을 줍듯 하다. 어떤 일을 쉽게 함을 뜻함. 33) 成都(성도)-사천성의 성도(省都). 두보와 두씨 모두 성도에 있었다. 34) 浣花(완화)-완화계(浣花溪). 두보는 이때 성도의 완화계 가에 초당을 짓고 살고 있었다. 35) 酤酒(고주)－술을 받아오다. 36) 滿眼酤(만안고)－눈 가득히 받아주다, 잔뜩 술을 사주다. 37) 芻(추)－꼴, 풀.

解說 두씨는 이름이나 자도 알 수 없다. 두보의 시 내용으로 보아 성품이 매우 곧고 일도 잘했던 사람인 듯하다. 시어사인 두씨가 업무를 보고하러 입조할 때 두보가 지어준 시이다. 문장이나 시로서의 구성이 뛰어나나, 벼슬아치 면전이라 하지만 아첨에 가까운 느낌을 받게 된다.

고도호의 총마 노래(高都護驄馬行[1])

안서도호(安西都護) 고선지(高仙芝)의 서쪽 오랑캐 땅에서 나온 푸른 털 말이,
높은 명성과 평가 지닌 채 갑자기 동쪽 장안으로 왔네.
이 말 전장에서 오랫동안 대적할 상대 없었고,
사람과 한마음으로 큰 공 이룩하였네.
공을 이룩하자 알뜰히 길러지며 가는 곳마다 따라다니다가,
펄펄 날듯 멀리 사막 지역으로부터 왔다네.
웅장한 모습은 아직도 마판에 엎드려 길려지는 은혜 받으려 않고
용맹스런 기개는 아직도 전장이 유리하다 생각하네.
말 발끝 관절 사이가 좁고 발굽은 두툼하게 높아 쇳덩이 놓은 것 같으니,
교하(交河) 지방에선 몇 번이나 두꺼운 얼음 걷어차 깨어 놓았던고?
오색털 빛깔 흩어져 구름이 온몸 가득 퍼져 있는 듯하고,
만 리를 달려야 비로소 천리마 표시인 피 같은 땀 흘리는 것 보게 되네.
장안의 장정들도 감히 올라타지 못하니,
달리는 게 번갯불보다 빠름을 온 성안이 모두 알기 때문일세.

▲당 태종의 소릉(昭陵) 묘석에 새겨진 말을 그때의 화가 염립본(閻立本)이 그린 육준도(六駿圖) 중의 삽로자(颯露紫).

푸른 비단실 줄로 머리 동인 채 주인 위해 늙으려 하는데,
어찌하면 다시 장안 횡문(橫門) 길 나가 서역 땅에서 뛰어볼까?

안 서 도 호 호 청 총
安西都護胡青驄[2]이,
성 가 훌 연 래 향 동
聲價歘然[3]來向東[4]이라.

차 마 임 진 구 무 적
此馬臨陣久無敵하고,
여 인 일 심 성 대 공
與人一心成大功이라.

공 성 혜 양 수 소 치
功成惠養[5]隨所致[6]하여,
표 표 원 자 류 사 지
飄飄[7]遠自流沙[8]至라.

웅 자 미 수 복 력 은
雄姿未受伏櫪[9]恩하고,
맹 기 유 사 전 장 리
猛氣猶思戰場利라.

완 촉 제 고 여 부 철
腕促[10]蹄高[11]如踣鐵[12]하니,
교 하 기 축 층 빙 렬
交河[13]幾蹴層冰[14]裂고?

오 화 산 작 운 만 신
五花[15]散作雲滿身하고,
만 리 방 간 한 류 혈
萬里方看汗流血이라.

장 안 장 아 불 감 기
長安壯兒不敢騎하니,
주 과 체 전 경 성 지
走過掣電[16]傾城[17]知라.

청사낙두 위군로 하유각출횡문 도

靑絲絡頭[18]爲君老러니, 何由却出橫門[19]道오?

註解 1) 高都護驄馬行(고도호총마행) – 안서도호(安西都護) 고선지(高仙芝)의 푸른 말 노래. 당나라 무칙천(武則天) 때(693) 안서(安西)의 사진(四鎭)을 수복하고 구자국(龜茲國) 자리에 안서도호부(安西都護府)를 설치했는데, 우전국(于闐國) 서쪽에서 파사국(波斯國) 동쪽 사이의 16도독부(都督府)가 모두 여기에 예속되었다. 고선지는 고려(高麗) 출신 장군으로 개원(開元) 말년(741) 안서부도호(安西副都護)가 되었고 천보(天寶) 6년(747)에는 소발률(小勃律)을 토벌하여 그 임금을 사로잡는 등, 서역 개척에 큰 공을 세웠다. 총마(驄馬)는 본디 푸른 털과 흰 털이 섞여 있는 말임. 2) 胡靑驄(호청총) – 서쪽 오랑캐 땅에서 나온 털이 푸른 말. 3) 欻然(홀연) – 갑자기. 홀연(忽然)과 같음. 4) 來向東(내향동) – 동쪽 장안으로 오다. 5) 惠養(혜양) – 사랑하며 잘 기르는 것. 6) 隨所致(수소치) – 데리고 가는대로 따르다. 7) 飄飄(표표) – 바람에 날리는 것, 바람에 날리듯 가벼이 달리는 것. 8) 流沙(유사) – 사막. 특히 지금의 고비사막 일대를 가리킴. 9) 伏櫪(복력) – 마판 위에 엎드리다, 마구간에서 주는 대로 받아먹으며 편히 지내는 것. 10) 腕促(완촉) – 말발굽 위의 관절이 짧고 가는 것. 잘 뛰는 말의 특징을 나타낸다. 11) 蹄高(제고) – 말발굽이 두꺼워 높게 보임. 이것도 잘 달리는 말의 특징임. 12) 踣鐵(부철) – 쇳덩이를 뉘어 놓은 듯한 것. 튼튼하고 안정된 모양을 형용한 것임. 13) 交河(교하) – 신강성(新疆省) 토로번현(吐魯番縣)의 옛 지명. 그곳에 교하란 강물이 흐른다. 14) 層冰(층빙) – 두꺼운 얼음. 15) 五花(오화) – 털빛이 오색인 것. 말갈기를 따서 다섯 색깔의 꽃 모양을 만든다. 또는 다섯 송이 꽃의 낙인을 찍은 말이라는 등 여러 가지 해설도 있다(앞 李白의 〈將進酒〉 참조). 16) 掣電(체전) – 번개 치는 것. 빠름의 비유. 17) 傾城(경성) – 온 성, 온 성 안의 사람들. 18) 靑絲絡頭(청사낙두) – 파란 비단실로 짠 줄로 말의 머리를 동이는 것. 19) 橫門(횡문) – 일설에 橫門(광문)으로, 옛날에는 光門이었다. 장안성 북서쪽의 가장 큰 문 이름. 이 문을 나서서 서역으로 가게 된다.

解說 이 시는 당나라에서 활약한 고려 출신의 명장 고선지의 말을 찬양한 노래이다. 겉으로는 말의 노래인 듯하나 실은 말 주인 고선지의 공로를 칭송하는 한편, 조국을 위해서는 당나라 사람이면 누구나 나서서 싸워야 한다는 애국심도 함께 고취하고 있다. 문장에도 기세와 얼이 담긴 좋은 작품이다.

이호현 영감의 오랑캐 말 노래(李鄠縣丈人胡馬行[1])

노인의 명마는 이름이 호류(胡騮)인데,
전 해에는 오랑캐 난리 피하여 촉(蜀) 땅에 왔었네.
말 되몰아 달려와 천자 뵈었는데,
아침에 한수(漢水) 물 마시고 저녁엔 천자 계신 영무(靈武)에 도착했다네.
스스로 뽐내기를, 호류는 세상에 다시없이 기특하여,
타고 나서면 천만인이 모두 사랑한다네.
얘기하는 것 다 듣고 나니 위급함을 구해줄 자질인지라,
더욱더 둔한 말들 보고는 시름하게 되네.
머리 위 날카로운 귀는 가을 대 깎아 놓은 듯하고,
다리 아래 높은 굽은 맑은 옥돌 잘라 놓은 듯하네.
비로소 용 같은 말엔 특별히 종자 있음 알게 되니,
속된 말들 공연히 살 많이 붙은 것과는 다르네.
낙양의 한길 쪽도 시국 다시 맑아졌으니,
여러 날만에 기쁘게도 이 말 구하여 함께 동쪽으로 오게 되었네.
봉황새 같은 가슴과 기린 같은 말갈기는 알아보기 쉽지 않으나,
몸 기울여 자세히 보면 긴 바람 일고 있다네.

장 인 준 마 명 호 류　　　　전 년 피 호 　과 금 우
丈人駿馬名胡騮[2]인데,　　前年避胡[3]過金牛[4]라.

회편각주 현천자 조음한수 모영주
回鞭却走[5]見天子[6]러니, 朝飮漢水[7]暮靈州[8]라.

자긍호류기절대 승출천인만인애
自矜胡騮奇絕代[9]하니, 乘出千人萬人愛라.

일문설진급난재 전익수향 노태배
一聞說盡急難材[10]로, 轉益愁向[11]駑駘輩[12]라.

두상예이 비추죽 각하고제 삭한옥
頭上銳耳[13]批秋竹[14]이오, 脚下高蹄[15]削寒玉[16]이라.

시지신룡 별유종 불비속마공다육
始知神龍[17]別有種하니, 不比俗馬空多肉이라.

낙양대도시재청 누일희득구동행
洛陽大道時再淸[18]하니, 累日喜得俱東行이라.

봉억린기 미이지 측신주목장풍생
鳳臆麟鬐[19]未易識이나, 側身注目長風生[20]이라.

註解 1) 李鄠縣丈人胡馬行(이호현장인호마행)－호현(鄠縣) 이 노인의 오랑캐 말 노래. 호현은 부풍현(扶風縣)이라고 했고, 지금의 섬서성(陝西省) 서안(西安). 장인(丈人)은 노인. 《두시경전(杜詩鏡銓)》 권5에 실려 있음. 2) 胡騮(호류)－서쪽 오랑캐 땅에서 나온 갈기는 검고 몸털은 붉은 말. 여기서는 말 이름처럼 쓰이고 있다. 3) 避胡(피호)－오랑캐를 피하다. '안사의 란' 때 현종을 따라 피난한 것을 뜻함. 4) 過金牛(과금우)－촉(蜀) 땅을 방문하다. 진(秦)나라가 촉을 정벌하고자 하여, 금똥을 누는 금소를 주겠다고 촉왕을 속여 길을 내고 그를 오게 한 뒤 촉을 정벌하고, 그곳을 금우라 불렀다 한다(揚雄《蜀土記》). 양주(梁州) 금우현(金牛縣)으로 보고, 피난갈 때 '금우를 지났다' 고 풀이해도 된다. 5) 回鞭却走(회편각주)－'회편' 은 말을 되돌려 모는 것. '각주' 는 되돌아 달려오는 것. 이때 천자인 숙종(肅宗)은 영무(靈武 : 寧夏省 平羅縣 근처)에 있었다. 6) 見天子(현천자)－천자 숙종을 되돌아와 뵙다. 7) 漢水(한수)－강 이름. 촉 땅 가까운 한수가 흐르는 한중(漢中)을 아침에 출발한 것이다. 8) 靈州(영주)－숙종이 머물던 영무(靈武)의 별칭. 9) 奇絕代(기절대)－일대(一代)에 다시 없을 만큼 기특한 것. 10) 急難材(급난재)－주인의 위난을 구해줄 만한 뛰어난 재질. 11) 轉益愁向(전익수향)－더욱더 시름을 안고 바라보게 되다. 실망하는 것을 뜻함. 12) 駑駘輩(노태배)－아둔한 말들, 다른 보통 말들. 13) 銳耳(예이)－날카로운 귀. 좋은 말의 귀는 작고도 날카로워 대통을 비스듬히 자른 것 같다고 하였다(《齊民要術》). 14) 批秋竹(비추죽)－가을 대를 깎아놓은 듯하다. 말 귀의 예리함을 형용한 말. 15) 高蹄(고제)－좋은 말의 발굽은 두꺼워 높게 보인다 하였다(앞 〈高都護驄馬行〉 참조). 16) 削寒玉(삭한옥)－맑은 옥돌을 잘라놓은 듯하다. 맑은 옥돌은 차가운 기운을 띤다 하여 '한옥'이라 함. 17) 神龍(신룡)－신룡 같은 좋은 말, 용마(龍馬). 《주례(周禮)》엔 키 8척(尺) 이상의 말을 용(龍)이라 한다 하였다. 18) 時再淸(시재청)－시국이 다시 맑아지다. 안사의 란이 완전히 평정되었음을 뜻함. 19) 鳳臆麟鬐(봉억린기)－봉황새 같은 가슴과 기린 같은 말갈기. 부견(苻堅)에게 태완국(太宛國)에서 바쳐온 천리마가 '봉의 가슴에 기린의 몸'이었다고 한데서(《晉載記》) 나온 말. 20) 長風生(장풍생)－긴 바람이 일다. 하루 천리를 달릴 기운이 느껴짐을 뜻한다.

解說 이 시는 호류(胡騮)라는 명마의 유래와 그의 빼어난 자질의 묘사가 중심을 이루고 있다. 두보는 뛰어난 인재를 자부하며 이런 시를 썼음이 분명하다. 그는 말을 좋아하고 은근히 자신을 말에 비유하려 한 듯하다.

총마의 노래(驄馬行[1])

이등공(李鄧公)이 말 좋아하는 것은 사람들 모두가 알지만,
대완산(大宛産)의 푸른 얼룩말 처음으로 구하였네.
옛날에 그런 말 있다는 것 전해 듣고 한번 보고자 하였는데,
옆으로 끌고 오자 정신조차도 떨렸다네.
웅장한 모습과 빼어난 자태는 어찌 그리 특출한가?
자기 그림자 돌아보고 교만한 울음 울며 스스로 총애를 뽐내네.
모진 눈 푸르게 빛나고 두 겹 거울 매달린 듯한 눈동자요,

살 갈기 울퉁불퉁하고 털무늬는 연이어진 동전이 움직이는 듯하네.
아침이 되자 화려한 수레 아래 약간 시험해 보고는,
천금(千金)도 비싼 값임을 알지 못하게 되었네.
붉은 땀이 흰 눈 같은 털에 약간 배어나는데,
은안장 위엔 또한 향기로운 비단 수건 덮여 있네.
양경(梁卿) 집안에 오래 깃든 물건 이등공(李鄧公)이 갖게 되니,
천자 마구간의 용 같은 말 다음가는 것일세.
낮에는 경수(涇水) · 위수(渭水)의 깊은 물에 몸 씻고 뛰쳐나와,
저녁에는 유주(幽州) · 병주(并州)까지 달려가 밤 되면 몸 털 솔질하리라.
내 듣건대 훌륭한 천리마란 늙어야 비로소 이루어진다 했는데,
이 말은 몇 년 사이에 사람들 더욱 놀라게 하네.
말의 네 발굽이 빠르기 새와 같으면서도,
명마들과 함께 울며 앞서 달리려 들지 않을 말이 어디 있겠는가?
세상에서 갑자기 이런 말 어찌 생겨날 수 있겠는가?
구름과 안개 자욱하게 어두운 때에야 비로소 정기 내려와 태어난

▲육준도(六駿圖) 중의 백제오(白蹄烏)

다네.
요사이 듣건대 좋은 말 구한다는 황제의 명이 내려 도읍이 떠들썩하니,
기린 같은 말로 하여금 땅 위 걸어다니게 두려 하겠는가?

등공 마벽 인공지 鄧公[2]馬癖[3]人共知나,	초득화총 대완종 初得花驄[4]大宛種[5]이라.
숙석전문사일견 夙昔傳聞思一見이러니,	견래좌우신개송 牽來左右神皆竦[6]이라.
웅자일태하추줄 雄姿逸態何崷崒[7]고?	고영교시 자긍총 顧影驕嘶[8]自矜寵이라.
우목청형 협경현 隅目青熒[9]夾鏡懸[10]이오?	육종 외뢰 련전동 肉騣[11]碨礧[12]連錢動[13]이라.
조래소시화헌 하 朝來少試華軒[14]下하고,	미각천금만고가 未覺千金滿高價라.
적한 미생백설모 赤汗[15]微生白雪毛하고,	은안각복향라파 銀鞍却覆香羅帕[16]라.
경가 구물공능취 卿家[17]舊物公能取하니,	천구진룡 차기아 天廄眞龍[18]此其亞[19]라.
주세수등경위 심 晝洗須騰涇渭[20]深하고,	석추가쇄 유병 야 夕趨可刷[21]幽并[22]夜라.
오문량기로시성 吾聞良驥老始成하니,	차마수년인갱경 此馬數年人更驚이라.
기유사제질여조 豈有四蹄疾如鳥하고,	불여팔준 구선명 不與八駿[23]俱先鳴[24]고?
시속조차 나득치 時俗造次[25]那得致오?	운무회명 방강정 雲霧晦冥[26]方降精이라.
근문하조 훤도읍 近聞下詔[27]喧都邑하니,	긍사기린 지상행 肯使騏驎[28]地上行고?

註解 1) 驄馬行(총마행)－푸르고 흰 얼룩말 노래. 천자가 태상(太常) 양

경(梁卿)에게 내린 말인데, 뒤에 이등공(李鄧公)이 보고 좋아하여 많은 돈을 주고 샀다는 말(原 注). 《두시경전(杜詩鏡銓)》 권2에 실려 있다. 2) 鄧公(등공)－이등공(李鄧公). 이 말을 산 사람. 3) 馬癖(마벽)－말을 지나치게 좋아하는 것. 4) 花驄(화총)－푸르고 흰 얼룩말. '화'는 얼룩의 뜻. 5) 大宛種(대완종)－서역의 대완국산(大宛國産). '대완'은 한 무제(武帝) 때 한혈마(汗血馬)를 얻었던 나라이다. 6) 神皆竦(신개송)－정신조차도 떨리다. '송'은 뛰다, 떨리다. 정신을 못 차릴 정도로 좋아했음을 뜻함. 7) 崷崒(추줄)－높이 솟은 모양, 특출한 모양. 8) 顧影驕嘶(고영교시)－자기 그림자를 돌아보며 교만하게 울다. 자기 외모에 자신을 지니고 있는 모양. 9) 隅目靑熒(우목청형)－모난 눈이 파랗게 반짝이다. 좋은 말은 눈이 모가 나고 눈두덩은 높다 하였다(《相馬經》). 10) 夾鏡懸(협경현)－두 겹 거울이 매달리다. 눈동자를 형용한 말로, 좋은 말은 두 눈동자가 두 겹의 거울 같다 하였다(《赭白馬賦》). 11) 肉騣(육종)－근육으로 된 말갈기. 현종 때 이옹(李邕)이 구해 바친 서역의 명마가 '육종에 기린의 가슴'이었다 한다(《舊唐書》). 12) 碨磊(외뢰)－울퉁불퉁한 것. 13) 連錢動(련전동)－말의 얼룩무늬가 '이어진 동전 모양이 움직이는 듯하다'는 뜻. 14) 華軒(화헌)－화려한 수레. 15) 赤汗(적한)－붉은 땀, 피같은 땀. 천리마의 표시임. 16) 香羅帕(향라파)－향기로운 비단 수건. 말의 땀을 닦는 수건이며, 말을 사치스럽게 길렀음을 나타냄. 17) 卿家(경가)－양경(梁卿)의 집안. 말을 천자로부터 하사받았던 사람의 집. 18) 天廏眞龍(천구진룡)－천자의 마구간에 진짜 용 같은 말. 옛부터 좋은 말을 용이라 불렀다(《周禮》). 19) 其亞(기아)－그 버금, 그 다음 등급의 것. 20) 涇渭(경위)－경수와 위수. 장안과 함양 근처를 흐르는 강물 이름으로, 낙수(洛水)와 합쳐 황하로 들어간다. 경수는 탁하고 위수는 맑은 것으로도 유명하다. 21) 刷(쇄)－말털에 솔질 또는 빗질을 하다. 22) 幽并(유병)－유주(幽州)와 병주(并州). 북쪽 지방. 경수와 위수로부터 수천 리 거리에 있다. 23) 八駿(팔준)－주목왕(周穆王)의 여덟 마리 준마(駿馬)(《穆天子傳》). 명마들을 뜻한다. 24) 俱先鳴(구선명)－함께 앞으로 달리며 먼저 울려 하다, 함께 앞을 다투다. 25) 造次(조차)－갑자기. 26) 雲霧晦冥(운무회명)－구름과 안개가 자욱하여 어두울 때 달의 정기가 말이 된다는데, 달의 수는 12이므로 12월에 구름과 안개 자욱한 날 달의 정기가 내려와 명마가 태어나게 된다 한다(《春秋考異記》). 27) 下詔(하조) – 황제의 명령이 내리다. 여기서는 좋은 말을 구하는 황제의 명령이 내린 것. 28) 騏驎(기린) – 천리마 이름(《商君書》 畫策). 기린(麒麟)과도 통함. 기린이 땅 위를 걸어다니지 않게 되리라는 것은, 곧 이 말이 궁전으로 뽑혀 들어가게 될 것임을 말한다.

解說 역시 이등공이 갖고 있는 좋은 말을 노래한 것. 두보는 말을 노래할 적마다 높고 빼어난 기세 같은 것을 보여주고 있다.

꿈에 이백을 만남(夢李白[1]) 2수

〈첫째 시(其一)〉

죽어 이별은 소리조차 나오질 않고,
살아 이별은 언제나 슬프기만 하다.
강남은 열병이 많은 곳이라는데,
귀양간 그대는 소식도 없구나.
그대가 내 꿈에 보이니,
우리가 오래 서로 생각하기 때문이리라.
평상시의 그대 혼이 아닌 것 같으나,
길이 멀어 어찌된 건지 헤아릴 수 없구나.
혼이 올 적엔 단풍나무숲이 푸르렀는데,
혼이 돌아갈 적엔 국경 관문이 꺼멓게 솟아 있었으리.
지금 그대는 그물에 걸려 있는 몸,
어이 나래가 있을 수 있으리?
지는 달이 지붕 마루턱을 환히 비추고 있으니,
그대의 밝은 얼굴빛을 보고 있는 게 아닌가 한다.

물은 깊고 물결은 널리 일고 있으니,
이무기나 용에게 잡혀 먹히지 말기를.

사 별 이 탄 성　　　생 별 상 측 측
死別已吞聲[2]이오,　生別常惻[3]惻이라.

강 남 장 려 지　　　축 객 무 소 식
江南瘴癘[4]地에,　逐客[5]無消息이라.

고 인 입 아 몽　　　명 아 장 상 억
故人[6]入我夢하니,　明我長相憶[7]이라.

공 비 평 생 혼　　　노 원 불 가 측
恐非平生魂[8]이니,　路遠不可[9]測이라.

혼 래 풍 림 청　　　혼 반 관 새 흑
魂來楓林青[10]이오,　魂返關塞[11]黑이라.

금 군 재 라 망　　　하 이 유 우 익
今君在羅網[12]하니,　何以有羽翼고?

낙 월 만 옥 량　　　유 의 견 안 색
落月滿屋梁[13]하니,　猶疑見顏色[14]이라.

수 심 파 랑 활　　　무 사 교 룡 득
水深波浪闊하니,　無使蛟龍得[15]하라.

註解 夢李白(몽이백)－《두소릉집》 권7에 실려 있다. 꿈에 이백을 만나 보고 쓴 시임. 2) 呑聲(탄성)－소리를 삼키다, 슬픔에 소리를 삼키며 우는 것. 3) 惻(측)－슬픈 것. 《초사(楚辭)》 구가(九歌)에도 '슬픔에 생이별보다 더 서러운 것은 없다' 라고 하였다. 4) 瘴癘(장려)－장기(瘴氣)로 말미암아 생기는 장강 남쪽의 풍토병. 열병의 일종임. 이때, 즉 건원(乾元) 원년(758) 이백은 호남성(湖南省) 야랑(夜郎)에 귀양가 있었고, 두보는 섬서성(陝西省) 진주(秦州)에 있었다. 강남은 이백이 귀양가 있던 고장을 막연히 가리키는 말이다. 5) 逐客(축객)－쫓겨난 손, 곧 '귀양간 사람'. 이백을 가리킨다. '원객(遠客)' 이라 된 판본도 있으며, 이때 이백은 영왕(永王) 인(璘)의 반란에 연루되어 귀양가 있었다. 6) 故人(고인)－옛 사람, 옛 친구. 이백을 가리킨다. 7) 長相憶(장상억)－오래두고

서로 생각하는 것. '장'이 '상(常)'으로 된 판본도 있다. '억'은 '그리워하는 것'으로 보아도 좋다. 8) 平生魂(평생혼) - 평소 때의 혼. 9) 路遠不可測(노원불가측) - 무슨 일이 있는 것만 같은데 '길이 멀어 헤아릴 수가 없다'. 10) 魂來楓林靑(혼래풍림청) - 혼이 올 적에는 단풍나무숲이 푸르렀을 것이라는 상상을 노래한 것이다. 《초사》 초혼(招魂)에서 '깊고 푸른 강물 위에는 단풍나무가 있고, 저멀리 바라보니 봄 마을 슬퍼진다. 혼이여 돌아오라, 강남은 슬프다'고 노래한 데서 따온 표현이다. 11) 關塞(관새) - 변새(邊塞)의 관문. 12) 在羅網(재라망) - 그물에 있다. 곧 법망에 걸려 있다는 뜻. 13) 滿屋梁(만옥량) - 지붕 대마루에 달빛이 가득히 비추고 있다는 뜻. 14) 見顔色(견안색) - 이백의 '안색을 보는 듯하다'. 밝은 달을 바라보며 멋진 이백의 풍채를 생각하는 것이다. 15) 無使蛟龍得(무사교룡득) - 교룡은 용의 종류로 '이무기'. '이무기에게 잡히지 않도록 하라'는 것은 '악인들에게 해침을 당하지 않도록 하라'는 뜻. 따라서 앞의 '수심파랑활(水深波浪闊)'은 세상이 험난함을 비유한 것이다.

解說 두보와 이백은 중국시를 대표하며, '시성(詩聖)'과 '시선(詩仙)'으로 각각 불리는 쌍벽이다. 이백은 두보보다 약 10년 연장이며, 직접 오랫동안 교우한 사이는 아니었지만 서로가 시인이기 때문이었는지 상당한 우정을 느끼고 있었던 듯하다. 두보는 이백이 멀리 야랑으로 귀양갔다는 말만 듣고 그의 신상을 퍽 걱정하고 있었다. 그러던 중 어느 날 밤 이백을 꿈에서 만났다. 꿈속에서 본 이백의 모습은 두보로 하여금 무언가 큰일이 일어난 듯한 인상을 주었다. 그래서 두보는 더욱 근심이 되어 몸 다치지 않고 돌아오게 되기를 더욱 간절히 비는 것이다.

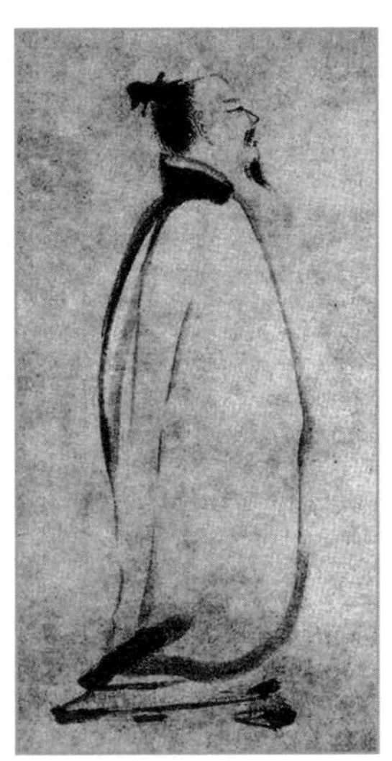
▲이백 행음도(行吟圖), 남송 양해(梁楷)의 그림

〈둘째 시(其二)〉

뜬구름 종일토록 떠다니나,
길 나간 사람은 오래도록 돌아오지 않네.
사흘 밤을 자주 그대 꿈꾸니,
우정의 지극함으로 그대의 뜻을 드러내는 것이리라.
돌아갈 때면 언제나 풀이 죽어,
다시 오기 어려우리라 괴로이 말하며,
강호엔 풍파가 많으니,
배 노를 떨어뜨릴까 두렵다 하였네.
문을 나서며 흰머리를 긁는 품이,
평생의 뜻을 저버린 것만 같았네.
서울엔 호화롭게 사는 이들 가득하거늘,
이 사람만이 홀로 초췌하구나.
하늘의 뜻은 빈틈없다 누가 말했던가?
늘그막에 몸은 도리어 법에 걸렸으니.
천년 만년 이름을 남긴대도,
죽은 뒤의 일은 적막하기만 하리라.

부운 종일행　　　유자구부지
浮雲[1]終日行이나,　遊子久不至라.

삼야빈 몽군　　　정친현군의
三夜頻[2]夢君하니,　情親見君意[3]라.

고귀 상국촉　　　고도 래불이
告歸[4]常局促이오,　苦道[5]來不易라.

강호다풍파　　　주즙 공실추
江湖多風波하니,　舟楫[6]恐失墜라.

출문소 백수　　　약부평생지
出門搔[7]白首하니,　若負平生志[8]라.

관개 만경화 사인독췌초
冠盖[9]滿京華어늘, 斯人獨顇顦[10]라.

숙 운망회회 장로신반루
孰[11]云網恢恢오? 將老身反累[12]라.

천추만세명 적막 신후사
千秋萬歲名이라도, 寂寞[13]身後事라.

註解 1) 浮雲(부운) - 뜬구름. 이 구절은 옛 '고시십구수(古詩十九首)'의 첫째 수 '뜬구름은 밝은 해를 가리고, 떠나간 친구는 되돌아오지 않는다'고 한 표현을 빌린 것이다. 2) 頻(빈) - 자주. 3) 情親見君意(정친현군의) - 꿈에서도 '정이 친밀하여 그대의 뜻을 드러내 보인 것이다'는 뜻. 4) 告歸(고귀) - 꿈에 이백이 돌아가려고 인사를 하는 것. 국촉(局促)은 두려워 몸을 움츠리는 모양. 5) 苦道(고도) - 괴로운 듯이 말하다. 또 괴롭게 거듭 말하다. 6) 楫(즙·집) - 배의 노. 7) 搔(소) - 긁다. 백수(白首)는 흰머리. 8) 若負平生志(약부평생지) - 평생의 뜻을 배반한 듯이 보였다. 곧 실의한 것처럼 보였다는 뜻. 9) 冠盖(관개) - 머리에 쓰는 관과 수레 위의 비단 포장. 모두 고관귀족의 화려한 생활을 나타내는 것임. 10) 顇顦(췌초) - '초췌(顦顇)'로 된 판목도 있으며 '초췌(憔悴)'와 같은 말. '근심으로 몰골이 파리해진 것'. 11) 孰(숙) - 누구. 망회회(網恢恢)는 《노자》 73장에 '하늘의 망(網)은 회회(恢恢)하여 성근 듯하지만 놓치는 게 없다'라고 하였다. '회회'는 넓은 모양. '망회회'는 하늘의 뜻에 빈틈이 없음을 말하며, 이 구절은 하늘을 원망하는 말임. 12) 累(루) - 환난을 당하는 것. 13) 寂寞(적막) - 쓸쓸한 것. 신후사(身後事)는 몸이 죽어 버린 뒤의 일.

解說 이곳에서는 앞 시에서 이백의 신상을 걱정한 데 이어 요며칠 자주 꿈에 본 광경을 눈앞에 보듯 서술하고 있다. 이백이 돌아갈 때에 남기는 불안한 모습과 언동이 더욱 두보의 마음을 애타게 한다. 장안에는 잘사는 사람들도 많건만 어째서 천재적인 시인 이백만이 초췌한 모습을 하고 있는가? 설령 이백이 죽은 뒤 천년까지 그의 이름을 남길지는 모르지만 현실은 너무나 억울하다는 것이다. 이백에의 동정 속에는 자기 자신의 불평도 섞여 있는 것으로 보아야 할 것이다.

손님이 오셨으니(客至)

집 남쪽 집 북쪽이 어디나 봄물로 질펀하니,
다만 보이는 건 날마다 날아오는 갈매기 떼일세.
꽃길은 손님 때문에 쓿은 일이 없고,
싸리문은 오늘 처음으로 임을 위하여 열게 되었네.
밥상 음식은 저자가 멀어서 여러 가지 반찬 갖추지 못하였고
항아리의 술은 집이 가난하여 오직 오래 전에 담군 막걸리뿐이네.
이웃의 영감님과 함께 마셔도 될라나?
울타리 너머로 술 가져오게 하여 나머지 술잔을 다 비우네.

사 남 사 북 개 춘 수　　　단 견 군 구 일 일 래
舍南舍北皆春水니,　　　但見群鷗[1]日日來라.

화 경 불 증 연 객 소　　　봉 문 금 시 위 군 개
花徑不曾緣客掃[2]러니,　蓬門[3]今始爲君開라.

반 손 시 원 무 겸 미　　　준 주 가 빈 지 구 배
盤飧[4]市遠無兼味[5]요,　樽酒家貧只舊醅[6]라.

긍 여 린 옹 상 대 음　　　격 리 호 취 진 여 배
肯與鄰翁相對飮가?　　　隔籬[7]呼取盡餘杯라.

註解 1) 鷗(구)－갈매기. 2) 緣客掃(연객소)－손님으로 말미암아 쓸다, 손님 때문에 쓸다. 3) 蓬門(봉문)－쑥대를 엮어서 만든 문, 싸리문. 4) 盤飧(반손)－소반 위의 음식, 밥상 위의 음식. 5) 兼味(겸미)－여러 가지 맛 나는 반찬, 여러 가지 반찬. 6) 醅(배)－거르지 않은 막걸리. 7) 隔籬(격리)－울타리 저쪽, 울타리 넘어.

解說 이 시를 읽으면 시골 마을에 가난하게 산 위대한 시인 두보의 집 모습이 눈앞에 선하다. 그의 집 근처에는 연못이 많았던 것 같다. 시인은 매일 날아다니는 갈매기만 보면서 시만 읊고 지냈던 것 같다. 그 집은 싸리문에 허슬한 울타리를 두른 초가집이었을 것이다. 그래도 근처에는 꽃나무가 많아 들어오는 길 위는 떨어진 꽃잎으로 덮여있다. 손님이나 와야 문 앞의 길 꽃잎을 쓸 터인데, 손님이 별로 오지

않아 집 앞길은 거의 쓸어본 일이 없다. 그런데 오늘 오래간 만에 반가운 손님이 오신 것이다. 시인은 오랜만에 집 앞 길의 꽃잎을 쓴 뒤 싸리문을 열고 손님을 마중하였다. 본시 가난한지라 손님을 대접하는 밥상은 초라하기 그지없다. 술도 대접해야 하는데 자기 집에는 항아리 바닥에 오래 된 거르지도 않은 막걸 리가 조금 있을 따름이다. 시인은 가난하지만 평소에 이웃 사람들과 가깝게 지내고 있었다. 다행이도 이웃집은 시인보다 약간 여유가 있는 사람이었던 것 같다. 시인은 손님의 양해 아래 이웃 영감에게 울타리 너머로 술을 좀 갖고 오라고 불러서 함께 앉아 술을 마시며 즐긴다. 이 시에서 시인은 가난하고 궁하지만 진실한 사람들이 살아가는 모습을 보여주어서 시를 읽는 이의 마음을 뿌듯하게 해준다.

달밤에(月夜)

오늘 밤 부주의 저 달을
규방 안에서는 다만 홀로 보고 있으리라.
멀리 있는 어린 아들 딸들이 가엾으니
아직 장안을 그릴 줄도 모르리라.
향기로운 안개는 구름 같은 머리에 젖어들고
맑은 달빛은 옥 같은 팔에 비치고 있으리라.
어느 때면 고요히 장막에 기대어
둘이 서로 바라보며 눈물 자국을 말리게 될까?

금 야 부 주 월 　　　규 중 지 독 간
今夜鄜州[1]月을, 　閨中[2]只獨看이리라.

요 련 소 아 녀 　　　미 해 억 장 안
遙憐[3]小兒女하니, 　未解[4]憶長安이라.

향 무 운 환 습 　　　청 휘 옥 비 한
香霧雲鬟[5]溼이오, 　淸輝[6]玉臂寒이라.

하 시 의 허 황　　　　쌍 조　루 흔 건
何時倚虛幌[7]하여,　雙照[8]淚痕乾고?

註解 1) 鄜州(부주)－그 당시 두보의 처자가 피란하고 있던 부주 삼천현(三川縣) 강촌(羌村 : 지금의 陝西省 富縣)을 가리킨다. 2) 閨中(규중)－규방 안, 곧 두보의 처 양씨(楊氏)가 있을 방을 아름답게 표현한 것이다. 3) 遙憐(요련)－멀리 있는 이들을 가엾게 여기다. 4) 未解(미해)－이해하지 못하다, 알지 못하다. 억장안(憶長安)은 장안에 잡혀있는 아버지인 자기를 생각해 주는 것. 5) 雲鬟(운환)－구름 같은 머리. 자기 처의 머리를 아름답게 표현한 것이다. 溼(습)은 濕(습)과 동자(同字)임. 6) 淸輝(청휘)－맑은 달빛. 옥비(玉臂)는 옥 같은 팔. 자기 처의 팔을 아름답게 상상한 것이다. 7) 虛幌(허황)－고요한 장막. '황'은 장막 또는 커튼이다. 그에 대한 형용으로 '허'는 알맞게 번역하기 힘들므로 예로부터 이에 대한 해석은 구구하였다. 8) 雙照(쌍조)－두 부부가 달빛어린 두 눈을 마주 바라보는 것. 그리고 '눈물 자국을 말린다'는 것은 웃음을 되찾는 것을 뜻한다.

解說 이 시는 '안사의 란'이 일어난 다음 해(至德 元年 : 756) 지은 것이다. 이 해 6월에 장안이 안록산의 반란군에게 함락되고, 현종은 촉(蜀) 땅에 피란가고 7월에 아들 숙종(肅宗)이 왕위에 올라 있었다. 이 때 두보는 가족을 피란가 있던 부주의 강촌(羌村)에 두고 천자가 있는 곳으로 가다가 도중에 반란군에게 잡히어 장안으로 끌려갔다. 그는 장안에 홀로 잡혀 있으면서 달 밝은 밤에 피란나가 있는 가족들을 생각하며 이 시를 지은 것이다.

봄 시름(春望)

나라는 깨어졌어도 산천은 그대로 있어
성에는 봄이 돌아와 초목 우거지니,
시절이 가슴 아파 꽃을 보고도 눈물 뿌리고

이별이 한스러워 새를 보고도 가슴 철렁이네.
봉화가 석 달이나 연이어지니
집의 편지는 만금의 값이 되네.
흰 머리는 긁을수록 더욱 짧아져
거의 비녀도 이기지 못할 지경이 되었네.

국파산하재 성 춘초목심
國破山河在하고, 城[1]春草木深이라.

감시화천루 한별조경심
感時花濺淚[2]요, 恨別鳥驚心[3]이라.

봉화연삼월 가서저 만금
烽火連三月하니, 家書抵[4]萬金이라.

백두소 갱단 혼 욕불승잠
白頭搔[5]更短이고, 渾[6]欲不勝簪[7]이라.

註解 1) 城(성)－장안성을 가리킴. 작자 두보는 '안사의 란'이 일어난 뒤 반란군에게 함락된 장안에 연금되어 있었다. 2) 花濺淚(화천루)－꽃도 눈물을 흘리게 한다. 3) 鳥驚心(조경심)－새도 마음을 놀라게 하다, 새소리를 듣고 놀라는 것. 4) 抵(저)－상당하다, 값이 되다. 5) 搔(소)－긁다. 6) 渾(혼)－전혀, 거의 …하다. 7) 簪(잠)－비녀. 옛날 사람들이 관을 머리에 쓰고, 관을 고정시키기 위하여 머리에 꽂았던 비녀.

解說 '안사의 란'이 일어난 지 2년이 되는 지덕(至德) 2년(757), 두보가 반란군에게 함락된 장안에 홀로 잡혀 있으면서 지은 시이다. 이때 그의 처자는 장안 북쪽의 부주(鄜州)에 피란 가 있었으나 그곳도 평온하지는 않았다. 이때 작자는 부주에 있는 처자를 생각하며 〈달밤에(月夜)〉라는 시도 썼다. 이 시에는 반란으로 어지러워진 나라를 걱정하며 반란군에게 점령되어 있는 장안에서 괴롭고 외로운 나날을 보내는 시인의 마음이 잘 표현되어 있다. 나라가 어지러우니 아름다운 봄은 슬픔과 걱정을 더 보태준다. 아름다운 꽃을 보아도 즐겁기는 커녕 눈물이 흐르고, 이쁜 새소리를 들어도 기쁘기는 커녕 가슴이 철렁한다. 그리

고 부주에 두고 온 처자 걱정으로 몸은 부쩍 늙어가고 있다는 것이다. 작자 두보는 이 뒤로 10개월 만에 장안을 탈출하여 황제가 있는 봉상(鳳翔)으로 가 좌습유(左拾遺)라는 천자의 잘못을 바로잡아주는 벼슬에 임명된다.

위좌상에게 올리는 20운의 시(上韋左相[1] 二十韻)

봉조(鳳鳥)의 달력과 황제가 바로잡은 역년(曆年)에 의하면,
용이 나신 지 40년이 되는 해.
이 세상에 장수하는 고장을 여시고,
한 기운으로 천지를 다스리셨네.
단비 기다리듯 어진 신하를 생각하시고,
한나라에 공신을 그려놓았듯이 늙은 신하들을 아끼시네.
그림을 따라 날랜 말을 찾듯이 어진 이를 구하시니,
세상을 놀라게 할 만한 기린 같은 분을 얻으셨네.
모래 일어 강물을 흐려 놓을 정도로 나라 일에 힘쓰셨고,
양념을 잘 하여 솥 안의 음식을 맛있게 해 놓듯 세상을 다스려 놓으셨네.
위현이 옛날 한나라 재상이 되었듯이 재상이 되시었고,
범수가 진나라로 돌아갔듯이 나라에 공을 세우셨네.
이루신 위업이 지금 이와 같으시고,
경서를 전하심에 있어서도 비할 데 없이 뛰어나셨네.
위좌상의 인물은 예장나무가 깊은 땅에서 난 듯하고,
푸른 바다가 넓어서 나루터가 없는 듯하네.
북두성이 하늘의 목이나 혀인 것처럼 천자의 조칙을 지으셨고,
필공(畢公)처럼 신하들을 거느리시네.
저울대처럼 공평하게 인물을 평가하셨고,

발소리 듣고 사람을 알아보듯 궁전에 드나드셨네.
독보적인 재능은 옛사람들을 능가하고,
좌상의 덕의 여파는 이웃 나라에까지 미치네.
총명하기 관로보다 더하시고,
편지의 글은 진준을 압도하네.
어찌 용이 되지 못하고 못 속의 물건이 되고 말까?
줄곧 덕을 닦고 불러주기 기다렸네.
조정에서는 지극한 도리를 알고 일하셨으니,
풍속을 모두 순박하게 변화시켰네.
재능이 뛰어난 이들을 모두 등용하시니,
어리석은 자들만이 초야에 묻히었네.
사마상여처럼 병이 많이 든 지 오래이고,
자하처럼 쓸쓸한 삶은 가난하기만 하네.
회고해 보면 세상 일에 몰리어,
생애는 일반 백성들과 비슷하네.
무함 같은 점쟁이에게 물어볼 수도 없고,
공자와 맹자가 자기 고장에서 몸둘 곳 없었던 것 같네.
이처럼 감흥에 젖어 있는 사이에 해는 저물고,
넓고 큰 시의 흥취만이 신묘하네.
공 위하여 이 곡을 노래하노라니,
눈물이 흘러 옷과 수건을 적시고 있네.

봉력 헌원기　　용비 사십춘
鳳曆[2]軒轅紀에, 龍飛[3]四十春이라.

팔황 개수역　　일기 전홍균
八荒[4]開壽域하니, 一氣[5]轉洪鈞이라.

임 우사현좌　　단청 억로신
霖[6]雨思賢佐하고, 丹靑[7]憶老臣이라.

응도구준마　　경대 득기린
應圖求駿馬[8]하니,　驚代[9]得麒麟이라.

사태 강하탁　　조화 정내신
沙汰[10]江河濁이오,　調和[11]鼎鼐新이라.

위현 초상한　　범숙 이귀진
韋賢[12]初相漢하고,　范叔[13]已歸秦이라.

성업금여차　　전경고절륜
盛業今如此하고,　傳經固絕倫[14]이라.

예장 심출지　　창해활무진
豫樟[15]深出地요,　滄海闊無津[16]이라.

북두사후설　　동방령진신
北斗司喉舌[17]하고,　東方領搢紳[18]이라.

지형 유조감　　청리 상성신
持衡[19]留藻鑑이오,　聽履[20]上星辰이라.

독보재초고　　여파 덕조린
獨步才超古하니,　餘波[21]德照鄰이라.

총명과관로　　척독 도진준
聰明過管輅[22]요,　尺牘[23]倒陳遵이라.

기시지중물　　유래석상진
豈是池中物[24]이리오?　由來席上珍[25]이라.

묘당 지지리　　풍속진환순
廟堂[26]知至理하니,　風俗盡還淳이라.

재걸구등용　　우몽 단은륜
才傑俱登用하니,　愚蒙[27]但隱淪이라.

장경다병구　　자하삭거빈
長卿多病久[28]하고,　子夏索居貧[29]이라.

회수 구류속　　생애사중인
回首[30]驅流俗하니,　生涯似衆人이라.

무함 불가문　　추로 막용신
巫咸[31]不可問이오,　鄒魯[32]莫容身이라.

감격시장만　　창망 흥유신
感激時將晚하니,　蒼茫[33]興有神이라.

위 공 가 차 곡　　　　　체 루 재 의 건
爲公歌此曲하니,　　涕淚在衣巾이라.

註解 1) 韋左相(위좌상)－위현소(韋見素). 천보(天寶) 13년(754) 가을에 무부상서(武部尙書) 동중서문하사(同中書門下事)가 되었으며, 천보 15년에는 현종을 따라 사천성으로 피란가 파서(巴西)에까지 갔었는데, 황제의 명으로 좌상(左相)에 빈국공(豳國公)을 겸하게 되었다. 무부상서도 재상급이며 천보 13년 그 벼슬에 부임할 적에 두보가 보낸 시일 것이다. 제목에 '좌상'이라 한 것은 뒤에 두시(杜詩)를 편집할 때 고쳐 부른 것인 듯하다(《杜詩錢註》). 이 시는 《두공부집》 권9에 실려 있다. 2) 鳳曆(봉력)－소호씨(少皞氏) 때의 역정(曆正)을 지낸 봉조씨(鳳鳥氏)가 만든 달력(左傳 昭公 17년). 헌원기(軒轅紀)의 헌원(軒轅)은 황제(黃帝)의 씨(氏). '헌원기'는 황제가 만들었다는 연력(年曆). 3) 龍飛(용비)－용이 나는 것은 천자가 즉위한 데 비유한 것이다. 이 해 천보 13년은 현종이 즉위한 지 43년이 되는 해이다. 4) 八荒(팔황)－팔방의 땅 끝 안, 곧 온 세상. 수역(壽域)은 장수하는 지역. 곧 살기 좋은 평화로운 나라. 당나라를 가리킨다. 5) 一氣(일기)－혼연(混然)한 만물의 근원이 되는 기(氣), 음양(陰陽)으로 분리되기 전의 기. 홍균(洪鈞)은 대균(大鈞). 큰 물레. '균'은 도공(陶工)이 질그릇을 만들 때 흙을 올려놓고 돌리는 물레. '한 기운'으로 '큰 물레' 돌리며 하늘이 만물을 만들어 내듯 천자는 올바르게 세상을 다스리고 있다는 뜻. 6) 霖(임)－단비. '임우사현좌(霖雨思賢佐)'는 가뭄에 단비를 바라듯 현명한 대신을 생각한다는 뜻. 7) 丹青(단청)－한나라 선제(宣帝)가 기린각(麒麟閣)에 공신들의 초상을 그려 걸어놓았던 것을 가리킨다. '단청억로신(丹青憶老臣)'은 선제(宣帝)가 공신을 단청으로 그려놓았듯이 노신들을 생각하고 존경한다는 뜻. 8) 應圖求駿馬(응도구준마)－그림을 따라 준마를 구한다. 《한서(漢書)》 권67 매복전(梅福傳)에 옛날 성인 시대에 현명한 인재를 고르던 방법을 가지고 지금의 사(士)를 등용하려는 것은 마치 백락(伯樂 : 말의 전문가)의 그림을 들고서 명마를 시장에 가서 구하는 것 같으니 얻을 수 없음은 이미 분명한 일이다'라고 하였다. 그러나 여기서는 명마 같은 현명한 신하를 열심히 찾는다는 뜻을 나타내고 있다. 9) 驚代(경대)－세상을 놀라게 하다. '경세(驚世)'로 된 판본도 있다. 기린(麒麟)은 뛰어난 현신을 말한다. 10) 沙汰(사태)－모래를 물로 일는 것. 강하탁(江河濁)은 장강과 황하 같은 강물이 흐려지는 것. 모래를 일느라고 강물이 흐려진다는 것은 좌상의 노고에 비유한 것이다. 11) 調和(조화)－양념을 잘 섞어 음식의 맛을 내는 것. 정내(鼎鼐)는 크고 작은 솥들. 신(新)은 솥 안의 음식맛을 새롭게 하듯 나라의 정치를 새롭게 했다는 것이다. 12) 韋賢(위현)－자는 장유(長孺). 노(魯)나라 추인(鄒人). 한나라 선제(宣帝) 때의 박학하고 어진 재상. 위현소(韋見素)를 성이 같은 유명한 옛날 재상 위현에게 비긴 것이다. 13) 范叔(범숙)－위(魏)나라 사람 범수(范睢), 자가 숙(叔)이다. 그는 위나라에서 뜻을 펴지 못하고 진(秦)나라로 들어가 유명한 재상이 되었다. 위현소가 진나라로 들어간 범수와 같은 유명한 재상이라는 것이다. 14) 傳經固絕倫(전경고절륜)－정치업적뿐만 아니라 경학(經學)을 세상에 전하는 학문에 있어서도 본시 비길 사람이 없을 만큼 위현소는 뛰어난 사람이라는 것이다. 15) 豫樟(예장)－남쪽에 나는 나무의 이름. 예장이 깊이 땅에 뿌리를 박고 자라 있듯 위현소는 훌륭한 인재라는 것이다. 16) 滄海闊無津(장해활무진)－푸른 바다가 넓어 나루터가 없듯이 위현소는 도량이 넓다는 뜻이다. 17) 北斗司喉舌(북두사후설)－'후설'은 목과 혀로 소리를 내는 기관이다. 《후한서(後漢書)》 이고열전(李固列傳)에 '지금 폐하에게 상서(尙書)가 있는 것은 마치 하늘에 북두(北斗)가 있는 것과 같습니다. 북두성은 하늘의 목과 혀이고 상서는 왕명을 따라 정치를 온세상에 폅니다'라고 하였다. 18) 東方領搢紳(동방령진신)－'진신'은 홀(笏)을 띠에 꽂고 대대(大帶)를 띤 사대부들. 이 구절은 《서경》 강왕지고(康王之誥)에 '필공(畢公)이 동쪽의 제후들을 거느리고 응문(應門)으로부터 들어와 오른편에 섰다'라고 했는데, 필공이 동쪽의 제후들을 거느리듯 위현소가 여러 현명한 신하들을 거느리었음을 말한다. 19) 持衡(지형)－저울대를 잡고 있듯이 공평하게 인사를 처리하는 것. 유조감(留藻鑒)은 품조(品藻) 감별(鑑別)의 행적을 남기는 것. 품(品)은 인물의 평가, 조(藻)는 재능의 평정, 감(鑒)은 거울처럼 밝힘을 뜻한다. 20) 聽履(청리)－걷는 신발 소리를 듣는 것. 성신(星辰)은 천자가 계시는 곳을 가리킨다. 그가 걸어가는 신발 소리를 듣고 천자가 알 정도로 천자를 친근히 보좌함을 뜻한다. 21) 餘波(여파)－그의 재능과 학덕의 영향. 덕조린(德照鄰)은 덕이 이웃나라들을 비춘다. 곧 그의 덕은 이웃나라들까지도 교화를 시킨다는 뜻. 22) 管輅(관로)－위(魏)나라 때 천문지리(天文地理)에 통달했던 명인. 자는 공명(公明)이었다. 23) 尺牘(척독)－편지 쓰는 문장. 진준(陳遵)은 한나라 때 사람, 자는 맹공(孟公). 글을 잘 지어 사람들은 그의 편지를 받으면 모두 소중히 간직하였다 한다. 도진준(倒陳遵)은 진준을 압도했다는 뜻. 24) 池中物(지중물)－못 속에 용이 되지 못하고 있는 시원찮은 물건. 25) 席上珍(석상진)－자리 위의 보배. 《예기》 유행(儒行)편에 '애공(哀公)이 자리에 앉기를 명하였다. 공자가 전하여 말하기를, "유(儒)에겐 자리 위의 보배가 있는데, 그것을 가지고서 초빙을 기다린다."' 라고 하였다. '자리 위의 보배' 란 선비의 덕을 뜻한다. 위현소는 옛날 덕을 닦고 천자가 부르시기만을 기다리고 있었다는 뜻. 26) 廟堂(묘당)－옛날엔 중요한 국사를 종묘에서 의논하였으므로, 여기서는 조정을 가리킨다. 지리(至理)는 지극한 이치. 위현소는 좌상이 되어 조정에 들어가서는 지극히 올바른 도리를 따라 정치를 하였다는 뜻. 27) 愚蒙(우몽)－어리석고 몽매한 사람. 은륜(隱淪)은 초야에 묻혀 평민으로 사는 것. 28) 長卿多病久(장경다병구)－장경(長卿)은 한나라 때의 대표적인 부(賦)의 작가 사마상여(司馬相如). 그는 소갈병(消渴病)을 앓았는데 탁문군(卓文君)을 가까이한 뒤로는 병이 더하여져 마침내는 이 병으로 죽었다. 이 구절부터는 두보 자신에 비유한 것이다. 29) 子夏索居貧(자하삭거빈)－《예기》 단궁(檀弓) 상편에 '자하(子夏)가 말하기를, "나는 무리를 떠나 삭거(索居)한 지 이미 오래되었다."' 고 하였다. 주에 '삭(索)은 산(散)의 뜻' 이라 하였으니 '삭거' 는 산거(散居), 친구들과 사귀지 않고 쓸쓸히 떨어져 사는 것이다. 30) 回首(회수)－머리를 돌려 자신을 살펴보는 것, 지난 일을 반성해 보는 것. 구류속(驅流俗)은 세상 일에 몰리는 것. 31) 巫咸(무함)－황제(黃帝) 때의 신무(神巫) 이름. 32) 鄒魯(추로)－맹자는 추(鄒)나라 사람, 공자는 노(魯)나라 사람. 후세엔 문교의 중심지를 가리키게 되었다. 33) 蒼茫(창망)－넓고 먼 모양, 아득한 것. 흥(興)은 시흥(詩興). '흥유신(興有神)' 은 시흥 속에 신묘함이 있다는 뜻.

解說 이 시는 처음부터 성대(聖代)를 찬미하고 이처럼 훌륭한 세상에 나와 재상이 된 위현소(韋見素)의 재능과 덕망 및 학식을 칭찬하는 데 많은 구절을 충당하고 있다. 그리고 끝의 12구에서는 시인인 자신의 불우를 절실하게 표현하고 있다. 이러한 호소가 사실은 이 시를 지은 본뜻인 것이다. 당시 높은 지위에서 현종의 신임을 두텁게 받고 있던 위현소는 많은 면에서 두보와 뜻이 투합하였다. 이에 두보는 눈물어린 호소로써 이 시를 읊었던 것이다. 목석이라도 움직일 만한 내용이지만은 위현소가 이 시를 읽고 어떤 반응을 보였는지 알 길이 없다. 이 시가 천보 13년에 지어졌고 15년에 '안사의 란' 이 일어났으니 위현소가 깊은 감동을 받았다 해도 두보를 돌볼 겨를은 없었을 것이다.

이백에게 보내는 시 20운(寄李十二白二十韻[1])

옛날에 광객(狂客)이 있었는데,
그대를 불러 귀양 내려온 신선이라 하였지.
붓을 들면 비바람이 놀라게 하듯 하고,
시가 이루어지면 귀신을 울렸네.
명성이 이로부터 커졌으니,
묻혀 살던 몸이 하루아침에 펴졌지.
그대의 아름다운 글은 천자의 두터운 사랑을 받고,
세상에 유행하는 작품은 모두가 비길 데 없이 뛰어났네.
천자의 용주는 그대 위해 노를 더디 저었고,
짐승 무늬 비단 장포(長袍)를 천자님으로부터 받았네.
대낮에도 깊은 궁전을 드나들었고,
푸른 구름처럼 높은 고관들이 그대 뒤에 가득히 따랐네.
초야로 돌아갈 것을 바라자 천자는 조칙 내려 허락하셨고,
나를 만나 꾸준한 마음으로 친히 대해주었네.

숨어살려는 뜻 어기지 아니하고,
총애 끝에 욕볼 몸을 온전히 하였네.
멋대로 얘기하며 초야의 편안함 좋아하고,
술을 즐기어 천성의 참됨을 나타내었네.
취하여는 양원의 밤 잔치에서 춤을 추었고,
사수의 봄 경치를 다니며 노래하였네.
높은 재주 지녔으나 마음은 펴지 못하고,
앞길이 굽혀지니 착함에도 이웃이 없었네.
후한의 처사 예형은 뛰어난 인물이었는데도 숨어 살았고,
공자의 제자 원헌은 재덕 있었으나 가난하게 살았네.
벼와 조도 바라는 대로 구하지 못하거늘,
약으로 넣은 율무를 구슬이라 오해받고 참언을 당하였네.
그리하여 오령의 무더운 고장,
삼위로 쫓겨나는 몸 되었네.
몇년이나 복조(鵩鳥)를 만날까 하며,
홀로 기린이 나타나는 세상 안 옴을 울었네.
그래도 한나라 소무보다는 먼저 나라로 돌아왔고,
황공 같은 그대가 진나라 같은 영왕(永王) 인(璘)을 어찌 섬겼으리?
한나라 목생(穆生)이 초나라 잔치에서 단술 없다고 떠났듯이 영왕 인을 떠나려 하였고,
한나라 추양(鄒陽)이 양나라 옥에서 임금에게 글을 올렸듯이 옥 속에서 무죄를 밝혔으나,
이미 당시의 법이 적용되고 있으니,
누가 이 뜻을 펴줄꼬?
나는 늙어 가을달 아래 시나 읊고,
해 저무는 장강 가에 병든 몸을 일으키어 그대를 생각하네.
천자의 은혜의 물결이 멀리 있음을 탓하지 말게나,
뗏목 타고 은하수로 올라가 갈 길을 물어보리라.

석 년 유 광 객　　　호 이 적 선 인
昔年有狂客[2]하니,　　號爾謫仙人이라.

필 락　경 풍 우　　　시 성 읍 귀 신
筆落[3]驚風雨요,　　詩成泣鬼神이라.

성 명 종 차 대　　　골 몰　일 조 신
聲名從此大하니,　　汩沒[4]一朝伸이라.

문 채　승 수 악　　　유 전　필 절 륜
文彩[5]承殊渥하니,　　流傳[6]必絶倫이라.

용 주　이 도 만　　　수 금　탈 포 신
龍舟[7]移棹晚이오,　　獸錦[8]奪袍新이라.

백 일 래 심 전　　　청 운　만 후 진
白日來深殿[9]이오,　　青雲[10]滿後塵이라.

걸 귀　우 조 허　　　우 아　숙 심 친
乞歸[11]優詔許하니,　　遇我[12]宿心親이라.

미 부 유 서 지　　　겸 전 총 욕 신
未負幽棲志[13]하고,　　兼全寵辱身[14]이라.

극 담　련 야 일　　　기 주 현 천 진
劇談[15]憐野逸이오,　　嗜酒見天眞[16]이라.

취 무 량 원　야　　　행 가 사 수　춘
醉舞梁園[17]夜하고,　　行歌泗水[18]春이라.

재 고 심 부 전　　　도 굴　선 무 린
才高心不展이오,　　道屈[19]善無鄰이라.

처 사 예 형　준　　　제 생 원 헌 빈
處士禰衡[20]俊이오,　　諸生原憲貧[21]이라.

도 량　구 미 족　　　의　이 방 하 빈
稻粱[22]求未足인대,　　薏[23]苡謗何頻고?

오 령　염 증 지　　　삼 위　방 축 신
五嶺[24]炎蒸地요,　　三危[25]放逐臣이라.

기 년 조 복 조　　　독 읍 향 기 린
幾年遭鵩鳥[26]오?　　獨泣向麒麟[27]이라.

소 무 선 환 한　　　황 공　기 사 진
蘇武先還漢[28]하고,　　黃公[29]豈事秦이오?

초 연 사 례 일　　양 옥 상 서 진
楚筵辭醴[30]日이오,　梁獄上書[31]辰이라.

이 용 당 시 법　　수 장 차 의 진
已用當時法하니,　誰將此義陳고?

노 음 추 월 하　　병 기 모 강 빈
老吟[32]秋月下하고,　病起[33]暮江濱이라.

막 괴 은 파 격　　승 사 여 문 진
莫恠[34]恩波隔하라,　乘槎與問津[35]이라.

註解 1) 寄李十二白二十韻(기이십이백이십운)－이백에게 붙이는 20운의 시. '십이'는 이백의 형제 배항(排行)이 열두번 째임을 뜻한다. 《두소릉집》 권8에 들어 있다. 지덕(至德) 원년(756) 이백은 반란을 일으킨 영왕(永王) 인(璘)의 군대가 단양(丹陽)에서 패하자 숙송(宿松)이란 곳으로 갔으나 죄에 연루(連累)되어 잡혀서 심양(潯陽)의 옥에 갇히었다. 지덕 2년 송약사(宋若思)가 하남(河南)으로 가는 길에 심양을 지나다가 이백의 죄가 가벼우므로 이를 풀어주고 참모로 삼았다. 이때 이백의 나이 57세였다. 다음해인 건원(乾元) 원년(758)에는 마침내 영왕 인에게 가담했다는 이유로 멀리 야랑(夜郎) 땅에 유배되었다. 이 시는 건원 2년 두보가 진주(秦州)에 있으면서 이백의 불우함을 동정하고 지은 것이다. 2) 昔年有狂客(석년유광객)－광객(狂客)이란 세속과는 다른 뜻을 지닌 사람으로 '사명광객(四明狂客)'이라 호하였던 하지장(賀知章)을 가리킨다. 이백이 처음 장안에 나타났을 때 하지장은 이백을 보자 그의 신선 같은 모습을 보고 '적선인(謫仙人)', 곧 '이 세상으로 귀양온 신선'이라 불렀다 한다. 3) 筆落(필락)－붓이 종이에 떨어지면, 붓을 종이에 대면. 경풍우(驚風雨)는 풍우가 놀란 듯 일어나는 것처럼 기세 좋은 문장을 쓰는 것. 4) 汨沒(골몰)－'골'과 '몰'은 다 같이 '침(沈)'의 뜻을 지녀, 초야에 묻혀 세상에 드러나지 않음을 뜻한다. 신(伸)은 뜻을 펴는 것, 뜻을 이루는 것. 5) 文彩(문채)－문장의 채색과 무늬, 시문(詩文)의 아름다움. 수악(殊渥)은 특수하게 많은 은총을 천자로부터 받는 것. 6) 流傳(유전)－세상에 유행하고 전해지는 시. 절륜(絕倫)은 비길 데 없이 뛰어난 것. 7) 龍舟(용주)－천자님이 탄 배, 용의 머리가 앞머리에 달린 배. 이도만(移棹晩)은 노를 저어 배를 옮겨감을 더디게 한다. 곧 천자의 배가 이백을 기다리느라고 늦게 떠났다는 뜻. 범전정(范傳正)의 이백 묘비(墓碑)에 '현종이 백련지(白蓮池)로 뱃놀이를 나셨다. 황제가 즐거이 다 노시고 이백을 불러 글을 짓게 하셨다. 이때 이백은 이미 한림원(翰林苑)에서 술에 취하여 있었으므로 고장군(高將軍)에게 명하여 부축을 하게 하고 배에 올랐다'라고 하였는데 이때의 일을 가리킨 것이다. 8) 獸錦(수금)-짐승의 무늬가 짜여진 비단. 탈포신(奪袍新)은 《구당서(舊唐書)》에 '무후(武后)가 밑의 신하들에게 시를 읊게 하였다. 동방규(東方虯)가 먼저 지으니 금포(錦袍)를 내리었다. 송지문(宋之問)이 이어 시를 바치니 더욱 잘된 것이었다. 이에 금포를 빼앗아 송지문에게 내리었다'는 얘기가 있다. 이 고사를 전용하여 '장포(長袍)를 새로이 빼앗았다'는 말은 이백이 현종으로부터 시에 대한 많은 상을 받았음을 말하는 것이다. 9) 深殿(심전)-천자가 계시는 궁전. 대낮에도 천자가 계시는 곳을 드나들었다는 것은 총애가 지극하였음을 형용한 것이다. 10) 靑雲(청운)-푸른 구름처럼 높은 지위에 있는 고관들. 만후진(滿後塵)은 이백 뒤에는 먼지가 가득하였다. 곧 많은 고관들이 그의 뒤를 따랐다는 뜻. 11) 乞歸(걸귀)-벼슬을 그만두고 돌아갈 것을 청하는 것. 우조허(優詔許)는 '좋게 여기시고 명을 내려 허락하셨다'는 뜻. 12) 遇我(우아)-'나를 만나자', '나 두보를 대우하기를'. 숙심친(宿心親)은 '오래 전부터 마음으로 친했던 것 같다'는 뜻. 13) 幽棲志(유서지)-은퇴하여 살려는 뜻. 14) 寵辱身(총욕신)-총애를 받다가 욕을 당하는 몸. 이백은 처음엔 현종의 총애를 받았으나 고력사 등의 참언으로 욕을 보았다. 15) 劇談(극담)-멋대로 얘기하는 것. 련(憐)은 사랑하다, 동정하다. 야일(野逸)은 초야에 묻혀 사는 안일함. 16) 天眞(천진)-하늘로부터 타고난 참된 성격. 17) 梁園(양원)-하남성(河南省) 변주(汴州)에 있는 한나라 양효왕(梁孝王)의 토원(兎園). 이백에 〈양원음(梁園吟)〉 시가 있다. 이백은 한림으로부터 쫓겨나 양(梁)·송(宋)·제(齊)·노(魯) 지방을 돌아다니면서 시를 읊었다. 천보(天寶) 3년 또는 4년(744, 5)경의 일이다. 이때 두보는 여러번 이백과 어울렸다. 18) 泗水(사수)-산동성(山東省)에 있는 강물 이름. 공자가 이 강물 근처에서 가르침을 펴 유명하다. 19) 道屈(도굴)－이백이 펴려는 도가 굽히어 오므라든 것. 선무린(善無鄰)은 선한 데도 이웃이 없다. 《논어》 이인(里仁)편의 '덕은 외롭지 아니하고 반드시 이웃이 있다' 고 한 말을 뒤집어 표현한 것이다. 20) 禰衡(예형)－자는 정평(正平). 후한(後漢) 사람. 어려서부터 재주가 있었고 말을 잘 했으며 기상이 매우 높았다. 공융(孔融)이 뒤에 그는 깨끗한 자질이 바르고 밝았고 재주가 뛰어났다고 임금에게 천거하였다(《後漢書》 列傳). 예형준(禰衡俊)은 예형처럼 준수하다는 뜻. 21) 諸生原憲貧(제생원헌빈)－공자의 제자 원헌(原憲)은 가난했다. 그는 자가 자사(子思). 송(宋)나라 사람으로 깨끗하게 지조를 지키며 가난하면서도 올바르고 즐겁게 살았다. 이백도 원헌처럼 덕이 있으면서도 가난하게 산다는 뜻. 22) 稻粱(도량)－벼와 조. 식량을 가리킨다. 23) 薏(의)－율무. 이(苡)도 율무. 방(謗)은 훼방하다, 비난하다. 의이방하빈(薏苡謗何頻)은 옛날 후한(後漢) 때 마원(馬援 : 字 文淵, 扶風 茂陵人)은 처음에 교지(交趾)에 있으면서 언제나 율무〔薏苡〕를 먹었다. 그래서 몸을 가벼이 하고 욕망을 줄임으로써 장기(瘴氣)를 이겨냈다. 남쪽의 율무는 열매가 크다. 마원은 씨를 받으려고 군대가 돌아올 때 그 씨를 수레에 싣고 왔다. 이때 사람들은 그것을 남쪽 지방의 기이한 보물이라 하여 권세가들이 모두 이것을 얻기를 바랐다. 마원은 이때 임금의 총애를 받고 있었으므로 아무도 건드리지 못했다. 그가 죽자 어떤 자가 상서하여 전에 수레에 싣고 왔던 것은 모두가 좋은 진주와 외뿔소 뿔이었다고 참언하였다. 이에 임금은 대단히 성을 내셨다 한다(《後漢書》 列傳). 마원이 율무를 가지고 명주라고 참언을 받았던 것처럼 이백도 근거없는 참언을 여러 번 받았다는 뜻. 24) 五嶺(오령)－대유(大庾) · 시안(始安) · 임하(臨賀) · 계양(桂陽) · 게양(揭陽)의 다섯 고개로서, 복건(福建)으로부터 광동(廣東), 호남(湖南)으로부터 광서(廣西)로 들어가는 도중에 있다. 오령의 남쪽을 영남도(嶺南道)라 하였으며 양월(兩越)과 안남(安南)지방을 가리켰다. 야랑(夜郎)은 이 영남에 있다. 25) 三危(삼위)－서쪽에 있는 산 이름. 《서경》 순전(舜典)에도 '삼묘(三苗)를 삼위(三危)로 쫓아냈다' 라고 하였다. 감숙성(甘肅省) 돈황현(敦煌縣)에 있다. 혹은 같은 성의 위원현(渭源縣) 또는 천수현(天水縣)에 있다느니 서장(西藏)에 있다느니 한다. 야랑은 귀주성(貴州省) 서쪽 경계에 있었으므로 오령이나 삼위에 가까운 곳이었다. 26) 遭鵩鳥(조복조) - '복조를 만나다'. 복조는 상서롭지 못한 새라 하여 한나라 가의(賈誼)가 호남성(湖南省) 장사(長沙)로 귀양가서 〈복조부(鵩鳥賦)〉를 지었다. 따라서 복조를 만난다는 것은 무덥고 습기가 많은 곳에서 불안한 귀양살이를 함을 뜻한다. 27) 獨泣向麒麟(독읍향기린) - 《춘추공양전(春秋公羊傳)》에 '(기린을 향하여) 공자가 말씀하셨다. "누구를 위하여 왔는가! 누구를 위하여 왔는가! 소매를 뒤집어 얼굴을 닦으니 눈물이 긴 도포를 적시었다.---공자는 나의 도가 다하였노라." 고 말씀하셨다'는 기록이 있다. 이백이 때를 못 만나 그의 도가 행하여지지 않음을 탄식한 것이다. 28) 蘇武先還漢(소무선환한) - 한 무제(武帝) 때에 흉노 땅에 잡혀 있던 소무(蘇武)는 19년 만에 돌아왔다. 이백은 그의 귀양보다는 빨리 돌아온 것이라는 뜻이다. 29) 黃公(황공) - 하(夏)나라 때의 사호(四皓) 중의 한 사람. 진(秦)나라를 피하여 상산(商山)에 숨어 살았는데, 한나라에서도 벼슬을 하지 않았지만 또 어찌 진나라를 섬긴 일이 있었겠느냐는 것이다. 이백이 당나라를 떠났어도 영왕 인을 따르지는 않았다는 뜻. 30) 楚筵辭醴(초연사례) - 《한서》 열전(列傳)에 '초(楚)나라 원왕(元王) 교(交)는 자가 유(游)이며 고조(高祖)의 아우로서 글을 좋아하고 많은 재주를 지녔다. 젊어서 노(魯)나라 목생(穆生)·신공(申公)과 함께 시를 부구백(浮丘伯)에게서 배웠다. 진나라가 천하의 책을 모아 불태워 버리자 각기 헤어졌는데, 한나라가 선 지 6년만에 교가 초왕(楚王)이 되었다. 원왕(元王)은 곧 목생·백생(白生)·신공을 불러 중대부(中大夫)로 삼고 4년만에 죽으니 아들 무(戊)가 왕위를 이었다. 전의 원왕은 신공 등을 존경하였고, 목생이 술을 안 마시므로 잔치에는 언제나 목생을 위하여 단술〔醴〕을 준비하였다. 무왕도 즉위한 뒤 잔치엔 언제나 단술을 내놓았다. 뒤에 단술 놓기를 잊자 목생은 물러나, 단술을 놓지 않았으니 이곳을 떠나겠다, 임금의 마음이 게을러졌다 하였다'고 했다. 목공이 잔치에 단술이 없다고 초나라를 떠났던 것처럼 이백도 뜻이 안맞아 조정을 물러났다는 뜻. 31) 梁獄上書(양옥상서) - 《한서》 열전(列傳)에 '추양(鄒陽)은 제(齊)나라 사람이다. 그는 엄기(嚴忌)·매승(枚乘) 등과 함께 오(吳)나라에 벼슬하였다.

오나라 임금이 몰래 사악한 일을 하려 하자 추양은 글로 천자에게 그 사실을 아뢰었으나 들어주지 않았다. 이때 경제(景帝)의 아우 양(梁)나라 효왕(孝王)은 어질어 추양은 양나라로 갔다. 양승(羊勝) 등이 그를 시기하여 효왕에게 참소하니, 효왕은 노하여 그를 하옥하였다. 그리고 그를 죽이려 하였으므로 추양은 옥중에서 곧 임금에게 글을 올렸다' 라고 했다. 이백이 심양(潯陽)의 옥에 투옥되었던 일은 마치 추양이 양나라 옥중에서 상소하여 풀려났던 거나 같은 일이라는 뜻이다. 32) 老吟(노음) - 늙어 시를 읊는 것. 이 구절 이하는 두보 자신을 읊은 것이다. 33) 病起(병기) - 두보는 병이 많았는데 약간 나아진 틈에 일어나 이백을 강가에서 생각하는 것이다. 34) 恠(괴) - 괴(怪)의 속자. 은파격(恩波隔)은 임금님의 은총의 물결이 닥쳐오지 않고 멀리 떨어져 있다는 뜻. 35) 乘槎與問津(승사여문진) - 옛날 전세에 어떤 사람이 뗏목을 바다에서 타고 하늘로 올라가 직녀(織女)와 견우(牽牛)를 만났다 한다. 그처럼 자기도 뗏목을 타고 하늘로 올라가 이백의 운명을 물어보겠다는 뜻. 문진(問津)은 나루터를 물어보는 것. 운명의 나루터를 알아본다는 뜻이다. 《논어》 미자(微子)편에도 '장저(長沮)와 걸익(桀溺)이 밭을 갈고 있었다. 공자는 그곳을 지나다 자로(子路)로 하여금 나루터를 물어보게 하였다' 는 말이 있다.

解說 천재이면서도 불우했던 이백의 생애에 대한 동정과 우의를 노래한 것이 이 시이다. 구조오(仇兆鰲)는 《두소릉집주(杜少陵集注)》에서 이 시는 이백의 전기나 같다고 하였다. 그것은 이백의 기구한 일생이 이 시 속에 잘 담겨져 있기 때문인 것이다. 이백에 대한 동정은 한편 자신에 대한 연민의 표현도 되었을 것이다. 끝머리에 표현한 것처럼 두보 자신도 불우했던 일생을 보내며 병들고 늙은 몸으로 시와 더불어 살아가고 있었기 때문이다. 이백에 대한 절실한 동정은 양대 시인이 함께 지닌 성정의 발현이라 할 것이다.

가서개부에게 올리는 20운의 시
(投贈[1]哥舒開府二十韻)

지금의 공신을 그린 기린각에선,
누가 첫째가는 공을 세웠을까?
임금님 자신이 신통하고 무술 뛰어나시니,
부리시는 사람은 모두가 영웅이라.
개부 가서한은 지금 조정에서 걸출한 인물이니,
군사를 논함엔 옛사람의 풍도를 앞서네.
선봉으로 나서서 백전백승을 하고,
땅을 경략하여 서북 두 모퉁이가 텅 비게 하였네.
청해 지방엔 오랑캐들의 침입이 없어지고,
천산 지방엔 활을 모두 거둔 지 오래네.
옛날 염파 장군처럼 적을 모두 달아나게 하고,
진나라 위강처럼 많은 오랑캐들을 강화케 하였네.
언제나 하황지방이 버려짐을 아깝게 여기더니,
새로이 그곳 절도사를 겸하여 길이 통하게 되었네.
뛰어난 지모엔 천자의 생각도 드리우게 하고,
조정에 드나듦에 여러 고관들 위에 섰네.
해와 달도 장안의 나무보다 낮게 비치는 듯하고,
하늘과 땅도 당나라 궁전을 감싸고 있는 듯하네.
오랑캐들은 추격을 걱정하여 달아났고,
완나라는 말을 조공으로 보내오네.
천자의 명을 받고 변경 사막 땅으로 멀리 가더니,
돌아오자 천자님과 자리를 함께하게 되었네.
수레와 섬돌에 올랐던 학처럼 총애를 받고,
문왕이 사냥 나가 태공망을 얻은 듯하네.
땅과 벼슬을 받고 제후가 되어,

산과 강물을 가리키며 끝내 함께하기 맹세하였네.
당신 계책을 행하여 전쟁을 잊게 되니,
천자와 뜻이 맞아 밝게 통하는 천자의 마음을 움직이었네.
이룬 업적은 푸른 하늘 위로 솟았고,
임금과의 친한 사귐은 기개 가운데 이루어지네.
구슬신을 신은 상객 대접받기도 전에,
나는 벌써 머리 흰 노인이 되었네.
웅장한 절조가 옛날에는 대단하였는데,
내 일생은 마치 굴러다니는 쑥대같이 되었네.
몇년이나 객지에서 살게 되려나?
오늘은 해 저물어도 갈 곳 없게 되었네.
군에서 진나라 손초 같은 이를 붙들어 두고,
대열 사이에서 오나라 여몽 같은 이를 알아보기를.
몸을 막는 한 자루 긴 칼로,
토번을 막는 당신의 진이 있는 공동산에 의지하고프네.

금대기린각 하인제일공
今代麒麟閣[2]에, 何人第一功고?

군왕자신무 가어필영웅
君王自神武[3]하니, 駕[4]馭必英雄이라.

개부당조걸 논병매 고풍
開府當朝傑이니, 論兵邁[5]古風이라.

선봉백승재 약지 양우공
先鋒百勝在[6]오? 略地[7]兩隅空이라.

청해 무전전 천산 조괘궁
青海[8]無傳箭이오, 天山[9]早掛弓이라.

염파 잉주적 위강 이화융
廉頗[10]仍走敵하고, 魏絳[11]已和戎이라.

매석하황 기 신겸절제 통
每惜河湟[12]棄하여, 新兼節制[13]通이라.

지 모 수 예 상　　　　출 입 관 　제 공
智謀垂睿想[14]하니,　出入冠[15]諸公이라.

일 월 저 진 수　　　　건 곤 요 한 궁
日月低秦樹[16]오,　乾坤繞漢宮[17]이라.

호 인 수 　축 배　　　　완 　마 우 종 동
胡人愁[18]逐北하고,　宛[19]馬又從東이라.

수 명 변 사 원　　　　귀 래 어 석 동
受命邊沙遠[20]터니,　歸來御席同이라.

헌 　지 증 총 학　　　　전 렵 　구 비 웅
軒[21]墀曾寵鶴이오,　畋獵[22]舊非熊이라.

모 토 가 명 삭　　　　산 하 서 시 종
茅土加名數[23]하고,　山河誓始終[24]이라.

책 행 　유 전 벌　　　　계 합 　동 소 융
策行[25]遺戰伐하니,　契合[26]動昭融이라.

훈 업 　청 명 상　　　　교 친 　기 개 중
勳業[27]青冥上이오,　交親[28]氣槪中이라.

미 위 주 리 객　　　　이 견 백 두 옹
未爲珠履客[29]하고,　已見白頭翁이라.

장 절 　초 제 주　　　　생 애 사 전 봉
壯節[30]初題柱하고,　生涯似轉蓬[31]이라.

기 년 춘 초 헐　　　　금 일 모 도 궁
幾年春草歇[32]고?　今日暮途窮[33]이라.

군 사 　유 손 초　　　　항 간 식 여 몽
軍事[34]留孫楚요,　行間識呂蒙[35]이라.

방 신 일 장 검　　　　장 욕 의 공 동
防身一長劍으로,　將欲倚崆峒[36]이라.

註解 1) 投贈(투증)－자기의 뜻을 밝히기 위하여 보내는 것. 가서개부(哥舒開府)는 개부(開府) 가서한(哥舒翰). 개부는 관부(官府)를 열고 부하를 두는 것. 한나라 때엔 삼공(三公)만이 부(府)를 열었다. 한나라 말기엔 장군도 부를 열어 후세엔 도독(都督)도 '개부'라 부르게 되었다. 가서한은 당나라 때 돌궐(突厥)의 자손으로 대대로 안서(安西)에 살면서 재물을 가벼이 여기고 협기가 있었다. 《춘

추(春秋)》를 읽고 거기에 담긴 위대한 뜻을 깨달았으며, 처음엔 왕충사(王忠嗣) 밑에서 아장(衙將)을 지냈는데 전장에 나가 반단창(半段槍)을 휘두르며 용명을 떨쳤다. 여러 번 토번의 군대를 쳐부수어, 발탁되어 농우절도부대사(隴右節度副大使), 서평군왕(西平郡王)에 봉함을 받았다. 안록산이 난을 일으키자 병마원수(兵馬元帥)가 되어 난군을 쳤으나 병이 나 싸움에 이기지 못하고 전쟁 중에 죽었다. 이 시는 '안사의 란' 전에 두보가 그에게 의지코자 하여 지어 보낸 것이다. 2) 麒麟閣(기린각) – 한나라 선제(宣帝)가 당대의 공신들의 초상을 그리어 모아놓았던 누각. 3) 神武(신무) – 정치나 전쟁하는 일에 신통하고 무술에도 뛰어난 것. 4) 駕(가) – 수레를 모는 것. 어(馭)는 말을 모는 것. 가어(駕馭)는 부하들을 통솔하는 것. 5) 邁(매) – 능가하는 것. 고풍(古風)은 옛날 사람들의 기풍. 6) 先鋒百勝在(선봉백승재) – 그가 선봉에 서면 백승을 거두게 된다는 뜻. 7) 略地(약지) – 땅을 경략하는 것. 양우(兩隅)는 북쪽과 서쪽의 양쪽 땅 모퉁이. 8) 靑海(청해) – 지금의 청해성에 있는 호수 이름. 전전(傳箭)은 외적의 침입을 전하는 화살. 옛날 외적이 침입하면 신호용 화살을 차례차례 쏘아 사실을 알리었다. 9) 天山(천산) – 기련산(祁連山). 또는 백산(白山)이라고도 하며 교하현(交河縣)의 북쪽 120리 되는 곳에 있다. 지금도 중국의 서역에 천산산맥이 있다. 괘궁(掛弓)은 활을 쓰지 않고 걸어놓는 것. 곧 전쟁이 멈췄음을 뜻한다. 10) 廉頗(염파) – 조(趙)나라의 장수. 제(齊)나라를 쳐서 여러 번 큰 공을 세웠다. 잉(仍)은 거듭, 여전히. 주적(走敵)은 적을 도망치게 하는 것. 11) 魏絳(위강) – 진(晉)나라 제후에게 서융(西戎)과 화해하기를 권하여 따르게 한 지혜와 계략에 뛰어났던 사람(《左傳》 襄公 四年). 염파가 적을 쳐부수고 위강이 적을 강화케 했듯이, 가서한(哥舒翰)은 무술과 지모에 뛰어나 많은 공을 세웠다는 뜻. 12) 河湟(하황) – 황하와 황수(湟水)가 합쳐지는 지방. 황수는 청해 동쪽 난산(亂山)으로부터 흘러 난주(蘭州)에 이르러 서남쪽으로 황하와 합쳐진다. 곧 중국의 서북방. 13) 節制(절제) – 절제하는 관원. 곧 절도사(節度使)를 말한다. 통(通)은 그 지방을 평정하여 길이 통하게 하는 것. 14) 垂睿想(수예상) – 천자의 생각을 드리우게 했다. '예(睿)'는 예(叡)와 같은 자. 예상(睿想)은 '밝은 천자의 생각'. '수(垂)'

는 '돌보게 한다' '배려케 한다'는 뜻. 15) 冠(관)－첫째로 올라서는 것. 16) 日月低秦樹(일월저진수)－'진'은 장안이 진 땅에 있었으므로 장안을 가리킨다. 해와 달이 장안의 나무보다 낮게 비추는 듯하다는 것은 가서한의 공으로 당나라의 위세가 커졌음을 형용한 말이다. 17) 乾坤繞漢宮(건곤요한궁)－하늘과 땅도 한궁, 곧 당나라 궁전을 중심으로 감싸고 있는 듯하다. 18) 愁(수)－근심. 축(逐)은 추격. 배(北)는 동사로서 달아난다는 뜻. 19) 宛(완)－서역에 있던 나라 이름. '대완(大宛)'이라고 흔히 부른다. 《사기》 대완열전(大宛列傳)에 의하면 '대완은 흉노의 서남쪽 한나라의 서쪽에 있다. 한나라로부터 많이 떨어져 있는데 좋은 말이 많다. 그 말들은 땀으로 피를 흘리며 천마(天馬)의 새끼들이라 한다'라고 하였다. 종동(從東)은 완나라에서 명마를 조공으로 '동쪽의 당나라로 바쳐 오는 것'. 20) 邊沙遠(변사원)－변경지방 사막으로 멀리 가있었다는 뜻. 21) 軒(헌)－수레, 임금의 수레. 지(墀)는 궁전 섬돌 위 붉은 칠을 해놓은 곳. 헌지증총학(軒墀曾寵鶴)은 수레 위나 궁전 섬돌 위 뜰에 사랑을 받고 올랐던 학처럼 천자의 총애를 받았다는 뜻. 위(衛)나라 의공(懿公)이 학을 좋아하여 학 중에는 수레에 타는 것도 있었다 한다(《左傳》). 22) 畋獵(전렵)－사냥하는 것. 전렵구비웅(畋獵舊非熊)은 《사기》 제태공세가(齊太公世家)에 '서백(西伯) 주나라 문왕이 사냥을 나가려 하여 점을 치니, 잡을 것은 용(龍)도 아니요, 교룡〔彲〕도 아니요, 범도 아니요, 말곰도 아니요, 잡을 것은 패왕(霸王)을 보좌해 줄 신하일 것이라 하였다. 이에 주나라 서백은 사냥을 나갔는데 과연 태공(太公)을 위수(渭水) 북쪽 기슭에서 만나 그와 얘기해 보고 크게 기뻐하며 함께 수레를 타고 돌아와 스승으로 모셨다'라고 하였다. 가서한이 옛날 태공이 문왕을 모셨던 것처럼 현종을 크게 보좌하였다는 것이 이 구절의 뜻이다. 23) 茅土加名數(모토가명삭)－띠풀로 흙을 싼 것을 하사받고 명삭(名數)을 또 받았다. 옛날 왕자는 오색(五色)의 흙을 가리어 땅의 신을 제사 지내는 사(社)를 만들었다. 제후를 세울 때엔 각각 그의 방향 색깔의 흙을 주어 사(社)를 세우게 하였다. 그 흙은 황토로 덮고 백모(白茅)로 쌌다(《書經》 禹貢篇 註). 따라서 '띠풀로 싼 흙'을 내렸다는 것은 제후가 되어 땅을 봉함받았다는 뜻이다. 명(名)은 작위의 칭호. 삭(數)

은 작위에 따른 의복 등 예의격식의 정삭(定數). 이 구절은 가서한이 서평군왕(西平郡王)에 봉해졌던 일을 읊은 것이다. 24) 山河誓始終(산하서시종)－산하를 두고 처음부터 끝까지 운명을 함께할 것을 맹세한다. 고조(高祖)는 왕위에 오른 뒤 공신을 봉하며 맹세하기를, '황하가 띠처럼 되고 태산이 숫돌처럼 된다 하더라도 나라는 영원히 존속하여 이를 자손들이 계승할 것이라' 하였다. 이 구절은 군신의 의리가 굳음을 뜻한다. 25) 策行(책행)－가서한의 계책이 시행되는 것. 유전벌(遺戰伐)은 전쟁과 정벌을 하지 않아도 되게 되었다는 뜻. 26) 契合(계합)－현종과 가서한의 뜻이 잘 맞는 것. 동소융(動昭融)은 밝게 통하여 비추는 천자의 마음이 움직여지는 것. 27) 勳業(훈업)－공훈과 업적. 청명상(靑冥上)은 푸른 하늘 위로 솟았다는 뜻. 28) 交親(교친)－현종과 가서한의 친밀한 사귐. 기개(氣槪)는 의기(義氣), 기절(氣節). 29) 未爲珠履客(미위주리객)－구슬신을 신은 상객(上客)이 되지 못하였다. 《사기》 열전(列傳)에 의하면 '초(楚) 춘신군(春申君)의 객(客) 3천여 명이 있었는데 그 상객은 모두 구슬신〔珠履〕을 신었다' 하였다. 이 구절은 두보 자신이 뜻을 펴지 못하고 있음을 말한 것이다. 30) 壯節(장절)－웅장한 절조(節操). 초제주(初題柱)는 처음엔 기둥에 뜻을 써 놓았다는 뜻. 한나라 사마상여(司馬相如)는 처음 성도(成都)의 승선교(昇仙橋)를 지나다 그 기둥에 써 놓기를 '네 마리 말이 끄는 수레에 타지 않고는 다시 이 다리를 지나지 않겠다' 고 하였다 한다(《華陽國志》). 두보도 일찍이 출세하여 뜻을 이루려는 뜻을 지니기도 하였었다는 뜻. 31) 轉蓬(전봉)－마른 쑥대가 바람에 불리우듯 이리저리 굴러다니는 것. 32) 春草歇(춘초헐)－봄 풀이 말라죽다. 양(梁) 원제(元帝)의 약명시(藥名詩)에 '수자리의 나그네 항산(恒山) 아래에서, 언제나 금의환향(錦衣還鄕) 생각하네. 더욱이 봄 풀이 말라죽는 것을 보고, 또 기러기 남쪽으로 날음을 보고서랴!' 라 하였다. 따라서 봄 풀이 말라죽는다는 것은 돌아가고픈 마음을 지니고도 객지를 유랑하는 생활을 가리킨다. 33) 暮途窮(모도궁)－해가 저물어 갈 길이 궁하여졌다. 두보 자신이 노경에 궁지에 처하여 있음을 말한 것이다. 34) 軍事(군사)－군대를 지휘하는 일. 손초(孫楚)는 진(晉)나라 때 사람. 자는 자형(子荊), 태원(太原) 중도(中都) 사람. 재주가 매우 뛰어나고 성질이 호쾌하여 향리의 존경을 받고 있다가 40여 세에야 비로소 진동(鎭東)의 군대를 다스리는 일에 참여하였다. 뒤엔 풍익(馮翊) 태수를 지내다 죽었다(《晉書》 列傳). 이때 두보의 나이 42, 3세여서 자기를 나이 많아 군사에 참여한 손초에 비유하며 가서한에게 채용을 바란 것이다. 35) 行間識呂蒙(항간식여몽)－군대의 행렬 사이에서 여몽(呂蒙)을 알아보았다. 여몽은 자부(姉夫) 정당(鄭當)을 따라 적을 쳤다. 직리(職吏)가 그를 가벼이 보니 여몽은 그 관리를 죽였다. 그리하여 교위(校尉) 원웅간(袁雄間)은 이 사실을 손책(孫策)에게 보고하였다. 손책은 그를 특수한 인물로 보고 좌우에 있게 하였다 한다(《吳志》 列傳). 36) 崆峒(공동)－지금의 감숙성(甘肅省) 평량현(平涼縣) 서쪽에 있는 산 이름. 토번(吐蕃)이 출입하는 길목에 있으므로 '장차 공동산에 의지하고 싶다' 는 것은 '가서한의 막하에 들어가 토번을 막는 일에 참여하고 싶다' 는 뜻이다.

解說 마흔 살이 넘어 가서한의 막하에라도 들어가 몸을 의탁하려는 두보의 바람이 서글프기만 하다. 이때 조정엔 이임보(李林甫) · 진희열(陳希烈) 같은 간신들이 들끓고 있었는데 반하여 가서한만은 홀로 재주있는 뛰어난 인물을 알아보고 의기도 있는 인물이었다지만, 아무래도 취직을 부탁하는 시로는 너무나 칭송이 대단한 것 같다. 이 시대에 외족, 특히 토번의 침입은 뜻있는 인사들로 하여금 분개와 우국의 정을 지니게 하였으니, 두보도 생활보다는 조국을 위하여 토번의 침입 방어에 미력이나마 다해보려고 이 시를 개부(開府)에게 바쳤다고도 볼 수 있겠다. 그러나 시 속에 쓰인 문구들과 아울러 생각할 때 이런 글을 바쳐야만 되도록 궁해졌던 시성에게 동정이 쏠린다.

위좌승 영감님께 올리는 시 22운
(奉贈韋左丞[1]丈二十二韻)

귀족들은 굶어 죽는 일 없지만,
선비들은 몸을 그르치는 이 많네.

좌승께선 잘 들어 보십시오.
천한 제가 모두 말씀드리겠소이다.
제가 옛날 젊었던 날에,
일찍이 장안으로 과거를 보러 갔었소.
책은 만 권을 넘게 읽었으며,
붓을 들면 신이 들린 듯 글을 썼소.
부(賦)는 양웅(揚雄)에 필적할 만하고,
시는 조식(曹植)과 비슷했소.
이옹(李邕) 같은 이도 나를 만나기를 바랐고,
왕한(王翰)은 나와 이웃해서 살기를 원했소.
내 자신은 매우 뛰어났다 생각하고,
당장 중요한 벼슬자리로 뛰어오르려 했소.
임금을 요순보다 훌륭하게 모셔드리고,
다시 풍속을 순박하게 만들려 했지요.
이런 뜻이 마침내는 오므라들고 말았지만,
길 다니며 노래불러도 세상을 등진 사람은 아니오.
나귀 타고 30년,
장안의 봄을 나그네 신세로 살아왔소.
아침이면 부잣집 문을 두드리고,
저녁이면 살진 말 뒤를 따라다녔는데,
술 찌꺼기와 식은 불고기가,
가는 곳마다 설움과 뼈아픔을 맛보게 했소.
임금님이 요새 어진 이를 구하신다기에,
문득 뜻을 펴고자 하였으나,
푸른 하늘로 날려다가 날갯죽지 꺾여지고,
맥빠진 비늘 없는 고기처럼 되었소.
좌승님의 두터운 뜻이 매우 부끄럽고,
좌승님의 참됨을 잘 알고 있소이다.

좌승님은 언제나 여러 관료들 위에 계시며,
외람되이도 내 새로운 좋은 시구들을 외우고 계시오.
옛날 왕길(王吉)이 공공(貢公)을 천거했듯이 천거받고 싶으니,
원헌(原憲)과 같은 가난은 견디기 어렵소.
어찌 속으로 불평만 하고 있을 수 있으리까?
그래서 오직 이곳저곳 돌아다니고만 있소.
지금 동쪽 바다로 들어가려 하다가,
또 다시 서쪽으로 장안을 떠나려 하오.
그러면서도 종남산(終南山)을 못 잊어,
머리 돌려 맑은 위수 가를 바라보오.
언제나 한 끼 밥의 은혜도 갚으려 하거든,
하물며 생각해 주시는데 좌승님을 떠나리까?
갈매기처럼 아득한 바다 저쪽으로 날려 하는데,
만 리를 떠나려는 나를 그 누가 달랠 수 있으리까?

환고 불아사 / 유관 다오신
紈袴[2]不餓死나, 儒冠[3]多誤身이라.

장인 시정청 / 천자 청구진
丈人[4]試靜聽하라. 賤子[5]請具陳이라.

보 석소년일 / 조충관국빈
甫[6]昔少年日에, 早充觀國賓[7]이라.

독서파만권 / 하필여유신
讀書破萬卷하고, 下筆如有神[8]이라.

부료 양웅적 / 시간자건 친
賦料[9]揚雄敵이오, 詩看子建[10]親이라.

이옹 구식면 / 왕한 원복린
李邕[11]求識面하고, 王翰[12]願卜隣이라.

자위파정출 / 입 등요로진
自謂頗挺出[13]하여, 立[14]登要路津이라.

치군요순상　　재사풍속순
致君堯舜上하여,　再使風俗淳이라.

차의경소조　　행가비은륜
此意竟蕭條[15]하니,　行歌非隱淪[16]이라.

기려삼십재　　여식경화 춘
騎驢三十載에,　旅食京華[17]春이라.

조구 부아문　　모수비마진
朝扣[18]富兒門하고,　暮隨肥馬塵[19]이라.

잔배여냉적　　도처잠 비신
殘盃與冷炙[20]이,　到處潛[21]悲辛이라.

주상 경견징　　흘연 욕구신
主上[22]頃見徵하니,　欻然[23]欲求伸이라.

청명 각수시　　층등 무종린
靑冥[24]却垂翅요,　蹭蹬[25]無縱鱗이라.

심괴장인후　　심지장인진
甚愧丈人厚요,　甚知丈人眞이라.

매어백료 상　　외 송가구신
每於百寮[26]上에,　猥[27]誦佳句新이라.

절효 공공희　　난감원헌 빈
竊效[28]貢公喜니,　難甘原憲[29]貧이라.

언능심앙앙　　지 시주준준
焉能心怏怏[30]고?　祗[31]是走踆踆이라.

금욕동입해　　즉장서거진
今欲東入海요,　卽將西去秦[32]이라.

상련종남산　　회수청위 빈
尙憐終南山[33]하여,　回首淸渭[34]濱이라.

상의 보일반　　황회사대신
常擬[35]報一飯커든,　況懷辭大臣[36]가!

백구 몰호탕　　만리 수능순
白鷗[37]沒浩蕩하니,　萬里[38]誰能馴고?

註解 1) 韋左丞(위좌승)－위제(韋濟), 좌승(左丞)은 벼슬 이름. 이 시는

《두소릉집》 권1에 실려 있다. 2) 紈袴(환고)－흰 비단 바지, 흰 비단 바지를 입고 있는 귀족. 3) 儒冠(유관)－유관을 쓴 사람, '선비들'. 4) 丈人(장인)－자기보다 나이 많은 사람에 대한 존칭. 친구 사이에도 쓰인다. 여기서는 위좌승을 가리킨다. 5) 賤子(천자)－천한 사람. 두보 자신을 낮추어 한 말. 구진(具陳)은 모두 진술한다, 샅샅이 말한다. 6) 甫(보)－두보의 이름. 소년(少年)은 젊었을 때. 지금 우리말로는 소년보다 청년에 가까운 뜻으로 쓰였다. 7) 觀國賓(관국빈)－《역경》 관괘(觀卦) 육사(六四)의 효사(爻辭)에 '나라의 빛을 보고 그것으로써 임금의 손 됨이 이롭다(觀國之光, 利用賓于王)' 고 한 데서 나온 말. 본시 나라의 빛을 본다는 것은 도성에 나가 찬란한 빛을 발하는 문물을 구경하는 것이고, 임금의 손이 된다는 것은 현명하고 덕이 있는 사람으로서 임금의 대우를 받는 것이다. 여기서는 두보가 장안에 가서 과거를 보았던 일을 말한다. 그는 개원(開元) 23년(735) 24세 때 과거를 보았으나 낙제한 일이 있다. 8) 如有神(여유신)－신이 있는 듯하다. 곧 신묘한 작용이 있는 듯 멋진 글을 쓴다는 뜻. 9) 料(료)－생각하다. 양웅(揚雄 : 기원전 52~18)은 자가 자운(子雲). 성도(成都) 사람으로 한나라 때의 대표적인 부(賦)의 작가. 10) 子建(자건)－조식(曹植)의 자. 조식은 위(魏)나라 무제(武帝) 조조(曹操)의 아들이며 문제(文帝) 조비(曹丕)의 아우로서, 그의 시대를 대표할 만한 시인이었다. 11) 李邕(이옹)－당대의 명사(名士). 자는 태화(泰和)이고 양주(揚州) 강도(江都) 사람. 무후(武后) 때 좌습유(左拾遺), 현종 때엔 호부낭중(戶部郎中)을 거쳐 괄주자사(括州刺史)를 지낸 사람. 12) 王翰(왕한)－자는 자우(子羽). 병주(并州) 진양(晉陽) 사람. 의협적인 선비로 도주사마(道州司馬)를 지냈다. 복린(卜隣)은 이웃에 주거를 정하는 것. 옛날엔 점을 쳐 살 곳을 정하였으므로, 주거를 정하는 것을 '복거(卜居)' 라 한다. 13) 挺出(정출)－뛰어난 것. 14) 立(립)－즉시. 바로. 요로(要路)는 권세있는 높은 지위. 진(津)도 역시 중요한 자리의 뜻을 나타낸다. 15) 蕭條(소조)－ '소색(蕭索)' 으로 된 판본도 있으며, 다 같이 일이 뜻대로 되지 못하여 '쓸쓸한 것'. 16) 隱淪(은륜)－속세로부터 숨어 사는 신선. 환담(桓譚)의 《신론(新論)》에 '천하에 신인(神人)이 다섯 가지 있다. 첫째는 신선, 둘째는 은륜(隱淪)……' 이라 하였다. 17) 京

華(경화)－서울 장안. 18) 扣(구)－두드리다. 19) 肥馬塵(비마진)－살진 말의 먼지. 곧 '귀족들이 탄 살진 말이 뒤에 남기고 달리는 먼지'. 20) 炙(적)－고기를 굽는 것. 21) 潛(잠)－남몰래. 22) 主上(주상)－천자. 견징(見徵)은 현명한 선비가 천자의 '부르심을 받는 것'. 천보(天寶) 6년(747) 현종은 천하의 한 가지 재주라도 뛰어나게 지닌 사람은 모두 불러오도록 하였다(《杜詩錢註》). 23) 欻然(홀연)－홀연, 갑자기, 급히. 신(伸)은 자기의 뜻을 펴는 것. 24) 靑冥(청명)－푸르고 높은 하늘. 조정에 비유한 것. 각수시(却垂翅)는 날갯죽지를 드리우고 물러났다. 곧 푸른 하늘로 날아오르려다 방해를 받고 날갯죽지를 늘어뜨리고 내려왔다는 뜻. 천보(天寶) 6년 현종은 천하의 현사들을 널리 구했으나 재상 이임보(李林甫)는 상서성(尙書省)에 명하여 간악한 계책을 써서 이들을 모두 물리치게 하였다. 두보도 임금의 부름에 응하여 나아갔었으나 쫓겨나왔다(《杜詩錢註》). 25) 蹭蹬(층등)－앞으로 나아가지 못하고 어정거리는 것, 앞으로 나아갈 기세를 잃은 것. 종린(縱鱗)은 멋대로 헤엄쳐 다니는 물고기 비늘. 26) 寮(료)－동료, 요(僚)와 통하는 글자. 27) 猥(외)－외람된 것. 28) 竊效(절효)－남몰래 본뜨는 것. 공공희(貢公喜)는 '공공'은 한대의 공우(貢禹). 그는 자가 소옹(少翁). 학문과 덕행으로 알려졌었는데 왕길(王吉 : 자 子陽)이란 친한 친구가 있었다. 왕길이 벼슬을 하면 공우는 자기 일 못지 않게 기뻐했다 한다(《漢書》 列傳). 공공의 기쁨을 속으로 본뜨고 싶다는 것은 좌승에게 천거를 기대하는 뜻을 나타낸다. 29) 原憲(원헌)－공자의 제자. 덕이 있으면서도 가난하게 살았다. 30) 怏怏(앙앙)－불평하는 모양. 31) 祇(지)－다만, 지(只)의 뜻. 준준(踆踆)은 뛰어다니는 모양. 32) 秦(진)－장안 진 땅. 지금의 섬서성(陝西省). 33) 終南山(종남산)－섬서성 서안에 있는 산 이름. 장안 남쪽에 있어 남산이라고도 불렀다. 34) 渭(위)－위수. 옛부터 '청위탁경(淸渭濁涇)'이라 일러왔다. 35) 擬(의)－……을 하고자 하는 것. 보일반(報一飯)은 한 끼니 밥의 은혜도 갚는다, 조그만 은혜도 갚는다는 뜻으로 《사기》 범수전(范睢傳)에 '한 끼 밥의 은혜도 꼭 갚는다'라고 하였다. 36) 大臣(대신)－위좌승을 가리킨다. 37) 白鷗(백구)－갈매기. 몰호탕(沒浩蕩)은 넓은 바다 물결 저쪽으로 보이지 않게 되어 버리는 것. 38) 萬里(만리)－만

리 길을 멀리 떠나려는 두보 자신을 가리킨다.

解說 이 시는 앞에서는 자기의 재능과 포부를 얘기하고 다시 불우했던 자기의 지난날들을 호소하고 있다. 그리고는 위좌승에게 자기를 이끌어주기를 바라면서 여의치 않을 때에는 멀리 떠나버리겠다는 고별인사를 겸하고 있다.

청나라 양륜(楊倫)의 《두공부연보(杜工部年譜)》에 의하면 이 시는 천보 7년(748)에 쓰여졌고 천보 8년에는 잠시 낙양으로 갔다가 다시 장안으르 돌아왔다. 앞에 나온 〈가서개부에게 올리는 20운의 시(投贈哥舒開府二十韻)〉와 함께 아울러 읽을 때 위대한 시인 두보도 생계를 위하여 권세가들에게 이처럼 간절한 시를 보내어 자기를 이끌어주기를 바랐지만 아무런 효험도 없었던 것 같다.

뜰 앞의 감국화를 탄식함(歎庭前甘菊花[1])

처마 앞의 감국은 옮긴 철이 늦어서,
푸른 꽃술은 중양절에도 꺾을 수가 없구나.
내일 쓸쓸히 취기가 다 깨고 나면,
나머지 꽃이 화려하게 핀들 무슨 소용 있으리?
울타리 가 들밖엔 여러 가지 꽃들이 많으니,
가늘고 잔 것을 꺾어 대청으로 올려가네.
이놈은 공연히 가지와 잎새만 길고 커졌으니,
뿌리 박을 곳을 잃고 풍상에 뒤얽히리라.

첨 전 감 국 이 시　만　　　청 예　중 양 불 감 적
簷前甘菊移時[2]晩하니,　靑蘂[3]重陽不堪摘이라.

명 일 소 조　진 취 성　　　잔 화 난 만　개 하 익
明日蕭條[4]盡醉醒하면,　殘花爛慢[5]開何益고?

이 변 야 외 다 중 방　　　채 힐　세 쇄 승 중 당
籬邊野外多衆芳하니,　采擷[6]細瑣升中堂이라.

염자 공장대지엽　　　결근실소 전풍상
念玆[7]空長大枝葉이,　結根失所[8]纏風霜이라.

註解 1) 歎庭前甘菊花(탄정전감국화)－《두공부시집》 권1에 실려 있다. '감국'은 국화의 일종으로 진국(眞菊) · 가국(家菊) · 다국(茶菊) 등으로도 부른다. 꽃이 노랗고 작으며 맛이 달고도 쌉쌀하며 향기가 짙다. 특히 항주(杭州)에서 좋은 감국이 난다. 2) 移時(이시)－옮겨심는 때. 3) 青蘂(청예)－푸른 꽃술, 봉오리만을 이룬 꽃술. 중양(重陽)은 중양절(重陽節), 음력 9월 9일. 구(九)는 양수(陽數)로, 양수가 거듭되기 때문에 중양이라 한다. 옛부터 중국에선 중양절엔 친구들과 산에 올라가 국화를 즐기며 국화주를 마셨다. 불감적(不堪摘)은 차마 꺾지 못한다, 차마 따지 못한다. 4) 蕭條(소조)－쓸쓸한 모양. 5) 爛慢(난만)－꽃이 화려하게 만발한 모양. 6) 采擷(채힐)－따다, 꺾다, 채취하다. 세쇄(細瑣)는 가늘고 잔 것. 승중당(升中堂)은 국화 대신 '중당으로 올려가 완상을 받는 것'. 중당은 우리나라 대청과 같은 곳. 7) 玆(자)－이것. 감국을 가리킨다. 8) 結根失所(결근실소)－뿌리 맺을 장소를 잃는 것, 제자리에 뿌리를 박지 못한 것. 전(纏)은 얽히다. 찬바람과 서리에 시들어 이리저리 뒤얽히는 것.

解說 감국을 어진 사람에게 비유한 시이다. 감국이 늦게 옮겨졌고 제자리에 뿌리 박지 못하여 제때에 꽃피우지 못하듯이, 지금은 세상이 어지러워 현명한 사람들이 제때에 벼슬하여 알맞은 자리에 있지 않다. 그러므로 제대로 일을 하지 못한다. 감국이 피지 않으니 주인은 들로 나가 아무 꽃이건 가늘고 잔 것들을 마구 꺾어다 꽃병에 꽂아 대청에 놓아둔다. 그처럼 임금은 소인과 간신을 분별할 겨를도 없이 아무 사람이나 데려다 벼슬을 맡긴다. 그래서 감국이 쓸데없이 가지와 잎만 자라 종당엔 찬바람과 서리에 시들어 꺾여지듯이, 현명한 사람들은 공연히 많은 재능만을 지니고 초야에 파묻혀 살다 죽게 된다는 것이다. 두보의 시국에 대한 불만이 잘 나타나 있다.

가을비를 탄식함(秋雨歎[1])

빗속에 모든 풀은 가을 되어 시들어 죽었는데,
섬돌 아래 결명초는 빛깔이 선명하구나.
가지 가득히 붙은 잎새는 푸른 깃 포장 같고,
무수히 핀 꽃은 황금돈만 같구나.
서늘한 바람 쌀쌀히 그대에게 세차게 불어오니,
그대가 때늦게 홀로 버티기 어려울까 두렵네.
당 위의 서생은 공연히 머리만 희었으니,
바람 따라 몇 번이고 향내 맡으며 우네.

우 중 백 초 추 란 사　　계 하 결 명 안 색 선
雨中百草秋爛[2]死나, 階下決明[3]顏色鮮이라.

착 엽 만 지 취 우 개　　개 화 무 수 황 금 전
著葉滿枝翠羽蓋[4]요, 開花無數黃金錢이라.

양 풍 소 소 취 여 급　　공 여 후 시 난 독 립
涼風蕭蕭[5]吹汝急하니, 恐汝後時[6]難獨立이라.

당 상 서 생 공 백 두　　임 풍 삼 후 형 향 읍
堂上書生[7]空白頭하니, 臨風三嗅[8]馨香泣이라.

註解 1) 秋雨歎(추우탄) – 《두공부시집》 권1에 실린 세 수 가운데의 첫째 시이다. 2) 爛(란) – 무르익다. '난사(爛死)' 는 마르고 썩어 죽는 것. 3) 決明(결명) – 풀 이름. 눈병에 쓰이던 약초라서 결명이란 이름이 붙었다. 안색(顏色)은 결명초의 꽃 빛깔. 4) 翠羽蓋(취우개) – 비취색 깃으로 만든 수레 위 포장. 5) 蕭蕭(소소) – 바람이 쓸쓸히 부는 모양. 6) 後時(후시) – 때에 뒤늦게. 철 늦게. 7) 堂上書生(당상서생) – 두보 자신을 가리킨다. 8) 三嗅(삼후) – 세 번 냄새 맡는 것. 《논어》 향당(鄉黨)편에 '자로(子路)가 모이를 주니 세 번 냄새를 맡아보고 날아올랐다' 는 데서 인용한 것으로, 여기서는 여러 번 냄새를 맡는 것. 형(馨)은 향내가 멀리까지 나는 것.

解說 《두보시》 전겸익(錢謙益)의 주에 의하면 '천보 13년(754) 가을 장마비가 60여일 계속되었다. 현종이 비가 곡식을 해칠까 걱정하고 있었는데, 양국충(楊國忠)이 벼 가운데서 잘 자란 것을 가져다 바치면서 비가 많이 오기는 하였으나 곡식을 해치지는 않았다고 아뢰었다. 이해 가을 두보는 장안의 여관에 앓고 누워있으면서 이 얘기를 듣고 이 시를 지었다'고 한다. 이 시는 이처럼 간신이 들끓는 세상에서도 군자는 환난을 이기고 홀로 우뚝히 서 있음을 노래한 것이다.

비가 많이 와서 백성들은 모두 궁지에 몰려 있다. 그러나 이런 고난 속에서도 군자는 꿋꿋이 결명초처럼 자기의 지조를 지켜나간다는 것이다. 그러나 계절은 어느 때고 바뀌듯이 시간은 흘러가고 있는 것. 자기도 군자의 행실을 본뜨려 하지만 아무런 한 일도 없이 머리만 희끗희끗하여졌다. 그러기에 거듭거듭 군자의 덕행 같은 결명초의 향내를 맡으며 눈물짓는 것이다. 더구나 고난에 허덕이는 백성들과 날로 날뛰는 간신배들을 어찌할 것이냐!

용문의 봉선사에 노닐면서(遊龍門[1]奉先寺)

이미 스님 좇아 놀고서,
또 절 경내에 묵도다.
북녘 골짜기에선 영묘한 소리 나고,
달빛 아래 숲속에는 맑은 그림자 어지럽다.
하늘 문 같은 용문산은 성좌에 닿은 듯,
구름 속에 누우니 옷이 차가워진다.
잠결에 아침 종소리 들으니,
사람으로 하여금 깊이 반성케 하는도다.

이 종 초 제 유 　 갱 숙 초 제 경
已從招提[2]遊러니, 更宿招提境이라.

음 학 생 령 뢰 　 월 림 산 청 영
陰壑[3]生靈籟하고, 月林散淸影[4]이라.

천궐 상위핍　　　운와 의상랭
天闕[5)]象緯逼하니,　雲臥[6)]衣裳冷이라.

욕각문신종　　　영인발심성
欲覺聞晨鐘하니,　令人發深省[7)]이라.

註解 1) 龍門(용문)－하남성(河南省) 하남부(河南府) 이궐현(伊闕縣) 북쪽 45리(里) 거리에 있는 산 이름. 이궐(伊闕) 또는 궐구(闕口)라고도 부른다. 그곳에 유명한 용문석불(龍門石佛) 조각이 있다. 이 시는 용문산에 있는 봉선사에 가 놀았던 때의 정경을 읊은 것으로 《두소릉집》 권1의 첫머리에 실려 있다. 2) 招提(초제)－범어(梵語)로서 본시는 척제(拓提)라 하였다. 《현응음의(玄應音義)》에 '초제는 척투제사(拓鬪提奢)란 말로 사방(四方)을 뜻한다. 번역하는 사람이 투(鬪)와 사(奢)는 빼버렸고, 척(拓)을 초(招)라 잘못 쓴 것이다' 라고 하였다. 《열반경(涅槃經)》에는 '초제는 승방(僧坊)이라' 하였는데, 《혜림음의(慧琳音義)》에선 '초제를 승방이라 하는 것은 사방승방(四方僧坊)을 말하는 것이다' 라고 하였다. 그리고 《번역명의집(飜譯名義集)》에는 '후위(後魏) 태무(太武) 시광(始光) 2년에 가람(伽藍)을 만들고 초제란 이름을 붙였다' 고 하였다. 이렇게 볼 때 초제는 본시가 사방의 뜻이어서, 사방의 승들을 초제승(招提僧), 사방의 승이 있는 곳을 초제승방(招提僧坊)이라 불렀었는데, 위(魏)나라 태무(太武)가 절의 이름을 '초제' 라 한 뒤로 마침내 초제는 절의 별명이 되고 말았다. 여기서는 첫구의 '초제' 는 스님을, 둘째 구의 것은 절을 가리킨다. 3) 陰壑(음학)－그늘진 산의 북쪽 골짜기. 영뢰(靈籟)는 영묘한 바람소리. 장자(莊子)는 자연의 음향을 천뢰(天籟)·지뢰(地籟)·인뢰(人籟)로 구분하였다. 영뢰(靈籟)가 '호뢰(虎籟)' 로 된 판본도 있다. 4) 淸影(청영)－나무 숲의 맑은 그림자. 5) 天闕(천궐)－하늘의 궐문(闕門). 용문산의 서쪽 봉우리가 문궐(門闕)처럼 생겼다 한다. 양(梁)나라 유견오(庾肩吾)도 '구름에 잠기어 천궐(天闕) 같다' 고 읊었다. '천규(天闚)' 또는 '천개(天開)' 로 된 판본도 있다. 상위(象緯)는 일월성신(日月星辰)의 경(經 : 날) 형상(形象)과 하늘을 수놓은 위(緯 : 씨)의 성좌(星座). 곧 '상위' 는 천체의 배열을 가리킨 것이다. 핍(逼)은 가까운 것. 6) 雲臥(운와)－구름 속에 눕는다. 봉선

사는 용문산 높은 곳에 있어 방에 누워 있어도 구름이 날아들어오므로 누웠다고 형용한 것이다. 7) 發深省(발심성)－사람으로 하여금 '깊은 반성을 발하게 한다' 곧 새벽 절의 종소리를 들으면 인간이나 우주 같은 것에 대하여 깊이 생각해 보도록 만든다는 뜻.

解說 두보가 용문산 봉선사에서 하룻밤 묵었던 맑은 흥취를 읊은 것이다. 봉선사는 용문의 수많은 돌부처의 조각상들이 있는 중간에 있다. 스님들과 노닐다 그런 신비스런 산속의 절에 묵으니 골짜기에선 바람소리가 신령스럽고 숲속에 비치는 달빛은 한없이 아름답다. 자기가 있는 용문산은 하늘의 천체에 닿을 듯이 높은 곳이라 방에 누워 있어도 문틈으로 구름이 날아들어와 입은 옷을 축축하게 만든다. 모든 것이 속세와는 달리 청정하기만 하다. 더욱이 절에서 흘러나오는 새벽 종소리를 들으니 무언가 마음 속으로 깊이 깨닫게 하는 듯한 느낌이 나더라는 것이다.

정광문에게 장난삼아 보내면서 아울러 소사업에게도 드림(戱簡[1]鄭廣文兼呈蘇司業)

정광문이 관청에 이르러
대청 섬돌 아래 말을 매어두고는,
취하였다 하면 곧 말을 타고 돌아가니,
상관들의 욕을 적잖게 먹네.
재주로 명성을 30년이나 날렸는데도,
앉아 있는 손님 추운데 담요도 못 내놓네.
근래엔 소사업이란 분이 있어,
때때로 술과 돈을 보내준다네.

광 문 도 관 사　　　계 마 당 계 하
廣文到官舍[2]하여, 繫[3]馬堂階下라.

취 즉 기 마 귀　　　　파 조 관 장 매
醉卽騎馬歸하니,　　　頗[4]遭官長罵라.

재 명 삼 십 년　　　　좌 객 한 무 전
才名三十年에,　　　　坐客寒無氈[5]이라.

근 유 소 사 업　　　　시 시 여 주 전
近有蘇司業하여,　　　時時與酒錢이라.

註解 1) 戲簡(희간) – 장난삼아 편지하는 것. 戱(희)는 속자(俗字)이므로 된 판본도 있다. 정광문(鄭廣文)은 정건(鄭虔). 정주(鄭州) 사람으로 빼어난 선비로 알려졌다. 소허공(蘇許公)이 재상일 때 나이를 뛰어 넘는 사귐을 맺어 그의 추천으로 저작랑(著作郎)이 되었다. 현종은 정건을 좋아하여 좌우에 두었으나 일을 안하므로 개원(開元) 25년(737) 광문관(廣文館)을 열고 그곳의 박사(博士)에 임명했다. 얼마 안가서 광문관은 국자감(國子監)과 병합되어 없어졌고 그의 벼슬도 떨어져 나갔다. 두보는 이밖에도 〈광문선생 홀로 관청에서 버림받음〉이라는 시도 지어 그에 대한 동정을 표시하고 있다. 정건이 광문관 박사였으므로 정광문이라 부른 것이다. 소사업(蘇司業)은 이름이 원명(源明), 자는 약부(弱夫). 국자사업(國子司業)이란 벼슬을 지냈으므로 소사업이라 한 것이다. 이 시는 《두소릉집》 권1에 들어 있다. 2) 官舍(관사) – 관청. 여기서는 광문관(廣文館). 3) 繫(계) – 매다. 계(階)는 섬돌. 4) 頗(파) – 매우, 상당히. 조(遭)는 당하다. 파조(頗遭)는 '꽤 많이 ……을 당했다'는 뜻. 관장(官長)은 상관. 매(罵)는 꾸짖는 것. 5) 氈(전) – 털로 짜서 만든 방석, 담요.

解說 정건(鄭虔)은 현종의 사랑을 받았으면서도 일을 안하여 출세하지 못하고 가난하게 살았다. 광문관의 박사(博士)로 있으면서도 어떤 형식이나 남의 비위는 아랑곳없이 초탈한 행동을 하여 상관에게 많은 꾸지람을 들었다. 그러한 성격 때문에 지금은 가난하게 살고 있지만 두보는 그처럼 초탈한 행동을 좋아했다. 짧은 시이지만 소박하고 욕심이 없으며 형식에 구애받지 않는 정건의 성격과 두보의 우정이 잘 표현되어 있다. 그리고 그러한 가난한 정건에게 언제나 마음을 쓰면서 좋아하는 술과 필요한 돈을 때때로 보내주는 소원명(蘇源明)도 훌륭한 사람이라 생각한 것이다. '장난삼아 지어 보낸다(戱簡)'고는 하였지만 작자의 진정이 잘 표현되어 있는 시이다.

남목이 비바람에 뽑힌 것을 탄식함
(柟木爲風雨所拔歎[1])

초당 앞 강가에 남목이 서있는데,
이곳 노인들이 2백 년 묵었다 하였네.
띠풀을 베고 거처를 정한 것은 모두 이 나무 때문이었고,
5월달에도 흡사 가을 매미소리 들릴 때처럼 시원했네.
그런데 동남쪽에서 땅을 움직이는 듯한 회오리바람이 불어오더니,
강물 뒤엎고 돌을 날리며 구름을 몰아오는 태풍으로 변했네.
남목 줄기는 벼락과 비를 피하며 힘껏 다투는 듯하였는데,

▲두보(杜甫)의 완화계(浣花溪) 초당(草堂) 앞에서

뿌리가 샘이 솟는 땅속에서부터 끊기었으니 어찌 하늘의 뜻이었겠는가?
푸른 물결과 늙은 나무는 성질상 서로 사랑하여,
물가에 푸른 수레 포장처럼 덩그러니 서 있었네.
시골 사람들도 눈과 서리 피하여 자주 그 아래에 머물렀고,
나그네는 지나가지 않고 피리소리 같은 나무의 바람소리를 들었네.
지금은 호랑이가 넘어지고 용이 엎어진 것처럼 잡목 덩굴 속에 넘어져 있으니,
피눈물 자국이 가슴 위에 떨어져 있네.
내가 새로 시를 짓는다 해도 앞으론 어디서 읊어야 하나?
내 초당도 이제는 볼품없이 되었구나.

의강 남수초당전
倚江[2]柟樹草堂前은,
고로 상전이백년
故老[3]相傳二百年이라.

주모 복거총위차
誅茅[4]卜居總爲此러니,
오월 방불문한선
五月[5]髣髴聞寒蟬이라.

동남표 풍동지지
東南飄[6]風動地至하니,
강번 석주류운기
江翻[7]石走流雲氣라.

간 배뢰우유력쟁
榦[8]排雷雨猶力爭터니,
근단천원 기천의
根斷泉源[9]豈天意아?

창파노수성소애
滄波老樹性所愛니,
포 상동동일청개
浦[10]上童童一靑蓋라.

야객 빈류구설상
野客[11]頻留懼雪霜이오,
행인불과청우 뢰
行人不過聽竽[12]籟라.

호도용전 위진극
虎倒龍顚[13]委榛棘하니,
누흔혈점 수흉억
淚痕血點[14]垂胸臆이라.

아유신시하처음
我有新詩何處吟고?
초당자차무안색
草堂自此無顔色이라.

註解 1) 柟木爲風雨所拔歎(남목위풍우소발탄) – 남(柟)은 남(楠)으로도

쓴다. 남목은 매남자(梅枏子) · 남자(枏梓)라고도 부르며, 열매는 살구 같으나 시고, 강남 지방에 많은 상록교목이다. 두보네 집 앞에 있던 고목인 남목이 비바람에 뽑히어 버렸던 것이다. 《두시전주(杜詩錢註)》 권4에 들어 있다. 2) 倚江(의강) - 강에 의지하여, 강가에. 3) 故老(고로) - 그 고장의 노인. '고로(古老)' 로 된 판본도 있다. 4) 誅茅(주모) - 띠풀을 베어내고 터를 닦는 것. 총위차(總爲此)는 '모두가 이 남목 때문이었다' 는 뜻. 5) 五月(오월) - 더운 여름을 뜻함. 방불(髣髴)은 '흡사 ……같다' 는 뜻. 문한선(聞寒蟬)에서 '한선' 은 쌀쌀한 가을철 매미. '쌀쌀한 가을철 매미 소리를 들을 때처럼 나무 아래는 시원하다' 는 뜻. 6) 飄(표) - 회오리바람. 7) 翻(번) - 뒤쳐지다, 젖혀지다. 석주(石走)는 돌을 달리게 하는 것, 돌을 굴러가게 하는 것. 8) 榦(간) - 나무 줄기. 배(排)는 밀쳐내다. 배뢰우(排雷雨)는 벼락과 비에 항거하는 것. 9) 泉源(천원) - 샘물의 원천이 있는 땅 깊숙한 곳. 10) 浦(포) - 물가. 동동(童童)은 잎이 무성한 가지가 펴져 가리고 있는 모양. 청개(靑蓋)는 푸른 수레 포장. 11) 野客(야객) - 시골 사람. 빈(頻)은 자주. 구(懼)는 두려워하다. 구상설(懼雪霜)은 눈과 서리가 두려워 피함을 뜻한다. 12) 竽(우) - 36개의 관(管)이 있는 생황(笙簧). 취주악기의 일종. 뢰(籟)는 피리, 자연의 소리. 13) 虎倒龍顚(호도용전) - 호랑이가 넘어지고 용이 엎어진 것처럼 나무가 넘어졌다는 뜻. 위진극(委榛棘)은 개암나무 같은 잡목 떨기와 가시덤불 속에 맡겨졌다는 뜻. 14) 淚痕血點(누흔혈점) - 눈물 자국과 핏자국. 곧 피눈물 자국. 흉억(胸臆)은 가슴.

解說 이 시는 자기가 좋아하던 고목이 비바람에 쓰러져 뽑힘을 슬퍼한 시이다. 이 남목과 강물을 보고 이곳에 와 초당을 지었는데 이 나무가 뽑혔으니 기막힐 일이었을 것이다.

이 시는 상원(上元) 2년(761) 두보가 성도의 완화초당(浣花草堂)에 숨어 살고 있을 때 지은 시이다. 옛사람들은 흔히 이것은 두보를 돌봐주던 엄무(嚴武)의 죽음에 비유한 것이라고 해석하고 있지만 옳지 않다. 엄무는 영태(永泰) 원년(765) 4월에 죽었다.

강 물굽이에서 슬퍼함(哀江頭[1])

소릉 땅 촌 늙은이가 소리를 삼키며 통곡하면서,
봄날 곡강 물굽이를 남몰래 걷고 있네.
강가 궁전엔 모든 문들이 잠겨 있으니,
가는 버들가지나 싱싱한 창포는 누굴 위해 푸르른가?
옛날 천자님의 깃발이 남쪽 동산에 납시었을 적엔,
동산의 만물들도 빛깔이 생생했었지.
한나라 소양전의 미인 조비연(趙飛燕) 같다는 양귀비가,
임금님 따라 같은 수레 타고 임금 곁에서 시중했었지.
수레 앞엔 여관(女官)들이 활과 화살 들고 있고,
흰 말은 황금재갈을 물고 있었지.
몸을 젖히며 하늘을 향하여 구름 높이 활을 쏘니,
한 대에 바로 두 마리, 나는 새를 맞혀 떨구었지.
그러나 아름다운 그이는 지금 어디 있는가?
피 묻은 거리귀신 되어 돌아오지도 못하고 있네.
맑은 위수는 동으로 흐르는데 촉 땅의 검각관은 깊으니,
가버리자 피차 소식도 없게 되었네.
사람은 정이 있어 눈물이 앞가슴을 적시는데,
강물과 강꽃이야 어찌 다함이 있겠는가?
황혼에 오랑캐 기마병이 일으키는 먼지가 성에 가득 찼으니,
성 남쪽으로 가려 하면서 남북조차 잊게 되네.

소릉야로 탄성곡　　　춘일잠행 곡강곡
少陵野老[2]呑聲哭하며,　春日潛行[3]曲江曲이라.

강두궁전쇄 천문　　　세류신포위수록
江頭宮殿鎖[4]千門하니,　細柳新蒲爲誰綠고?

억석예 정하남원　　　원중만물생안색
憶昔霓[5]旌下南苑엔,　苑中萬物生顏色이라.

소양전 리제일인　　동련수군시군측
昭陽殿[6]裏第一人이,　同輦隨君侍君側이라.

연전재인 대궁전　　백마작 설황금륵
輦前才人[7]帶弓箭하고,　白馬嚼[8]齧黃金勒이라.

번신 향천앙사운　　일전정추쌍비익
翻身[9]向天仰射雲하니,　一箭正墜雙飛翼이라.

명모호치 금하재　　혈오유혼 귀부득
明眸皓齒[10]今何在오?　血汚遊魂[11]歸不得이라.

청위동류검각 심　　거주 피차무소식
淸渭東流劍閣[12]深하니,　去住[13]彼此無消息이라.

인생유정누첨 억　　강수강화기종극
人生有情淚沾[14]臆하니,　江水江花豈終極고?

황혼호기 진만성　　욕왕성남 망남북
黃昏胡騎[15]塵滿城하니,　欲往城南[16]忘南北이라.

註解 1) 哀江頭(애강두)－강가에서 슬퍼하다. 두보가 좋아하던 북주(北周) 유신(庾信)이 망한 나라의 고향을 생각하고 슬퍼한 〈애강남(哀江南)〉 부(賦)에서 제목 이름을 본뜬 것이다. 《두보시집》 권4에 실려 있다. 2) 少陵野老(소릉야로)－소릉(少陵)은 지금의 섬서성(陝西省) 장안현 동남쪽에 있는 지명. 한나라 선제(宣帝)가 묻힌 두릉(杜陵)보다 약간 작아 소릉이라 부르는데 허후(許后)의 능이다. 두보의 집이 이 능 서쪽에 있어 스스로 '두릉포의(杜陵布衣)'니 '소릉야로(少陵野老)'라 불렀다. 3) 潛行(잠행)－남몰래 가는 것. 곡강(曲江)은 장안 주작가(朱雀街) 동쪽에 흐르는 강물 이름. 꾸불꾸불 흐른대서 '곡강'이란 이름이 붙었다. 곡(曲)은 물굽이. 4) 鎖(쇄)－자물쇠로 잠그는 것. 천문(千門)은 많은 모든 문. 5) 霓(예)－무지개. 예정(霓旌)은 천자의 정기(旌旗). 오색의 새깃으로 장식한 무지개빛 깃발. 남원(南苑)은 곡강방(曲江坊)의 남쪽에 있던 동산 이름. 6) 昭陽殿(소양전)－한나라 궁전 이름. 제일인(第一人)은 첫째가는 미인. 조비연(趙飛燕)을 가리킨다. 여기서는 한나라의 조비연 같은 미인 양귀비(楊貴妃)를 말한다. 7) 才人(재인)－당대의 여관(女官)을 이름. 8) 嚼(작)－입으로 씹다. 설(齧)은 입으로 물다, 씹다. 륵(勒)은 재갈. 9) 翻身(번신)－몸을 뒤로 젖히는 것. 10) 明眸皓齒(명모호치)－밝은 눈동자와 흰 이. 밝은 눈동자와 흰 이는 미인의 특징으로 양귀비를 가리킨다. 11) 血汚遊魂(혈오유혼)－피에 더럽혀진 떠다니는 혼. 양귀비는 촉(蜀)땅으로 현종을 따라 '안사의 란'을 피하여 가는 길에 마외파(馬嵬坡)에 이르러 노한 군사들에게 처참한 죽음을 당하였다. 이곳의 혼은 양귀비의 죽은 혼을 뜻한다. 12) 劍閣(검각)－검문관(劍門關)이라고도 하며, 지금의 사천성 검각현(劍閣縣) 북쪽 대소검산(大小劍山)의 사이에 있다. 한중(漢中)에서 촉으로 들어가는 중요 관문이며 바위를 깎고 사다리로 길을 만들어 사람이 겨우 다니는 험한 요충이다. 13) 去住(거주)－현종은 떠나가고 양귀비의 혼은 머물러 있음을 뜻한다. 14) 沾(첨)－적시다, 젖다. 억(臆)은 가슴. 15) 胡騎(호기)－오랑캐의 기병(騎兵). 안록산의 기병을 뜻한다. 16) 城南(성남)－두보의 집이 장안 성남에 있었다.

解說 이 시는 뒤에 나올 백거이의 〈장한가(長恨歌)〉와 함께 양귀비를 노래한 대표적인 명시이다. 그러나 백거이가 양귀비의 평생을 이야기식으로 노래한 데 비하여, 두보는 반란군에게 짓밟힌 장안에 남아 황폐한 남원(南苑)을 바라보며 평화로웠던 지난날과 아름다웠던 양귀비의 영화를 생각하며 통곡한 것이다. 양귀비의 불행은 개인보다도 당나라 전체의 불행을 절실히 대변하고 있는 것이기에 슬픔이 통절한 것이다.

술 잘 마시는 여덟 신선의 노래(飮中八僊歌[1])

하지장(賀知章)은 술 취해 말 탄 것이 배 탄 것 같고,
눈이 어지러워 샘물에 떨어져도 물 바닥에서 잔다네.
여왕(汝王) 이진(李璡)은 세 말 술 마시고서야 비로소 조정에 나갔고,
길에서 누룩 실은 수레만 만나도 침 흘렸으며,
술 샘 있다는 주천(酒泉)에 옮겨 봉해지지 않음을 한탄한다네.

좌상(左相) 이적지(李適之)는 하루에 흥이 나면 잔치에 만 전(錢)이나 썼고,
술 마시기를 큰 고래가 많은 강물 들이키듯 하였으며,
잔 물고, 청주〔聖〕 즐기며 세상의 현명한 사람이라 일컫는다네.
최종지(崔宗之)는 말쑥한 미소년인데,
잔 들고 흰 눈으로 푸른 하늘 바라보면,
깨끗하기 옥나무가 바람맞고 서 있는 듯하다네.
소진(蘇晉)은 수놓은 부처님 앞에서 오랜 재계를 했는데,
취중에는 가끔 좌선하다 도망쳐 나오기를 잘했다네.
이백(李白)은 술 한 말 마시면 시 백 편을 썼고,
장안 시장의 술집에서 잠자기 일쑤였으며,
천자가 오라고 불러도 배에 오를 수 없을 정도로 취하여,
스스로 일컫기를 신은 술 속의 신선이라 하였다네.
장욱(張旭)은 석 잔 술 마시고 글씨 써 초서(草書)의 성인으로 전해지는데,
모자를 벗고 왕이나 귀족 앞에서도 맨 머리를 보였고,
휘두르는 붓 종이 위에 대면 구름과 연기가 흘러가듯 초서가 써졌다네.
초수(焦遂)는 다섯 말 술을 마셔야 비로소 의젓해졌고,
고상한 얘기와 웅변으로 잔칫자리에 있는 사람들을 놀라게 했다네.

지장 기마사승선　　안화 낙정수저면
知章[2]騎馬似乘船하고,　眼花[3]落井水底眠이라.

여양 삼두시조천　　도봉국거 구류연
汝陽[4]三斗始朝天[5]하고,　道逢麴車[6]口流涎[7]하며.

한불이봉향주천
恨不移封向酒泉[8]이라.

좌상 일흥비만전　　음여장경 흡백천
左相[9]日興費萬錢하고,　飮如長鯨[10]吸百川하며.

함배낙성 칭세현
銜盃樂聖[11]稱世賢[12]이라.

종지 소쇄 미소년 거상 백안망청천
宗之[13]瀟灑[14]美少年으로, 擧觴[15]白眼望靑天하니,

교 여옥수 림풍전
皎[16]如玉樹[17]臨風前이라.

소진 장재 수불 전 취중왕왕애도선
蘇晉[18]長齋[19]繡佛[20]前에, 醉中往往愛逃禪[21]이라.

이백일두시백편 장안시상주가면
李白一斗詩百篇하고, 長安市上酒家眠이오.

천자호래 불상선 자칭신시주중선
天子呼來[22]不上船하고, 自稱臣是酒中仙이라.

장욱 삼배초성전 탈모로정왕공전
張旭[23]三盃草聖傳하니, 脫帽露頂王公前하고,

휘호락지여운연
揮毫落紙如雲烟이라.

초수 오두방탁연 고담웅변경사연
焦遂[24]五斗方卓然[25]하고, 高談雄辯驚四筵[26]이라.

註解 1) 飮中八僊歌(음중팔선가) - 술 마시는 여덟 신선의 노래. 당 현종(玄宗) 시대(713~755)의 유명한 술꾼 여덟 명을 노래한 시. 선(僊)은 선(仙)과 같은 자. 《두소릉집》 권2에 실려 있음. 2) 知章(지장) - 하지장(賀知章 : 677~744). 자는 계진(季眞). 태상박사(太常博士)·비서감(秘書監) 등의 벼슬을 지냈고, 사명광객(四明狂客) 또는 비서외감(秘書外監)이라 호함. 자유로이 거침없는 생활을 하여 유명하며, 이백을 처음 만나자 '귀양 내려온 신선〔謫仙人〕'이라 불렀다 한다(《唐書》 列傳). 3) 眼花(안화) - 눈이 어지러워지다. '화'는 어지럽다, 어른거린다는 뜻. 4) 汝陽(여양) - 현종의 형의 맏아들인 이진(李璡). 여양군왕(汝陽郡王)에 봉해졌으며, 하지장·저정회(褚庭晦) 등과 시와 술로 사귐을 가짐. 5) 朝天(조천) - 조정에 천자를 뵈러 가는 것. 6) 麴車(국거) - 누룩을 실은 수레. 7) 涎(연) - 침. 8) 酒泉(주천) - 감숙성(甘肅省)의 주천군(酒泉郡). 그곳에 술맛이 나는 샘물이 났다 한다(《漢書》 地理

志). 9) 左相(좌상)－좌승상(左丞相) 이적지(李適之). 그는 손님 대접하기를 좋아하고 술 한 말을 마셔도 어지러워지지 않았다 한다. 10) 長鯨(장경)－긴 고래, 큰 고래. 11) 銜盃樂聖(함배낙성)－잔을 입에 물고 청주를 즐기다. 위(魏)나라 선우보(鮮于輔)가 손님들에게 술을 권할 때 '청주를 성(聖), 탁주를 현(賢)'이라 했다는 데서(《魏志》), '성'은 청주를 뜻하는 한편 뒤의 '현'과 대조를 이룬다. 12) 稱世賢(칭세현)－세상의 현인이라 일컫다. 단 많은 학자들이 세(世)는 피(避)의 잘못이며, 이적지(李適之)가 벼슬을 그만두며 읊은 시에 '현명한 이들(탁주를 아울러 가리킴) 피하여 승상직을 그만두고, 청주〔聖〕를 즐기려고 잔을 입에 물었네.(避賢初罷相, 樂聖且銜盃)'라고 읊은 구절(《舊唐書》 列傳)을 인용한 것이므로, '탁주는 피하고 마시지 않는다고 일컬어졌다'는 뜻으로 풀이해야 옳다고도 한다(《集注》·《詳註》 등). 13) 宗之(종지)－제국공(齊國公) 최일용(崔日用)의 아들로 글을 통해 이백·두보와 사귀었다(《唐書》 崔日用傳). 14) 瀟灑(소쇄)－깨끗하고 말쑥한 모양. 15) 觴(상)－잔. 16) 皎(교)－흰 것, 깨끗하고 밝은 것. 17) 玉樹(옥수)－옥나무. 옛부터 빼어나고 고귀한 사람에게 비유하였다. 18) 蘇晉(소진)－소향(蘇珦)의 아들. 글을 잘 지었고 중서사인 벼슬을 지냈다(《唐書》 蘇珦傳). 19) 長齋(장재)－오랜 기간 재계를 하는 것. 20) 繡佛(수불)－수놓은 부처. 소진(蘇晉)은 오랑캐 스님 혜징(慧澄)에게서 수놓은 미륵불(彌勒佛)을 하나 얻어 소중히 간직하여, '이 부처는 미즙(米汁 : 술을 뜻함)을 좋아하여 꼭 내 성미와 맞으니, 이 부처를 섬길 것이다. 다른 부처는 좋아하지 않는다'고 했다 한다. 21) 逃禪(도선)－좌선하던 자리로부터 도망치는 것(仇兆鰲의 《詳注》). 세속으로부터 피하여 도망하여 좌선하는 것으로 풀이하기도 하나(《集註》 등) 잘못임. 22) 天子呼來(천자호래)－천자가 오라고 부르다. 현종이 백련지(白蓮池)에서 뱃놀이를 하다 글을 짓게 하기 위하여 이백을 불렀다. 그러나 이백은 이미 술에 취해 있어 고역사(高力士)의 부축을 받고야 겨우 배에 올랐다 한다(范傳正 〈李白新墓碑〉). 23) 張旭(장욱)－자는 백고(伯高). 당대 초서(草書)의 명인. 늘 술에 취해 미친 듯 뛰어다니다 글씨를 썼는데, 간혹 머리에 먹을 묻혀 글씨를 써서 장전(張顚)이라 부르기도 하였다(《新唐書》 李白傳).

또 공손대낭(公孫大娘)의 칼춤에서 글씨의 묘한 기교를 터득했다고도 한다. 24) 焦遂(초수)－그 시대 술 잘 마시기로 유명했던 사람. 보통 때는 말더듬이라서 손님과 말 한마디 주고받지 않지만, 술에 취하고 나면 말이 거침없이 나왔다고 한다(《唐史拾遺》). 25) 方卓然(방탁연)－비로소 오연(傲然)해지다. '탁연'은 스스로 자신있고 빼어난 듯한 모양, 의젓한 모양. 26) 四筵(사연)－잔칫자리 사방의 사람들.

解說 여덟 명의 당 현종시대의 술꾼을 노래한 시인데, 어떤 사람은 2구 또는 3구로 읊고 어떤 사람은 4구로 읊고 있다. 이백만이 4구인 것은 두보가 그를 가장 존경한 때문인 듯도 하다. 그리고 압운(押韻)을 면(眠)자와 천(天)자는 두 번이나 사용하고 있고 전(前)자는 세 번이나 쓰고 있어 득특한 시체라 하겠다. 어떻든 세상에서의 출세나 자기의 이익을 초월하고 속된 세상을 벗어나서 산 이 여덟 술꾼들의 개성이 잘 표현되어 있다. '이백은 술 한 말에 시 백 편을 썼다(李白一斗詩百篇)'는 구절은 이백의 시와 술의 경지를 표현한 명구로 후세에까지도 계속 인용되고 있다.

취했을 적의 노래(醉時歌[1])

여러 고관들 연이어 관청으르 오르고 있으나,
정광문(鄭廣文) 선생은 벼슬자리 홀로 싸늘하네.
훌륭한 저택들 즐비한 속에서는 좋은 음식과 고기에 싫증내고 있으나,
정광문 선생은 먹을 밥도 모자란다네.
선생이 지닌 도는 복희씨(伏羲氏)에게서 나온 순박한 것이고,
선생이 지닌 재주는 굴원(屈原)·송옥(宋玉)보다 뛰어나네.
덕망은 일대에 높아도 늘 불운하기만 하니,
영원히 명성 전해진다 해도 무슨 소용 있는지 알겠는가?
두릉(杜陵)의 촌 늙은이 나는 사람들이 더욱 비웃으니,
거친 베옷은 짧고 좁은 위에 머리는 명주실 같다네.

매일 나라 창고에서 닷 되 쌀 사들여 살면서,
가끔 정영감에게 가서 같은 마음을 다지며 사귄다네.
돈이 생기면 곧 서로 찾아가,
술 받아 마시며 주저하는 일 없네.
형식 모두 잊고 너나하는 사이 되었는데,
통쾌하게 술 마시는 건 정말 나의 스승일세.
맑은 밤은 깊어가는데 봄 술잔 연이어 마시며,
등불 속에 가랑비 내리어 지붕 추녀에선 꽃잎 지듯 물방울 떨어지네.
다만 소리 높여 노래부르며 도와줄 귀신 있는 듯이 느껴지니,
굶어 죽어 도랑이나 골짜기 메우게 될 일 어이 아랑곳하랴?
한나라 사마상여(司馬相如)는 빼어난 재주 지니고도 술집 그릇 친히 씻은 일 있고,
한나라 양웅(揚雄)은 글자 안 덕에 끝내 교서각(校書閣) 위에서 투신하였다네.
선생은 일찍이 귀거래(歸去來) 읊으며 고향으로 돌아가야 할 것이니,
돌 많은 밭과 초가집이 푸른 이끼로 황폐하여지고 있다네.
유학이 우리에게 무슨 소용 있겠는가?
공자나 도척(盜跖)은 다 같이 흙먼지 되고 만 것을.
이 말 듣고 마음 슬퍼할 필요는 없으니,
생전에 서로 만나면 또 술잔이나 함께 기울이세나!

제공곤곤 등대성 광문선생 관독랭
諸公袞袞[2)]登臺省[3)]이나, 廣文先生[4)]官獨冷이오.

갑제분분 염양육 광문선생반부족
甲第紛紛[5)]厭粱肉[6)]이나, 廣文先生飯不足이라.

선생유도출희황 선생유재과굴송
先生有道出羲皇[7)]하고, 先生有才過屈宋[8)]이라.

덕존일대상감가 명수만고지하용
德尊一代常坎軻[9)]하니, 名垂萬古知何用고?

두릉야로 인경치
杜陵野老[10]人更嗤[11]하니,
피갈단착 빈여사
被褐短窄[12]鬢如絲[13]라.

일적 태창 오승미
日糴[14]太倉[15]五升米하고,
시부정로 동금기
時赴鄭老[16]同襟期[17]라.

득전즉상멱
得錢卽相覓[18]하여,
고주불복의
沽酒不復疑라.

망형 도이여
忘形[19]到爾汝[20]하니,
통음진오사
痛飮眞吾師라.

청야침침 동춘작
淸夜沈沈[21]動春酌하니,
등전세우첨화락
燈前細雨簷花落[22]이라.

단각고가유귀신
但覺高歌有鬼神[23]하니,
언지아사전구학
焉知餓死塡溝壑[24]고?

상여 일재친척기
相如[25]逸才親滌器요,
자운 식자종투각
子雲[26]識字終投閣이라.

선생조부귀거래
先生早賦歸去來[27]니,
석전모옥황창태
石田茅屋荒蒼苔라.

유술어아하유재
儒術於我何有哉오?
공구도척 구진애
孔丘盜蹠[28]俱塵埃라.

불수문차의참참
不須聞此意慘慘[29]이니,
생전상우차함배
生前相遇且銜盃라.

註解 1) 醉時歌(취시가)-《두소릉집》 권3에 실려 있는데 '광문관(廣文館) 학사(學士) 정건(鄭虔)에게 드림' 이란 작가의 주가 달려 있다. 정건은 현종 때 개설되었던 광문관(廣文館) 박사(博士)로 있었다. 광문관은 개원(開元) 25년(737) 그를 위해 개설했으나 곧 폐지되었다. 두보의 〈정광문에게 장난삼아 보내며 아울러 소사업에게도 보냄(戲簡鄭廣文兼呈蘇司業)〉 시 참조 바람. 2) 衮衮(곤곤)-큰 물이 흐르는 모양, 번거로히 많은 모양. 3) 臺省(대성)-'대'는 어사대(御史臺)·난대(蘭臺) 등, '성'은 상서성(尙書省)·중서성(中書省)·문하성(門下省) 등의 중요한 관청들. 4) 廣文先生(광문선생)-정건(鄭虔)을 가리킴. 광문관(廣文館) 박사를 지냈다 해서 흔히 정광문(鄭廣文)이라고도 불렀다 함. 5) 甲第紛紛(갑제분분)-1급의 훌륭한 저택이 많은 것. '분분'은 많은 모양. 6) 厭粱

肉(염양육)－좋은 음식과 고기에 싫증나다. 본시 '양'은 기장으로서 좋은 곡식으로 지은 밥을 가리킴. 7) 羲皇(희황)－복희(伏羲)황제. 옛 복희씨의 순진하고 소박한 세상을 다스리던 방식을 가리킴. 8) 屈宋(굴송)－전국시대 초(楚)나라의 굴원(屈原)과 송옥(宋玉). 《초사(楚辭)》의 작가로 알려져 있음. 9) 坎軻(감가)－때를 잘못 만난 것, 불운한 것, 뜻을 잃은 것. 감가(轗軻)·감람(坎壈)과 같은 말. 10) 杜陵野老(두릉야로)－두릉의 촌 늙은이. 두릉은 섬서성(陝西省) 장안현 동남쪽에 있는 지명으로 낙유원(樂遊原)이라고도 하며, 한 선제(宣帝)의 능(陵)이 있는데, 두보는 그 서쪽에 살면서 스스로 두릉포의(杜陵布衣)·소릉야로(少陵野老)·두릉야로(杜陵野老) 등으로 불렀고, 남들은 그를 두소릉(杜少陵)이라고도 하였다. 11) 嗤(치)－비웃다. 빈정거리다. 12) 被褐短窄(피갈단착)－입고 있는 거친 베옷은 짧고 좁다. '갈'은 거친 베옷. 13) 鬢如絲(빈여사)－머리는 명주실 같다. 머리가 희어졌음을 뜻함. 14) 糴(적)－곡식을 사들이는 것. 15) 太倉(태창)－나라의 쌀 창고. 16) 鄭老(정로)－정노인. 정건을 가리킴. 17) 同襟期(동금기)－같은 흉회(胸懷)를 기약하다. 같은 마음을 다지며 사귀다. 18) 覓(멱)－찾다, 찾아가다. 19) 忘形(망형)－육체를 잊다, 형식이나 예의 같은 것을 잊다. 20) 到爾汝(도이여)－너나하는 사이가 되다, 허물없는 사이가 되다. 21) 沈沈(침침)－밤이 깊어가는 모양. 22) 簷花落(첨화락)－지붕 추녀에서 떨어지는 물방울이 등불에 비추어 꽃잎이 떨어지듯 하다. 반대로 앞의 가랑비를 꽃잎이 지는 것에 비유한 걸로 보는 이도 있다. 23) 有鬼神(유귀신)－자기를 도와줄 귀신이 있다고 생각하다. 《모시서(毛詩序)》에서 음악은 '천지를 움직이고 귀신을 감동시킨다'고 한 말을 근거로 한 구절인 듯하다. 24) 填溝壑(전구학)－도랑과 골짜기를 메우다. 굶어 죽어 시체가 도랑과 골짜기에 버려진다는 표현은 옛부터 많이 써 왔음(《左傳》 昭公十三年, 《荀子》 榮辱편 등). 25) 相如(상여)－한부(漢賦)의 대표작가인 사마상여(司馬相如). 그는 젊어서 성도(成都)의 부잣집 과부인 탁문군(卓文君)을 유혹하여 함께 도망쳤으나 먹고살 길이 없어 다시 돌아와 대폿집을 내고 부부가 술장사를 한 일이 있는데, 그때 사마상여는 짧은 앞치마를 걸치고 그릇을 씻었다(《漢書》 司馬相如傳). 26) 子雲(자운)－한대 부 작가인 양웅(揚雄)의 자. 그는 왕망(王莽) 때 병풍(瓶豐)의 상공(上公)이 되었는데, 왕망은 스스로 왕이 된 뒤 풍(豐) 부자를 죽이고 유분(劉棻)을 멀리 귀양보내며 그들과 관계되는 자들도 모두 잡아 죽이려 하였다. 이때 양웅은 천록각(天祿閣)에서 책을 정리하고 있었는데, 마침 옥리(獄吏)가 그를 데려가려고 오자 그는 다급하여 천록각에서 뛰어내려 거의 죽을 지경으로 다쳤다. 본시 왕망은 양웅을 무고한 사람이라 생각했었으나 그는 유분에게 글을 가르친 일이 있어 지레 겁을 먹고 뛰어내렸던 것이다. 27) 歸去來(귀거래)－진(晉)나라 도연명(陶淵明)은 팽택령(彭澤令)이란 벼슬을 하다 〈귀거래사(歸去來辭)〉를 읊으며 벼슬을 내던지고 고향으로 돌아와 전원에 묻혀 살았다. 28) 孔丘盜蹠(공구도척)－성인 공자와 강도로 이름난 도적. 척(蹠)은 척(跖)으로도 씀. 29) 慘慘(참참)－슬퍼하는 모양, 실의한 모양.

解說 정건이란 친구의 불우함을 동정하면서 아울러 자신의 불평과 분만(분하고 답답함)의 정을 잘 드러낸 시이다. 두보는 유학을 반대하는 입장에서 공자를 도척과 같게 본 것이 아니며, 정말로 덕망이나 공명은 허무한 것이니 술이나 마시는 게 좋다고 노래한 것도 아니다. 그는 굴원(屈原)이나 송옥(宋玉) 같은 문인들의 불우를 한탄하고, 사마상여나 양웅 같은 재사들의 곤경을 슬퍼하고 있는 것이다.

서경의 두 아들을 노래함(徐卿二子歌[1])

그대는 보지 못했는가, 서경의 두 아들이 뛰어나게 잘난 것을?
길한 꿈에 감응하여 연이어 태어났다네.
공자와 부처님이 친히 안아다 준 꿈꾸고 낳았다니,
모두 하늘 위의 기린아일세.
큰아이는 아홉 살인데 피부색 맑고 깨끗하고,
가을물처럼 맑은 정신에 옥처럼 깨끗한 뼈 지녔네.
작은아이는 다섯 살인데 호랑이나 표범처럼 소 잡아먹을 기개이니,

집안 가득한 손님들이 모두 머리 돌려보며 감탄하네.
서공은 모든 일에 걱정없음을 나는 아나니,
많은 착한 공을 쌓아서 공후(公侯)감 낳은 걸세.
대장부 아들 낳되 이 두 어린애들 같기만 하다면,
명성과 지위 어찌 낮고 보잘것없는 데서 그칠 수가 있겠는가?

군불견 서경이자생절기
君不見 徐卿二子生絕奇[2]아?
함응길몽상추수
咸應吉夢相追隨[3]라.

공자석씨 친포송
孔子釋氏[4]親抱送하니,
병시천상기린아
並是天上麒麟兒[5]라.

대아구령색청철
大兒九齡色淸澈[6]하고,
추수위신 옥위골
秋水爲神[7]玉爲骨[8]이라.

소아오세기식우
小兒五歲氣食牛[9]하니,
만당빈객개회두
滿堂賓客皆回頭[10]라.

오지서공백불우
吾知徐公百不憂[11]하니,
적선곤곤 생공후
積善袞袞[12]生公侯라.

장부생아유여차이추자
丈夫生兒有如此二雛者면,
명위기긍비미휴
名位豈肯卑微休아?

註解 1) 徐卿二子歌(서경이자가)－서경의 두 아들 노래. 서경이 누구인지는 확실치 않다. 2) 生絕奇(생절기)－매우 기특하게 잘났다, 뛰어나게 잘났다. 3) 相追隨(상추수)－서로 연이어 태어나다. 4) 釋氏(석씨)－석가모니, 부처님. 5) 麒麟兒(기린아)－기린처럼 용모와 재주가 빼어난 아이. 옛날 서릉(徐陵)이 어렸을 때 어떤 중이 보고 '하늘 위의 석기린(石麒麟)이라' 고 찬탄했다 한다(《陳書》). 서릉(徐陵)은 《옥대신영(玉臺新詠)》의 편자이며, 서경과 동성이 같다. 6) 色淸澈(색청철)－피부색이 맑고 깨끗한 것. 7) 秋水爲神(추수위신)－가을물로 정신을 삼다, 가을물처럼 맑은 정신을 지니다. 8) 玉爲骨(옥위골)－옥으로 뼈를 삼다, 옥처럼 깨끗한 뼈를 지니다. 9) 氣食牛(기식우)－기개가 소를 잡아먹을 듯하다. 《시자(尸子)》에 '호랑이나 표범 새끼는 몸에 무늬도 이루어지지 않았을 적에도 이미 소를 잡아먹을 기개를 지니고 있다' 라고 하였다. 10) 回頭(회두)－머리를 돌려 바라보다, 머리를 돌려 보면서 찬탄하다. 11) 百不憂(백불우)－모든 일에 걱정없다. 12) 袞袞(곤곤)－많은 모양. 번거로운 모양.

解說 서씨 집안의 훌륭한 두 아들을 칭송한 시. 아무래도 그집 잔치에 축시로 지어준 듯, 별로 뛰어난 작품이라 보기는 어렵다.

왕재가 그린 산수화에 장난삼아 써 붙임 (戲題王宰畵山水歌[1])

열흘에 한 강물 그리고,
닷새 걸려 한 개의 바위 그리네.
일에 능란한 사람은 남의 재촉 받지 않아야 하니,
왕재도 비로소 여기에 진실한 붓자국을 남겨두려 한 걸세.
웅장하도다 곤륜산과 방호의 그림이어!
그대의 넓은 대청 흰 벽에 이것이 걸리게 되었구려!
파릉과 동정호로부터 일본 동쪽에까지 연해 있고,
적안(赤岸)의 물은 은하수로 통해 있는 듯하구려!
가운데에는 구름 기운이 나는 용 따르고 있는데,
뱃사람과 어부는 포구로 배를 넣고 있고,
산의 나무는 모두 큰 물결 이는 바람에 옆으로 나부끼고 있네.
더욱이 잘 그린 것은 먼 곳의 형세로 옛 분들에도 따를 이가 없을 것이니,
지척의 너비를 두고 만 리를 논해야만 하네.
어찌하면 병주의 잘 드는 가위 구하여,
오송강(吳松江) 그린 부분 반쪽이라도 도려내어 가질 수 있을까?

십일화일수　　　　오일화일석
十日畫一水하고,　五日畫一石이라.

능사 불수상촉박　　　　왕재시긍류진적
能事[2]不受相促迫[3]하니,　王宰始肯留眞跡[4]이라.

장재곤륜 방호 도　　　　괘군고당지소벽
壯哉崑崙[5]方壺[6]圖여!　挂君高堂之素壁이라.

파릉동정 일본동　　　　적안 수여은하통
巴陵洞庭[7]日本東이오,　赤岸[8]水與銀河通이라.

중유운기수비룡　　　　주인어자입포서
中有雲氣隨飛龍이오,　舟人漁子入浦溆[9]하고,

산목진아 홍도풍
山木盡亞[10]洪濤風이라.

우공원세고막비　　　　지척 응수론만리
尤工遠勢古莫比[11]하니,　咫尺[12]應須論萬里라.

언득 병주쾌전도　　　　전취오송 반강수
焉得[13]并州快剪刀[14]하여,　剪取吳松[15]半江水오?

註解 1) 戱題王宰畵山水歌(희제왕재화산수가)－왕재(王宰)는 촉(蜀 : 四川省) 사람으로 빼어나게 산수를 잘 그린 명인이다(張彦遠《名畵記》).《두소릉집》 권9에 실림. 2) 能事(능사)－일에 능란한 사람. 3) 促迫(촉박)－재촉하다. 4) 眞跡(진적)－참된 필적. 5) 崑崙(곤륜)－중국 서쪽에 있는 산 이름. 신선이 그곳에 살았다 한다. 지금 곤륜산맥 중의 어느 봉우리일 것이다. 6) 方壺(방호)－동해 가운데 있다는 삼신산 중의 하나. 방장(方丈)·봉래(蓬萊)·영주(瀛州)가 삼신산(三神山)인데, 방장을 방호(方壺)라고도 부른다(《拾遺記》). 7) 巴陵洞庭(파릉동정)－'파릉'은 호남성(湖南省) 악주부(岳州府)의 고을 이름. 파릉 왼편에 중국에서 가장 넓은 동정호가 있다. 8) 赤岸(적안)－산 이름. 강소성(江蘇省) 육합현(六合縣) 동남쪽에 있으며, 장강 어귀로서 큰 물결로 유명한 곳(郭璞의 江賦 ; 鼓洪濤於赤岸). 9) 浦溆(포서)－포구. '서'도 포구의 뜻. 10) 亞(아)－낮게 처지다. 바람에 나뭇가지가 옆으로 누운 것. 11) 古莫比(고막비)－옛날 사람 중에도 견줄 만한 이가 없다.

12) 咫尺(지척) - 극히 짧은 거리. '지'는 옛날의 8촌. 13) 焉得(언득) - 어찌하면 ……을 얻겠는가? 14) 并州快剪刀(병주쾌전도) - 병주에서 나는 잘 드는 가위. 병주는 지금의 산서성(山西省) 태원현(太原縣). 15) 吳松(오송) - 강소성(江蘇省) 경계에 있는 강물 이름. 오강(吳江)·송강(松江)·오송강(吳淞江)·남강(南江)·송릉강(淞陵江)·소주하(蘇州河) 등 별명이 많다. 옛날 색정(索靖)이 고개지(顧愷之)의 그림을 보고 좋아하며 '병주의 잘 드는 가위를 갖고 오지 않은 게 한이로다. 송강 풍경을 그린 반폭 비단을 도려가고 싶구나' 하고 말했다는 고사를 인용한 것이다.

解說 왕재의 산수화를 칭송한 시인데, 그 그림 자체가 너무 비현실적인 것이어서 시까지도 실감이 별로 일지 않는다. 산은 중국 서북쪽의 곤륜산으로부터 동해 가운데의 방호까지 그려져 있고, 물은 동정호로부터 일본의 동쪽에 이르는 곳까지 그려져 있다니 너무나 허황한 듯하다.

초가집이 가을바람에 무너진 것을 노래함
(茅屋爲秋風所破歌[1])

8월 한가을에 바람 사납게 불어,
우리집 지붕의 세 겹 이엉을 말아올렸네.
이엉은 강 건너로 날아가 강가에 뿌려지니,
높게는 높은 숲 나뭇가지 위에 걸리고,
낮게는 빙글빙글 돌면서 웅덩이로 가라앉았네.
남쪽 마을 아이놈들은 내가 늙어 힘없음을 업신여기고,
뻔뻔스럽게도 보는 앞에서 도둑질하여,
공공연히 이엉 안고 대숲 속으로 사라지는데,
입술 타고 입 말라서 소리도 치지 못하네.
돌아와 지팡이에 기대서서 스스로를 탄식하노라니,
조금 뒤엔 바람 자고 구름은 까만 빛으로 변해가네.

가을하늘 아득히 해 저물어 어두워 가는데,
솜이불 여러 해 되어 차갑기 쇠와 같고,
버릇없는 아이들 험한 잠버릇으로 발길질에 찢어져 있네.
잠자리마다 지붕 새어 마른 곳이란 없는데,
삼대 같은 빗발은 끊이지 않고 있네.
난리를 겪은 뒤로는 잠이 적어졌으니,
젖어 축축한 긴 밤을 어이 지샐꼬?
어이하면 넓은 집 천만 칸 되는 것을 구하여,
천하의 가난한 선비들을 모두 가려주어 함께 기쁜 얼굴 지을까?
그 집 비바람에도 움직이지 않고 안정됨이 산과 같으리라.
아아! 언제면 눈앞에 우뚝히 그런 집이 나타날까?
내 움막만이 무너져 얼어죽게 된다 하더라도 만족하리라.

▲성도(成都)의 두보초당

팔월추고 풍노호
八月秋高[2]風怒號하여,

권아옥상삼중모
卷我屋上三重茅라.

모비도강쇄강교
茅飛渡江洒江郊[3]하니,

고자괘견 장림소
高者掛罥[4]長林梢[5]하고,

하자표전 침당요
下者飄轉[6]沈塘坳[7]라.

남촌군동기 아로무력
南村群童欺[8]我老無力하고,

인 능대면위도적
忍[9]能對面爲盜賊하여,

공연포모입죽거
公然抱茅入竹去나,

순초 구조호부득
脣焦[10]口燥呼不得이라.

귀래의장 자탄식
歸來倚杖[11]自歎息하니,

아경 풍정운흑색
俄頃[12]風定雲黑色이라.

추천막막 향혼흑
秋天漠漠[13]向昏黑[14]하니,

포금 다년냉사철
布衾[15]多年冷似鐵이오,

교아 악와답리렬
嬌兒[16]惡臥踏裏裂이라.

상상 옥루무건처
床床[17]屋漏無乾處하고,

우각여마 미단절
雨脚如麻[18]未斷絶이라.

자경상란 소수면
自經喪亂[19]少睡眠하니,

장야첨습하유철
長夜沾濕何由徹[20]고?

안득광하 천만간
安得廣廈[21]千萬間하여,

대비 천하한사구환안
大庇[22]天下寒士俱歡顔고?

풍우부동안여산
風雨不動安如山이라.

오호 하시안전돌올 현차옥
嗚呼,何時眼前突兀[23]見此屋고?

오려독파수동사역족
吾廬獨破受凍死亦足이라.

註解 1) 茅屋爲秋風所破歌(모옥위추풍소파가) – 두보는 건원(乾元) 2년(759) 성도(成都)로 가서 완화계(浣花溪) 가에 완화초당(浣花草堂)을 짓고 살았는데, 그때의 경험을 노래한 것. 《두소릉집》 권10에 실려 있음. 2) 秋高(추고) – 가을하늘이 높다, 가을이 한창이다. 3) 洒江郊(쇄강교) – 강가 들판에 뿌려지다. 4) 掛罥(괘견) – 걸리다. '괘'는 괘(挂), 견(罥)은 견(罥)으로도 쓰며, 모두 걸린다는 뜻. 5) 梢(소)－나뭇가지 끝. 6) 飄轉(표전)－바람에 날리며 빙빙 도는 것. 7) 塘坳(당요)－웅덩이와 움푹한 곳. 8) 欺(기)－속이다, 업신여기다. 9) 忍(인)－차마, 뻔뻔스럽게. 10) 脣燋(순초)－입술이 타다. 11) 倚杖(의장)－지팡이에 의지하다. 12) 俄頃(아경)－조금 있다가, 얼마 안되어. 13) 漠漠(막막)－구름이 자욱한 모양, 흐릿한 모양. 14) 向昏黑(향혼흑)－저녁이 가까워지며 어두워지다. 15) 布衾(포금)－목면이나 마포로 만든 이불. 16) 嬌兒(교아)－버릇없는 아이들. 17) 床床(상상)－침대마다, 잠자리마다. 18) 雨脚如麻(우각여마)－빗발이 삼대 같다. 비가 삼밭의 빽빽한 삼대처럼 굵게 많이 내림을 형용한 말. 19) 喪亂(상란)－난리. '안사의 란'을 가리킴. 20) 徹(철)－밤을 새다, 지새다. 21) 廣廈(광하)－넓은 집. 22) 大庇(대비)－크게 가리다, 모두를 가려주다. 23) 突兀(돌올)－우뚝히 솟은 모양, 하늘 위로 솟은 모양.

解說 두보의 인간애가 잘 드러난 시이다. 그는 자기의 불행 속에서도 이 세상의 또 다른 사람들의 불행을 생각하며, 자기 한 몸보다도 천하의 빈한한 모든 선비를 위하고자 하고 있는 것이다. 문학은 빼어난 수사에 이런 위대한 정신이 담겨 있을 때 모든 사람들이 공감하며 대가로 받들게 되는 것이다.

들판에서 바라보며(野望)

흰 눈 덮인 서산에는 세 곳의 수자리 서는 성이 있고
강물 맑은 남포에는 만리교가 걸쳐 있네.
나라 안 전쟁 바람에 여러 아우들과 떨어져
하늘 끝 아래에서 눈물 흘리며 이 한 몸 멀리 있네.
오직 노쇠해 가며 병만 많아지니
나라에는 조금도 보답하지 못하고 있네.
말 타고 교외로 나와 지금 멀리 바라보고 있지만

세상 일 날로 쓸쓸해짐을 견디기 어렵네.

서 산 백 설 삼 성 수 　 남 포 청 강 만 리 교
西山[1]白雪三城戍[2], 南浦[3]淸江萬里橋.

해 내 풍 진 제 제 격 　 천 애 체 루 일 신 요
海內風塵[4]諸弟隔, 天涯涕淚一身遙.

유 장 지 모 공 다 병 　 미 유 연 애 답 성 조
惟將遲暮[5]供多病, 未有涓埃[6]答聖朝.

과 마 출 교 시 극 목 　 불 감 인 사 일 소 조
跨馬出郊時極目[7], 不堪人事日蕭條[8].

註解 1) 西山(서산)－사천성 성도의 서북쪽에 있는 산 이름. 2) 三城戍(삼성수)－서산에는 송(松)·유(維)·보(保) 세 곳의 성을 쌓고 토번(吐蕃)의 침입에 대비하고 있었다. 3) 南浦(남포)－성도의 남쪽 금강(錦江)의 상류 완화계(浣花溪) 기슭에 두보의 초당이 있었다. 만리교(萬里橋)와 함께 금강에 있던 포구와 다리 이름이다. 4) 風塵(풍진)－바람이 불어 먼지가 이는 것. 나라의 내전에 비유한 말. 5) 遲暮(지모)－날이 저무는 것, 여기서는 인생의 저녁으로 늙음을 뜻한다. 6) 涓埃(연애)－물방울과 먼지, 조금을 뜻한다. 7) 極目(극목)－눈을 들어 멀리 끝닿는 데까지 바라보는 것. 8) 蕭條(소조)－쓸쓸한 것.

解說 보응(寶應) 원년(762) 작자 51세 때에 성도 완화계의 초당에 있으면서 지은 시이다. 이때 나라의 내전은 끊이지 않고 서쪽에는 쉴 새 없이 토번이 침략을 하고 있었다. 두보는 여러 아우들과 흩어져 살면서 어지러운 시국과 외로움을 읊은 것이 이 시이다. 그에게는 모든 세상 일이 쓸쓸하고 허전하게만 느껴지고 있다. 그리고 이러한 어려운 처지에 놓인 나라를 위하여 아무 공헌도 할 수 없는 자신의 처지가 더욱 서글프다.

장난삼아 지은 화경의 노래(戲作花卿歌[1])

성도의 용맹스런 장수에 화경(花卿)이란 분 있으니,
말 배우기 시작하는 어린애도 그의 이름 안다네.
용감하기 날쌘 매처럼 바람과 불 일으키며 달리니,
보이는 적 많을수록 몸 더욱 가벼워진다네.
면주부사(緜州副使) 단자장(段子璋)이 모반하여 누런 천자 옷 입으니,
우리 화경이 쓸어 없애어 하루 만에 평정되었네.
단자장의 해골과 뼈에는 피 흥건히 묻어 있는데,
손으로 들어 내던지고 성도윤(成都尹) 최광원(崔光遠)에게로 되돌아왔다네.
이환(李奐)은 다시 동천절도사(東川節度使) 자리로 되돌아갔으니,
사람들 말하기를 우리 화경은 세상에 다시없는 장수라네.
세상에 다시없는 장수라 일컬어지는데 천자는 아니 계신가?
어찌하여 그를 불러 동도(東都)를 빼앗아 지키게 하지 않는가?

성 도 맹 장 유 화 경　　　학 어 소 아 지 성 명
成都[2]猛將有花卿하니,　　學語小兒知姓名이라.

용 여 쾌 골 풍 화 생　　　견 적 유 다 신 시 경
勇如快鶻[3]風火生[4]하니,　　見賊唯多身始輕이라.

면 주 부 사 착 자 황　　　아 경 소 제 즉 일 평
緜州[5]副使著柘黃[6]하니,　　我卿掃除卽日平이라.

자 장 촉 루 혈 모 호　　　수 제 척 환 최 대 부
子璋髑髏[7]血模糊[8]한대,　　手提擲還[9]崔大夫[10]라.

이 후 중 유 차 절 도　　　인 도 아 경 절 세 무
李侯[11]重有此節度하니,　　人道我卿絶世無라.

기 칭 절 세 무 천 자　　　하 불 환 취 수 동 도
旣稱絶世無天子아?　　何不喚取守東都[12]오?

註解 1) 戱作花卿歌(희작화경가) – 화경(花卿)은 본명이 화경정(花敬定)이며, 한때 성도윤(成都尹) 최광원(崔光遠) 밑의 장수로, 면주(緜州)에서 반란을 일으켰던 단자장(段子璋)을 평정하여 용명을 날렸다. 《두시경전》 권8에 실려 있다. 2) 成都(성도) – 촉(蜀)의 도성. 3) 快鶻(쾌골) – 날쌘 매, 빠른 매. 4) 風火生(풍화생) – 바람과 불 일으키며 달리다. 양(梁)나라 조경종(曹景宗)이 용처럼 빠른 말을 타고 달렸는데, 귀 뒤에서는 바람이 일고 코 끝에서는 불이 이는 것 같았다고 한다(《南史》). 5) 緜州(면주) – 지금의 사천성 면양현(緜陽縣). 6) 著柘黃(착자황) – 산뽕나무〔柘〕 즙(汁)으로 누렇게 물들여 만든 천자의 옷을 입다. 숙종(肅宗) 상원(上元) 2년(761)

▲두보가 성도 완화계 가를 거니는 모습. 장대천(張大千)의 그림.

4월에 재주자사(梓州刺使) 겸 면주부사(緜州副使)였던 단자장(段子璋)이 반란을 일으켰던 것을 가리킴. 7) 髑髏(촉루)－죽은 사람의 해골과 뼈. 8) 糢糊(모호)－분간하기 어려운 모양, 많이 묻어 있는 모양. 9) 手提擲還(수제척환)－손으로 들어 내던지고 돌아오다. 10) 崔大夫(최대부)－성도윤(成都尹) 최광원(崔光遠)을 가리킴. 11) 李侯(이후)－단자장이 반란을 일으켰을 당시 동천절도사(東川節度使)였던 이환(李奐). 단자장은 반란을 일으키자 곧 이환을 습격하여 면주를 차지하고 양왕(梁王)이라 자칭하였었는데, 이때 이환은 성도로 도망쳐 있다가 화경이 반란을 평정하자 다시 절도사 자리로 되돌아갔다. 12) 東都(동도)－낙양(洛陽). 단자장이 반란을 일으켰던 상원(上元) 2년에 안록산의 부하인 사사명(史思明)을 그 아들 사조의(史朝義)가 죽이고 대신 자립하여 동도를 차지하고 있었다. '안사의 란'이 그때까지도 완전히 평정되지 못하고 있었던 것이다.

解說 '장난삼아 지은 것'이라 그런지 문장은 두보의 시로서는 별로 빼어난 게 못된다. 다만 시성으로서의 나라를 걱정하는 정이 뜨겁게 느껴지는 작품이다.

악양루에 올라(登岳陽樓)

옛날에 동정호 얘기 듣고
오늘에야 악양루 올라와 보니,
오나라와 초나라가 동남으로 갈라져 있고
하늘과 땅은 밤낮으로 물 위에 떠 있네.
친지와 벗들은 소식 전혀 없는데
늙고 병든 이 몸 외로이 배 한 척 의지하고 있네.
이 땅 북쪽은 아직도 내란 중이니
난간에 기대어 눈물 줄줄 흘리네.

▲악양루(岳陽樓)

석문동정수　　　　금상악양루
昔聞洞庭水러니,　　今上岳陽樓[1]라.

오초　동남탁　　　　건곤　일야부
吳楚[2]東南坼[3]이오,　乾坤[4]日夜浮[5]라.

친붕　무일자　　　　노병유고주
親朋[6]無一字하고,　老病有孤舟라.

융마　관산　북　　　빙헌체사　류
戎馬[7]關山[8]北하니,　憑軒涕泗[9]流라.

註解 1) 岳陽樓(악양루)－호남(湖南)성 악양(岳陽)시 동정호 가에 세워진 삼층의 누각. 언제 누가 세운 것인지 모르나 동정호 풍경이 내려다보이는 유명한 누각이다. 2) 吳楚(오초)－춘추전국(春秋戰國)시대의 나라 이름. 오나라는 악양루에서 동쪽 멀리 강소(江蘇)성 소주(蘇州)를 중심으로 한 지역에 있었고, 초나라는 장강의 중류 일대에 걸쳐 있었으나 대체로 악양루 남쪽을 초나라의 중심 지역으로 본 것이다. 3) 坼(탁)－땅이 갈라진 것, 땅의 경계가 나누어져 있는 것. 4) 乾坤(건곤)－하늘과 땅, 해와 달을 뜻한다고 보는 이도 있다. 5) 浮(부)－동정호 물 위에 떠있는 것, 물 위에 비치고 있는 것. 6) 親朋(친붕)－친지와 친구, 친한 벗. 7) 戎馬(융마)－군마, 여기서는 전쟁을 나타냄. 8) 關山(관산)－관문이 있는 산. 장안을 중심으로 하는 섬서(陝西)지방을 관문이 있는 고을로 둘러싸고 있었음으로 장안을 둘러싸고 있는 산들을 가리킨다. 9) 涕泗(체사)－눈물과 콧물, 눈물.

解說 호남성의 장강에 이어진 넓은 동정호 가에 세워진 악양루에 올라 지은 시이다. 이백과 장열(張說)의 시에도 악양루가 보이지만 두보의 이 시가 특히 유명하다. 두보는 49세에서 54세가 되는 동안(760~765)에는 사천 성도로 가서 유명한 완화계가의 초당에서 지내다가 장강을 따라 남쪽으로 내려가 57세(768)에 이곳으로 와서 이 시를 지었다. 그는 악양루에 올라 시원한 풍경을 바라보면서도 아직도 전란이 이어지고 있는 어지러운 나라와 늙고 병든 자신의 불우한 처지와 고난을 겪고 있을 사람들을 생각하고 눈물을 흘리면서 이 시를 지은 것이다. 두보는 계속 호남 일대를 돌아다니다가 59세(770) 겨울에 외로이 배 안에서 죽는다.

이존사의 소나무 병풍에 써 넣은 노래
(題李尊師松樹障子歌[1])

이 늙은이 이른 아침에 흰머리 빗고 있는데,
현도도사(玄都道士)가 찾아왔다네.

머리 움켜쥔 채 아이 불러 마중해 들이게 하니,
손에 새 그림 들고 있는데 푸른 소나무 그린 병풍일세.
병풍의 소나무숲 고요하고 아득한데,
툇마루에 기대어 바라보니 문득 단청으로 그린 게 아닌 듯하네.
그늘진 절벽은 서리와 눈에 시달린 나무 줄기 받들고 있고,
누워 덮으며 반대로 뻗은 가지 규룡(虯龍)의 형상일세.
이 늙은이 평생동안 기이하고 오래된 것 좋아하여 왔으니,
이를 대함에 흥취와 정령(精靈) 모여드네.
이미 신선 같은 손님 뜻 서로 통해 친해졌음 알겠고,
더욱이 훌륭한 화공 마음고생 홀로 하였음 깨닫게 되네.
소나무 밑의 노인은 두건과 신도 본인과 같으니,
나란히 앉아 있는 게 흡사 상산(商山)의 노인들 같네.
처연히 바라보며 자지곡(紫芝曲) 불러보니,
시국 위태로워 슬프고 쓸쓸하게도 슬픈 바람 실려오네.

노 부 청 신 소 백 두
老夫清晨梳[2]白頭러니,
현 도 도 사 래 상 방
玄都道士[3]來相訪이라.

악 발 호 아 연 입 호
握髮呼兒延入戶[4]하니,
수 제 신 화 청 송 장
手提新畵青松障이라.

장 자 송 림 정 묘 명
障子松林靜杳冥[5]하니,
빙 헌 홀 약 무 단 청
憑軒[6]忽若無丹青[7]이라.

음 애 각 승 상 설 간
陰崖却承霜雪幹[8]하고,
언 개 반 주 규 룡 형
偃蓋反走[9]虯龍[10]形이라.

노 부 평 생 호 기 고
老夫平生好奇古하여,
대 차 흥 여 정 령 취
對此興與精靈聚라.

이 지 선 객 의 상 친
已知仙客意相親이오,
갱 각 양 공 심 독 고
更覺良工心獨苦[11]라.

송 하 장 인 건 구 동
松下丈人[12]巾屨[13]同하니,
우 좌 사 시 상 산 옹
偶坐[14]似是商山翁[15]이라.

창 망 료 가 자 지 곡 　　　　시 위 참 담 　래 비 풍
悵望聊歌紫芝曲[16]하니, 　時危慘淡[17]來悲風[18]이라.

註解 1) 題李尊師松樹障子歌(제이존사송수장자가)－이존사(李尊師)는 당 현종 때의 도사, 장자(障子)는 가리개, 또는 병풍. 《두시경전》 권4에 실려 있음. 2) 梳(소)－빗, 빗질하다. 3) 玄都道士(현도도사)－당나라 장안 주작가(朱雀街)에 있던 현도관(玄都觀)(《唐會要》)의 도사. 4) 延入戶(연입호)－마중하여 문 안으로 들어오게 하다. 5) 靜杳冥(정묘명)－고요하고 아득한 것. '묘명'은 멀고 아득한 모양. 6) 憑軒(빙헌)－툇마루에 기대다. 헌(軒)은 툇마루. 7) 無丹靑(무단청)－단청이 없어지다. 곧 그린 것이 아니라 진짜 소나무처럼 느껴짐을 뜻한다. 8) 霜雪幹(상설간)－서리와 눈 맞으며 여러 해 묵은 소나무 줄기. 9) 偃蓋反走(언개반주)－소나무 가지가 옆으로 누워 뻗으며 덮어 반대편으로 자란 것. 10) 虯龍(규룡)－뿔 없는 용. 11) 心獨苦(심독고)－마음 홀로 괴롭히다. 화가로서 좋은 작품을 창작하기 위하여 많은 마음을 쓰며 애썼을 거라는 뜻. 12) 丈人(장인)－노인. 13) 巾屨(건구)－두건과 신발. 14) 偶坐(우좌)－짝지어 앉다. 그림 속의 노인과 그림 그린 사람이 나란히 앉는 것. 15) 商山翁(상산옹)－상산의 노인. 상산사호(商山四皓)를 가리킴. 상산은 섬서성(陝西省) 상현(商縣) 동남쪽에 있는 산. 진(秦)나라 말엽 동원공(東園公)·녹리선생(甪里先生)·기리계(綺里季)·하황공(夏黃公)의 네 사람이 난리를 피하여 이 산속에 숨어 살았는데, 모두 80세를 넘어 수염과 머리가 희어 상산사호라 불렀다. '호'는 머리 흰 노인의 뜻. 16) 紫芝曲(자지곡)－옛 악부의 금곡가사(琴曲歌辭)로 자지가(紫芝歌)라고도 부름. 한 고조(高祖)가 상산사호를 불렀으나 이들은 세상에 나가지 않고 〈자지가〉를 지어 불렀다 한다. 자지(紫芝)는 영지(靈芝)로 선약(仙藥)의 하나이다. 17) 慘淡(참담)－처참하고 무색한 모양, 슬프고 쓸쓸한 모양. 18) 悲風(비풍)－슬픈 바람.

解說 이 작품도 두보의 시로서는 빼어난 작품이라고 할 수는 없다. 다만 '더욱이 훌륭한 화공, 마음고생 홀로 하였음을 깨닫게 되네(更覺良工心獨苦)'라고 읊은 것은, 시를 짓는 데에 심혈을 기울이던 두보만이 체득한 자신의 경지를 노래하고 있는 듯도 하다.

장난삼아 위언이 그린 쌍송도를 노래함 (戲韋偃爲雙松圖歌[1])

천하에 몇 사람이나 노송을 잘 그렸던고?
필굉(畢宏)은 이미 늙었으되 위언(韋偃)은 젊다네.
빼어난 필력에 멀리서 불어오는 바람은 가지 끝 솔잎을 일으켜 세우고,
방안 가득한 사람들 감동한 빛 띄우며 신묘함을 감탄하네.
두 그루 소나무의 이끼 덮인 껍질은 처참히 갈라져 있고,
굽은 쇠 뒤엉키듯 높은 가지 서려 있네.
흰 곳은 용과 호랑이 죽어 썩은 뼈가 부숴져 있는 듯하고,
검은 곳은 태음(太陰)의 세계로 들어가 우레가 치고 있는 듯하네.
소나무 뿌리에는 오랑캐 스님이 잠잠히 쉬고 있는데,
흰 털 섞인 눈썹에 흰머리로 아무런 집착도 없는 듯하네.
오른편 어깨 살 드러내고 두 발도 맨발인데,
솔잎 속의 솔방울이 스님 앞에도 떨어져 있네.
위선생, 위선생, 우리는 자주 만났지?
내게는 한 필의 좋은 비단이 있는데,
소중하기 수놓은 비단만 못지 않은 걸세.
이미 잘 털고 닦아놓아 빛도 요란한데,
청컨대 선생께서 붓 대어 곧은 줄기의 소나무 그려 주시구려.

천 하 기 인 화 고 송
天下幾人畫古松고?
필 굉 이 로 위 언 소
畢宏[2]已老韋偃少라.

절 필 장 풍 기 섬 말
絕筆[3]長風起纖末[4]하니,
만 당 동 색 차 신 묘
滿堂動色[5]嗟神妙라.

양 주 참 렬 태 선 피
兩株慘裂苔蘚皮[6]하고,
굴 철 교 착 회 고 지
屈鐵交錯[7]廻高枝라.

백최후골 용호사　　흑입태음 뢰우수
白摧朽骨[8]龍虎死요,　黑入太陰[9]雷雨垂라.

송근호승게적막　　방미호수 무주착
松根胡僧憩寂寞[10]하니,　庬眉皓首[11]無住著[12]이라.

편단 우견노쌍각　　엽리송자승전락
偏袒[13]右肩露雙脚[14]이라,　葉裏松子僧前落이라.

위후위후 삭상견
韋侯韋侯[15]數相見이라.

아유일필호동견　　중지불감금수단
我有一匹好東絹[16]하니,　重之不減錦繡段[17]이라.

이령불식 광릉란　　청공방필위직간
已令拂拭[18]光凌亂[19]하니,　請公放筆爲直幹[20]이라.

註解 1) 戲韋偃爲雙松圖歌(희위언위쌍송도가)－위언은 촉(蜀) 땅의 명화가로 소감(少監) 벼슬을 지냈다. 산수와 나무 · 대나무 · 인물을 잘 그렸고, 붓 질에 힘이 있어 특히 소나무와 돌 그림에 뛰어났다. 《명화기(名畫記)》엔 이름을 구(鷗)로 쓰고 있고, 《당서(唐書)》 예문지(藝文志)엔 구란자(鷗鑾子)로 쓰고 있다. 《두시경전》 권7에 실려 있다. 2) 畢宏(필굉)－현종 천보(天寶) 연간(742~755)에 어사(御史) 벼슬을 지냈고, 노송을 잘 그려 유명하다. 3) 絕筆(절필)－여기서는 절세의 필력, 세상에 다시없이 빼어난 필력. 4) 長風起纖末(장풍기섬말)－멀리서 불어오는 바람이 가지 끝의 터럭 같은 부분을 일으켜 세우는 것까지도 그리는 것. 장풍(長風)은 멀리서 불어오는 바람, 거센 바람. 한 마융(馬融)이 〈장적부(長笛賦)〉에서 '맑은 바람에 호응할 적에는 가지 끝의 미세한 잎을 나부끼게 한다(其應淸風也, 纖末奮蒴)' 라고 한 표현을 빌어 쓴 것임. 5) 動色(동색)－감동한 얼굴빛을 짓다, 얼굴빛이 변하다. 6) 慘裂苔蘚皮(참렬태선피)－이끼 낀 껍질이 처참하게 갈라져 있다. '참렬'은 흔히 매우 추운 것을 형용하는 말로 쓰이나, 본시 땅이 얼어 갈라진 형용에서 온 말임. 7) 屈鐵交錯(굴철교착)－굽은 쇠가 엇섞이다. 늙은 소나무 가지가 꾸불꾸불 엇갈려 있는 모양을 형용한 말. 8) 白摧朽骨(백최후골)－노송 그림의 흰 부분은 썩은 뼈가 부숴져 있는 모양이라는 뜻. 9) 黑入太陰(흑입태음)－노송 그림의 검은 부분은 태음의 세계로 들어간 듯하다는 뜻. 태음은 북쪽 끝 세계로 태양(太陽)의 반대임(《史記》 索隱). 10) 憩寂寞(게적막) - 잠잠히 쉬고 있다, 적막하게 쉬고 있다. 11) 厖眉皓首(방미호수) - 흰털 검은 털이 엇섞인 눈썹과 흰머리. 12) 無住著(부주착) - 집착하는 데가 없는 것. 불교 용어로 무주무착(無住無著)의 준말로서 마음을 매어둔 곳도 없고 붙여둔 곳도 없는 것(《楞嚴經》). 13) 偏袒(편단) - 한쪽 팔을 드러내 놓는 것. 특히 불교도들이 가사(袈裟)를 입을 때 오른편 어깨와 팔을 드러내 놓는 것. 14) 露雙脚(노쌍각) - 두 다리를 그대로 드러내 놓는 것. 15) 韋侯(위후) - 위언을 가리키는 말. 16) 東絹(동견) - 유명한 비단 중의 하나. 동천(東川 : 四川省의 동부) 능주(陵州)의 명산인 아계견(鵞溪絹)(《唐志》). 17) 錦繡段(금수단) - '단' 은 단(緞)으로도 쓰며 수놓은 좋은 비단. 한 장형(張衡)의 사수시(四愁詩)에 "님이 내게 수놓은 좋은 비단을 선물했다(美人贈我錦繡段)"고 읊고 있다. 18) 拂拭(불식) - 털고 문질러놓다, 털고 닦아놓다. 19) 凌亂(능란) - 요란한 것. 20) 爲直幹(위직간) - 줄기가 곧은 소나무를 그려라. 위언은 늘 줄기가 꾸불꾸불한 노송만을 그렸으므로 두보는 장난삼아 줄기가 곧은 소나무를 그려 보라고 읊은 거라 한다(杜臆 注).

解說 이것은 역시 노송 그림에 시를 지어 써 넣은 작품이다. 노송이 꾸불꾸불 용틀임하며 자란 모양이 잘 묘사되어 있다.

특히 '흰 곳은 용과 호랑이가 죽어서 썩은 뼈가 부숴져 있는 듯하고, 검은 곳은 태음의 세계로 들어가 우레가 치고 있는 듯하다' 는 그림의 흰 곳과 검은 곳의 대조는 두보 아니면 묘사할 수 없는 멋진 시의 경지라 할 것이다.

봉선 유소부가 새로 그린 산수병풍 (奉先劉少府新畵山水障歌[1])

대청 안엔 단풍나무 자랄 수 없는 것이어늘,
괴상하게도 대청 안 강과 산에 안개 피어오르네.

듣건대 그대는 적현(赤縣)의 그림 쓸어 없애고,
흥이 나는 대로 다시 산수의 흥취를 그렸다 하네.
화가는 무수히 있다 하나,
잘 그리는 이는 만날 수 없었는데,
이 그림 대하자 마음과 정신 녹는 듯하니,
그대 붓과 종이 소중히 다룸을 알겠네.
어찌 기악(祁岳)과 정건(鄭虔)에 그치겠는가?
붓 솜씨 양거란(楊契丹)보다 훨씬 뛰어나네.
곤륜산의 현포(玄圃)를 잘라다 놓은 게 아니라면,
바로 소수(瀟水)와 상수(湘水)가 굽이치고 있는 게 아닐까?
고요히 내가 천모산(天姥山) 아래 앉아 있는 것처럼,
귓전에 이미 맑은 원숭이 소리 들리는 듯하네.
어젯밤 비바람 세찼던 것 돌이켜 생각하니,
바로 포성(蒲城)의 귀신이 들어와 있는 듯하고,
천지의 기운 촉촉하여 병풍조차도 젖어 있는 듯하니,
조물주가 상소하여 하나님께서 눈물 흘렸기 때문이리라.
들판 정자에 봄 돌아왔으나 여러 가지 꽃 필 때 아직 멀었고,
늙은 어부 어둠을 밟고 외로운 배 위에 서 있네.
파란 강물은 깊고 푸른 바다 넓은데,
언덕 가까이 곁의 섬은 가는 터럭까지도 그려져 있으니,
상비(湘妃)가 슬(瑟)을 타는 것 보지 못하였으되,
지금도 반죽(斑竹)은 강물 가에 자라 있네.
유소부(劉少府)는 자연의 이치에 정통하고,
그림 좋아하는 것이 골수에 박혔네.
그 자신에게 두 아들 있는데,
붓 휘두르는 솜씨 역시 비길 데가 없다네.
큰아들 총명하기 짝이 없어,
산꼭대기와 절벽에 늙은 나무 덧붙여 그려 넣었고,

작은아들 마음의 창 열리어,
산속의 스님과 동자의 모습 잘 그려 넣었네.
약야계(若耶溪) 있고 운문사(雲門寺) 있는데,
나만 어찌하여 진흙 먼지 속에 있는가?
짚신에 버선 신고 이제부터 숨어 살리라.

당상 불합생풍수
堂上[2]不合生楓樹어늘,

괴저 강산기연무
怪底[3]江山起煙霧라.

문군소각적현도
聞君掃却赤縣圖[4]하고,

승흥견화창주 취
乘興遣畫滄洲[5]趣라.

화사역무수
畫師亦無數나,

호수불가우
好手不可遇라.

대차융심신
對此融心神하니,

지군중호소
知君重毫素[6]라.

기단기악 여정건
豈但祁岳[7]與鄭虔[8]고?

필적원과양거란
筆跡遠過楊契丹[9]이라.

득비현포 렬
得非玄圃[10]裂이면,

무내소상 번
無乃瀟湘[11]翻고?

초연 좌아천모 하
悄然[12]坐我天姥[13]下하니,

이변이사문청원
耳邊已似聞清猿이라.

반사전야풍우급
反思前夜風雨急하니,

내시포성 귀신입
乃是蒲城[14]鬼神入이라.

원기 임리 장유습
元氣[15]淋漓[16]障猶濕하니,

진재 상소천응읍
眞宰[17]上訴天應泣이라.

야정춘환잡화원
野亭春還雜花遠하고,

어옹명답 고주립
漁翁暝踏[18]孤舟立이라.

창랑 수심청명활
滄浪[19]水深靑溟闊[20]하고,

의안 측도추호말
欹岸[21]側島秋毫末[22]이라.

불견상비 고슬시
不見湘妃[23]鼓瑟時나,

지금반죽 임강활
至今斑竹[24]臨江活이라.

유후 천기 정
劉侯[25]天機[26]精하고,

애화입골수
愛畫入骨髓라.

자 유 양 아 랑
自有兩兒郎하니,
휘 쇄 역 막 비
揮灑[27]亦莫比라.

대 아 총 명 도
大兒聰明到하여,
능 첨 노 수 전 애 리
能添老樹巓崖[28]裏요,

소 아 심 공 개
小兒心孔[29]開하여,
모 득 산 승 급 동 자
貌得山僧及童子라.

약 야 계
若耶溪[30],
운 문 사
雲門寺[31]여!

오 독 호 위 재 니 재
吾獨胡爲在泥滓[32]오,
청 혜 포 말 종 차 시
靑鞋布襪[33]從此始라.

註解 1) 劉少府畵山水障歌(유소부화산수장가)－유소부는 봉선위(奉先尉) 벼슬을 지낸 유단(劉單). 동주(同州) 포성(蒲城, 지금의 大荔縣 서쪽)을 개원(開元) 연간에 봉선(奉先)이라 고쳐 불렀다. 《두시경전》 권3에 실려 있다. 2) 堂上(당상)－집안 대청 위. 산수 병풍을 대청 안에 갖다놓고 보는 것이다. 3) 怪底(괴저)－이상한 것은, 괴이하게도. '저'는 조사. 4) 赤縣圖(적현도)－유소부(劉少府)가 그렸던 봉선현(奉先縣)의 산수화. 적현(赤縣)이란 본시 도읍에서 직접 다스리는 현(縣)을 부르는 말임. 5) 滄洲(창주)－물이 있는 고장으로 흔히 산수가 어울린 숨어사는 사람들이 지내는 곳을 가리킨다. 6) 毫素(호소)－붓과 종이. 7) 祁岳(기악)－당대의 화가. 주경현(朱景玄)의 《당조명화록(唐朝名畵錄)》에도 이름만 보임. 8) 鄭虔(정건)－역시 산수화로 이름이 났던 당대의 화가. 9) 楊契丹(양거란)－수(隋)대의 화가로 상의동(上儀同) 벼슬을 지냄(張彦遠《名畫記》). 10) 玄圃(현포)－곤륜산(崑崙山) 위에 있는 신선들이 산다는 곳. 현포(縣圃)로도 씀. 11) 瀟湘(소상)－소수(瀟水)와 상수(湘水). 호남성(湖南省)에 흐르는 강물로 영릉현(零陵縣)에서 두 개가 합쳐져 동정호로 흘러 들어간다. 12) 悄然(초연)－고요한 모양. 13) 天姥(천모)－절강성(浙江省) 신촌현(新村縣) 동쪽에 있는 산 이름. 두보는 자신이 옛날 그 산 아래에서 놀았던 일을 회상하고 있는 것이다. 14) 蒲城(포성)－봉선현(奉先縣)의 옛 이름. 15) 元氣(원기)－천지창조의 기운, 천지의 근원이 되는 기운. 여기서는 대기(大氣) 정도로 보아도 된다. 16) 淋漓

(임리)－물이 질펀한 모양, 촉촉한 모양, 보슬비가 내리는 모양. 지난 밤 비에 병풍에 습기가 차있는 것을 이렇게 노래한 것이다. 17) 眞宰(진재)－진실한 천지의 주재자, 조물주. 18) 瞑踏(명답)－어둠을 밟다, 어둠 속에 서있는 것. 19) 滄浪(창랑)－물이 파란 것. 고유명사로 장강의 지류인 한수(漢水)의 일부를 뜻하기도 함. 20) 靑溟闊(청명활)－푸른 바다는 넓다. 21) 欹岸(의안)－물가 언덕에 기대다, 언덕 가까이에 있는 것. '의'는 의(倚)와 통함. 22) 秋毫末(추호말)－가는 터럭 끝. 여기서는 미세한 것까지도 잘 그려져 있음을 뜻함. 23) 湘妃(상비)－순(舜)임금의 비(妃)인 아황(娥皇)과 여영(女英). 순이 남쪽 지방을 돌아다니며 시찰하다 창오(蒼梧)에서 죽자 두 비(妃)는 상수(湘水) 가에서 기다리다 죽어 상수의 신이 되었다 한다. 이 구절은 《초사(楚辭)》의 '상수의 신령으로 하여금 슬을 타게 하고(使湘靈鼓瑟兮)'라 읊은 표현을 원용한 것이다. 24) 斑竹(반죽)－순이 죽은 뒤 두 비인 아황과 여영이 흘린 눈물이 대나무에 떨어져 얼룩져 반죽이 되었다 한다. 따라서 반죽은 상비죽(湘妃竹) 또는 소상 반죽이라고도 부른다. 25) 劉侯(유후)－유소부(劉少府) 단(單)을 가리킴. 26) 天機(천기)－하늘의 빌미, 하늘의 움직이는 이치, 자연의 원리. 27) 揮灑(휘쇄)－거침없이 먹 묻힌 붓을 휘두르는 것, 글씨를 능숙한 솜씨로 쓰거나 그림을 능숙하게 그리는 모양. 28) 巓崖(전애)－산꼭대기와 절벽, 높은 절벽. 29) 心孔(심공)－마음의 창, 심안(心眼). 30) 若耶溪(약야계)－절강성(浙江省) 소흥현(紹興縣) 남쪽에 있는 약야산(若耶山) 아래 계곡 이름. 계곡물이 경호(鏡湖)로 흘러들며 옛날 서시(西施)가 빨래를 한 곳으로도 유명하다. 31) 雲門寺(운문사)－약야산(若耶山)에 있는 절 이름(《南史》). 모두 두보가 숨어 살고 싶은 경치가 아름다운 곳으로, 그림을 보고 그곳을 생각하고 있는 것이다. 32) 泥滓(니재)－진흙 찌꺼기, 흙먼지. 33) 靑鞋布襪(청혜포말)－청혜는 짚신, 포말은 마포(麻布)로 간단히 만든 버선. 모두 옷과 관을 벗어던지고 숨어 지내는 사람의 옷차림을 하고 아름다운 산수 속에 숨어사는 것을 뜻함.

解說 그림에 써 넣은 시 치고는 독특한 의경 표현에 성공하고 있는 작품이다. 앞에서는 화가의 뛰어난 재주를 읊고, 다시 그의 산수화의 빼어

난 경치를 과거의 자기 경험과 기특한 상상을 엇섞어 읊고 있다. 이 부분에서 특히 두보의 시성다운 면모가 드러나고 있다. 그리고는 화가의 두 아들의 그림 재주까지 곁들여 칭찬하며, 자신의 산수에 대한 애정을 노래하면서 작품을 끝맺고 있다.

이조의 팔분 소전 노래(李潮八分小篆歌[1])

창힐(蒼頡)이 새 발자국 보고 만든 글자, 이미 어떤 건지 모르게 되었으니,
글자 모양의 변화는 뜬구름처럼 알 수 없네.
진창(陳倉)의 돌 북 또한 잘못 전해진 것이고,
대전(大篆)과 소전(小篆)이 팔분서(八分書)를 낳았네.
진나라에는 이사(李斯)가 있었고 한나라에는 채옹(蔡邕)이 있었으나,
그밖의 작가들에 대하여는 아무것도 전하지 않네.
진시황의 역산비(嶧山碑)도 들불에 타 버리니,
대추나무에 옮겨 새긴 게 전한다지만 자획이 굵은 진짜와 다른 것일세.
고현(苦縣)에 한대에 세운 노자비(老子碑) 아직 우뚝 서 있는데,
글씨란 여위면서도 힘있게 써야 귀중하고 또 신통하게 된다네.
애석하게도 이사와 채옹 다시 나올 수 없으나,
내 생질 이조(李潮)의 글씨 그들에게 가깝고,
또 상서(尙書) 한택목(韓擇木)과,
병조참군(兵曹參軍) 채유린(蔡有隣)이 있네.
개원(開元) 이래로 몇 명의 팔분서 쓰는 이 있는데,
이조에겐 밑에 두 아들 있으니 합치면 세 사람일세.
더욱이 이조의 소전은 진나라 승산 이사에 가까워서,

예리한 칼과 긴 창이 삼엄하게 마주보고 있는 듯하네.
팔분서 한 자는 백금(百金)의 값이 나가니,
교룡(蛟龍)이 트림을 하여 근육이 억세 보이는 것 같네.
오군(吳郡)의 장전(張顚)이 초서로 뽐내고 있지만,
초서는 옛것 아니고 부질없이 웅장하기만 한 것일세.
어찌 내 생질이 멋대로 쓰지 않는 것만 하랴?
이사나 채옹 같은 노숙한 경지에 이르러 있네.
파동(巴東)에서 이조를 만나니,
한 달 넘도록 내게 노래 지어줄 것을 요청하네.
나는 지금 노쇠하고 재주와 능력도 없으니,
이조여! 이조여! 그대를 어이 노래한단 말인가?

▲소전(진나라 때 비석 탁본)

창힐 조적 기망매　　자체변화여부운
蒼頡[2]鳥跡[3]旣茫昧[4]하니,　字體變化如浮雲이라.

진창석고 우이와　　대소이전 생팔분
陳倉石鼓[5]又已訛[6]요,　大小二篆[7]生八分이라.

진유이사 한채옹　　중간 작자적불문
秦有李斯[8]漢蔡邕[9]하고,　中間[10]作者寂不聞[11]이라.

역산지비 야화분　　조목전각 비실진
嶧山之碑[12]野火焚하니,　棗木傳刻[13]肥失眞[14]이라.

고현광화 상골립　　서귀수경 방통신
苦縣光和[15]尙骨立[16]하니,　書貴瘦硬[17]方通神이라.

석재이채불부득　　오생이조하필친
惜哉李蔡不復得이나,　吾甥李潮下筆親[18]라.

상서한택목　　기조채유린
尙書韓擇木[19]이오,　騎曹蔡有隣[20]이라.

개원이래수팔분　　조야엄유이자성삼인
開元已來數八分[21]하니,　潮也奄有二子成三人이라.

황조소전핍진상　　쾌검장극삼상향
況潮小篆逼秦相[22]하여,　快劍長戟森相向[23]이라.

팔분일자치백금　　교룡반나 육굴강
八分一字直百金[24]하니,　蛟龍盤拏[25]肉屈强[26]이라.

오군장전 과초서　　초서비고공웅장
吳郡張顚[27]誇草書나,　草書非古空雄壯이라.

기여오생불류탕　　승상중랑장인항
豈如吾甥不流宕[28]고?　丞相中郞丈人行[29]이라.

파동 봉이조　　유월구아가
巴東[30]逢李潮하니,　逾月求我歌라.

아금쇠로재력박　　조호조호내여하
我今衰老才力薄하니,　潮乎潮乎奈汝何오?

註解 1) 李潮八分小篆歌(이조팔분소전가) – 이조는 소전과 예서(隷書) 글씨를 잘 쓴 사람으로 두보의 생질. 소전은 진시황의 승상 이사(李斯)가 한자의 글자체를 통일하기 위하여 만든 것이고, 예서는 정막(程邈)이란 사람이 소전을 더 간편하게 만든 것으로, 한나라 때 널리 쓰였다. 팔분(八分)은 팔분서(八分書)로 다시 한대에 쓰인 예서가 발전하여 지금 우리가 쓰는 한자체인 해서(楷書)로 발전하고 있던 무렵의 글자체이다. 당 혜의사(慧義寺)의 미륵상비(彌勒像碑)가 그의 글씨라고 한다(《金石錄》). 《두시경전》 권15에 이 시가 실려 있다. 2) 蒼頡(창힐)－황제(黃帝)의 사관(史官)으로서 한자를 처음 만든 사람이라 전해지고 있다. 3) 鳥跡(조적)－새 발자국. 창힐은 새 발자국을 보고 힌트를 얻어 한자를 만들었다 한다(衛恒 《書勢》). 4) 茫昧(망매)－아득하고 어두워서 알 수가 없는 것. 5) 陳倉石鼓(진창석고)－진창(陳倉)은 섬서성 보계현(寶鷄縣) 동쪽의 지명. 그곳에서 열 개의 북 모양의 돌인 석고가 발견되었다. 본시 석고에는 주(周) 선왕(宣王) 때의 대전(大篆)체의 글씨로 썼다고 생각되는 글이 새겨져 있다. 6) 訛(와)－변하다, 변하여 알아보지 못하게 되다. 7) 大小二篆(대손이전)－대전과 소전. 대전은 주서(籀書)라고도 하며 주 선왕의 태사주(太史籀)가 만들었다는 자체이고, 소전(小篆)은 진 승상 이사(李斯)가 한자의 글 자체를 통일하기 위하여 만든 것이다. 동한 말에 이루어진 팔분서(八分書)는 예서를 바탕으로 하여 대전과 소전의 영향도 받아 이루어진 것이다. 두보는 해서를 팔분이라 부르고 있는 것도 같다. 8) 李斯(이사)－진시황의 승상으로 군현제(郡縣制)를 실시케 하고 금서령(禁書令)을 내리게 하였고, 소전(小篆)을 만들어 한자의 자체를 통일한 사람. 9) 蔡邕(채옹)－후한 사람으로 자는 백개(伯喈), 뒤에 중랑장(中郎將) 벼슬을 지냈다. 그는 팔분(八分)과 비백(飛白)을 쓰는 솜씨가 입신의 경지였고, 대소전(大小篆)과 예서(隸書)도 신묘하다고 할 정도로 썼다는(張懷瓘 《書斷》) 서예의 명인이었다. 10) 中間(중간)－이사(李斯)와 채옹(蔡邕) 사이뿐만 아니라 채옹과 두보의 시대 사이까지도 뜻한다. 11) 寂不聞(적불문)－잠잠히 아무 소리도 들리지 않는다. 아무도 이름을 남긴 이가 없음을 뜻한다. 12) 嶧山之碑(역산지비)－진시황이 동쪽 지방을 돌아다니면서 시찰하다 추(鄒)의 역산(嶧山)에 올라가 세운 진나라 송덕비(頌德碑). 이사의 소전으로 쓴 것이다. 13) 棗木傳刻(조목전각)－대추나무에 전하여 새기다. 역대로 많은 사람들이 역산비(嶧山碑)의 탁본을 요구하여 그 고을 사람들은 탁본을 만들어 올리느라 괴로움을 당하였다. 이에 고을 사람들이 장작을 비석 위에 쌓아놓고 불을 질러 태워버려 다시는 탁본을 할 수 없게 만들었다. 그러나 뒤에 여러 사람들이 새로 비문을 새겨 전하여 여러 가지 모양의 것들이 전한다. 당대에는 대추나무에 본을 떠 새긴 비문도 있었던 듯하다. 14) 肥失眞(비실진)－자획이 굵어 진짜와 다르다. 15) 苦縣光和(고현광화)－고현(苦縣)에 후한 영제(靈帝) 광화(光和) 연간(178~183)에 세운 노자비(老子碑)로 채옹(蔡邕)의 글과 글씨로 새겨졌다 한다(《金石錄》). 그러나 고현의 노자비는 환제(桓帝)의 연희(延熹) 8년(165)에 변소(邊韶)가 만든 것이라 하니(洪适《隷釋》), 두보가 읊은 것은 다른 비인지도 모른다. 고현은 하남성(河南省) 녹읍현(鹿邑縣) 동쪽의 옛땅 이름으로, 노자의 고향이다(《史記》 老子傳). 16) 骨立(골립)－우뚝히 서 있는 것, 여윈 모습으로 있는 것. 17) 瘦硬(수경)－글씨 획이 여윈 듯하면서도 굳센 것. 18) 下筆親(하필친)－글씨 솜씨가 이사와 채옹에 가깝다는 뜻. 19) 韓擇木(한택목)－공부상서(工部尙書) 벼슬을 지냈고 예서와 팔분서에 뛰어났다(〈宣和書譜〉). 20) 蔡有隣(채유린)－채옹의 18대손이며, 벼슬은 우위솔부병조참군(右衛率府兵曹參軍)을 지냈고(두보는 騎曹라 약칭함) 팔분서에 뛰어났다(《書史會要》). 21) 數八分(수팔분)－수 명의 팔분서 쓰는 이가 있었다는 뜻. 22) 逼秦相(핍진상)－진나라 승상 이사의 소전 수준에 가깝다는 뜻. 23) 森相向(삼상향)－삼엄하게 서로 마주보고 있다. 24) 直百金(치백금)－백금의 값이 나간다. '치'는 치(値)와 통함. 25) 盤拏(반나)－(용 같은 것이) 서리다, 용틀임을 하다. 26) 屈强(굴강)－억세다, 강하다. 27) 吳郡張顚(오군장전)－오군에 사는 장전. 오군은 지금의 강소성(江蘇省) 소주(蘇州). 28) 流宕(유탕)－멋대로 행동하는 것, 방탕하게 구는 것. 29) 丈人行(장인항)－나이가 선배인 사람, 노숙한 경지의 사람. '장인'은 노인, '항'은 등급을 뜻함. 30) 巴東(파동)－후한 때 파군(巴郡 : 四川省 동부)을 셋으로 나누어 삼파(三巴)라 하였는데, 삼파 중의 한 군.

解說 두보가 자기 생질 이조의 소전과 팔분서(八分書) 쓰는 솜씨를 칭송한 시. 이조의 팔분서에 관한 명성은 두보의 이 시를 통하여 지금까지 전해진다. 두보는 이조를 이사(李斯) · 채옹(蔡邕) 이래의 소전의 대가로도 크게 내세우고 있다. 대시인의 글이 후세에 끼치는 영향은 실로 크다.

천육의 말 그림 노래(天育驃騎歌[1])

내가 듣건대 천자의 말은 하루 천 리를 달린다 했는데,
지금 이 그림이 바로 그것이 아니겠는가?
그 얼마나 모습이 웅장하고 걸출한가?
말꼬리에선 낙엽진 나뭇가지 끝처럼 찬바람 일고 있네.
털은 녹옥색인데 두 귀는 노랗고,
눈에선 자줏빛 불꽃 일고 두 눈동자는 모났네.
빼어난 용 같은 성질은 변화에 적합하고,
우뚝히 타고난 뼈는 삼엄하게 벌어져 있네.
옛날에 태복(太僕) 장경순(張景順)이,
말 기르고 길들이어 맑게 빼어난 것들 골라,
마침내 태노(太奴)로 하여금 마구간 지키게 하고,
달리 좋은 말 새끼 기르게 한 것은 그 신통하고 빼어남 사랑해서였네.
그 당시 40만 마리의 말이 있었으나,
장경순은 그 재질 모두 하급인 것 탄식하였네.
그래서 다만 실물 그림으로 세상 사람들에게 전한 것인데,
자리 옆에 걸린 그림 보니 오래되었는데도 더욱 새롭게 느껴지네.
여러 해 되면 만물은 변화하는 것인데 공연히 겉모양만 있으니,
아아! 힘찬 발길로 달리게 할 길이 없구나!
지금도 어찌 요뇨(騕褭) 같은 신마(神馬)와 화류(驊騮) 같은 날랜 말 없겠는가?
세상에 말 잘 다루는 왕량(王良)이나 말 잘 보는 백락(伯樂) 없어 그대로 죽어갈 따름이지.

오 문 천 자 지 마　주 천 리　　금 지 화 도 무 내 시
吾聞天子之馬[2]走千里하니, 今之畵圖無乃是아?

시하의태 웅차걸
是何意態[3]雄且傑고?

준미 소초 삭풍기
駿尾[4]蕭梢[5]朔風起라.

모위록표 양이황
毛爲綠縹[6]兩耳黃이오,

안유자염 쌍동방
眼有紫焰[7]雙瞳方[8]이라.

교교용성합변화
矯矯[9]龍性合變化하고,

탁립천골 삼개장
卓立天骨[10]森開張[11]이라.

이석 태복장경순
伊昔[12]太僕張景順[13]이,

감목 공구 열청준
監牧[14]攻駒[15]閱淸峻[16]이라.

수영태노 수천육
遂令太奴[17]守天育하고,

별양기자 련신준
別養驥子[18]憐神俊[19]이라.

당시 사십만필마
當時[20]四十萬匹馬나,

장공탄기재진하
張公歎其材盡下[21]라.

고독사진 전세인
故獨寫眞[22]傳世人하니,

견지좌우 구갱신
見之座右[23]久更新[24]이라.

연다물화공형영
年多物化空形影[25]하니,

오호건보무유빙
嗚呼健步無由騁이라.

여금기무요뇨 여화류
如今豈無騕褭[26]與驊騮[27]리오?

시무왕량 백락 사즉휴
時無王良[28]伯樂[29]死卽休[30]라.

▲육준도(六駿圖) 중의 특륵표(特勒驃)

註解 1) 天育驃騎歌(천육표기가)－'천육'은 천자의 마구간 이름. '표기'는 나는 듯이 달리는 좋은 말. 다만 여기서는 말 그림을 노래한 것이다. 《두시경전》에는 권2에 이 시가 실려 있다. 2) 天子之馬(천자지마)－《목천자전(穆天子傳)》에 '천자의 말이 하루 천 리를 달린다'고 말하고 있다. 3) 意態(의태)－자태, 모습. 4) 駿尾(준미)－준마의 꼬리, 말꼬리. 5) 蕭梢(소초)－낙엽 진 나뭇가지 끝. 잎이 떨어진 쓸쓸한 나무의 꼭대기 줄기. 한대의 〈천마곡(天馬曲)〉에 '꼬리에는 낙엽 진 나뭇가지 끝처럼 찬바람이 인다(尾蕭梢兮朔風起)'라고 하였다. 6) 綠縹(녹표)－녹색 옥빛. '표'는 청백색(青白色), 곧 옥색. 7) 紫焰(자염)－자주색 불꽃. 8) 雙瞳方(쌍동방)－두 눈동자는 모가 지다. 모두 준마의 외모적 특징임(《相馬經》). 9) 矯矯(교교)－용감한 모양, 높이 솟아 있는 모양. 여기서는 빼어난 모양. 10) 卓立天骨(탁립천골)－우뚝한 타고난 뼈. '탁립'은 우뚝히 솟은 모양. '천골'은 천연(天然)의 뼈. 11) 森開張(삼개장)－삼엄하게 벌어져 있는 것. 12) 伊昔(이석)－옛날에. '이'는 어조사. 13) 張景順(장경순)－당 현종 때 태복소경(太僕少卿) 겸 진주도독감목도부사(秦州都督監牧都副使)로 나라의 말을 키우는 일을 관장했던 사람. 개원(開元) 원년(713) 24만 마리의 말을 기르기 시작하여 13년에는 43만 마리가 되게 하였다 한다(張說《開元十三年右監牧頌德碑》序). 14) 監牧(감목)－말을 잘 먹여 기르고 번식시키고 하는 것. 15) 攻駒(공구)－차고 울고 하는 사나운 말을 거세하거나 하여 잘 길들이는 것(《周禮》 夏官). 16) 閱淸峻(열청준)－산뜻하게 빼어난 말들을 고르는 것. '열'은 고른다는 뜻. 17) 太奴(태노)－노복(奴僕) 중의 우두머리, 여기서는 말을 쳤던 고려(高麗) 출신의 왕모중(王毛仲)을 가리킨다(《杜詩錢注》). 18) 驥子(기자)－천리마의 새끼. 19) 憐神俊(연신준)－신통하고 빼어남을 사랑하다. '신준'은 신통하고 빼어난 것. 20) 當時(당시)－현종의 개원(開元) 13년(725). 21) 材盡下(재진하)－재질이 모두 하급이다. 말의 수는 많았으나 뛰어난 좋은 말은 거의 없었다는 뜻. 22) 寫眞(사진)－천리마의 실물을 그리는 것. 23) 座右(좌우)－자리 오른쪽, 앉은 자리 옆. 24) 久更新(구갱신)－오래될수록 더욱 새롭게 느껴지다. 25) 空形影(공형영)－공연히 형체와 그림자만 있다. 부질없이 그림으로만 남아 있는 것을 뜻함. 26) 騕褭(요뇨)－하루 1만 5천 리를 달린다는 신마(神馬) 이름(《瑞應圖》). 27) 驊騮(화류)－옛날 조보(造父)가 도림(桃林)의 야마(野馬) 중에서 얻어 주목왕(周穆王)에게 바친 말 중의 하나로, 하루 3만 리를 달렸다(《水經注》). 28) 王良(왕량)－춘추시대의 유명한 말몰이 이름(《淮南子》 覽冥訓). 29) 伯樂(백락)－옛날에 말을 잘 알아 보았던 전문가 이름(《韓詩外傳》). 30) 死卽休(사즉휴)－죽으면 곧 그만이 된다. 천리마도 말을 잘 다루고 알아보는 이가 없어 그대로 살다 죽으면 그만이라는 뜻.

解說 두보는 이밖에도 〈방병조호마(房兵曹胡馬)〉·〈수마행(瘦馬行)〉·〈병마(病馬)〉·〈제벽상위언마가(題壁上韋偃馬歌)〉·〈백마(白馬)〉 등 말을 노래한 작품이 많고, 또 〈화응(畵鷹)〉·〈의골행(義鶻行)〉·〈화골행(畵鶻行)〉·〈강초공화각응가(姜楚公畵角鷹歌)〉 등 독수리나 매를 읊은 시도 여러 편 있다. 작자가 달리는 천리마나 하늘을 가르는 독수리의 웅장한 자태의 빼어난 것을 좋아했기 때문일 것이다. 한편 이런 빼어난 동물이나 새를 은근히 자신에게 비유한 때문인지도 모른다.

오늘 저녁은(今夕行[1])

오늘 저녁은 어떤 저녁인고 하니 한 해가 지나가는 저녁이라,
밤은 길고 촛불은 밝아 외로이 지낼 수 없는데,
함양의 여관에는 하나도 할 일이라곤 없어,
서로 모여 투전하며 즐기고 놀게 되었네.
남을 이기려는 듯 크게 오백(五白)이라 소리치며,
웃통 벗고 맨발로 하지만 효(梟)나 노(盧)는 잘 이루어지지 않네.
영웅도 때에 따라서는 역시 이처럼 놀아야 하니,
우연히 만난 친구들과 이렇게 밤 보냄이 어찌 좋은 생각 아니겠는가?
그대는 옛날 유의의 벼슬 못했을 적 본시부터 지녔던 소원을 비웃지 말게나,

집안에 몇 섬의 곡식도 없으면서 노름에 백만 섬을 걸었다네.

금석하석세운조 今夕何夕歲云徂[2]하니,	경장 촉명불가고 更長[3]燭明不可孤라.
함양객사일사무 咸陽客舍一事無하여,	상여박새 위환오 相與博塞[4]爲歡娛라.
빙릉 대규호오백 憑陵[5]大叫呼五白[6]하니,	단선 불긍성효로 袒跣[7]不肯成梟盧[8]라.
영웅유시역여차 英雄有時亦如此니,	해후 기즉비량도 邂逅[9]豈卽非良圖[10]오?
군막소유의 종래포의원 君莫笑劉毅[11]從來布衣願하라,	가무담석 수백만 家無儋石[12]輸百萬[13]이라.

註解 1) 今夕行(금석행)－오늘 저녁의 노래. '오늘 저녁'이란 '어느 해 섣달 그믐날 밤'이며, 함양(咸陽) 여관에서 사람들과 노름을 하며 보냈던 일을 노래한 것이다. 《두소릉집》 권1에 실려 있다. 2) 歲云徂(세운조)－한 해가 가다. '운'은 어조사. 3) 更長(경장)－밤이 긴 것. '경'은 옛날 밤 시각을 나타내는 단위. 4) 博塞(박새)－주사위를 사용하는 노름의 일종. 투전 같은 것. 5) 憑陵(빙릉)－기세를 믿고 남을 업신여기는 것, 남을 이기려 드는 것. '빙'은 풍(馮)으로도 씀. 6) 五白(오백)－주사위의 다섯 눈인 듯. 주사위를 던지며 자기가 바라는 다섯 눈이 나오라고 '오백'이라 소리치는 것이다. 7) 袒跣(단선)－웃통을 벗고 맨발이 되는 것. 8) 梟盧(효로)－박새(博塞) 노름에서 가장 높은 끗발이 효(梟, 부엉이 그림), 다음이 노(盧 : 개 그림)라 한다. 9) 邂逅(해후)－우연히 만나는 것, 우연히 만나 함께 노는 것. 10) 良圖(양도)－좋은 생각, 좋은 계책. 11) 劉毅(유의)－남조(南朝) 송(宋)나라 사람. 젊어서 집에 몇 섬의 곡식도 없건만 노름판에서 백만 섬의 곡식을 걸었었다 하며, 뒤에 군사를 일으켜 큰일을 하였다(《南史》). 12) 儋石(담석)－몇 섬의 곡식. '담'은 담(擔)과 통하며, 제(齊)나라 사람들은 작은 독을 '담'이라 하는데 이곡(二斛)들이라고도 하고(《漢書》 蒯通傳 應劭 注), 한 사람이 짊어질 수 있는 양이라고도 하고(上同 晉灼 注), 이석(二石)이 '담'이며 짊어질 수 있는 양

이라고도 한다(《通雅》 算數). 13) 輸百萬(수백만)－백만을 걸다. '수' 는 현대어에서는 '지다', '잃다' 의 뜻.

解說 젊은이의 호방한 기분을 노래한 시이다. 재물에 집착하는 세속을 비웃고 싶어서 돈 없이도 노름에 백만을 건 유의(劉毅)를 칭송했을 것이다.

의심하지 말게나(莫相疑行[1])

남아로 태어나 이루어 놓은 일 없이 머리만 희어지고,
이도 빠져가고 있으니 정말 애석한 일일세.
옛날 삼대예부(三大禮賦)를 봉래궁(蓬萊宮)에 바쳤던 일 생각하니,
그때 하루아침에 명성과 영예가 빛났던 일 스스로도 괴상하게만 여겨지네.
집현전(集賢殿) 학사들이 담처럼 나를 둘러쌌고,
내가 중서당(中書堂)에서 붓 들어 글 쓰는 것을 모두가 구경했네.
지난날에는 아름다운 문장이 임금도 감동시켰건만,
오늘날에는 굶주리고 헐벗으며 길가를 다니게 되었네.
만년에는 친구로서의 말석이라도 젊은 그대에게 의탁하려 했는데,
얼굴을 대하고는 마음을 주다가도 얼굴 돌려서는 나를 비웃네.
수많은 세상 사람들에게 말 전하여 인사드리나니,
좋아하고 싫어함을 다투지 않는다는 것을 의심하지 말아주기를!

남 아 생 무 소 성 두 호 백 　 아 치 욕 락 진 가 석
男兒生無所成頭皓白하고, 牙齒欲落眞可惜이라.

억 헌 삼 부 　 봉 래 궁 　 자 괴 일 일 성 휘 　 혁
憶獻三賦[2]蓬萊宮[3]하니, 自怪一日聲輝[4]赫이라.

집 현 학 사 여 도 장 관 아 낙 필 중 서 당
集賢學士[5)]如堵墻[6)]하고, 觀我落筆中書堂[7)]이라.

왕 시 문 채 동 인 주 차 일 기 한 추 로 방
往時文彩動人主러니, 此日飢寒趨路傍[8)]이라.

만 장 말 계 탁 년 소 당 면 수 심 배 면 소
晩將末契[9)]託年少[10)]러니, 當面輸心[11)]背面笑라.

기 사 유 유 세 상 아 부 쟁 호 오 막 상 의
寄謝[12)]悠悠[13)]世上兒하나니, 不爭好惡[14)]莫相疑하라.

註解 1) 莫相疑行(막상의행)－의심하지 말아 달라는 노래. 두보는 '안사의 란' 뒤, 50세 가까이 되는 무렵부터 성도에 와 살면서 성도윤(成都尹) 엄무(嚴武)의 도움을 많이 받았다. 그러나 영태(永泰) 원년(765) 엄무가 죽고 전부터 알던 30여 세의 곽영예(郭英乂)가 성도윤이 되었다. 두보는 그와 뜻이 맞지 않아 결국 성도의 완화초당(浣花草堂)을 떠나게 되었는데, 그때 지은 시라고 한다. 2) 獻三賦(헌삼부)－천보(天寶) 10년(751) 두보가 현종에게 〈삼대예부(三大禮賦)〉를 지어 바쳤던 것을 가리킴. 〈삼대예부〉란 현종이 태청궁(太淸宮)에 아침 제사를 드리고, 태묘(太廟)에 제사를 드리고, 남교(南郊)에 제사지낸 일을 읊은 세 부를 말함(杜甫 〈進三大禮賦表〉). 3) 蓬萊宮(봉래궁)－당나라 궁전 이름. 전에는 대명궁(大明宮)이라 불렀고 서내(西內)에 있었다. 4) 聲輝(성휘)－명성과 영광. 5) 集賢學士(집현학사)－집현전 학사. 당 현종 때 집선전(集仙殿)을 마련하고 학사를 두었는데, 뒤에 집현전이라 이름을 고쳤다(《通典》). 6) 如堵墻(여도장)－담과 같아, 담벽처럼 둘러싸다. 많은 사람이 둘러서서 구경함을 형용하는 말. 7) 中書堂(중서당)－재상이 있는 궁중의 건물 이름. 8) 趨路傍(추로방)－길가를 걸어다니다. 몸을 기탁할 곳도 없음을 표현함. 9) 末契(말계)－교우관계에 있어서의 말석. 10) 託年少(탁년소)－젊은 사람에게 의탁하다. 젊은 사람이란 곽영예(郭英乂)를 가리킨다. 11) 輸心(수심)－마음을 주다. 친근감을 보여주는 것. 12) 寄謝(기사)－말을 전하여 인사하다. 13) 悠悠(유유)－수많은 모양. 14) 不爭好惡(부쟁호오)－좋아하고 싫어함을 탓하지 않는 것.

解說 글로 세상을 울린 두보도 그의 생전에는 몸 붙일 곳도 없던 경우가 허다했다. 젊은 성도윤(成都尹)의 마음과 어긋나 그곳을 떠나야만 했던 늙은 시인의 서글픈 정경이 눈에 보이는 듯하다.

궁핍함의 노래(偪側行[1])

궁핍하기 어찌 그리 궁핍한가?
나는 골목 남쪽에 살고 그대는 골목 북쪽에 사는데,
한스럽게도 한 동리 이웃 간에
열흘에 한번도 얼굴 대하지 못하고 있네.
관청에서 말 거두어 관청으로 되가져간 뒤로부터,
길 다니기 어려움이 가시밭 가듯 껄끄럽네.
내 가난하여 탈것 없어도 발까지 없는 것은 아니로되,
옛날 서로 찾아다니듯 지금은 할 수 없다네.
실로 미미한 이 몸 아껴서가 아니며,
또 다리에 힘없기 때문도 아닐세.
걸어다니다 걱정 만들어 관청 어른 노엽게 할 것이니,
이 마음 분명히 그대는 응당 알 것일세.
새벽 되자 갑자기 비 내리고 봄바람 어지러웠으나,
잠 푹 들어 시각 알리는 종과 북소리 듣지 못했네.
동쪽 집에서 절름발이 노새를 내게 빌려주기로 했으나,
진흙 미끄러워 감히 타고 궁전에 나가지 못하겠네.
이미 임시 휴가를 신청하여 마침 허락이 났지만,
남아의 한 목숨 매우 가련하게 느껴지네.
어찌 하루종일 마음 꽁하게 지니고 있을 수 있겠는가?
그대 시 외우는 정신 늠름하게 느껴졌던 생각나네.
목련꽃 처음 피었다가 다시 이미 떨어졌는데,

하물며 나와 그대는 장년 나이 아니던가?
거리의 술값 늘 너무 비싸,
세상 일 모르는 술꾼 취해 잠드는 일 드물다네.
어서 속히 만나서 술 한 말 마셔야 할 터인데,
마침 3백전(三百錢)의 푸른 동전이 있다네.

핍 측 하 핍 측 偪側何偪側고?	아 거 항 남 자 항 북 我居巷南子巷北이라.
가 한 린 리 간 可恨鄰里間에,	십 일 일 불 견 안 색 十日一不見顔色이라.
자 종 관 마 송 환 관 自從官馬[2]送還官으로,	행 로 난 행 삽 여 극 行路難行澁如棘[3]이라.
아 빈 무 승 비 무 족 我貧無乘非無足이나,	석 자 상 과 금 부 득 昔者相過今不得이라.
실 부 시 애 미 구 實不是愛微軀요,	우 비 관 족 무 력 又非關[4]足無力이라.
도 보 번 수 관 장 노 徒步翻愁[5]官長怒리니,	차 심 형 형 군 응 식 此心炯炯[6]君應識이라.
효 래 급 우 춘 풍 전 曉來急雨春風顚[7]이나,	수 미 불 문 종 고 전 睡美[8]不聞鍾鼓[9]傳이라.
동 가 건 로 허 차 아 東家蹇驢[10]許借我나,	니 활 불 감 기 조 천 泥滑不敢騎朝天[11]이라.
이 령 청 급 회 통 적 已令請急[12]會通籍[13]하니,	남 아 성 명 절 가 련 男兒性命絶可憐이라.
언 능 종 일 심 권 권 焉能終日心拳拳[14]고?	억 군 송 시 신 름 연 憶君誦詩神凜然[15]이라.
신 이 시 화 역 이 락 辛夷[16]始花亦已落하니,	황 아 여 자 비 장 년 況我與子非壯年고?
가 두 주 가 상 고 귀 街頭酒價常苦貴하여,	방 외 주 도 희 취 면 方外[17]酒徒稀醉眠이라.

속 의 상 취 음 일 두
速宜相就飮一斗니,

흡 유 삼 백 청 동 전
恰[18]有三百靑銅錢이라.

註解 1) 偪側行(핍측행)－궁핍함을 노래함. '필요에게 보냄(贈畢曜)' 이란 석 자가 제목으로 덧붙여 있는 판본도 있다. 두보에겐 〈증필사요(贈畢四曜)〉란 시가 또 있거니와, 필요는 글을 좋아하는 그의 친구였는데 '굶주리고 헐벗어 하인들도 천하게 여겼다(饑寒奴僕賤)' 고 읊었을 정도로 가난했다. 《두시경전》 권4에 실려 있다. 2) 官馬(관마)－여기서는 '관에서 요구하는 말' 이란 뜻. 지덕(至德) 2년(757)에 숙종(肅宗)은 반란군에게 빼앗긴 장안과 낙양을 되찾으려고 온 나라의 말들을 군용으로 징발했다. 3) 澁如棘(삽여극)－껄끄럽기 가시밭 같다. 4) 非關(비관)－관계가 없다, …… 때문이 아니다. 5) 翻愁(번수)－걱정을 일으키다, 걱정하게 만들다. 6) 烱烱(형형)－밝게 빛나는 모양, 분명한 것. 7) 顚(전)－어지러운 것, 광란한 것. 8) 睡美(수미)－잠을 잘 자다. 9) 鍾鼓(종고)－시각을 알리는 종소리와 북소리. 10) 蹇驢(건로)－절름발이 노새. 11) 朝天(조천)－천자의 궁전으로 가는 것. 12) 請急(청급)－다급히 휴가를 요청하는 것, 임시 휴가를 요청하는 것. 13) 會通籍(회통적)－마침 허락이 나다. '적' 이란 대쪽에 쓰인 일종의 공문으로, '통적' 은 관청의 공문에 의하여 어떤 결정이 통보되는 것을 말함. 14) 拳拳(권권)－꼭 쥐고 놓지 않는 모양. 여기선 마음이 '꽁한 것'. 15) 凜然(늠연)－늠름한 것. 남에게 존경심과 두려움을 느끼게 하는 것. 16) 辛夷(신이)－목련(木蓮). 봄에 가장 일찍 꽃이 핀다. 17) 方外(방외)－이 세상 밖, 곧 세상일에 관심이 없는 것. 18) 恰(흡)－마침.

解說 지덕(至德) 2년(757) 숙종(肅宗)이 봉상(鳳翔)에 있을 때 두보는 천자를 배알한 뒤 좌습유(左拾遺)란 벼슬을 받았다. 그러나 '안사의 란' 이 한창이던 때라 두보는 정신적으로나 물질적으로나 매우 궁핍하였던 것 같다. 그는 궁핍한 친구를 동정하는 듯하면서도 실은 자신을 동정하고 있는 것이다. 끝머리에 술이나 실컷 마시려는 뜻으로 결론을 내리고 있는 것도 그 때문이리라.

떠나가네(去矣行[1])

그대는 보지 못했는가, 가죽 토시 위의 매가,
한번 배불리 먹으면 곧 날아오르는 것을?
어찌 큰 집 위의 제비처럼 되어,
진흙 물고 와 덥고 뜨거운 권세 있는 집안에 빌붙겠는가?
야인(野人)인 나는 넓고 거침이 없어 무안한 얼굴도 짓는 일 없으니,
어찌 오랫동안 왕후들 사이에 있을 수 있겠는가?
아직 주머니 속의 옥을 먹는 법을 시험해 본 일은 없지만,
내일 아침엔 벼슬 버리고 옥이 난다는 남전산(藍田山)으로 가리라!

군 불 견 구 상 응　　　　일 포 즉 비 체
君不見鞲上鷹[2]이,　　一飽則飛掣[3]고?

언 능 작 당 상 연　　　　함 니 　부 염 열
焉能作堂上燕[4]하여,　　銜泥[5]附炎熱[6]고?

야 인 광 탕 　무 전 안　　　　기 가 구 재 왕 후 간
野人曠蕩[7]無靦顔[8]하니,　　豈可久在王侯間고?

미 시 낭 중 손 옥 법　　　　명 조 차 입 람 전 산
未試囊中飧玉法[9]이나,　　明朝且入藍田山[10]이라.

註解 1) 去矣行(거의행)－떠나감을 노래함. 천보(天寶) 14년(755) 두보는 우위솔부주조참군(右衛率府胄曹參軍)이란 벼슬을 하고 있었는데, 벼슬을 버리고 떠나가려는 뜻을 노래한 것임. 《두소릉집》 권3에 실려 있음. 2) 鞲上鷹(구상응)－가죽 토시 위의 매. 매사냥꾼은 매를 가죽 토시 위에 앉혀 갖고 다닌다. 3) 飛掣(비체)－날아가 버리는 것. 掣(바람에 쏠리는 모양체). 4) 堂上燕(당상연)－큰 집 대청 앞의 제비. 5) 銜泥(함니)－진흙을 물고 오다. 6) 附炎熱(부염열)－권세가 대단하여 사람들 손을 데게 할만치 '뜨거운 집안에 붙다'. 7) 曠蕩(광탕)－마음이 넓고 거침이 없는 것. 8) 靦顔(전안)－무안한 얼굴, 부끄러운 얼굴. 9) 飧玉法(손옥법)－옥을 먹는 법, 옥을 먹고 불로장생하는 법. 10) 藍田山(람전산)－

섬서성(陝西省) 남전현(藍田縣) 동남쪽에 있는 산 이름. 복거산(覆車山)이라고도 부르며, 아름다운 옥의 산지로 유명하다.

解說 자신을 매에 비유하며 부잣집에 붙어사는 제비 같은 인간은 되지 못하겠다는 발상이 재미있다. 옛부터 순수한 사람은 일반사회 속에 제대로 어울려 살기 어려웠던 것 같다.

단청 노래(丹靑引[1])

조장군(曹將軍)은 위(魏) 무제(武帝)의 자손인데,
지금은 서민이 되어 청빈한 집안이 되어 버렸네.
영웅이 할거하던 시대 비록 이미 끝났으나,
조씨 집안의 문장과 풍류는 지금도 아직 남아 있네.
글씨를 배움에 있어서는 처음에 위부인체(衛夫人體)로 시작했고,
오직 왕희지(王羲之)보다 뛰어나지 못함을 한한다네.
그러나 그림에 있어서는 자신이 늙는 것도 모를 정도로 열심이어서,
부귀 같은 것은 그에게 뜬구름처럼 보였네.
개원(開元) 연간에는 늘 불려 들어가 천자 뵈옵고,
은총을 받게 되자 자주 남훈전(南薰殿)에 올라갔었네.
능연각(凌煙閣)의 당나라 공신들 초상화 얼굴빛 엷어져 있었는데,
조장군이 붓을 대어 생생한 면모를 드러내놓았네.
훌륭한 재상들 머리 위에는 진현관(進賢冠) 얹어 놓고,
날랜 장수들 허리에는 큰 깃 달린 화살 끼워 놓아
포공(褒公) 단지현(段志玄)이나 악공(鄂公) 울지경덕(尉遲敬德)은
머리털이 움직이고 있는 듯하여,
영웅다운 모습은 바람 일으키며 심한 전쟁에서 막 돌아온 듯하네.
이전 황제 현종의 명마인 옥화총(玉花驄)은,

산처럼 많은 화공들이 그렸으되 모습이 같지 않네.
어느 날 궁전 붉은 섬돌 아래로 끌고 왔는데,
멀리 궁전 문앞에 서서 긴 바람 일으키는 듯한 모습이었네.
황제의 명으로 장군에게 흰 비단에 그리도록 하자,
마음 속으로 구도를 고심하듯 열심히 구상하더니,
잠깐 사이에 궁전 안에 진짜 용마를 만들어 놓아,
깨끗이 옛부터의 범상한 말 그림은 씻어 없어지게 하였네.
옥화총이 이제는 천자의 걸상 옆에 있게 되니,
걸상 옆과 뜰 앞 양쪽에서 옥화총이 우뚝 서 서로 마주보게 되었네.
지존께서 웃음 머금고 상금 내려주기를 재촉하시니,
옥화총 기른 사람과 돌보던 사람들 모두 맥을 잃었네.
그의 제자 한간(韓幹)은 일찍이 스승의 기법 터득하여,
역시 말을 그림에 있어 뛰어난 모습 다 표현할 수 있었는데,
한간은 단지 근육이나 그렸지 뼈는 그리지 못하여,
부득이 화류(驊騮) 같은 명마로 하여금 기운을 잃게 하였네.
조장군이 훌륭한 그림 솜씨 발휘하는 것은 신들린 때문인 듯,
반드시 훌륭한 사람 만나면 그 사람 초상화도 그렸다네.
지금 와서는 전쟁 끊이지 않는 속에 떠돌아다니는 신세 되어,
보통 길 가는 사람 모습도 자주 그린다네.
앞길 막히고 다시 속인들의 질시까지 받게 되니,
세상에는 장군처럼 가난한 이가 없을 것만 같네.
다만 보건대 옛부터 대단한 명성 날렸던 사람 밑에는,
언제나 불우함이 밀려와 그의 몸을 묶게 되네.

장군 위무 지자손　　　어금위서 위청문
將軍[2]魏武[3]之子孫으로, 於今爲庶[4]爲淸門[5]이라.

영웅할거수이의　　　문채풍류 금상존
英雄割據雖已矣나, 文彩風流[6]今尙存이라.

학서초학위부인
學書初學衛夫人[7]하고,

단한무과왕우군
但恨無過王右軍[8]이라.

단청부지로장지
丹青不知老將至[9]하니,

부귀 어아여부운
富貴[10]於我如浮雲이라.

개원지중상인견
開元之中常引見하고,

승은삭 상남훈전
承恩數[11]上南薰殿[12]이라.

능연 공신소안색
凌煙[13]功臣少顏色[14]하여,

장군하필개생면
將軍下筆開生面[15]이라.

양상두상진현관
良相頭上進賢冠[16]하고,

맹장요간대우전
猛將腰間大羽箭[17]이라.

포공 악공 모발동
褒公[18]鄂公[19]毛髮動하니,

영자삽상 래감전
英姿颯爽[20]來酣戰[21]이라.

선제 천마옥화총
先帝[22]天馬玉花驄[23]을,

화공여산모부동
畫工如山貌不同이라.

시일견래적지 하
是日牽來赤墀[24]下하니,

형립창합 생장풍
迥立閶闔[25]生長風이라.

조위장군불견소
詔謂將軍拂絹素[26]하니,

의장참담 경영 중
意匠慘澹[27]經營[28]中이라.

사수 구중 진용출
斯須[29]九重[30]眞龍出하여,

일세만고범마공
一洗萬古凡馬空이라.

옥화각재어탑 상
玉花却在御榻[31]上하니,

탑상정전흘 상향
榻上庭前屹[32]相向이라.

지존함소최사금
至尊含笑催賜金하니,

어인 태복 개추창
圉人[33]太僕[34]皆惆悵[35]이라.

제자한간 조입실
弟子韓幹[36]早入室[37]하여,

역능화마궁수상
亦能畫馬窮殊相[38]이라.

간유화육불화골
幹惟畫肉不畫骨[39]하여,

인 사화류 기조상
忍[40]使驊騮[41]氣凋喪[42]이라.

장군진선개유신
將軍盡善蓋有神하니,

필봉가사역사진
必逢佳士亦寫眞[43]이라.

즉금표박 간과 제
即今漂泊[44]干戈[45]際에,

누모 심상행로인
屢貌[46]尋常行路人이라.

도궁반 조속안백 세상미유여공빈
途窮返[47]遭俗眼白[48]하니, 世上未有如公貧이라.

단간고래성명하 종일감람 전 기신
但看古來盛名下에, 終日坎壈[49]纏[50]其身이라.

註解 1) 丹靑引(단청인)－단청의 노래. 단청은 붉은 물감과 푸른 물감으로 그림을 그리는 것을 뜻한다. 《두소릉집》 권13에 실려 있는데, 제목 밑에 '조장군 패(霸)에게 드림(贈曹將軍霸)' 이라는 작자의 주가 붙어 있다. 곧 이 시는 조패(曹霸)의 그림 솜씨를 노래한 시이다. 2) 將軍(장군)－조패를 가리킴. 현종 때 좌무위장군(左武衛將軍) 벼슬을 지내다 죄를 지어 서민이 되었다. 말 그림을 잘 그려 유명했다. 3) 魏武(위무)－위나라 무제 조조(曹操). 4) 爲庶(위서)－관적(官籍)을 박탈당하여 서인이 되는 것. 5) 淸門(청문)－청빈한 집안. 6) 文彩風流(문채풍류)－문장 실력과 예능의 멋. 위나라 조조와 그 아들 조비(曹丕)·조식(曹植)이 모두 시와 글을 잘 지었고, 조패의 조상인 조비의 손자 조모(曹髦)는 문학뿐만 아니라 그림에도 뛰어났었다. 7) 衛夫人(위부인)－진(晉)나라 위부인. 이름은 삭(鑠), 정위(廷尉) 전지(展之)의 누이동생이며, 여음태수(汝陰太守) 이거지(李矩之)의 처. 예서(隸書)를 잘 썼고(張懷瓘《書斷》), 서법을 종요(鍾繇)에게서 배워 다시 왕희지(王羲之)에게 전하였다 한다(《法書要錄》). 8) 王右軍(왕우군)－진(晉)나라 왕희지(王羲之). 우군(右軍)은 그의 벼슬. 9) 不知老將至(부지로장지)－늙음이 다가오고 있음도 알지 못한다. 어떤 일에 열중하여 세월의 흐름조차도 의식치 않는 것(《論語》 述而의 표현). 10) 富貴(부귀)－《논어》 술이(述而)편에서 '의롭지 않으면서도 부하고 귀한 것은 나에게 있어 뜬 구름과 같다(不義而富且貴, 於我如浮雲)' 고 한 표현을 인용한 말. 11) 數(삭)－자주. 12) 南薰殿(남훈전)－장안의 흥경궁(興慶宮) 안에 있던 전각 이름. 13) 淩煙(능연)－능연각(淩煙閣). 당 태종이 정관(貞觀) 17년(643) 염입본(閻立本)에게 명하여 능연각에 24명의 당나라 공신 초상화를 그리게 하고 태종 스스로 찬(贊)을 지었다. 태극궁(太極宮) 안에 있었다. 14) 少顔色(소안색)－얼굴 채색이 엷어지다. 15) 開生面(개생면)－생생한 얼굴을 드러내다. 16) 進賢冠(진현관)－검은 천으로 만든 옛 관으로, 선비와 문신이 쓰던 것임(《後漢書》 輿服志下). 17) 大羽箭(대우전) - 큰 깃이 달린 화살. 태종이 장궁(長弓)과 대우전(大羽箭)을 만들었는데 보통 것의 두 배였다고 한다. 18) 褒公(포공) - 단지현(段志玄). 제주(齊州) 임치(臨淄) 사람으로 뒤에 포국공(褒國公)에 봉해졌다. 능연각에는 열 번째 순위. 19) 鄂公(악공) - 울지공(尉遲恭). 자는 경덕(敬德). 많은 무공으로 악국공(鄂國公)에 봉해졌으며, 능연각의 순위는 일곱 번째. 20) 颯爽(삽상) - 바람 부는 모양. 여기서는 바람을 일으키는 것. 21) 來酣戰(내감전) - 심한 전쟁으로부터 돌아오다. 22) 先帝(선제) - 현종을 가리킴. 23) 玉花驄(옥화총) - 현종의 말 이름. '화총'은 푸른 털과 흰 털로 얼룩무늬를 이룬 말. 24) 赤墀(적지) - 궁전의 섬돌 윗자리에 붉은 칠을 하여 놓은 곳. 단부(丹埠)라고도 함. 25) 閶闔(창합) - 천자의 궁전 문, 천제(天帝)의 궁전 문. 26) 拂絹素(불견소) - 흰 비단 위를 붓으로 쓸 듯 그리는 것. 27) 意匠慘澹(의장참담) - 마음속으로 구도를 고심하듯 열심히 생각하는 것. '참담'은 고심하는 모양. 28) 經營(경영) - 계획을 세우다, 설계하다. 29) 斯須(사수) - 잠깐 사이, 짧은 동안. 30) 九重(구중) - 아홉 겹. 여기서는 구중궁궐(九重宮闕), 곧 궁전 안을 뜻함. 31) 御榻(어탑) - 천자의 걸상. 탑(榻)은 길고 좁으면서도 낮은 걸상. 32) 屹(흘) - 산이 우뚝 솟은 모양. 33) 圉人(어인) - 말을 먹여 기르는 관리(《周禮》 夏官). 34)太僕(태복) - 말과 수레를 돌보는 관리(《漢書》 百官表). 35) 惆悵(추창) - 뜻을 잃은 모양, 맥을 잃고 섭섭히 여기는 모양. 36) 韓幹(한간) - 대량(大梁) 사람으로 벼슬은 태부시승(太府寺丞)을 지냈다. 왕유(王維)가 그의 그림을 보고 칭송하였는데 사람과 말을 잘 그렸다. 처음에는 조패를 스승으로 그림을 배웠으나, 뒤에는 발전하여 독보적 존재가 되었다(《名畫記》). 37) 入室(입실) - 방에 들어가다. 그림 기법의 오묘한 경지를 터득한 것을 뜻함. 《논어》 안연(顔淵)편에 '유(由)는 당(堂)에는 올랐으나 방〔室〕에는 들어가지 못하고 있다(由也升堂, 未入室)'고 한 표현에서 나온 말. 38) 窮殊相(궁수상) - 특수한 모양을 다 그려내다, 뛰어난 모습을 다 표현하다. 39) 畫骨(화골) - 뼈를 그리다. 여기서는 말 내부의 재질이나 기세 같은 것까지도 표현하는 것을 뜻함. 따라서 앞의 화육(畵肉)은 말의 외부만을 그려놓은 것임. 40) 忍(인)－할 수 없이, 부득이. 41) 驊騮(화류)－준마의 이름. 주나라 목왕(穆王)의 팔준(八駿)의 하나. 42) 凋喪(조상)－시들어 죽는 것, 기운을 잃는 것. 43) 寫眞(사진)－초상화를 그리는 것. 44) 漂泊(표박)－떠돌아다니다. 45) 干戈(간과)－방패와 창. 전쟁을 뜻함. 46) 屢貌(누모)－자주 그리다, 자주 묘사하다. 47) 返(반)－다시, 그 위에. 48) 俗眼白(속안백)－속인의 질시를 받다, 속세의 미움을 받다. 안백은 옛날 진(晉)나라 완적(阮籍)이 세속적인 사람이 오면 흰 눈으로 대하고, 자기가 좋아하는 사람이 오면 푸른 눈으로 대했다는 데서 나온 말(《晉書》 本傳). 49) 坎壈(감람)－뜻을 잃은 것, 불우한 처지에 있는 것. 50) 纏(전)－얽다, 묶다.

解說 조패의 유명한 그림 솜씨와 그의 불우함이 잘 표현된 시이다. 자신도 세상에 둘이 없는 시를 짓는 재주를 지니고도 어렵게 살았기 때문에 이런 빼어난 인물들의 처지에는 누구보다도 공감을 느끼고 있었을 것이다.

도죽 지팡이 노래(桃竹杖引[1])

강물 가운데 반석 위에 도죽(桃竹)이 자라는데,
푸른 물결이 뿜어지고 적시어져 크기 충분하게 자랐네.
뿌리 자르고 껍질 벗기자 자옥(紫玉) 같은 속 줄기 드러나니,
강물의 여신이며 물의 신선도 아깝게 여겼지만 어쩔 수 없게 되었네.
재주(梓州)의 자사(刺史)가 도죽을 한 다발 갖다 풀어놓으니,
방에 가득 찬 손님 모두 감탄을 하네.
내가 늙어 병들었음을 가엾게 여기어 두 개를 주었는데,
출입할 때 짚고 다니자 발톱에서 쟁그랑거리는 쇳소리 나는 듯하네.
이 늙은이 다시 동남쪽으로 여행하려 하니,
물결 타고 뱃전 두드리며 백제성(白帝城)을 지나게 될 것인데,

길 으슥하니 반드시 귀신들이 이 도죽장 빼앗으려 할 것이고,
칼 빼들고 혹은 교룡(蛟龍)과도 싸워야 할지 모르겠네.
거듭 그래서 고하나니, 지팡이여, 지팡이여!
너의 삶은 매우 정직하였으니,
삼가 물을 보고는 뛰어올라 변화하여 용이 된 옛일을 본뜨지 말게나.
나는 너의 부축을 받지 못하게 되면,
군산(君山)이 있는 동정호 위의 푸른 봉우리에서 실종되고 말 걸세.
아아, 바람에 먼지 날려 자욱하듯 전란 계속되어 승냥이와 호랑이가 사람을 무는 판이니,
갑자기 두 지팡이 잃게 된다면 나는 장차 무얼 의지하겠는가?

강 심 반 석 생 도 죽 창 파 분 침 척 도 족
江心[2]磻石[3]生桃竹하니, 蒼波噴浸[4]尺度足[5]이라.

참 근 삭 피 여 자 옥 강 비 수 선 석 부 득
斬根削皮如紫玉하니, 江妃[6]水仙[7]惜不得이라.

재 동 사 군 개 일 속 만 당 빈 객 개 탄 식
梓潼[8]使君[9]開一束하니, 滿堂賓客皆歎息이라.

연 아 노 병 증 양 경 출 입 조 갑 갱 유 성
憐我老病贈兩莖[10]하니, 出入爪甲[11]鏗有聲이라.

노 부 부 욕 동 남 정 승 도 고 예 백 제 성
老夫復欲東南征하니, 乘濤鼓枻[12]白帝城[13]이라.

노 유 필 위 귀 신 탈 발 검 혹 여 교 룡 쟁
路幽必爲鬼神奪이오, 拔劍或與蛟龍爭이라.

중 위 고 왈 장 혜 장 혜
重爲告曰, 杖兮杖兮여,

이 지 생 야 심 정 직 신 물 견 수 용 약 학 변 화 위 룡
爾之生也甚正直하니, 愼勿見水踊躍學變化爲龍[14]이라.

사 아 부 득 이 지 부 지 멸 적 어 군 산 호 상 지 청 봉
使我不得爾之扶持면, 滅跡[15]於君山[16]湖上之青峯이라.

희 풍 진 홍 동 혜 시 호 교 인 홀 실 쌍 장 혜 오 장 갈 종
噫風塵澒洞[17]兮豺虎咬人하니, 忽失雙杖兮吾將曷從[18]고?

註解 1) 桃竹杖引(도죽장인)－도죽 지팡이의 노래. 도죽은 도지죽(桃枝竹)·종려죽(椶櫚竹)이라고도 하며, 잎새는 종려나무 같고 줄기는 대 같으면서도, 마디 사이가 짧고 속이 차 있어 아주 좋은 지팡이감인데 파주(巴州)·유주(渝州, 모두 四川省)에서 난다. 《두소릉집》 권12에 실려 있는데, 제목 아래 '장류후에게 드림(贈章留侯)'이라 작가가 주를 달고 있다. 장류후(章留侯)란 장이(章彝)이며 유후(留侯)는 벼슬 이름. 그가 보내준 도죽 지팡이에 대한 답례로 지어 보낸 것이다. 2) 江心(강심)－강 가운데. 3) 磻石(반석)－반석(磐石), 반석(盤石). 넓고 편편한 큰 바위. 4) 噴浸(분침)－물이 뿜어지고 물에 젖고 하는 것. 5) 尺度足(척도족)－길이와 굵기가 충분하게 되다, 굵기가 지팡이로 알맞게 되다. 6) 江妃(강비)－강의 여신. 순비(舜妃) 아황(娥皇)과 여영(女英)이 상수(湘水)의 여신이 되었다 한다. 7) 水仙(수선)－물의 신선. 풍이(馮夷)·빙이(冰夷)라고도 함(《楚辭》 王逸章句). 8) 梓潼(재동)－재주(梓州)를 재동군(梓東郡)이라고도 불렀으며, 사천성 삼태현(三台縣)이다. 9) 使君(사군)－고을의 태수(太守) 또는 자사(刺史). 그때 장이(章彝)가 재주자사(梓州刺史)였음. 또 시어사(侍御史)를 겸하여 동천(東川)의 유후(留後)가 되어 있어, 제목 아래 붙인 주에선 장류후(章留侯)라 불렀다. 10) 兩莖(양경)－두 줄기, 두 개. 11) 爪甲(조갑)－손톱, 발톱. 여기서는 지팡이가 내는 소리가 발톱에서 쇳소리가 나는 것 같다고 한 것이다. 12) 鼓枻(고예)－뱃전을 두드리다, 뱃전을 치며 노래의 장단을 맞추는 것(《楚辭》 漁父 王逸 章句). 노를 소리내어 젓는 것으로 보는 이도 있다. 13) 白帝城(백제성)－사천성 봉절현(奉節縣) 동쪽 백제산(白帝山)에 있는 성 이름. 14) 變化爲龍(변화위룡)－변화하여 용이 되다. 호공(壺公)이 비장방(費長房)을 돌려보내며 한 개의 대나무 지팡이를 주고 타고 가도록 하였다. 비장방이 집으로 돌아와 대나무 지팡이를 갈파(葛陂)에 내던지니 푸른 용으로 변했다 한다(《神仙傳》). 15) 滅跡(멸적)－실종되다, 간 곳을 모르게 되다. 16) 君山(군산)－동정호 가운데 있는 산 이름. 동정산(洞庭山)이라고도 부르며 선녀가 살았다는 전설이 있다(《大明一統志》). 17) 澒洞(홍동)－자욱히 솟아오르는 모양, 구름 기운 같은 것이 끝없이 자욱한 모양. 홍동(鴻洞)으로도 씀. 18) 曷從(갈종)－무엇을 따를 건가, 어디에 의지할 것인가?

解說 시구에 변화가 많은 독특한 시체이다. 중국학자들 중에는 이 시의 도죽 지팡이를 두보가 의지하려던 친구나 어떤 사람에게 비유한 것이라 보려는 사람이 많다.

위풍 녹사댁에서 조장군이 그린 말 그림을 보고 노래함(韋諷錄事宅觀曹將軍畫馬圖歌[1])

당나라 초기 이래로 안장 놓인 말 그리는 데 있어서는,
신묘함에 있어 오직 강도왕(江都王)을 쳤었는데,
조장군(曹將軍)이 명성을 얻어 30년이 되자,
인간 세상에서 다시 진짜 신마(神馬) 보게 되었네.
일찍이 선제 현종의 조야백(照夜白)을 그렸는데,
용지(龍池)에서는 열흘 동안 심한 우레소리 났다네.
궁중 창고의 검붉은 마노(瑪瑙) 쟁반 있는데,
천자가 첩여(婕妤)에게 영을 내려 재인(才人)에게 찾아오게 해가지고,
그 쟁반 조장군에게 하사하자 장군은 두 번 절하며 예를 갖추고 돌아가는데,
가벼운 흰 비단 고운 무늬 비단도 연이어 날듯 하사되었다네.
귀족들과 권세가들도 그의 필적을 얻고서야,
비로소 병풍이 빛을 발하게 되었다네.
옛날 태종(太宗)의 권모왜(拳毛騧)와,
근래 곽자의(郭子儀) 장군 집안의 사자화(師子花),
지금의 새 그림에 이 두 마리 말 그려져 있어,
다시 그것을 알아보는 사람들로 하여금 오래도록 감탄케 하여,
이것들 모두 기병들이 전투할 때 일기(一騎)가 만기(萬騎) 대적했으니,

흰 비단에 자욱히 바람에 날리는 모래 펼쳐지고 있는 듯하네.
그 밖의 그려진 일곱 필 말도 역시 매우 뛰어난 것이어서,
멀리 차가운 하늘에 연기처럼 나부끼는 눈 움직이게 하는 듯하네.
서리 위 달리는 발굽은 긴 노나무 사이를 밟고 뛰고 있으며,
말 관리하는 사람들과 말먹이는 사람들 잔뜩 줄서서 보고 있네.
멋진 아홉 필 말이 매우 뛰어난 모습 다투는데,
돌아보는 눈길 맑고 높고 기운은 침착하게 안정되어 있네.
묻나니 고심하며 이를 사랑하는 사람 누구인가?
후세에 그림 모은 위풍(韋諷)이 있고 전세에는 진(晉)나라에 지둔(支遁) 있었네.
생각건대 옛날 현종이 신풍궁(新豐宮)에 납실 적에는,
비취새 깃으로 장식한 깃발 하늘에 펄럭이며 동쪽으로 왔었지.
그때 뛰어오르며 달리던 말 수없이 많아 3만 필이나 되었는데,
모두가 이 그림의 말과 근육이나 골격이 같았네.
옛날 주나라 목왕(穆王)이 보물을 바치고 하백(河伯)에게 인도를 받아 서쪽으로 갔던 것처럼 현종이 촉(蜀)으로 피난간 뒤로는,
다시는 한 무제(武帝)가 길을 나서 장강에서 교룡(蛟龍)을 쏘아 잡듯이 길 나서지 못하였네.
그대는 보지 못하는가? 현종의 무덤인 금속퇴(金粟堆) 앞 소나무와 백나무 숲속에,
준마(駿馬)는 다 가버리고 새들만 부는 바람 속에 울고 있는 것을,

국초이래화안마　　신묘독수강도왕
國初已來畫鞍馬는,　神妙獨數江都王[2]이러니,

장군득명삼십재　　인간우견진승황
將軍得名三十載에,　人間又見眞乘黃[3]이라.

증모선제조야백　　용지　십일비벽력
曾貌先帝照夜白[4]하니,　龍池[5]十日飛霹靂[6]이라.

▲육준도(六駿圖) 중의 청주(靑騅)

내부 은홍 마뇌 반
內府[7]殷紅[8]馬腦[9]盤을,

첩여 전조재인 색
婕妤[10]傳詔才人[11]索하여,

반사장군배무 귀
盤賜將軍拜舞[12]歸할새,

경환세기 상추비
輕紈細綺[13]相追飛[14]라.

귀척권문득필적
貴戚權門得筆跡하고,

시각병장생광휘
始覺屛障生光輝라.

석일태종권모왜
昔日太宗拳毛騧[15]와,

근시곽가 사자화
近時郭家[16]師子花[17]라.

금지신도유이마
今之新圖有二馬하여,

부령식자구탄차
復令識者久歎嗟라.

차개기전일적만
此皆騎戰一敵萬이니,

호소 막막 개풍사
縞素[18]漠漠[19]開風沙[20]라.

기여칠필역수절
其餘七匹亦殊絶하니,

형약 한공동연설
迥若[21]寒空動煙雪[22]이라.

상제축답장추 간
霜蹄蹴踏長楸[23]間하고,

마관 시양 삼성렬
馬官[24]廝養[25]森成列[26]이라.

가련구마쟁신준
可憐九馬爭神駿[27]하니,

고시청고기심온
顧視淸高氣深穩[28]이라.

차 문 고 심 애 자 수
借問苦心愛者誰오?

후 유 위 풍 전 지 둔
後有韋諷前支遁[29]이라.

억 석 순 행 신 풍 궁
憶昔巡幸新豊宮[30]할제,

취 화 불 천 래 향 동
翠華[31]拂天來向東이라.

등 양 뇌 락 삼 만 필
騰驤[32]磊落[33]三萬匹이,

개 여 차 도 근 골 동
皆與此圖筋骨同이라.

자 종 헌 보 조 하 종
自從獻寶朝河宗[34]으로,

무 부 사 교 강 수 중
無復射蛟江水中[35]이라.

군 불 견 금 속 퇴 전 송 백 리
君不見 金粟堆[36]前松栢裏에,

용 매 거 진 조 호 풍
龍媒[37]去盡鳥呼風을?

註解 1) 韋諷錄事宅觀曹將軍畫馬圖歌(위풍록사댁관조장군화마도가)－위풍록사의 집에서 조장군이 그린 말 그림을 보고 노래함. '녹사'는 벼슬 이름, 위풍은 낭주(閬州 : 四川省 閬中縣)의 녹사로 집은 성도(成都)에 있었다. 조장군은 앞 〈단청 노래(丹靑引)〉에 보인 조패. 《두소릉집》 권13에 실려 있다. 2) 江都王(강도왕)－이름은 서(緖). 곽왕(霍王) 원궤(元軌)의 아들이며 태종(太宗)의 조카. 벼슬은 금주자사(金州刺史)를 지냈고, 글씨를 잘 썼으며 특히 말 그림으로 유명했다(《名畫記》). 3) 乘黃(승황)－비황(飛黃)이라고도 하며, 《산해경(山海經)》에 보이는 신마(神馬) 이름. 4) 照夜白(조야백)－옥화총(玉花驄)과 함께 현종이 타던 말 이름. 5) 龍池(용지)－흥경궁(興慶宮) 남훈전(南薰殿)(앞 〈丹靑引〉에 보임) 북쪽의 연못 이름. 늘 구름 기운이 있고 그 속에서 황룡(黃龍)이 나왔다 한다(《唐六典》). 6) 霹靂(벽력)－우레소리가 나다. 용지의 황룡이 말 그림을 보고 자기 친구가 온 줄 알고 나오려고 움직였음을 뜻한다. 7) 內府(내부)－궁중의 창고. 8) 殷紅(은홍)－검붉은 빛. 9) 馬腦(마뇌)－마노(瑪瑙)로 보통 쓰며, 보석의 일종. 10) 婕妤(첩여)－여관(女官)의 명칭. 정삼품(正三品)에 해당하는 매우 지위가 높은 내관(內官)(《唐書》 百官志). 11) 才人(재인)－여관(女官)의 명칭. 비교적 낮은 내관임. 12) 拜舞(배무)－재배(再拜)하고 무도(舞蹈)하는 것. 천자에게 인사드릴 적에 두 번 절하고 예를 갖추는 동작을 하는 것. 13) 輕紈細綺(경환세기)－가벼운 흰 비단과 고운 무늬 비단. 14) 相追飛(상추비)－서로 쫓아 날아가다. 연달아 날려보내듯 많은 비단을 다시 상으로 내리는 것. 15) 拳毛騧(권모왜)-당 태종(太宗)이 타던 말 이름으로 육준(六駿) 중의 하나. '왜'는 온몸이 노랗고 입 근처만 검은 말. 16) 郭家(곽가)-곽자의(郭子儀)를 가리킴. '안사의 란'을 전후하여 많은 공을 세운 장군. 17) 師子花(사자화)-사자총(獅子驄)이라고도 부르며, 대종(代宗) 때 토번(吐蕃)을 무찌르고 장안과 낙양을 수복한 공로로 천자가 내린 말 이름. 18) 縞素(호소)-흰 비단. 그림을 그린 비단을 가리킴. 19) 漠漠(막막)-널리 퍼진 모양, 널리 자욱한 모양. 20) 開風沙(개풍사)-바람에 날리는 모래가 펼쳐지다. 정말로 말들이 전장을 달리며 먼지를 일으키고 있는 듯하다는 뜻. 21) 迥若(형약)-멀리, 아득히. 22) 動煙雪(동연설)-연기처럼 나부끼는 눈을 움직이게 하다. 말들이 살아 움직이어 날리는 눈을 움직이게 하고 있는 듯하다는 뜻. 23) 楸(추)-노나무. 옛날에는 길가에 이 나무를 많이 심었다고 한다. 24) 馬官(마관)-말을 관리하는 관원. 25) 厮養(시양)-말을 먹여 기르는 천한 자들. 26) 森成列(삼성렬)-많은 사람이 서서 줄을 이루고 있는 것. 27) 神駿(신준)-말의 뛰어난 모양. 28) 氣深穩(기심온)-기운이 깊고 평온하다, 기세가 침착하고 안정된 것. 29) 支遁(지둔)-진(晉)나라의 유명한 스님. 자는 도림(道林). 사안(謝安)·왕희지(王羲之) 등과 교유하였고, 말을 좋아하여 늘 여러 마리를 직접 길렀다(《世說新語》). 30) 新豐宮(신풍궁)-섬서성 임동현(臨潼縣) 동쪽 여산(驪山) 아래 있던 이궁(離宮) 이름. 31) 翠華(취화)-비취새 깃으로 장식한 깃대. 천자의 기임. 32) 騰驤(등양)-말이 뛰어오르며 달리는 것. 33) 磊落(뇌락)-수가 많은 모양. 34) 獻寶朝河宗(헌보조하종)-주나라 목왕(穆王)이 서쪽으로 갈 때 양우산(陽紆山)에 이르러 구슬을 하종씨(河宗氏 : 河伯)에게 바치고 예를 갖추었는데 그의 인도에 따라 서쪽으로 여행할 수 있었다(《穆天子傳》). 목왕은 서쪽을 여행하고 돌아와 곧 죽었기 때문에, 이로써 당 현종이 안사의 란을 피하여 촉(蜀)으로 갔던 일을 가리킨다. 35) 射蛟江水中(사교강수중)-한나라 무제(武帝)가 심양(尋陽)에서 배로 장강을 여행하다 친히 교룡(蛟龍)을 활로 쏘아 잡았다(《漢書》 武帝本紀). 이로써 천자의 뜻있는 지방 시찰을 가리키고 있다. 36) 金粟堆(금속퇴)-섬서성(陝西省) 봉선현(奉

先縣) 동북쪽 금속산(金粟山)에 있는 현종의 무덤이 있는 곳. 37) 龍媒(용매) – 본시는 용을 불러들일 만한 말의 뜻(《漢書》 禮樂志)이나, 뒤에는 준마를 가리키는 말로 쓰임.

解說 이 시는 본디 조패의 말 그림을 찬탄하는 내용이나, 끝머리 구절을 '준마는 다 가버리고 새만 부는 바람 속에 울고 있다'고 끝맺고 있다. 결국 왜 진짜 유명한 준마들은 모두 없어지고 그림만 남았느냐는 뜻이 된다. 여기에서도 두보가 말을 인물에 비유했음을 다시 느끼게 한다. 지난날의 뛰어난 인물들도 지금은 기록에만 남아 있고, 그런 인물이 없어 세상은 어지럽기만 하다는 뜻인 듯하다.

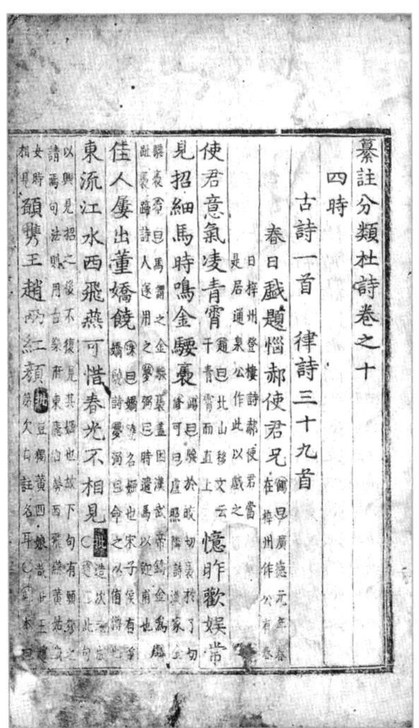

纂註分類杜詩卷之十

四時

古詩一首 律詩三十九首

春日戲題惱郝使君兄

使君意氣凌青霄 憶昨歡娛常

見招細馬時鳴金騕褭

佳人屢出董嬌饒

東流江水西飛燕可惜春光不相見

願携王趙兩紅顔

▲두보의 찬주분류두시(纂註分類杜詩)

Ⅳ. 중당(中唐)의 시

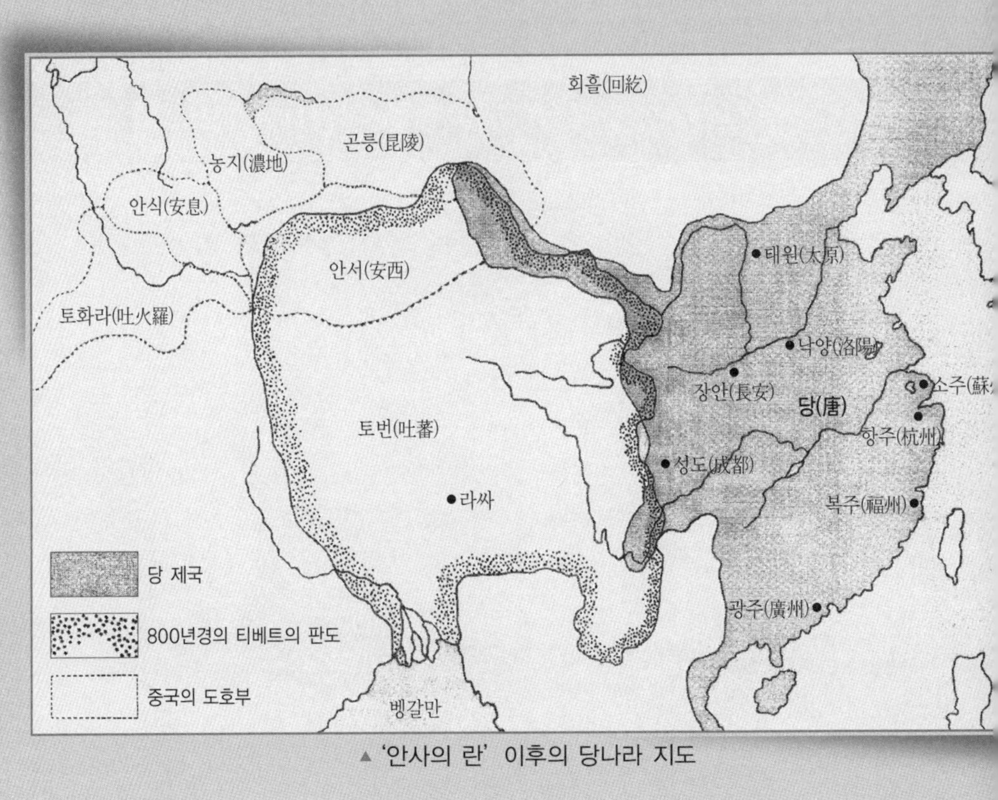

▲ '안사의 란' 이후의 당나라 지도

■ 작가 약전(略傳) ■

고적(高適, 702~765)

자는 달부(達夫) 또는 중무(仲武). 발해(渤海) 조(蓨 : 지금의 河北省 景縣 남쪽) 사람이다. 젊어서는 세상 일에 얽매임 없이 돌아다니기를 좋아하였으나 관운이 좋아 가서한(哥舒翰)의 서기(書記)로부터 시작하여 숙종(肅宗) 때에는 산기상시(散騎常侍) 벼슬에까지 올랐으며, 발해현후(勃海縣侯)에 봉해지기도 하였다. 당나라 시인 중 벼슬은 가장 높았다고 하겠다. 그는 군사 관계로 변경에 오래 머물렀으므로 시도 자연 전쟁이 잦은 국경문제인 변새(邊塞)를 시제로 한 것이 많다. 그는 청년시절은 오로지 관직에 전념하였으나 50세가 되면서 비로소 시를 쓰기 시작했다 한다. 그의 시에는 넓고 크고 웅장한 기개가 보이며 잠삼(岑參)과 시풍이 비슷하다. 《고상시집(高常侍集)》 10권이 있고, 또 당시 사람들의 사화집(詞華集)인 《중흥간기집(中興間氣集)》 2권을 편찬하기도 하였다.

인일에 두이 습유에게 붙임(人日寄杜二拾遺[1])

정월 초이렛날 시를 지어 두보의 초당으로 보내며,
멀리 옛 친구도 고향을 그리고 있을 것을 애달파 하네.
버들가지는 빛깔을 희롱하는 듯하여 차마 볼 수 없고,
매화는 가지 가득히 피어 공연히 애끊게 하네.
몸은 남쪽 변경에 있어 정치에 참여하지 못하니,
마음은 백 가지 근심 천 가지 시름만 안고 있네.
올해 초이렛날엔 공연히 그리움에 잠겨 있지만,
내년 초이렛날엔 어느 곳에 있게 될런지?
고향에 숨어 살기 30년,
책과 칼로 사는 선비가 세상 풍진에 늙어 버릴 줄 어찌 알았으리?
기력 잃고 오히려 2천 석의 녹을 받게 되었으니,
그대들 동서남북 모든 사람에게 부끄럽기만 하네.

인 일 제 시 기 초 당　　요 련 고 인 사 고 향
人日題詩寄草堂[2]하니, 遙憐[3]故人思故鄕이라.

유 조 농 색 불 인 견　　매 화 만 지 공 단 장
柳條弄色[4]不忍見이오, 梅花滿枝空斷腸이라.

신 재 남 번 무 소 예　　심 회 백 우 부 천 려
身在南蕃[5]無所預나, 心懷百憂復千慮라.

금 년 인 일 공 상 억　　명 년 인 일 지 하 처
今年人日空相憶하니, 明年人日知何處오?

일 와 동 산 삼 십 춘　　기 지 서 검 노 풍 진
一臥東山[6]三十春하니, 豈知書劍[7]老風塵고?

용 종 환 첨 이 천 석　　괴 이 동 서 남 북 인
龍鍾[8]還忝二千石하니, 愧爾東西南北人이라.

註解 1) 人日寄杜二拾遺(인일기두이습유) – 인일(人日)은 정월(正月) 7일. 옛날엔 《동방삭점서(東方朔占書)》의 설이라 하여 연초의 8일

간을 초하루부터 닭〔鷄〕·개〔犬〕·돼지〔豕〕·양〔羊〕·소〔牛〕·말〔馬〕·사람〔人〕·곡식〔穀〕이라 이름을 붙였다. 그리고 인일(人日)에 날이 개면 풍년이 든다 하였다(《事文類聚》 前集 卷六). 이(二)는 두보의 형제 배항(排行), 습유(拾遺)는 두보가 숙종(肅宗) 때 좌습유(左拾遺)란 벼슬을 지냈으므로 두보를 가리킨다. 따라서 이 시는 인일에 두보에게 지어 붙인 것이다. 《고상시집(高常侍集)》 권5에 이 시가 실려 있다. 2) 草堂(초당)－두보는 이때 사천성 성도(成都)의 완화계(浣花溪)에 초당을 짓고 여생을 보내고 있었다. 3) 憐(련)－동정한다는 뜻. 고인(故人)은 옛 친구, 두보를 가리킴. 4) 弄色(농색)－빛깔을 농락하듯 하루하루 바래져가고 있는 것. 불인견(不忍見)은 차마 보지 못한다. 중국에선 옛날 멀리 떠나는 사람을 전별할 때 버들가지를 꺾어 주었다. 푸르러 가는 버들가지를 보면 옛날 이별하던 때가 생각나기 때문이다. 5) 南蕃(남번)－남쪽 변경지. 이때 고적은 남쪽 촉주(蜀州)의 자사(刺史)로 있었다. 무소예(無所預)는 조정의 정사에 참예하는 바가 없다. 6) 一臥東山(일와동산)－진(晉)나라 사안(謝安)이 처음엔 고향인 동산(東山)에 숨어 지내며 세상에 나오지 않았다. 이 고사를 인용, 자기도 옛날엔 고향에 은거하며 나오지 않았었다는 뜻. '일와'는 '한번 숨어 지내기 시작하자'란 뜻. 7) 書劍(서검)－선비는 책과 칼을 의지하고 산다, 곧 학문과 의기(義氣)로 산다는 것이다. 노풍진(老風塵)은 세상의 풍진 속에 어느덧 늙어 버렸다는 뜻. 8) 龍鍾(용종)－뜻을 잃어 기력을 잃고 몰골이 형편없는 것. 농종(隴種)·농동(隴僮)·농동(儱僮)·농동(籠東)·농동(隴涷) 등으로도 쓰인다. 첨(忝)은 욕되다. 욕되게 하다. 이천석(二千石)은 고을 태수의 녹(祿). '첨이천석(忝二千石)'은 욕되게도 2천 석의 녹을 받는 몸이 되었다는 뜻.

解說 고적은 2천 석의 녹을 받는 태수였으나 두보는 이때 성도의 완화초당에서 여생을 보내고 있었다. 인일(人日)이 되면 봄기운이 짙어져 버들가지와 매화꽃은 떠나온 고향과 함께 그리운 벗들을 생각케 한다. 더욱이 작가는 지방 태수여서 조정의 일에 참여치 못하므로 어지러워져만 가는 나라의 형편이 더욱 안타깝기만 하다. 시인으로는 비교적 출세하고 있던 고적에게도 이러한 시름이 있었다. 그러기에 지나간 평

생이 더욱 아쉽고, 하는 일 없이 차지하고 있는 태수 자리가 백성들에게 부끄럽기만 하다. 고향을 그리는 마음과 두보에 대한 우정이 잘 어울리어 있고, 만족 못하는 지난 평생과 지금의 생활이 시인 사이의 통하는 뜻으로 느껴진다. 두보는 이 시를 받고 고적의 생사조차도 모르고 있다가 고적이 죽은 지 5년(765) 뒤 대력(大曆) 5년 정월 21일에야 이 시에 대한 대답으로 〈고(故) 고촉주(高蜀州)가 인일(人日)에 부쳐준 시에 뒤늦게 답한다〉는 시를 쓰고 있다.

변방의 노래(塞下曲)

그대는 향기로운 꽃나무 가지를 보지 못하는가?
봄 꽃 다 떨어지면 벌들이 거들떠보지도 않는다는 것을.
그대는 들보 위 진흙 제비집 보지 못하는가?
가을바람 일기 시작하면 제비가 깃들지 않는다는 것을.
방탕한 사나이는 군대에 나가 전쟁을 하고 있는데
아리따운 나방 눈썹 아내는 빈 규방만 지키고 있네.
홀로 자자니 저절로 주체할 수 없이 눈물 흐르는데
더욱이 때때로 밤에 우는 까마귀 소리 들리는 걸 어이 하리!

군 불 견 방 수 지
君不見芳樹[1]枝아?
춘 화 락 진 봉 불 규
春花落盡蜂不窺[2]라.

군 불 견 량 상 니
君不見梁[3]上泥[4]아?
추 풍 시 고 연 불 서
秋風始高燕不棲[5]라.

탕 자 종 군 사 정 전
蕩子[6]從軍事征戰하니,
아 미 선 연 수 공 규
蛾眉[7]嬋娟[8]守空閨라.

독 숙 자 연 감 하 루
獨宿自然堪[9]下淚하니,
황 부 시 문 오 야 제
況復時聞烏夜啼!

註解 1) 芳樹(방수) – 향기로운 나무. 2) 窺(규) – 들여다보다, 거들떠보다. 3) 梁(량) – 들보. 4) 泥(니) – 진흙, 진흙으로 지은 제비

▲당나라 때에 유행한 여인의 나방 눈썹(蛾眉) 모습

집. 5) 棲(서)－살다. 6) 蕩子(탕자)－방탕한 남자. 7) 蛾眉(아미)－나방 눈썹, 나방 눈썹 같은 가는 눈썹을 지닌 미인. 8) 嬋娟(선연)－아름다운 모습, 고운 모습. 9) 堪(감)－감당할 수 없이, 주체할 수 없이.

解說 전쟁터에 끌려 나가 있는 남편을 그리는 아내의 처경을 노래한 시이다. 결국은 전쟁의 비정함을 고발하고 있는 것이다.

구곡사(九曲詞[1])

기마(騎馬)를 몰고 철령(鐵嶺)을 넘어 멋대로 달리며,
서쪽으로 라사〔拉薩〕를 바라보며 제후가 되려고 활약하네.
청해(靑海)도 지금은 말에 물을 마시게 하는 곳 되었으니,
황하는 다시 가을이 되어도 적을 방비할 필요 없게 되었네.

철기 횡행철령 두　　서간라사 취봉후
鐵騎[2]橫行鐵嶺[3]頭하고, 西看邏逤[4]取封侯[5]라.

청해 지금장음마　　황하불용갱방추
靑海[6]只今將飮馬하니, 黃河不用更防秋[7]라.

註解 1) 九曲詞(구곡사)－천보(天寶) 12년(753) 장군 가서한(哥舒翰)이 토번(吐蕃)을 정벌하여 황하의 구곡(九曲) 지방(황하 상류, 靑海 동부의 황하가 심하게 굴곡을 이루는 근처)을 탈환하여, 거기에 농서군(隴西郡)을 설치하였다. 작자 고적은 가서한의 밑에서 일하고 있으면서, 그 승리를 축하하는 시를 지은 것이다. 2) 鐵騎(철기)－철마(鐵馬)로 된 판본도 있으며, 무장한 군마(軍馬). 가서한 장군의 기병을 가리킨다. 3) 鐵嶺(철령)－섬서성(陝西省) 안강현(安康縣) 서쪽 90리에 있던 관문(關門) 이름. 4) 邏逤(라사)－지금의 서장(西藏) 성도(省都)인 라사〔拉薩〕. 5) 取封侯(취봉후)－제후로 봉해질 정도의 공로를 세우려고 활약하다. 6) 靑海(청

해)－지금의 청해성에 있는 큰 호수. 7) 防秋(방추)－가을에 외적의 침입을 막다.

解說 서북쪽 변경은 그때 토번이 침입하여 넓은 영토를 점령하고 있었다. 당나라 장군 가서한이 출정하여 많은 지역을 되찾은 공로를 칭송한 것이다.

▲만리장성 서쪽 끝의 가욕관

■ 작가 약전(略傳) ■

잠삼(岑參, 715~770)

조상들의 원적은 하남성(河南省) 남양(南陽)이나 뒤에 형주(荊州) · 강릉(江陵)으로 옮겨와 살았다. 사천(四川) 가주자사(嘉州刺史)로 있었던 까닭에 잠가주(岑嘉州)라고도 부른다. 만년에는 성도(成都)에서 지내다 그곳에서 죽었다. 그는 악부의 민가적인 정신과 서민적인 어조로 변경의 풍광과 전장의 정경을 주로 노래하였다. 그러므로 고적과 시풍이 비슷하여 흔히 '고잠(高岑)' 이라 부른다. 그의 시는 맑은 위에 빼어나고 개성적인 것이 특징이다. 특히 중년인 천보 13년(754) 봉상청(封常淸)의 군대를 따라 신강(新疆)에 나간 이래 여러 해 동안 변경의 전쟁을 직접 경험했으므로 서역지방의 정경을 읊은 시가 많은데, 이것들은 특히 호방하고 뛰어나다는 평을 받고 있다. 이른바 변새파(邊塞派) 시인의 대표적인 인물이며, 중당 이후의 새로운 시의 발전을 선도한 작가 중의 한 사람이다. 《잠가주집(岑嘉州集)》 18권이 있다.

봄의 꿈(春夢[1])

그윽한 새색씨 방에 지난 밤 봄바람 이니,
임 생각은 멀리 상강 가로 달린다.
베갯머리에 잠시 봄꿈을 꾸노라면,
강남 수천 리를 두루 돌아다닌다.

동방 작야춘풍기　　　　요억미인 상강수
洞房[2]昨夜春風起하니,　遙憶美人[3]湘江水라.

침상편시춘몽중　　　　행진강남 수천리
枕上片時春夢中에,　　行盡江南[4]數千里라.

註解 1) 春夢(춘몽)－봄에 꾸는 꿈. 《잠가주시(岑嘉州詩)》 권7 칠언절구(七言絕句) 33수 가운데의 하나. 2) 洞房(동방)－그윽한 깊은 방, 골방. 후세에는 '화촉동방(花燭洞房)'이라 하여 신부(新婦)의 방을 주로 가리켰다. 3) 美人(미인)－가인(佳人). 사랑하는 '임'을 가리킨다. 보통은 여자를 뜻하지만 남자로 보아도 좋다. 상강(湘江)은 상수(湘水). 광서성(廣西省) 흥안현(興安縣)에서 발원하여 동북쪽으로 흘러 호남성(湖南省)으로 들어와 영릉현(零陵縣) 서쪽에서 소수(瀟水)와 합쳐진다. 소상(瀟湘)의 비 내리는 경치는 쓸쓸하기로 옛부터 유명하다. 상수에는 옛부터 요(堯)임금의 딸이며 순(舜)임금의 부인이었던 아황(娥皇)과 여영(女英)이 죽은 뒤 여신이 되어 있다는 전설이 있다. 아름다운 여신 같은 임 생각에 상강이 떠오른 것이다. 4) 江南(강남)－임이 가있는 장강 이남 지방. 꿈에 그리운 임을 좇아 수천리 강남 땅을 두루 다닌 것이다.

解說 잠삼은 두보와 같은 중당의 시인으로 고적과 함께 쓸쓸하고 처절한 변새시(邊塞詩)가 많다. 이 시도 멀리 강남 땅에 가 있는 임에 대한 그리움을 봄의 꿈을 빌어 노래한 것이다. 이처럼 새색씨가 외로이 방안에서 임을 그리는 애달픈 규정(閨情)을 노래한 것은, 작자의 고향 생각과 그리운 사람들을 생각하는 마음을 뒤집어 표현한 것이다.

위수를 보면서 진천 지역을 생각하다(見渭水[1]思秦川[2])

위수는 동쪽으로 흘러가는데
어느 때면 옹주에 도달할건가?
이참에 두 줄기 눈물을 보태어
함께 내 옛 고장으로 흘러가게 해보자!

위 수 동 류 거　　　하 시 도 옹 주
渭水東流去하니,　何時到雍州[3]아?

빙 첨 양 행 루　　　기 향 고 원 류
憑添兩行淚하여,　寄向故園流로다.

註解 1) 渭水(위수)－감숙성(甘肅省) 위원현(渭源縣)의 조서산(鳥鼠山)에서 시작하여 동남쪽으로 흘러 청수현(淸水縣)에서 섬서성(陝西省)으로 들어와 함양(咸陽)을 거쳐 경수(涇水)와 합쳐진 다음 계속 동쪽으로 흘러 다시 낙수(洛水)와 합쳐진 다음 황하(黃河)에 합류하는 강물 이름. 이 시는 〈서쪽 위주를 지나, 위수를 보면서 진천을 생각하다(西過渭州見渭水思秦川)〉으로 되어있는 판본도 있다. 위주(渭州)는 감숙성 농서(隴西)현이다. 2) 秦川(진천)－장안(長安)을 중심으로 하는 평야 지역을 널리 이르는 말. 3) 雍州(옹주)－옛날 우공구주(禹貢九州) 중의 한 주로, 장안 지방이었다.

解說 이 시에 보이는 '진천'과 '옹주' 및 '옛 고장(故園)'은 모두 같은 장안 지방을 가리킨다. 잠삼은 남양(南陽, 河南省) 이라지만 선주(仙州, 河南省)에서 태어나 진주(晉州, 山西省) 등지에서 살다가, 개원(開元) 22년(734) 20세 때 장안으로 옮기어 살기 시작하였다. 천보(天寶) 3년(744) 과거에 급제하여 진사(進士)되고 우내솔부(右內率府) 병조참군(兵曹參軍)이 되었다. 그리고 천보 8년(749) 35세 때에 안서사진절도사(安西四鎭節度使) 고선지(高仙芝)의 장서기(掌書記)가 되어 안서(安西)에 가 있다가 천보 10년에 다시 장안으로 돌아와 머문다. 그리고 다시 천보 13년(754) 40세 때에는 안서사진절도사인 봉상청(封常淸)에게 불리어 북정(北庭)으로 갔다. 다음 해 '안록산의 난'이 일어나자 잠삼은 지덕(至德) 2년(757) 봉상(鳳翔)의 숙종(肅宗)이 있는 곳으로 가 우보궐(右補闕)에 임명된 다음 숙종 황제를 따라 장안으로

돌아와 있다가, 상원(上元) 원년(760) 46세 때에 괵주장사(虢州長史)가 되어 장안을 떠났다. 뒤에 다시 가주(嘉州, 四川省)의 자사(刺史)가 되어 그곳으로 나가 있다가 성도(成都)에서 죽었다. 어떻든 그는 46세 때까지만 놓고 보더라도 20년 전후의 세월을 장안에서 살았다. 그러기에 잠삼은 장안을 진천(秦川)이니 옹주(雍州)니 하고 부르지만 또 고원(故園) 이외에도 '두릉(杜陵) 별업(別業)' · '종남(終南) 별업' · '장안의 고원' · '고산(古山)' 등으로 고향 같은 이름을 붙여 부르고 있는 것이다.

이 시는 잠삼이 장안에 있다가 고선지 밑의 안서나 봉상청 밑의 북정으로 떠나갈 적에 지은 시이다. 안서는 본시 다스리는 곳을 구자(龜兹, 지금의 新疆省 天山南路의 庫車)에 두고 서역(西域) 일대를 다스리는 데 목적을 두고 있었다. 이때 고선지는 대식(大食)의 침입군과 오랑캐족 반란자들 때문에 고전을 하다가 크게 패하였다. 뒤에 잠삼이 다시 불려나간 봉상청의 북정도호부(北庭都護府)는 정주(庭州, 天山北路의 烏魯木齊)에 있었고, 안서의 북쪽 지역을 관할하고 있었다. 장안으로부터 어느 쪽을 가던지 같은 경로를 따라가 위주(渭州, 지금의 甘肅省 隴西 근처)를 자나야만 하였다. 시인이 위주를 지나다가 위수의 상류에서, 자신의 고향이나 같은 장안이 있는 동쪽으로 흘러가는 위수를 보고 지은 것이 이 시이다.

잠삼에게는 변새시(邊塞詩)가 많고 변새의 정을 잘 노래한 시인으로 유명하다. 이 시에서도 자기의 고향이나 같은 장안 방향으로 흘러가는 위수를 보면서 오래 산 장안 땅과 장안의 생활을 그리고 있다. 그러나 그의 '고원'을 그리는 노래의 가락 중에는 오랑캐족의 침입으로 어지러운 변두리의 백성들을 걱정하는 마음이 함께 담겨있다. 만약에 뒤에 봉상청의 부름을 받고 장안을 떠났을 적에 지은 시라면 천보 14년(755)에 '안록산의 난'이 일어났으니 내란으로 말미암은 혼란까지도 걱정하는 마음을 담겼을 것이다.

옛날의 업성에 올라(登古鄴城)

말에서 내려 업성으로 올라가니
성이 텅 비어 있는데 또 무엇이 보이겠는가?

봄바람이 들판에 붙은 불을 몰고 와
저녁이 되어 옛 비운전(飛雲殿)으로 들어갔네.
성 모퉁이는 남쪽으로 망릉대(望陵臺)를 향하고 있고,
장수(漳水)는 동쪽으로 흘러가기만 하고 다시 돌아오지는 않네.
무제(武帝)의 궁전 안 사람들은 모두 사라져 버렸는데,
해마다 봄은 누구를 위해 찾아오고 있는 건가?

하 마 등 업 성　　　　성 공 부 하 견
下馬登鄴城[1)]하니,　　城空復何見고?

동 풍 취 야 화　　　　모 입 비 운 전
東風[2)]吹野火하여,　　暮入飛雲殿[3)]이라.

성 우 남 대 망 릉 대　　　　장 수 동 류 불 부 회
城隅南對望陵臺[4)]하고,　　漳水東流不復回라.

무 제 궁 중 인 거 진　　　　연 년 춘 색 위 수 래
武帝宮中人去盡이어늘,　　年年春色爲誰來아?

註解 1) 鄴城(업성)－동한(東漢) 말엽 위(魏)나라 조조(曹操, 155-220)의 도성(都城), 지금의 하남성(河南省) 임장현(臨漳縣)이었다. 당나라 때는 이미 임장(臨漳)이라 바뀌어져 있었음으로 제목에서는 앞에 "옛날(古)"이란 말을 붙인 것이다. 2) 東風(동풍)－봄바람, 동쪽에서 불어오는 바람. 3) 飛雲殿(비운전)－위나라 궁전 이름, 한(漢)나라 궁전 이름을 따온 것이라 한다. 4) 望陵臺(망릉대)－조조가 세운 동작대(銅雀臺), 조조는 죽기 전에 "내가 죽은 뒤에도 이 동작대 위에서 기녀(妓女)들에게 풍악을 울리며 춤을 추게 하고, 모든 사람들이 나의 무덤을 바라보며 즐겨라." 하고 유언을 남기어 뒤에는 '능을 바라보는 대' 곧 망릉대라고도 부르게 되었다 한다.

解說 조조는 동한의 건안(建安) 15년(210) 자기의 위나라 도읍인 업성의 서북쪽에 동작대를 세웠다. 높이 67장(丈, 1丈은 대략 10尺), 그 안에 100여 칸의 방이 있고, 방의 창 마다 동으로 조각한 용을 부쳐놓아 햇빛을 받으면 번쩍이었고, 지붕 위에는 1장 5척의 큰 동작이 나는 모습을 조각하여 세워놓았다 한다. 그 양편에는 다시 60보(步, 1步는

6尺) 거리로 위에 금 호랑이 조각상이 놓인 금호대(金虎臺)와 어름과 석탄을 저장하는 방이 있는 빙정대(冰井臺)도 각각 건안 18년과 19년에 세워졌는데, 세 누각이 복도로 연결되어있었다 한다. 조조가 죽기 전에 "자기가 죽은 뒤에도 이 동작대 위에서 기녀들을 불러 풍악을 울리고 즐기면서 모두들 자기 무덤을 바라보라."고 유언을 남긴 것을 보면 후세 사람들로 하여금 자기의 위대한 업적과 포부를 잊지 않게 하려는 뜻을 가지고 동작대를 세운 것 같다.
위나라가 망한 뒤에도 후조(後趙) · 전연(前燕) · 동위(東魏) · 북제(北齊, 550-577) 같은 나라들이 연이어 그 곳을 점유 하면서 이곳의 세 누대를 계속 관리하고 손질하여 한 때는 본시의 모습보다도 더욱 화려해졌다 한다. 그러나 겨우 200년 정도 지난 당나라 잠삼의 시대에 와서는 이미 위나라 시대의 궁전이며 누대가 흔적만이 남았을 뿐이다. 이런 옛 터를 보는 시인의 마음이 평온하였을 이가 없다. "봄바람이 들판에 붙은 불을 몰고 와 저녁이 되어 옛 비운전(飛雲殿)으로 들어갔네." 하고 읊은 것은 옛 한나라 궁전 이름을 빌어 "위나라 궁전이 불에 타서 날아가는 구름처럼 사라졌음"을 표현하고자 하는 뜻이 있었을 것이다. 옛 업성의 궁전만이 모두 무너지고 불에 타버린 것이 아니다. 성 남쪽으로 보이는 조조가 세운 동작대도 흔적만이 남아 있다. 조조가 동작대를 두고 죽기 전에 남긴 유언도 모두 헛된 말이 되고 말았다. 동쪽으로 흘러가 다시는 돌아오지 않는 장수(漳水)처럼 세상이고 인생이고 모두 흘러가 버렸다는 것이다.

사막에서 지음(磧[1]中作)

말 달려 서쪽으로 와보니 하늘 끝에 온 듯하고
집 떠나 달이 두 번이나 둥글어지는 것 보았네.
오늘 밤엔 또 어디에 묵게 될런지 알 수 없으니,
만 리 저쪽까지 펼쳐진 사막엔 인기척조차 끊기었네.

주마서래욕도천　　　사가견월양회원
走馬西來欲到天하고, 辭家見月兩回圓[2]이라.

금 야 부 지 하 처 숙　　　평 사 만 리 절 인 연
今夜不知何處宿하니,　平沙萬里絕人煙[3]이라.

註解 1) 磧(적)－사막. 2) 兩回圓(양회원)－두 번 둥글어지다, 달이 두 번 둥글어졌다는 것은 2개월이 지났음을 뜻한다. 3) 人煙(인연)－사람들이 불을 피워서 내는 연기, 인기척.

解說 작자가 멀리 서역 쪽으로 나가서 지은 시이다. 집으로부터 멀리 떠나 사막에 온 사람의 적막한 마음이 잘 표현된 시이다. 작자 잠삼에게는 이처럼 변경의 처경을 노래한 시들이 많아 흔히 변새파(邊塞派) 작가라 일컬어진다.

흰 눈 노래로 무판관이 서울로 돌아가는 것을 전송함(白雪歌送武判官[1]歸京)

북풍은 땅을 말아올릴 듯이 불어와 흰풀 모두 꺾어놓고,
오랑캐 땅 하늘은 8월인데도 눈이 날리네.
갑자기 하룻밤 사이에 봄바람 불어와
천 그루 만 그루 나무에 배꽃이 핀 것만 같네.
눈송이 주렴 안으로 날아들어와 비단장막 적시니
여우 갖옷도 따뜻하지 않고 비단이불 얇게만 느껴지네.
장군의 활은 얼어서 당길 수 없을 지경이고
도호의 갑옷은 차가우나 억지로 입고 있네.
넓은 사막엔 종횡으로 두꺼운 얼음 깔려있고
수심 어린 구름은 참담히 만 리에 엉겨 있네.
장군 군막에 술상 차려놓고 돌아갈 객에게 술 권하는데
호금과 비파와 오랑캐 피리로 풍악 울리네.
분분히 저녁 눈 영문 앞에 내리고,
바람은 붉은 깃발 들이쳐도 얼어붙어 나부끼지 않네.

윤대의 동문까지 떠나는 그대 전송하는데
떠나가는 천산으로 뻗은 길엔 눈만 가득하네.
산따라 길 굽이져 그대는 보이지 않게 되고
눈 위엔 부질없이 말 지나간 자국만 남았네.

북 풍 권 지 백 초 절 호 천 팔 월 즉 비 설
北風捲地[2] 白草折하고, 胡天八月卽飛雪이라.

홀 여 일 야 춘 풍 래 천 수 만 수 이 화 개
忽如一夜春風來하니, 千樹萬樹梨花開라.

산 입 주 렴 습 라 막 호 구 불 난 금 금 박
散入珠簾濕羅幕하고, 狐裘[3] 不煖錦衾薄이라.

장 군 각 궁 부 득 공 도 호 철 의 냉 유 착
將軍角弓不得控[4]이오, 都護[5]鐵衣冷猶著이라.

한 해 란 간 백 장 빙 수 운 참 담 만 리 응
瀚海闌干[6]百丈冰[7]이오, 愁雲黲淡[8]萬里凝이라.

중 군 치 주 음 귀 객 호 금 비 파 여 강 적
中軍[9]置酒飮歸客이러니, 胡琴琵琶與羌笛[10]이라.

분 분 모 설 하 원 문 풍 철 홍 기 동 불 번
紛紛暮雪下轅門[11]하고, 風掣[12]紅旗凍不翻이라.

윤 대 동 문 송 군 거 거 시 설 만 천 산 로
輪臺[13]東門送君去러니, 去時雪滿天山[14]路라.

산 회 로 전 불 견 군 설 상 공 류 마 행 처
山迴路轉不見君하고, 雪上空留馬行處라.

註解 1) 武判官(무판관) – 어떤 사람인지 알 수 없다. '판관'은 벼슬 이름으로 절도사(節度使)의 밑에서 일하는 관리임. 잠삼도 천보 13년(754)에 북정도호(北庭都護)에 이서절도사(伊西節度使)와 한해군사(瀚海軍使)를 겸하였던 봉상청(封常淸)을 따라 안서북정절도판관(安西北庭節度判官)으로 신강성(新疆省) 지방으로 가 지덕(至德) 원년(756)까지도 그곳에 있었는데, 이 시는 그곳 윤대(輪臺)에 있으면서 지은 것이다. 2) 捲地(권지) – 땅을 말아올릴 듯이 강하게 바람이 부는 것. 3) 狐裘(호구) – 여우가죽으로 만든 갖옷. 4) 控(공)－활시위를 당기는 것. 5) 都護(도호)－북정도호(北庭都護), 북쪽 지방을 다스리는 장관. 6) 瀚海闌干(한해란간)－'한해'는 넓은 사막, 작자가 있던 윤대의 남쪽에는 타클라마칸 사막이 있다. '란간'은 이리저리 펼쳐져 있는 모양. 7) 百丈冰(백장빙)－백 장 두께의 얼음, 매우 두꺼운 얼음을 형용한 말임. 8) 黲淡(참담)－어둑어둑한 모양. 9) 中軍(중군)－군중(軍中). 10) 羌笛(강적)－오랑캐 피리, 호금(胡琴)·비파(琵琶)와 함께 악기 이름. 11) 轅門(원문)－군대 진영의 문. 12) 風掣(풍철)－바람이 세게 끄는 것. 13) 輪臺(윤대)－지명, 지금의 신강성 윤대현(輪臺縣). 14) 天山(천산)－신강성 서북쪽에 있는 산, 또는 산맥 이름.

解說 사실 무판관을 송별하는 시로는 끝 네 구절이면 충분하다 할 수 있다. 나머지 앞부분은 작자가 늘 노래하고자 하였던 변경의 황량한 정경이다. 무판관의 전송 기회를 빌어 변경의 참담한 자연과 국경을 방비하는 군인들의 고난을 노래한 것이다. 마치 영화의 한 장면을 보는 듯한 느낌을 주는 시이다.

■ 작가 약전(略傳) ■

원결(元結, 719-772)

원결은 자가 차산(次山)이며 하남(河南) 노산(魯山, 河南省 魯山縣) 사람이다. 천보(天寶) 12년(753)에 진사가 되었고, '안사의 난' 때에는 의군(義軍)을 조직하여 15성을 방위하는 공을 세웠다. 뒤에 도주자사(道州刺史) 등을 역임했으나 권신의 미움을 받아 벼슬을 버리고 은퇴하였다. 그는 국란을 통하여 경험한 민중의 고통을 노래한 시를 지었고, 심천운(沈千運) · 왕계우(王季友) 등 그 당시에 자신의 창작 경향과 비슷한 작가의 작품들을 모아 《협중집(篋中集)》을 편찬하기도 하였다. 그는 민가에도 상당한 관심을 보이고 있으며, 시의 형식보다도 내용에 치중하여 풍유의 뜻을 살린 작품들을 쓰려 하였다. 따라서 고시와 악부체의 작품이 많다.

가난한 부인의 노래(貧婦詞)

누가 알랴, 고생하는 가난한 남자에게는
집에 시름과 원망 속에 지내는 처가 있을 줄을?
제발 그의 말 좀 들어보소!
마음 시큼해지고 슬퍼지지 않을 수 있을까?
가련한 품속의 아이놈은
산 밑의 사슴 새끼만도 못하네.
부질없이 생각해보니 뜰 앞의 땅은
못살게 구는 관리들 드나드는 길이 되어 있네.
문을 나서서 산과 호수 바라보고
머리 돌리니 마음 더욱 갈피 잡을 수 없네.
어느 때면 태수님 뵙고
무릎 꿇고 그 분께 울며 호소라도 할 수 있을까?

수 지 고 빈 부　　가 유 수 원 처
誰知苦貧夫[1]이,　家有愁怨妻[2]아?

청 군 청 기 사　　능 불 위 산 처
請君聽其詞하라!　能不爲酸悽[3]아?

소 련 포 중 아　　불 여 산 하 예
所憐抱中兒[4]는,　不如山下麑[5]로다.

공 념 정 전 지　　화 위 인 리 혜
空念庭前地하니,　化爲人吏蹊[6]로다.

출 문 망 산 택　　회 두 심 복 미
出門望山澤하고,　回頭心復迷로다.

하 시 견 부 주　　인 궤 향 지 제
何時見府主[7]하고,　引跪[8]向之啼오?

註解 1) 苦貧夫(고빈부)－고생하는 가난한 남편. 2) 愁怨妻(수원처)－시름하고 원망하는 처. 3) 酸悽(산처)－마음 시큼해지고 슬퍼지는 것. 4) 抱中兒(포중아)－품 속의 아이. 5)麑(예)－사슴의 세

끼. 6) 人吏蹊(인리혜) – 백성들에게 못살게 구는 '관리들이 다니는 길'. 7) 府主(부주) – 고을 관청의 우두머리, 태수(太守). 8) 引跪(인궤) – 길게 땅 위에 무릎 꿇고 엎드리는 것.

解說 제목은 〈가난한 부인의 노래〉라 하였지만 부인 뿐 만이 아니라 남편도 고생을 하며 가난하게 지내고 있고, 그들이 낳은 어린아이는 기르고는 있지만 산속의 사슴 새끼만도 못하다는 것이다. 여기의 "인리(人吏)" 곧 관리는, 열심히 일하고 농사짓는 백성들의 재물을 세금을 핑계로 뺏어가는 자들을 말한다. 따라서 이 시는 이처럼 백성들이 가난하고 비참하게 사는 것은 그릇된 나라의 정치 때문임을 강하게 풍자하고 있는 것이다. 끝 구절에 "어느 때면 태수님 뵙고, 무릎 꿇고 그 분께 울며 호소라도 할 수 있을까?" 하고 노래하고 있지만, 반대로 실은 "정치하는 놈들은 정신 좀 차리고 백성들을 둘러보기라도 하거라!" 하고 야단을 치고 있는 것이다.

그는이 밖에도 〈적퇴시관리(賊退示官吏)〉·〈용릉행(舂陵行)〉·〈농신원(農臣怨)〉 등의 작품을 통하여 현실을 고발하고 있다. 그리고 그의 시대에 와서는 적지 않은 시인들이 이 시인처럼 두보의 현실주의적 경향을 계승하고 있다.

■ 작가 약전(略傳) ■

위응물(韋應物, 737~790?)

당나라 장안 사람. 젊었을 적에는 의협(義俠)을 좋아했고, 삼위랑(三衛郎) 벼슬을 하면서 현종을 섬겼다. 뒤에 저주(滁州) · 강주(江州) · 소주(蘇州) 등지의 자사(刺史)를 지내어, 위강주(韋江州) 또는 위소주(韋蘇州)라고도 부른다. 그의 시는 전원의 경치 묘사에 뛰어났고, 문장이 간결하면서도 담박하다. 간혹 그 시대의 백성들의 여러 가지 어려운 실정을 반영하는 작품도 썼다. 도연명(陶淵明)을 좋아하여 그를 본 떠서 지은 작품이 적지 않고, 왕유(王維) · 맹호연(孟浩然) · 유종원(柳宗元) 등과 함께 자연을 노래한 작가를 대표한다. 《위소주집(韋蘇州集)》 10권이 전한다.

전초산 속의 도사에게 붙임(寄全椒[1]山中道士)

오늘 아침엔 군청도 쌀쌀하니,
갑자기 산속의 친구 생각이 나네.
시냇가 산골짜기에서 땔나무하고,
돌아와서는 흰 돌을 찌고 있겠지.
멀리서 한 잔의 술을 들어,
그곳의 비바람 치는 쓸쓸한 저녁을 위로하네.
낙엽이 텅 빈 산에 가득할 테니,
어디 가서 그의 행적인들 찾을 수 있을까?

금조군재 랭　　　홀념산중객
今朝郡齋[2]冷하니,　忽念山中客[3]이라.

간저 속형신　　　귀래자 백석
澗底[4]束荊薪하고,　歸來煮[5]白石이라.

요지일배주　　　원위풍우석
遙持一盃酒하여,　遠慰風雨夕[6]이라.

낙엽만공산　　　하처심행적
落葉滿空山하니,　何處尋行迹고?

註解 1) 全椒(전초)－섬서성 봉상현(鳳翔縣)에 있는 지명. 이때 위응물은 소주자사(蘇州刺史)로 있었다. 날이 쌀쌀해지자 위응물은 전초산 속에서 도를 닦고 있는 친구를 생각하고 이 시를 지은 것이다. 이 시는 《위소주집(韋蘇州集)》 권3에 실려 있다. 2) 郡齋(군재)－군청(郡廳) 안의 자사(刺史)가 일을 보는 서재. 3) 山中客(산중객)－산중에서 수도하고 있는 친구. '객'은 도사를 가리킨다. 4) 澗底(간저)－산골짜기 시냇물이 흐르는 낮은 바닥. 형(荊)은 싸리나무. 신(薪)은 땔나무. 형신(荊薪)은 땔나무. 5) 煮(자)－삶다. 백석(白石)은 신선들이 먹는다는 흰 돌. 《포박자(抱朴子)》 내편(內篇)에 '인석산(引石散)을 한 치 넓이의 숟갈로 떠서 한 말의 흰 돌 자갈에 넣어 물을 붓고 삶으면 곧 고구마처럼 익어서 곡식처럼 먹을 수 있게 된다'고 하였다. 6) 遠慰風雨夕(원위풍우석)—멀리서나마 한 잔의 술을 들어 '먼 산중에서 비바람 치는 밤을 쓸쓸히 보내고 있을 친구인 도사를 위로한다'는 뜻.

解說 도연명처럼 전원과 자연의 풍물을 잘 읊은 작가로 당대에는 왕유(王維)·맹호연(孟浩然)·유종원(柳宗元)과 함께 위응물을 친다. 이 시는 본격적인 풍물을 읊은 시는 아니지만 쓸쓸한 가을날 산속에서 수도하고 있을 도사에 대한 걱정을 통하여 자연에의 동경이 느껴진다. 이러한 그윽하고도 맑고 깨끗한 시풍은 이백이나 두보의 풍격과도 다른 또 한 가지 당시의 특징을 대표하는 것이다. 산속의 도사에게 보내는 따뜻한 우정이 아름다운 상상의 뒷받침으로 읽는 이의 가슴을 따스하게 해준다.

그리고 끝의 '낙엽이 텅 빈 산에 가득할테니(落葉滿空山), 어디 가서 그의 행적인들 찾을 수 있을까?(何處尋行迹)' 하고 노래한 구절은 가도(賈島)의 〈도사를 찾아갔으나 만나지 못함(訪道者不遇)〉이란 시의 끝머리 '이 산속에 계시기는 한데(只在此山中), 구름 짙어 계신 데를 모른단다.(雲深不知處)' 하고 노래한 구절과 함께 도사들의 속세를 벗어난 맑고 깨끗한 생활을 강하게 인상지어주는 명구이다.

옥돌 캐는 노래(采玉行)

관청에서는 낮은 백성 징발하여
남계의 옥을 채취하는데,
깎아지른 산등성이엔 밤 되어도 집이란 없고
우거진 개암나무 밑에서 빗속에 자네.
외로운 부인은 음식 날라다 주고 돌아와서
구슬피 집 앞에서 통곡하네.

관 부 징 백 정 언 채 람 계 옥
官府徵[1]白丁[2]하여, 言[3]采藍溪[4]玉이라.

절령 야무가 심진 우중숙
絶嶺[5]夜無家하니, 深榛[6]雨中宿이라.

독부향량 환 애애사남 곡
獨婦餉糧[7]還하고, 哀哀舍南[8]哭이라.

註解 1) 徵(징)－징발하는 것. 2) 白丁(백정)－낮은 백성. 관직이 없는 평민. 3) 言(언)－조사. 4) 藍溪(람계)－섬서성 남전현(藍田縣)의 강물 이름. 그곳은 좋은 옥돌이 나는 것으로 유명하다. 5) 絶嶺(절령)－높은 산마루, 높은 산 위. 6) 榛(진)－개암나무. 산에 많이 자라는 낙엽 교목임. 7) 餉糧(향량)－관청에서 명한 먹을거리를 날라다 주는 것. 8) 舍南(사남)－집의 남쪽, 집 앞.

解說 관에서는 많은 장정들을 멋대로 징발하여 좋은 옥돌이 많이 나기로 유명한 남전(藍田)으로 끌고 가서 옥을 캐어 자기들의 욕심을 챙긴다. 돌을 깨고 옥을 캐는 사람들은 밤이면 비를 흠뻑 맞으면서 나무 밑에서 떨며 밤을 보낸다. 그리고 옥을 캐러간 장정의 아낙네는 음식을 만들어 일하는 사람들이 있는 곳으로 날라다 준다. 옥은 사치를 위한 돌이다. 백성들은 지배계급의 사치를 위하여 남녀 모두 온갖 고생을 다하고 있다. 이것이 전제군주 아래에서의 백성들의 생활 모습이었다.

기러기 우는 소리를 듣고(野望)

고향은 아득히 어느 곳에 있는가?
돌아가고 싶은 생각 절실하네.
회남의 가을비 내리는 밤,
높은 서재에서 기러기 울며 오는 소리 듣고 있네.

고원묘하처 귀사방유재
故園渺何處아? 歸思方悠哉로다.

회남추우야 고재문안래
淮南秋雨夜에, 高齋聞雁來로다.

註解 1) 渺(묘)－아득하다, 멀리 있는 것. 2) 悠(유)－생각나다, 절실해지다. 3) 淮南(회남)－회하(淮河)의 남쪽 지방. 회하는 하남성(河南省)에서 시작하여 안휘성(安徽省) 강소성(江蘇省)을 거쳐 황하로 흘러드는 강물 이름. 4) 高齋(고재)－높은 누각의 방, 높은 누각에 있는 서재.

解說 이 시는 시인 위응물이 저주자사(滁州刺史)로 있을 적에 지은 시이다. 뒤의 〈전초산 속의 도사에게 붙임(寄全椒山中道士)〉 보다 여러 해 전에 지은 시이다. 저주는 회남(淮南)에 있는 도시이다. 그리고 시에 보이는 '고재'라는 말을 '높은 서재'라고 옮겨 놓았지만 실은 저주 관청에 달려 있는 서재이다. 시인은 본시 당나라 도읍이었던 장안(長安) 사람이다. 그는 소년 시절부터 황제인 현종(玄宗)을 섬기다가 뒤에는 저주를 비롯하여 강주(江州)·소주(蘇州) 등의 지방장관을 오래 하였다. 가을 밤 고을 관청의 서재에 앉아서 기러기가 울며 지나가는 소리를 들으며 고향을 그리는 시인의 마음이 잘 들어난 작품이다.

■ 작가 약전(略傳) ■

이익(李益, 748-827)

이익은 본격적으로 '대력십재자(大曆十才子)'에 끼지는 못하고 있지만, 잠삼과 고적의 변새시를 계승하여 호방하고 영기가 드러나는 작품을 쓰고 있다. 그의 변새시에는 나라를 위하여 이바지하려는 강렬한 욕구가 살아 움직이고 있다. 그는 젊었을 적에 연주(燕州)의 변새 군막 중에서 십년이나 생활한 경험이 있어 그처럼 개성적인 변새시를 쓰게 되었을 것이다. 그는 길고 짧은 가행체의 작품이 많으나 특히 7언 절구에 뛰어났다고 알려져 있다.*

* 胡應麟「詩藪」: "七言絕, 開元之下, 便當以李益爲第一. 如「夜上西城」·「從軍北征」·「受降城聞笛」諸篇, 皆可與太白龍標競爽, 非中唐所得有也."

밤에 수항성에 올라가 피리 소리를 들음
(夜上受降城聞笛)

회악봉 앞 모래는 눈 같고
수항성 밑 달빛은 서리 같네.
어디에서 부는 피리 소리인가,
온 밤을 군사들 고향만 그리게 하네.

회 락 봉 전 사 사 설　　　수 항 성 하 월 여 상
回樂峰前沙似雪하고,　受降城下月如霜이라.

부 지 하 처 취 노 관　　　일 야 정 인 진 망 향
不知何處吹蘆管고?　一夜征人盡望鄉이라.

註解 1) 受降城(수항성) – 지금의 네이멍구스지취(內蒙古自治區) 서부의 우웬(五原) 근처에 있던 성 이름. 한(漢)나라 때 돌궐족(突厥族)의 침입을 막기 위해 쌓았는데, 당나라 때에는 동 · 서 · 중의 세 성으로 늘었다. 이익 시인이 올라갔던 것은 어느 성인지 알 수 없다.
2) 蘆管(노관) – 풀피리.

解說 이익은 적극적으로 그 시대 사회 문제와 민중의 고난을 드러내는 현실주의적인 작가였다. 이 시는 옛날부터 돌궐족의 침입으로 전쟁이 잦았던 변두리의 수 항성에 올라 어려운 싸움을 수행했던 병사들의 처지를 생각하며 읊은 것이다. 현실주의적인 경향이 뚜렷하다. 그러나 보다 위대한 〈중당〉의 성취는 이들에 뒤이어 등장하는 문인들을 통해서 이루어지게 된다.

한유 초상, 『성현화책(聖賢畵冊)』에서

■ 작가 약전(略傳) ■

한유(韓愈, 768~824)

자는 퇴지(退之). 당나라 남양(南陽 : 河南省 孟縣) 사람. 후세 송(宋)대에 창려백(昌黎伯)에 봉함을 받아 흔히 한창려(韓昌黎)라고도 부른다. 일찍이 고아가 되어 형수에게 양육되었으나, 열심히 공부하여 정원(貞元) 8년(792)에 진사가 되었다. 벼슬은 감찰어사(監察御史) · 국자박사(國子博士) 등을 지냈으나 헌종(憲宗)이 부처님 뼈를 궁 안으로 맞아들이는 것을 반대하는 〈임금님께 올리는 부처님 뼈에 대하여 논한 글(論佛骨表)〉을 올렸다가 조주자사(潮州刺史)로 좌천되었다. 뒤에 다시 이부시랑(吏部侍郎)에까지 승진되었고 죽은 뒤 문공(文公)이라 시(諡)하였다.
그는 유학을 숭상하고 불교를 내치며, 글을 쓰는데 있어서는 육조(六朝) 이래의 형식미를 추구한 변려문(騈儷文)을 반대하고 고문(古文)을 쓸 것을 주장하였다. 유종원(柳宗元)과 함께 당대 고문의 쌍벽을 이루는 대가라 알려졌고 '당송팔대가(唐宋八大家)' 중의 첫째 인물로 꼽히게 되었다. 그의 시는 개성적인 표현을 추구하며 낡아빠진 표현을 반대하였고, 산문적인 표현도 서슴지 않아 너무나 이상한 방향으로 흘렀다는 평을 듣는다. 그러나 당시의 새로운 일면을 개척 발전시킨 공로자로 평가할 수 있을 것이다. 특히 유학에 있어서는 요순(堯舜)에서 공맹(孔孟)으로 전해 내려오던 이른바 학문의 '도통(道統)'을 주장하여 송대 성리학(性理學) 발전에도 적지 않은 영향을 끼쳤다. 《한창려집(韓昌黎集)》 40권과 《외집(外集)》 10권이 전한다.

아들 부가 장안성 남쪽에서 독서함(符[1]讀書城南)

나무가 둥글고 모나게 깎임은,
가구나 집, 수레바퀴, 수레 만드는 목수에게 달렸고,
사람이 사람답게 되는 것은,
뱃속에 배운 글이 들은 데에 달렸네.
글은 부지런하면 곧 갖게 되고,
부지런하지 못하면 뱃속이 텅 비게 되네.
배움의 힘을 알고자 한다면,
어진 이와 어리석은 자 처음 낳을 땐 같았음을 알면 되지.
그가 배우지 못했으므로 말미암아,
들어간 문이 마침내 달라진 것이네.
두 집에서 각기 아들을 낳았다 하자,
어린 아기 적에는 아주 비슷하고,
약간 자라 모여 놀 적에도,
같은 무리 속의 물고기나 다름없지.
나이가 열두세 살 되면,
두각이 약간 달라지고,
스무 살이 되면 점점 틈이 더 벌어져,
맑은 냇물과 더러운 도랑에 비치는 듯이 되며,
서른 살에 뼈대가 굵어지면,
하나는 용, 하나는 돼지처럼 된다네.
용마는 쏜살처럼 달리어,
두꺼비 같은 것은 돌아볼 수도 없네.
한쪽은 말 앞의 졸개가 되어,
채찍 맞은 등에 구더기가 생기고,
한쪽은 삼공이나 재상이 되어,
고래등 같은 집안에 사네.

묻노니 어째서 이렇게 되었나?
배운 것과 배우지 않은 것 때문일 걸세.
금이나 구슬이 중한 보배라지만,
쓰기 위해 간직하기도 어렵네.
학문은 몸에 간직하여,
몸만 있으면 사용해도 남음이 있게 되네.
군자와 소인은,
부모에게 관련된 것은 아니네.
보지 못하는가, 삼공과 재상이
농민으로부터 나왔다는 것을?
보지 못하는가, 삼공의 후손이
헐벗고 굶주리고 노새도 없이 나가는 것을.
문장이 어찌 귀하지 않으리?
경서의 가르침은 곧 농사 짓는 밭과 같은 것이네.
고인 빗물은 근원이 없으니,
아침엔 찼다가도 저녁엔 이미 없어지네.
사람으로서 고금에 통하지 않으면,
소나 말이 옷 입은 것이라.
자신의 행동이 불의에 빠지고도,
하물며 많은 명예를 바라는가?
철은 가을이라 장맛비 가시고,
산뜻한 기운이 들판 마을에 이니,
등불 점점 친할 수 있게 됐고,
책을 펼칠 만하게 되었네.
어찌 아침저녁으로 유념하지 않으리?
그대 위해 세월 아껴야지.
사랑과 의리는 서로 어긋남이 있는 것이니,
시를 지어 우물쭈물하는 이들을 권면하노라.

목지취 규구 / 재재 장윤여
木之就[2]規矩는, 在梓[3]匠輪輿하고,

인지능위인 / 유 복유시서
人之能爲人은, 由[4]腹有詩書니라.

시서근 내유 / 불근복공허
詩書勤[5]乃有하고, 不勤腹空虛[6]라.

욕지학지력 / 현 우동일초
欲知學之力하면, 賢[7]愚同一初라.

유기불능학 / 소입 수이려
由其不能學으로, 所入[8]遂異閭니라.

양가각생자 / 제해 교상여
兩家各生子[9]하여, 提孩[10]巧相如하고,

소장 취희희 / 불수 동대어
少長[11]聚嬉戲에, 不殊[12]同隊魚라.

연지십이삼 / 두각 초상소
年至十二三에, 頭角[13]稍相踈하고,

이십점괴 장 / 청구 영오거
二十漸乖[14]張에, 清溝[15]映汚渠하고,

삼십골격 성 / 내일용일저
三十骨骼[16]成에, 乃一龍一豬[17]라.

비황 등답거 / 불능고 섬여
飛黃[18]騰踏去하고, 不能顧[19]蟾蜍라.

일위마전졸 / 편 배생충저
一爲馬前卒[20]하여, 鞭[21]背生蟲蛆하고,

일위공 여상 / 담담 부중거
一爲公[22]與相하여, 潭潭[23]府中居라.

문지 하인이 / 학여불학여
問之[24]何因爾오, 學與不學歟니라.

금벽 수중보 / 비용 난저저
金璧[25]雖重寶나, 費用[26]難貯儲요,

학문장지신 / 신재즉유여
學問藏之身하여, 身在則有餘[27]라.

군자여소인　　　불계　부모저
君子與小人이,　不繫[28]父母且라.

불견공여상　　　기신　자리서
不見公與相이,　起身[29]自犁鋤아?

불견삼공후　　　한　기출무려
不見三公後[30]이,　寒[31]饑出無驢아?

문장기불귀　　　경훈　내치여
文章豈不貴아?　經訓[32]乃菑畬라.

황　료무근원　　　조만　석이제
潢[33]潦無根源하니,　朝滿[34]夕已除라.

인불통고금　　　마우이금　거
人不通古今이면,　馬牛而襟[35]裾라.

행신　함불의　　　황　망다명예
行身[36]陷不義하고,　況[37]望多名譽아?

시　추적우제　　　신량　입교허
時[38]秋積雨霽하고,　新涼[39]入郊墟하니,

등　화초가친　　　간　편가권서
燈[40]火稍可親이오,　簡[41]編可卷舒로다.

기　부단석념　　　위이석　거저
豈[42]不旦夕念가?　爲爾惜[43]居諸라.

은　의유상탈　　　작시권주저
恩[44]義有相奪이니,　作詩勸躊躇[45]하노라.

註解 1) 符(부)－한유의 아들 창(昶)의 어릴 적 이름. 성남(城南)에는 한유의 별장이 있었다. 원화(元和) 11년(816) 가을, 부가 18세였을 때 장안 남쪽에 있는 그의 별장에서 공부를 하고 있었는데, 한유가 그때 이 시를 지어주며 공부를 독려한 것이다. 2) 就(취)－나아가다, 쓰다. 규(規)는 동그라미를 그리는 컴퍼스 같은 기구. 구(矩)는 곡척(曲尺), 네모 꼴을 만드는 데 쓰는 자. 취규구(就規矩)는 컴퍼스나 곡척에 따라 나무를 정확하게 동그라미 또는 네모 꼴로 깎아 만드는 것. 3) 梓(재)－가구 만드는 목수. 장(匠)은 보통 목공. 윤(輪)은 수레바퀴 만드는 목수. 여(輿)는 수레 몸통을 만드는 목수. 이러한 목수들에 의하여 나무가 원형 또는 방형으로 다듬어진다는 뜻. 4) 由(유)－말미암아. 복(腹)은 배. 시서(詩書)는 《시경》·《서경》 같은 경전들. 공부를 많이 하여 배 속에 경전이 들었느냐 안들었느냐에 의하여 사람됨이 결정된다는 뜻이다. 5) 勤(근)－부지런한 것. 내(乃)는 이에, 곧. 유(有)는 배 속에 지니게 된다는 뜻. 6) 空虛(공허)－텅 비는 것. 7) 賢(현)－현명한 사람. 우(愚)는 어리석은 사람. 초(初)는 처음 낳았을 때. 사람이 처음 낳았을 때엔 현명한 사람과 어리석은 사람의 구별없이 누구나 비슷하다. 8) 所入(소입)－들어가는 곳. 수(遂)는 마침내, 드디어. 이(異)는 다른 것. 려(閭)는 집안, 문. 이려(異閭)는 신분이 달라짐을 뜻한다. 9) 兩家各生子(양가각생자)－이 구절은 앞 구절에 대한 보기를 든 것이다. 10) 提孩(제해)－안고 다니는 어린아이, 두세 살 된 아이. 교상여(巧相如)는 지능이 꼭 같다, 교묘하기가 서로 같다. 11) 少長(소장)－약간 자라는 것. 취(聚)는 모이는 것. 희희(嬉戲)는 장난치고 노는 것. 12) 殊(수)－다른 것. 불수(不殊)는 같다는 뜻. 동대어(同隊魚)는 같은 무리의 물고기. 떼를 지어 다니는 고기들은 모두 비슷비슷하다. 13) 頭角(두각)－머리의 모진 끝. 초(稍)는 조금씩. 소(踈)는 멀어지는 것. 두각초상소(頭角稍相踈)는 키가 크고 작고 차별이 생기듯 지능이나 배움이 노력에 따라 차이가 생긴다는 뜻. 14) 乖(괴)－서로 달라지는 것. 장(張)은 벌어지는 것. 15) 溝(구)－개천, 도랑. 영(映)은 비치는 것. 오(汙)는 더러운 것. 거(渠)는 도랑, 수로. 16) 骼(격)－마른 뼈. 골격(骨骼)은 골격(骨格)으로도 쓰며 '뼈대'. 17) 豬(저)－돼지. 일룡일저(一龍一豬)는 한 사람은 용처럼 뛰어난 인물이 되고 한 사람은 돼지처럼 우둔한 인물이 된다는 뜻. 18) 飛黃(비황)－신마의 이름으로, 학문을 이룬 사람에 비유한 것이다. 《회남자(淮南子)》 남명훈(覽冥訓)의 고유(高誘)의 주에 '비황은 승황(乘黃)이라고 한다. 서쪽 지방에 나며 모양은 여우 같고, 등 위에 뿔이 있으며 천 년이나 산다'고 하였다. 등(騰)은 뛰다, 달리다. 답(踏)은 밟다. 등답(騰踏)은 높이 뛰어가는 것. 19) 顧(고)－돌아보다. 섬여(蟾蜍)는 두꺼비. 두꺼비는 우둔한, 공부 안한 사람에 비유한 것이다. 20) 馬前卒(마전졸)－말 앞에서 뛰어가며 시중하는 천한 졸개. 21) 鞭(편)－채찍. 배(背)는 등. 저(蛆)는 구더기. 천졸(賤卒)로 둔하게 잘못하여 윗사람에게 등을 채찍으로 얻어맞고 헐어서 그곳 살이 썩어 구더기가 생길 지경이 된 것. 22) 公(공)－삼공(三公). 상(相)은 재상. 이것들은 정부의 최고 지위이다. 23) 潭潭(담담)－깊고 아득한 모양. 웅장한 모양. 부(府)는 곧 저택이 크고 깊숙함을 형용한 말이다. 깊숙이 들어앉아 있는 모양을 형용한 말로 보아도 좋다. 24) 之(지)－그것, 그렇게 된 것. 하인(何因)은 무슨 때문이오? 이(爾)는 조사. 25) 璧(벽)－구슬. 보(寶)는 보배. 26) 費用(비용)－소비하는 것. 저(貯)는 저축하는 것. 저(儲)는 저축. 금이나 옥 같은 것은 언제건 쓰게 됨을 뜻한다. 27) 有餘(유여)－남음이 있는 것. 학문이란 몸에 지니는 것이기 때문에 아무리 쓴다 하더라도 언제나 몸과 함께 쓰고 남을 만치 있게 마련이라는 뜻. 28) 繫(계)－이어지는 것. 불계(不繫)는 관련이 없다는 뜻. 배우는 것은 자신이므로 배워서 군자가 되느냐 못배우고 소인이 되고 마느냐 하는 것은 부모와는 관계없이 본인의 책임이라는 뜻임. 저(且)는 조사. 29) 起身(기신)－출신(出身)의 뜻. 이(犁)는 보습, 쟁기. 서(鋤)는 호미. 이서(犁鋤)는 농가, 농촌을 말한다. 공상(公相) 중에는 농촌 출신도 있다는 뜻. 30) 後(후)－후손, 자손. 31) 寒(한)－추위에 헐벗는 것. 기(饑)는 굶주리는 것. 려(驢)는 나귀. 출무려(出無驢)는 집을 나서 길을 가려 해도 타고 다닐 나귀조차 없는 것. 32) 經訓(경훈)－경서의 가르침. 치(菑)는 개간한 지 1년된 밭. 여(畬)는 3년된 밭. 치여(菑畬)는 농사 짓는 밭을 뜻한다. 밭에서 곡식이 자라 사람을 먹여 살리듯이 경서의 가르침도 나라의 벼슬을 얻어 사람을 잘 먹고 살게 할 수 있다는 뜻. 33) 潢(황)－고인 물. 료(潦)는 빗물. 34) 朝滿(조만)－아침엔 가득 차 있는 것. 석(夕)은 저녁. 이(已)는 이미. 제(除)는 말라 없어져 버리는 것. 35) 襟(금)－옷깃. 거(裾)는 옷 뒷자락. 마우이금거(馬牛而襟裾)는 말이나 소에게 옷을 입혀놓은 거나 같다는 뜻. 36) 行身(행신)－자신의 행동, 행실, 행위. 함(陷)은 빠지다. 37) 況(황)－하물며, 더욱이. 38) 時(시)－때, 철. 적우(積雨)는 오래 계속되던 비. 제(霽)는 비가 개는 것. 39) 新涼(신량)－청신하고 서늘한 기운. 교(郊)는 교외, 교외의 들판. 허(墟)는 인가가 있는 언덕. 40) 燈(등)－등불. 초(稍)는 조금씩, 점점. 등화가친(燈火可親)은 등불을 친근히 하고 독서함을 뜻한다. 41) 簡(간)－대쪽. 편(編)은 짜다, 엮다. 옛날 종이가 없을 적엔 대쪽에 글을 쓰고 그것을 엮어 책을 만들었다. 따라서 간편(簡編)은 책을 가리킨다. 가권서(可卷舒)는 두루마리로 된 책을 말았다 폈다 하여 독서할 만하게 되었다는 뜻. 42) 豈(기)－어찌. 염(念)은 염려의 뜻. 43) 惜(석)－아끼다. 거저(居諸)는《시경》패풍(邶風) 일월(日月) 시 '일거월저(日居月諸)'에서 따온 말로(居와 諸는 모두 조사), 여기서는 '일월(日月)' 곧 세월, 시간을 뜻한다. 44) 恩(은)－사랑, 은혜. 의(義)는 의리. 상탈(相奪)은 서로 빼앗으며 다투는 것. 은의유상탈(恩義有相奪)은 부모가 자식을 가르칠 때 사랑과 의리가 서로 충돌함을 뜻한다. 곧 교육은 엄하게 게으름 피는 일 없이 시행하여야 하는데 부모로서는 자식을 사랑하는 마음이 있어 엄함을 늦추기 쉽다. 그래서 사랑과 의리가 교육에 있어 서로 충돌된다는 것이다. 45) 躊躇(주저)－태도를 분명히 않고 학문을 하는 데 머뭇거리고 있는 사람들.

解說 이 글은 당대의 고문가인 한유가 그의 아들 부의 배움을 권면하기 위하여 지은 글이다. 그의 문집《창려선생집(昌黎先生集)》권6 고시(古詩)에 이 시가 실려 있다. 글의 대의는 아들에게 '배우면 군자가 되고 배우지 않으면 소인이 되고 만다'는 것을 깨우치려는 데 있다. 그리고 이 시에서도 학문의 내용으로 문장과 경서의 가르침을 내세운 것은 '글이란 것은 올바른 도를 드러내는 연모(文者貫道之器)'란 생각을 지녔던 그의 문학사상을 잘 말해준다.

끝머리의 '철은 가을이라 장맛비 가시고(時秋積雨霽), 산뜻한 기운이 들판 마을에 이니(新凉入郊墟), 등불 점점 친할 수 있게 되었고(燈火稍可親), 책을 펼칠만하게 되었네.(簡編可卷舒)'라고 읊은 몇 구절은 시인으로서의 한유를 대변해 줄만한 명구로 알려져 있다. 시에 담긴 공부할 것을 권하는 뜻과 살아 움직이는 것 같은 문장 표현을 통하여 자식을 위하는 어버이의 마음이 절실히 느껴질 것이다. 지금까지도 가을이 되면 등화가친(燈火可親)이란 말이 여러 사람들의 입에 오르내리며 독서를 권하는 명언이 되고 있음도 그 때문일 것이다.

동생을 한탄하는 노래(嗟哉[1]董生行)

회수(淮水)는 동백산에서 흘러나와
동쪽으로 아득히 천 리를 달려가며 쉴 줄을 모르네.
비수(淝水)는 그 곁에 흘러나와
천 리나 백 리도 못 가고 회수로 합쳐지네.
수주(壽州)의 속현에 안풍(安豐)이 있는데
당나라 정원(貞元) 연간에 그곳 사람 동소남(董召南)이란 사람이
숨어 살면서 그 지방에서 의로운 일을 행하였다네.
그러나 자사(刺史)가 추천하지 않아
천자는 그의 명성을 듣지 못하니,
벼슬자리 그에게 미치지 못하였네.
그의 집 문 밖에는 관리가 매일 와서 세금 거두고 돈도 뺏어가네.
아아! 동생은 아침에는 나가 밭 갈고
밤이면 돌아와 옛 분들의 책 읽느라 하루종일 쉬지도 못하네.
혹은 산에 가 땔나무도 하고 혹은 물가에 가 고기를 잡기도 하고,
부엌으로 들어가서는 맛있는 음식 장만하여
대청에 올라가 부모님 안부 살펴드리니,
부모님 걱정 근심 없으시고 처자들 불평없네.
아아! 동생의 효성과 자애로움은
사람들은 모르지만 하느님만은 알고 계시네.
그의 집엔 상서로움이 때도 없이 내리어,
집에서 강아지 젖 먹이던 어미개가 먹이 구하러 밖에 나가면
닭이 와서 강아지들 돌보아주는데,
마당에서 주둥이로 벌레와 개미 쪼아다가
그것을 강아지들에게 먹여도 먹지 않자 슬픈 울음소리 내며
왔다갔다 어슬렁거리며 오랫동안 그곳 떠나지 않고
날개로 강아지들 감싸주며 어미개 돌아오기 기다리네.

아아! 동생은 어떤 사람 벗해야 하는가?

지금 사람들은

남편과 아내 서로 학대하고 형제가 원수처럼 지내어

임금의 녹 먹으면서도 부모님 걱정케 하네.

이건 어떻게 된 심보인가?

아아! 동생은 벗할 만한 사람이 없구나!

회 수 출 동 백 산 동 치 요 요 천 리 불 능 휴
淮水[2]出桐柏山하여, 東馳遙遙千里不能休라.

비 수 출 기 측 불 능 천 리 백 리 입 회 수
淝水[3]出其側하여, 不能千里百里入淮水라.

수 주 속 현 유 안 풍 당 정 원 시 현 인 동 생 소 남
壽州[4]屬縣有安豊하니, 唐貞元[5]時에, 縣人董生召南이,

은 거 행 의 어 기 중
隱居行義於其中이라.

자 사 불 능 천 천 자 불 문 명 성 작 록 불 급 문
刺史[6]不能薦하니, 天子不聞名聲하여, 爵祿不及門이라.

문 외 유 유 리 일 래 징 조 갱 색 전
門外惟有吏하여, 日來徵租更索錢이라.

차 재 동 생 조 출 경 야 귀 독 고 인 서 진 일 부 득 식
嗟哉董生朝出耕하고, 夜歸讀古人書하며, 盡日不得息이라.

혹 산 이 초 혹 수 이 어 입 주 구 감 지 상 당 문 기 거
或山而樵或水而漁하고, 入廚[7]具甘旨하며, 上堂問起居하니,

부 모 불 척 척 처 자 부 자 자
父母不慼慼[8]이오, 妻子不咨咨[9]라.

차 재 동 생 효 차 자 인 불 식
嗟哉董生孝且慈로되, 人不識이나,

유 유 천 옹 지 생 상 하 서 무 시 기
惟有天翁知하여, 生祥下瑞[10]無時期라.

가 유 구 유 출 구 식 계 래 포 기 아
家有狗乳出求食이면, 鷄來哺其兒하되

탁탁 정중습충의 포지불식명성비
啄啄[11]庭中拾蟲蟻하여, 哺之不食鳴聲悲라.

방황 척촉구불거 이익래복대구귀
彷徨[12]躑躅久不去하고, 以翼來覆待狗歸라.

차재동생수장여주
嗟哉董生誰將與儔[13]오?

시지인 부처상학 형제위수
時之人은, 夫妻相虐하고, 兄弟爲讐로다.

역독하심 차재동생무여주
亦獨何心[14]고? 嗟哉董生無與儔라.

註解 1) 嗟哉(차재)－아아, 감탄사. 동생(董生)은 본문에 의하면 이름은 소남(召南), 수주(壽州)에 살고 있었다. 2) 淮水(회수)－하남성(河南省) 동백산(桐柏山)에서 흘러나와 안휘(安徽)·강소(江蘇) 두 성의 북쪽을 지나 동쪽으로 바다에 흘러 들어갔다. 다만 송(宋)대 이후로는 홍수와 운하의 영향으로 그 흐르는 물줄기가 여러 가지로 바뀌었다. 3) 淝水(비수)－비수(肥水)라고도 하며, 안휘성(安徽省) 경계로부터 합비현(合肥縣) 서남쪽으로 흘러오다 다시 서북쪽으로 흐르며 수주(壽州)에 이르러 회수(淮水)로 합쳐진다. 4) 壽州(수주)－지금의 안휘성 수현(壽縣). 5) 貞元(정원)－당 덕종(德宗)의 연호. 785~804년. 6) 刺史(자사)－한나라 시대부터 있었던 주(州)를 다스리는 관리 이름. 당대에 와서는 태수(太守)와 혼용되기도 하였다. 7) 廚(주)－주방, 부엌. 감지(甘旨)는 맛있는 음식. 8) 慼慼(척척)－근심하는 모양, 슬퍼하는 모양. 9) 咨咨(자자)－불평하는 모양. 10) 生祥下瑞(생상하서)－상서로운 일이 생기고 상서로움이 내려지다. 11) 啄啄(탁탁)－주둥이로 쪼아대는 모양. 12) 彷徨(방황)－왔다갔다하는 것. 척촉(躑躅)은 머뭇거리는 것. 13) 儔(주)－무리, 짝, 벗. 14) 亦獨何心(역독하심)－'역독'은 강조하는 말, 어찌된 마음들인가? 어찌된 심보인가?

解說 많은 중국 학자들이 한유는 '이문위시(以文爲詩)' 곧 고문인 산문을 쓰는 방법으로 시를 써서 올바른 시가 못된다고 비판하였다. 그러나 이처럼 얘기를 쓰듯이 시를 쓰는 것도 중당 시의 또다른 발전의 일면

이라고 할 수 있다. 이는 고문운동(古文運動)과 전기(傳奇)의 발전 및 속강(俗講)의 유행 등과도 관련이 있는 일이라 할 것이다. 그리고 여러 가지 사회의 문제나 모순 등을 고발하자면 자연히 시라 하더라도 산문 같은 성격을 띠지 않을 수가 없었을 것이다. 이것도 중당에 와서 두드러지기 시작한 시인들이 시를 지으면서 개성을 추구하기 시작한 결과라 설명할 수도 있다.

푸릇푸릇한 물속의 창포(青青水中蒲[1]) 3수

푸릇푸릇한 물속의 창포여,
밑에는 한 쌍의 고기가 놀고 있네.
님은 이제 농산으로 떠나가니,
나 홀로 누구와 함께 산단 말인가?

푸릇푸릇한 물속의 창포여,
언제나 물속에 자라고 있네.
부평초에게 말 전하나니,
몰려다니는 그대들만도 난 못하구나.

푸릇푸릇한 물속의 창포여,
잎이 짧아서 물밖으로 나오지 않듯,
여자는 대청 아래로 내려서지 않는다 하는데,
떠나간 임은 만 리 저쪽에 계시니 어이하리.

청 청 수 중 포　　하 유 일 쌍 어
青青水中蒲여,　下有一雙魚[2]로다.

군 금 상 농 거　　아 재 여 수 거
君今上隴去[3]하니,　我在與誰居오?

청청수중포 장재수중거
青青水中蒲여, 長在水中居[4)]로다.

기어부평초 상수아불여
寄語浮萍草[5)]하나니, 相隨我不如[6)]라.

청청수중포 엽단불출수
青青水中蒲여, 葉短不出水[7)]로다.

부인불하당 행자 재만이
婦人不下堂[8)]이어늘, 行子[9)]在萬里로다.

註解 1) 靑靑水中蒲(청청수중포)－《문선(文選)》에 실려 있는 〈고시십구수(古詩十九首)〉의 제2수와 옛날 악부시 〈장성의 웅덩이에서 말에게 물을 먹이는 노래(飮馬長城窟行)〉 첫째 구가 '푸릇푸릇한 물속의 풀(靑靑河畔草)' 이란 구절로 시작하며 여인이 님을 그리는 정을 노래하고 있다. 작자 한유는 고시의 형식을 따라 첫째 구를 제목 이름으로 한 것이다. 포(蒲)는 창포, 물풀의 일종. 2) 下有一雙魚(하유일쌍어)－창포 포기 밑에 놀고 있는 한 쌍의 물고기를 보며 짝을 잃게 된 자신의 외로운 처지를 생각하는 것이다. 3) 上隴去(상농거)－농(隴)은 섬서성에 있는 농산(隴山)인데, 서역으로 수자리 갈 때에 지나는 곳. 따라서 '상농거', 곧 '농으로 갔다' 는 것은 서쪽으로 수자리를 살러 갔음을 뜻한다. 4) 長在水中居(장재수중거)－창포를 보면 '언제나 물속에 살고 있다'. 여기에서 언제나 집에 있지 못하고 떠나가 버린 님에 대한 아쉬움을 반사적으로 생각케 된 것이다. 5) 浮萍草(부평초)－물 위에 떠다니는 수초, '개구리밥'. 6) 相隨我不如(상수아불여)－부평초는 여럿이 언제나 몰려 떠다닌다. 자기는 단 하나의 님과도 이별하였으니 결국 하잘것없는 부평초만도 못하다는 뜻. 7) 葉短不出水(엽단불출수)－창포는 잎이 짧기에 물 밖으로 나오지 못한다. 그런데 자기는 만물의 영장이라는 사람이면서도 남편이 집으로부터 떠나가게 되었음을 생각한 것이다. 8) 婦人不下堂(부인불하당)－부인은 당 아래로 내려가지 않는 법. 당은 '대청' 과 비슷하다. 따라서 여자는 규방을 벗어나면 안된다는 뜻이다. 여인은 규방을 나서면 안된다는 윤리가 있으니 님을 찾아 만 리 길을 달려갈 수도 없다. 9) 行子(행자)－집을 나가 있는 님.

解說 이 시는 〈고시십구수(古詩十九首)〉의 제2수 푸릇푸릇한 물 속의 풀(靑靑河畔草)이나 악부시 〈장성의 웅덩이에서 말에게 물을 먹이는 노래(飮馬長城窟行)〉와 내용이 비슷하다. 모두가 떠나간 님을 그리는 애절한 마음을 노래한 것이다. 여기에선 3수라 하였으나 판본에 따라서는 한 수로 합쳐져 있는 경우도 있다. 어떻든 첫 수는 님과의 이별을, 둘째 수는 님 그리움을, 셋째 수에선 어떤 경우라도 절조를 지켜줄 것을 당부하는 내용이다.

그윽한 정회(幽懷[1])

가슴 속의 시름을 씻을 길 없어,
이렇게 봄 강가를 걷고 있네.
마침 좋은 철을 만나
남녀들은 다투어 즐기고 있네,
짙은 화장은 물가에 아롱거리고,
요란한 피리 소리는 사람의 마음을 들뜨게 하는데,
숲속에선 새들이 짹짹
철을 만나 아름답게 지저귀네.
어찌 한 통의 술도 없을까 보냐?
스스로 술 따라 홀로 마시며 홀로 읊조리네.
다만 철 잃기 쉬운 것 서러운데,
사철은 속절없이 바뀌고 있네.
나는 옛날의 〈군자의 노래〉를 노래하노니,
옛날에도 지금처럼 세월 감을 슬퍼했다네.

유 회 불 가 사　　행 차 춘 강 심
幽懷不可寫[2]하여,　行此春江潯[3]이라.

적 여 가 절 회　　사 녀 경 광 음
適[4]與佳節會하여,　士女競光陰[5]이라.

응장 요주저　　　번취 탕인심
凝妝[6)]耀洲渚하고,　繁吹[7)]蕩人心이라.

간관 임중조　　　지시위화음
間關[8)]林中鳥는,　知時爲和音[9)]이라.

기무일준 주　　　자작환자음
豈無一樽[10)]酒리오　自酌還自吟이라.

단비시이실　　　사서 질상침
但悲時易失이니,　四序[11)]迭相侵이라.

아가군자행　　　시고유시금
我歌君子行[12)]하니,　視古猶視今[13)]이라.

註解 1) 幽懷(유회)－가슴 속에 품고 있는 느낌, 인생은 무상하다는데서 오는 시름을 말한다.《창려집(昌黎集)》엔 권2에 실려 있다. 2) 寫(사)－사(瀉)와 통하여, '쏟아버리는 것' 또는 '씻어버리는 것'. 3) 潯(심)－물가. 4) 適(적)－마침. 가절(佳節)은 날씨와 경치가 좋은 철. 5) 競光陰(경광음)－좋은 철을 다투어 즐기는 것. 6) 凝妝(응장)－짙은 화장, 곱게 단장한 것. 요(耀)는 빛나다. 주(洲)는 섬, 물가. 저(渚)는 물가, 모래톱. 요주저(耀洲渚)는 '물가 모래톱에 비치는 것'. 또는 '물가에 반사되어 어른거리는 것'. 7) 繁吹(번취)－번다한 취적(吹笛) 소리, 요란한 피리 소리. '취'는 취주악기 소리를 가리킨다. 탕인심(蕩人心)은 '사람의 마음을 움직인다' '사람의 마음을 들뜨게 한다'. 8) 間關(간관)－새가 우는 소리의 형용.《시경》주남(周南) 물수리(關雎) 시의 '관관저구(關關雎鳩)'에서 딴 표현이나, '짹짹' 또는 '삑삑'으로 보아야 옳다. 9) 知時爲和音(지시위화음)－'때를 알고 부드러운 소리를 낸다' 곧 '아름다운 봄철을 만나 고운 소리로 운다'는 뜻. 10) 樽(준)－술통. 11) 四序(사서)－춘하추동 사철의 질서. 질상침(迭相侵)은 '번갈아가며 자리를 서로 빼앗는다' '번갈아 돌아간다'는 뜻. 12) 君子行(군자행)－군자의 노래. 옛 악부의 이름. 그 내용은 군자는 힘써 도를 지키어 혐의를 피하고 시간을 아끼며 현명한 친구를 애써 구한다는 것이다. 작자는 이 노래를 부르며 군자의 본분을 생각하고, 더욱 세월이 빨리 흐름을 안타까이 여긴 것이다. 13) 視古猶視今(시고유시금)－왕희지(王羲之)의 〈난정집서

(蘭亭集序)〉에서 '뒤에 지금을 보는 것도 또한 지금 옛날을 보는 것처럼 될 것이다. 슬프도다!'라 한 데서 딴 표현이다. 직역하면 '옛날을 봄은 마치 지금을 보는 것과 같다' 곧 '옛날의 군자들은 〈군자의 노래〉에서 노래했듯이 시간을 아끼며 덕을 쌓았는데 지금 우리도 그래야 할 것이다'라는 뜻으로 보아도 되고, '지금 자기가 시간이 흐름을 슬퍼하듯 옛분들도 시간의 흐름을 슬퍼했다'는 뜻으로 보아도 된다.

解說 이 시는 하는 일 없이 시간이 흐르고 있음을 슬퍼한 것이다. 사람들은 좋은 철이라 유흥에 들떠있고, 새들은 아름다운 소리로 지저귀고 있지만 시간은 잠시도 쉬지 않고 흘러가고 있는 것이다. 이처럼 흐르는 시간을 생각할 때마다 작자의 마음은 한없이 슬퍼만진다. 옛날 군자들을 생각하며 〈군자의 노래〉를 노래하여 보지만, 시간의 흐름을 슬퍼한 것은 옛부터 지녀온 인간의 숙명인 것만 같다.

수주로 공부하러 가는 제갈각을 전송하며 (送諸葛覺[1]往隨州讀書)

업후의 집에는 책이 많아,
서가에는 3만 개의 두루마리가 꽂혀 있네.
하나하나 상아 딱지가 달려 있고,
새롭기 손도 대지 않은 것 같네.
그분은 많이 읽고 외우고 하여,
한번 본 책은 다시 읽을 게 없다네.
위대하게도 여러 성인의 글이,
수북히 그의 뱃속에 쌓여 있다네.
나이는 50이 넘었는데,
고을 태수를 여섯 번이나 이미 지냈네.
장안에도 옛집이 있으나,

오래 살게 버려두지 않았고,
조정의 관서에는 관원이 많아,
한 발짝 들여놓을 여지도 없었다네.
나는 비록 조정에서 벼슬하고 있다 하나,
기세가 나날이 오므라들고 있어,
여러번 승상에게 말씀드렸지만,
간절한 말 들어주지도 않더군.
그를 전송하러 산수를 지나가서,
그가 가는 동쪽을 눈도 깜박거리지 않고 바라보았네.
지금 그대가 그에게 가서 놀게 되면,
학문을 바라는 대로 닦을 수 있을 거네.
바다로 들어가 물고기와 용을 보고,
나래 들어 고니를 쫓듯 마음껏 공부하게.
힘써 새로운 시와 글 지어,
다달이 서너 폭씩 보내주게나.

업후 가다서　　가 삽삼만축
鄴侯[2]家多書하여,　架[3]插三萬軸이라.

일일 현아첨　　신약수미촉
一一[4]懸牙籤하고,　新若手未觸이라.

위인강기람　　과안부재독
爲人强記覽[5]하여,　過眼不再讀이라.

위재군성서　　뇌락 재기복
偉哉攟聖書를,　磊落[6]載其腹이라.

행년 유오십　　출수 수이륙
行年[7]逾五十에,　出守[8]數已六이라.

경읍 유구려　　불용구식숙
京邑[9]有舊廬나,　不容久食宿[10]이라.

대각 다관원　　무지기일족
臺閣[11]多官員하니,　無地寄一足이라.

아 수 관 재 조　　　　기 세 일 국 축
我雖官在朝나,　　　氣勢日局縮[12]이라.

누 위 승 상 언　　　　수 간 　불 견 록
屢爲丞相言[13]이나,　雖懇[14]不見錄이라.

송 행 과 산 수　　　　동 망 　부 전 목
送行過滻水[15]하니,　東望[16]不轉目이라.

금 자 종 지 유　　　　학 문 득 소 욕
今子從之遊[17]하니,　學問得所欲이라.

입 해 관 용 어　　　　교 　핵 축 황 혹
入海觀龍魚[18]하고,　矯[19]翮逐黃鵠이라.

면 위 신 시 장　　　　월 기 삼 사 폭
勉爲新詩章하여,　　月寄三四幅[20]하라.

註解 1) 諸葛覺(제갈각)－담사(澹師)라는 이름의 중이었으나 불교를 버리고 유교로 돌아온 사람. 한유의 일시(逸詩)에 〈담사한수(澹師鼾睡)〉가 있는데 바로 이 사람을 두고 지은 시라 한다. 수주(隨州)는 지금의 호북성(湖北省) 덕안부(德安府)에 있던 고을 이름. 이때 업현후(鄴縣侯) 이필(李泌)의 아들 이번(李繁)이 수주자사(隨州刺史)로 있었다. 제갈각(諸葛覺)은 이번을 좇아 공부를 하려고 수주로 떠났는데, 그를 보내며 한유가 지은 시가 이것이다. 이 시는 《한창려선생집》 권7에 실려 있다. 2) 鄴侯(업후)－재상을 지낸 이필(李泌)을 가리킨다. 필은 자가 장원(長源)이며 정원(貞元) 연간(786~804)에 재상이 되어 업현후에 봉해졌다. 3) 架(가)－서가(書架). 삽(挿)은 꽂다. 축(軸)은 '두루마리'. 이때의 책은 비단에 글을 써서 두루마리로 만든 것이었다. 3만 축은 곧 3만 책(冊)에 해당한다. 4) 一一(일일)－하나하나에 모두. 현(懸)은 달아두는 것. 아첨(牙籤)은 상아로 만든 패 쪽지. 거기엔 책 이름과 저자의 이름이 적혀 있었다. 5) 强記覽(강기람)－강기박람(强記博覽). 많이 외우고 널리 책을 읽는 것. 6) 磊落(뇌락)－돌이 첩첩이 쌓여 있는 모양. 여기에서는 암송하는 책의 많음을 형용한 것이다. 재기복(載其腹)은 그의 배 속에 들어 있다. 곧 암기하고 있다는 뜻. 7) 行年(행년)－지나온 해, 곧 '나이'. 8) 出守(출수)－지방으로 나가 고을 태수가 되는 것. 수이륙(數已六)은 수가 이미 여섯 번이다, 곧 여섯 번이나 지방 태수 노릇을 하였다. 9) 京邑(경읍)－장안을 가리킨다. 10) 不容久食宿(불용구식숙)－오랫동안 장안에 있는 집에서 먹고 자고 살도록 용허하지 않았다. 곧 바로 지방에 벼슬을 주어 쫓아내 버렸던 일을 뜻한다. 11) 臺閣(대각)－조정 정치 처리의 중심이 되는 상서성(尙書省)을 가리킨다. 여기에서는 조정의 중앙 관서를 가리킨다고 생각함이 좋다. 12) 局縮(국축)－오므라드는 것. 13) 丞相言(승상언)－승상에게 말하다. 14) 雖懇(수간)－'비록 간절히' 여러번 말씀드렸지만. 불견록(不見錄)은 채록(採錄)되지 않았다, 들어주지 않았다. 견(見)은 피동을 나타낸다. 15) 滻水(산수)－장안의 남전곡(藍田谷) 북쪽으로부터 나와 패릉(灞陵)에 이르러 패수(灞水)와 합쳐지는 강물 이름. 16) 東望(동망)－동쪽으로 그가 떠나가는 것을 바라보는 것. 부전목(不轉目)은 눈을 깜박거리거나 굴리지도 않고 응시하는 것. 17) 從之遊(종지유)－그를 좇아 논다. '지(之)'는 이번(李繁)을 가리킨다. 18) 入海觀龍魚(입해관용어)－바닷속으로 들어가 고기나 용을 구경하듯 심오한 학문을 많이 배우라는 뜻. 19) 矯(교)－나래를 '들어' 높이 나는 것. 핵(翮)은 깃촉, 나래. 혹(鵠)은 고니. 황혹(黃鵠)도 고니, 큰기러기같이 생긴 철새의 하나. 이 구절은 마음껏 공부를 많이 하라는 뜻임. 20) 三四幅(삼사폭)－서너폭. 옛날에는 글을 써서 두루마리나 족자로 만들어 놓았음으로 '폭'이라 한 것이다.

解說 이 시는 친구인 제갈각이 수주로 글공부하러 떠나가는 것을 전송하며 지은 것이다. 수주의 자사로 있는 이번(李繁)의 아버지 업후(鄴侯)는 많은 장서와 풍부한 학식을 지니고 있던 분이라, 그의 아들인 이번도 자연히 학문이 깊을 것이지만 나이 50이 넘도록 줄곧 지방의 태수 노릇만 하는 사람이다. 자기는 승상에게 이번을 여러번 추천했으나 등용되지 못했다. 그래서 그가 수주로 떠나갈 때 이별하던 일이 지금도 눈에 떠오른다. 지금 그대는 이번에게로 글공부를 하러 가니 가거든 그 많은 장서와 근원이 있는 학식을 지닌 사람 밑에서 마음껏 많은 공부를 하기 바란다. 그리고 멀리 떠나 있다 하더라도 나를 잊지 말고 한 달에 서너 편씩 좋은 시를 써보내주기 바란다는 것이다. 그러면 자기는 그 시를 통하여 그대의 소식에 접하고 나날이 진보하는 학문을 알고 스스로를 격려하게 될 것이라는 뜻도 지니고 있다.

시를 통하여 학문에 대한 한유의 깊은 관심과 깊은 학문을 지니고도 큰 벼슬을 하지 못하는 이에 대한 동정을 느낄 수 있다.

취하여 장비서에게 지어 보냄(醉贈張秘書[1])

사람들 모두 내게 술을 권했지만,
나는 듣지 못한 척 해왔는데,
오늘은 그대 집에 와서,
술을 청해 그대에게 술을 권하네.
이 자리의 손님들과
내가, 모두 글을 지을 줄 알기 때문일세.
그대의 시는 정감이 풍부하여,
자욱한 봄하늘의 구름 같고,
맹교(孟郊)의 시는 세상을 놀라게 하기 일쑤이니,
하늘의 꽃이 기이한 향기를 뿜는 것 같고,
장적(張籍)의 시는 옛날의 담담한 풍조를 배워,
높이 나는 학이 닭의 무리를 피하는 듯하네.
내 조카는 글도 제대로 모르지만,
글씨는 곧잘 쓸 줄 알아,
시가 되면 그에게 베끼도록 하니,
역시 우리 글 쓰는 사람들과 어울리기에 족하다 하겠네.
술을 얻으려 한 까닭은,
얼큰하길 기다려 글을 지으려는 걸세.
술맛은 차고도 시원하고,
술기운은 향긋이 취해 오르네.
본성과 감정이 점점 넓고 커지니,
얘기하고 웃는 소리 왁자지껄하네.

이것이야말로 술뜻을 정말로 얻은 것이니,
이밖의 다른 것은 공연히 어지러울 뿐일세.
장안의 부호 자제들은,
소반에 고기 나물로 성찬을 차려놓고,
글 지으며 술 마실 줄은 모르고,
오직 붉은 치마 두른 여자들에 취하네.
비록 잠깐의 즐김은 얻을 수 있겠지만,
모여 나는 모기떼나 같은 걸세.
지금 나와 여러 손들은,
본시 썩은 풀과 향초가 모인 게 아니어서,
뛰어난 말은 귀신의 쓸개를 째지게 하고,
고상한 글귀는 태곳적 글에 견줄 만하네.
지극한 보배는 깎고 다듬을 필요가 없고,
신묘한 잎은 풀 뽑고 김매지 않고 이뤄진다네.
지금은 태평세월이 되어가고 있어,
많은 어진 이들이 요순 같은 어진 임금을 받들고 있네.
우리들은 다행히 아무 일도 없으니,
아침저녁으로 이런 즐거움 추구하는 걸세.

인 개 권 아 주　　아 약 이 불 문
人皆勸我酒나,　我若耳不聞이라.

금 일 도 군 가　　호 주 지 권 군
今日到君家하여,　呼酒[2]持勸君이라.

위 차 좌 상 객　　급 여 각 능 문
爲[3]此座上客과,　及余各能文이라.

군 시 다 태 도　　애 애 춘 공 운
君詩多態度[4]하여,　藹藹[5]春空雲이라.

동 야 동 경 속　　천 파 토 기 분
東野[6]動驚俗하니,　天葩[7]吐奇芬이오.

장적 학고담　헌학 피계군
張籍[8]學古淡하여,　軒鶴[9]避鷄羣이라.

아매 불식자　파지서팔분
阿買[10]不識字나,　頗知書八分[11]이라.

시성사지사　역족장오군
詩成使之寫하니,　亦足張吾軍[12]이라.

소이욕득주　위문 사기훈
所以欲得酒는,　爲文[13]俟其醺이라.

주미기냉렬　주기우인온
酒味旣冷冽[14]하고,　酒氣又氤氳[15]이라.

성정점호호　해소방운운
性情漸浩浩하니,　諧笑方云云이라.

차성득주의　여외 도빈분
此誠得酒意니,　餘外[16]徒繽紛이라.

장안중부아　반 찬라전훈
長安衆富兒는,　盤[17]饌羅羶葷이라.

불해문자음　유능취홍군
不解文字飮하고,　惟能醉紅裙[18]이라.

수득일향 락　유여취비문
雖得一餉[19]樂이나,　有如聚飛蚊[20]이라.

금아급수자　고무유 여훈
今我及數子는,　故無蕕[21]與薰이라.

험어 파귀담　고사 비황분
險語[22]破鬼膽이오,　高詞[23]媲皇墳이라.

지보부조탁　신공 사서운
至寶不雕琢[24]이오,　神功[25]謝鋤耘이라.

방금향태평　원개 승화훈
方今向泰平하니,　元凱[26]承華勛이라.

오도행무사　서 이궁조훈
吾徒幸無事하니,　庶[27]以窮朝曛이라.

註解 1) 張秘書(장비서) – '장'은 성, '비서'는 벼슬 이름. 장비서는 장

철(張徹)이란 말도 있으나 확실치 않다. 《한유문집》 권2에 실려 있으며, 장비서의 집에서 당시의 문인들과 술을 마시고 그에게 지어준 시이다. 2) 呼酒(호주) – 술을 불러, 술을 청하여. 지권군(持勸君)은 그것을 가지고 그대에게 권한다, 곧 그 술을 권한다는 뜻. 3) 爲(위) – '…… 때문의' 의 뜻. 4) 態度(태도) – 정감과 몸가짐, 아름다운 정감. 5) 藹藹(애애) – 구름이 가득히 어울려 있는 모양. 6) 東野(동야) – 맹교(孟郊)의 자. 그는 한유의 제자로 이 시대의 대표적인 시인의 하나. 그의 시는 한유처럼 개성이 뚜렷한 표현을 추구하여 글이 특이해서 읽기 까다롭다는 평을 듣고 있다. 7) 天葩(천파) – 천화(天花), 하늘의 꽃. 토기분(吐奇芬)은 기이한 향기를 뿜는다. 8) 張籍(장적) – 자가 문창(文昌). 한유의 추천으로 국자박사(國子博士) · 수부원외랑(水部員外郎) · 국자사업(國子司業) 등을 지낸 시인. 그는 특히 악부체의 시를 잘 지었다. 고담(古淡)은 고풍(古風)과 담백(淡白)한 맛을 지닌 것. 9) 軒鶴(헌학) – 높이 나는 학. 10) 阿買(아매) – 조카를 이름. 불식자(不識字)는 '글자를 모르는 것' 보다는 '글을 잘 모른다는 뜻' 임. 11) 八分(팔분) – 한자 서체(書體)의 일종. 팔분서(八分書). 동한 말 예서(隸書)가 해서(楷書)로 발전했을 적에, 그 서체를 '팔분' 이라고도 불렀다. 12) 張吾軍(장오군) – 내 군진(軍陣)을 벌인다. 군진은 필진(筆陣)을 뜻하며, 글 쓰는 사람들과 행동을 함께 함에 비유한 것. 13) 爲文(위문) – 글을 짓는 것. 사(俟)는 기다리다. 훈(醺)은 술에 얼근히 취하는 것. '글을 지음에 얼근히 취함을 기다린다' 는 것은 '술 얼큰한 뒤에 글을 짓는다' 는 뜻. 14) 洌(열) – 매섭게 추운 것. 15) 氤氳(인온) – 기운이 성한 것. 여기서는 '술 기운이 향긋하면서도 취해오르는 것.' 16) 餘外(여외) – 그밖에 다른 일. 빈분(繽紛)은 난잡한 것, 어지러이 섞이는 것. 17) 盤(반) – 쟁반. 찬(饌)은 반찬. 전(羶)은 육류로 만든 안주. 훈(葷)은 마늘 · 파 · 부추 · 생강 등 향내나는 채소를 넣어 만든 고급 채소요리. 18) 紅裙(홍군) – 붉은 치마를 두른 여자. 20) 一餉(일향) – 한참, 짧은 동안. 잠깐. 20) 聚飛蚊(취비문) – 모여서 나는 모기떼. 21) 蕕(유) – 고약한 냄새가 나는 풀 이름. 훈(薰)은 향기로운 냄새가 나는 풀 이름. 유여훈(蕕與薰)은 성격이나 취미와 행동이 서로 판이한 사람들에 비유된다. 22) 險語(험어) – 험준하게 뛰어난 말. 파귀담(破鬼膽)은 '귀신의 쓸개를 깨뜨린다'. 따라서 그 말이 사람들을 놀라게 할 것임은 말할 것도 없다. 23) 高詞(고사)－고상한 글귀. 비(媲)는 짝, 비(比)의 뜻. 황분(皇墳)은 삼황(三皇)시대의 책. 서서(書序)에 '복희(伏羲)·신농(神農)·황제(黃帝)의 책을 '삼분(三墳)'이라 한다'고 하였다. 이곳의 '분'은 이 '삼분'을 말한다. 24) 雕琢(조탁)－옥에 무늬를 새기고 쪼아내고 하여 다듬는 것. 25) 神功(신공)－신묘한 일의 결과. 서(鋤)는 호미, 김매다. 운(耘)은 김매다. 지극한 보배(至寶)나 오묘한 노력의 결과(神功) 같은 훌륭한 문장이 자연스럽게 이루어진다는 뜻. 26) 元凱(원개)－고대의 현명한 신하 팔원(八元)과 팔개(八凱). 고양씨(高陽氏 : 顓頊)에게 재주 많은 신하 8명이 있었는데 세상에선 그들을 팔개(八凱)라 하였다. 고신씨(高辛氏 : 帝嚳)에게 재주 많은 신하 8명이 있었는데 세상에선 그들을 8원(元)이라 하였다(《左傳》 文公 18년). 따라서 '원개'는 훌륭한 신하들을 말한다. 화훈(華勛)은 요(堯)임금의 호가 방훈(放勛), 순(舜)임금의 호가 중화(重華)였다(《史記》). 그러므로 중화와 방훈이 합친 것으로 요순과 같은 임금을 가리킨다. 27) 庶(서)－바라다. 훈(曛)은 날이 어두워지는 것, 저녁 때. '궁조훈(窮朝曛)'은 아침부터 저녁까지 이러한 글을 지으며 술 마시는 모임을 꾸준히 해나가겠다는 뜻.

解說 뜻이 맞는 친구들과 어울려 글을 지으며 술 마시는 모임을 하면서, 그 즐거움과 의의를 읊은 것이 이 시이다. 한유는 본시 술을 별로 좋아하지 않았다. 그러나 이처럼 뜻이 맞는 친구들을 만나면 깨끗하게 술 마시며 글 짓는 놀이를 마다하지 않았다. 오히려 멋없는 장안 부자들의 술 마시며 노는 꼴이 우습게 여겨진다.

악착 같음(齷齪[1])

쓸데없이 악착 같은 지금 세상 선비들은,
걱정이 굶주리고 헐벗는 데만 있네.
다만 천한 자들이 슬퍼함만을 보고,

귀한 사람들의 탄식 소린 듣지도 못하네.
크게 어진 사람은 하는 일이 달라서,
원대한 포부는 속된 견해와 다르다네.
나라를 위하는 마음은 희고 깨끗하며,
시국을 생각하고 눈물 줄줄 흘리네.
아름다운 여자들이 양편에서,
부드러운 손가락으로 슬픈 가락을 타는데,
술과 안주가 비록 매일 벌어진다 해도,
깊이 느끼는 게 있는데 어찌 즐길 수가 있겠는가?
가을구름이 환한 햇빛 가리어,
진흙과 빗물이 조금도 마르지 않네.
황하의 제방이 동쪽 고을에서 터지니,
노인이나 애들은 모두 놀란 여울물에 휩쓸렸네.
하늘의 뜻은 본시 목적이 있나니,
누가 그런 일을 책할 수 있겠는가?
바라건대 태수님의 천거를 받아,
임금에게 간하는 관리가 되고자 하노니,
구름을 헤치고 궁전 문앞에 나가 소리치고,
배를 갈라 그 속의 옥돌을 바치고 싶네.
임금 섬김에 어찌 방법이 없을 건가?
스스로 나아감이 정말로 어려울 따름일세.

착 착 당 세 사 　　소 우 재 기 한
齪齪當世士는, 所憂在飢寒이라.

단 견 천 자 비 　　불 문 귀 자 탄
但見賤者悲요, 不問貴者歎이라.

대 현 사 업 이 　　원 포 비 속 관
大賢事業異[2]하여, 遠抱非俗觀[3]이라.

보 국 심 교 결　　염 시 체 범 란
報國心皎潔이오,　　念時涕汎瀾[4]이라.

요 희 재 좌 우　　유 지 발 애 탄
妖[5]姬在左右하니,　　柔指發哀彈이라.

주 효 수 일 진　　감 격 영 위 환
酒肴雖日陳이나,　　感激[6]寧爲歡가?

추 음 기 백 일　　이 로 불 소 건
秋陰欺[7]白日하여,　　泥潦[8]不少乾이라.

하 제 결 동 군　　노 약 수 경 단
河堤決東郡하니,　　老弱[9]隨驚湍이라.

천 의 고 유 촉　　수 능 힐 기 단
天意固有屬[10]하니,　　誰能詰[11]其端고?

원 욕 태 수 천　　득 충 간 쟁 관
願辱太守薦하여,　　得充諫諍官[12]이라.

배 운 규 창 합　　피 복 정 랑 간
排雲[13]叫閶闔하고,　　披腹[14]呈琅玕이라.

치 군 기 무 술　　자 진 성 독 난
致君豈無術고?　　自進誠獨難이라.

註解 1) 齪齪(착착)－쓸데없는 일에 악착 같은 모양, 염치없이 자기만을 생각하는 것. 2) 事業異(사업이)－종사하는 일이 보통 사람들과는 다르다는 뜻. 3) 非俗觀(비속관)－속된 일반적인 생각과는 관점이 다른 것. 4) 汎瀾(범란)－눈물이 흥건한 모양. 5) 妖(요)－고운, 아리따운. 6) 感激(감격)－나라와 시국을 생각하는 격한 감정을 갖는 것. 영(寧)은 어찌. 의문사. 위환(爲歡)은 즐기는 것. 7) 欺(기)－업신여기는 것. 8) 潦(로)－빗물, 길바닥에 흐르는 물. 9) 老弱(노약)－노인과 약자. 단(湍)은 여울, 급한 여울. 이상 4구는 세상의 일이 올바로 잘 되어가지 못하고 있음을 비유한 것이다. 10) 有屬(유촉)－목적이 있다는 뜻. 11) 詰(힐)－꾸짖는 것. 단(端)은 사단(事端), 단서(端緖), 발단(發端). 12) 諫諍官(간쟁관)－임금에게 간(諫)하는 일을 하는 관리. 13) 排雲(배운)－구름을 밀치고 높이 올라가는 것. 벼슬하여 조정에 나아감을 비유한 것이다. 창합(閶闔)은 본시는 천문(天門). 여기서는 궁문을 가리킨다. 궁문에서 부르짖는다는 것은 임금에게 자기의 옳은 뜻을 마음껏 다 얘기함을 뜻한다. 14) 披腹(피복)-배를 가르는 것. 낭간(琅玕)은 옥돌의 일종. 배를 갈라 그 속의 옥돌을 바친다는 것은 자기가 품고 있던 훌륭한 경륜을 다 아룀을 뜻한다.

解說 이 시는 앞에서는 속세의 일반 선비들과는 다른, 훌륭한 뜻을 품고 어지러워지고 있는 나라와 시국을 걱정했고, 뒤에선 자기가 간쟁관(諫諍官)이 되어 임금에게 자기의 훌륭한 생각을 다 아뢰어 나라를 올바로 이끌려는 생각을 노래한 것이다. 작자의 생각은 아무리 이처럼 바르다 하더라도 세상은 구름이 밝은 해를 가리우고 황하의 제방이 터진 듯한 시국이어서 일종의 자기만의 탄식에 그치고 만다. 시의 제목부터 독특하고 개성이 돋보인다.

짧은 등잔대(短燈檠歌[1])

여덟 자 긴 등잔대는 공연히 길기만 하고,
두 자 길이 짧은 등잔대가 편하고도 밝네.
노란 발 푸른 장막 쳐진 붉은 문은 닫혀 있는데,
이슬 머금은 바람기운 불어 들어와 가을 방안 썰렁하네.
옷 말라 지어 멀리 떠난 이에게 부치려니 눈물이 눈 흐리게 하고,
머리 긁으며 자주 심지 돋우면서 침상 가까이로 옮겨오네.
태학의 유생은 동쪽 노(魯)나라에서 온 나그네인데,
스무 살에 집 떠나 과거보러 왔다네.
밤이면 가는 글자 쓰면서 글을 짓느라,
두 눈은 눈꼽 끼어 어두워지고 머리는 눈처럼 희어졌네.
이 시각에도 책 들고 책상 앞에 앉았으니,
새벽까지 책 보자면 어이 잠잘 수나 있겠는가?
하루아침에 부귀 누리게 되면 또한 자기 멋대로 살게 되어,
긴 등잔대 높이 올려 진주와 비취 장식한 여자를 비추게 하네.

아아! 세상일 그렇지 않은 게 없으니,
그대는 저 담 모퉁이에 버려진 짧은 등잔대를 보게나!

장 경 팔 척 공 자 장　　　　단 경 이 척 편 차 광
長檠八尺空自長이오,　　短檠二尺便且光이라.

황 렴 녹 막　주 호 폐　　　　풍 로 기 입 추 당 량
黃簾綠幕[2)]朱戶閉요,　　風露氣入秋堂凉이라.

재 의 기 원 루 안 암　　　　소 두　빈 도　이 근 상
裁衣寄遠淚眼暗하니,　　搔頭[3)]頻挑[4)]移近床이라.

태 학 유 생 동 로　객　　　　이 십 사 가 래 사 책
大學儒生東魯[5)]客이,　　二十辭家來射策[6)]이라.

야 서 세 자 철 어 언　　　　양 목 치 혼　두 설 백
夜書細字綴語言[7)]하니,　　兩目眵昏[8)]頭雪白이라.

차 시 제 설　당 안 전　　　　간 서 도 효 나 능 면
此時提挈[9)]當案前하니,　　看書到曉那能眠고?

일 조 부 귀 환 자 자　　　　장 경 고 장 조 주 취
一朝富貴還自恣[10)]하니,　　長檠高張照珠翠[11)]라.

우 차 세 사 무 불 연　　　　장 각　군 간 단 경 기
吁嗟世事無不然하니,　　墻角[12)]君看短檠棄하라!

註解 1) 短燈檠歌(단등경가)－짧은 등잔대 노래. 《한유문집》 권5에 실려 있다. 2) 黃簾綠幕(황렴녹막)－노란 발과 파란 장막. 여자가 사는 방의 발과 장막을 가리킨다. 3) 搔頭(소두)－머리를 긁다. 사람이 초조할 때 하는 동작. 《시경》 패풍(邶風) 정녀(靜女) 시에 '사랑하면서도 나타나지 않으니, 머리 긁으며 서성인다(愛而不見, 搔頭踟躕)' 고 하였다. 4) 頻挑(빈도)－자주 등잔의 심지를 돋구다. 5) 東魯(동로)－동쪽 노나라 지방, 공자가 살던 곡부(曲阜)가 있는 고장. 6) 射策(사책)－지방의 공사(貢士)들이 조정에서 과거를 볼 때, 제목이 적힌 대쪽〔策〕을 뽑은 뒤 거기에 대한 논문을 지었던 일을 가리킴. 7) 綴語言(철어언)－말을 엮어 글을 짓다, 논문 쓰는 연습을 하는 것. 8) 眵昏(치혼)－눈꼽이 끼고 눈이 어두워지는 것. 9) 提挈(제설)－책을 받쳐 드는 것. 10) 還自恣

(환자자) - 다시 자기 멋대로 행동하게 되다. 11) 珠翠(주취) - 진주와 비취, 진주와 비취로 장식한 여인들을 가리킴. 12) 墻角(장각) - 담 모퉁이.

解說 이 시는 등잔대를 빌어 인생의 무상함을 노래하고 있다. 먼저 집에서는 짧은 등잔대 앞에 눈물을 머금고 멀리 떠난 임의 옷을 짓는 여인의 모습을 노래하고, 다시 짧은 등잔대 앞에 과거보러 집 떠나와 밤새워 책 읽는 유생을 노래하고 있다. 그런데 이 유생이 일단 과거에 급제하여 출세하게 되면 짧은 등잔대는 버리고 긴 등잔대 밑에서 아름다운 여인들과 즐거운 삶을 살게 된다는 것이다. 짧은 등잔대와 함께 불우했던 지난날이나 자기를 위해 애쓴 부인의 공은 까맣게 잊어버리는 게 보통이라는 것이다.

돌북 노래(石鼓歌[1])

장생(張生)이 손에 돌 북의 글 들고 와서,
나에게 돌 북의 노래 지어 보도록 권하네.
두보는 가고 없고 이백도 죽었으니,
재주 천박한데 돌 북을 어이 노래할 수 있을까?
주나라 기강 무너져 온 세상 물끓듯 소란해지니,
선왕(宣王)은 분발하여 일어나 하늘을 대신하여 창 휘둘러 나라 다시 일으켰네.
궁전의 명당(明堂) 활짝 열고 조하(朝賀)를 받게 되니,
모인 제후들의 칼과 허리에 찬 구슬이 울리고 서로 부딪치고 하였네.
선왕이 기산(岐山) 남쪽 기슭으로 사냥을 나가 빼어난 인재들 말 달리게 하니,
만 리 사방의 새 짐승들이 모두 걸리어 잡히었네.
나라를 다시 일으킨 공을 새기고 이룬 공로 조각하여 만세토록 알

리고자,
돌을 쪼아 북 모양 만들기 위하여 솟아오른 바위 무너뜨렸네.
시종하는 신하들 재주와 학문 모두 천하제일이었으나,
그 중 뛰어난 사람 골라 뽑아 글을 돌 북에 새기어 산언덕에 두도록 하였다네.

오랜 세월 비에 젖고 햇볕에 타고 들불에 그을렸어도,
귀신들이 수호하여 번거로이 해치는 자를 물리치고 꾸짖어준 듯.
장공(張公)은 어디에서 이 탁본을 얻었는지,
새겨진 글씨 머리 터럭 같은 자획까지도 어긋남없이 갖추었네.
문장이 매우 반듯하고 뜻은 세밀하여 읽어도 이해하기 어렵고,
글씨체는 예서(隷書)나 과두문자(蝌蚪文字)와도 비슷하지 않네.
세월 오래되었는데 어찌 자획이 떨어져나가지 않을 수 있으랴?
잘 드는 칼로 산 교룡(蛟龍)과 악어를 잘라낸 듯하네.
난새 날고 봉황새 날아오르며 여러 신선들 내려오는 듯하고,
산호와 벽옥나무 가지들이 엇섞여 무성한 듯도 하며,
금줄과 쇠사슬을 얽어 매어놓은 듯 웅장하기도 하고,
오래된 솥이 물속에 뛰어들고 용이 베틀 북처럼 뛰어 노는 듯도 하네.
고루한 선비 《시경》을 편찬하며 돌 북의 글은 끼어넣지 아니하니,
대아(大雅) · 소아(小雅)도 편협하여 여유가 없는 듯이 보이네.
공자는 서쪽으로는 진(秦)나라에까지 가지 못하였으니,
별자리 같은 시들은 주워모으면서도 해와 달 같은 돌 북의 글은 빠뜨렸네.

아아! 나는 옛것을 좋아하나 태어난 게 매우 늦어,
돌 북의 글 대하니 눈물만 두 눈에서 비오듯 흐르네.
생각컨대 옛날 처음으로 국자학(國子學) 박사로 부름 받은 것은,

그해 처음으로 연호를 원화(元和)라 고쳤을 때였네.
잘 아는 이가 종군하여 우부풍(右扶風)에 있어,
나를 위해 재고 헤아리어 돌 북을 놓아둘 절구통 같은 구덩이 파주기 바라네.
목욕하고 관 빨아 쓴 뒤 국자좨주(國子祭酒)에게 고하기를,
이와 같은 지극한 보물이 어찌 많이 있겠습니까?
담요로 싸고 자리로 싸서 나른다면 곧 가져올 수 있으니,
열 개의 돌 북이래야 오직 몇 마리 낙타에 싣기만 하면 됩니다.
조정의 태묘(大廟)에 들여놓고 옛날 고(郜)나라의 큰 솥과 비교한다면,
그 빛이나 값이 어이 백 배를 넘는 데만 그치겠습니까?
황제가 허락하시어 만약 태학(太學)에 보관하도록 허락된다면,
학생들에게 강의하여 학문을 갈고 닦을 수 있게 될 것입니다.
한나라 때 태학 문밖에 세운 돌에 새긴 경서를 보려고도 사람들이 잔뜩 모여들었으니,
온 나라 사람들이 밀물처럼 몰려올 것은 빤한 일입니다.
돌 북의 이끼를 깎고 후벼내어 글씨 마디와 모 드러나게 하고,
든든하게 잘 놓아 평평히 기울어짐 없도록 할 것입니다.
그리고 큰 집의 깊은 처마로 돌 북을 덮고 가려준다면,
오랜 세월 지나도록 아무 탈 없게 될 것입니다.

조정의 대관들은 일하는 데 익숙할 것이어늘,
어이하여 감격만 하고 공연히 우물쭈물하고만 있을까?
목동들은 돌 북을 쳐 불을 일으키고 소는 거기에 뿔을 비비고 있으니,
누가 다시 손을 대어 소중히 어루만질까?
나날이 지워지고 다달이 녹아서 묻혀 없어져 가고 있으니,
6년 동안 서쪽 바라보며 공연히 소리내어 한숨만 짓고 있네.
왕희지(王羲之)의 속된 글씨를 두고도 모양이 아름다워서

몇 장의 글씨로 흰 거위와 바꿀 수가 있었거늘,
주(周)나라를 이어 팔대(八代)의 왕조가 이어져 오면서 전쟁이 그쳤을 적 많았으되,
아무도 돌 북을 수습하는 이 없었으니 그 이유가 무엇일까?
지금은 태평하여 매일 아무 일도 없으니,
유학을 높이 받들고 있고 공자와 맹자를 존중하네.
어찌하면 이 일을 가지고 조정의 논의에 부칠 수 있을까?
그때엔 황하 물을 쏟아내는 듯한 구변을 빌고 싶네.
돌 북의 노래 여기에서 끝내니,
아아! 내 뜻 무너지는 듯하네.

장생 수지석고문 권아시작석고가
張生[2]手持石鼓文하고, 勸我試作石鼓歌라.

소릉 무인적선 사 재박장내석고하
少陵[3]無人謫仙[4]死하니, 才薄將奈石鼓何오?

주강능지 사해비 선왕 분기휘천과
周綱陵遲[5]四海沸하니, 宣王[6]憤起揮天戈[7]라.

대개명당 수조하 제후검패 명상마
大開明堂[8]受朝賀하니, 諸侯劍佩[9]鳴相磨라.

수 우기양 빙웅준 만리금수개차라
蒐[10]于岐陽[11]騁雄俊[12]하니, 萬里禽獸皆遮羅[13]라.

전공륵성 고만세 착석작고 휴차아
鐫功勒成[14]告萬世코자, 鑿石作鼓[15]隳嵯峨[16]라.

종신재예함제일 간선선각 유산아
從臣才藝咸第一이러늘, 簡選譔刻[17]留山阿[18]라.

우림일적 야화소 귀물수호번휘가
雨淋日炙[19]野火燒로되, 鬼物守護煩撝訶[20]라.

공종하처득지본 호발진비무차와
公從何處得紙本[21]고? 毫髮盡備無差訛[22]라.

사엄의밀독난효
辭嚴義密讀難曉요,

자체불류예여과
字體不類隸與蝌[23]라.

연심기면유결획
年深豈免有缺畫[24]고?

쾌검작단 생교타
快劍斫斷[25]生蛟鼉[26]라.

난상봉저 중선하
鸞翔鳳翥[27]衆仙下하고,

산호벽수 교지가
珊瑚碧樹[28]交枝柯며,

금승철삭 쇄뉴장
金繩鐵索[29]鎖紐壯[30]이오,

고정약수 용등사
古鼎躍水[31]龍騰梭[32]라.

누유편시 불수입
陋儒編詩[33]不收入하니,

이아 편박 무위사
二雅[34]褊迫[35]無委蛇[36]라.

공자서행부도진
孔子西行不到秦[37]하니,

기척 성숙유희아
掎摭[38]星宿遺羲娥[39]라.

차여호고생고만
嗟余好古生苦晚하여,

대차체루쌍방타
對此涕淚雙滂沱[40]라.

억석초몽박사징
憶昔初蒙博士徵[41]하니,

기년시개칭원화
其年始改稱元和[42]라.

고인종군재우보
故人從軍在右輔[43]하여,

위아양탁 굴구과
爲我量度[44]掘臼科[45]라.

탁관목욕고쇄주
濯冠沐浴告祭酒[46]하되,

여차지보존기다
如此至寶存豈多오?

전포석과가 립치
氈包席裹可[47]立致[48]니,

십고지재수낙타
十鼓只載數駱駝라.

천저태묘 비고정
薦諸大廟[49]比郜鼎[50]이면,

광가 기지백배과
光價[51]豈止百倍過리오?

성은약허유태학
聖恩若許留太學이면,

제생강해득절차
諸生講解得切磋[52]라.

관경홍도 상전열
觀經鴻都[53]尚塡咽[54]하니,

좌견거국래분파
坐見擧國來奔波[55]라.

완태척선 로절각
剜苔剔蘚[56]露節角[57]하고,

안치타첩 평불파
安置妥帖[58]平不頗라.

대하심첨 여개부
大廈深簷[59]與蓋覆이면,

경력구원기무타
經歷久遠期無他[60]라.

중 조 대 관 로 어 사
中朝大官老於事[61]어늘,

거　긍 감 격 도 암 아
詎[62]肯感激徒媕婀[63]오?

목 동 고 화　우 려 각
牧童敲火[64]牛礪角[65]하니,

수 부 착 수 위 마 사
誰復著手爲摩挲[66]오?

일 소 월 삭　취 매 몰
日銷月鑠[67]就埋沒하니,

육 년 서 고 공 음 아
六年西顧空吟哦[68]라.

희 지　속 서 진 자 미
羲之[69]俗書趁姿媚[70]하여,

수 지　상 가 박 백 아
數紙[71]尙可博白鵝어늘.

계 주 팔 대　쟁 전 파
繼周八代[72]爭戰罷로되,

무 인 수 습 리 즉 나
無人收拾理則那[73]오?

방 금 태 평 일 무 사
方今太平日無事하니,

병 용　유 술 숭 구 가
柄用[74]儒術崇丘軻[75]라.

안 능 이 차 상 론 렬
安能以此上論列[76]고?

원 차 변 구 여 현 하
願借辯口如懸河[77]라.

석 고 지 가 지 어 차
石鼓之歌止於此하니,

오 호 오 의 기 차 타
嗚呼吾意其蹉跎[78]아!

▲돌북(石鼓), 고궁박물원(故宮博物院) 소장

註解 1) 右鼓歌(석고가)－석고(石鼓)의 노래. 《창려선생집》 권5에 실려 있음. 석고는 돌로 만든 북 모양의 것으로 직경이 석 자가 넘었고, 도합 열 개가 섬서성(陝西省) 부풍현(扶風縣) 서북쪽에 있었다. 당(唐)나라 때 봉상부(鳳翔府) 공자묘(孔子廟)로 옮겨졌다. 지금은 북경의 청대(淸代) 국자감(國子監) 자리에 있다. 거기에 새겨져 있는 글은 학자에 따라 주(周)나라 초기의 것이라느니 선왕(宣王) 때 것이라느니 또는 진(秦)나라 때 것이라느니 의견이 분분하다. 또 당(唐) 이전에는 석고에 관한 기록이 전혀 없다. 당대에 와서 위응물(韋應物)과 한유(韓愈)의 〈석고가〉를 통하여 유명해졌고, 석고문(石鼓文)은 《고문원(古文苑)》에 실려 있다. 2) 張生(장생)－한유 문하의 시인 장적(張籍)을 가리킨다 한다. 3) 少陵(소릉)－두보(杜甫)를 가리킴. 두보는 장안현(長安縣) 두릉(杜陵 : 漢 宣帝의 陵) 동남쪽 소릉(少陵 : 許后의 陵) 서쪽에 살며, 두릉포의(杜陵布衣)니 소릉야로(少陵野老)라 자호(自號)하여 흔히 두소릉(杜少陵)이라고도 불렀다. 4) 謫仙(적선)－이백(李白)을 가리킴. 하지장(賀知章)이 이백을 처음 만나보고는 '적선인(謫仙人 : 귀양내려온 신선 같은 사람)이라 찬탄했다' 한다(《唐書》 〈李白傳〉). 5) 周綱陵遲(주강능지)－주나라의 기강이 무너지다. 능지(陵遲)는 무너지는 것, 쇠하는 것. 6) 宣王(선왕)－주(周)나라 임금, 기원전 827~782 재위. 서주(西周)의 끝에서 두 번째 임금으로, 유왕(幽王)의 아버지이며 여왕(厲王)의 아들로 한때 기울어져가던 주나라를 다시 일으키려고 애썼던 임금. 선왕 때의 태사주(太史籒)가 주서(籒書)라는 자체를 발명했는데(許愼 《說文》 敍), 석고문의 글씨가 이 주서(籒書)라 여겨졌다. 7) 揮天戈(휘천과)－하늘의 창을 휘두르다. 선왕이 서융(西戎) · 험윤(玁狁) · 형만(荊蠻) · 회이(淮夷) · 서융(徐戎) 등을 토벌하여 주나라를 다시 일으켰던 일을 가리킴. 8) 明堂(명당)－옛날 천자가 제후들이 내조하면 맞던 곳으로 천자의 태묘(太廟)였다(《禮記》 明堂位 疏). 9) 劍佩(검패)－허리에 찬 칼과 허리에 찬 구슬. 10) 蒐(수)－봄 사냥. 11) 岐陽(기양)－기산(岐山)의 남쪽 기슭. 석고가 있던 섬서성 부풍현(扶風縣) 서북쪽. 석고에는 임금이 사냥하는 모습을 읊은 글이 새겨져 있다. 12) 騁雄俊(빙웅준)－영웅과 준걸들을 말 달리게 하다, 뛰어난 인물들을 말 달리며 사냥하게 하다. 13) 遮羅(차라)－길이 막히어 그물에 걸리다, 걸리어 잡히다. 14) 鐫功勒成(전공륵성)－공을 새기고 성과를 새겨놓다, 이룬 공을 석고에 새기다. 15) 鑿石作鼓(착석작고)－돌을 쪼아 북 모양을 만들다. 16) 隳嵯峨(휴차아)－높은 바위산을 무너뜨리다. '차아'는 산이 높은 모양. 17) 簡選譔刻(간선선각)－가장 재주있는 사람을 골라 뽑아 글을 지어 새기게 하다. '간선'은 골라 뽑는 것. '선'은 글을 짓는 것. 18) 山阿(산아)－산 언덕. 기산의 남쪽 기슭을 가리킴. 19) 雨淋日炙(우림일적)－비에 젖고, 햇볕에 구워지다. 20) 煩撝訶(번휘가)－번거로이 손 휘두르고 꾸짖다, 해치려는 자들을 번거로이 손을 휘둘러 몰아내고 꾸짖어 쫓아 버리다. 21) 紙本(지본)－탁본. 22) 無差訛(무차와)－그릇되고 거짓됨이 없다. 석고문의 본 글씨와 어긋남이 전혀 없는 것. 23) 隸與蝌(예여과)－예서(隸書)와 과두문자(蝌蚪文字). 예서는 진시황(秦始皇) 때 정막(程邈)이 만든 글자체로 한대에 통용되었고, 과두(蝌蚪)는 올챙이로 옛날에는 올챙이 모양의 자획의 과두자도 있었다(《尙書》序). 24) 缺畫(결획)－자획이 없어진 것, 자획이 마멸된 것. 25) 斫斷(작단)－찍어 자르는 것, 잘라내는 것. 26) 蛟鼉(교타)－교룡과 악어. '교'는 용의 일종. 27) 鸞翔鳳翥(난상봉저)－난새가 날고 봉새가 날아오른다. 28) 珊瑚碧樹(산호벽수)－산호와 벽옥나무. '벽옥나무'는 곤륜산(崑崙山)에 있다 한다(《淮南子》). 29) 金繩鐵索(금승철삭)－금줄과 쇠사슬. 30) 鏁紐壯(쇄뉴장)－얽어매고 묶고 한 듯 웅장하다. 31) 古鼎躍水(고정약수)－오래된 솥이 물에 뛰어들다. 한나라 무제(武帝) 때 분수(汾水) 남쪽에서 오래된 청동솥〔銅鼎〕이 나왔다는 얘기를 근거로 한 말. 자획의 기세가 격렬함을 형용한 것임. 32) 龍騰梭(용등사)－용이 베틀의 북처럼 뛰어 놀다. 이는 진(晉)나라 대장군 도간(陶侃)이 뇌택(雷澤 : 山東省에 있음)에서 고기를 잡다 한 개의 북을 건졌는데, 용으로 변하여 날아갔다는 전설에서 인용한 표현. 역시 자획의 기세가 격렬함을 형용한 말. 33) 詩(시)－《시경》을 말함. 34) 二雅(이아)－《시경》의 소아와 대아. 대체로 궁중의 아악(雅樂) 비슷한 성격의 노래들이다. 35) 褊迫(편박)－좁게 몰리다, 편협하다. 36) 委蛇(위사)－본시 위이(逶迤)와 통하여 '위이'로 읽는 게 옳으며, 여유있는 모습으로 걷는 것. 여기서는 여유있는 것. 37)

不到秦(부도진)－공자는 평생에 여러 나라를 주유하였으나 석고가 있는 진(秦)나라에는 간 일이 없었다. 38) 掎摭(기척)－끌어 모으다. 주워 모으다. 39) 羲娥(희아)－해와 달. '희'는 해의 신 희화(羲和), '아'는 달의 선녀 항아(姮娥)임. 40) 雙滂沱(쌍방타)－쌍으로 비내리듯 흐르다, 두 눈에서 비오듯 눈물이 흐르다. 41) 博士徵(박사징)－국자학(國子學) 박사(博士)로 부름을 받다. 한유는 원화(元和) 원년(元年 : 806)에 국자학 박사가 되었다. 42) 元和(원화)－당 헌종(憲宗)의 연호, 806~820년. 43) 右輔(우보)－우부풍(右扶風)의 벼슬. 경조(京兆)·좌풍익(左馮翊)·우부풍(右扶風)을 삼보(三輔)라고 불렀다. 곧 석고가 있던 섬서성 기양(岐陽)에 벼슬하는 친구가 있었다. 44) 量度(양탁)－재고 헤아리다. 45) 掘臼科(굴구과)－절구 같은 구덩이를 파다. 석고를 안치하기 위한 구덩이임. 46) 祭酒(좨주)－국자학(國子學) 좨주. 동한에서 박사 중 가장 뛰어나고 권위 있는 사람을 골라 좨주로 임명한 데서 유래하며, 국자학의 장로(長老)임. 47) 氈包席裹(전포석과)－석고를 담요로 싸고 자리로 싸다. 48) 立致(입치)－즉시 가져오다. 49) 薦諸大廟(천저태묘)－태묘에 바치다, 태묘에 들여놓다. 태묘는 선조를 제사지내는 묘당. 50) 郜鼎(고정)－고(郜)나라의 큰 솥. 송(宋)나라에서 뇌물로 고나라의 큰 솥을 노(魯)나라 환공(桓公)에게 보내주었는데, 환공은 그것을 태묘에 들여놓았던 일이 있다(《左傳》 桓公 二年). 51) 光價(광가)－빛과 값. 52) 得切磋(득절차)－절차탁마(切磋琢磨)할 수 있게 되다, 학문을 닦을 수 있게 되다. 53) 觀經鴻都(관경홍도)－'홍도'는 후한 때 태학의 문 이름. 후한 영제(靈帝) 희평(熹平) 4년(175) 봄에 여러 학자들로 하여금 오경(五經)의 글을 바로잡게 하고 그것을 돌에 새기어 태학 문밖에 세워놓았다. 따라서 홍도문(鴻都門) 밖에 세워놓은 석경(石經)을 보기 위해 모여드는 것. 54) 塡咽(전열)－사람들이 꽉 막히도록 잔뜩 모여드는 것. 55) 來奔波(내분파)－물밀듯이 몰려오는 것. 56) 剜苔剔蘚(완태척선)－이끼를 깎아내고 후벼내는 것. '태'와 '선'은 모두 이끼의 한 종류. 57) 露節角(노절각)－글자 획의 마디와 모가 드러나게 하는 것. 58) 妥帖(타첩)－잘 놓여 안정되는 것. 59) 大廈深簷(대하심첨)－큰 집의 깊은 처마. 60) 期無他(기무타)－아무 탈 없게 되도록 하다.

61) 老於事(로어사)－일에 익숙하다, 일하는 것으로 늙다. 62) 詎(거)－어찌. 63) 媕婀(암아)－결단을 못 내리고 우물쭈물하는 것. 64) 敲火(고화)－석고를 돌이나 쇠로 쳐서 불을 일으키는 것. 65) 礪角(려각)－뿔을 비벼 갈다. 66) 摩挲(마사)－소중히 여겨 어루만지는 것. 67) 日銷月鑠(일소월삭)－날로 녹아 없어지고 다달이 녹아 없어지다, 글씨가 나날이 지워지고 다달이 녹아 없어지는 것. 68) 吟哦(음아)－소리내어 탄식하는 것. 69) 羲之(희지)－진(晉)나라 왕희지(王羲之). 붓글씨의 천재로 〈난정집서(蘭亭集序)〉 등을 남김. 70) 趁姿媚(진자미)－아름다운 모양을 좇다, 모양의 아름다움을 추구하다. 71) 數紙(수지)－몇 장의 글씨 쓴 종이. 왕희지는 거위를 무척 좋아했는데 산음(山陰 : 會稽山 북쪽)의 한 도사가 좋은 거위를 기르고 있었다. 왕희지는 그걸 보고 매우 좋아하여 《도덕경(道德經)》을 베껴 주고 대신 그 거위를 얻어온 일이 있었다 한다. 72) 八代(팔대)－주(周) 이후의 진(秦)·한(漢)·진(晉)·송(宋)·제(齊)·양(梁)·진(陳)·수(隋)의 8왕조(王朝). 73) 理則那(리즉나)－까닭은 무엇인가? '나'는 하(何)의 뜻. 74) 柄用(병용)－존중하여 쓰다. 75) 崇丘軻(숭구가)－공자와 맹자를 존중하다. '구가'는 공구(孔丘)와 맹가(孟軻). 76) 上論列(상론렬)－위로 여럿이 논의케 하다, 조정에 올리어 정사와 함께 논의케 하다. 77) 懸河(현하)－황하 물이 쏟아져 내리는 것. 웅변 잘하는 것에 비유한 말(《晉書》 郭象傳). 78) 蹉跎(차타)－넘어지다, 뜻대로 되지 않고 실패하는 것.

解說 돌북은 주나라의 것이 아니라 후세 사람이 가짜로 만든 것이다. 그러나 이 시에서는 옛것을 아끼고 사랑하는 한유의 마음이 잘 나타나 있다. 그는 이를 주 선왕(宣王) 때의 것으로 믿고 이 돌북의 글이 《시경》 속에 들어가지 못하였음을 애석히 여기고 있다. 《고문원(古文苑)》에 실린 돌북의 글에는 '내 수레 탄탄하고, 내 말 잘 갖추어졌네.(我車旣攻, 我馬旣同)'와 같이 《시경》 소아(小雅) 거공(車攻)편의 구절과 완전히 같은 글조차도 들어 있다.

당구에게 드림(贈唐衢[1])

범에게는 발톱이 있고 소에게는 뿔이 있어,
범은 발로 칠 수 있고 소는 뿔로 받을 수 있네.
어째서 그대는 홀로 뛰어난 재능을 품고서도,
손에 쟁기와 호미 들고 텅 빈 골짜기에서 굶주리는가?
지금의 천자께선 어진 사람 구하기에 열심이시니,
조정에선 민의함(民意函) 내어걸고 궁전을 열어 백성들의 말을 듣고 있다네.
어째서 글을 올려 자신을 천거하여 쓰임으로써,
앉아서 온 세상을 요순시대처럼 만들지 않는가?

호유조 혜우유각 호가박 혜우가촉
虎有爪[2]兮牛有角이오, 虎可搏[3]兮牛可觸이라.

내하군독포기재 수파리 서아공곡
奈何君獨抱奇才하고, 手把犁[4]鋤餓空谷고?

당금천자급현량 궤 함조출개명광
當今天子急賢良[5]하니, 匭[6]函朝出開明光이라.

호불상서자천달 좌 령사해여우당
胡不上書自薦達[7]하여, 坐[8]令四海如虞唐고?

註解 1) 贈唐衢(증당구) – 당구에게 드림. 이 시는 《한창려집》 권3에 실려 있다. 당구는 한유를 따르는 사람으로 시가를 잘 지었고 남의 문장을 읽고 감동하여 울기를 잘하였다 한다. 2) 爪(조) – 발톱. 혜(兮)는 구절 사이에 끼이는 조사. 《초사(楚辭)》에 많이 쓰였으며 접속사 이(而)와 같은 역할도 한다. 3) 搏(박) – 발톱으로 할퀴며 치는 것. 촉(觸)은 뿔로 받는 것. 4) 犁(리) – 보습, 쟁기. 서(鋤)는 호미. 공곡(空谷)은 사람 없는 텅 빈 골짜기. 5) 急賢良(급현량) – 어진 사람을 구하기에 다급하다, 열심히 어진 이를 구한다. 6) 匭(궤) – 궤짝. 함(函)은 상자. 당나라 칙천무후(則天武后)의 수공(垂拱) 2년(686) 동(銅)으로 궤를 만들어 조당(朝堂)에 놓고, 부

송(賦頌)을 지어 바치어 벼슬하려는 뜻, 나라의 정치를 비판하는 말, 무고한 죄를 호소하는 내용 등을 투서하도록 하였다. 지금의 민의함(民意函)과 비슷한 것. 조출(朝出)은 조정에 내어놓는 것. 개명광(開明光)의 명광(明光)은 한나라 무제(武帝)가 세운 궁전 이름. 여기서는 일반적인 궁전을 뜻하며 궁전을 열어 누구나 들어와 자기의 뜻을 아뢰도록 하는 것을 뜻함. 7) 薦達(천달) – 천거(薦擧)해서 황제에게 알리는 것, 추천하여 위에 알림으로써 벼슬을 얻는 것. 8) 坐(좌) – 앉아서, 아무것도 하지 않고. 우당(虞唐)의 '우'는 순(舜)임금의 국호, '당'은 요(堯)임금의 국호. 따라서 요순시대를 뜻한다.

解說 중국의 옛사람들은 나라가 어지러우면 세상에 나가지 않고 숨어 사는 것이 군자의 도라 여겨왔다. 그 결과 태평시대에도 벼슬하지 않고 세상을 등지고 사는 사람들을 존경하는 경향이 있었다. 당구도 재능을 갖추고 있으면서 숨어 살던 현명한 사람 중의 하나다. 한유는 그에게 세상으로 나가 벼슬을 하여 나라의 정사를 올바로 이끌 것을 권하고 있다. 임금이 정치를 올바로 하려는 의욕이 있는데도 숨어 산다는 것은 잘못이라고 본 것이다. 호랑이가 발톱으로 싸우고 소가 뿔로 찌르듯이 세상에 나가 자기가 지닌 재능을 다하여 백성과 나라를 위해 일하라는 것이다.

옛사람의 뜻(古意[1])

태화산 봉우리 위의 옥 우물에 나는 연은,
꽃이 피면 넓이가 10장이요 뿌리는 배와 같단다.
차기는 눈서리 같고 달기는 꿀과 같아서,
한 조각만 입에 넣어도 오랜 병도 다 낫는단다.
나는 그것을 구하고자 먼 길도 꺼리지 않을 것이나,
푸른 절벽엔 길도 없어 기어오르기 어렵다네.
어떻게 하면 긴 사다리 얻어 올라가 열매를 따다,
내려와 칠택에 심어 뿌리와 포기가 연잇게 할까?

태화 봉두옥정련 개화십장우 여선
太華[2]峯頭玉井蓮이, 開花十丈藕[3]如船이라.

냉비설상감비밀 일편입구침아 전
冷比雪霜甘比蜜하니, 一片入口沈痾[4]痊이라.

아욕구지불탄 원 청벽무로난인연
我欲求之不憚[5]遠이나, 靑壁無路難夤緣[6]이라.

안득장제 상적실 하종칠택 근주련
安得長梯[7]上摘實하여, 下種七澤[8]根株連가?

註解 1) 古意(고의)－옛날 사람의 뜻, 옛날의 의의. 《한창려집》 권3에 실려 있다. 2) 太華(태화)－섬서성 화음현(華陰縣) 남쪽에 있는 태화산(太華山). 중국의 오악(五岳) 중의 하나로 서악(西岳)에 해당한다. 그 중봉(中峰)을 연화봉(蓮花峰)이라고 하며 봉 위에 궁(宮)이 있고 궁 앞에 연못이 있는데 천엽(千葉)의 연꽃이 핀다고 전해진다. 옥정(玉井)은 백옥(白玉)으로 난간을 만든 샘. 연못 이름. 3) 藕(우)－연뿌리. 4) 沈痾(침아)－오랜 병. 침아(沈疴)로도 쓴다. 전(痊)은 병이 낫는 것. 5) 憚(탄)－꺼리는 것. 6) 夤緣(인연)－부여잡고 올라가는 것. 7) 梯(제)－사다리. 적(摘)은 따다, 꺾다. 8) 七澤(칠택)－옛날 초(楚)나라엔 칠택(七澤)이 있었다 한다. 지금의 호북성(湖北省) 경계에 해당할 것이다. 사마상여(司馬相如)의 〈자허부(子虛賦)〉에 '신이 듣건대 초나라엔 칠택이 있다는데 일찍이 그 하나를 보았으나 나머지는 보지 못하였다. 신이 본 바로는 모두 아주 작은 것들이며 운몽(雲夢)이라 부른다(《文選》)' 고 하였다. 근주련(根株連)은 뿌리와 포기가 연이어 많이 나는 것. 그러면 그것을 천하 사람들에게 먹여 주고 싶다는 것이다.

解說 이것은 태화산 꼭대기에 있다는 연꽃의 전설을 빌어, 그 얻기 어려운 연뿌리를 얻어가지고 세상 사람들의 온갖 병을 고쳐주고 싶다는 내용의 시이다. 옛날 사람들은 모두 이것을 시국에 대한 풍자로 보고, 문공(文公)의 허영을 욕한 것이라든가 얻기 어려운 부귀를 탐하는 것을 꾸짖은 것이라고 하였다. 그러나 연뿌리는 먼 저쪽에 있는 한유의 이상을 상징한 것인 듯하다.

정병조에게 드림(贈鄭兵曹[1])

통술을 마시며 10년 전에 만났을 적엔,
그대는 장년 나는 청년이었는데,
통술 마시며 10년 뒤에 만나니,
나는 장년 그대는 백발이 되었구려.
내 재능은 세상과 맞지를 않아서,
비늘을 움츠리고 나래 늘어뜨린 듯 다시는 희망이 없지만,
지금은 어질고 뛰어난 이 모두 조정의 벼슬에 있거늘,
그대는 어찌하여 역시 어정대고만 있는가?
잔이 돌아 그대에게 가거든 그대는 손을 멈추지 마라.
만사를 잊어버리는 데에는 술보다 더한 것은 없나니.

준 주 상 봉 십 재 전　　군 위 장 부 아 소 년
樽酒相逢十載前엔,　　君爲壯夫我少年터니,

준 주 상 봉 십 재 후　　아 위 장 부 군 백 수
樽酒相逢十載後하니,　　我爲壯夫君白首라.

아 재 여 세 불 상 당　　집 린 위 시 무 부 망
我才與世不相當[2]하여,　　戢鱗[3]委翅無復望이라.

당 금 현 준 개 주 항　　군 하 위 호 역 황 황
當今賢俊皆周行[4]이어늘,　　君何爲乎亦遑遑[5]고?

배 행 도 군 막 정 수　　파 제 만 사 무 과 주
盃行[6]到君莫停手하라.　　破除[7]萬事無過酒라.

註解 1) 贈鄭兵曹(증정병조) – 정병조는 정통성(鄭通誠). 장건봉(張建封)이 무령(武寧)의 절도(節度)였을 때 정통성은 부사(副使)였고 한유는 그 군(軍)의 종사(從事)가 되어 술로 사귀었다. 병조(兵曹)는 병사(兵事)를 관장하는 관리. 이 시는 《한유문집》 권3에 실려 있다. 2) 不相當(불상당) – 서로 잘 어울리지 않는다, 서로 맞지 않는다. 3) 戢鱗(집린) – 용이 비늘을 움츠림, 뜻을 지니고 때를 기다리는 것. 위시(委翅)는 새가 날갯죽지를 접는 것. 무부망(無

復望)은 다시는 세상에 나가 벼슬하기를 바라지 못한다는 뜻. 4) 周行(주항) - 《시경》 주남(周南) 권이(卷耳) 시에 '아아, 나는 사람이 그리워 저 주항(周行)에 놓는다' 고 하였는데, 《모전(毛傳)》에 '항(行)은 열(列)이다. 군자와 현명한 사람에게 벼슬을 주어 주나라 벼슬자리에 놓으려 생각하는 것이다' 라고 하였고, 정현(鄭玄)의 《전(箋)》에선 '주나라 벼슬자리(列位)는 조정의 신하들을 말한다' 고 하였다. 본시 주항은 '한길', 곧 '대로' 의 뜻이나 《모전》의 해석을 따라 여기서는 '조정의 벼슬자리에 놓이는 것' 이란 뜻으로 쓰였다. 5) 遑遑(황황) - 황급히 움직이는 모양, 갈팡질팡하는 모양. 6) 盃行(배행) - 술잔이 돌아가는 것. 7) 破除(파제) - 깨뜨려 없애 버리는 것, 잊어버리는 것. 무과주(無過酒)는 술보다 더 좋은 것은 없다.

解說 앞에서는 빠른 세월이 흘러감에 따라 늙어가는 인생을 탄식하였고, 자기의 불우한 현실에서 시작하여 정병조에게 별수 없는 벼슬은 떨쳐버리고 술이나 마시며 모든 근심을 떨어 버리자는 것이이 시의 내용이다. 사람으로서 어쩔 수 없는 시간의 흐름과 세상에 받아들여지지 못하는 자기의 성격과 재능은 생각할수록 그의 마음에 시름을 안겨준다. 정병조도 똑같은 시름을 지니고 있었을 것이다. 그러기에 술이나 마시자는 것이다.

울며 날아가는 기러기(鳴雁)

끽끽 기러기 울며 날아가는데,
늦은 가을 남쪽으로 갔다가 봄에는 북쪽으로 돌아온다네.
추위 피하고 따스한 곳에 몸 두어야 한다는 것 알지만
하늘 높고 땅은 넓어 깃들어 쉴 곳 드무네.
바람서리에 갖은 고생 겪지만 먹을 곡식은 별로 없어
털과 깃 부서지고 몸은 여위였네.
오락가락하며 되돌아보아도 자기 무리는 보이지 않고,

슬피 울며 내려앉으려니 섬도 물가도 아니네.
강남은 물 넓고 아침 구름도 많아
풀 길게 자라고 모래밭은 부드러운데 쳐놓은 그물도 없어,
한가히 날다가 고요히 내려앉아 울음소리로 서로 화답하며 지내게 된다네.
시름 버리고 사랑 마음에 품게 되는 것은 본성이 달라서가 아니니,
바람타고 높이 솟아 그곳으로 가는 것 그대는 어찌 생각하는가?

오오 홍안 명차비　　궁추 남거춘북귀
嗷嗷[1]鴻雁[2]鳴且飛하니,　　窮秋[3]南去春北歸라.

거한취난식소의　　천장지활서식 희
去寒就暖識所依나,　　天長地闊棲息[4]稀로다.

풍상산고도량 미　　모우최락신불비
風霜酸苦稻粱[5]微하니,　　毛羽摧落身不肥라.

배회반고군려 위　　애명욕하주저 비
徘徊反顧羣侶[6]違하고,　　哀鳴欲下洲渚[7]非라.

강남수활조운다　　초장사연무망라
江南水闊朝雲多하고,　　草長沙軟無網羅하니,

한비정집명상화
閒飛靜集鳴相和라.

위우 회혜 성비타　　능풍 일거군위하
違憂[8]懷惠[9]性非他니,　　凌風[10]一擧君謂何오?

註解 1) 嗷嗷(오오)－기러기가 우는 소리, 끽끽. 2) 鴻雁(홍안)－기러기. 3) 窮秋(궁추)－늦은 가을. 4) 棲息(서식)－머물러 살다, 깃들어 쉬다. 5) 稻粱(도량)－벼와 기장, 먹을 곡식. 6) 羣侶(군려)－자기 무리들. 7) 洲渚(주저)－섬과 물가. 8) 違憂 (위우)－근심을 떠나다, 시름을 버리다. 9) 懷惠(회혜)－은혜를 끼칠 생각을 품다, 사랑하는 마음을 지니는 것. 10) 凌風(능풍)－바람을 타다.

解說 자기 뜻에 어긋나고 있는 현실을 탈피하고자 하는 마음을 기러기에 실어 읊은 시이다. 작자 한유는 2·3년 놀고 지내다가 정원(貞元) 15년(799) 서주(徐州)로 와서 그곳 절도사(節度使) 장건봉(張建封) 밑에서 절도추관(節度推官)이란 벼슬을 하였는데, 장건봉과 뜻이 맞지 않아 불안한 나날을 보내었다. 이때 어디론가 이상적인 곳을 찾아 떠나고자 하는 마음을 갖고 있어서 이런 시를 읊었던 것이다. 한유는 다음 해 벼슬을 그만둔다. 그가 그만두자 바로 며칠 뒤 절도사인 장건봉이 죽고 서주에 군란이 일어나는데, 한유는 다행히 벼슬을 그만두어 군란에 휩쓸리지 않게 된다.

덤덤함(忽忽)

덤덤하게 나는 삶이 즐거운 것도 알지 못하네.
삶을 버리고 떠나버리려 해도 방법도 없네.
어찌하면 구름과 같은 긴 죽지의 큰 나래가 내 몸에 생겨나
바람을 타고 떨쳐 올라가 속된 먼지 세상을 벗어날 수 있을까?
죽고 사는 일과 슬프고 즐거운 생각 모두 버리고
옳고 그른 판단이나 얻고 잃는 타산은 세상 사람들에게나 하게 해야지.

홀홀 호여미지생지위락야 원탈거 이무인
忽忽[1]乎余未知生之爲樂也로다. 願脫去[2]而無因이로다.

안득장핵 대익여운생아신 승풍진분 출육합
安得長翮[3]大翼如雲生我身하여, 乘風振奮[4]出六合[5]

절부진
絶浮塵[6]고?

사생애락량상기 시비득실부한인
死生哀樂兩相棄하고, 是非得失付閒人[7]하리라.

註解 1) 忽忽(홀홀) – 멍청함, 멍멍함. 2) 脫去(탈거) – 삶을 버리고 이

세상을 떠나버리는 것. 3) 翮(핵)－새의 나래 죽지. 4) 振奮(진분)－떨치고 날아올라가는 것. 5) 六合(육합)－하늘과 땅 및 사방. 이 세상. 6) 浮塵(부진)－먼지가 떠다니는 곳, 지저분한 이 세상. 7) 閒人(한인)－한가한 사람, 아무것도 모르는 사람. '간인' 으로 읽고 이 세상 사람들로 보아도 좋다.

解說 시의 내용은 대단치 않으나 한유의 시를 짓는 성향을 유감없이 보여주는 작품이다. 고시의 수법과 한자의 특성을 개성적으로 잘 살리고 있기 때문이다. 시의 내용은 앞의 〈울며 나는 기러기(鳴雁)〉와 같이 자기 뜻대로 되지 않는 조건으로부터 벗어나 보려는 뜻을 노래한 것이다.

말은 곡식이 싫증나는데(馬厭穀)

말은 곡식이 싫증나는데
선비들은 겨와 보리 싸라기도 싫증내지 않네.
흙 땅에는 무늬를 수놓은 깔개를 깔았는데
선비들에게는 해진 칡베 옷도 없네.
저 출세한 자들은 우리를 걱정해 주지 않고 지내다가
하루아침에 벼슬 잃으면 어떻게 되는가?
아서라! 아아! 비열한 친구들이어!

마염 곡혜 사불염강흘
馬厭[1]穀兮, 士不厭糠籺[2]이오,

토피문수 혜 사무수갈
土被文繡[3]兮, 士無裋褐[4]이로다.

피기득지 혜 불아우
彼其得志[5]兮, 不我虞[6]라가.

일조실지혜 기하여
一朝失志兮, 其何如오?

이언재　　차차　호　비　부
已焉哉라! 嗟嗟[7]乎! 鄙[8]夫여!

註解 1) 厭(염)－싫증이 나도록 많이 먹는 것. 2) 糠籺(강흘)－'강'은 겨, '흘'은 보리 싸라기. 3) 文繡(문수)－무늬를 수놓은 융단 같은 여러 가지 깔개. 4) 裋褐(수갈)－'수'는 해진 옷, '갈'은 칡베로 거칠게 짠 천으로 만든 옷. 5) 得志(득지)－뜻을 얻다, 자기 뜻대로 출세하는 것. 6) 虞(우)－걱정하다, 돌보아주다. 7) 嗟(차)－감탄사, 아아. 8) 鄙(비)－비루한 것, 비천한 것, 더러운 것.

解說 작자가 그 시대의 사회적인 모순을 고발한 신랄한 시이다. 보통 사람들은 끼니를 잇기도 어려운데 고관들 집의 말은 곡식을 실컷 먹고 지낸다. 고관들은 자기 집 바닥에는 화려한 깔개를 깔고 살면서도 옷도 제대로 못 입는 자기 옛 동료들도 거들떠보지 않는다. 그러나 벼슬은 영원한 것이 아니니 그러한 비열한 자들의 행위는 일반 백성뿐만이 아니라 결국은 자신도 불행으로 몰고 가는 짓이라는 것이다.

기산 아래에서 한 수 지음(岐山[1]下一首)

누가 내게 귀가 있다고 할 것인가?
봉황새 울음소리 들어보지 못하였네.
왔다 갔다 하다가 기산 아래 왔는데
해 저물자 변방으로 기러기만 놀라서 날아가네.
단혈산(丹穴山)에 오색 깃의 새 있는데
그 이름이 봉황이라 하였네.
옛날 주나라에 덕이 성할 적에
이 새가 높은 언덕에서 울었다네.
부드러운 울음소리는 상서로운 바람을 타고
멀리까지 그윽히 울려 퍼졌다네.

듣는 사람들이야 무슨 일 있었겠는가?
다만 그 시대 세상이 평화로웠음 알 따름이네.
주공(周公)이 죽은 뒤로는
천 년을 두고 그러한 빛이 없어져 버렸네.
우리 임금도 세상 다스리는데 부지런 하시니
기다리고 있으면 한 번 날아오겠지.

수 위 아 유 이　　불 문 봉 황 명
誰謂我有耳아?　　不聞鳳皇鳴이로다.

걸 래 기 산 하　　일 모 변 홍 경
朅來[2]岐山下러니,　　日暮邊鴻驚이라.

단 혈 오 색 우　　기 명 위 봉 황
丹穴五色羽[3]를,　　其名爲鳳皇이라.

석 주 유 성 덕　　차 조 명 고 강
昔周有盛德할새,　　此鳥鳴高岡이라.

화 성 수 상 풍　　요 조 상 표 양
和聲隨祥風[4]하여,　　窅窕[5]相飄揚[6]이라.

문 자 역 하 사　　단 지 시 속 강
聞者亦何事오?　　但知時俗康[7]이라.

자 종 공 단 사　　천 재 비 기 광
自從公旦[8]死로,　　千載閟[9]其光이라.

오 군 역 근 리　　지 이 일 래 상
吾君亦勤理[10]시니,　　遲爾[11]一來翔이리라.

註解 1) 岐山(기산) – 지금의 섬서(陝西)성 서쪽에 있는 산. 옛날 주나라 태왕(太王)이 그곳으로 옮겨와 주나라의 터전을 잡았다. 주나라 옛 터를 상징하는 산이다. 2) 朅來(걸래) – 왔다 갔다 하다. '걸'은 '가다'의 뜻이나 조사로 보아도 좋다. 3) 丹穴五色羽(단혈오색우) – '단혈'은 산 이름. 『산해경(山海經)』에 "단혈산에 새가 있는데, 모양은 학 비슷하고 오색의 무늬가 있는데, 이름을 봉(鳳)이라 한다. 이 새가 나타나면 천하는 크게 평안하다."는 기록이 있다. 4) 祥風(상풍)－상서로운 바람. 5) 窅窕(요조)－요조(窈窕)와 같은 말, 봉황새의 소리가 그윽한 모양. 6) 飄揚(표양)－높고 멀리까지 날아 퍼지는 것. 7) 康(강)－평안, 평화로운 것. 8) 公旦(공단)－주나라 무왕 뒤에 어린 성왕(成王)을 도와 주나라의 정치적 문화적 터전을 닦은 주공(周公) 단(旦). 9) 閟(비)－닫히다, 없어지다, 보이지 않다. 10) 勤理(근리)－부지런히 나라를 다스리는 것, 열심히 정치를 하는 것. 11) 遲爾(지이)－기다리다, '이'는 조사. 간혹 '이'를 봉황을 가리키는 '너'의 뜻으로 보고 "너를 기다린다"로 옮기기도 한다.

解說 자기 나라가 평화롭기를 기원하는 마음을 읊은 노래이다. 헌종(憲宗)의 시대였으나 그 천자가 제발 나라를 잘 다스리어 봉황새가 날아와 울었다는 태평성세가 이루어지기를 기원한 것이다.

꿩이 화살에 맞다(雉帶箭[1])

들판 저편에 불길이 일어 잡초를 깨끗이 태우니 언덕만 높다랗고,
들꿩은 매가 두려워 나왔다가는 또 숨고 한다.
장군은 교묘한 솜씨로 사람들을 감탄시키려고,
말을 돌리며 활을 당겼으나 아끼느라 쏘지 않는다.
지형은 점점 좁혀지고 구경꾼들이 많아져,
꿩이 놀라 튀어나오자 잔뜩 당긴 힘있는 화살이 날아가 박힌다.
꿩은 사람들에게 부딪치며 백여 척이나 뛰어오르더니,
붉은 깃에 흰 촉 달린 화살과 함께 기울어진다.
장군은 고개 들어 웃고 부하들이 치하드리니,
오색 깃을 흩날리며 꿩이 말 앞에 떨어진다.

원두 화소정올올 　　야치외 응출부몰
原頭[2]火燒淨兀兀하니, 野雉畏[3]鷹出復沒이라.

장 군 욕 이 교 복 인　　　　반 마 만 궁 석 불 발
將軍欲以巧伏人[4]하여,　　盤[5]馬彎弓惜不發이라.

지 형 점 착 관 자 다　　　　치 경 궁 만 경 전 가
地形漸窄[6]觀者多하니,　　雉驚弓滿勁箭[7]加라.

충 인 결 기 백 여 척　　　　홍 령 백 촉 상 경 사
衝人[8]決起百餘尺하니,　　紅翎[9]白鏃相傾斜라.

장 군 앙 소 군 리 하　　　　오 색 리 피 마 전 타
將軍仰笑軍吏賀하니,　　五色[10]離披馬前墮라.

註解 1) 雉帶箭(치대전) — 꿩이 화살을 맞음. 《한유문집》 권3에 실려 있다. 2) 原頭(원두) — 들머리, 들판 저쪽. 올올(兀兀)은 언덕이 우뚝한 모양. 정올올(淨兀兀)은 잡초가 불에 타 깨끗한 언덕만이 우뚝하다는 뜻. 3) 畏(외) — 두려운 것. 응(鷹)은 매. 4) 以巧伏人(이교복인) — 교묘한 활 쏘는 솜씨로써 사람들을 탄복케 하는 것. 5) 盤(반) — 서리다, 감기다. 여기서는 '도는 것'. 만(彎)은 활시위에 살을 끼는 것. '만궁(彎弓)'은 시위에 살을 끼고 잡아당기는 것. 6) 窄(착) — 좁은 것. 7) 勁箭(경전) — 힘있는 화살. 가(加)는 들어맞는 것. 8) 衝人(충인) — 사람들에게 부딪쳐 오는 것. 결기(決起)는 푸드득 날아오르는 것. 9) 紅翎(홍령) — 붉은색의 화살 깃. 백촉(白鏃)은 쇠로 만들어 희게 뵈는 화살촉. 상경사(相傾斜)는 함께 기우뚱해지는 것. 10) 五色(오색) — 오색의 꿩털. 이피(離披)는 흩어지는 모양.

解說 《한유문집》의 제목 밑에 달은 작자의 주에 의하면, 이 시는 장복야(張僕射)가 사냥하는 데 따라갔다가 꿩 잡는 광경을 보고 노래한 것이다. 불을 놓아 꿩을 몰아내는 데서 시작하여 꿩이 화살에 맞아 떨어지기까지 그림을 보는 듯 아름답게 그 광경이 묘사되어 있다.

도원 그림(桃源圖[1])

신선이 있고 없음을 어찌 알 수 있겠는가?

도원(桃源) 얘기는 정말로 터무니없는 것 같다.
흐르는 물은 굽이치며 갖가지 산 모양을 드러내니,
비단에 그린 여러 폭을 대청에 걸어 놓은 것일세.
무릉(武陵)의 태수는 호사가(好事家)여서,
이 그림의 제목을 써 봉해가지고 멀리 상서성(尙書省)으로 부쳐왔다.
상서성의 낭중(郎中)은 이를 받고 기뻐서,
그림의 물결이 붓대에 오른 듯 붓을 놀려 시를 지었다.
글도 좋고 그림도 묘하여 모두 극치에 이르렀으니,
딴 세상이 황홀하게 이곳으로 옮겨온 듯하다.
바위에 나무 걸치고 골짜기를 파내고 궁궐 같은 집을 지었으니,
지붕을 맞대고 담을 맞이어 수만 날을 지내왔다.
영(嬴)씨인 진(秦)나라가 망하고 유(劉)씨네 한(漢)나라도 망했음을 전혀 모르고,
땅이 쪼개지고 하늘이 갈라지는 것 같은 삼국(三國)의 다툼도 걱정이 되지 않는다.
복숭아를 곳곳에 심어 꽃만이 한창이니,
냇물이고 들이고 멀리서부터 가까이까지 붉은 노을에 싸인 듯하다.
처음 이곳으로 온 분들은 그래도 고향을 생각했는데,
오랜 세월이 흐르자 이곳이 또 집이 되었다.
고깃배의 어부는 어느 곳에서 왔는가?
아래위를 훑어보며 의심스러워 또 말 물어본다.
한나라 고조(高祖)는 큰 뱀을 두 동강이 내는 좋은 징조를 보고 진나라를 멸망시켰고,
한나라 말년에 진(晉)나라 사마(司馬)씨의 여러 왕들이 장강을 건너 남쪽으로 와 동진(東晉)을 새로이 세웠단다.
이 말을 다 듣고 말도 끊기자 모두가 슬픈 빛을 띠며,
자신들은 지금까지 6백 년을 여기서 지냈다고 말한다.
옛날의 모든 일은 모두 눈으로 보았지만,

얼마나 그것들이 지금까지 전해지고 있는지 모르겠단다.
서로 다투어 쇠고기와 술을 가져다 대접하는데,
예법도 술상 차리는 법도 지금과는 다른 진(秦)나라 식일세.
달 밝은 밤 그들을 따라 숙소에 드니 옥으로 장식한 집은 허전하여,
뼈도 오싹해지고 정신도 맑아져 꿈도 잠도 못 이룬다.
밤중에 금빛 수탉이 '꼬끼오' 하고 우니,
불바퀴 같은 햇살이 솟아나와 나그네의 마음 놀라게 한다.
세상에 걸리는 일이 있어 머무르지 못하고,
의연히 이곳을 이별하려니 마음 서글퍼진다.
배를 내고 노 저으며 뒤를 돌아다보니,
만 리 저쪽은 아득히 안개 속에 감감해졌다.
세상에서야 어찌 그것이 거짓인지 정말인지 알 수 있으랴?
지금껏 이 얘기를 전한 이는 무릉의 어부뿐인 것을.

신 선 유 무 하 묘 망
神仙有無何渺茫[2]고?
도 원 지 설 성 황 당
桃源之說誠荒唐[3]이라.

유 수 반 회 산 백 전
流水盤廻[4]山百轉하니,
생 초 수 폭 수 중 당
生綃[5]數幅垂中堂이라.

무 릉 태 수 호 사 자
武陵[6]太守好事者니,
제 봉 원 기 남 궁 하
題封[7]遠寄南宮下라.

남 궁 선 생 흔 득 지
南宮先生[8]忻得之하니,
파 도 입 필 구 문 사
波濤[9]入筆驅文辭라.

문 공 화 묘 각 진 극
文工畫妙各臻極[10]하니,
이 경 황 홀 이 어 사
異境[11]恍惚移於斯라.

가 암 착 곡 개 궁 실
架巖[12]鑿谷開宮室하니,
접 옥 연 장 천 만 일
接屋[13]連墻千萬日이라.

영 전 유 궐 요 불 문
嬴[14]顚劉蹶了不聞하고,
지 탁 천 분 비 소 휼
地坼[15]天分非所恤이라.

종 도 처 처 유 개 화
種桃處處惟開花하니,
천 원 원 근 증 홍 하
川原遠近蒸紅霞[16]라.

초 래 유 자 념 향 읍　　세 구 차 지 환 성 가
初來猶自念鄕邑터니,　歲久此地還成家라.

어 주 지 자 내 하 소　　물 색 상 시 갱 문 어
漁舟之子來何所오?　物色[17]相猜更問語라.

대 사 중 단 상 전 왕　　군 마 남 도 개 신 주
大蛇中斷[18]喪前王이오,　群馬南渡[19]開新主라.

청 종 사 절 공 처 연　　자 설 경 금 육 백 년
聽終辭絕共悽然[20]하니,　自說經今六百年이라.

당 시 만 사 개 안 견　　부 지 기 허 유 류 전
當時萬事皆眼見하니,　不知幾許猶流傳이라.

쟁 지 우 주 래 상 궤　　예 수 부 동 준 조 이
爭持牛酒來相饋[21]하니,　禮數[22]不同樽俎異라.

월 명 반 숙 옥 당 공　　골 랭 혼 청 무 몽 매
月明伴宿[23]玉堂空하니,　骨冷魂淸無夢寐라.

야 반 금 계 조 찰 명　　화 륜 비 출 객 심 경
夜半金鷄[24]啁哳鳴하니,　火輪[25]飛出客心驚이라.

인 간 유 루 불 가 주　　의 연 이 별 난 위 정
人間有累[26]不可住하니,　依然[27]離別難爲情이라.

선 개 도 진 일 회 고　　만 리 창 망 연 수 모
船開棹進一回顧하니,　萬里蒼茫[28]煙水暮라.

세 속 녕 지 위 여 진　　지 금 전 자 무 릉 인
世俗寧知僞與眞고?　至今傳者武陵人이라.

註解 1) 桃源圖(도원도) – 도원의 그림을 노래한 것. 도원이란 도연명(陶淵明)의 〈도화원기(桃花源記)〉에 나오는 이상향. 도연명에게는 도원시(桃源詩)도 있는데, 무릉(武陵) 땅의 어부가 우연한 기회에 산속을 가다가 그 고장에 가 보았다 한다. 한유 이외에도 왕안석(王安石)·소식(蘇軾) 등의 문인들이 이 이상향을 시로 읊었다. 《한창려집》 권3에 실려 있다. 2) 渺茫(묘망) – 묘망(眇芒)으로도 쓰며, 아득해서 잘 알 수 없는 것. 3) 荒唐(황당) – 터무니없이 큰 말, 근거없는 큰소리. 4) 盤廻(반회) – 물이 굽이도는 것. 산백전(山百轉)은 산의 모양이 여러 가지로 변화하는 것. 5) 生綃(생초) – 비단의 일종. 6) 武陵(무릉) – 호남성(湖南省) 상덕부(常德

府)에 있던 고을 이름. 《한집점감(韓集點勘)》에서는 이때의 무릉태수(武陵太守)는 바로 두상(竇常)이라고 하였다. 7) 題封(제봉)－그림에 제목을 써넣고 봉하는 것. 남궁(南宮)은 본시는 남쪽에 있는 별자리 이름. 그러나 옛날의 상서성(尙書省)이 여러 별자리 중의 남궁과 비슷하다 하여 상서성을 가리키는 말로 쓰이게 되었다. 8) 南宮先生(남궁선생)－《한집점감(韓集點勘)》에 의하면 상서성(尙書省)의 우부낭중(虞部郎中) 노정(盧汀)을 가리킨다 하였다. 흔(忻)은 기쁜 것. 9) 波濤(파도)－그림 속의 물결. 구문사(驅文辭)는 붓으로 글〔詩〕을 기세 좋게 써내는 것. 10) 臻極(진극)－극치에 이르는 것. 11) 異竟(이경)－이 세상 아닌 다른 세상 경치. 12) 架巖(가암)－바위에 나무를 걸치고 지붕을 만드는 것. 착(鑿)은 깎음. 13) 接屋(접옥)－지붕이 잇대어 있는 것. 연장(連墻)은 담이 쭉 연이어 있는 것. 14) 嬴(영)－진(秦)나라 황제의 성. 전(顚)은 넘어지다, 멸망의 뜻. 유(劉)는 한(漢)나라 황실의 성. 궐(蹶)은 쓰러지다, 역시 멸망의 뜻. 요불문(了不聞)은 전혀 그런 일을 듣지 못하는 것. 15) 坼(탁)－터지다, 갈라지다. 지탁천분(地坼天分)은 땅이 갈라지고 하늘이 쪼개지는 듯한 한(漢)나라 말엽의 삼국(三國)의 다툼을 가리킨다. 16) 蒸紅霞(증홍하)－붉은 노을이 서리어 있는 것. 17) 物色(물색)－얼굴을 이리저리 살펴보는 것. 시(猜)는 의심하다, 시기하다. 18) 大蛇中斷(대사중단)－한나라가 일어날 상서로운 징조를 말한다. 《한서》 고제기(高帝紀)에 '고조(高祖)는 정장(亭長)이란 낮은 신분으로 고을의 죄수들을 여산(驪山)으로 호송하였다. ……고조는 술에 취하여 밤에 연못가를 지나가면서 다른 한 사람을 앞서가게 하였다. 앞서가던 자가 되돌아와 앞에 대사(大蛇)가 길을 막고 있으니 되돌아 가십시다라고 아뢰었다. 고조는 취하여 장사가 가는데 무엇을 두려워하겠는가고 하며 앞으로 나아가 칼을 뽑아 뱀을 쳐 잘랐다. 뱀은 마침내 두 동강이가 났는데, 길을 내고는 몇 리를 더 가다 취하여 누웠다. 뒤따라오던 사람들이 오다가 뱀이 있던 곳에 이르니 한 할멈이 밤에 곡을 하고 있었다. 사람들은 왜 곡을 하느냐고 물었다. 할멈은 "어느 사람이 내 아들을 죽였으므로 곡하고 있소."하고 대답했다. "할멈의 아드님은 어쩌다가 죽음을 당했는가?" "내 아들은 백제(白帝)의 아들인데 뱀으로 화하여 길을 막고 있었소.

지금 적제(赤帝)의 아들이 그를 베었으므로 곡하는 거요."라고 했다. 사람들은 할멈이 허황되다고 매를 치려 하였는데 갑자기 할멈은 보이지 않았다. 뒤에 오던 사람들이 오자 고조는 깨어났다. 뒤에 오던 사람들이 고조에게 이 얘기를 하니, 고조는 마음속으로 기뻐하며 자부심을 가졌다'는 기록이 있다. 상(喪)은 망함. 전왕(前王)은 진나라 임금을 가리킨다. 19) 群馬南渡(군마남도)－많은 사마씨(司馬氏)의 아들들, 곧 진(晉)나라의 오왕(五王)이 함께 장강을 건너 남쪽으로 갔다. 오왕이란 낭야왕(瑯琊王)·서양왕(西陽王)·여남왕(汝南王)·남돈왕(南頓王)·팽성왕(彭城王)으로 모두가 사마씨의 왕들이었다. 그중 낭야왕 사마예(司馬睿)가 천자가 되었다. 신주(新主)는 동진(東晉)의 새로운 왕조의 천자. 20) 悽然(처연)－슬퍼하는 모양. 21) 饋(궤)－음식을 대접하는 것. 22) 禮數(예수)－예의법도. 준조(樽俎)는 술상에 차려 놓은 술 그릇과 안주 그릇. 예법과 술상 차린 법이 다르다는 것은 옛날 진(秦)나라의 법식을 따랐음을 뜻한다. 23) 伴宿(반숙)－데리고 가 묵게 하는 것. 24) 金鷄(금계)－금빛 나는 닭. 조찰(啁哳)은 새 우는 소리, 곧 닭 우는 소리. 25) 火輪(화륜)－불바퀴 같은 둥근 해. 26) 人間有累(인간유루)－사람들이 사는 사회의 가족 친지 같은 관계에 매어 있음을 말한다. 따라서 어부(漁父)는 신선의 고장 도원(桃源)에 와있기는 하지만 집생각이 나고 여러 가지 인간관계 때문에 그곳에 머물지 못하고 다시 속세로 돌아가는 것이다. 27) 依然(의연)－미련이 끊이지 않는 모양. 28) 蒼茫(창망)－검푸르게 아득한 것. 연(煙)은 안개.

解說 도연명(陶淵明)의 〈도화원기(桃花源記)〉는 다음과 같은 내용의 것이다. "진(晉)나라 태원(太元 : 孝武帝 年號, 376~396) 연간에 무릉(武陵) 땅에 고기잡이를 업으로 삼고 있는 사람이 있었다. 어느 날 냇물을 따라 가다가 길을 얼마나 갔었는지 모를 적에 갑자기 복숭아 꽃나무 숲에 다다랐다. 냇물을 끼고 양편 기슭 3백 보(步) 되는 땅에 다른 나무는 한 그루도 없었고 향기로운 풀만 깨끗하고 아름답게 자라 있고 떨어지는 꽃잎이 어지러웠다. 어부는 매우 이상히 여기고 다시 안으로 가며 그 숲을 조사하려 했다. 숲이 다하자 물 근원을 이루는 하나의 산이 있었다. 그 산에 조그만 굴이 있었는데 흡사 빛이 있는 듯하여 곧 배를 버리고 굴로 들어갔다. 처음엔 매우 좁아서 겨우 사람

이 지나갈 만하였으나 다시 30보(步)를 가자 훤히 틔었다. 땅이 넓고 집들이 또렷한데 좋은 밭과 아름다운 연못에 뽕나무 대나무들이 자라 있고, 길이 사방으로 통하고 닭과 개 짖는 소리가 들렸다. 그곳에서 왕래하며 농사짓는 사람들의 입은 옷은 모두가 딴 세상 사람 같았고, 노인들과 아이들은 모두 편히 즐겁게 지내고 있었다. 그들은 어부를 보자 곧 크게 놀라며 어디서 왔는가 물었다. 사실대로 대답하자 곧 집으로 초청하여 닭 잡고 음식을 장만하여 술상을 내었다. 마을에선 이 사람 얘기를 듣고 모두 와서 물었다. 그들 자신은 조상들이 진(秦)나라 때의 난을 피하여 처자와 고을 사람들을 거느리고 이 아름다운 고장으로 왔으며 다시는 나가지 않아 마침내 밖의 사람들과 멀어진 것이라고 말하였다. 지금은 어떤 세상이냐고도 물었는데 그들은 한(漢)나라가 있었다는 것도 몰랐으니 위진(魏晉)은 말할 것도 없었다. 이 사람은 모든 것을 얘기하자 듣던 사람들은 모두 탄식하며 슬퍼했다. 다른 사람들도 모두 그를 자기 집으로 초청하여 술과 음식을 대접했다. 며칠을 머물다가 떠나왔는데, 그곳 사람들은 외인들에게 얘기할 게 못된다고 하였다.

나와서는 그의 배를 찾아 곧 온 길로 돌아오며 곳곳에 표를 해놓았다. 자기 고을에 이르러 태수(太守)를 뵙고 이런 사실을 얘기했다. 태수는 곧 사람을 내어 그를 앞세워 전에 표해놓은 것을 따라갔으나 마침내는 길을 잃고 말았다. 남양(南陽)의 유자기(劉子驥)는 고상한 선비이다. 이 얘기를 듣고 흔연히 가려 했으나 이루지 못하고 곧 병으로 죽으니 뒤로는 마침내 그곳을 찾는 사람도 없게 되었다."

이 〈도화원기〉를 읽고 그린 상상도를 보고 한유가 읊은 것이 이 시이다.

노동에게 붙임(寄盧仝[1])

옥천선생은 낙양성 안에,
낡은 집 몇 칸뿐이네.
하나 있는 하인은 긴 수염에 머리도 동이지 않았고,
하나 있는 하녀는 맨발에 늙어서 이도 다 빠졌네.
간신히 수고하여 10여인을 봉양하는데,

위로는 자애로운 어버이에 아래론 처자가 있네.
선생은 머리를 매어 어른이 되자 속된 무리들을 미워하여,
문 닫고 세상에 나가지 않은 지 어느덧 12년이 된다네.
지금껏 가엾게 여긴 스님이 쌀을 빌어다 보내주었으니,
나는 욕되이 현윤(縣尹) 자리에 앉아 부끄럽지 않을 수 있겠는가?
월급으로 주는 돈을 공사(公私)에 쓰고 남기어,
때때로 조금이라도 보내어 제사를 돕게 하였네.
어떤 이가 선생께 유수(留守)를 찾아뵙고 태윤(太尹)을 만나 보라 권하니,
말을 듣자마자 바로 귀를 가리더라네.
낙수(洛水) 북쪽의 산속에 숨어사는 석홍(石洪)은 명성이 자자했는데,
지난해엔 장군 막하(幕下)의 벼슬아치가 되었고,
낙수 남쪽의 산속에 숨어사는 온조(溫造)도 그를 따라가니,
타고 가는 말과 하인들로 마을이 막힐 지경이었다네.
소실산(少室山)에 숨어 살던 이발(李渤)은 요구하는 값이 많아서,
두 번이나 간관(諫官)으로 불렀으나 움직이지 않았다네.
그들은 모두 풍자하는 말투로 세상 일을 논하지만,
능력 있어 부림당함을 면하지 못하였네.
선생께서 하시는 일은 헤아릴 수 없이 고상하니,
오직 성인의 법도를 따라 스스로 자기를 바로잡네.
춘추(春秋) 삼가(三家)의 전(傳)은 다 꿰뚫어 다시 볼 필요없어 높은 누각 위에 묶어두고,
홀로 성인께서 남긴 경서를 안고 처음부터 끝까지 연구하네.
옛날엔 글을 지어 친구 마이(馬異)에게 자기 이름 동(同)과 뜻이 반대임을 회롱하고,
월식(月蝕) 시에선 괴상한 말로 사람들을 놀라게 했으나 욕하는 소리는 끊이지 않았네.

근래엔 스스로 평탄한 길을 찾는다고 말하는데,
마치 하늘을 용마 타고 나는 듯 거침이 없네.
지난해엔 아들을 낳아 첨정(添丁)이라 이름지었는데,
그로 하여금 나라 위해 농사짓는 장정에 충당케 하려는 뜻이었네.
나라의 장정 수는 온 세상 너비로 연이을 만치 많으니,
어찌 친히 쟁기를 잡을 농부가 없을손가?
선생은 재능을 지녔으니 마침내는 크게 쓰일 것이나,
재상 자리가 주어지지 않으면 끝내 벼슬하지 않으리라.
비록 힘을 다해 나랏일 하는 자리에는 있지 않으나,
바른말하고 본받을 행동하심은 사람들이 의지하기에 족하네.
후손들은 마땅히 선생 덕분에 10대 자손까지 죄를 지어도 용서받을 것이니,
어찌 그가 자손들에게 터전을 마련하지 않았다 말하랴?
옛부터 충성과 효도는 천성적(天性的)인 것으로 알고 있었거니와,
자기 한 몸을 깨끗이하려고 인륜(人倫)을 어지럽히는 무리야 어찌 그에게 비길 수 있으랴?
어젯밤에 긴 수염난 하인 시켜 편지를 보내왔는데,
담 너머 악동(惡童)의 악한 짓이 말할 수도 없단다.
언제나 지붕 용마루 타고 앉아 아래를 내려다보아,
온 집안이 놀라고 두려워 달아나다 발가락을 삐는 형편이고,
인척 관계를 빙자하여 관리들을 속이니,
법이 집행되어 그의 행동을 막으리라 믿지도 않는 놈이라네.
선생께서 굴욕을 당하면서도 얘기하는 일이 없었는데,
갑자기 이에 알려온 것은 정말 까닭이 있을 걸세.
아아, 내 몸은 낙양의 현윤(縣尹)이 되었으니,
권력을 쥐고 쓰지 않는다면 무엇을 하겠는가?
바로 형방(刑房)을 불러 나쁜 놈들을 잡아다,
쥐새끼 같은 무리들을 처형하여 저자에 시체를 내걸었네.

선생은 또 긴 수염난 하인을 보내와,
이러한 처치는 좋아하는 바가 아니라고 하네.
하물며 계절은 만물이 자라나는 봄이니,
고을을 사나운 정치로 다스려서는 안된다는 것이네.
선생은 본시부터 내가 두려워하는 분이니,
마음의 넓은 도량은 바다 저편을 바라보는 듯하네.
멋대로 처형했음은 누구의 잘못인가?
잘못을 본받아 그들을 죽였으니 옛날 사관(史官)이 부끄럽네.
양고기 사고 술 받아가지고 가서 어리석음을 사과하고 싶은데,
마침 밝은 달이 떠서 복숭아와 오얏꽃을 비추고 있네.
선생께서 마음 내키시어 왕림하시기를 허락하신다면,
다시 긴 수염난 하인 시켜 편지를 보내십시오.

옥 천 선 생 낙 성 리 / 파 옥 수 간 이 이 의
玉川先生[2]洛城裏에, 破屋數間而已矣라.

일 노 장 수 불 과 두 / 일 비 적 각 로 무 치
一奴[3]長鬚不裹頭요, 一婢[4]赤脚老無齒라.

신 근 봉 양 십 여 인 / 상 유 자 친 하 처 자
辛勤[5]奉養十餘人하니, 上有慈親下妻子라.

선 생 결 발 증 속 도 / 폐 문 불 출 동 일 기
先生結髮[6]憎俗徒하여, 閉門不出動[7]一紀라.

지 금 인 승 걸 미 송 / 복 첨 현 윤 능 불 치
至今鄰僧乞米送하니, 僕[8]忝縣尹能不恥아?

봉 전 공 급 공 사 여 / 시 치 박 소 조 제 사
俸錢[9]供給公私餘로, 時致[10]薄少助祭祀라.

권 참 유 수 알 대 윤 / 언 어 재 급 첩 엄 이
勸參留守[11]謁大尹하니, 言語纔[12]及輒掩耳라.

수 북 산 인 득 명 성 / 거 년 거 작 막 하 사
水北山人[13]得名聲하니, 去年去作幕下士[14]라.

수남산인 우계왕　　안마복종색여리
水南山人[15]又繼往하니,　鞍馬僕從塞閭里라.

소실산인 색가고　　양이간관 징불기
少室山人[16]索價高하여,　兩以諫官[17]徵不起라.

피 개자구논세사　　유력미면조구사
彼[18]皆刺口論世事하니,　有力未免遭驅使[19]라.

선생사업불가량　　유용법률 자승기
先生事業不可量이니,　惟用法律[20]自繩己라.

춘추삼전 속고각　　독포유경 구종시
春秋三傳[21]束高閣하고,　獨抱遺經[22]究終始라.

왕년농필조동이　　괴사경중 방불이
往年弄筆嘲同異[23]하고,　怪辭驚衆[24]謗不已라.

근래자설심탄 도　　유상허공고 록이
近來自說尋坦[25]途하니,　猶上虛空跨[26]騄駬라.

거세생아명첨정　　의령여국충운 자
去歲生兒名添丁하니,　意令與國充耘[27]耔라.

국가정구 련사해　　기무농부친뢰 사
國家丁口[28]連四海하니,　豈無農夫親耒[29]耜오?

선생포재종대용　　재상미허종불사
先生抱才終大用이나,　宰相未許終不仕라.

가여부재진력렬　　입언 수범역족시
假如不在陳力列[30]이나,　立言[31]垂範亦足恃라.

묘예 당몽십세유　　기위이 궐무기지
苗裔[32]當蒙十世宥니,　豈謂貽[33]厥無基址오?

고지충효출천성　　결신란륜 안족의
故知忠孝出天性하니,　潔身亂倫[34]安足擬아?

작야장수 래하장　　격장 오소악난사
昨夜長鬚[35]來下狀하니,　隔墻[36]惡少惡難似라.

매기옥산 하규감　　혼사 경파주절지
每騎屋山[37]下窺瞰하니,　渾舍[38]驚怕走折趾라.

빙의혼구 기관리　　불신령행능금지
憑依婚媾[39]欺官吏하니,　不信令行能禁止라.

선생수굴미증어
先生受屈未曾語하니,
홀차래고량유이
忽此來告良有以라.

차아신위적현 윤
嗟我身爲赤縣[40]尹하니,
조 권불용욕하사
操[41]權不用欲何俟오?

입소적조 호오백
立召賊曹[42]呼五百하여,
진취서배 시저시
盡取鼠輩[43]尸諸市라.

선생우견장수래
先生又遣長鬚來하여,
여차처치비소희
如此處置非所喜라.

황우시당장양절
況又時當長養節[44]하니,
도읍미가맹정리
都邑未可猛政理라.

선생고시여소외
先生固是余所畏니,
도량 불감궁애사
度量[45]不敢窮涯涘라.

방종 시수지과여
放縱[46]是誰之過歟오?
효우 륙복괴전사
效尤[47]戮僕愧前史라.

매양고 주사불민
買羊沽[48]酒謝不敏하니,
우봉명월요도리
偶逢明月耀桃李라.

선생유의허강림
先生有意許降臨이면,
갱견장수치쌍리
更遣長鬚致雙鯉[49]하라.

註解 1) 寄盧仝(기노동)－노동(盧仝)에게 붙임. 《신당서(新唐書)》 열전(列傳)에는 한유의 바로 뒤에 노동의 전기가 있다. 이 책의 노동에 관한 '작자 약전'을 참조할 것. 《한창려집》 권5에 이 시가 실려 있다. 한유가 낙양령(洛陽令)을 지내고 있을 때 지은 것이다. 2) 玉川先生(옥천선생)－노동(盧仝)은 옥천자(玉川子)라 스스로 호하였다. 3) 一奴(일노)－한 하인. 장수(長鬚)는 긴 수염이 난 것. 과두(裹頭)는 머리를 싸다. 옛날 중국의 성인이 된 남자는 머리를 묶고 비단으로 쌌다. 4) 一婢(일비)－한 하녀. 5) 辛勤(신근)－고생하고 애쓰는 것. 6) 結髮(결발)－옛날에 남자들은 12세가 되면 성인의 표시로 머리를 묶어 매었다. 7) 動(동)－어느덧, 잠깐 사이에. 일기(一紀)는 세성(歲星)의 일주(一周)로서 12년. 8) 僕(복)－한유 자신. 첨(忝)은 욕됨. 9) 俸錢(봉전)－봉급으로 받는 돈. 10) 時致(시치)－때때로 보내주었다는 뜻. 11) 叅留守(참유수)－낙양(洛陽)의 유수장관(留守長官)을 가서 뵙다. 이때 유수는 정여경(鄭余慶)이었다. 알대윤(謁大尹)은 하남군(河南郡)의 장관인 대윤(大尹)을 찾아뵙다. 이때는 이소(李素)가 소윤(小尹)으로서 대윤(大尹) 벼슬을 겸하고 있었다. 12) 纔(재)－겨우. 첩(輒)은 문득. 엄(掩)은 가리다. 13) 水北山人(수북산인)－낙수(洛水) 북쪽 기슭 산속에 숨어 살던 석홍(石洪)을 가리킨다. 14) 幕下士(막하사)－장군(將軍 : 節度使)의 지휘 본부에서 벼슬하는 사람. 15) 水南山人(수남산인)－낙수(洛水) 남쪽 기슭 산속에 숨어 살던 온조(溫造 : 字 敬輿)를 가리킨다. 16) 少室山人(소실산인)－숭산(嵩山)의 서쪽 봉우리 소실산(少室山)에 숨어 지내던 사람. 이발(李渤)을 가리킨다. 17) 諫官(간관)－천자에게 잘못을 간하는 관리. 습유(拾遺)의 벼슬이 이에 해당한다. 18) 彼(피)－그들. 수북산인(水北山人)·수남산인(水南山人)·소실산인(少室山人) 같은 사람들. 자구(刺口)는 풍자하는 말. 19) 遭驅使(조구사)－부림받음을 당하는 것. 20) 法律(법률)－성인의 올바른 율법(律法). 승(繩)은 새끼, 줄. 먹줄로 나무를 바르게 가늠하여 깎을 수 있게 하듯 자기의 몸가짐을 바로잡는 것. 21) 春秋三傳(춘추삼전)－공자가 저술한《춘추(春秋)》에 대한 세 사람의 해설. 좌구명(左丘明)의《좌씨전(左氏傳)》, 공양고(公羊高)의《공양전(公羊傳)》, 곡량적(穀梁赤)의《곡량전(穀梁傳)》의 세 가지. 속고각(束高閣)은 책을 모두 묶어 높은 누각에 둔다.《춘추삼전(春秋三傳)》에 통달했기 때문에 다시는 책을 볼 필요가 없게 된 것이다. 22) 遺經(유경)－성인이 남겨놓은 경서. 23) 弄筆嘲同異(농필조동이)－'농필'은 장난삼아 글을 짓는 것.《당재자전(唐才子傳)》권5에도 '마이(馬異)는 목주(睦州) 사람이다. ……타고난 성격이 독특하고 풍채가 빼어났으나 몸이 깡마름을 면치 못하였다. 노동(盧仝)은 이 말을 듣고 매우 자기 뜻에 맞아 그와 벗으로 사귀기를 바랐다. 마침내 자기 이름이 동(仝, 同과 같음)이고 그의 이름이 이(異)임에 착안하여 이를 빌미로 시를 주고받게 되었다'고 하였다. 24) 怪辭驚衆(괴사경중)－그의 〈월식(月蝕)〉 시의 괴이한 문구들이 사람들을 놀라게 하였다는 뜻. 방(謗)은 비방하다, 헐뜯다. 25) 坦(탄)－평탄한 것. 26) 跨(고)－걸터앉다, 올라타다. 녹이(騄駬)는《열자(列子)》엔 '녹이(綠耳)'로 쓰고 있다. 주(周)나라 목왕(穆王)의 수레를 끌고 다닌 팔준마(八駿馬) 가운데의 하

나. 27) 耘(운) - 밭의 김을 매는 것. 자(耔)는 북돋는 것. 28) 丁口(정구) - 장정(壯丁)의 인구(人口). 29) 耒(뢰) - 쟁기. 사(耜)는 보습. 30) 陳力列(진력렬) - 힘을 다해 나랏일을 하는 벼슬자리. 31) 立言(입언) - 후세에까지 교훈이 될만한 말을 하는 것. 수범(垂範)은 딴 사람들이 본받을 만한 행동을 하는 것. 32) 苗裔(묘예) - 후예, 후손. 유(宥)는 죄를 용서하는 것. 33) 貽(이) - 업적을 남겨놓는 것. 궐(厥)은 그것. 지(址)는 터. 34) 潔身亂倫(결신란륜) - 자기 한 몸을 깨끗이 하기 위하여 인륜을 어지럽히는 것. 의(擬)는 비기다. 35) 長鬚(장수) - 수염이 긴 하인. 36) 隔墻(격장) - 담 너머, 이웃집. 오소(惡少)는 고약한 젊은이. 37) 屋山(옥산) - 지붕 대마루. 규(窺)는 엿보다. 감(瞰)은 굽어보다, 내다보다. 38) 渾舍(혼사) - 온 집안. 절지(折趾)는 발가락을 삐는 것. 39) 婚媾(혼구) - 인척(姻戚) 관계를 말함. 40) 赤縣(적현) - 당대엔 현(縣)을 7등급으로 나누었다. 《방여기요(方輿紀要)》 주성형세(州城形勢)에 '뭇 천하의 현(縣)은 1573현'이라 하였는데, '도성을 다스리는 곳을 적현(赤縣)이라 하고, 통할(統轄)하는 곳을 기현(畿縣)이라 하고, 그 나머지는 망(望) · 긴(緊)이라고 하는데 각각 상 · 중 · 하 셋으로 나누어져 있어 모두 7등급으로 나뉘어진다'고 하였다. 낙양(洛陽)은 동도(東都)이므로 적현(赤縣)이라 한 것이다. 41) 操(조) - 잡다, 쥐다. 42) 賊曹(적조) - 형벌을 다스리는 벼슬 이름. 두우(杜佑)의 《통전(通典)》 직관전(職官典)에 의하면 물과 불 · 도적 · 소송 · 죄와 법을 다스린다고 하였다. 오백(五百)은 형벌을 집행하는 관리. 위소(韋昭)의 《변석명(辨釋名)》에 '오백은 본시 오맥(伍陌)이라 썼는데, 오(伍)는 당(當)의 뜻이고 맥(陌)은 길의 뜻이다. 사람들을 인도하여 길 가운데로 오게 하여 쫓아버리는 것이다. 지금은 매를 치는 사람을 오백이라 한다'고 하였다. 43) 鼠輩(서배) - 쥐새끼 같은 무리. 악한 젊은이들을 가리킨다. 시저시(尸諸市)는 죄인을 죽이어 시체를 저잣거리에 내걸어 구경시키는 것. 44) 長養節(장양절) - 만물을 자라게 하고 길러주는 계절, 곧 봄철. 45) 度量(도량) - 마음의 넓이. 애사(涯涘)는 바다 저쪽 가, 끝. 46) 放縱(방종) - 멋대로 행동하는 것. 여기서는 멋대로 처형한 것. 47) 效尤(효우) - 잘못을 본받는 것. 악한 자들을 처형하면서 악한 자들의 행동처럼 난폭한 방법으로 처

형한 것. 륙복(戮僕)은 천한 자, 곧 악한 자들을 죽인 것. 괴전사(愧前史)는 이전시대 사관(史官)에게 부끄럽다. '전사'는 특히 좌구명(左丘明)을 가리킨다. 《좌전(左傳)》 양공(襄公) 3년에 '진후(晉侯)의 아우 양간(楊干)이 행렬(行列)을 곡량(曲梁)에서 어지럽혔다. 위강(魏絳)은 그의 복(僕 : 楊干의 부하. 하인)을 죽였다. 진후는 노하여 양설적(羊舌赤)에게 말하기를, "……양간이 죽음을 당한 거나 무엇이 그 욕됨이 다르랴. 반드시 위강을 죽여야 한다."라고 하였다. 위강은 이에 글을 하인에게 주고 칼아래 굴복하려 하였다. 그 글에 "……교훈을 이루지 못하고 무기를 잡게 되었습니다. ……"라고 하였다'. 48) 沽(고)-물건을 사는 것. 49) 雙鯉(쌍리)-두 마리 잉어. 편지를 말한다. 한대 채옹(蔡邕)의 〈음마장성굴행(飮馬長城窟行)〉에 '내게 두 마리 잉어〔雙鯉魚〕를 보냈는데, 아이 불러 잉어를 삶으니 그 속에 비단에 쓴 편지가 있었네' 라고 읊었다. 잉어 배 속에 편지가 있었다는 데서 후에는 두 마리 잉어가 편지의 뜻으로 쓰이게 되었다.

解說 《당시기사(唐詩紀事)》에도 '노동은 낙양에 있었다. 한유는 하남(河南)의 영(令)이 되었는데, 노동의 시를 좋아하여 두터이 그를 예우하였다. 그는 스스로 옥천자(玉川子)라 호하고 일찍이 〈월식(月蝕)〉의 시를 지어 원화(元和)의 붕당(朋黨)을 꾸짖었다'고 하였다. 이 시를 보더라도 한유가 노동에게 굉장히 호의를 나타내고 있었음을 알겠다. 노동은 박학하고 뛰어난 글재주를 지녔지만 세상의 명예나 이익의 추구에는 뜻을 두지 않아 가난하게 숨어 지내고 있었다. 그를 경애하는 작자의 진실한 마음이 잘 표현된 시이다.

동녘은 반쯤 밝아오는데(東方半明)

동녘은 반쯤 밝아오고 큰 별들 모두 살아졌는데,
오직 샛별만이 새벽달과 함께 떠있네.
아아! 그대는 새벽달을 더 이상 의심 말게나!
함께 빛을 발하다 함께 살아질 날도 얼마 남지 않았다네.

새벽달은 번쩍번쩍 비치고,
샛별은 뻔적뻔적 비치는데,
새벽닭이 울고 새벽종이 울리고 있네!

동방반명대성몰　　　독유태백　배잔월
東方半明大星沒하니, 獨有太白[1]配殘月이라.

차이잔월물상의　　　동광공영수유　기
嗟爾殘月勿相疑하라! 同光共影須臾[2]期로다.

잔월휘휘　　　태백섬섬
殘月暉暉[3]하고, 太白睒睒[4]하니.

계삼호　　　경오점
鷄三號하고, 更五點[5]이로다!

註解 1) 太白(태백)－샛별. 2) 須臾(수유)－잠깐 동안, 잠시. 3) 暉暉(휘휘)－반짝이는 모양. 4) 睒睒(섬섬)－역시 번쩍이는 모양. 5) 更五點(경오점)－새벽 시각을 알리는 종소리가 울리는 것. 오경(五更)은 새벽 시간.

解說 중국문학자들은 모두 이 시가 서기 805년에 8개월밖에 임금노릇을 못한 순종(順宗)시대의 정치상황을 풍자한 시라고 하면서 각기 자기 나름대로 당시의 정치 현실에 맞추어 이 시를 해석하고 있다. 보기를 들면 한순(韓醇)은 순종이 황제 자리에 오른 뒤에도 직접 정치를 돌보지 못하고, 헌종(憲宗, 806-820 재위)이 태자로 있을 적의 상황을 읊은 것이라 하였다. 그러나 필자는 이 시의 창작 동기가 비록 그 당시의 일정한 사람들의 상황을 보고 느낀 것을 바탕으로 지은 것이라 하더라도 이 시를 읽는 사람은 시인의 밝은 눈으로 본 일반적인 사람들의 모습을 깊이 추구한 시라고 믿는다.

첫 구절 "동녘은 반쯤 밝아오고 큰 별들 모두 살아졌는데, 오직 샛별만이 새벽달과 함께 떠있네."라고 읊은 것은 새벽이 되어 밤하늘에 찬란하게 빛을 발하고 있던 모든 별들은 살아지고 오직 샛별만이 남아 뻔적이며 새벽달과 빛을 다투고 있음을 읊은 것이다. 이것은 마치 나라를 다스리는 사람이 또는 어떤 단체의 우두머리가 그의 나라나 그 단체를 어려운 처지로부터 구해내기 위하여 새로운 일을 하려 할 적의 상황인 것 같다. 이 일은 획기적인 것이라서 많은 논란 끝에 대부분의 사람들은 그 일을 받아들이기로 하고 논의가 잠잠해졌다. 그것은 나라나 단체의 장래와 직결되는 중요한 일이기 때문이다. 그러나 이때 어떤 유력한 사람이나 집단만이 남아 자기의 입장 또는 자기 집단의 이해관계를 바탕으로 그 하려는 일을 반대하고 있다.

둘째 구절 "아아! 그대는 새벽달을 더 이상 의심 말게나! 함께 빛을 발하다 함께 살아질 날도 얼마 남지 않았다네."는 그 추진하려는 일은 중요한 일이니 일을 하려는 뜻을 의심하지 말고 잘 협력해야 한다는 것이다. 함께 손잡고 일하지 않으면 모두 함께 곧 어려운 처지에 놓이게 될 것이라는 것이다.

여기에서 일을 추진하고 있는 주체는 새벽달이고, 그 일을 반대하면서 다투고 있는 것은 샛별이다. "휘휘(暉暉)"는 "번쩍번쩍"하고 옮겼지만 햇빛처럼 밝게 빛나는 모양이다. "섬섬(睒睒)"은 "뻔적뻔적"하고 옮겼는데 이는 번갯불이 번쩍이는 모양이다. 일을 추진하는 사람은 나라나 단체의 위험해지는 상황으로부터 벗어나려고 적극적이고 창조적인 견해를 얘기하고 있는데, 반대자는 자기 개인이나 자기 집단의 이익 때문에 이를 적극적으로 반대하고 있는 것이다. "새벽닭이 울고 새벽종이 울리고 있다!" 위기가 닥쳐오고 있는데 서로 싸우고만 있을 것인가? 계속 다투다 보면 곧 양편 모두가 함께 망해버릴 것이라는 것이다.

심각하고 큰 일 뿐만이 아니라 어떤 작은 일을 할 적에도 사람들 중에는 특수한 자기 입장 때문에 그 일의 진행을 방해하는 자들이 있다. 쓸데 없이 서로 싸우다 보면 양편이 함께 손해를 보게 된다. 늙은이들은 고집 때문에 남의 의견에 잘 승복하지 않는 경우가 많다. 심지어 사람은 오래 살지도 못할 것임을 깨닫지도 못하고 크고 작은 일을 두고 자기의 이해관계에 억매이어 남과 다투는 사람들도 많다. 혹 한유는 그 시대의 어떤 사람들의 싸움을 보면서 이 시를 읊었는지 모르지만 이 시를 읽는 후세 사람들은 이 시의 뜻을 어떤 한 가지 사건에만 국한시키지 말고 모든 사람들의 생활에 적용되는 깊은 철학적인 뜻이 담긴 시라고 풀이해야만 옳을 것이다. 사람들이 쓸데없이 서로 자기 고집만을 부리며 서로 다투다 보면 결국은 함께 망하거나 모두가 손해를 보게 된다는 것이다.

■ 작가 약전(略傳) ■

맹교(孟郊, 751~814)

자는 동야(東野). 당나라 호주(湖州) 무강(武康 : 지금의 浙江省 武康縣) 사람. 젊어서부터 숭산(嵩山)에 숨어 살았다. 한유와 친하게 지냈고, 50세가 다 되어 진사에 급제하여 율양(溧陽, 江蘇省) 현위(縣尉)가 되었다. 대체로 곤궁한 일생을 보내어, 그의 시에는 고난과 불평이 담긴 것들이 많다. 그러나 문장은 무난하고 저속한 것을 피하고 개성적인 빼어남을 추구하였다. 오언고시를 특히 잘 지어 가도(賈島)와 함께 이름을 날려, 흔히 괴로운 정서를 노래한 시인이라고 알려져 있다. 《맹동야집(孟東野集)》 10권이 있다.

다듬이질 소리 들으며(聞砧[1])

두견새 소리도 이보다 슬프지 않고
외로운 잔나비 울음도 이보다 애절치 않네.
달 아래 어느 집에서 다듬이질인가?
한 소리마다 창자 한 마디씩 끊기네.
방망이 소리 나그네 위하는 것 못되니
나그네 듣고는 머리 저절로 희어지네.
방망이 소리 옷 다듬기 위한 것 아니라
나그네 마음 슬프게 해주려는 것일세.

두 견 성 불 애　　단 원 제 부 절
杜鵑聲不哀에,　斷猿啼不切[2]이요.

월 하 수 가 침　　일 성 장 일 절
月下誰家砧고?　一聲腸一絕이라.

저 성 불 위 객　　객 문 발 자 백
杵[3]聲不爲客에,　客聞髮自白이요.

저 성 불 위 의　　욕 령 유 자 비
杵聲不爲衣요,　欲令游子[4]悲이라.

註解 1) 聞砧(문침)－다듬이 방망이질 소리를 듣다. 2) 切(절)－애절하다. 3) 杵(저)－다듬이 방망이. 4) 游子(유자)－집을 나와 있는 사람, 나그네.

解說 객지에서 다듬이질 소리를 들으며 잠 못 이루고 고향을 그리는 나그네의 정이 잘 표현된 시이다.

옛 이별 노래(古別離[1])

이별을 하려는 임의 옷자락 부여잡고,
당신은 지금 어디를 가려는가고 묻고 있네.
돌아오는 날 늦는 것은 원망하지 않을 터이니,
미녀 있는 임공(臨卭) 같은 곳만은 가지 말라 당부하네.

욕별견랑의 / 낭금도하처
欲別牽郎[2]衣하고, 郎今到何處오?
불한귀래지 / 막향임공거
不恨歸來遲리니, 莫向臨卭[3]去하라.

註解 1) 古別離(고별리) - 옛 악부(樂府) 제목 이름. 2) 郎(랑) - 임, 남편을 가리킴. 3) 臨卭(임공) - 사천성(四川省)의 지명. 한나라 부(賦)의 작가인 사마상여(司馬相如)가 젊어서 그곳에 가 있다가 그곳 부자 탁왕손(卓王孫) 집에 초대를 받아 갔다. 그 집에는 탁문군(卓文君)이라는 젊고 아름다운 과부가 된 딸이 있었는데, 사마상여는 금(琴)을 연주하여 탁문군을 유혹해서 야반도주하였다 한다. 여기에서는 젊고 아름다운 여자가 있는 곳을 뜻한다.

解說 이별의 노래. 객지에 나가 바람이 날까 걱정하고 있는 여인의 마음이 시의 맛을 돋구어 준다.

집 나가 있는 자식의 노래(遊子[1]吟)

자애로운 어머님 손에 들린 실은,
길 떠날 아들 옷을 짓는 것이네.
떠나기 전에 꼼꼼히 꿰매시며,
마음은 더디 돌아올까 걱정이시네.

한 치 풀 같은 마음을 가지고서,
한 봄의 햇빛 같은 어머님 사랑 보답하기 어렵네.

자 모 수 중 선　　　　유 자 신 상 의
慈母手中線은,　　　遊子身上衣라.

임 행 밀 밀　봉　　　의 공 지 지 귀
臨行密密[2]縫하며,　意恐遲遲歸라.

난 장　촌 초 심　　　보 득 삼 춘　휘
難將[3]寸草心하여,　報得三春[4]暉라.

註解 1) 遊子(유자)-'길 나선 사람'의 뜻. 음은 읊는 것, 노래. 〈유자음(遊子吟)〉은 '나그네의 노래' 길을 나선 나그네가 어머님의 사랑을 생각하며 부른 노래이다. 《맹동야집》 제1권에 들어 있다. 2) 密密(밀밀)-촘촘한 모양, 꼼꼼한 모양. 봉(縫)은 꿰매다. 3) 難將(난장)-'수언(誰言)'으로 되어 있는 판본도 있다. '난'은 어렵다는 뜻으로 다음 구절까지 뜻이 걸리고, '장'은 '……을 가지고'의 뜻을 나타낸다. 촌초(寸草)는 한 치 되는 풀. 미력한 자신에 비유했음. 4) 三春(삼춘)-초봄 · 한봄 · 늦봄의 봄 3개월, 한봄. 휘(暉)는 햇빛.

解說 이 시는 맹교가 자기의 어머니를 생각하고 지은 시이다. 첫 네 구에는 자식을 객지로 내보내는 어머니의 자애로운 걱정이 묘사되어 있다. 이것은 맹교의 경험이었을 것이다. 이처럼 위대한 어머니의 사랑을 한봄의 햇빛에 견준다면 자식이란 그 햇빛 아래 돋아나는 짧은 풀싹과 같다는 것이다. 미력한 자식의 힘으로 위대한 어머니의 은혜에 어찌 다 보답하겠느냐는 것이다.
일부 판본엔 '어머니를 율수(溧水)에서 뵙고 지은 것'이라는 작자의 주가 달렸다. 그렇다면 그가 율양현위(溧陽縣尉)였던 54세 때의 작품이다. 늦게서야 겨우 진사에 급제한 그가 출세가 늦어 어머니를 편안히 잘 모시지 못했음을 자책한 시로 볼 수도 있겠다.

조국상(弔國喪[1])

부질없이 사람이 만물의 영장(靈長)이라고 하지만,
죽은 사람의 흰 뼈가 여기저기 흩어져 있네.
어찌하여 봄철에 죽었는데
많은 풀처럼 살아나지도 못하는가?
요(堯)임금 순(舜)임금은 천하를 다스리면서
농사 기구는 만들었으되 무기는 만들지 않았네.
진(秦)나라 한(漢)나라 때에는 남의 산과 땅을 훔치고
사람 죽이는 쇠붙이만 만들고 밭을 가는 쇠붙이는 만들지 않았네.
하늘과 땅은 쇠를 생성하지 말아야지
쇠가 생겨서 인간은 서로 다투게 된 것일세.

도언 인최령 / 백골란종횡
徒言[2]人最靈이나, 白骨亂縱橫이라.

여하당춘사 / 불급군초생
如何當春死어늘, 不及群草生고?

요순재건곤 / 기농 불기병
堯舜在乾坤[3]하사, 器農[4]不器兵[5]이라.

진한도산악 / 주살 불주경
秦漢盜山岳하고, 鑄殺[6]不鑄耕이라.

천지막생금 / 생금인경쟁
天地莫生金[7]이니, 生金人競爭이로다.

註解 1) 弔國喪(조국상) – '나라를 위하여 싸우다가 죽은 사람'을 조상함. 2) 徒言(도언) – 부질없이 말하다. 3) 乾坤(건곤) – 하늘과 땅, 천지. 4) 器農(기농) – 농사짓는데 쓰는 기구를 만들다. 5) 器兵(기병) – 군대에 관한 또는 전쟁하는데 쓰는 기구를 만들다. 6) 鑄殺(주살) – 사람 죽이는 쇠붙이를 만들다. 7) 金(금) – 금속, 쇠.

解說 이 시의제목은 〈조국상〉 곧 '나라를 위하여 싸우다가 죽은 사람을

조상하는 것.' 이다. 그러나 이 시에는 나라를 위해 목숨을 바친 애국자의 죽음을 조상하거나 그의 위대한 정신을 기리는 말은 한 마디도 없다. 무고한 사람들이 나라 일 때문에 활동하다가 죽는 이가 많이 나오게 만들고 있는 위정자인 황제들을 문제 삼고 있다. 나라를 다스리는 황제의 야망 또는 잔인한 성격이 그런 애국자를 나오게 하였다는 것이다. 황제라는 자들은 백성들의 삶 같은 것은 거들 떠 보지도 않고 자기의 욕심만을 추구하는 자들이라는 것이다. 그 시대의 정치 의식을 바탕으로 중국문명을 비판한 것이라고 볼 수 있다.

시인은 첫머리에서 사람들이 '만물의 영장' 이라고 스스로 큰소리치고 있지만 이는 전혀 부질없는 말이라 단언하고 있다. 왜냐 하면 사람들이 사는 이 세상에는 전쟁이 끊이지 않아 땅 위에는 전쟁에 끌려 나가 싸우다가 죽은 사람들의 썩은 뼈가 널려있기 때문이다. 실지로 중국은 자기네 큰 나라를 지탱하고 다스리기 위하여 끊임없는 전쟁을 하지 않을 수가 없었다.

나라를 세울 적부터 무력으로 이전의 왕조를 무너뜨리고 새 왕조를 건립하기 위해서는 엄청나게 많은 사람들을 죽이지 않으면 안 된다. 그리하여 수시로 이어지는 전쟁은 나라의 수많은 장정들을 병졸로 끌고 나가 싸움터에서 죽게 만든다. 따라서 무고한 백성들은 어찌 보면 잡초만도 못한 인생이다. 시인은 세상이 이렇게 된 책임을 완전히 나라를 다스리는 황제에게 돌리고 있다.

요임금과 순임금은 중국 전설상의 성인 천자였다. 그들은 덕으로 천하를 다스리어 태평스런 세계를 이룩하였고, 나이가 많아져 활동하기에 힘이 부치게 되면 자기의 황제 자리를 다른 덕이 많은 사람에게 넘겨주었다. 이를 선양(禪讓)이라고 한다. 요임금은 순에게 황제 자리를 넘겨주었고, 다시 순임금은 하(夏)나라의 시조가 된 우(禹)에게 임금 자리를 넘겨주었다. 그러나 후세의 황제들은 진(秦)나라 진시황(秦始皇)과 한(漢)나라 유방(劉邦) 뿐만이 아니라 거의 모든 나라의 황제들이 병정들을 거느리고 싸우면서 엄청나게 많은 사람들을 죽이고 나라를 세웠다. 백성들의 삶은 안중에도 없었다. 그래서 시인은 진나라와 한나라 황제들은 "사람 죽이는 물건만 만들고 밭을 가는 기구는 만들지 않았네." 하고 읊고 있는 것이다. "밭을 가는 기구는 만들지 않았다."는 것은 백성들의 생활은 전혀 돌보지 않았음을 뜻한다. 무력으로 수많은 사람들을 죽이고 차지한 나라이기에 시인은 나라를 세운 것을 "남의 산과 들을 훔쳤다."고 말하고 있는 것이다. 반대로 요임금과 순임금은 세상을 덕으로 다스리면서 백성들을 위하는 정치를 하였기 때문에 "농사 기구는 만들었으되 무기는 만들지 않았네." 하고 읊고 있는 것이다.

시에서는 진나라와 한나라를 들고 있지만 실은 시인 맹교가 살고 있던 당(唐)제국의 현실 비판을 겸하고 있음은 쉽사리 알 수 있는 일이다. '안록산(安祿山)의 난(755-763)' 이라는 비정한 내란을 직접 경험한 시인이라 전쟁이 더욱 싫었을 것이다. 봉건전제(封建專制)의 통치 아래 황제의 미움을 살 이런 시를 쓴 맹교의 강직성과 용기를 칭찬하지 않을 수가 없다. '안록산의 난' 이후로는 당나라 황제들이 권력이 약해져서 포악한 정치를 할 수 없게 되고 지식인들의 활동이 활발해져서 이런 시를 쓰고도 무난하였다고 여겨진다.

결론으로 시인이 읊은 "하늘과 땅은 쇠를 생성하지 말아야지 쇠가 생겨서 인간은 서로 다투게 된 것일세."라는 두 구절은 날카롭기 예리한 칼날과 같다. 이 시의 결론 두 구절은 현대인들도 심중히 반성해 보아야 할 말이라고 생각된다.

■ 작가 약전(略傳) ■

유종원(柳宗元, 773~819)

자는 자후(子厚). 당나라 하동(河東, 지금의 山西省 永濟縣) 사람. 진사가 된 뒤 교서랑(校書郎) 등의 벼슬을 지내다 순종(順宗) 때 유우석(劉禹錫) 등과 왕숙문(王叔文)의 혁신정치 집단에 참여하여 예부원외랑(禮部員外郎)을 지냈으나, 실패하자 영주(永州) 사마(司馬)로 쫓겨났다. 원화(元和) 11년(816)엔 유주자사(柳州刺史)로 옮기어져 그곳에서 죽었는데, 사람들은 그를 유유주(柳柳州)라고도 부른다.

유종원은 한유와 함께 고문운동(古文運動)을 전개하여 흔히 '한류(韓柳)'라고도 부른다. 그의 산문은 한유의 웅장하고 힘있는 것과는 달리 빼어난 맛이 있고, 사회의 모순을 비판하는 풍자적인 글과 산수를 유람하며 쓴 글에 특히 뛰어났다. 시는 한유보다 더욱 부드럽고 맑게 빼어난 풍격을 지녔고, 자연 속의 정경을 노래하여 도연명(陶淵明)에서 왕유(王維)·맹호연(孟浩然)·위응물(韋應物)을 이어 받은 자연시파로 알려졌다. 그의 시 중에는 맑고 고요한 한가히 지내는 정경을 읊은 좋은 시가 많다. 《유하동집(柳河東集)》 45권, 《외집(外集)》 2권이 있다.

눈 내린 강에서(江雪)

온 산엔 새들도 고요하고,
모든 길엔 사람의 행적도 없는데,
외로운 배에 도롱이와 삿갓 쓴 영감이,
홀로 추운 눈 덮인 강에서 낚시질한다.

천 산조비절 　 만경 인종멸
千[1]山鳥飛絕이오, 萬逕[2]人蹤滅이라.

고주사 립옹 　 독조 한강설
孤舟簑[3]笠翁이, 獨釣[4]寒江雪이라.

註解 1) 千(천) — 천산(千山)의 '천'은 다음의 만(萬)이나 마찬가지로 '많은 것'을 형용한 것이다. 2) 逕(경) — 길. 경(徑)과 통함. 만경(萬逕)은 모든 길. 인종(人蹤)은 사람의 자취, 사람의 행적. 멸(滅)은 없어지다. 이상 두 구는 큰 눈으로 덮인 한적한 자연을 읊은 것이다. 3) 簑(사) — 도롱이. 입(笠)은 삿갓. 옹(翁)은 늙은이, 영감. 4) 釣(조) — 낚시. 독조(獨釣)는 홀로 고기를 낚고 있는 것.

解說 이 시는 눈 덮인 겨울의 강변을 읊은 것이다. 사람은커녕 새조차도 많은 눈에 눌리어 나들이 못하는 듯한 조용하고도 흰 대자연 속에서 외로이 고기를 낚는 늙은이가 있다. 눈 덮힌 추운 강에서 홀로 낚시하는 외로운 배의 도롱이와 삿갓 쓴 영감에서 작자는 바로 자기 자신의 영상을 발견하고 있는 듯하다. 유종원은 홀로 낚시하는 영감의 드높고 깨끗한 마음이 있었기에 고문운동을 성공으로 이끌고 시문으로 일생을 깨끗이 살 수 있었을 것이다.

농가(田家[1]) 제2수

울타리를 사이에 두고 연기와 불이 보이니,

농사 얘기하는 사이에 사방의 이웃도 저녁이 되었구나.
마당가에선 가을 귀뚜라미 울고,
성긴 삼대가 쓸쓸하게 보이네.
누에실을 모두 세금으로 바치니,
베틀은 쓸데없어 벽에 세워 두었네.
이장이 밤에도 돌아다니니,
닭 잡고 기장밥 지어 술자리를 마련하는데,
모두 말하기를 관청의 나리는 엄하기만 하여,
명령하는 글 가운데엔 독촉과 책망하는 말이 많다네.
동쪽 마을에선 세금 기일을 놓치어,
수레바퀴 진흙 못에 빠진 듯 꼼짝도 못하게 되었네.
관청에선 사정을 보아주고 용서해 주는 일 없어,
매를 함부로 많이 얻어맞았다네.
힘써 일을 해나감에 신중하라,
살갗은 정말로 아까운 것이다.
이 해의 새 추수를 맞이하게 되었으나,
오직 지난 자취 또 밟게 될까 두렵네.

이 락격연화 농담사린석
籬[2]落隔煙火하니, 農談四鄰夕[3]이라.

정제추공 명 소마 방적력
庭際秋蛩[4]鳴하고, 疎麻[5]方寂歷이라.

잠사진수세 기 저공의벽
蠶絲盡輸稅[6]하니, 機[7]杼空倚壁이라.

이서 야경과 계서 사연석
里胥[8]夜經過하니, 鷄黍[9]事筵席이라.

각언관장준 문자 다독책
各言官長峻[10]하여, 文字[11]多督責이라.

동향　후조기　　　　거곡함니택
東鄕[12]後租期하여，　車轂陷泥澤[13]이라.

공문　소추서　　　　편　복자랑자
公門[14]少推恕하여，　鞭[15]扑恣狼藉이라.

노력신경영　　　　　기부진가석
努力愼經營하라，　　肌膚眞可惜[16]이라.

영신　재차세　　　　유공종　전적
迎新[17]在此歲하니，　惟恐踵[18]前跡이라.

註解 1) 田家(전가)－《당유선생집》 권43에 실려 있는 전가(田家) 3수 중의 제2수. 2) 籬(이)－울타리. 락(落)은 마을, 부락. 이락(籬落)은 마을의 울타리가 둘려 있는 집. 격연화(隔煙火)는 연기와 불이 울타리 사이로 저쪽에 보이는 것. 3) 四鄰夕(사린석)－사방의 이웃이 저녁이 되었다는 뜻. 4) 蛩(공)－귀뚜라미. 5) 疎麻(소마)－밭에 성글게 남은 삼대들을 가리킨다. 적력(寂歷)은 적막과 비슷한 것으로 '쓸쓸하게 보이는 것'. 6) 輸稅(수세)－세로 바치는 것. 7) 機(기)－베틀. 저(杼)는 북. 8) 里胥(이서)－동리의 일을 맡아보는 사람. '서'는 하급 관리의 뜻으로 지금의 동서기(洞書記). 9) 鷄黍(계서)－닭 잡고 기장으로 밥하고 하는 농촌의 정성껏 차린 음식. 《논어》 미자(微子)편에도 '자로(子路)를 머물러 묵게 하고 닭 잡고 기장으로 밥지어 이를 대접했다' 고 하였다. 사연석(事筵席)은 잔칫자리를 마련하는 일을 하는 것. 10) 峻(준)－준엄(峻嚴)한 것. 11) 文字(문자)－명령의 글. 독책(督責)은 독촉하고 책망하는 말. 12) 東鄕(동향)－동쪽의 마을. 후조기(後租期)는 조세(租稅)를 내야 할 기일에 뒤지다. 13) 車轂陷泥澤(거곡함니택)－'수레바퀴통이 진흙 못에 빠진 듯이' 꼼짝달싹도 못하게 된 것. 14) 公門(공문)－관소(官所), 관청(官廳). 추서(推恕)는 미루어 사정을 보아주고 용서해주고 하는 것. 15) 鞭(편)－채찍. 복(扑)은 회초리. '편복' 은 관리들이 백성들에게 매질을 하는 것. 자(恣)는 멋대로, 함부로. 낭자(狼藉)는 이리가 풀을 깔고 누워 풀을 짓뭉개어 놓듯이 멋대로 짓밟고 어지럽히는 것. 16) 肌膚眞可惜(기부진가석)－사람의 살갗은 정말로 귀중한 것이니, 백성들은 관원에게 매를 맞고 다치지 않도록 하여야 한다는 뜻. 17) 迎新

(영신)－새로 금년의 추수를 맞이하게 되었다는 뜻. 18) 踵(종)－뒤를 따라 가는 것. 종전적(踵前跡)은 옛날처럼 조세를 제때에 못 내어 백성들이 관원에게 얻어맞는 것을 말한다.

解說 〈농부를 가엾게 여김(憫農 : 李紳 作)〉, 〈농가를 읊음(詠田家 : 聶夷中 作)〉 등 여러 시에도 보이는 것처럼 중당 이후의 농촌은 관리들의 착취와 지나친 조세에 허덕이고 있었다. 유종원은 당대의 자연시인 가운데의 한 사람이라 평화로운 농촌의 정경을 묘사하면서도 한편 관리들에게 착취당하여 생활고에 허덕이는 농민들에 대한 동정도 빠뜨리지 않고 있다. 유종원은 한유와 함께 당대 고문운동을 성공적으로 이끈 대가로 일컬어진다. 한유의 '문이관도(文以貫道)' 곧 '문학은 올바른 도를 관통하는 것이어야 한다'는 문학정신은 유종원에게도 통하여 전원시(田園詩) 속에 위정자들의 반성을 촉구할 만한 뼈대 있는 내용을 집어넣은 것이다.

농가(田家[1]) 제3수

낡은 길섶엔 찔레덩굴이 우거져,
옛 성 모퉁이에 휘감겨 있네.
여뀌꽃은 방죽 위를 뒤덮었고,
연못물은 차고도 맑네.
이젠 수확도 다 끝나서,
해 저물자 나무꾼과 목동이 많네.
높직이 부는 바람은 성근 느릅나무와 버드나무를 흔들고,
짙은 서리에 배와 대추가 익네.
길가는 사람은 가고 머물 곳을 분간 못하고,
들새는 다투어 잠자리로 깃드네.
늙은 농부는 웃으며 걱정을 해주는데,
어둠에 들길을 조심하라네.

올해는 다행히 얼마간 풍년이 든 셈이니,
범벅이든 죽이든 싫다 말고 들고 가라네.

고도요 질려 영회 고성곡
古道饒[2]蒺藜하여, 縈廻[3]古城曲이라.

요 화피제안 파수 한갱록
蓼[4]花被隄岸하니, 陂水[5]寒更淥이라.

시시수확경 낙일다초 목
是時收穫竟[6]하니, 落日多樵[7]牧이라.

풍고유 류소 상중리 조숙
風高楡[8]柳疎하고, 霜重梨[9]棗熟이라.

행인 미거경 야조경서숙
行人[10]迷去徑이오, 野鳥競棲宿[11]이라.

전옹 소상념 혼흑신 원륙
田翁[12]笑相念하니, 昏黑慎[13]原陸이라.

금년행소풍 무염 전여죽
今年幸少豐하니, 無厭[14]饘與粥이라.

註解 1) 田家(전가)－농가의 뜻. 이 시는《당유선생집》권43의 전가시 3수 가운데의 제3수이다. 2) 饒(요)－풍부한 것, 많은 것. 질려(蒺藜)는 가시가 달린 덩굴식물로서 남가새. 3) 縈廻(영회)－칭칭 감기어 있는 것. 고성곡(古城曲)은 오래된 성벽의 모퉁이. 4) 蓼(요)－여뀌, 풀 이름. 피(被)는 덮다. 제(隄)는 방죽. 제(堤)와 같은 자. 안(岸)은 물가의 언덕. 5) 陂水(파수)－방죽 속의 물, 곧 저수지의 물. 녹(淥)은 물이 맑고 깨끗한 것. 6) 竟(경)－다 끝나는 것. 7) 樵(초)－여기서는 초부(樵夫), 곧 나무꾼. 목(牧)은 목동. 8) 楡(유)－느릅나무. 소(疎)는 낙엽이 져 가지들이 성글게 보이는 것. 9) 梨(리)－배. 조(棗)는 대추. 숙(熟)은 익다. 10) 行人(행인)－길가는 나그네. 작자 자신을 말한다. 미거(迷去)는 날이 어두워져 가고 머물 곳을 분간 못하게 되는 것. 11) 棲宿(서숙)－ 새가 저녁에 자려고 깃드는 것. 12) 田翁(전옹)－늙은 농부. 상념(相念)은 나그네가 갈 길과 머물 곳을 걱정해주는 것.

13) 愼(신)－삼가다. 원륙(原陸)은 들길을 말한다. 14) 無厭(무염)－싫어하지 말라는 뜻. 전(饘)은 범벅. 죽(粥)은 죽.

解說 이 시는 작자 유종원이 나그네의 입장에서 농촌의 가을풍경과 질박한 농민의 인심을 노래한 것이다. 앞 여덟 구는 잡초가 우거진 옛 성 옆의 낡은 길과 연못을 배경으로 지는 해를 등지고 돌아오는 나무꾼과 목동들이 있는 농촌 풍경을 묘사했다. 때는 가을이라 드높은 바람에 낙엽진 나뭇가지들이 앙상하고, 된서리에 푹 익은 배와 대추가 나무에 달려 있다. 나머지 여섯 구는 흐뭇한 농촌의 인정을 그린 것이다. 날이 어두워 나그네는 갈 길을 분간 못하게 되었는데, 늙은 농부는 날이 저물었으니 길 가기 어려울 것이다, 사양 말고 우리와 죽이라도 한 그릇 나누며 하룻밤 쉬어 가라고 웃으며 권한다. 소박하고도 따뜻한 농부의 정이 읽는 이들 피부에도 느껴질 것이다.

호초 스님과 함께 산을 보며 지은 시를 도성의 친구에게 붙임(與浩初上人[1]同看山寄京華親故[2])

바닷가 뾰족한 산들 칼 끝 같아서
가을되자 어느 것이나 시름 담긴 창자 째네.
만약에 이 몸 천만 개로 변할 수 있다면
봉우리 위로 흩어져 고향이라도 바라보련만!

해반첨산사검망　　　　　　　추래처처할수장
海畔尖山似劍鋩[3]하여,　　秋來處處割愁腸이라.
약위화득신천억　　　　　　　산상봉두망고향
若爲化得身千億이면,　　　散上峰頭望故鄕하리라.

註解 1) 浩初上人(호초상인)－호초 스님. 담주(潭州, 지금의 湖南省 長沙市) 사람. 그는 유종원·유우석(劉禹錫) 같은 시인들과 친하였다. 유주(柳州)까지 찾아가 유종원을 만난 일도 있다. '상인'은 스님을 일컫는 말. 2) 親故(친고)－친구. 3) 劍鋩(검망)－칼 끝, 칼 날.

解說 바닷가에 솟아있는 바위산을 바라보면서 고향생각을 읊은 시이다. 사람의 "몸이 천만 개로 변한다."는 표현은 불경에 나오는 표현(『無量義經』說法品 第二)을 빌린 것이다. 바닷가에는 칼 끝 같은 봉우리가 무수하게 솟아 있다. 그 많은 높은 봉우리 위에 올라가 바라보면 고향이 좀 더 많이 보일 것이라는 절실한 생각을 담은 시이다.

낚시하는 노인(漁翁[1])

늙은 어부는 밤이 되자 서쪽 바위에 배를 대고,
새벽엔 맑은 상수의 물을 길어 초땅의 대로 밥을 짓네.
안개 사라지고 해뜨자 사람은 간 데 없고,
뱃노래 가락만이 푸른 산이 비친 물속에서 나네.
하늘가를 돌아보며 강물 가운데로 내려가니,
바위 위엔 무심한 구름만 연이어 흐르네.

어 옹 야 방 서 암 숙
漁翁夜傍[2]西巖宿하고,
효 급 청 상 연 초 죽
曉汲[3]淸湘燃楚竹이라.
연 소 일 출 불 견 인
煙[4]消日出不見人하고,
애 내 일 성 산 수 록
欸乃[5]一聲山水綠이라.
회 간 천 제 하 중 류
回看天際下中流하니,
암 상 무 심 운 상 축
巖上無心雲相逐[6]이라.

註解 1) 漁翁(어옹)－《당류선생집》 권43에 실려 있다. 2) 夜傍(야방)－밤이 가까워진 저녁 때. 서암숙(西巖宿)은 서쪽 바위에 배를 대고 묵는 것. 3) 汲(급)－물을 긷는 것. 청상(淸湘)은 맑은 상수(湘水)의 물. 초죽(楚竹)은 남쪽 초 땅의 대나무. 초땅엔 대나무가 많다. 4) 煙(연)－연기. 여기서는 안개의 뜻으로 봄이 좋다. 밥

짓던 연기로 볼 수도 있다. 5) 欸乃(애내)－배저으며 부르는 노래. 6) 雲相逐(운상축)－구름이 연이어 흘러가는 것.

解說 어부 영감의 생활을 중심으로 하여 시시각각으로 변하여 가는 맑고 깨끗한 강변의 풍경이 그림을 보는 것처럼 신선한 인상을 준다. 이처럼 움직이는 풍경을 전체로 묶어 고요하고 쓸쓸함을 아름다움으로 표현한 데서 전원시인으로서의 작자의 참된 면모를 느끼게 된다.

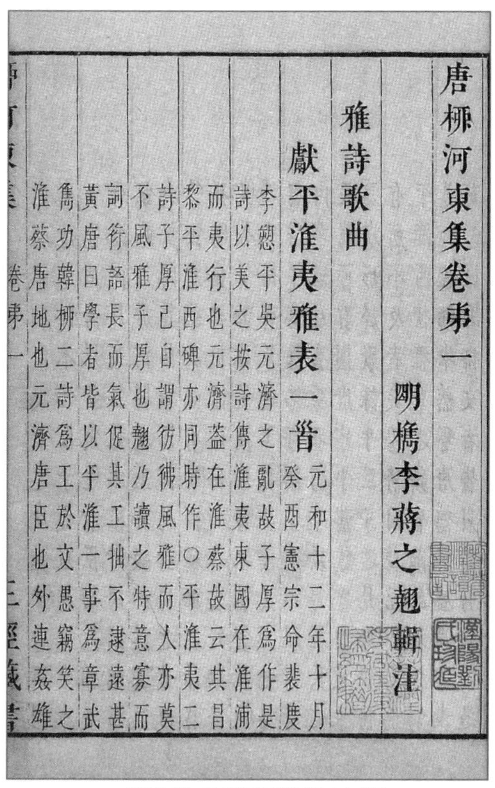
唐柳河東集卷弟一

明 檇李蔣之翹輯注

雅詩歌曲

獻平淮夷雅表一首 元和十二年十月癸酉憲宗命裴度

李愬平吳元濟之亂故子厚爲作是
詩以美之按詩傳淮夷東國在淮浦
而夷行也元濟蓋在淮夷東蔡故云共昌
黎平淮西碑亦同時作○平淮夷二
詩子厚己自謂彷彿風雅而人亦莫
不風雅予厚也翹乃讀之特意寡而
詞衍語長而氣促其工拙不逮遠甚
黃唐曰學者皆以平淮一事爲章武
雋功韓柳二詩爲工於文愚竊笑之
淮蔡唐地也元濟唐臣也外連姦雄

▲유종원 유하동집(柳河東集)

유주의 아산에 올라(登柳州[1]峨山[2])

거친 산을 가을 날 한낮에
홀로 올라가니 마음 아득해지네.
어찌하여 고향을 바라보는데
서북쪽으로 융주의 산들 만이 보이는가?

황 산 추 일 오　　　독 상 의 유 유
荒山秋日午에,　獨上意悠悠[3]로다.

여 하 망 향 처　　　서 북 시 융 주
如何望鄕處이,　西北是融州[4]아?

註解 1) 유주(柳州) – 지금의 광서성(廣西省) 유주시(柳州市). 유종원은 만년에 영주(永州, 湖南省)의 사마(司馬)로 귀양 가있다가 일단 풀려났으나 다시 원화(元和) 11년(816)에 유주의 자사로 좇겨나 그곳에서 죽었다. 이 시는 이때 유주에 있으면서 지은 것이다. 2) 峨山(아산) – 유주에 있는 산 이름. '아'를 아(蛾) 또는 아(鵞)로 쓰기도 한다. 3) 悠悠(유유) – 아득히 멀다, 계속 걱정이 되는 모양. 4) 融州(융주) – 유주와 같이 광서성에 있는 고을, 지금의 융안(融安), 유강(柳江)의 상류에 있으며 유주의 북쪽에 있다. 이 시에서 "서북쪽으로 유주의 산이 보인다."고 한 것은 시인이 아산 위에서 바라볼 적에 서북쪽으로 융주의 산이 보였던 것이다. 장안도 유주의 북쪽에 있다.

解說 작자 유종원이 만년에 유주자사로 있으면서 가을날에 그곳 아산에 올라가 먼 고향을 그리면서 지은 시이다. 유종원의 고향은 유주로부터 멀리 떨어져 있는 하동(山西省)이다. 고향 쪽을 바라보면서 어찌하여 "서북쪽으로 융주의 산들 만이 보이는가?" 하고 이 시를 끝맺고 있는 데에 가서는 읽는 사람들도 눈시울이 뜨거워질 정도의 절실함이 느껴진다.

■ 작가 약전(略傳) ■

가도(賈島, 779~843)

자는 낭선(浪仙), 또는 낭선(閬仙). 범양(范陽 : 지금의 北京) 사람. 처음에 집을 나가 중이 되어 무본(無本)이라 호하였는데, 뒤에 속세로 다시 돌아와 여러 번 과거를 보았으나 급제하지 못하였다. 그러나 장강(長江) 주부(主簿)를 지낸 적이 있어 가장강(賈長江)이라고도 부른다. 한번은 '새는 연못가 나무에 깃들고, 스님은 달빛 아래 문을 두드리고 있다.(鳥宿池邊樹, 僧敲月下門)' 는 시를 지으면서 길을 가던 중, '두드린다' 는 뜻의 고(敲)자를 '민다' 는 뜻의 퇴(推)자로 바꿀까 어쩔까 생각하다 경조윤(京兆尹) 한유의 행차와 부딪치게 되었다. 한유는 그 연유를 듣고는 '고' 자를 쓸 것을 권한 뒤 그의 글재주를 높이 사 친구가 되었다. 글을 고친다는 뜻의 퇴고(推敲)란 말이 여기에서 유래된 것이다. 그의 시는 맹교와 흔히 비슷하다고 얘기되고 있으며, '맹교는 싸늘한 느낌을 주고, 가도는 깡마른 느낌을 준다(郊寒島瘦)' 고 일컬어졌다. 그의 속된 기색이 없는 마르고도 담담한 맛은 송(宋)대 시에 큰 영향을 끼쳤다. 《가장강집(賈長江集)》 10권이 있다.

도를 닦는 사람을 찾아갔다 만나지 못하고서 (訪[1]道者不遇)

소나무 아래서 아이에게 물어보니,
스승은 약초 캐러 갔단다.
이 산속에 계시기는 한데,
구름 짙어 계신 데를 모른단다.

송하문동자 언사채약거
松下問童子하니, 言師採藥去라.
지 재차산중 운심부지처
只[2]在此山中이리나, 雲深不知處라.

註解 1) 訪(방)－찾아가다. 방문하다. 도자(道者)는 도를 닦고 있는 사람. 수도하며 숨어 지내는 사람. 우(遇)는 만나다. 2) 只(지)－다만. 이곳에서는 이 산속에 '계시기는 하지만' 의 뜻을 나타낸다.

解說 속세의 정을 버리고 유유히 살아가는 도를 닦고 있는 사람의 모습이 잘 그려져 있다. 구름이 오가는 깊은 산속에서 약초나 캐며 나날을 보내는 맑고 깨끗한 생활이 동자(童子)와의 문답을 통해서 느껴진다. 도를 닦고 있는 사람을 만나지도 못했으면서 도를 닦고 있는 사람의 풍격이 한 구 한 구 잘 표현된 것은 작자 자신도 이미 도를 닦고 있는 사람의 경지에 서 있음을 느끼게 한다.

속이지 말자(不欺)

위로는 별들을 속이지 않고
아래로는 귀신을 속이지 말라.
마음을 아는 두 사람이 함께 그러하다면

그 다음에야 무슨 말을 더할 필요 있겠는가?
물고기를 먹는 맛은 신선해야 하고
여뀌를 먹는 맛은 매워야 한다.
샘을 팔 적에는 물길에 닿아야만 하고,
벗을 사귈 적에는 끝까지 가야만 한다.
이 말에는 진실로 그릇됨이 없으니
상대가 생기면 삼만 년은 가야 한다.

상 불 기 성 신 　　하 불 기 귀 신
上不欺[1]星辰하고, 　　下不欺鬼神하라.

지 심 양 여 비 　　연 후 하 소 진
知心兩如比[2]면, 　　然後何所陳[3]고?

식 어 미 재 선 　　식 료 미 재 신
食魚味在鮮이오, 　　食蓼[4]味在辛이라.

굴 정 수 도 류 　　결 교 수 도 두
掘井須到流요, 　　結交須到頭[5]라.

차 어 성 불 류 　　적 군 삼 만 추
此語誠不謬[6]니, 　　敵君[7]三萬秋[8]로다.

註解 1) 欺(기)－속이다. 2) 如比(여비)－나란히 모두 같다. 3) 陳(진)－말하다, 설명하다. 4) 蓼(료)－여뀌, 식물의 일종, 그 맛이 매운 것이 특징이다. 5) 到頭(도두)－끝까지 가는 것. 6) 謬(류)－그릇되다, 어긋나다. 7) 敵君(적군)－당신을 상대하다, 사람을 상대하다. 8) 三萬秋(삼만추)－삼만 년, 오랜 세월.

解說 세상을 살아가면서 친구나 사람들을 사귀는 방법을 읊은 시이다. 사람들 사이에는 거짓이 없어야 하고, 그의 말은 행동과 일치되어야 한다. 시인은 하늘의 별과 땅속의 귀신을 들어 사람이란 거짓이나 속임이 없어야 함을 강조하고 있다. 이처럼 사귀는 사람들의 뜻이 서로 통하고 진실하기만 하다면 그들의 사귐은 삼만 년을 두고도 변함이 없을 거라는 것이다. 누구나 교훈으로 받들어야 할 시이다.

검객(劍客[1])

10년 동안 한 칼을 갈았으나
서릿발 같은 칼날은 시험해 보지도 않았네.
오늘 그것을 당신에게 드리니,
그 누가 바르지 못한 일을 할 수 있으랴?

십 년 마 일 검　　　상 인 미 증 시
十年磨一劍이나,　霜刃[2]未曾[3]試라.

금 일 파 증 군　　　수 유 불 평 사
今日把[4]贈君하니,　誰有不平事[5]오?

註解 1) 劍客(검객) – 칼 잘 쓰는 사람. 여기에선 올바로 일을 하는 관리에 비유한 듯하다. 2) 霜刃(상인) – 서릿발 같은 칼날. 3) 曾(증) – 일찍이, 전혀. 4) 把(파) – 그것을 가져다가. 5) 不平事(불평사) – 공평하지 않은 일, 바르지 못한 일을 하는 것.

解說 여기에서 10년 동안 한 칼을 갈았다는 것은 오랫동안 외길로 공부하여 왔음을 뜻한다. 그러나 오늘 과거에 급제하여 조정에 나가 벼슬하게 되었으니, 이제는 아무도 그릇된 일을 하지 못하도록 잘 수행해야만 한다는 것이다.
가도에게는 이 시 이외에도 〈젊은이의 노래(少年行)〉·〈협객의 노래(俠客行)〉 등 사회정의를 고취하는 작품들이 더 있다.

■ 작가 약전(略傳) ■

장적(張籍, 768?~830?)

자는 문창(文昌). 당나라 화주(和州) 오강(烏江 : 安徽省 和縣) 사람. 진사가 된 뒤 태상시태축(太常寺太祝) · 수부낭중(水部郎中) · 국자사업(國子司業) 등의 벼슬을 지내어, 흔히 장사업(張司業) 또는 장수부(張水部)라고도 부른다. 그의 시풍은 백거이와 비슷하여, 사회의 모순을 고발하는 악부체 시를 많이 지었다. 서정시에 있어서도 맑고 고우면서도 진실하고 의젓하고 담담한 경향을 보여주는 빼어난 작품을 남겼다. 왕건(王建)과 함께 장왕(張王)이라 불려지기도 하였고, 《장사업집(張司業集)》 8권을 남기고 있다.

가는 길 험난하네(行路難[1])

상수(湘水) 동쪽을 가는 행인이 긴 한숨짓나니,
10년 집 떠난 채 돌아가지 못하고 있다네.
해진 갖옷에 여윈 말이라 길 가기 어렵기만 하고,
하인들도 모두 굶주리어 근력이 거의 없네.
그대는 보지 못했는가, 머리맡에 황금 없어지면,
장사도 얼굴빛을 잃는다는 것을!
용도 진흙 속에 서려 있는 채 구름 타지 못하면,
저 하늘에 오를 나래가 생길 수 없는 것일세.

상동 행인장탄식　　　　십년리가귀미득
湘東[2]行人長歎息하니,　　十年離家歸未得[3]이라.

폐구 리마고난행　　　　동복 진기소근력
敝裘[4]羸馬苦難行이오,　　僮僕[5]盡飢少筋力이라.

군불견 상두 황금진　　　장사무안색
君不見 牀頭[6]黃金盡이면,　壯士無顏色가?

용반 니중미유운　　　　불능생피승천익
龍蟠[7]泥中未有雲이면,　　不能生彼昇天翼이라.

註解 1) 行路難(행로난) – 본시 한대의 노래 제목. '가는 길이 험난하다'는 뜻으로 흔히 세상살이의 어려움과 정든 이와의 이별의 쓰라림을 노래한다. 2) 湘東(상동) – 상수(湘水) 동쪽. 호남성(湖南省) 동부를 가리킴. 3) 歸未得(귀미득) – 돌아가지 못하고 있다. 4) 敝裘(폐구) – 해진 갖옷. 이마(羸馬)는 여윈 말. 고(苦)는 여기선 '매우'의 뜻. 5) 僮僕(동복) – 부리는 아이와 하인들. 근력(筋力)은 몸의 힘, 체력. 6) 牀頭(상두) – 침대머리, 머리맡. 7) 蟠(반) – 서리다.

解說 여기서는 집 떠난 지 오래된 나그네의 어려운 여행을 노래하며, 그 나그네를 은근히 때를 못 만나 출세 못한 선비(작자 자신?)에 비유하

고 있다. '머리맡의 황금이 없어진 장사'는 《전국책(戰國策)》 권3에 보이는 전국시대 소진(蘇秦)이 처음에 진(秦)나라 임금에게 가서 자기의 시국에 대한 이상을 가지고 설득하다 실패했을 당시의 상황을 출세 못한 선비에 비유하여 표현한 말이다. 황금은 선비가 품고 있는 포부와 재능이다. 뒤에 다시 잃은 황금을 찾았듯이 여섯 나라 재상 자리를 한 몸으로 누린 소진에게 자신을 은근히 비유하고 있다고 봄이 옳을 것이다.

늙은 농부의 노래(野老歌)

늙은 농부 가난하게 산속에 살며
산골 밭 서너 두락 경작하는데,
곡식은 이삭 적어도 세금은 많아 먹을 것도 없으나
관청 창고로 거두어들여 썩어 흙이 되고 있네.
한 해가 저물자 호미 쟁기 헛간에 세워놓고
아이 불러 산에 올라가 도토리 줍게 하네.
서강 상인에겐 진주가 백 섬 있고
배 안에 기르는 개도 늘 고기를 먹는다네.

노 농 가 빈 재 산 주　　경 종 산 전 삼 사 묘
老農家貧在山住하고,　　耕種山田三四畝[1]러니,

묘 소 세 다 부 득 식　　수 입 관 창 화 위 토
苗疏稅多不得食이로되,　　輸入官倉化爲土라.

세 모 서 리 방 공 실　　호 아 등 산 수 상 실
歲暮鋤犁[2]傍[3]空室하고,　　呼兒登山收橡[4]實이라.

서 강 고 객 주 백 곡　　선 중 양 견 장 식 육
西江[5]賈客[6]珠百斛[7]하고,　　船中養犬長食肉이라.

註解 1) 畝(묘)－밭 넓이를 표시하는 단위, 1묘는 한 두락에 가깝다. 2) 鋤犁(서리)－호미와 쟁기, 농사 기구임. 3) 傍(방)－기대다, 기대어 세워 놓는 것. 4) 橡(상)－도토리. 5) 西江(서강)－장강의 상류지방을 가리키는 말. 6) 賈客(고객)－장사꾼. 7) 斛(곡)－양을 재는 단위, 열 말(斗)이 1곡이다.

解說 '안사의 란' 이후 어지러워진 농촌의 참상을 노래한 시이다. 장사꾼의 개는 늘 고기를 먹고 사는데 농사꾼들은 세금을 바치고 나면 먹고 살 양식도 남지 않는다. 결국 개만도 못한 삶이라는 것이다. 풍자가 신랄하다.

오랑캐 땅에서 사라진 친구(沒蕃[1]故人)

재작년 토번을 정벌하다가
성 아래에서 전군이 패멸 하였네.
오랑캐와 중원은 소식이 끊기었으니
죽었든 살았든 영원한 이별일세.
해진 우리 군대의 장막은 거두는 자도 없고
주인 잃은 말만이 돌아와 남아있는 깃발을 알아보네.
제사라도 지내려니 그가 살아있는 것만 같아
하늘 저 멀리 바라보며 지금 통곡하고 있네.

전년벌월지 성하복 전사
前年伐月支[2]라가, 城下覆[3]全師라.

번한단소식 사생장별리
蕃漢斷消息하니, 死生長別離라.

무인수폐장 귀마 식잔기
無人收廢帳[4]이오, 歸馬[5]識殘旗[6]라.

욕제의군재 천애곡차시
欲祭疑君在하여, 天涯哭此時[7]로다.

註解 1) 沒蕃(몰번) – 오랑캐 땅에서 전사하다, 오랑캐 땅에서 사라지다. 2) 月支(월지) – 한나라 때 서역에 있던 나라 이름, 여기에서는 토번(吐蕃)을 가리킨다. 3) 覆(복) – 전멸하다, 패멸(敗滅)하다. 4) 廢帳(폐장) – 당나라 군대가 쓰던 해진 장막, 해진 군막. 5) 歸馬(귀마) – 주인을 잃고 홀로 자기 진영이 있던 곳으로 돌아온 말. 6) 殘旗(잔기) – 남아있는 당나라 군대의 찢어진 깃발. 7) 此時(차시) – 이때, 지금. 맨 앞의 '재작년(前年)'과 호응하는 표현이다.

解說 적의 성을 공격하다가 패전하여 전군이 전멸한 부대에 끼어있던 친구를 추도하는 시이다. 작자는 그 전쟁이 있은 뒤 2년 뒤에서야 자기 친구가 전멸한 부대 속에 끼어 있었다는 것을 알고 친구를 애도하고 있다. 정황에 의하면 그 친구는 틀림없이 죽었을 것이나 살아있을 지도 모른다는 요행을 바라면서 작자는 통곡하고 있는 것이다. 시의 구성에 있어서 친구가 없어진 '재작년'과 친구를 생각하고 통곡하고 있는 '지금'이 앞뒤로 대조를 이루고 있어서 읽는 이들에게 더욱 비감을 안겨준다.

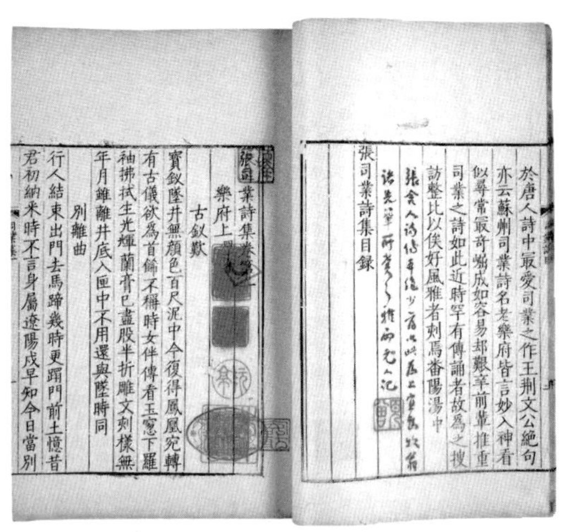
於唐人詩中最愛司業之作王荆文公絶句
亦云蘇州司業詩名老樂府皆言妙入神看
似尋常最奇崛成如容易却艱辛前輩推重
司業之詩如此近時罕有傳誦者故為之搜
訪鋟比以俟好風雅者刻焉番陽湯中

張司業詩集目録

張司業詩集卷
樂府上
古釵歎
寶釵墜井無顔色百尺泥中今復得鳳凰宛轉
有古儀欲為首飾不稱時女伴傳看玉窗下羅
袖拂拭生光輝蘭膏已盡股半折雕文刻樣無
年月雖離井底入匣中不用還與墜時同
別離曲
行人結束出門去馬蹄幾時更蹋門前土憶昔
君初納采時不言身屬遼陽戍早知今日當別

▲장적의 장사업시집(張司業詩集)

■ 작가 약전(略傳) ■

유우석(劉禹錫, 772~843)

자는 몽득(夢得). 당나라 중산(中山) 무극(無極 : 지금의 河北省 無極縣) 사람. 정원(貞元) 9년(793)에 진사가 되어 감찰어사(監察御史)를 지냈다. 유종원과 함께 정치혁신을 주장하는 왕숙문(王叔文)의 집단에 들어가 탁지원외랑(度支員外郎)을 지내다, 왕숙문이 실패하자 낭주(朗州) 사마(司馬)로 쫓겨났다. 오랜 뒤에 배도(裴度)의 추천으로 태자빈객(太子賓客) 등을 거쳐 검교예부상서(檢校禮部尙書)로 벼슬을 마쳤다. 죽은 뒤 호부상서(戶部尙書)라는 벼슬이 다시 내려졌다.

그의 시는 통속적이면서도 매끄러웠고, 백거이(白居易)와 친하게 지냈다. 특히 그의 민요풍의 작품들은 다른 시인들이 전혀 흉내내지 못할 수준이며, 고문도 잘 지었다. 《유몽득문집(劉夢得文集)》(一名 《中山集》) 30권, 《외집(外集)》 10권이 있다.

죽지사(竹枝詞[1]) 2수

버드나무 푸릇푸릇 강물 평평한데
내 님이 강가에서 노래하는 소리 들려오네.
동쪽엔 햇빛 나고 서쪽엔 비 내리니
맑음 없는 줄 알았는데 그래도 맑음이 있었네.

양 류 청 청 강 수 평　　　　문 랑 강 상 창 가 성
楊柳青青江水平하고,　閒郎江上唱歌聲이라.

동 변 일 출 서 변 우　　　　도　시 무 청 각 유 청
東邊日出西邊雨하니,　道[2]是無晴却有晴[3]이라.

산 복사 붉은 꽃 산마루까지 함박 피어있고
촉강의 봄물은 산기슭 때리며 흐르네.
꽃은 붉다가 바로 시드니 내 님 마음 비슷하고
물 흐름은 한없어 내 시름만 같네.

산 도 홍 화 만 산 두　　　　촉 강　춘 수 박 산 류
山桃紅花滿上頭하고,　蜀江[4]春水拍山流라.

화 홍 이 쇠 사 랑 의　　　　수 류 무 한 사 농　수
花紅易衰似郎意하고,　水流無限似儂[5]愁라.

註解 1) 竹枝詞(죽지사)－당나라 때 파유(巴渝) 지방(지금의 四川省 동쪽 지역)에 유행하던 민가의 일종임. 작자 유우석이 그 형식을 따라 가사인 시를 짓기 시작하여 중당 무렵에 크게 유행하였다. 2) 道(도)－말하다, 생각하다. 3) 晴(청)－날이 맑은 것. '청'은 맑은 것인데, '晴'이란 글자는 '情(정)'과 음이나 모양이 비슷하여 '내 님의 정'을 상징하기도 한다. 4) 蜀江(촉강)－촉 지방에 흐르는 강물. 5) 儂(농)－나.

解說 중당시대에 와서는 많은 시인들이 서민들의 삶을 반영하는 시를 쓰려고 노력하는 한편 서민들의 서정과 언어를 시에 반영하려 애쓰기도 하고 서민들 사이에 유행하는 노래의 형식을 따라서 시를 짓기도 하였다. 유우석은 민가의 형식을 따라 시를 지은 대표적인 시인이며 〈죽지사〉는 그 본보기라 할 만한 작품이다. 청(晴)이란 글자로 내 님의 정(情)을 상징한 것과 피었다가 지는 꽃에 내 님의 마음을 견주고 한없이 흐르는 강물에 한없는 자기의 시름을 비유한 것 같은 것은 민가에서 흔히 발견되는 수법이다. 이러한 노력은 결국 이 시대에 민가의 형식을 따른 사(詞)라는 새로운 시가를 발전시켜 뒤의 송나라에 가서 창작이 성행하게 된다.

백설조를 읊음(百舌吟[1])

새벽별 점점 사라지고 봄날의 구름 나직이 날 때,
백설조(百舌鳥) 짹짹 우는 소리 들리기 시작하네.
꽃가지 하늘에 가득하니 몸둘 곳을 알지 못하고,
많은 꽃 흔들어 붉은 비 오듯 꽃잎 떨어지게 하네.
생황(笙簧)이 갖가지 소리내듯 우는 소리 다양하니,
꾀꼬리도 소리 죽이고 제비도 조용하네.
동녘에 아침해 뉘엿뉘엿 떠오르니,
바람맞아 그림자 희롱하는 게 자신을 뽐내는 듯하네.
몇 번 우는 소리 다하기 전에 또 날아가 버리어,
어디에서 만나게 되는가 하니 푸른 버드나무 자란 길이네.
날렵하게 이리저리 날아다니며 사람을 즐겁게 하는 듯하지만,
마음은 하나인데 혀로는 백 가지 소리 내니 얼마나 요란한가?
술 취하여 얼굴 불쾌한 협기 있는 젊은이 노래 멈추고 듣고,
옥 귀장식 떨어뜨리고 잠자는 아름다운 여자는 잠결에 듣는다네.
사랑스런 봄빛은 언제나 다하려나?
그 누가 백설조처럼 왔다갔다하다가 매나 새매 피할 수 있겠는가?

한나라 정위(廷尉)인 적공(翟公)이 그물을 쳐놓았다 해도 자신은 상관없다 하고,
진(晉)나라 반악(潘岳)이 새 잡는 활을 들고 있다 해도 자기를 손상시킬까 마음쓰지 않네.
하늘이 낳은 새의 무리 중 그대는 얼마나 미세한 존재인가?
그러나 혀끝을 만 가지로 변화시키며 봄빛을 타고 있구려.
하지만 남쪽의 주작이 여름 몰고 나타나는 날이면,
조용히 소리도 못 내고 쑥대 밑으로 날게 되리라.

효 성 료 락 춘 운 저
曉星寥落[2]春雲低하니,
초 문 백 설 간 관 제
初聞百舌間關[3]啼라.

화 지 만 공 미 처 소
花枝滿空迷處所하고,
요 동 번 영 추 홍 우
搖動繁英墜紅雨라.

생 황 백 전 음 운 다
笙簧[4]百囀[5]音韻多하니,
황 리 탄 성 연 무 어
黃鸝[6]呑聲[7]燕無語라.

동 방 조 일 지 지 승
東方朝日遲遲升하니,
영 풍 롱 영 여 자 긍
迎風弄景如自矜[8]이라.

수 성 부 진 우 비 거
數聲不盡又飛去하여,
하 허 상 봉 록 양 로
何許相逢綠楊路라.

면 만 완 전 사 오 인
綿蠻[9]宛轉[10]似娛人이나,
일 심 백 설 하 분 운
一心百舌[11]何紛紜[12]고?

타 안 협 소 정 가 청
酡顔[13]俠少[14]停歌聽하고,
타 이 요 희 화 수 문
墮珥[15]妖姬和睡聞[16]이라.

가 련 광 경 하 시 진
可憐[17]光景何時盡고?
수 능 저 회 피 응 준
誰能低回[18]避鷹隼[19]가?

정 위 장 라 자 불 관
廷尉張羅[20]自不關이오,
반 랑 협 탄 무 정 손
潘郎挾彈[21]無情損[22]오?

천 생 우 족 이 하 미
天生羽族[23]爾何微오?
설 단 만 변 승 춘 휘
舌端萬變乘春輝[24]라.

남 방 주 조 일 조 현
南方朱鳥[25]一朝見[26]이면,
삭 막 무 언 호 하 비
索寞[27]無言蒿[28]下飛리라.

註解 1) 百舌吟(백설음) – 백설은 반설(反舌)이라고도 하며 갖가지 새의 소리를 내며 우는 새 이름. 《유몽득문집》 권2에 실려 있음. 2) 寥落(료락) – 드물어지다, 점점 사라지다. 3) 間關(간관) – 새가 우는 모양. 4) 笙簧(생황) – 악기 이름. 둥근 통 위에 열세 개의 관(管)이 달린 입으로 부는 오르간 같은 악기. 생(笙)이라고도 하며, 관 밑에 얇은 혀를 불면 진동하는 황(簧)이 붙어 있어 생황이라고도 함. 5) 百囀(백전) – 백 가지로 소리내다, 여러 가지로 지저귀다. 6) 黃鸝(황리) – 꾀꼬리. 7) 呑聲(탄성) – 소리를 삼키다, 소리를 죽이다. 8) 自矜(자긍) – 스스로 뽐내다, 자신을 자랑하다. 9) 綿蠻(면만) – 작은 새 모양(《詩經》 小雅 緜蠻 毛傳), 작은 새가 날아다니는 모양. 10) 宛轉(완전) – 유순하게 잘 따르는 것, 날렵하게 잘 움직이는 것. 11) 一心百舌(일심백설) – 마음은 하나인데 혀는 백 가지 소리를 내다. 12) 紛紜(분운) – 어지러운 것, 요란한 것. 13) 酡顏(타안) – 술에 취하여 불그레한 얼굴. 14) 俠少(협소) – 협기 있는 젊은이. 15) 珥(이) – 귀 위에 매달리게 되어있는 옥으로 만든 장식. 이 귀장식을 떨어뜨리고 잔다는 것도 술에 취한 것을 뜻한다고 볼 수 있다. 16) 和睡聞(화수문) – 잠결에 듣다, 자면서 듣다. 17) 可憐(가련) – 아름다운, 가애(可愛)의 뜻. 18) 低回(저회) – 왔다갔다하다, 배회하다. 19) 鷹隼(응준) – 매와 새매. 20) 廷尉張羅(정위장라) – '정위'가 그물을 쳐놓다. 한대의 적공(翟公)이 형벌을 관장하는 권세 있는 관리인 정위가 되자 문앞이 손님들로 메어지더니, 벼슬을 그만두자 문밖에 새그물을 쳐 놓아도 될 정도로 조용해졌다는 고사(《史記》 汲黯傳贊)에서 인용한 말. 21) 潘郎挾彈(반랑협탄) – 진(晉)나라 반악(潘岳)이 새 잡는데 쓰는 활 탄궁(彈弓)을 들고 있다. 반악이 〈사치부(射雉賦)〉에서 탄궁으로 꿩을 쏘아 잡는 모습을 노래하여 인용한 표현임. 22) 無情損(무정손) – 손상받는 것에 마음이 없다, 자기를 손상시킬까 마음쓰지 않다. 23) 羽族(우족) – 조류, 새의 무리. 24) 乘春輝(승춘휘) – 봄빛을 타다. 권세가에 붙어 잘 지냄을 비유한 것이기도 함. 25) 朱鳥(주조) – 주작(朱雀). 남방의 불을 대표하는 새(《淮南子》 天文訓). 주작이 나타난다는 것은 더운 여름이 됨을 뜻함. 26) 見(현) – 나타나다, 출현. 27) 索寞(삭막) – 조용한 것, 적막한 것. 28) 蒿(호) – 쑥, 쑥대.

解說 이 시의 백설(百舌)은 말이나 번드르하게 잘하며 권세가에게 아부하는 간사한 인간에 비유한 것임이 틀림없다. 중국적인 시큰한 풍자를 대표하는 작품이라 할 것이다.

가수 하감에게 지어 줌(與歌者何戡[1])

20여 년 장안을 떠나있다가
다시 와 궁전 음악 들으니 감격 이기지 못하겠네.
옛날 알던 사람으로 오직 하감이 있을 뿐인데,
다시 내게 은근히 위성곡(渭城曲)을 불러주네.

이 십 여 년 별 제 경 / 중 문 천 악 불 승 정
二十餘年別帝京이러니, 重聞天樂[2]不勝情이라.

구 인 유 유 하 감 재 / 갱 여 은 근 창 위 성
舊人唯有何戡在어늘, 更與殷勤[3]唱渭城[4]이라.

註解 1) 何戡(하감)－당나라 때 악공의 이름. 작자가 왕숙문(王叔文) 집단에 가담했다가 영정(永貞) 원년(805) 낭주(朗州)로 귀양가 20년 만에 다시 장안으로 돌아와 지은 시이다. 하감은 작자가 전부터 알던 가수. 2) 天樂(천악)－하늘의 음악, 궁중의 음악을 가리킨다. 3) 殷勤(은근)－은근히, 정이 담긴 모양. 4) 渭城(위성)－앞에 보인 왕유(王維)의 〈원이가 안서로 사신으로 가는 것을 전송함(送元二使安西)〉 시를 말함. 첫 구절이 '위성의 아침 비가 가벼운 먼지를 적시고 있다.(渭城朝雨浥輕塵)' 이며, 그 시대에 노래로 크게 유행하였다고 한다.

解說 귀양가 있다가 20년 만에 장안으로 돌아와 옛날부터 알고 지내던 가수 하감의 노래를 듣고 감격하여 그에게 지어준 시이다. 더구나 하감이 〈위성곡〉을 노래부를 때, 작자의 가슴은 격정을 참기 어려웠을 것이다.

■ 작가 약전(略傳) ■

양분(楊賁, 800년 전후)

당나라 덕종(德宗, 780~804) 때 사람(《文章正宗》 注). 천보(天寶) 3년(744)에 과거에 급제했다고도 한다(《唐詩紀事》)나 《당서(唐書)》에도 그의 전기는 없다.

시세에 대한 느낌(時興[1])

귀한 분들도 옛날 귀해지기 전엔,
모두 빈한한 이들을 돌보리라 생각했으련만.
자신이 높은 지위에 오른 뒤론,
평민들은 거들떠보지도 않네.
새벽엔 궁전으로 올라갔다,
해 저물면 궁전 문을 나오네.
시끄러운 길거리 사람들이여,
시비를 노래하는 수고 말기를.

귀인석미귀　　　함 원고한미
貴人昔未貴할제, 咸[2]願顧寒微러니.

급자등추요　　　하증문포의
及自登樞要[3]로, 何曾問布衣[4]오?

평명 등자각　　　일안 하동위
平明[5]登紫閣하고, 日晏[6]下彤闈라.

요요 로방자　　　무로 가시비
擾擾[7]路傍子는, 無勞[8]歌是非하라.

註解 1) 時興(시흥)－시국에 대하여 일어나는 감흥을 노래한 것. 2) 咸(함)－다, 모두. 고(顧)는 돌아보다. 한미(寒微)는 빈천한 사람들. 3) 樞要(추요)－정치를 하는 데 중심이 되는 가장 높은 자리를 뜻함. 4) 布衣(포의)－평민이 입는 옷. 여기서는 '평민'의 뜻. 5) 平明(평명)－날이 밝아오는 새벽. 자각(紫閣)은 조정의 전전(前殿)을 자신(紫宸)이라 한다. 천자가 조회를 보는 곳. 하늘에 북극성 북쪽에 있는 천자를 상징하는 성좌인 자미탄(紫微坦)이 있다는 데서 천자의 거소를 자각(紫閣)·자신(紫宸)·자전(紫殿) 등으로 부르게 된 것이다. 6) 晏(안)－날이 저무는 것. 동위(彤闈)는 붉은 칠을 한 대궐 문. 7) 擾擾(요요)－시끄럽게 떠드는 모양. 노방자(路傍子)는 길가에서 구경하고 있는 사람. 8) 無勞(무로)－'수

고하지 마라'. 무(無)는 금지하는 뜻을 나타냄. 가시비(歌是非)는 귀한 사람들의 '옳고 그름을 노래로써 비판 풍자하는 것.'

解說 "새벽에 궁정에 올라갔다 해 저물면 궁전 문을 나온다"는 것은 고관들의 생활을 묘사한 것이다. 그들도 본시부터 출세했던 것은 아니어서, 옛날 가난하게 살 적에는 평민들을 이해하는 듯하였다. 그러나 일단 출세를 하고 나면 평민 같은 것은 거들떠보지도 않는다. 이것이 세상의 인정이다. 그걸 탓해 무엇하겠느냐는 것이다.

■ 작가 약전(略傳) ■

이하(李賀, 790~816)

자는 장길(長吉). 창곡(昌谷 : 지금의 河南省 宜陽縣) 사람. 당나라 왕실의 후손으로 어려서부터 글을 잘 지어, 한유(韓愈) · 황보식(皇甫湜) 등에게 인정을 받았고, 심아지(沈亞之)와 친하게 지냈다. 벼슬은 봉례랑(奉禮郎) · 협률랑(協律郎)을 지냈으나 27세에 죽었다. 그의 시는 예리한 감각을 바탕으로 하여 새로운 표현과 상상을 융합시켜 아름답고 신기한 경지를 추구하고 있어, 흔히 귀재(鬼才)라 일컬어진다.

특히 악부체의 시에 뛰어났고, 현실을 풍자하는 작품들도 있다. 전체적으로 음울한 분위기를 느끼게 하며, 자기의 온 심령을 기울여 시를 쓴 듯하다. 《이장길가시(李長吉歌詩)》 4권이 전한다. 특히 이하 시집의 조선활자본은 송간본(宋刊本)에 가까운 소중하고도 희귀한 판본으로 알려져 있다.

안문태수의 노래(雁門太守行[1])

검은 구름 성을 눌러 성은 무너질 듯한데
갑옷은 햇빛에 번쩍번쩍 금비늘 펼쳐 놓은 듯.
호각(胡角) 소리 하늘 가득히 가을빛 속에 퍼지고
성채 위로 연짓빛 해는 밤 되며 자줏빛으로 엉기네.
반쯤 말린 붉은 깃발 역수(易水) 가에 걸려있고
서리 짙어 추위 때문에 북소리 울리지 못하네.
임금의 황금대 마련했던 뜻에 보답하고자
옥룡 칼 들고서 임금 위해 죽으려네.

흑 운 압 성 성 욕 최　　갑 광 향 일 금 린 개
黑雲[2]壓城城欲摧하고, 甲光向日金鱗[3]開라.

각 성 만 천 추 색 리　　새 상 연 지 응 야 자
角[4]聲滿天秋色裏하고, 塞上燕脂[5]凝夜紫라.

반 권 홍 기 임 역 수　　상 중 고 성 한 불 기
半卷紅旗臨易水[6]요, 霜重鼓聲寒不起라.

보 군 황 금 대 상 의　　제 휴 옥 룡 위 군 사
報君黃金臺[7]上意니, 提攜玉龍[8]爲君死라.

註解 1) 雁門太守行(안문태수행) - 옛 악부 제명. 《악부시집》에는 상화가(相和歌) 슬조(瑟調)에 들어 있다. 변경에서의 전쟁에 관한 일을 노래한 것이다. 안문은 지금의 산서성(山西省) 대현(代縣), 그 서북쪽에 안문산(雁門山)이 있고 그 위엔 안문관(雁門關)이 있다. 2) 黑雲(흑운) - 검은 구름, 적군의 기세를 가리킨다. 3) 金鱗(금린) - 금빛 고기 비늘. 갑옷의 모양을 형용한 것임. 4) 角(각) - 호각(胡角), 군에서 신호용으로 썼다. 5) 塞上燕脂(새상연지) - 변경에 비치는 햇빛이 저녁 무렵이 되어 연짓빛인 것을 형용한 말. 밤으로 가까이 오면서 차차 그 빛이 자줏빛으로 변해가고 있는 것이다. 6) 易水(역수) - 지금의 하북성(河北省) 역현(易縣)에 흐르는 강물 이름. 7) 黃金臺(황금대) - 지금의 하북성 역현 동남쪽에 옛 터가 있다. 전국시대 연(燕)나라 소왕(昭王)이 세운 것인데, 소왕은 그곳에 천금(千金)의 황금을 쌓아놓고 최고의 대가를 지불하며 인재들을 등용하겠노라고 공언하였다. '황금대상의 뜻' 이란 임금의 신하에 대한 융숭한 대우를 하는 뜻을 가리킨다. 8) 玉龍(옥룡) – 칼을 뜻하는 말.

解說 나라의 변경을 지키려는 격정을 노래한 시이다. 다만 '검은 구름' '금빛 고기 비늘' '호각 소리' '연짓빛 해' '붉은 깃발' '추위 속의 북소리' '황금대' '옥룡' 등 시어(詩語)들이 주는 인상이 독특하면서도 강렬하다. 이것이 바로 이하 시의 특징 중의 하나이다.

젊은이를 비웃음(嘲少年[1])

청백색 말은 살지고 금안장은 빛나는데,
용뇌향 먹인 실로 짠 비단옷은 향기롭다.
미인이 친하게 바싹 앉아 옥잔을 날리듯 돌리니,
가난한 사람들은 하늘 위의 도련님이라 부른다.
다른 곳엔 또 높은 누각이 푸른 대밭 옆에 서 있고,
낚싯줄에 끌려 붉은 고기가 깊은 못에서 나온다.
어떤 때는 얼근히 연못 꽃 앞에서 취하고,
등 뒤에 금탄환 쥐고 나는 새를 떨군다.
스스로 말하기를 자기는 태어난 뒤로 나그네가 되어본 적이 없고,
한 몸이 거느린 아름다운 첩은 3백을 넘는단다.
땅을 파며 농사짓는 집 사정이야 어찌 알리?
관가에선 세금 재촉이 잦고 남이 짠 천을 빼앗아간다.
금을 늘이고 옥을 쌓아놓고 부호임을 자랑하며,
언제나 한가한 자들과 인사하고 지내며 의기만 높다.
평생에 반 줄의 글도 읽지 않고,

다만 황금으로 몸을 귀하게 샀다.
젊음이 어찌 언제까지나 젊음일 수 있으랴?
물결 이는 바다조차도 뽕나무밭이 되는 것을.
시들고 꽃피며 바뀌어 돌아감이 빠르기 화살 같은데,
하느님이 어찌 그대들만 보아줄까 보냐?
아름다운 꽃이 언제까지나 간다고 생각치 마라,
흰머리와 얼굴의 주름이 머지않아 기다리고 있는 것이다.

청총 마비금안광　　용뇌 입루라의향
青驄[2]馬肥金鞍光하니,　龍腦[3]入縷羅衣香이라.

미인압 좌비경상　　빈인환운천상랑
美人狎[4]坐飛瓊觴하니,　貧人喚云天上郎이라.

별기고루연벽 조　　사예홍린 출심소
別起高樓連碧[5]篠하고,　絲曳紅鱗[6]出深沼라.

유시반취백화전　　배파금환 락비조
有時半醉百花前하고,　背把金丸[7]落飛鳥라.

자설생래미위객　　일신미첩과삼백
自說生來未爲客이오,　一身美妾過三百이라.

기지착 지종전가　　관세빈최몰인직
豈知斸[8]地種田家에,　官稅頻催沒人織고?

장금 적옥과호의　　매읍 한인다의기
長金[9]積玉誇豪毅하니,　每揖[10]閑人多意氣라.

생래부독반행서　　지파황금매신귀
生來不讀半行書하고,　只把黃金買身貴라.

소년안득장소년　　해파상변위상전
少年安得長少年고?　海波尚變爲桑田[11]이.

고영체전 급여전　　천공기긍위군편
枯榮遞傳[12]急如箭하니,　天公豈肯爲君偏[13]고?

막도소 화진장재　　백두면추 전상대
莫道韶[14]華鎭長在하라,　白頭面皺[15]專相待라.

註解 1) 嘲少年(조소년)－젊은이를 비웃다. 《이장길가시외집(李長吉歌詩外集)》에 실려 있다. 2) 驄(총)－청백색의 털을 가진 말. 3) 龍腦(용뇌)－미얀마 장뇌(樟腦)의 일종. 용뇌수(龍腦樹)에서 취한 결정체의 향(香)임. 입루(入縷)는 향을 실에 부어 먹이는 것. 4) 狎(압)－친한 것. 친근의 뜻. 비경상(飛瓊觴)은 옥 잔을 날린다. 곧 날렵하게 술을 부어 권하는 모양을 형용한 것이다. 5) 碧(벽)－푸른 것. 소(篠)는 가는 대의 일종. 6) 絲曳紅鱗(사예홍린)－실에 붉은 비늘의 고기가 끌려온다, 붉은 고기를 낚아 올리는 것. 7) 金丸(금환)－금으로 만든 탄환. 탄환은 새를 잡는 데 쓰는 탄궁의 알. 탄환을 금으로 만들었다는 것은 호화를 다한 놀이를 뜻한다. 8) 斸(착)－도끼로 찍는 것. 착지(斸地)는 땅을 파는 것. 착지(斲地)로 된 판본도 있다. 종전가(種田家)는 농가. 9) 長金(장금)－금을 늘이는 것. 과호의(誇豪毅)는 호기 있고 굳셈을 자랑하는 것, 부호임을 뽐내는 것. 10) 揖(읍)－읍하다. 서로 인사하며 사귀는 것을 뜻한다. 11) 海波尙變爲桑田(해파상변위상전)－물결 이는 바다조차도 변하여 뽕밭이 된다. 《열선전(列仙傳)》에 '마고(麻姑)가 신선인 왕방평(王方平)에게 말하기를, "만나서 사귄 이래로 동해가 세 번 변하여 뽕밭이 되는 것을 보았다."라고 하였다'. 여기에서 세상의 무상한 변화를 상전벽해(桑田碧海)라고 흔히 말하게 된 것이다. 12) 枯榮遞傳(고영체전)－마르고 무성하게 자라 꽃핌이 서로 바뀌어지며 연속된다. 곧 세월의 흐름을 말하는 것이다. 13) 偏(편)－한쪽으로 치우치는 것. 14) 韶(소)－아름다운 것, 봄. 15) 皺(추)－주름, 주름잡히다.

解說 부잣집 집안의 젊은이들은 화려한 차림으로 미인과 술로 나날을 즐긴다. 그리고 틈만 있으면 낚시질이나 새잡이로 소일한다. 평생에 어려운 일이라곤 당해 본 일도 없어 농가의 어려운 사정 같은 것은 더욱이 아랑곳도 없다. 책이란 반 줄도 읽은 일 없이 돈으로 귀족 행세를 한다. 그러나 사람이란 늙어가고 있는 것이다. 얼마 안 있으면 그대 머리는 희어지고 얼굴엔 주름이 잡힐 것이다. 따라서 짧은 인생을 호화롭게 사는 것도 좋지만 좀 더 뜻있는 삶을 찾아야 할 것이란 것이다. 이 시는 왕유(王維)의 〈젊은이의 노래(少年行)〉와 같은 악부체의 작품이다. 다만 풍자하는 뜻이 좀 더 강한 것이 그 특징이라 할 것이다.

소소소의 무덤(蘇小小[1]墓)

그윽한 난초의 이슬은
그대의 우는 눈 같은데,
같은 두 사람 마음 맺어줄 것은 없고
노을 속의 꽃을 차마 꺾어줄 수도 없네.
풀은 돗자리 같고
소나무는 수레 지붕 같으며,
바람을 치마 삼고
물을 허리에 차는 구슬 삼고 있네.
푸른 포장의 수레
오랫동안 그대 기다리고 있는데,
차가운 도깨비불은
수고로이 빛을 발하고
서릉교(西陵橋) 아래는
비바람 속에 어두워지네.

유란로 여제안
幽蘭露는 如啼眼이어늘,

무물결동심 연화 불감전
無物結同心이오 煙花[2]不堪翦이라.

초여인 송여개 풍위상 수위패
草如茵[3]이오 松如蓋[4]며, 風爲裳이오 水爲佩[5]라.

유벽거 구상대
油壁車[6]이 久相待러니

냉취촉 노 광채 서릉 하 풍우회
冷翠燭[7]은 勞[8]光彩하고, 西陵[9]下는 風雨晦[10]라.

註解 1) 蘇小小(소소소) – 남조(南朝) 제(齊)나라 시대(479~501)의 전당(錢塘 : 지금의 浙江省 杭州)의 유명한 기생 이름. 그의 묘는 항주와 가흥(嘉興) 두 곳에 있다고 한다. 2) 煙花(연화) – 안개 서린 꽃. 여기서는 저녁 노을 속의 꽃. 3) 茵(인) – 풀로 짠 자리, 돗자리. 4) 蓋(개) – 수레의 덮개. 5) 佩(패) – 허리에 장식으로 차는 구슬. 6) 油壁車(유벽거) – 푸른 포장을 덮어씌운 수레로 신분이 높은 여인들이 탔다. 7) 翠燭(취촉) – 파란 불, 도깨비불. 8) 勞(노) – 수고롭히다, 공연히 ……하다. 9) 西陵(서릉) – 항주(杭州)의 서호(西湖)에 걸려있는 다리. 서릉교(西陵橋), 서랭교(西冷橋)라고도 부른다. 10) 晦(회) – 어두운 것. 취(吹)로 된 판본도 있다.

解說 유명한 옛 기녀의 무덤 앞에서 지은 시이다. 제목에서 시작하여 본문 전체에 걸쳐 귀신 기운이 느껴진다. 돗자리 같은 풀이나 수레 덮개 같은 소나무, 치마며 패옥들이 모두 소소소의 무덤을 형용한 것이다. 그의 상상이 비상하다.

술 권하는 노래(將進酒)

유리 술잔에 호박빛 술은 짙고,
작은 통에서 흐르는 술은 진주처럼 윤기 있고 붉네.
고기 삶고 닭 구우니 구슬 같은 기름 이글거리고,
비단에 수놓은 장막은 향기로운 바람으로 싸여 있네.
용적(龍笛) 불고 타고(鼉鼓) 치니,
미인이 노래하고 가는 허리 춤을 추네.
더욱이 한 봄 해는 저물어 가는데,
복사꽃잎 어지러이 붉은 비 오듯 떨어지네.
그대에게 권하노니 하루종일 얼큰히 취하게,
술은 술꾼 무덤 위 흙에까지 따라가는 것은 아니니.

유리 종호박농　　　　소조 주적진주홍
琉璃[1]鍾琥珀濃하고,　　小槽[2]酒滴眞珠紅이라.

팽룡포봉 옥지읍　　　　　나위 수막위향풍
烹龍炮鳳[3]玉脂泣하고,　羅幃[4]綉幕圍香風이라.

취용적　격타고　　　　　호치가 세요무
吹龍笛[5], 擊鼉鼓하니,　皓齒[6]歌, 細腰舞라.

황시청춘일장모　　　　　도화란락여홍우
況是青春日將暮에,　　　桃花亂落如紅雨라.

권군종일명정 취　　　　　주부도유령 분상토
勸君終日酩酊[7]醉하노니,　酒不到劉伶[8]墳上土니라.

註解 1) 琉璃(유리)－유리(瑠璃)·유리(流離)로도 쓰며 푸른 빛의 투명한 보석. 유리종(瑠璃鍾)은 유리로 만든 큰 술잔. 호박(琥珀)은 송진이 땅에 들어가 천 년 묵어 되었다는 보석. 호박농(琥珀濃)은 짙은 술이 황갈색의 호박빛이라는 뜻. 2) 小槽(소조)－조그만 나무 술통. 적(滴)은 방울져 떨어지는 것. 진주홍(眞珠紅)은 술이 진주처럼 맑은 윤이 나면서도 붉다는 뜻. 3) 烹龍炮鳳(팽룡포봉)－용을 삶고 봉새를 굽는다, 좋은 안주를 마련하는 것. 용은 짐승, 봉은 닭을 가리킨다. 옥지읍(玉脂泣)은 구슬 같은 기름이 운다, 기름이 이글거림을 뜻한다. 4) 羅幃(나위)－비단 장막. 수막(綉幕)은 수놓은 장막. 5) 龍笛(용적)－용의 소리를 내는 저. 타(鼉)는 악어 타. 타고(鼉鼓)는 악어 가죽으로 만든 북. 6) 皓齒(호치)－흰 이, 미인의 한 가지 요건으로 미인을 나타냄. 세요(細腰)는 가는 허리, 미녀. 7) 酩酊(명정)－술이 얼근히 취한 것. 8) 劉伶(유령)－진(晉)나라 때 죽림칠현(竹林七賢) 중의 대표적인 인물. 언제나 술병을 차고 다니며 뒤에 하인으로 하여금 삽을 메고 따라다니게 하고 '죽으면 그대로 그 자리에 나를 묻어라' 고 하였다 한다. 자신의 몸을 잊고 술을 마셨고 〈주덕송(酒德頌)〉을 지었다.

解說 시의 대의는 이백의 〈술 권하는 노래(將進酒)〉나 같다. 아름다운 봄날 좋은 술그릇에 아름다운 술을 따르고 미인들의 춤과 노래를 즐기며 마시고 있다. 이런 것이 인생의 가장 큰 낙이라는 것이다. 사람은 죽으면 그만이니 마음껏 마시며 즐기란다. 호화로운 자리에서 술을 마시는 서술이 대부분인데도 이백의 시보다 더한 감상이 느껴짐은 작자의 개성의 차이 때문인 듯하다.

훌륭한 분이 찾아오다(高軒過[1])

화려한 옷자락은 비취빛으로 짜서 푸르기 파와 같고,
금고리가 고삐에 묵직히 매달려 흔들리며 쨍그렁거리네.
말발굽은 귀에 울리도록 소리가 덜커덕덜커덕하고,
문에 들어와 말에서 내리니 높은 의기 무지개 같은데,
낙양의 이름있는 재자(才子)인 문장대가라고들 말하네.
이십팔수(二十八宿) 하늘의 모든 별이 가슴에 벌여 있고,
만물의 근원 되는 정기가 번쩍번쩍 그 가운데를 꿰뚫고 있는 듯.
어전에서 부(賦)를 지어 명성이 하늘에 닿을 듯하고,
그 붓은 자연의 조화를 보충하여 하늘은 공로가 없는 듯 보이네.
눈썹이 희끗희끗한 서생은 가을 쑥대 같은 신세를 느끼고 있으니,
죽은 풀에도 꽃피울 바람이 불어오는 줄이야 누가 알리?
나는 지금 나래 드리우고 있지만 하늘 높이 날 기러기이니,
뒷날 뱀이 용 되듯 출세한대도 부끄럽지 않으리라.

화거 직취청여총 금환 압비요영롱
華裾[2]織翠靑如葱하고, 金環[3]壓轡搖玲瓏이라.

마제은이 성융륭 입문하마기여홍
馬蹄隱耳[4]聲隆隆하고, 入門下馬氣如虹[5]하니,

운시동경재자문장거공
云是東京才子文章鉅公[6]이라.

이십팔수 나심흉 원정 형형관당중
二十八宿[7]羅心胸하니, 元精[8]炯炯貫當中하니,

전전작부성마공 필 보조화천무공
殿前作賦聲摩空[9]하니, 筆[10]補造化天無功이라.

방미 서객감추봉 수지사초생화풍
厖眉[11]書客感秋蓬하니, 誰知死草生華風[12]고?

아금수시 부명홍 타일불수사작룡
我今垂翅[13]附冥鴻하니, 他日不羞蛇作龍[14]이라.

註解 1) 高軒過(고헌과)－높은 수레가 찾아오다. '헌'은 수레. '과'는 들리는 것. 《이하가시편(李賀歌詩篇)》 권4에 실려 있다. 한유와 황보식(皇甫湜)이 지나다 이하에게 들렀는데, 그때 지은 시라 한다. 한유와 황보식은 어린 이하가 지은 이 시를 보고 크게 탄복하였다고 한다(《太平廣記》 卷 202 憐才). 2) 華裾(화거)－화려한 옷자락. 직취(織翠)는 비취빛으로 짜낸 것. 총(葱)은 파. 3) 金環(금환)－금으로 만든 고리, 말재갈 양편에 달려 고삐와 연결되어 있다. 비(轡)는 고삐. 영롱(玲瓏)은 구슬이 댕그렁거리는 모양 또는 구슬이 반짝이는 모양. 4) 隱耳(은이)－귀에 은은히 들린다. 은이(殷耳) 또는 은은(隱隱)으로 된 판본도 있다. 융륭(隆隆)은 우레 소리가 요란한 모양, 말이 달리는 요란한 소리. 5) 氣如虹(기여홍)－뛰어난 기상이 무지개처럼 드높고 곱게 보인다는 뜻. 6) 鉅公(거공)－대가(大家). 7) 二十八宿(이십팔수)－하늘에는 모두 스물여덟 개의 별자리가 있다. 따라서 28수는 하늘의 모든 별자리들을 가리킨다. 나(羅)는 벌리다, 나열(羅列)하다. 8) 元精(원정)－만물의 근원이 되는 정기. 형(炯)은 빛나다. 관(貫)은 꿰다. 9) 聲摩空(성마공)－명성은 창공을 어루만진다, 명성이 하늘에 닿는다는 뜻. 10) 筆(필)－문필(文筆), 문장(文章). 조화(造化)는 우주자연의 창조와 변화. 천무공(天無功)은 하늘은 공로가 없는 듯하다. 하늘의 조화가 그의 문장 앞엔 무색하다는 뜻. 11) 厖眉(방미)－'방'은 잡(雜)의 뜻이 있어 '방미'는 '검은 털과 흰 털이 섞인 눈썹'. 늙었음을 뜻한다. 《한무고사(漢武故事)》에 '안사(顔駟)는 어느 곳 사람인지 모른다. 한나라 문제(文帝) 때에 낭(郎)이 되었고, 무제(武帝)가 일찍이 수레를 타고 낭서(郎署)를 지나다 안사의 검은 털과 흰 털이 섞인 눈썹과 흰 머리를 보고 물었다. "노인은 언제 낭이 되었소? 어찌 그렇게도 늙으셨소?" 그는 대답했다. "신은 문제 때 낭이 되었으나 삼대 황제를 섬기면서도 불우하여 낭서(郎署)에서 늙었습니다." 임금은 그를 뽑아 회계도위(會稽都尉)에 임명했다.' 지금은 자기도 불우하지만 방미였던 안사처럼 자기도 출세할 날이 있을 것임을 뜻한다. 봉(蓬)은 다북쑥. 감추봉(感秋蓬)은 가을의 쑥대처럼 된 자신의 처지를 느낀다는 뜻. 12) 華風(화풍)－꽃을 피우는 봄바람. 출세를 뜻한다. 13) 垂翅(수시)－날갯죽지를 드리우고 있다. 출세 못하고 아래 자리에 있음을 뜻한다. 부명홍(附冥鴻)은 푸른 하늘의 큰기러기 같은 자질이 있다는 뜻. 《태평광기(太平廣記)》엔 '부명홍(負冥鴻)'이라 되어 있으니, '푸른 하늘의 큰기러기처럼 뜻을 펴지 못하고 있다'는 뜻으로 보아도 좋다. 14) 蛇作龍(사작룡) – 뱀이 용이 된다. 아래 자리에 있던 자기가 출세함을 말한다.

解說 이 시는 《태평광기》에 의하면 이하의 소년시절 작품이다. 그 시대의 명사인 한유와 황보식이 자기 집에 왔을 때 읊은 시로, 자기의 포부를 표명한 것이다. 젊은 사람인 그가 출세 못한 늙은 서생을 자신에게 비유한 것 같은 점은 재미가 있다.

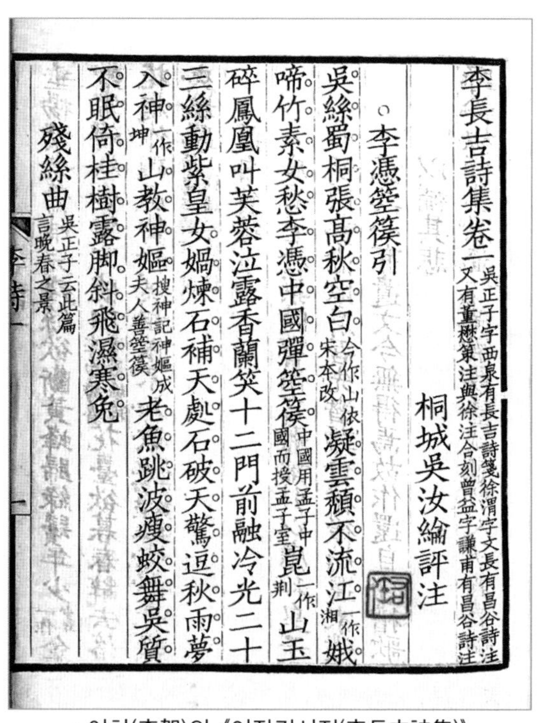

李長吉詩集卷一 吳正子字西泉有長吉詩箋徐渭字文長有昌谷詩注又有董懋策注與徐注合刻曾益字謙甫有昌谷詩注

桐城吳汝綸評注

○李憑箜篌引

吳絲蜀桐張高秋空白今作山依宋本改凝雲頹不流江一作湘娥啼竹素女愁李憑中國彈箜篌中國用孟子中國而授孟子室崑一作山玉碎鳳凰叫芙蓉泣露香蘭笑十二門前融冷光二十三絲動紫皇女媧煉石補天處石破天驚逗秋雨夢入神一作坤山教神嫗搜神記神嫗成夫人善箜篌老魚跳波瘦蛟舞吳質不眠倚桂樹露脚斜飛濕寒兎

殘絲曲 吳正子云此篇言晚春之景

李詩一

▲이하(李賀)의 《이장길시집(李長吉詩集)》

■ 작가 약전(略傳) ■

노동(盧仝, 795?~835)

호가 옥천자(玉川子)이고, 당나라 범양(范陽 : 지금의 北京) 사람. 일찍이 하남(河南)의 소실산(少室山)에 숨어 살며, 벼슬하지 않고 깨끗한 일생을 보냈다. 세상을 풍자하는 시를 많이 지었고, 기괴한 색채를 띤 작품이 많다. 차의 전문가로 유명하고 한유도 그의 시를 높이 샀다. 환관(宦官)을 풍자하는 시를 쓴 이유로 전쟁에 휘말려 죽었다. 《옥천자집(玉川子集)》 2권, 《외집(外集)》 1권이 있다.

그리운 님(有所思[1])

옛날에 내가 고운 임 집에서 술 취했는데,
고운 임 얼굴 아리땁기 꽃과 같았네.
오늘엔 고운 임 날 버리고 떠나서,
푸른 누각 구슬발 쳐진 임의 집은 하늘 저쪽 가처럼 되었네.
아름다운 선녀가 산다는 달은,
15일 16일 지나며 찼다가는 이지러지기 거듭하는데,
푸른 눈썹 검은 머리의 그 임과 생이별하여,
바라보아도 보이지 않기만 하니 애간장 끊이네.
애간장 끊이는데, 몇천 리나 떨어져 있는가?
꿈속에 취해 누워 무산(巫山) 신녀(神女) 만난 듯 즐기다가,
깨어나선 눈물을 상강(湘江) 물에 뿌리는데,
상강 양편 언덕엔 꽃나무만 무성하고,
고운 임 뵈지 않아 내 마음 시름겹네.
시름에 겨워 다시 임 울리던 거문고 타는데,
높은 가락으로 줄 끊어질 듯한데도 곡조 알아주는 이 없네!
고운 임이여, 고운 임이여!
무산 신녀처럼 저녁엔 비가 되고 아침엔 구름 되어 날 생각하는가?
그리운 한밤 지나자 매화가 피어나,
갑자기 창 앞에 보이니 임 아닌가 여겨지네.

당 시 아 취 미 인 가
當時我醉美人家하니,
미 인 안 색 교 여 화
美人顔色嬌[2]如花라.

금 일 미 인 기 아 거
今日美人棄我去하니,
청 루 주 박 천 지 애
靑樓[3]珠箔[4]天之涯라.

연 연 항 아 월
娟娟[5]姮娥[6]月은,
삼 오 이 팔 영 우 결
三五二八[7]盈又缺이라.

취미 선빈 생별리　　　　일망불견심단절
翠眉[8]蟬鬢[9]生別離하니,　一望不見心斷絶이라.

심단절　기천리
心斷絶, 幾千里오?

몽중취와무산 운　　　　교래루적상강 수
夢中醉臥巫山[10]雲하니,　覺來淚滴湘江[11]水라.

상강량안화목심　　　　미인불견수인심
湘江兩岸花木深하니,　美人不見愁人心이라.

함수갱주록기금　　　　조고현절무지음
含愁更奏綠綺琴[12]하니,　調高絃絶無知音[13]이라.

미인혜미인　　　　부지위모우 혜위조운
美人兮美人이여!　不知爲暮雨[14]兮爲朝雲이라.

상사일야매화발　　　　홀도창전의시군
想思一夜梅花發하니,　忽到窓前疑是君이라.

註解 1) 有所思(유소사) – 한대 악부인 요가(鐃歌) 18곡 중의 하나로, 멀리 떨어져 있는 임을 그리워하는 노래임. 《옥천자시집》 권2에 실려 있다. 2) 嬌(교) – 아리따움. 3) 靑樓(청루) – 푸른 칠을 한 귀족 집의 누각, 또는 미인이 살고 있는 화려한 누각, 또 기생들이 있는 집을 청루라고도 불렀다. 4) 珠箔(주박) – 구슬을 꿰어 만든 아름다운 발〔簾〕. 5) 娟娟(연연) – 예쁜 모양, 고운 모양. 6) 姮娥(항아) – 항아(嫦娥)라고도 하며, 본시 옛날 활의 명인인 예(羿)의 처였는데, 남편이 서왕모(西王母)에게서 얻은 불사약(不死藥)을 훔쳐 달로 도망해 선녀가 되었다 한다(《淮南子》 覽冥訓). 7) 三五二八(삼오이팔) – '삼오'는 만월(滿月)인 보름, '이팔'은 달이 기울기 시작하는 16일을 뜻한다. 8) 翠眉(취미) – 비취색 깃털처럼 아름다운 눈썹. 9) 蟬鬢(선빈) – 매미 빛깔의 검은 머리. '취미'와 함께 미인을 대표함. 10) 巫山(무산) – 사천성 무산현(巫山縣)에 있는 산 이름. 옛날 초나라 임금이 고당(高唐)에 놀러가 낮잠을 자다 꿈속에서 무산의 신녀들과 말로 형언할 수 없는 재미를 보았다. 이들은 떠날 때 자기들은 무산 기슭에 '아침이면 구름이 되어 떠있다가〔朝雲〕 저녁이면 비가 되어 내리는〔暮雨〕 존재'라 말했다 한다(宋玉 高唐賦). 이 뒤로 무산과 운우(雲雨)는 남녀관계를 상징하는 말로 흔히 쓰이게 되었다. 11) 覺(각) : 깨닫다, 覺(교) : 꿈이나 잠에서 깨다. 湘江(상강) – 호남성에 흐르는 강물 이름. 상수(湘水)라고도 하며 소수(瀟水)와 합쳐 동정호로 흘러든다. 옛날 순(舜)이 남쪽을 지방 시찰하다가 창오(蒼梧)에서 죽었는데, 그 부인 아황(娥皇)과 여영(女英)은 남편을 기다리다 그곳에서 죽어 상수의 여신이 되었고, 이들이 흘린 눈물이 대나무에 떨어져 유명한 소상반죽(瀟湘斑竹)이 되었다 한다. 12) 綠綺琴(록기금) – 한대 사마상여(司馬相如)의 거문고 이름(鄭玄 〈琴賦序〉). 그는 젊어서 성도(成都)의 부호 탁왕손(卓王孫)의 집 연회에 가서 금의 연주로, 과부가 된 탁씨의 외동딸 탁문군(卓文君)을 꾀어내어 도망친 일이 있다(《史記》 列傳). 13) 知音(지음) – 음악을 이해해주는 사람. 옛날 백아(伯牙)가 거문고를 타면 친구 종자기(鍾子期)는 그 소리를 듣고 타는 이의 뜻을 완전히 알았다. 종자기가 죽자 백아는 거문고를 부숴 버리고 다시는 타지 않았다 한다(《呂氏春秋》 권14). 14) 暮雨(모우) – 저녁 비. '조운' 과 함께 앞의 주 10) 무산 참조.

解說 멀리 떨어진 임을 그리는 시. 그러나 옛날의 중국 학자들은 모두 이를 '멀리 숨어 나타나지 않는 나라를 위해 일 할 현명한 사람을 생각하는 시' 라고 둘러댔다. 그러나 옛날 한대의 악부가 그러하듯 임 그리움을 노래하는 것으로 봄이 훨씬 자연스럽다.

붓 가는대로 맹간의의 새 차에 감사드림 (走筆謝孟諫議新茶[1])

해는 한 발이나 높이 떴으되 잠에 마침 푹 빠져 있었는데,
군의 장교가 와 문 두드리어 주공(周公) 꿈을 놀라 깨게 하네.
말하기를 간의(諫議)께서 편지를 보내왔다는데,
흰 비단으로 비스듬히 봉하고 3개의 도장 찍었네.
봉함 열자 완연히 간의의 얼굴 보는 듯하고,
먼저 달처럼 둥근 3백 편(片)의 차가 눈에 띄네.

듣건대 새해 기운이 산속으로 들어가서,
동면하던 벌레 놀라 움직이게 하고 봄바람 일으키니,
천자께서 반드시 양선(陽羨)의 차를 맛보셔야 할 것이라,
모든 풀이 감히 차에 앞서 꽃피우지 못하네.
어진 바람이 슬며시 구슬 같은 꽃봉오리 맺게 하니,
봄에 앞서 차는 황금의 싹을 내미네.
그 신선한 싹 따서 향기롭게 구워낸 다음 곧 싸서 봉하니,
지극히 정성되고 지극히 훌륭하지만 사치스럽지는 않네.
천자께서 드신 나머지 차는 왕공 귀족들에게나 합당한 것인데,
어찌된 일로 이 산속에 사는 사람 집에 오게 되었는가?
사립문 닫아놓아 속된 손님이란 없고,
사모(紗帽)로 머리 감싸고 스스로 차 끓여 마시네.
푸른 구름 같은 차 김은 바람을 끌어들여 끊임없이 불어오고,
흰꽃 같은 차 거품은 빛을 띠우며 찻잔 표면에 엉기네.
첫째 잔은 목과 입술 적셔주고,
둘째 잔은 외로운 시름 깨쳐주고,
셋째 잔은 메마른 창자를 풀어주어,
그 배 속엔 5천 권의 책 읽은 지식만 남게 되네.
넷째 잔은 가벼운 땀나게 하여,
평생의 불평스러운 일들을,
모두 털구멍 통해 흩어져 나가게 한다네.
다섯째 잔은 살갗과 뼈 맑게 해주고,
여섯째 잔은 신선과 신령에 통하게 해주네.
일곱째 잔은 마실 것도 없으니,
문득 양편 겨드랑이에 나래가 나 맑은 바람 일으키며 신선되어 날아 올라감을 알게 되네.
봉래산은 어디에 있는고?
나 옥천자(玉川子)는 이 맑은 바람 타고 돌아가고자 하네.

봉래산 위의 여러 신선들이 이 아래 땅을 다스리지만,
그들 자리가 맑고 높아 세상 비바람으로부터 떨어져 있으니
억만의 인간들이,
높은 벼랑 위로부터 떨어져 고통받고 있는 운명을 어찌 알리?
그러니 간의(諫議)에게 인간들에 대해서 물어본다면,
마침내 그들이 되살아나게 될 수 있을 게 아닐까?

일고장오 수정농 군장 구문경주공
日高丈五[2]睡正濃이러니, 軍將[3]扣門驚周公[4]이라.

구전간의 송서신 백견사봉삼도인
口傳諫議[5]送書信하니, 白絹斜封三道印[6]이라.

개함완현 간의면 수열 월단 삼백편
開緘宛見[7]諫議面하고, 首閱[8]月團[9]三百片이라.

문도신년 입산리 칩충 경동춘풍기
聞道新年[10]入山裏하여, 蟄蟲[11]驚動春風起하니,

천자수상양선차 백초불감선개화
天子須嘗陽羨茶[12]니, 百草不敢先開花라.

인풍 암결주배뢰 선춘추출황금아
仁風[13]暗結珠蓓蕾[14]하니, 先春抽出黃金芽라.

적선배방 선봉과 지정지호차불사
摘鮮焙芳[15]旋封裹[16]하니, 至精至好且不奢라.

지존 지여합왕공 하사변도산인 가
至尊[17]之餘合王公이어늘, 何事便到山人[18]家오?

시문 반관무속객 사모롱두 자전끽
柴門[19]反關無俗客하고, 紗帽籠頭[20]自煎喫이라.

벽운 인풍취부단 백화 부광응완면
碧雲[21]引風吹不斷하고, 白花[22]浮光凝碗面이라.

일완후문윤 이완파고민
一碗喉吻潤이오, 二琬破孤悶이라.

삼완수고장 유유문자오천권
三琬搜枯腸[23]하여, 惟有文字五千卷이라.

사 완 발 경 한　　　평 생 불 평 사　　진 향 모 공 산
四琬發輕汗하여, 平生不平事를, 盡向毛孔散이라.

오 완 기 골 청　　　육 완 통 선 령
五碗肌骨淸이오, 六碗通仙靈[24]이라.

칠 완 끽 부 득　　　　야 유 각 양 액　　습 습　　청 풍 생
七碗喫不得[25]하니, 也唯覺兩腋[26]習習[27]淸風生이라.

봉 래 산　재 하 처　　옥 천 자　　승 차 청 풍 욕 귀 거
蓬萊山[28]在何處오? 玉川子[29]乘此淸風欲歸去[30]라.

산 상 군 선 사 하 토　　　　지 위 청 고 격 풍 우
山上群仙司下土[31]나, 地位淸高隔風雨하니,

안 득 지　백 만 억 창 생　　명 타 전 애　　수 신 고
安得知[32]百萬億蒼生이, 命墮顚崖[33]受辛苦오?

편 종 간 의 문 창 생　　　　도 두　　합 득 소 식　　부
便從諫議問蒼生이면, 到頭[34]合得蘇息[35]否아?

註解 1) 走筆謝孟諫議新茶(주필사맹간의신차) – '주필'은 붓을 휘두르다, 붓으로 글을 쓰다의 뜻. '맹간의'는 간의대부(諫議大夫) 맹간(孟簡). 그가 새 차를 보내준 것에 감사하는 뜻에서 지은 시이다. 본시 제목 아래에 '간의 맹간이 차를 보내준 것에 감사드림(謝孟諫議簡惠茶)'이란 작자의 주가 달려 있다. 《옥천자시집》 권2에 실려 있다. 2) 丈五(장오) – 1장 5척(一丈五尺). 해가 하늘에 높이 솟은 거리를 나타냄. 3) 軍將(군장) – 군의 장교. 맹간(孟簡)의 수하 사람임. 4) 驚周公(경주공) – 좋은 꿈을 놀라 깨우다. 《논어》 술이(述而)편에 '나는 다시는 주공을 꿈에 보지 못하고 있다(吾不復夢見周公)'라고 한 공자의 말에서 주공을 끌어낸 것이다. 5) 諫議(간의) – 간의대부(諫議大夫)로 맹간(孟簡)의 벼슬. 천자를 시종하며 잘못을 일깨워 주는 중요한 벼슬자리임. 6) 三道印(삼도인) – 차를 담은 봉지를 봉하기 위하여 3개의 도장을 찍은 것인 듯. 7) 宛見(완현) – 완연히 드러나다, 완연히 보는 듯하다. 8) 首閱(수열) – 먼저 보게 되다, 맨 먼저 눈에 띄는 것. 9) 月團(월단) – 차를 달처럼 둥글게 뭉쳐 놓은 것. 10) 新年(신년) – 새해, 새해 기운. 봄기운을 가리킴. 11) 蟄蟲(칩충) – 동면하는 벌레. 12) 陽羨茶(양선차) – '양선'에서 나는 차. 양선은 강소성(江蘇省) 의흥

현(宜興縣) 남쪽의 옛 고을 이름. 좋은 차의 산지로 알려져 있다. 13) 仁風(인풍)－어진 바람. 만물을 소생케 하는 봄바람을 가리킴. 14) 珠蓓蕾(주배뢰)－구슬 같은 꽃봉오리. 15) 摘鮮焙芳(적선배방)－신선한 싹을 따서 향기롭게 불에 구워 말리다. 16) 旋封裹(선봉과)－바로 싸서 봉하다. 17) 至尊(지존)－지극히 존귀한 분. 천자를 가리킴. 18) 山人(산인)－산에 사는 사람. 작자 자신을 가리킴. 19) 柴門(시문)－싸리문, 사립문. 20) 紗帽籠頭(사모롱두)－엷은 비단 모자로 머리를 감싸다, 사모를 쓰다. 21) 碧雲(벽운)－푸른 구름. 끓는 차 김을 형용한 말. 22) 白花(백화)－흰 꽃. 끓는 차 거품을 형용한 말. 23) 搜枯腸(수고장)－메마른 창자를 구석구석 풀어주다. 가난하여 메마른 선비인 자기의 창자를 모두 헤쳐 깨끗이 해주는 것. 24) 通仙靈(통선령)－신선과 신령에 통하다, 신선과 신령의 경지에 이르게 하다. 25) 喫不得(끽부득)－마실 필요가 없다. '마실 수 없다'가 아님. 26) 兩腋(양액)－양편 겨드랑이. 27) 習習(습습)－바람소리, 나래짓하는 소리. 28) 蓬萊山(봉래산)－동쪽 바다 속에 있다는 신선이 사는 삼신산(三神山) 중의 하나. 영주(瀛洲)·방장(方丈)을 합쳐 삼신산이라고 한다. 29) 玉川子(옥천자)－ 작자 노동의 호임. 30) 欲歸去(욕귀거)－돌아가고자 한다. 봉래산으로 가고자 함을 뜻함. 31) 司下土(사하토)－아래 땅을 관장하다. 아래 땅이란 속인들이 사는 세상. 32) 安得知(안득지)－어찌 알 수 있으랴? 33) 命墮顚崖(명타전애)－운명을 따라 높은 절벽으로부터 떨어지다. 고난을 겪고 있음을 뜻함. 34) 到頭(도두)－끝에 가서는, 결국, 마침내. 35) 蘇息(소식)－되살아나다, 소생하다.

解說 차와 차의 효과를 읊다가 결국은 차를 보내준 맹간이 간의대부란 벼슬자리를 잘 지키고 있음을 칭송하고 있다. 시의 구성이나 형식면에서도 나무랄 데 없으며 맑고 우아한 풍취를 나타내는 시라고 할 수 있다.

V. 신악부파(新樂府派) 시인들

■ 작가 약전(略傳) ■

백거이(白居易, 772~846)

자는 낙천(樂天), 호는 취음선생(醉吟先生) 또는 향산거사(香山居士)라 하였고, 당나라 하규(下邽 : 지금의 陝西省 渭南縣 근처) 사람이다. 정원(貞元) 16년(800)에 진사가 된 뒤 비서성(秘書省) 교서랑(校書郎) · 좌습유(左拾遺) · 좌찬선대부(左贊善大夫) 등의 벼슬을 하였고, 원화(元和) 10년(815) 임금에게 글을 올렸다가 죄를 범하여 강주(江州) 사마(司馬)로 좇겨났다. 뒤에 항주(杭州) · 소주(蘇州)의 자사(刺史)를 거쳐 문종(文宗) 때에는 형부시랑(刑部侍郎) · 하남윤(河南尹) · 태자소부(太子少傅)가 되었고 풍익현개국후(馮翊縣開國侯)에 봉해졌으며, 845년 형부상서(刑部尙書)로 벼슬을 그만 두었다.

그의 산문은 섬세하고도 표현이 절실한 고문이어서 고문의 발전에도 기여하였고, 시는 쉬우면서도 글이 매끄러워 일반 사람들이 널리 좋아하였다. 원진(元稹)과 시를 주고받으며 사귀어 그들의 시체를 흔히 원백체(元白體)라 부르며, 유우석(劉禹錫)과도 사귀어 유백(劉白)이란 호칭도 있었다. 그는 시란 정치 사회의 현실을 반영하고 모순을 고발하는 풍유시(諷諭詩)여야만 한다고 주장하며 신악부(新樂府) 등 수많은 백성들의 생활을 반영하고 정치의 모순을 드러내는 시를 썼다. 그러나 그는 서정에 더욱 뛰어나 〈비파행(琵琶行)〉 · 〈장한가(長恨歌)〉 등의 장편 명작을 비롯하여 수많은 좋은 시들을 남기고 있다. 《백씨장경집(白氏長慶集)》 71권이 있다.

숯 파는 영감(賣炭翁)

숯 파는 영감은
나무 베어 숯 굽기를 남산에서 하는데,
온 얼굴 먼지와 재 뒤집어쓰고 연기와 불빛이며,
양 귀밑머리 희끗희끗하고 열 손가락 새까맣네.
숯 팔아 돈 생기면 무얼하는가?
몸에 걸칠 옷과 입으로 들어갈 음식 장만인데,
가련하게도 몸의 옷이란 홑것뿐이고,
마음은 숯값 싸질까 걱정되어 날씨 춥기만 바라는데,
밤사이 성밖에 한 자 눈이 쌓이니,
새벽에 숯 실은 수레 몰고 언 길을 나서네.
소는 지치고 사람은 배고픈데 해는 이미 높이 떠서,
저자 남쪽 문밖 진흙 속에 쉬네.
두 말 탄 사람이 나는 듯 달려오는데 누구일까?
누런 옷 걸친 사자와 흰 저고리 입은 사나이인데,
손에 문서 들고 입으로 칙명이라 소리치며,
수레 돌리게 하고 소 몰아치며 북쪽으로 끌고 가네.
한 수레 숯 천 근이 넘는데
관청 사자가 몰고 가버리니 애석히 여겨도 별수 없는 일일세.
반 필의 홍사와 일 장의 비단을
소머리에 던져주고 숯값이라 하네.

매 탄 옹　　　　　　벌 신 소 탄 남 산 중
賣炭翁이,　　　　伐薪燒炭南山中하니,

만 면 진 회　연 화 색　　　양 빈 창 창　십 지 흑
滿面塵灰[1]煙火色이오,　兩鬢蒼蒼[2]十指黑이라.

매 탄 득 전 하 소 영　　　신 상 의 상 구 중 식
賣炭得錢何所營고?　　身上衣裳口中食이라.

▲낙양(洛陽) 교외 향산(香山)에 있는 백거이의 묘에서, 역자와 친구들.

가 련 신 상 의 정 단　　　심 우 탄 천 원 천 한
可憐身上衣正單이나,　　心憂炭賤願天寒이러니,

야 래 성 외 일 척 설　　　효 가 탄 거 전 빙 철
夜來城外一尺雪하여,　　曉駕炭車輾冰轍[3]이라.

우 곤 인 기 일 이 고　　　시 남 문 외 니 중 헐
牛困人飢日已高하고,　　市南門外泥中歇이라.

편 편　량 기 래 시 수　　　황 의 사 자　백 삼 아
翩翩[4]兩騎來是誰오?　　黃衣使者[5]白衫兒라.

수 파 문 서 구 칭 칙　　　회 거 질 우 견 향 북
手把文書口稱敕하고,　　迴車叱牛牽向北이라.

일 거 탄　중 천 여 근　　　관 사　구 장 석 부 득
一車炭이, 重千餘斤이어늘,　　官使[6]驅將惜不得이라.

반 필 홍 사 일 장 릉　　　계 향 우 두 충 탄 치
半匹紅紗一丈綾[7]을,　　繫向牛頭充炭直[8]라.

註解 1) 塵灰(진회) - 먼지와 재. 2) 蒼蒼(창창) - 희끗희끗한 모양. 3) 輾冰轍(전빙철) - 얼음 위에 수레바퀴를 굴리며 가다, 언 땅에 수레를 몰고 가다. 4) 翩翩(편편) - 새가 펄펄 나는 모양, 움직이는 동작이 가벼운 모양. 5) 黃衣使者(황의사자) - 임금을 위하여 재물을 모으는, 누런 옷을 입은 태감(太監). 백삼아(白衫兒)는 태감을 따라다니면서 심부름하는 자, 흰 저고리를 입고 있었다. 6) 官使(관사) - 관청에서 내보낸 사신, 태감을 가리킴. 7) 綾(릉) - 무늬가 있는 비단. 8) 直(치) - 값. 치(値)와 같은 자.

解說 숯 굽는 노인의 비참한 생활과 관리들의 횡포를 적나라하게 묘사한 시이다. 이런 시들을 짓기 위하여 백거이는 이신(李紳) 및 원진(元稹)과 함께 신악부운동(新樂府運動)을 전개했던 것이다. 그는 스스로 자신의 시를 짓는 목적은 사회의 여러 가지 문제를 고발하는 풍유(諷諭)에 있음을 분명히 밝히고 있다(〈與元九書〉 참조).

신풍의 팔을 분지른 노인장(新豐[1]折臂[2]翁)

신풍의 노인장 나이 여든 여덟인데
머리며 눈썹 수염 모두 눈같이 희네.
고손자 부축 받으면서 가게 앞을 가는데
왼쪽 팔은 어깨에 매달려 있지만 오른 팔은 없네.
노인장에게 팔을 분지른지 몇 년이나 되었으며
무엇 때문에 분질렀는가 연이어 여쭈어 보았네.

노인장 말하기를; 내 고향은 신풍현이고
태어났을 적에는 성왕(聖王)의 시대라 전쟁 같은 것은 없어서
예인들의 노래와 악기 연주 듣는 일에 익숙하였고
깃발과 창이나 활과 화살은 알지도 못했지요.
얼마 뒤 천보(天寶) 연간이 되자 크게 징병을 하는데
한 집에 세 장정 있으면 한 사람은 잡아갔지요.
잡아가지고 어디로 몰고 갔는지 아세요?
오월 달에 만 리 저쪽의 운남(雲南)이라오.
듣건대 운남에는 노수(瀘水)라는 강이 있는데
산초(山椒) 꽃이 떨어질 무렵에는 장기(瘴氣)가 생겨나
대군이 걸어서 건너갈 적에 물은 끓는 물 같아서
다 건너기도 전에 열 명 중 두 세 사람이나 죽었다오.
마을 남쪽 마을 북쪽에 곡하는 소리 슬프기만 한데
아들이 부모와 작별하고 남편이 처와 작별하는 거라오.
모두 앞서거니 뒤서거니 오랑캐 땅으로 싸우러 가는 것인데
천만 명이 갔지만 하나도 돌아오지 못했다오.

그때 늙은이 나이 스물네 살이었는데
징병 명부에 이름이 실려 있었다오.

한밤중에 감히 누구에게 알리지도 못하고
몰래 큰 돌로 팔을 쳐서 분질렀지요.
활 쏘는 것 깃발 드는 것 모두 할 수 없게 되자
그제야 운남으로 싸우러 가는 것 면하게 되었다오.
뼈 부서지고 근육 상한 게 고통스럽지 않은 것은 아니었으나
그래도 징집에 퇴짜 맞고 고향으로 돌아오려는 것이었지요.

팔을 분질러버린지 어느덧 육십 년인데
한 팔 비록 병신 되었다지만 한 몸은 온전하다오.
지금도 비바람 부는 음산하고 추운 밤이면
곧장 날이 밝을 때까지 아파서 잠을 못 이룬다오.
아파서 잠 못 이루지만
지금껏 후회도 아니하고,
또한 늙은 몸 지금까지 홀로 살아있는 것 기뻐하고 있지요.
그러지 않았다면 그때 노수 가에서
몸은 죽고 외로운 혼 되어 뼈는 거두어 주는 이도 없어,
틀림없이 운남에서 고향 그리는 귀신 되어
만인의 무덤 위에서 엉엉 곡하고 있을 것이오.

노인장 말을
그대들 잘 들었겠지?
그대는 듣지 못했는가? 개원(開元) 연간의 재상 송개부(宋開府)는
전쟁의 공로에 상주지 않음으로서 무력의 남용 막았다는 얘기를?
또 듣지 못했는가? 천보(天寶) 연간의 재상 양국충(楊國忠)은
임금의 은총 추구하려고 전쟁의 공로 세우려다가
전쟁의 공로 세우기 전에 사람들의 원한을 샀던 얘기를?
신풍의 팔 없는 노인장에게 물어보게나!

신풍노옹팔십팔
新豐老翁八十八이니,

두빈 미수 개사설
頭鬢[3]眉鬚[4]皆似雪이라.

현손 부향점전행
玄孫[5]扶向店前行이러니,

좌비빙견우비절
左臂憑肩右臂折이라.

문옹비절래기년
問翁臂折來幾年고?

겸문치절 하인연
兼問致折[6]何因緣고?

옹운관 속신풍현
翁云貫[7]屬新豐縣하니,

생봉성대무정전
生逢聖代無征戰이라.

관청리원 가관성
慣聽梨園[8]歌管聲하고,

불식기창 여궁전
不識旗槍[9]與弓箭이라.

무하천보 대징병
無何天寶[10]大徵兵하니,

호유삼정 점 일정
戶有三丁[11]點[12]一丁이라.

점득구장하처거
點得驅將何處去오?

오월만리운남행
五月萬里雲南行이라.

문도운남유로수
聞道雲南有瀘水[13]러니,

초 화락시장연 기
椒[14]花落時瘴烟[15]起라.

대군도섭 수여탕
大軍徒涉[16]水如湯[17]하여,

미과십인이삼사
未過十人二三死라.

촌남촌북곡성애
村南村北哭聲哀하니,

아별야양 부별처
兒別爺孃[18]夫別妻라.

개운전후정만자
皆云前後征蠻者니,

천만인행무일회
千萬人行無一廻라.

시시옹년이십사
是時翁年二十四로,

병부첩 중유명자
兵部牒[19]中有名字라.

야심불감사인지
夜深不敢使人知하고,

투장대석추 절비
偷將大石鎚[20]折臂라.

장궁파기 구불감
張弓簸旗[21]俱不堪하니,

종자시면정운남
從玆始免征雲南이라.

골쇄근상비불고
骨碎筋傷非不苦로되,

차도 간퇴 귀향토
且圖[22]揀退[23]歸鄉土라.

비절래래 육십년 일지수폐일신전
臂折來來[24]六十年하니, 一肢雖廢一身全이라.

지금풍우음한야 직도천명통불면
至今風雨陰寒夜에, 直到天明痛不眠이라.

통불면 종불회 차희노신금독재
痛不眠이로되, 終不悔니, 且喜老身今獨在라.

불연당시로수두 신사혼고골불수
不然當時瀘水頭에, 身死魂孤骨不收하고,

응작운남망향귀 만인총상곡유유
應作雲南望鄕鬼하여, 萬人塚上哭呦呦[25]리라.

노인언 군청취
老人言을, 君聽取하라.

군불문개원 재상송개부 불상변공 방독무
君不聞, 開元[26]宰相宋開府[27]이, 不賞邊功[28]防黷武[29]오?

우불문천보재상양국충 욕구은행 립변공
又不聞, 天寶宰相楊國忠[30]이, 欲求恩幸[31]立邊功오?

변공미립생인원 청문신풍절비옹
邊功未立生人怨이라, 請問新豐折臂翁하라.

註解 1) 新豐(신풍)－장안 동쪽에 있던 고장 이름. 지금의 섬서성 임동현(臨潼縣) 신풍진(新豐鎭). 2) 折臂(절비)－팔을 분지르다, 팔을 부러뜨리다. 3) 頭鬢(두빈)－머리카락과 귀밑머리. 4) 眉鬚(미수)－눈썹과 수염. 5) 玄孫(현손)－고손자, 손자의 손자. 6) 致折(치절)－분지르게 된 것. 7) 貫(관)－본관, 본적, 고향. 8) 梨園(이원)－당나라 현종 때에 음악과 무용의 예인들을 관장하던 곳, 여기서는 예인들을 가리킴. 9) 旗槍(기창)－군에서 쓰던 깃발과 창. 10) 天寶(천보)－당나라 현종 때의 연호, 서기 742－755. 11) 丁(정)－장정. 12) 點(점)－점 찍다, 징발하다. 13) 瀘水(노수)－지금의 금사강(金沙江), 사천과 운남 두 성의 경계를 흘러 민강(岷江)과 합쳐진 뒤 장강이 된다. 14) 椒(초)－산초(山椒). 15) 瘴烟(장연)－장기(瘴氣), 남쪽 지방에 생긴다는 사람들에게 풍토병을 앓게 하는 악한 기운. 16) 徒涉(도섭)－맨 몸으로 강물을 건너는 것. 17) 湯(탕)－끓는 물. 18) 爺孃(야양)－부모. 19) 牒(첩)－병적부, 명부. 20) 鎚(추)－망치질을 하는 것, 망치로 치듯 내려치는 것. 21) 簸旗(파기)－깃발을 휘두르다, 깃발을 들다. 22) 圖(도)－꾀하다. 23) 揀退(간퇴)－뽑히어 퇴짜를 맞는 것. 24) 來來(래래)－어느덧 시간이 흘러. 25) 呦呦(유유)－우는 소리 모양. 26) 開元(개원)－당나라 현종 때의 연호, 서기 713－741. 27) 宋開府(송개부)－현종 초기의 명재상 송경(宋璟). 개부의동삼사(開府儀同三司)라는 명예직도 누리어 그렇게 부른다. 28) 邊功(변공)－국경에서 전쟁을 통하여 세운 공. 29) 黷武(독무)－무력의 남용, 쓸데 없는 싸움. 30) 楊國忠(양국충)－양귀비의 서형(庶兄), 현종 후기의 재상. 두 번 외국 원정에 실패하여 20여만의 병력을 잃었다. 때문에 세상 사람들의 원한을 샀다. 31) 恩幸(은행)－천자의 은총.

解說 이 시는 작자의 〈신악부〉 50수 중의 제9수이다. 그의 〈신악부〉 50수에는 모두 제목 아래 간단한 부제가 붙어있는데 이 시에는 "국경에서의 전쟁을 경계하기 위한 것이다.(戒邊功也.)"라는 글귀가 붙어있다. 자기 팔을 부러뜨리는 자해행위를 함으로서 병역을 면하고 늙도록 산 신풍의 노인장 얘기를 통하여 그의 반전사상을 노래하고 있다. 위대한 승리라 하더라도 인민들에게 전쟁은 엄청난 불행임을 역설하고 있다.

무거운 부세(重賦)

비옥한 땅에 뽕나무와 삼을 심는 것은
백성들이 살아가는데 필요하기 때문이네.
백성들이 삼베와 명주를 짜는 것은
자기 한 몸 살아가기 위해서이네.
자기 몸 이외에 부세를 마련해야 하고
위로는 임금과 부모를 봉양해야 하네.

나라에서는 두 번 부세를 내도록 했는데
본뜻은 사람들을 아껴주려는데 있었네.
처음에는 지나치게 거두는 것을 막기 위하여
중앙과 지방 관리들에게 분명히 지시하였네.
세금 이외에 한 푼이라도 더 거둔다면
모두 법을 어기는 짓이니 처벌하겠다는 것이었네.
그러나 어찌하랴 오랜 세월을 두고
탐욕스런 관리들은 옛 버릇 그대로인 것을!
우리 백성들 착취하여 윗사람에게 아부하려고
겨울 봄 가리지 않고 거두어 드리네.
명주를 한 필 짜기도 전에
고치실 한 근 뽑기도 전에,
이장이 찾아와 우리에게 세금 내라 압박하고
잠시도 우물거림 허락지 않네.
한 해가 저물고 하늘과 땅 얼어붙자
음산한 바람이 황폐해진 마을에 이네.
밤이 깊도록 불빛과 연기도 보이지 않고
싸락눈만 하얗게 날리는데,
어린 아이는 몸도 가리지 못하고
늙은이는 몸에 온기도 없어,
슬픈 한숨과 찬 기운이
한꺼번에 코 안으로 들어가 쓰라리네.
어제 나머지 세금 내러 갔다가
관청 창고 문 들여다 보니,
명주 비단이 산처럼 쌓였고
명주 실 고치솜은 구름처럼 모아져 있었네.
정액 넘게 거두어진 물건이라 하며
달마다 그것을 임금님께 바친다네.

우리 백성들 몸 덮혀줄 것 빼앗아서
그대들은 눈앞의 윗분 은총을 사는가!
진상되어 궁전 창고로 들어가면
여러 해 뒤에 먼지가 되고 마는 것을!

후지 식상마 소요제 생민
厚地[1]植桑麻하니, 所要濟[2]生民이라.

생민리포백 소구활일신
生民理布帛[3]하여, 所求活一身이라.

신외충정부 상이봉군친
身外充征賦[4]하고, 上以奉君親이라.

국가정량세 본의재애인
國家定兩稅[5]하니, 本意在愛人이라.

궐초방기음 명칙내외신
厥初防其淫[6]하여, 明勅內外臣하되,

세외가일물 개이왕법 론
稅外加一物이면, 皆以枉法[7]論[8]이라.

내하세월구 탐리득인순
奈何歲月久로되, 貪吏得因循[9]을!

준 아이구총 염색 무동춘
浚[10]我以求寵하고, 斂索[11]無冬春이라.

직견미성필 소 사미영근
織絹未成疋하고, 繅[12]絲未盈斤이어늘,

이서 박아납 불허잠준순
里胥[13]迫我納하고, 不許暫逡巡[14]이라.

세모천지폐 음풍생파촌
歲暮天地閉[15]하니, 陰風生破村하여,

야심연화진 산설 백분분
夜深烟火盡하고, 霰雪[16]白紛紛이라.

유자형불폐 노자체무온
幼者形不蔽하고, 老者體無溫하여,

비천 여한기　　　　병입비중신
悲喘[17]與寒氣이,　　并入鼻中辛이라.

작일수잔세　　　　인규관고문
昨日輸殘稅하고,　　因窺官庫門하니,

증백 여산적　　　　사서사운둔
繒帛[18]如山積이오,　　絲絮似雲屯[19]이라.

호위선여물　　　　수월헌지존
號爲羨餘物[20]하고,　　隨月獻至尊[21]이라.

탈아신상난　　　　매이안전은
奪我身上煖[22]하여,　　買爾眼前恩이로다.

진입경림 고　　　　세구화위진
進入瓊林[23]庫하여는,　　歲久化爲塵이라.

註解 1) 厚地(후지)－기름진 땅. 2) 濟(제)－구제하다, 돌보아주다. 3) 布帛(포백)－누에고치 실로 짜는 비단과 삼베 또는 무명실로 짜는 천. 4) 征賦(정부)－나라에서 부세(賦稅)를 거두는 것. 5) 兩稅(양세)－당나라 덕종(德宗)의 건중(建中) 원년(780) 세법을 고치어 이전의 여러 가지 내던 부세를 통합하여 여름과 가을 두 번으로 나누어 돈으로 세금을 내도록 한 것을 말한다. 6) 淫(음)－지나친 것, 지나치게 많이 걷는 것, 부정행위. 7) 枉法(왕법)－법을 어기는 것. 8) 論(론)－따지다, 처리하다, 처벌하다. 9) 因循(인순)－옛날대로 여전한 것. 10) 浚(준)－취하다, 착취하다. 11) 斂索(염색)－세금을 거두어들이는 것. 12) 繅(소)－누에고치로부터 실을 뽑는 것. 13) 里胥(이서)－마을 일을 보는 관리, 이장. 14) 逡巡(준순)－우물쭈물 뒤로 미루는 것. 15) 天地閉(천지폐)－하늘과 땅의 기운이 통하지 않게 되어 날씨가 추워진 것을 뜻한다. 16) 霰雪(산설)－싸락눈. 17) 悲喘(비천)－슬픈 탄식, 슬픔에 숨을 할딱거리는 것. 18) 繒帛(증백)－비단과 명주. 19) 屯(둔)－모아놓은 것. 20) 羨餘物(선여물)－잉여물, 정액을 넘는 나머지 물건. 21) 至尊(지존)－임금, 천자. 22) 煖(난)은 暖(난)과 동자(同字). 따뜻하다. 23) 瓊林(경림)－당나라 때 지방의 헌상품을 보관하던 창고 이름. 경림과 함께 대영(大盈)이라는 두 개의 창고가 있었다.

解說 이 시는 백거이의 연작시 〈진중음(秦中吟)〉 10수 가운데의 제2수이다. 죽도록 일을 하면서도 생산품을 모두 부세로 착취당하여 입고 먹을 것도 없는 당시의 서민들의 처참한 실상을 노래한 시이다. 사대부로서 서민들에게 기울인 관심이 기특하기 짝이 없다.

가벼운 갖옷과 살찐 말(輕肥[1])

교만한 의기는 길에 가득 차고
말안장의 빛은 먼지에 비치이네.
무얼 하는 사람들인가 물어보니
사람들이 내시라 하네.
꽃무늬 수놓은 주홍색 관복은 모두 대부들이 입는 것이오
자주색 인 끈은 장군이나 매는 것일세.
군중에서 열리는 잔치에 간다고 뽐내는데
말을 달려가는 모습이 구름이 몰려가는 것 같네.
술통과 술잔에는 갖가지 명주가 넘쳐흐르고
물고기 짐승고기의 갖가지 진귀한 안주 벌여놓았네.
과일은 동정산에서 따온 귤을 쪼개놓았고
회는 천지에서 잡은 물고기를 썰어놓았네.
배불리 먹고 나니 마음 흡족해지고
술 취하니 기운 더욱 떨쳐지네.
올해 강남땅엔 가뭄이 들어
구주에서는 사람이 사람을 잡아먹었다네.

의 기 교 만 로　　안 마 광 조 진
意氣驕滿路하고,　鞍馬光照塵[2]이라.

차 문 하 위 자　　인 칭 시 내 신
借問何爲者오?　人稱是內臣[3]이라.

주 불　개 대 부　　　　자 수　실 장 군
朱紱[4)]皆大夫요,　　紫綬[5)]悉將軍[6)]이라.

과 부 군 중 연　　　　주 마 거 여 운
誇赴軍中宴하니,　　走馬去如雲이라.

준 뢰　일 구 온　　　　수 륙 라 팔 진
罇罍[7)]溢九醞[8)]하고,　水陸羅八珍[9)]이라.

과 벽 동 정 귤　　　　회 절 천 지 린
果擘洞庭橘[10)]하고,　膾切天池鱗[11)]이라.

식 포 심 자 약　　　　주 감 기 익 진
食飽心自若[12)]하고,　酒酣氣益振이라.

시 세 강 남 한　　　　구 주　인 식 인
是歲江南旱하니,　　衢州[13)]人食人이라.

註解 1) 輕肥(경비)－가벼운 갖옷과 살찐 말. 권세를 휘두르며 호사를 다하는 내시들이 입는 옷과 타는 말을 가리킨다. 2) 光照塵(광조진)－호사스런 말안장이 번쩍거리며 길 위의 먼지에 빛을 비친다는 뜻. 내시의 호사스런 모습을 과장 표현한 것이다. 3) 內臣(내신)－궁중의 내시, 환관. 4) 朱紱(주불)－꽃무늬 수놓은 주홍색 관복. 여기에서 대부(大夫)는 문관을 가리킨다. 5) 紫綬(자수)－도장을 허리에 매어다는 자줏빛 인끈. 당나라 제도에 3품 이상 문무 관원은 복색에 자줏빛을 썼고, 4·5품 관원들은 주홍색을 썼다. 6) 軍(군)－여기의 군대는 궁전을 수위하는 금군을 가리킴. 7) 준뢰(罇罍)－두 가지 모두 옛날 술그릇 이름. 8) 九醞(구온)－잘 익은 맛있는 술. 9) 八珍(팔진)－갖가지 산해진미(山海珍味). 10) 洞庭橘(동정귤)－호남성 동정호 근처에서 나는 맛있는 귤. 11) 天池鱗(천지린)－천지는 바다, 바다에서 나는 물고기. 12) 心自若(심자약)－마음이 편안하고 만족스러운 것. 13) 衢州(구주)－지금의 절강(浙江)성 구현(衢縣).

解說 이 시는 작자의 연작시 〈진중음(秦中吟)〉 가운데의 일곱 번째 시이다. 백성들은 먹을 것도 없어서 굶주리고 있는데 호기를 부리며 호사스런 생활을 누리는 궁전 내시들의 생활을 풍자한 시이다. 역사 기록에 의하면 원화(元和) 3년(808)과 4년에 강남지방에 가뭄이 들어 기근이

들었다. 이때에 쓴 시일 것이다. 그의 백성들 생활에 대한 관심이 잘 드러나는 작품이다.

곡하는 소리를 듣고(聞哭者)

어제는 남쪽 이웃에서 곡을 하였는데
곡하는 소리 얼마나 애달프던가?
마누라가 죽은 남편 곡하는 거라는데
남편 나이 스물다섯이라네.
오늘 아침엔 북쪽 마을에서 곡을 하는데
곡소리 또 얼마나 애절하던가?
어미가 죽은 자식 고하는 거라는데
아들 나이 십칠팔 정도라네.
사방의 이웃이 이 모양인 것은
온 천하에 일찍 죽는 자가 많기 때문이네.
이제야 이 세상 사람들
머리 희어지도록 사는 이 적음을 알았네.
나는 지금 마흔이 넘었으니
그들과 견주어 볼 적에 그저 저절로 기뻐지네.
이제부터는 거울 들여다보면서
머리 눈처럼 희어진 것 탓하지 않으리라!

작일남린곡　　곡성일하고
昨日南鄰哭하니,　哭聲一何苦오?
운시처곡부　　부년이십오
云是妻哭夫요,　夫年二十五라.
금조북리곡　　곡성우하절
今朝北里哭하니,　哭聲又何切고?

운 시 모 곡 아　　　아 년 십 칠 팔
云是母哭兒요, 兒年十七八이라.

사 린 상 여 차　　　천 하 다 요 절
四鄰尙如此하니, 天下多夭折[1]이라.

내 지 부 세 인　　　소 득 수 백 발
乃知浮世[2]人은, 少得垂白髮이라.

여 금 과 사 십　　　염 피 료 자 열
余今過四十이니, 念彼[3]聊[4]自悅이라.

종 차 명 경 중　　　불 혐 두 사 설
從此明鏡中에, 不嫌[5]頭似雪이라.

註解 1) 夭折(요절)－일찍이 어려서 죽는 것. 2) 浮世(부세)－덧없는 이 세상. 3) 念彼(염피)－저들을 생각해 보다, 일찍 죽는 이들과 견주어 보다. 4) 聊(료)－자기도 모르게, 저절로. 5) 嫌(혐)－싫어하다. 탓하다.

解說 분명히 말은 하지 않고 있지만 수많은 젊은이들이 시도때도없이 전쟁에 끌려나가 죽어가고 있다. 이 시도 전쟁의 비정함을, 그리고 백성들의 무고한 희생을 고발하고 있는 것이다. 단순히 자기만이 일찍 죽지 않고 사십을 넘도록 목숨을 부지하고 있음을 기뻐하고 있는 것이 아니다.

상산 길에서의 느낌(商山[1]路有感)

만 리 길은 언제나 있었을 것이나,
육 년 만에 지금 비로소 돌아오네.
지나는 곳마다 옛 여관이 많지만,
태반은 옛 주인이 아닐세.

만 리 노 장 재　　　　　육 년 금　시 귀
萬里路長在나,　　　　六年今[2]始歸라.

소 경 다 구 관　　　　　태 반 주 인 비
所經多舊館[3]이나,　　太半主人非[4]라.

註解 1) 商山(상산)－섬서성 상현(商縣)의 동쪽에 있는 산 이름. 백거이가 6년 만에 집으로 돌아가는 길에 상산 길을 지나며 느낀 것을 읊은 시이다.《백씨장경집》권18에 실려 있다. 2) 今(금)－신(身)자로 된 판본도 있다. 3) 舊館(구관)－옛날부터 있던 여관. 4) 非(비)－옛 주인이 아니라는 뜻.

解說 상산은 진(秦)나라 때 나라의 어지러움을 피하여 네 사람의 머리 흰 늙은이(四皓)라 불리던 동원공(東園公)·기리계(綺里季)·하황공(夏黃公)·녹리선생(甪里先生)이 숨어산 곳이다. 그들은 약초인 자지(紫芝)를 따먹고 신선이 되어 죽지 않고 오래도록 살았다 한다. 백거이는 이 상산 길을 지나면서 이들 신선이 된 사호를 생각하였을 것이다. 그러나 한편 자기가 옛날에 묵었던 여관에 들러보니 겨우 6년 만인데도 옛 주인이 아닌 곳이 태반이다. 인간 세상은 정말 무상한 것임을 느낀 것이다.

효성스런 까마귀가 밤에 울다(慈烏[1]夜啼)

효성스런 까마귀가 그 어미를 잃고,
까악까악 섧게 울고 있네.
밤낮없이 날아가지도 않고,
한 해가 넘도록 옛숲을 지키네.
밤마다 밤중이면 우니,
듣는 이의 옷깃을 눈물로 적시게 하네.
우는 소리는 흡사,
키워준 은혜를 다 갚지 못했다고 호소하는 듯하네.

뭇새들에게 어찌 어미가 없으리?
그런데도 그대만이 슬픔에 사무치는가!
틀림없이 어머니의 사랑이 두터워,
그대의 슬픔을 이기지 못하게 하나 보다.
옛날 오기라는 사람은,
어머니가 돌아가셔도 장사지내러 오지 않았다네.
슬프다! 이런 무리들은,
그 마음이 새만도 못하구나.
효성스런 까마귀여! 저 효성스런 까마귀여!
그대는 새 가운데의 증삼이로구나!

자오실기모 아아토애음
慈烏失其母하고, 啞啞[2]吐哀音이라.

주야불비거 경년수고림
晝夜不飛去하고, 經年守故林[3]이라.

야야야반제 문자위첨금
夜夜夜半啼하니, 聞者爲沾襟[4]이라.

성중여고소 미진반포심
聲中如告訴하여, 未盡反哺[5]心이라.

백조기무모 이독애원심
百鳥豈無母리오, 爾獨哀怨深이라.

응시모자중 사이비불임
應是母慈重하여, 使爾悲不任이라.

석유오기자 모몰상불림
昔有吳起[6]者하니, 母歿喪不臨이라.

애재약차배 기심불여금
哀哉若此輩는, 其心不如禽이라.

자오피자오 조중지증삼
慈烏彼慈烏여! 鳥中之曾參[7]이로다.

註解 1) 慈烏(자오)－《금경(禽經)》 장화(張華)의 주에 '자오란 효성스런 새를 말한다. 자라면 그 어미에게 먹이를 물어다 먹인다. 큰부리까마귀는 그렇지 않다' 고 하였다. 《공총자(孔叢子)》 소이아(小爾雅)편엔 '깃털이 새카맣고 자라서 어미에게 먹이를 물어다 먹이는 것을 까마귀〔烏〕라 말하고, 작고 배 밑이 희며 자라도 어미에게 먹이를 물어다 먹이지 않는 것을 갈가마귀〔鴉烏〕라 한다' 하였다. 보통 까마귀가 모두 자라서 어미에게 먹이를 물어다 먹임으로써 키워준 은혜에 보답하는지는 알 수 없으나, 자오란 '효성스런 까마귀' 의 뜻이다. 야제(夜啼)는 밤에 우는 것. 《악부시집》 권47엔 〈오야제(烏夜啼)〉란 악부시가 실려 있는데, 이 옛날 악부의 제목에서 〈자오야제(慈烏夜啼)〉란 제목을 만들어낸 것이다. 《백씨장경집》 권1에 이 시가 실려 있다. 2) 啞啞(아아)－까마귀가 까악까악 우는 모양. 3) 故林(고림)－어미와 살던 옛 둥지가 있는 숲. 4) 沾襟(첨금)－흐르는 눈물로 옷깃이 젖는 것. 5) 反哺(반포)－어미새가 길러준 은혜를 갚기 위하여 새끼새가 자라서 '반대로 먹이를 입으로 물어다 먹이는 것'. 《본초(本草)》에 '자오는 일명 효성스런 까마귀(孝烏)라고도 한다. 이 새는 처음 낳아서 어미에게 60일 먹이를 얻어먹고 자라면 60일 어미에게 반대로 먹이를 물어다가 먹인다' 하였다. 6) 吳起(오기)－《사기(史記)》 열전(列傳)에 '오기(吳起)는 위(衛)나라 사람이다. 병법(兵法)을 좋아했고 일찍이 증자(曾子)에게 배우고 노(魯)나라 임금을 섬기었다. ……노나라에선 마침내 장수가 되어, 제(齊)나라를 공격하여 크게 격파하였다. 노나라 사람에 오기를 미워하여, 오기의 사람됨은 시기심 많고 잔인한 사람이라 말하는 이가 있었다. 그는 젊었을 때 집안에 천금(千金)이 있었는데 여러 나라로 벼슬하러 다니다 이루지 못하고 집안을 마침내는 파산케 하였다. 마을 사람들이 이를 비웃자, 오기는 자기를 욕하는 자 30여 명을 죽이고 동쪽으로 위나라 성문을 나서며 그의 어머니와 이별하였다. 그는 팔을 물어뜯으면서 맹세하기를 경상(卿相)이 되지 않으면 다시는 위나라로 되돌아오지 않겠다고 하였다. 그리고는 마침내 증자(曾子)를 모시게 되었다. 얼마 있다가 그의 어머니가 죽었으나 그는 끝내 돌아가지 않았다. 증자는 이를 경박하게 여기고 오기를 쫓아내 버렸다' 고 하였다. 7) 曾參(증삼)－자는 자여(子輿)로 남무성(南武

城) 사람. 공자의 제자로서 효도에 뛰어났으며 《효경(孝經)》을 지었다 한다.

解說 이 시는 밤에 우는 까마귀 소리를 듣고 효성스런 까마귀를 생각하며 노래한 것이다. 자오는 효성스런 까마귀로서 그의 어미를 여의자 어미와 살던 옛집을 밤낮으로 지키며, 1년이 넘도록 슬프게 밤마다 울고 있었다. 그 울음소리는 못다한 효성을 서러워하는 듯하여 듣는 이의 눈시울을 적신다. 많은 새들 가운데에서도 이 새만이 어미의 죽음을 크게 슬퍼하는 것은 그 어미의 사랑이 두터웠기 때문인지도 모른다. 사람 중에도 옛날 오기(吳起)처럼 어머니가 돌아가셨는데도 공명심 때문에 장례를 위하여 돌아가지 않았던 자가 있다. 그런 자는 이 까마귀만도 못한 인간이다. 이 까마귀야말로 효행에 뛰어난 공자의 제자 증삼(曾參)에게 견줄 만한 짐승이라는 것이다.

태행산 길(太行路[1])

태행산의 길은 수레 부숴뜨릴 정도로 험하다고 하나,
만약 임의 마음에 비긴다면 평탄한 길인 셈이오.
무협(巫峽)의 물은 배를 뒤엎을 정도로 세차게 흐른다 하나,
만약 임의 마음에 비긴다면 평온한 흐름인 셈이네.
임의 마음은 좋아하고 싫어함이 매우 일정치 않아서,
좋아할 적에는 머리털을 나게 하지만 싫어할 적에는 종기를 나게 한다네.
임과 결혼한 지 5년도 되지 못했는데,
견우 직녀 같은 사이가 영영 못 만나는 삼성(參星)과 상성(商星)처럼 될 줄 어이 알았으리?
옛날에 말하기를 얼굴빛 시들면 버림받고 등지게 된다 하여,
전날의 미인들은 원망하고 후회하였거늘,
하물며 지금 난새 새겨진 거울 속에 비치는,

내 얼굴빛 변하지도 않았는데 임의 마음 변한 것을 어이하리?
임 위해 옷에 향기 쐬어 주어도,
임은 난향(蘭香)과 사향(麝香) 냄새 맡고도 향기롭지 않다 하고,
임 위해 치장을 성대히 해도,
임은 진주와 비취를 보고도 좋아하는 빛 없네.
가는 길 험난함은 거듭 얘기하기도 어려우니,
사람으로 태어날 제 여자 몸이 되지 마라!
백 년의 고생과 즐거움이 딴 사람에게 달려 있게 된다네.
가는 길 험난함은, 산보다 험난하고 물보다 험악하니,
세상의 부부 사이만이 그런 게 아니라,
근래의 임금과 신하 사이도 그러하다네.
그대는 보지 못하는가, 왼편의 대신 납언(納言)과 오른편의 대신 내사(內史)가,
아침에는 은총을 받다가 저녁에는 죽음이 내려지는 것을?
가는 길의 험난함은,
물 때문도 아니고 산 때문도 아니고,
오직 사람의 정이 젖혀졌다 뒤엎어졌다 하는 때문이라네.

태행지로능최거　　약비군심시탄도
太行之路能摧車[2]나,　　若比君心是坦途[3]요.

무협 지수능복주　　약비군심시안류
巫峽[4]之水能覆舟나,　　若比君心是安流라.

군심호오 고불상　　호생모발 오생창
君心好惡[5]苦不常하여,　　好生毛髮[6]惡生瘡이라.

여군결발 미오재　　기기우녀 위삼상
與君結髮[7]未五載에,　　豈期牛女[8]爲參商고?

고칭색쇠 상기배　　당시미인유원회
古稱色衰[9]相棄背라도,　　當時美人猶怨悔어든,

하황여금난경 중 첩안미개군심개
何況如今鸞鏡[10]中에, 妾顔未改君心改오?

위군훈 의상 군문란사 불형향
爲君熏[11]衣裳이나, 君聞蘭麝[12]不馨香이오.

위군성용식 군간주취 무안색
爲君盛容飾[13]이나, 君看珠翠[14]無顔色이라.

행로난 난중진 인생막작부인신
行路難은 難重陳[15]하니, 人生莫作婦人身하라.

백년고락유타인
百年苦樂由他人이라.

행로난 난어산 험어수
行路難은 難於山하고 險於水하니,

부독인간부여처 근대군신역여차
不獨人間夫與妻요, 近代君臣亦如此라.

군불견 좌납언 우납사 조승은모사사
君不見 左納言[16]右納史아? 朝承恩暮賜死라.

행로난 부재수부재산 지 재인정반복간
行路難이 不在水不在山하고, 秪[17]在人情反覆間이라.

註解 1) 太行路(태행로)—태행산(太行山)의 길. 태행산은 하남성(河南省) 제원현(濟源縣)에서 시작하여 북쪽 산서성(山西省)까지 뻗어, 동북쪽으로 진성(晉城)·평순(平順)·노성(潞城)·석양(昔陽) 등의 고을을 거쳐 다시 하남성(河南省)으로 들어와 휘현(輝縣)·무안(武安) 등 현을 거치고 하북성(河北省) 정경(井陘)·획록(獲鹿) 등의 고을에까지 뻗친 산을 가리킴. 지금의 태악산맥(太岳山脈)의 한 갈래이며, 그 일부가 태행산맥(太行山脈)이다. 이 시는 《백씨장경집》 권3 신악부(新樂府) 50수 중의 제10수임. 2) 摧車(최거)—수레를 부숴뜨리다. 3) 坦途(탄도)—평탄한 길. 4) 巫峽(무협)—장강 상류인 사천성의 급류로 유명한 삼협(三峽) 중의 하나. 삼협은 무협과 구당협(瞿塘峽)·서릉협(西陵峽)임. 복주(覆舟)는 배를 뒤엎다. 5) 好惡(호오)—좋아하는 것과 싫어하는 것. 고불상(苦不常)은 매우 일정치 않은 것. '고'는 강조를 나타냄. 6) 好生毛髮(호생모발)—좋아하여 머리털을 나게 하다. 무슨 뜻인지 분명치 않으나 '싫어하여 종기를 나게 한다'는 반대 뜻일 것이니, 몸을 아름답게 또는 튼튼하게 해준다는 뜻일 것이다. 한대의 장형(張衡)은 〈서경부(西京賦)〉에서 '좋아하는 경우엔 털과 깃이 나고, 싫어하는 경우엔 종기가 난다(所好生毛羽, 所惡生瘡痏)'고 하였는데 같은 뜻이다. 이선(李善)의 주에서 '모우(毛羽)는 날아오른다는 뜻'이라 했는데, 역시 적합한 해석은 못된다. 창(瘡)은 종기, 부스럼. 7) 結髮(결발)－남녀가 결혼을 할 때 댕기머리를 틀어 올려 쪽을 찌는 것. 뒤에 결혼을 대신하는 말로도 쓰이게 되었다. 8) 牛女(우녀)－견우(牽牛)와 직녀(織女). 칠석(七夕) 때 만나는 두 별로, 다정한 남녀를 뜻한다. 삼상(參商)은 삼성(參星)과 상성(商星). 서쪽에 삼성이 나타날 적에는 동쪽의 상성이 들어가고, 반대로 상성이 나타날 적에는 삼성이 들어가, 영영 서로 못 만나는 사이를 상징한다. 9) 色衰(색쇠)－얼굴빛이 시들다, 아름다운 얼굴이 쇠하다. 기배(棄背)는 버리고 등지다. 10) 鸞鏡(난경)－봉황의 일종인 난새가 조각된 거울. 옛날 거울에는 뒷면에 흔히 난새가 조각되어 있었다. 11) 熏(훈)－향을 피워 향내를 쐬는 것. 12) 蘭麝(난사)－난향(蘭香)과 사향(麝香). 형향(馨香)은 향내가 나다, 향기롭다. 13) 容飾(용식)－화장하고 치장하는 것. 14) 珠翠(주취)－진주와 비취, 또는 구슬과 비취새 깃장식. 15) 重陳(중진)－거듭 진술하다, 거듭 말하다. 16) 納言(납언)－옛날 벼슬 이름. 임금에게 신하들의 의견을 전하는 한편 임금의 명령을 내리는 일을 관장했음(《書經》 舜典). 납사(納史)는 《주례(周禮)》에 내사(內史)·외사(外史)·좌사(左史)·우사(右史)는 있으나 납사란 말은 아무데에도 보이지 않는다. '내사'의 잘못인 듯. 내사는 임금의 정책명령과 공시사항 등을 쓰던 궁중의 서기관이었다. 17) 秖(지)－다만, 오직. 지(只)와 같음. 반복(反覆)은 젖혀졌다 뒤엎어졌다 하는 것.

解說 부부 사이의 갈등과 어려움을 노래하면서, 결론을 임금과 신하의 관계로 유도하고 있다. 백거이는 정치를 풍자하여 올바른 길을 깨우쳐 주려는 뜻에서 '신악부'라는 여러 수의 사회시를 썼다.

칠덕무(七德舞[1])

칠덕무와 칠덕가는,
고조(高祖)의 무덕(武德) 연간부터 전하여져 지금의 원화(元和) 연간에 이른 것이네.
원화 연간의 작은 신하인 백거이는,
그 춤을 보고 노래를 듣고서 음악의 뜻 알게 되어,
곡 끝나자 머리 조아리고 그 일을 진술하네.
태종(太宗)께선 18세 때에 의로운 군사 일으키어,
흰 쇠꼬리 깃발과 황금도끼 들고서 장안과 낙양 평정하셨네.
왕세충(王世充) 사로잡고 두건덕(竇建德)을 잡아 죽여 온 세상 깨끗해지니,
24세에는 나라 평정하는 일 완성시켰고,
29세에는 황제 자리에 오르셨고,
35세에는 태평성대 이룩하셨네.
공업(功業)의 완성과 다스림의 안정이 얼마나 신속했던고?
그 신속함은 자기 진심을 미루어 남의 뱃속에 넣어주셨기 때문이네.
죽은 병졸들의 유해는 비단을 나누어 주며 거둬 주었고,
굶주린 사람이 자식을 팔자 황금을 나눠 주어 되찾게 하셨네.
재상 위징(魏徵) 문병을 하고 꿈에 그를 만난 뒤 죽자 천자의 몸으로 통곡하셨고,
장공근(張公謹)이 죽었다는 통지가 있자 진일(辰日)임에도 통곡하였다네.
원망에 찬 궁녀 3천 명을 놓아주어 궁전에서 내보냈고,
사형수 4백 명을 집으로 돌려보냈으되 형기(刑期)에는 모두 옥으로 돌아왔었네.
공신 이적(李勣)이 병이 나자 자신의 수염 잘라 태워 약을 만들어

내려주니,
이적은 흐느끼며 몸을 바쳐 은혜에 보답할 것을 다짐하였네.
전쟁터에선 장수 이사마(李思摩)의 상처 피를 빨아주며 군사들을 위로하니,
이사마는 감격에 흥분하여 소리치며 죽음으로 보답할 것을 맹세했네.
그러니 전쟁을 잘하고 시기를 잘 탔을 뿐만이 아니라,
진심으로 사람들 감동시켜 사람들의 마음이 따라주었음을 알게 되네.
그 뒤로 1백 90년,
온 천하는 지금까지 그 일을 노래하고 춤추고 있네.
칠덕을 노래하고 칠덕을 춤추는데,
성인께서 지으신 것이라 영원토록 드리워 전하는 것일세.
어찌 다만 귀신 같은 무위(武威)만을 빛내고,
어찌 다만 성인 같은 문덕(文德)만을 뽐내려 함이겠는가?
태종(太宗)의 뜻은 왕업을 펴는 데 있는 것이니,
왕업의 어렵고 힘듦을 자손들에게 보여주려는 것이었네.

칠 덕 무 칠 덕 가　　전 자 무 덕 지 원 화
七德舞七德歌는,　傳自武德[2]至元和라.

원 화 소 신 백 거 이　　관 무 청 가 지 악 의
元和小臣[3]白居易는,　觀舞聽歌知樂意하여,

곡 종 계 수 진 기 사
曲終稽首[4]陳其事라.

태 종 십 팔 거 의 병　　백 모 황 월 정 량 경
太宗十八[5]擧義兵하여,　白旄[6]黃鉞定兩京이라.

금 충 륙 두 사 해 청　　이 십 유 사 공 업 성
擒充戮竇[7]四海淸하니,　二十有四功業成이오,

이 십 유 구 즉 제 위
二十有九卽帝位하고,　　삼 십 유 오 치 태 평
三十有五致太平이라.

공 성 리 정 하 신 속
功成理定[8]何神速고?　　속 재 추 심 치 인 복
速在推心置人腹[9]이라.

망 졸 유 해 산 백 수
亡卒遺骸散帛收[10]하고,　　기 인 매 자 분 금 속
飢人賣子分金贖[11]이라.

위 징 몽 현 천 자 읍
魏徵[12]夢見天子泣하고,　　장 근 애 문 진 일 곡
張謹[13]哀聞辰日哭이라.

원 녀 삼 천 방 출 궁
怨女[14]三千放出宮하고,　　사 수 사 백 래 귀 옥
死囚四百來歸獄[15]이라.

전 수 소 약 사 공 신
剪鬚燒藥[16]賜功臣하니,　　이 적 오 열 사 살 신
李勣[17]嗚咽思殺身이라.

함 혈 연 창 무 전 사
含血吮瘡[18]撫戰士하니,　　사 마 분 호 걸 효 사
思摩[19]奮呼乞效死라.

즉 지 부 독 선 전 선 승 시
則知不獨善戰善乘時[20]요,　　이 심 감 인 인 심 귀
以心感人人心歸라.

이 래 일 백 구 십 재
爾來一百九十載에,　　천 하 지 금 가 무 지
天下至今歌舞之라.

가 칠 덕 무 칠 덕
歌七德舞七德하니,　　성 인 유 작 수 무 극
聖人有作[21]垂無極이라.

기 도 요 신 무
豈徒耀神武[22]며,　　기 도 과 성 문
豈徒誇聖文[23]이리요?

태 종 의 재 진 왕 업
太宗意在陳王業[24]이니,　　왕 업 간 난 시 자 손
王業艱難示子孫이라.

註解 1) 七德舞(칠덕무) - 일곱 가지 덕을 기리는 춤. 당나라 태종(太宗) 이세민(李世民)이 진왕(秦王)이었을 때 유무주(劉武周)를 쳐부수고 〈진왕파진악(秦王破秦樂)〉을 지어 연회 때마다 이를 연주하였는데 정관(貞觀) 7년(633)에 신하들로 하여금 가사를 다시 짓게 하고 칠덕무(七德舞)라 불렀다(《唐書》 禮樂志). 이 시는 《백씨장경집》 권3에 실린 신악부 50수 중의 하나로, 작가 스스로 제목 밑에 '난을 다스리고 왕업을 편 것을 찬미함' 이라 스스로 서문을 쓰고 있다. 2) 武德(무덕) - 당 고조(高祖) 이연(李淵)의 연호

(618~626). 원화(元和)는 당 헌종(憲宗) 이순(李純)의 연호(806~820). 작자 백거이가 살고 있던 시기. 3) 小臣(소신)－작은 신하. 당 태종의 업적을 노래하기 때문에 자기를 낮추어 부른 것임. 4) 稽首(계수)－머리를 땅에 조아리다, 돈수(頓首)라고도 함. 5) 太宗十八(태종십팔)－태종이 18세 때. 이연(李淵)은 수(隋)나라 공제(恭帝)의 의녕(義寧) 원년(元年), 이세민이 18세 때 당왕(唐王)이라 자칭하고 황제가 되었다. 6) 白旄(백모)－흰 쇠꼬리를 깃대 위에 매단 것. 군의 지휘권을 상징했다. 황월(黃鉞)은 황금도끼. 《서경》 목서(牧誓)에는 주 무왕(武王)이 은나라 주왕(紂王)을 칠 때 '왼손으로는 황금도끼를 짚고 오른손으론 흰 쇠꼬리 깃발을 들고 지휘했다' 라고 하였다. 양경(兩京)은 서경 장안과 동경 낙양의 두 서울. 7) 擒充戮竇(금충륙두)－왕세충(王世充)을 사로잡고 두건덕(竇建德)을 잡아 죽이다. 왕세충은 수나라의 장수였으나 모반하여 공제(恭帝)를 잡아 가두고 정(鄭)나라 황제라 자칭했다. 두건덕도 요동(遼東) 정벌의 장수 노릇을 하다 모반하여 스스로 하왕(夏王)이 되었다. 무덕(武德) 2년에 왕세충이 공제를 폐위하자 진왕(秦王)이었던 이세민이 그를 쳤는데, 왕세충의 요청으로 두건덕이 30만 대군을 끌고 구원하러 왔었다. 진왕은 이들을 모두 쳐부수고 사로잡아 장안으로 끌고와 목을 잘랐다(《新唐書》 列傳). 8) 理定(이정)－다스림이 안정되다, 정치가 안정되다. 9) 推心置人腹(추심치인복)－자기의 진심을 갖다가 사람들 뱃속에 넣어놓다. 곧 진심으로 사람들을 감동시켜 성심으로 따르게 하는 것. 10) 散帛收(산백수)－비단을 나누어 주면서 거두어 장사지내게 하다(죽은 병졸들의 버려진 유해를). 11) 分金贖(분금속)－금을 나누어 주어 되찾아오게 하였다(팔았던 자식들을). 12) 魏徵(위징)－자는 현성(玄成). 당 태종 때에 상서우승(尙書右丞) 겸 간대부(諫大夫)란 벼슬을 지냈다. 뒤에 그가 병이 나자 태종은 친히 문병까지 하였고, 그날 밤에는 태종이 꿈에 위징을 만났는데, 다음날 아침 그가 죽자 태종은 통곡을 하였다 한다(《新唐書》 列傳). 13) 張謹(장근)－장공근(張公謹), 자는 홍신(弘愼). 공로로 좌무후장군(左武侯將軍)이 되고 정원군공(定遠郡公)에 봉해졌다. 다시 추국후(鄒國侯)로 봉해졌으며, 양주(襄州)의 도독(都督)이 되어 곧은 정치로 명성을 날렸다. 49세에 죽었다. 진일곡

(辰日哭)은 장공근이 죽자 마침 '진일' 이라 곁의 사람들이 옛부터 진일에는 곡하지 않는 법이라고 말렸으나, 태종은 임금이 신하가 죽었는데 어떻게 진일이라고 곡을 안할 수가 있겠느냐면서 곡을 하였다 한다. 14) 怨女(원녀)－궁녀들을 가리킴. 궁녀들은 외로이 궁중에 갇혀 사는 것을 원망하는 이가 많았으므로 그렇게 표현함. 태종은 즉위하자마자(627) 궁녀 3천여 명을 돌려보내 주었다. 15) 來歸獄(내귀옥)－와서 옥으로 돌아가다. 태종 6년(632)에 왕은 사형수 390명을 놓아주어 집으로 돌아가 있도록 하였는데, 다음 해 가을 형기가 되자 모두 스스로 돌아와 옥으로 들어갔다. 이때 태종은 그들의 신의를 가상히 여기여 모두 죄를 사면하여 주었다. 16) 剪鬚燒藥(전수소약)－당나라 공신인 이적(李勣)이 갑자기 병이 났을 때 의원이 사람의 수염을 태워 그 재를 약으로 써야겠다고 하자, 바로 태종은 자기 수염을 잘라 태워 약으로 쓰게 하였다 한다(《新唐書》 列傳). 17) 李勣(이적)－본시 수나라 말엽에 도적의 무리에 가담했었으나 무덕(武德) 2년에 당나라로 귀순하여 많은 공을 세워, 태종이 이씨(李氏) 성을 내렸고 여주총관(黎州總官)에 명하고 내국공(萊國公)에 봉하였다. 뒤에 더 많은 공을 세워 병주대도독부(并州大都督府) 장사(長史)가 되었고, 고종(高宗) 때에는 동중서문하(同中書門下)가 되어 나라의 기밀을 관장하였으며, 86세(669)에 죽었다(《新唐書》 列傳). 18) 含血吮瘡(함혈연창)－피를 입에 물고 상처를 빨다. 정관(貞觀) 18년(644) 태종이 고구려를 정벌할 때 우위대장군(右衛大將軍) 이사마(李思摩)가 독화살에 맞자 태종이 직접 상처에 입을 대고 피와 함께 독기를 빨아내었다. 이 말을 듣고 전 장병들이 감격의 눈물을 흘렸다 한다. 무전사(撫戰士)는 전사들을 위로하고 달래다. 19) 思摩(사마)－이사마(李思摩). 본시 돌궐족(突厥族) 사람. 당고조 때 귀순하여 혜화군왕(惠化郡王)에 봉해졌고, 태종 때에는 타주(他州)의 도독(都督)이 되었다(《唐書》 突厥傳). 걸효사(乞效死)는 죽음으로 보답할 수 있게 해달라고 청원하다, 죽음으로 보답할 것을 맹세하다. 20) 乘時(승시)－시기를 타다, 때를 잘 이용하다. 21) 聖人有作(성인유작)－성인께서 지으심이 있어, 태종이 칠덕무를 만든 것을 뜻함. 수무극(垂無極)은 무궁하게 드리워지게 하다, 영원히 전하여져 본받게 하다. 22) 耀神武(요신무)－

귀신 같은 무위(武威)를 빛내다, 귀신 같은 무재(武才)를 과시하다. 23) 誇聖文(과성문)－성인 같은 문덕(文德)을 뽐내다. 24) 陳王業(진왕업)－왕업을 펴나가다, 왕이 올바로 나라를 다스리다.

解說 칠덕무는 태종이 이룩한 당제국의 위대한 업적을 상징하는 춤이다. 작자 백거이도 이 가무에 감동되어 태종의 위대한 업적을 노래하며, 조국 당나라의 무궁한 발전을 기리고 있는 것이다.

강남에서 천보 연간의 악공이던 영감을 만난 노래 (江南遇天寶樂叟歌[1])

머리 희고 병든 영감이 울면서 이렇게 말하데나.
안녹산이 난을 일으키기 전에 이원(梨園)에 들어갔는데,
비파(琵琶)를 잘 타고 법곡(法曲)을 익히어,
늘 화청궁(華淸宮)에서 천자 모셨네.
이때 천하는 오랫동안 태평하여,
해마다 10월이면 조원각(朝元閣)에서 잔치 벌였는데,
여러 관리들 앉았다 일어섰다 하면 허리에 찬 구슬이 서로 마주쳤고,
만국의 사절들 모이느라 수레와 말 분주했네.
여인들의 금비녀 석옹사(石甕寺)에 번쩍거리고,
난향(蘭香)과 사향(麝香) 온천 증기에 섞여 퍼졌네.
양귀비 날렵하게 임금 곁에서 시중하는데,
몸은 가냘퍼서 진주와 비취의 번거로움 이기지 못하였네.
겨울눈이 휘날릴 적엔 비단옷 따스하게 입고,
봄바람 살랑이면 얇은 비단옷 펄럭이게 하였네.
즐김에 물릴 줄 모르는 판에 안녹산의 반란군 쳐들어왔는데,
강한 활에 살진 말 탄 오랑캐들의 말소리 세상에 시끄러웠네.
장안 땅 사람들 딴 곳으로 오랑캐 피하여 떠났으니,

정호(鼎湖)에서 만든 솥이 신선되어 용을 타고 가버리자 황제 우셨던 꼴 되었네.
이로부터 떠돌아다니다 남녘 땅에 이르렀는데,
만인이 모두 죽었으되 이 한 몸은 살아 남았네.
가을바람 부는 강가엔 물결 끝없이 이는데,
비 내리는 저녁 배 안엔 술 한 통 있네.
물 마른 연못 고기가 바람 불고 물결 이는 형세 잃은 지 오래된 형국인데,
이 마른 풀 같은 자도 일찍이 비 이슬 같은 천자의 은혜 입은 적 있다네.
내가 장안 쪽에서 왔다고 그곳 소식 묻지 마소,
여산(驪山)과 위수(渭水) 근처 황폐한 마을처럼 되었다오.
신풍(新豐)의 나무 늙어 밝은 달 가리고,
장생전(長生殿)은 어둑어둑 황혼이 깃들어 있으며,
붉은 나뭇잎 어지러이 이그러진 기왓장 덮고 있고,
파란 이끼 잔뜩 무너진 담을 뒤덮고 있다오.
오직 내시가 궁성지기 되어,
매년 한식(寒食) 날에 한 번씩 문을 연다 하오.

백두병수 읍차언
白頭病叟[2]泣且言하되
녹산 미란입리원
祿山[3]未亂入梨園[4]이라.

능탄비파화법곡
能彈琵琶和法曲[5]하여,
다재화청 수지존
多在華淸[6]隨至尊이라.

시시천하태평구
是時天下太平久하여,
연년십월좌조원
年年十月坐朝元[7]이라.

천관기거환패 합
千官起居環佩[8]合이오,
만국회동거마분
萬國會同車馬奔이라.

금전 조요석옹사
金鈿[9]照耀石甕寺[10]하고,
난사훈자 온탕 원
蘭麝薰煮[11]溫湯[12]源이라.

귀비 완전 시군측　체약불승주취번
貴妃[13]宛轉[14]侍君側이러니,　體弱不勝珠翠繁이라.

동설표요 금포 난　춘풍탕양 예상번
冬雪飄颻[15]錦袍[16]暖이오,　春風蕩漾[17]霓裳翻[18]이라.

환오미족연구 지　궁경마비 호어훤
歡娛未足燕寇[19]至하니,　弓勁馬肥[20]胡語喧[21]이라.

빈토 인천피이적　정호 용거곡헌원
邠土[22]人遷避夷狄하니,　鼎湖[23]龍去哭軒轅[24]이라.

종차표륜 도남토　만인사진일신존
從此漂淪[25]到南土하여,　萬人死盡一身存이라.

추풍강상랑무제　모우주중주일준
秋風江上浪無際한데,　暮雨舟中酒一罇이라.

학어 구실풍파세　고초증점 우로은
涸魚[26]久失風波勢요,　枯草曾霑[27]雨露恩이라.

아자진 래군막문　여산 위수 여황촌
我自秦[28]來君莫問하라,　驪山[29]渭水[30]如荒村이라.

신풍 수로롱명월　장생전 암쇄 황혼
新豐[31]樹老籠明月[32]하고,　長生殿[33]暗鎖[34]黃昏이라.

홍엽분분개의와　녹태중중봉 괴원
紅葉紛紛蓋欹瓦[35]오,　綠苔重重封[36]壞垣이라.

유유중관 작궁사　매년한식 일개문
惟有中官[37]作宮使하여,　每年寒食[38]一開門이라.

註解 1) 江南遇天寶樂叟歌(강남우천보악수가) – 강남 땅에서 천보 연간(742~755)의 악공이었던 영감을 만났던 노래. 이 시도 뒤의 〈장한가(長恨歌)〉나 마찬가지로 '안사의 란'이 일어나기 직전 당나라 현종 때의 영화를 노래하며, 전쟁과 평화가 이어지는 무상함을 되새겨보게 한다. 2) 白頭病叟(백두병수) – 흰 머리에 병든 영감. 현종 때 악공이었던 영감임. 3) 祿山(녹산) – 안록산. 당대 영주(營州) 유성(柳城)의 오랑캐 출신으로, 현종 때에 평로(平盧)·범양(范陽)·하동(河東) 삼진(三鎭)의 절도사(節度使)가 되었다. 그는 현종의 양귀비를 만나 그녀의 양자가 된 뒤로, 그녀를 못 잊는데다가 우상(右相)이었던 양국충(楊國忠)과 뜻이 어긋나 755년에 마침내 반란을 일으켰다. 스스로 웅무황제(雄武皇帝)라 부르고 국호를 연(燕)이라 하고 장안을 함락시켜 현종은 촉(蜀)으로 피란갔다. 몇 해 뒤에 아들 안경서(安慶緖)와 이저아(李豬兒)에게 살해당하였다. 4) 梨園(이원) - 현종 때 배우들과 악공들을 기르던 곳. 현종은 음악 애호가여서 그곳에서 수백 명의 남녀 악공을 양성하고 이원제자(梨園弟子)라 불렀다. 5) 法曲(법곡) - 본시 도관(道觀)에서 연주되던 악곡 이름. 수(隋)대부터 시작되었고, 그 음악이 맑고 우아했으며 여러 가지 악기를 합주하는 것이었다. 현종은 특히 법곡을 좋아하여 이원에서 많은 전문가를 길렀다(《唐書》 禮樂志). 6) 華淸(화청) - 궁전 이름. 섬서성 임동현(臨潼縣) 남쪽 여산(驪山) 위에 있었다. 그곳에 온천이 있어, 태종 때 탕천궁(湯泉宮)을 지었는데, 현종이 온천궁(溫泉宮)·화청궁(華淸宮)으로 이름을 고치고 자주 갔다. 7) 朝元(조원) - 여산(驪山)에 있는 누각 이름. 천보(天寶) 7년(748)에 현종이 조원각(朝元閣)에 놀러가 이름을 강성문(降聖門)이라 이름을 고쳤다. 8) 環佩(환패) - 허리에 차는 구슬. 옛날 사람들이 허리에 차던 옥으로 만든 장식. 9) 金鈿(금전) - 금비녀. 화려한 치장을 한 여인들을 가리킴. 10) 石甕寺(석옹사) - 화청궁 곁에 있던 절 이름. 왕건(王建)에게 〈제석옹사(題石甕寺)〉란 시가 있다. 11) 蘭麝薰煮(난사훈자) - 난향과 사향이 온천의 수증기와 함께 섞여 퍼지는 것. 12) 溫湯(온탕) - 온천. 13) 貴妃(귀비) - 양귀비. 자는 옥환(玉環). 본시 현종의 18번째 아들 수왕(壽王) 모(瑁)의 비(妃)로 들어왔으나 현종이 보고 마음에 들어 자신이 차지한 다음 태진(太眞)이란 호를 내리고 귀비로 책봉한 뒤 총애를 다했다. '안사의 란' 때 군인들 손에 죽었다. 다음의 〈장한가(長恨歌)〉 참고 바람. 14) 宛轉(완전) - 날렵하게 움직이는 것. 15) 飄颻(표요) - 이리저리 흩날리는 모양. 16) 錦袍(금포) - 비단옷. '포'는 두루마기 같은 긴 겉옷. 17) 蕩漾(탕양) - 물이 출렁이는 모양. 여기서는 봄바람이 살랑거리는 모양. 18) 霓裳翻(예상번) - 얇은 비단옷을 펄럭이다. 현종이 도사의 술법으로 달나라에 가서 선녀들이 흰 비단으로 만든 예의(霓衣)를 입고 넓은 뜰에서 춤을 추는 것을 보았는데, 그 악곡 이름을 예상우의(霓裳羽衣)라 하였다. 현종은 돌아와 악공을 불러 그 음조를 따라 '예상우의곡(霓裳羽衣曲)'을 작곡케 했다(《樂府詩集》). 양귀비는 또 예상우의무를 익히어 잘 추었다. 따라서 이 구절은 현종이 양귀비의 예상우의무를 즐겼던 일도 암시한다. 19) 燕寇(연구)－연 땅의 도둑. 안록산(安祿山)은 연 땅인 어양(漁陽：河北省 薊縣、平谷縣 일대)에서 반란을 일으켰으므로, 안록산의 반란군을 가리킴. 20) 弓勁馬肥(궁경마비)－활은 강하고 말은 살찌다. 안녹산 반군의 군비와 무장이 대단한 것을 형용한 말. 21) 胡語喧(호어훤)－오랑캐 말이 시끄럽다. 오랑캐 출신 안녹산의 반군이 장안 땅을 점령하여 자기 세상처럼 떠들어댐을 뜻한다. 22) 邠土(빈토)－빈(邠) 땅. 빈은 빈(豳)과 통하며, 장안이 있는 섬서성 순읍현(栒邑縣) 서쪽 땅. 빈은 주나라 선조 공류(公劉)가 세운 나라 이름. 23) 鼎湖(정호)－하남성(河南省) 문향현(閿鄕縣) 남쪽 형산(荊山) 아래쪽의 지명. 옛날 황제(黃帝)가 그곳에서 솥〔鼎〕을 만들었는데, 그 솥이 신선이 되어 용을 타고 날아가 버렸다 한다(《史記》 封禪書). 24) 軒轅(헌원)－황제(黃帝)의 이름. 헌원이란 곳 언덕에 살아 이름과 호로 삼았다고도 하고(《史記》 索隱), 헌면(軒冕)의 복식(服飾)을 만들었대서 붙인 이름이라고도 한다(《漢書》 古今人表 張晏 注). 25) 漂淪(표륜)－표류, 물에 떠다니는 것. 26) 涸魚(학어)－물이 마른 웅덩이의 물고기. 뒤의 마른 풀과 함께 자신을 비유한 말. 27) 霑(점)－젖다, 비나 이슬을 맞다. 28) 秦(진)－장안이 있는 지금의 섬서성 지방. 29) 驪山(여산)－섬서성 임동현(臨潼縣) 동남쪽에 있는 산 이름. 그 산 아래 온천이 있어 현종은 화청궁(華淸宮)을 지었고, 양귀비가 그곳에서 목욕하여 유명하다. 30) 渭水(위수)－섬서성 보계현(寶谿縣)과 함양(咸陽)·장안 곁을 흘러 고릉현(高陵縣)에서 경수(涇水)와 합쳐지고 다시 조읍현(朝邑縣)에서 낙수(洛水)와 합쳐져 황하로 들어간다. 장안을 출입하는 사람들이 모두 건너 당제국의 영화를 직접 볼 수 있던 곳이다. 31) 新豐(신풍)－한나라 고조(高祖)가 장안에 도읍한 뒤 자기 고향 풍(豐)을 생각하며 본떠서 세운 도시. 섬서성 임동현(臨潼縣) 동북쪽 신풍진(新豐鎭). 32) 籠明月(롱명월)－밝은 달을 대바구니에 넣다. 달을 가리다. 33) 長生殿(장생전)－당대 장안의 궁전 이름(뒤의 〈長恨歌〉 참조). 34) 鎖(쇄)－자물쇠로 채우다. 여기서는 황혼이 자욱히 깃들어 있는 것. 35) 欹瓦(의와)－이그러진 기와. 36)封(봉)－꽉 덮혀 있는 것. 37) 中官(중관)－환관, 내시. 38) 寒食(한식)－동지 뒤 105일이 되는 날. 죽은 이를 추모하는 날이라, 현종을 추모하는 뜻을 여기서는 나타냄.

解說 현종 때의 악공이었던 영감의 말을 빌어 당제국의 옛날의 영화와 함께 지금의 장안의 황폐한 모양과 자신의 몰락을 노래하고 있다. 백거이는 이처럼 나라와 개인의 영고성쇠를 써냄으로써 위정자들의 각성을 바랐을 것이다. 그 스스로 친구 원진에게 주는 편지 〈여원구서(與元九書)〉에서 자신은 세상을 올바로 깨우치기 위하여 시를 쓴다고 선언하고 있고, 또 그러한 뜻을 노골적으로 드러낸 시들을 수십 편이나 쓰고 있기 때문이다.

장한가(長恨歌[1])

당나라 임금 여색 중히 여기어 뛰어난 미인 생각하였으나,
천하를 다스린 지 여러 해 되도록 구하지 못하고 있었네.
양(楊)씨 집안에 딸 막 장성하였는데,
깊은 규방에서 자라 아무도 알지 못하였네.
하늘이 낸 고운 자질은 스스로 버리기 어려운 것이니,
하루아침에 뽑히어 임금 곁에 있게 되었네.
머리 돌려 한번 웃으면 갖가지 아리따움 피어나니,
여섯 궁전의 곱게 단장한 후궁들 얼굴빛 잃게 되었네.

봄날씨 쌀쌀한 때 화청지(華淸池)에 목욕케 하였는데,
온천 물은 매끄럽게 엉긴 기름 같은 살갗 씻겼네.
시중하는 아이 부축해 일으켜도 아리땁게 힘 없었으니,
처음으로 천자의 은총받던 때였네.
구름 같은 머리에 꽃 같은 얼굴 황금 머리장식으로,
부용 수놓인 따뜻한 장막 안에 봄밤을 보냈는데,

봄밤 너무나 짧아 해 어느덧 높이 뜨니,
이로부터 임금은 아침 조회 보시지 않았네.
기꺼움 받들어 잔치 시중하기에 한가한 틈 없어,
봄이면 봄마다 놀고 밤이면 밤을 함께하였네.

후궁엔 아름다운 여자 3천 명인데,
3천 명의 총애를 한 몸에 모았네.
황금 방에서 화장하고는 아리땁게 밤시중 들고,
옥 누각의 잔치 파하면 취하여 봄처럼 화합하였네.
형제자매들까지도 모두 땅을 봉해 받으니,
아름다운 광채가 집안을 빛나게 하여,
마침내 세상 부모들 마음으로 하여금,
아들 낳는 것 중히 여기지 않고 딸 낳는 것 중히 여기게 하였네.
여산(驪山) 별궁(別宮) 높은 꼭대기는 푸른 구름 위로 솟았고,
신선의 음악 바람에 실리어 곳곳에 들렸네.
느린 곡조의 노래와 조용한 춤에 현악기 · 관악기 소리 곁들이고,
종일토록 임금은 만족할 줄 모르고 쳐다보았네.

갑자기 어양(漁陽) 땅에 반란군 일어나 북소리 땅 울리도록 치며 몰려와
임금 즐기던 예상우의곡 가락을 놀라서 깨어지게 하였네.
구중궁궐에 연기와 먼지 일어나고,
수천의 수레와 수만의 기병 호위하는 임금 행렬은 서남쪽으로 피난길 나섰네.
비취깃 장식한 깃대 세운 임금 행렬 가다가는 다시 멎었으니,
도성문 서쪽으로 나와 백여 리 되는 곳이었네.
온 군사들 나아가지 않고 나라 망친 책임 추궁하니 어쩌는 수 없이,
아름다운 양귀비는 군사들 말 앞에서 죽었네.

꽃비녀 땅에 떨어져도 거두는 사람 없었고,
비취 장식 금 머리꽂개 옥 머리장식이 모두 버려졌네.
임금도 얼굴 가린 채 구해내지 못하여,
머리 돌릴 적엔 피눈물이 함께 섞여 흘렀다네.

누런 먼지 자욱하고 바람 쓸쓸한데,
높은 사다리길 꾸불꾸불 사천(四川) 가는 검각(劍閣)을 올라갔네.
아미산(峨嵋山) 아래엔 다니는 사람 적고,
깃발들은 빛 잃고 햇빛도 엷었네.
촉(蜀) 땅 강물 푸르고 촉 땅 산도 파란데,
임금님은 아침이나 저녁이나 양귀비 그리는 정이었네.
피난 땅 궁전에서 보는 달은 마음아프게 하는 빛이었고,
밤비 속에 듣는 말방울 소리는 창자 저미는 소리였네.

하늘 돌고 땅 굴러 세상 바뀌자 수레 돌려 돌아오는데,
양귀비 죽은 곳에 이르러는 머뭇머뭇 떠나지를 못하였네.
마외파(馬嵬坡) 아래 진흙 속에,
옥 같은 얼굴 뵈지 않고 부질없이 죽은 곳만 있네.
임금과 신하들 서로 돌아보며 모두 옷깃만 적시며,
동녘 도읍 문 향해 말에 몸 맡긴 채 돌아왔네.
돌아와 보니 못과 정원 모두 옛날과 같아,
태액(太液) 못 연꽃이며 미앙궁(未央宮) 버드나무 여전했네.
연꽃은 그리운 이 얼굴 같고 버들잎은 눈썹 같으니,
이를 보고 어이 눈물 아니 흘리리?

봄바람에 복숭아꽃 오얏꽃 핀 밤이나,
가을비에 오동잎 지는 때면 그리움 더욱 사무쳤네.
상황(上皇) 되어 사는 서궁과 남원에는 가을풀만 무성하고,

낙엽이 섬돌 가득히 떨어져 붉어도 쓸지 않네.
이원(梨園)의 악공들도 흰머리 돋았고,
황후의 궁전 궁녀들의 젊던 모습도 이젠 늙었네.
저녁 궁전에 반딧불이 날면 그리움 더욱 처연해져서,
외로운 등불 심지 다 타도록 돋우며 잠 못 이루네.
느릿느릿 시각 알리는 북소리는 긴 밤의 시작 알리고,
훤한 은하수는 새벽 하늘에 걸려 있었네.
암키와 수키왓장 싸늘한데 서릿발 짙고,
비취새 수놓인 이불 찬데 누구와 더불어 자야 하나?
아득히 삶과 죽음의 이별, 해를 넘기게 되어도,
혼백조차도 한번 꿈에 나타나 주지 않았네.

임공 땅의 도사 홍도객이란 사람은,
정신으로 혼백을 부를 수 있다 하네.
상황께서 잠 못 이루고 뒤척이는 사랑에 감동하여,
마침내 도사로 하여금 정성껏 찾아보게 하였네.
바람을 밀치고 기운을 몰고 번개처럼 달리어,
하늘로 올라가고 땅속으로 들어가고 하여 두루 찾았네.
위로는 하늘끝 아래로는 황천까지 다 뒤졌으나,
어느 곳에도 아득히 전혀 보이지 않았네.
문득 바닷속에 신선들 사는 산이 있는데,
산은 허무하고 까마득한 거리에 있다는 말 들었네.
누각과 궁전 영롱하고 오색 구름 이는데,
그 속에 아리따운 선녀들 많다고 하네.

그 속에 한 사람 있는데 자는 태진(太眞)이고,
눈 같은 살갗 꽃 같은 모습이 거의 비슷하다 하네.
금장식한 문 달린 서쪽 행랑채로 가서 옥문 빗장 두드리고,

하녀 소옥에게 말하게 하니 다시 하녀 쌍성(雙成)에게 알리네.
당나라 천자의 사신이 왔다는 말 듣고,
화려한 장막 안에서 꿈꾸던 혼령이 놀랐네.
옷자락 끌어올리며 베개 밀치고 일어나 서성거리는데,
구슬발 은병풍이 한겹한겹 열려지네.
구름 같은 머리 기울어져 잠자다 방금 깬 모습이요,
꽃 머리장식 매만지지도 않은 채 대청을 내려왔네.
바람에 불리어 신선의 옷 소맷자락 펄럭펄럭 날리니,
마치 예상우의무를 추는 듯하네.
옥 같은 얼굴 쓸쓸히 눈물 줄줄 흐르니,
배꽃 한 가지가 봄비에 젖는 듯하네.

정을 머금고 응시하는 눈으로 임금님께 감사드리며 말하였네.
한번 성상을 이별하자 서로 까마득하게 되었으니,
소양전(昭陽殿)에서 받던 은총은 끊어지고,
신선 사는 궁중 안은 세월만이 길답니다.
머리 돌려 아래쪽 사람들 사는 고장 바라보아도,
장안은 보이지 않고 먼지와 안개만 자욱합니다.
다만 옛 물건으로 깊은 정 표시하고자 하여,
자개 상자와 금비녀를 보내드리고자 합니다.
비녀는 한 가닥 남기고 상자는 한쪽 남겼으니,
비녀의 황금 쪼개지고 상자의 자개 깨어졌지만.
오직 마음만 금이나 자개처럼 굳게 가져 준다면,
하늘 위나 이 세상에서 반드시 다시 만나게 될 것입니다.

떠나올 때 은근히 거듭 말을 전하는데,
말 가운데 맹세 있어 두 마음만이 안다네.
7월 칠석날 장생전에서,

밤중 아무도 없는 곳에서 속삭일 때.
하늘에선 나래 붙은 두 마리 새 되고,
땅에선 가지 붙은 두 나무 되자 하였다네.
하늘 영원하고 땅은 오래 간다 해도 다하는 때 있을 것이나,
이 한 만은 끊임없어 다할 날 없으리라.

▲양귀비가 아침에 화장하는 모습. 명대 구영(仇英)의 그림

한황 중색사경국　　어우 다년구부득
漢皇[2]重色思傾國[3]하되,　御宇[4]多年求不得이라.

양가 유녀초장성　　양재심규인미식
楊家[5]有女初長成하니,　養在深閨人未識이라.

천생려질난자기　　일조 선재군왕측
天生麗質難自棄니,　一朝[6]選在君王側이라.

회두일소백미 생　　육궁 분대 무안색
回頭一笑百媚[7]生하니,　六宮[8]粉黛[9]無顏色이라.

춘한사욕화청지　　온천수활세응지
春寒賜浴華清池[10]러니,　溫泉水滑洗凝脂[11]라.

시아부기교무력　　시시신승은택시
侍兒扶起嬌無力하니,　始是新承恩澤時라.

운빈화안금보요　　부용장난도춘소
雲鬢花顏金步搖[12]요,　芙蓉帳暖度春宵라.

춘소고단일고기　　종차군왕부조조
春宵苦短日高起하니,　從此君王不早朝라.

승환시연무한가　　춘종춘유야전야
承歡侍宴無閑暇하여,　春從春遊夜專夜라.

후궁가려삼천인　　삼천총애재일신
後宮佳麗三千人이나,　三千寵愛在一身이라.

금옥 장성교시야　　옥루연파취화춘
金屋[13]粧成嬌侍夜하니,　玉樓宴罷醉和春이라.

자매제형개열토　　가련 광채생문호
姊妹弟兄皆列土[14]하니,　可憐[15]光彩生門戶라.

수령천하부모심　　부중생남중생녀
遂令天下父母心으로,　不重生男重生女라.

여궁 고처입청운　　선악풍표처처문
驪宮[16]高處入青雲하고,　仙樂風飄處處聞이라.

완가만무응사죽　　진일군왕간부족
緩歌慢舞凝絲竹하고,　盡日君王看不足이라.

어양 비고 동지래 경파예상우의곡
漁陽[17]鼙鼓[18]動地來하여, 驚破霓裳羽衣曲[19]이라.

구중성궐 연진생 천승만기서남행
九重城闕[20]煙塵生하고, 千乘萬騎西南行[21]이라.

취화 요요행부지 서출도문백여리
翠華[22]搖搖行復止하니, 西出都門百餘里라.

육군불발 무내하 완전아미 마전사
六軍不發[23]無奈何하여, 宛轉蛾眉[24]馬前死라.

화전 위지 무인수 취교 금작 옥소두
花鈿[25]委地[26]無人收하고, 翠翹[27]金雀[28]玉搔頭[29]라.

군왕엄면구부득 회수혈루상화류
君王掩面救不得하여, 回首血淚相和流라.

황애산만풍소삭 운잔 영우 등검각
黃埃散漫風蕭索한대, 雲棧[30]縈紆[31]登劍閣[32]이라.

아미산 하소인행 정기무광일색박
峨嵋山[33]下少人行하고, 旌旗無光日色薄이라.

촉강수벽촉산청 성주조조모모정
蜀江水碧蜀山青하니, 聖主朝朝暮暮情이라.

행궁견월상심색 야우문령 단장성
行宮見月傷心色이오, 夜雨聞鈴[34]斷腸聲이라.

천선지전 회룡어 도차주저불능거
天旋地轉[35]回龍馭[36]러니, 到此躊躇不能去라.

마외파 하니토중 불견옥안공사처
馬嵬坡[37]下泥土中에, 不見玉顏空死處라.

군신상고진점의 동망도문신마 귀
君臣相顧盡霑衣하니, 東望都門信馬[38]歸라.

귀래지원개의구 태액 부용미앙 류
歸來池苑皆依舊하니, 太液[39]芙蓉未央[40]柳라.

부용여면류여미 대차여하불루수
芙蓉如面柳如眉하니, 對此如何不淚垂오?

춘풍도리화개야
春風桃李花開夜요,
추우오동엽락시
秋雨梧桐葉落時라.

서궁 남원 다추초
西宮[41]南苑[42]多秋草하고,
낙엽만계홍불소
落葉滿階紅不掃라.

이원제자 백발신
梨園弟子[43]白髮新이오,
초방아감 청아 로
椒房阿監[44]靑娥[45]老라.

석전형비사초연
夕殿螢飛思悄然[46]하여,
고등도진 미성면
孤燈挑盡[47]未成眠이라.

지지경고 초장야
遲遲更鼓[48]初長夜요,
경경 성하욕서천
耿耿[49]星河欲曙天이라.

원앙와 냉상화 중
鴛鴦瓦[50]冷霜華[51]重하고,
비취금한수여공
翡翠衾寒誰與共고?

유유생사별경년
悠悠生死別經年이나,
혼백부증래입몽
魂魄不曾來入夢이라.

임공도사 홍도객
臨邛道士[52]鴻都客[53]이,
능이정신치혼백
能以精神致魂魄이라.

위감군왕전전 사
爲感君王展轉[54]思하여,
수교방사은근 멱
遂敎方士殷勤[55]覓이라.

배풍어기분여전
排風馭氣奔如電하고,
승천입지구지편
升天入地求之徧이라.

상궁벽락 하황천
上窮碧落[56]下黃泉[57]이라,
양처망망개불견
兩處茫茫皆不見이라.

홀문해상유선산
忽聞海上有仙山하니,
산재허무표묘 간
山在虛無縹緲[58]間이라.

누전영롱오운기
樓殿玲瓏五雲起하고,
기중작약 다선자
其中綽約[59]多仙子라.

중유일인자태진
中有一人字太眞이오,
설부화모참치 시
雪膚花貌參差[60]是라.

금궐서상 고옥경
金闕西廂[61]叩玉扃[62]하고,
전교소옥 보쌍성
轉敎小玉[63]報雙成[64]이라.

문도한가천자사　구화장 리몽혼경
聞道漢家天子使하고,　九華帳[65]裏夢魂驚이라.

남의 추침기배회　주박은병 리이 개
攬衣[66]推枕起徘徊할새,　珠箔銀屛[67]邐迤[68]開라.

운빈반편신수각　화관 부정하당래
雲鬢半偏新睡覺이오,　花冠[69]不整下堂來라.

풍취선메표표 거　유사예상우의무
風吹仙袂飄飄[70]擧하니,　猶似霓裳羽衣舞[71]라.

옥용적막루란간　이화일지춘대우
玉容寂寞淚闌干[72]하니,　梨花一枝春帶雨라.

함정응제 사군왕　일별음용 량묘망
含情凝睇[73]謝君王하되,　一別音容[74]兩渺茫[75]이라.

소양전 리은애절　봉래궁 중일월장
昭陽殿[76]裏恩愛絶이고,　蓬萊宮[77]中日月長이라.

회두하망인환처　불견장안견진무
回頭下望人寰處[78]로되,　不見長安見塵霧라.

유장구물표심정　전합금차 기장거
唯將舊物表深情하여,　鈿合金釵[79]寄將去라.

차류일고합일선　차벽황금합분전
釵留一股合一扇하니,　釵擘黃金合分鈿이라.

단령심사금전견　천상인간회상견
但令心似金鈿堅이면,　天上人間會相見이라.

임별은근중기사　사중유서량심지
臨別殷勤重寄詞하니,　詞中有誓兩心知라.

칠월칠일장생전　야반무인사어시
七月七日長生殿[80]에,　夜半無人私語時라.

재천원작비익조　재지원위련리지
在天願作比翼鳥[81]요,　在地願爲連理枝[82]라.

천장지구유시진　차한면면무절기
天長地久有時盡이나,　此恨綿綿無絶期라.

▲양귀비가 침향정(沈香亭)에서 비파를 연주하는 모습. 명나라 구영(仇英)의 그림.

註解 1) 長恨歌(장한가)－긴 한을 노래함. 당나라 현종의 양귀비에 대한 사랑을 노래한 시. 이 시에 이어 진홍(陳鴻)의 《장한가전(長恨歌傳)》이 나왔고, 원대 잡극(雜劇)의 대표작의 하나로 백박(白樸)의 〈오동우(梧桐雨)〉, 명대 전기(傳奇)로 도륭(屠隆)의 〈채호기(彩毫記)〉, 청대 전기의 대표작으로 홍승(洪昇)의 〈장생전(長生殿)〉이란 대작들을 나오게 하였다. 백거이 시의 대표작일 뿐만 아니라 장편시로서는 당시를 대표한다고도 할 것이다. 《백씨장경집》 권12에 실림. 2) 漢皇(한황)－한나라 황제. 본시 한 무제(武帝)를 뜻하나 여기서는 당 현종을 가리킨다. 뒤의 경국(傾國)이란 고사를 인용하고 있기 때문에 '한황'이란 말을 썼다. 3) 傾國(경국)－나라를 기울어뜨릴 만한 미인. 한 무제 때 이연년(李延年)이 임금에게 자기 누이 이부인(李夫人)을 추천하며 '북방에 미인 있으니(北方有佳人), 세상에 다시 없을 정도로 빼어났네(絕世而獨立). 한번 돌아보면 성을 기울게 하고(一顧傾人城)이오, 다시 돌아보면 나라를 기울게 한다네.(再顧傾人國)' 라고 노래부른 데서 나온 말(《漢書》 外戚傳). 4) 御宇(어우)－온 천하를 다스리다. 5) 楊家(양가)－양씨 집안. 양귀비는 본시 촉주(蜀州) 사호(司戶) 양현황(楊玄璜)의 딸로, 어렸을 때 숙부인 양현규(楊玄珪)의 집에서 자랐으며, 어렸을 적 이름이 옥환(玉環)이었다. 6) 一朝(일조)－하루아침. 양귀비는 개원(開元) 23년(735) 현종의 아들 수왕(壽王, 李瑁)의 비로 책봉되었으나, 현종이 보고 반하여 28년(740)에 양귀비를 도사로 만들어 태진(太眞)이라 이름을 바꾸고 태진궁(太眞宮)에 머물게 하다가 천보(天寶) 4년(745)에 귀비로 책봉하고 총애를 극진히 하였다. 7) 百媚(백미)－온갖 아리따움, 여러 가지 아름다운 모양. 8) 六宮(육궁)－왕의 후비(后妃)들이 지내는 궁전(《周禮》 天官 鄭司農 注). 9) 粉黛(분대)－흰 분과 검은 눈썹을 그리는 화장품. 여기서는 곱게 화장한 여자들을 가리킴. 10) 華淸池(화청지)－여산(驪山)에 있는 온천 이름. 온천궁(溫泉宮)을 천보 6년(747)에 화청궁이라 개명하고, 온천지(溫泉池)도 화청지라 불렀다. 11) 凝脂(응지)－엉긴 기름. 살갗이 매끄럽고 부드러운 것에 비유한 말. 《시경》 위풍(衛風) 석인(碩人) 시에 보임. 12) 步搖(보요)－머리장식의 일종. 금은으로 꽃가지 모양으로 만들고 진주와 구슬을 매달아, 머리에 꽂고 걸으면 흔들리어 보요라 불렀다. 13) 金屋(금옥)－금으로 장식

▲양귀비의 묘(서안(西安) 서쪽 마외(馬嵬)에 있다)

한 집. 화려한 방. 한나라 무제가 젊어서 '아름다운 여자를 구하면 금옥(金屋)에 지내게 하겠다'고 말한 데서(《漢武故事》) 나온 말. 14) 列土(열토)－땅을 쪼개 받다. 양귀비가 총애를 받은 뒤로 그의 언니들은 한국부인(韓國夫人)·괵국부인(虢國夫人)·진국부인(秦國夫人)으로 봉해졌고, 위 아래 형제들인 양섬관(楊銛官)은 홍로경(鴻臚卿), 양기관(楊錡官)은 시어사(侍御史), 양쇠(楊釗)는 국충(國忠)이란 이름을 하사받고 우승상(右丞相) 자리에 올랐다. 그래서 형제자매가 모두 땅을 봉해 받았다고 한 것이다. 15) 可憐(가련)－아름다운. 가애(可愛)와 같은 뜻. 16) 驪宮(여궁)－여산(驪山)의 궁전. 현종은 늘 양귀비와 이곳에서 즐겼다. 17) 漁陽(어양)－지금의 하북성(河北省) 계현(薊縣)·평곡현(平谷縣) 일대의 땅 이름. 천보(天寶) 원년(742) 하북도(河北道)의 계주(薊州)를 어양군(漁陽郡)이라 고쳤는데, 그때 평로(平盧)·범양(范陽)·하동(河東) 삼진(三鎭)의 절도사였던 안록산의 관할 지역이었고, 안록산은 여기에서 반란을 일으켰다. 18) 鼙鼓(비고)－옛날 군대에서 쓰던 작은 북 이름. 19) 霓裳羽衣曲(예상우의곡)－현종이 달나라 선녀들의 악무를 본떠서 작곡했다는 악곡 이름. 양귀비는 예상우의무를 잘 추었다 한다. 20) 九重城闕(구중성궐)－여기서는 구중궁궐(九重宮闕)이 있는 장안을 가리킴. 21) 西南行(서남행)－서남쪽으로 떠나가다. 안록산의 반군이 쳐들어오자 현종이 양국충의 건의에 따라 촉 땅으로 피란갔던 것을 가리킴. 22) 翠華(취화)－임금의 의장(儀仗)의 하나로 비취새 깃털로 장식한 깃대. 23) 六軍不發(육군불발)－온 군대가 나가지 않았다. 6군의 '군'은 군부대의 단위로 1만 2천5백 명. 옛날 천자에게는 6군이 있었다. 이때 현종의 피란길은 장군 진현례(陳玄禮)가 호위하였는데, 도중에 군인들이 나라를 망친 장본인들을 먼저 처결할 것을 주장하고 나아가지 않았다. 이에 현종은 부득이 양국충을 먼저 죽이고 양귀비도 자진케 하였다 한다. 24) 宛轉蛾眉(완전아미)－아름다운 미인. '완'은 완(婉)으로도 쓰며, '아미'는 나방 수염 같은 눈썹으로 미인을 뜻하고, 여기서는 양귀비를 가리킨다. 25) 花鈿(화전)－꽃비녀. '전'은 머리장식의 일종, 비녀 비슷한 물건. 26) 委地(위지)－땅에 버려지다. 27) 翠翹(취교)－비취새 긴 깃털 모양의 머리장식. 28) 金雀(금작)－봉황(鳳凰) 모양의 금으로 만든 머리장식. 29) 玉搔頭(옥소두)－옥으로 만든 머리장식, 비녀처럼 생김. 30) 雲棧(운잔)－구름 속으로 솟아오른 사다리길. '잔'은 사다리길. 31) 縈紆(영우)－감도는 모양, 꾸불꾸불 올라간 것. 32) 劍閣(검각)－사천성 검각현(劍閣縣) 북쪽 높고 낮은 검산(劍山) 사이에 있는 관문. 검문관(劍門關)이라고도 부름. 33) 峨嵋山(아미산)－사천성 아미현(蛾眉縣) 서남쪽에 있는 산 이름. 멀리서 보면 두 봉우리가 미인의 눈썹처럼 보인다 한다. '미'는 미(眉)로도 씀. 34) 夜雨聞鈴(야우문령)－밤에 빗속에서 말방울 소리를 듣다. 현종은 사천성으로 가는 사다리 길을 오르며 빗속에 말방울소리를 듣고 양귀비 생각이 간절하여 〈우림령(雨霖鈴)〉이란 곡을 지었다(《明皇別錄》). 35) 天旋地轉(천선지전)－하늘이 돌고 땅이 구르다. 세상이 바뀌어 곽자의(郭子儀)·이광필(李光弼) 등이 반군을 평정하고 당나라를 회복시킨 것을 가리킴. 36) 回龍馭(회룡어)－천자의 수레를 돌리다. 피란을 끝내고 장안으로 되돌아감을 뜻함. 37) 馬嵬坡(마외파)－장안 도성문을 나서서 백여 리 되는 곳에 있는 지명. 이곳에서 양귀비와 양국충이 죽었다. 38) 信馬(신마)－말에 맡기다, 말 하는

대로 몸을 맡기다. 39) 太液(태액)－궁중의 연못 이름. 장안 동북쪽 대명궁(大明宮) 함량전(含涼殿) 뒤쪽에 있었고, 가운데 태액정(太液亭)이 있었다. 40) 未央(미앙)－본시 한나라 궁전 이름. 장안 서북쪽에 있었고, 당대에도 있었다. 41) 西宮(서궁)－궁성의 서내(西內)로 태극궁(太極宮)이 있었다. 숙종(肅宗)은 상황(上皇)이 된 현종을 정치에 관여치 못하게 하려는 뜻에서 서궁에 머물게 했다(《新唐書》 宦者傳). 42) 南苑(남원)－궁성의 남내(南內). 흥경궁(興慶宮)이 있었다. 현종은 상황이 된 뒤 흥경궁에 있다 서내(西內)로 옮겼다(《新唐書》 地理志). 43) 梨園弟子(이원제자)－'이원'의 악공들. 현종은 수백 명의 남녀 악공을 모아 이원에서 음악을 익히게 하였고, 그곳 악공들을 이원제자라 불렀었다. 44) 椒房阿監(초방아감)－황후가 지내는 방에서 시중하던 궁녀. 황후의 방은 산초(山椒)를 흙에 개어 벽에 발라 보온을 하는 한편 향내로 사악한 기운을 쫓아냈음으로 초방이라 불렀고, 아감(阿監)은 당대에는 6품과 7품의 여관 칭호였다. 45) 青娥(청아)－젊은 미녀. 46) 悄然(초연)－시름이 되는 모양, 처연한 것. 47) 挑盡(도진)－등불 심지를 다 돋우어 태우는 것. 48) 更鼓(경고)－시각을 알리는 북. 49)

▲당나라 현종이 말을 타는 모습

耿耿(경경)－환한 모양, 밝은 모양. 50) 鴛鴦瓦(원앙와)－기와가 하나는 젖혀지고 하나는 엎어지는 암키와와 수키와가 겹쳐져 이어지므로 '원앙와' 라는 이름이 생겨났다. 51) 霜華(상화)－서릿발. 52) 臨邛道士(임공도사)－ '임공' 땅의 도사. 임공은 사천성 공래현(邛崍縣). 53) 鴻都客(홍도객)－ '홍도' 에 와서 나그네로 지내는 사람. 홍도는 낙양 북궁문(北宮門) 이름. 임공의 도사가 홍도문 앞에 와 머물고 있었던 것이다. 54) 展轉(전전)－이리 뒤척 저리 뒤척 잠 못 이루는 것. 《시경》 주남(周南) 관저(關雎) 시에 '전전반측(輾轉反側)' 이라 한 데서 나온 말. 전(展)과 전(輾)은 통함. 55) 殷勤(은근)－정성을 다해, 열심히. 은근(慇懃)으로도 씀. 56) 碧落(벽락)－푸른 하늘. 도가에서 쓰는 말임. 57) 黃泉(황천)－땅속, 저승. 58) 縹緲(표묘)－높고 먼 모양, 까마득한 것. 59) 綽約(작약)－아름다운 모양. 60) 參差(참치)－비슷한 것, 큰 차이가 없는 것. 본시는 들쭉날쭉한 모양. 61) 西廂(서상)－서쪽 행랑채. 62) 叩玉扃(고옥경)－옥문 빗장을 두드리다, 노크하다. 63) 小玉(소옥)－본시 오나라 임금 부차(夫差)의 딸 이름. 여기서는 양귀비의 하녀. 64) 雙成(쌍성)－본시는 서왕모(西王母)의 시녀(《漢武內傳》). 여기서는 신선 세상에 있는 양귀비의 시녀. 65) 九華帳(구화장)－극히 화려한 장막. '구' 는 많은 것을 뜻하며, 옛날에 기물이나 궁실을 꽃무늬로 장식한 것을 '구화' 라 불렀다. 66) 攬衣(남의)－옷자락을 끌어올리다. 급히 옷을 걸치고 옷자락을 손으로 잡은 채 행동하는 것. 67) 珠箔銀屛(주박은병)－구슬을 꿰어 만든 발과 은으로 장식한 병풍. 68) 邐迤(리이)－옆으로 연이어지는 것, 하나하나 계속 움직이는 것. 69) 花冠(화관)－꽃장식이 붙어 있는 여자들의 머리장식. 70) 飄飄(표표)－바람에 날리는 모양. 71) 霓裳羽衣舞(예상우의무)－양귀비가 생전에 현종 앞에서 잘 추던 춤. 72) 闌干(난간)－눈물을 줄줄 흘리는 모양. 73) 凝睇(응제)－응시, 한 곳만을 보는 것. 74) 音容(음용)－목소리와 얼굴. 여기서는 현종의 목소리와 얼굴임. 75) 渺茫(묘망)－ 까마득한 모양, 멀고 희미한 모양. 76) 昭陽殿(소양전)－본시 한나라 궁전 이름. 성제(成帝) 때 조비연(趙飛燕)의 여동생이 살던 궁전. 여기서는 당대 양귀비가 살던 궁전을 가리키는 말로 쓰임. 77) 蓬萊宮(봉래궁)－신선이 사는 봉래의 궁전. 78) 人寰處(인환처)－사람이 사는 고장. 79) 鈿合金釵(전합금차)－자개 상자와 금비녀. '합'은 상자, 갑, 합(盒)과 통함. 80) 長生殿(장생전)－당나라 궁전 이름. 화청궁(華淸宮)에 현종이 지었음(《唐會要》). 81) 比翼鳥(비익조)－두 마리 새의 나래 한쪽이 붙어 언제나 나란히 날아다닌다는 새(《史記》 封禪書). 82) 連理枝(연리지)－두 나무의 가지가 하나로 달라붙어 자라는 나무(《晉書》 元帝紀). '리'는 나무의 결을 가리킴.

解說 이 시는 현종과 양귀비의 아름답고도 슬픈 사랑 얘기를 노래한 것이다. 현종의 뜨거운 사랑은 많은 사람들의 심금을 울리어 글을 읽는 수많은 사람들이 이 시를 외웠다. 현종과 양귀비를 주제로 한 시로는 두보의 〈애강두(哀江頭)〉가 있다. 백거이는 〈애강두〉를 염두에 두고 이 시를 지었을 것이나, 사람들에게는 이 〈장한가〉가 더욱 널리 읽혔다. 같은 시대의 원진의 〈연창궁사(連昌宮詞)〉와 후대의 정우(鄭嵎)의 〈진양문시(津陽門詩)〉 등도 현종과 양귀비의 일을 노래한 것이나 〈장한가〉의 명성에는 미치지 못한다.

다시 산문으로 이 얘기를 쓴 것으로는 〈장한가전(長恨歌傳)〉 이외에도 〈양태진외전(楊太眞外傳)〉·〈개원천보유사(開元天寶遺事)〉 등이 있다. 그러나 현종과 양귀비의 사랑은 이 〈장한가〉를 통하여 사람들 가슴에 아름다움과 신비스러움을 못박았다.

▲현대무용가들이 '예상우의무'를 재현한 모습

비파행(琵琶行[1]) 병서(并序)

〔서〕 원화 10년(815) 나는 구강군(九江郡) 사마(司馬)로 좌천되었다. 그 다음 해 가을 분강(湓江)의 포구에서 손님을 전송하다가 어느 배 안에서 밤에 비파를 타는 소리를 들었다. 그 곡조를 들으니 맑게 울리는 장안의 가락이었다. 그 사람에게 찾아가 물으니, 본시는 장안의 기생이었는네 일찍이 목조이(穆曹二)란 명인에게서 비파를 배웠고, 나이들고 몸이 늙어가자 장사꾼의 부인으로 몸을 맡긴 처지라 하였다. 마침내 술을 시키고 그로 하여금 유쾌히 몇 곡을 타게 하였는데, 곡이 끝나자 슬픈 모습으로 스스로 젊었을 적의 즐거웠던 일을 얘기하며, 지금은 몰락하고 초췌해져 강호(江湖) 사이를 옮겨 다니고 있다 하였다. 나는 2년 동안 지방에 나와 벼슬하며 고요히 편안하게 지냈는데, 이 사람의 말에 감동되고 나서 그날 밤에야 비로소 귀양온 것 같은 느낌을 깨닫게 되었다. 그래서 긴 노래를 지어 그에게 바친다. 도합 616자로, 시 제목을 〈비파행〉이라 하는 바이다.

원화십년 여좌천구강군사마 명년추 송객
〔序〕 元和十年에 予左遷九江郡司馬라. 明年秋에 送客
분포구 문주중야탄비파자 청기음 쟁쟁연
湓浦口라가, 聞舟中夜彈琵琶者라. 聽其音하니, 錚錚然
유경도성 문기인 본장안창녀 상학비파어
有京都聲이라. 問其人하니, 本長安倡女로, 嘗學琵琶於
목조이선재 연장색쇠 위신위고인부
穆曹二善才러니, 年長色衰하여, 委身爲賈人婦라 하니라.
수명주사쾌탄수곡 곡파민연 자서소소시환
遂命酒使快彈數曲이러니, 曲罷憫然하여, 自敍少小時歡
락사 금표륜초췌 전사어강호간 여출관
樂事하고, 今漂淪憔悴하여, 轉徙於江湖間이라. 予出官
이년 염연자안 감사인언 시석시각유천
二年에, 恬然自安이러니, 感斯人言하고, 是夕始覺有遷

적의　　인위장구가이증지　　　범육백일십육언
謫意라. 因爲長句歌以贈之하나니, 凡六百一十六言이오,

명왈비파행
命曰琵琶行이라 하니라.

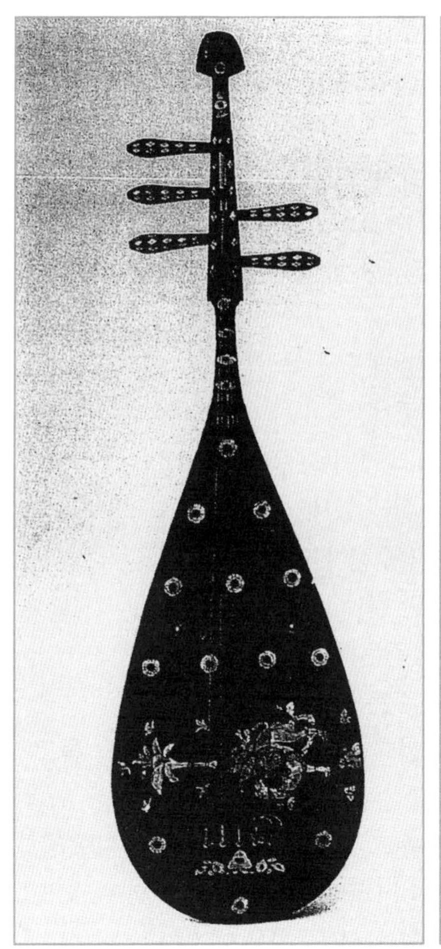

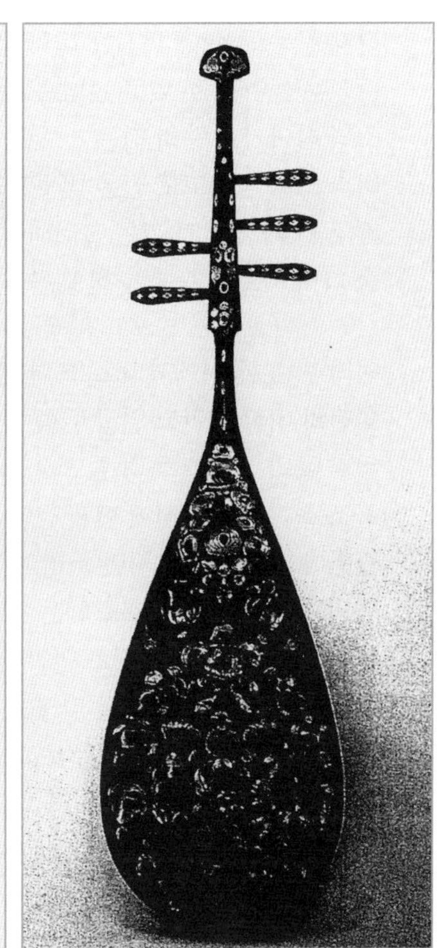

▲당대(唐代) 비파(琵琶)

심양 강가에서 밤에 손님을 전송하는데,
단풍잎 갈대꽃 위에 가을바람 쓸쓸하네.
주인은 말에서 내리고 손님은 배에 탔는데,
술잔 들어 마시려도 악기 반주도 없어,
취하여도 기쁘지지 않아 서글프게 작별하는데,
작별할 때 아득한 강물에는 달빛만 젖어 있었네.
그때 문득 물 위에 퍼지는 비파 소리 듣고,
주인은 돌아갈 것 잊고 손님은 떠나갈 것 잊었네.
소리 찾아가 은근히 타는 분 누구인가 물으니,
비파 소리 멈추고도 말은 머뭇거리기만 하네.
배 옮겨 가까이 가 그를 불러내어 만나주기 요청하며,
술 다시 따르고 등불 밝힌 다음 다시 잔치 벌였네.

여러 번 부른 뒤에야 비로소 나왔는데,
여전히 비파를 안고 얼굴 반쯤 가렸네.
비파 끝의 조리개 돌려 줄 조이고 디덩덩 줄 뜯어보는데,
곡조를 이루기도 전에 먼저 정이 실려 있네.
줄마다 마음 억누르지만 소리마다 슬픔 실려,
평생의 불우한 정을 호소하는 것만 같네.
눈 내려깔고 손 가는 대로 연이어 뜯는데,
마음 속의 무한한 일들을 다 말해주는 듯하네.
왼손가락으로 줄 가벼이 누르고 천천히 비비며 오른손으로는 뜯고 튕기고 하면서,
처음엔 예상우의곡(霓裳羽衣曲) 뜯고 뒤에는 육요(六幺) 연주했네.
굵은 줄은 소리 낮고도 잦아 소낙비 내리는 듯,
가는 줄은 소리 가늘고도 애절하여 사정(私情)을 얘기하는 듯,
낮은 소리 가는 소리 엇섞어 뜯으니,
큰 구슬 작은 구슬들이 옥쟁반에 떨어지는 듯하고,

맑고 고운 꾀꼬리 소리 꽃가지 밑에 미끄러지듯,
그윽히 흐느끼는 샘물에 떠 얼음덩이 여울물에 떠내려가는 듯하네.
얼음 샘물 차서 걸리어 막히듯 줄 엉기어 끊어졌는가,
엉기어 끊어진 듯 줄 소리 잠시 멎는데,
각별히 그윽한 시름 솟고 남 모르는 한 생겨나니,
이런 때 소리가 없는 것은 소리나는 것보다도 감동적이네.
다시 은병이 갑자기 깨어져 담겼던 물이 터져나오듯,
철갑 두른 기병이 돌진하여 칼과 창이 부딪쳐 소리내듯 하고,
곡을 끝내고 줄 채 빼어내어 비파 가슴 앞에 들고 한번 그으니
네 줄이 한꺼번에 비단 찢는 소리 내었네.
동쪽 배고 서쪽 배고 고요히 아무 소리 내지 못하고,
오직 강물 가운데 가을달 희게 비친 것만이 보였네.

생각에 잠겨있다 줄 채 거두어 줄 가운데 꽂아놓고,
옷 매무새 고치고는 일어나 얼굴빛 바로잡고는,
스스로 말하기를 "저는 본시 장안의 여자로,
하마릉(蝦蟆陵) 아래 있는 집에 살고 있었는데,
열세 살엔 비파를 잘 배워,
이름이 교방(敎坊)의 제일부에 올랐고,
한 곡 연주 끝나면 늘 비파의 명수들도 감복하였으며,
화장을 하면 언제나 추낭(秋娘)도 질투할 정도였답니다.
오릉(五陵)의 귀족 젊은이들도 제게 줄 선물 갖고 다투어,
한 곡 연주에 빨간 엷은 비단 수없이 받았고,
자개 박은 은빗을 장단 맞추느라 부서뜨리기 일쑤였으며,
핏빛 비단치마를 엎지른 술에 더럽히기도 하였지요.
올해도 즐기며 웃고 다시 다음 해도 그렇게 하며,
가을달 봄바람을 아무 시름없이 보냈지요.

그러다가 아우는 전쟁에 나가게 되고 양어머니는 죽고,
저녁 가고 아침 오는대로 얼굴빛 낡아지자,
문앞 쓸쓸하여져 손님들의 안장 얹은 말 보기 드물게 되니,
나이들어 시집가 장사꾼 마누라 되었지요.
장사꾼은 이익만 소중히 여기지 이별은 가벼이 여기는지라
전달에 부량(浮梁)으로 차를 사러 갔지요.
저는 이 강 어귀를 왔다갔다하며 빈 배 지키고 있는데,
밝은 달 배를 둘러싸고 강물은 싸늘하여,
밤 깊은 때 갑자기 젊었을 적 꿈이라도 꾸면,
꿈에 우느라 화장 지운 눈물 붉게 줄줄 흐른답니다."

"내 비파 가락 듣고 이미 탄식했거니와,
또 이 말 들으니 거듭 한숨만 나오는구려.
똑같이 하늘가에 몰락한 사람이거늘,
서로 만나 얘기함에 어찌 반드시 전부터 안 사람 따질 것 있겠나?
나는 지난해 서울을 떠난 뒤로,
귀양살이로 심양성(潯陽城)에 병들어 누워 있었다네.
심양 땅은 편벽되어 음악이란 없고,
일 년 내내 악기 소리라곤 듣지를 못하였네.
사는 곳 분강(湓江)에 가까워 땅 낮고 습하고,
누런 갈대와 대숲이 집 둘레에 자라 있네.
그런 속에서 아침저녁 무슨 소리 들리겠나?
두견새 피 토하며 울고 원숭이 슬피 우는 소리뿐.
강에서 봄의 꽃피는 아침이나 가을의 달 밝은 밤이 되면
늘 술이나 가져오게 하여 홀로 잔을 기울였다네.
어찌 농부들의 산가(山歌)와 마을 사람들의 피리조차 없기야 하겠는가?
소리가 잡되고 시끄러워 듣기에 난감하더라.
오늘 밤 그대의 비파 연주 듣고 나니,

마치 신선의 음악 들은 듯 귀 잠깐 사이에 깨끗해진 것 같네.
제발 사양말고 다시 앉아 한 곡조 더 뜯어 주게나.
그대 위해 글로 옮겨 비파행(琵琶行) 지어줄 것이니."

내 이 말에 감동된 듯 한참 서 있다가,
물러앉아 잽싸게 줄 튕기니 줄 가락 다급해져,
슬프기 먼저 곡과 같지 않아,
그 자리 사람들 모두 듣고는 눈물 닦으며 울었는데.
그 중에서도 눈물을 누가 가장 많이 흘렸던가?
강주사마(江州司馬)인 내 푸른 저고리 눈물에 흠뻑 젖었네.

심 양 강 두 야 송 객 潯陽江[2]頭夜送客이러니,	풍 엽 적 화 추 슬 슬 楓葉荻花[3]秋瑟瑟[4]이라.
주 인 하 마 객 재 선 主人下馬客在船하고,	거 주 욕 음 무 관 현 擧酒欲飮無管絃하여,
취 불 성 환 참 장 별 醉不成歡慘將別[5]하니,	별 시 망 망 강 침 월 別時茫茫江浸月이라.
홀 문 수 상 비 파 성 忽聞水上琵琶聲하고,	주 인 망 귀 객 불 발 主人忘歸客不發이라.
심 성 암 문 탄 자 수 尋聲暗問彈者誰하니,	비 파 성 정 욕 어 지 琵琶聲停欲語遲[6]라.
이 선 상 근 요 상 견 移船相近邀相見하고,	첨 주 회 등 중 개 연 添酒回燈重開宴이라.
천 호 만 환 시 출 래 千呼萬喚始出來러니	유 포 비 파 반 차 면 猶抱琵琶半遮面이라.
전 축 발 현 삼 량 성 轉軸[7]撥絃[8]三兩聲하니,	미 성 곡 조 선 유 정 未成曲調先有情이라.
현 현 엄 억 성 성 사 絃絃掩抑[9]聲聲思[10]하여,	사 소 평 생 부 득 지 似訴平生不得志라.

저미신수속속탄
低眉信手續續彈하니,
설진심중무한사
說盡心中無限事라.

경롱 만연 발부도
輕攏[11]慢撚[12]撥復挑[13]하니,
초위예상 후륙요
初爲霓裳[14]後六幺[15]라.

대현조조 여급우
大絃嘈嘈[16]如急雨하고,
소현절절 여사어
小絃切切[17]如私語라.

조조절절착잡탄
嘈嘈切切錯雜彈하니,
대주소주락옥반
大珠小珠落玉盤이라.

간관 앵어화저활
間關[18]鶯語花底滑하고,
유열 천류빙하탄
幽咽[19]泉流冰下灘[20]이라.

빙천냉삽 현응절
冰泉冷澁[21]絃凝絕[22]하니,
응절불통성잠헐
凝絕不通聲暫歇[23]이라.

별유유수암한생
別有幽愁暗恨生하니,
차시무성승유성
此時無聲勝有聲이라.

은병사파 수장병
銀瓶乍破[24]水漿迸[25]하고,
철기돌출도창명
鐵騎突出刀鎗鳴[26]이라.

곡종추발 당심획
曲終抽撥[27]當心畫[28]하니,
사현일성여렬백
四絃一聲如裂帛이라.

동선서방초 무언
東船西舫悄[29]無言하고,
유견강심추월백
唯見江心秋月白이라.

침음 수발삽현중
沈吟[30]收撥揷絃中하고,
정돈의상기렴용
整頓衣裳起斂容[31]이라.

자언본시경성 녀
自言本是京城[32]女로,
가재하마릉 하주
家在蝦蟆陵[33]下住라.

십삼학득비파성
十三學得琵琶成하여,
명속교방 제일부
名屬教坊[34]第一部[35]라.

곡파상교선재 복
曲罷常教善才[36]服하고,
장성매피추낭 투
妝成每被秋娘[37]妬라.

오릉 연소쟁전두
五陵[38]年少爭纏頭[39]하니,
일곡홍초부지수
一曲紅綃不知數라.

전두은비 격절쇄
鈿頭銀篦[40]擊節碎하고,
혈색라군번주오
血色羅裙翻酒汚라.

금년환소부명년 추월춘풍등한도
今年歡笑復明年하니, 秋月春風等閑度[41]라.

제주종군아이 사 모거조래안색고
弟走從軍阿姨[42]死하고, 暮去朝來顏色故[43]라.

문전냉락 안마희 노대 가작상인부
門前冷落[44]鞍馬稀[45]하니, 老大[46]嫁作商人婦라.

상인중리경별리 전월부량 매차거
商人重利輕別離하여, 前月浮梁[47]買茶去라.

거래강구수공선 요 선명월강수한
去來江口守空船하니, 遶[48]船明月江水寒이라.

야심홀몽소년사 몽제장루홍란간
夜深忽夢少年事하여, 夢啼粧淚紅闌干[49]이라.

아문비파이탄식 우문차어중즉즉
我聞琵琶已歎息이오, 又聞此語重喞喞[50]이라.

동시천애윤락인 상봉하필증상식
同是天涯淪落人[51]이어늘, 相逢何必曾相識고?

아종거년사제경 적거와병심양성
我從去年辭帝京으로, 謫居臥病潯陽城이라.

심양지벽무음악 종세불문사죽성
潯陽地僻無音樂하여, 終歲不聞絲竹聲이라.

주근분강 지저습 황로 고죽 요댁생
住近湓江[52]地低濕하고, 黃蘆[53]苦竹[54]遶宅生이라.

기간단모문하물 두견제혈 원애명
其間旦暮聞何物고? 杜鵑啼血[55]猿哀鳴이라.

춘강화조추월야 왕왕취주환독경
春江花朝秋月夜에, 往往取酒還獨傾이라.

기무산가 여촌적 구아조찰 난위청
豈無山歌[56]與村笛고? 嘔啞嘲哳[57]難爲聽이라.

금야문군비파어 여청선악이잠 명
今夜聞君琵琶語하니, 如聽仙樂耳暫[58]明이라.

막사갱좌탄일곡 위군번작 비파행
莫辭更坐彈一曲하라, 爲君翻作[59]琵琶行하리라.

감 아 차 언 양 구 립
感我此言良久立이라가,

각 좌 촉 현 현 전 급
却坐[60]促絃[61]絃轉急이라.

처 처 불 사 향 전 성
凄凄[62]不似向前聲하여,

만 좌 문 지 개 엄 읍
滿坐聞之皆掩泣[63]이라.

취 중 읍 하 수 최 다
就中泣下誰最多오?

강 주 사 마 청 삼 습
江州司馬[64]青衫[65]濕이라.

註解 1) 琵琶行(비파행)－비파의 노래. 비파는 4현으로 목이 길고 배가 넓은 악기 이름. 본시 서역 악기로 한대에 들어와 유행하였다. 이 시는 백거이가 구강군(九江郡) 사마(司馬)로 좌천되어 있을 때(元和 11年, 816) 심양강(潯陽江) 분포구(湓浦口)에서 친구를 전송하다 비파 타는 여자를 만났던 감흥을 노래한 것이다. 《백씨장경집》 권12에 실려 있다. 2) 潯陽江(심양강)－강서성(江西省) 구강현(九江縣) 북쪽 부근의 장강의 별명. 3) 荻花(적화)－갈대꽃, 흰 갈대꼬리. 4) 瑟瑟(슬슬)－가을바람이 설렁설렁 소리내며 부는 모양. 5) 慘將別(참장별)－슬프게 작별하려 하다. 6) 欲語遲(욕어지)－말이 더디려 하다, 바로 대답하지 못하고 머뭇거리다. 7) 轉軸(전축)－비파 목 끝의 조리개를 돌려 줄을 팽팽히 조이는 것. 8) 撥絃(발현)－줄을 아무렇게나 뜯어보는 것, 소리를 시험하는 것. 9) 絃絃掩抑(현현엄억)－줄줄이 감정을 가리고 억누르듯 은근한 소리를 내는 것. 10) 聲聲思(성성사)－소리마다 슬픔이 실리다, 소리마다 그리움이 실리다. 11) 輕攏(경롱)－가벼이 누르다. '롱'은 비파를 연주할 때 왼손가락으로 줄을 가벼이 누르는 것. 12) 慢撚(만연)－천천히 손끝으로 비비는 것. '연'은 왼손가락으로 줄을 누른 다음 농현(弄絃)을 하는 것. 13) 撥復挑(발부도)－줄을 뜯고 또 튕기는 것. '발'과 '조'도 오른손으로 연주할 때 현을 다루는 방법임. 14) 霓裳(예상)－예상우의곡(霓裳羽衣曲). 당 현종이 작곡했다는 음악. 15) 六幺(육요)－녹요(綠腰), 녹요(彔要)라고도 부르는 당대에 성행된 대곡(大曲) 이름. 幺(요)는 속자(俗字)임. 16) 大絃嘈嘈(대현조조)－굵은 줄은 낮고 잦은 소리를 내다. '조조'는 보통 경우에는 시끄러운 소리를 형용한다. 17) 小絃切切(소현절절)－가는 줄은 소리가 가늘고도 애절한 것, '절절'은 슬픈 것, 간절한 것, 가늘고 빠른 것 등을 형용한다. 18) 間關(간관)－소리가 맑고 아름답게 울리는 것. 19) 幽咽(유열)－그윽히 흐느끼다. 20) 冰下灘(빙하탄)－얼음이 여울물에 떠내려가는 것. 21) 冷澁(냉삽)－차가워져 걸리다. 물 위의 찬 얼음덩이들이 서로 걸리어 붙어 떠내려가지 않는 것. 22) 絃凝絕(현응절)－줄이 엉기어 끊어지다. 23) 蹔歇(잠헐)－잠시 멈추다. '잠'은 잠(暫)으로도 씀. 24) 乍破(사파)－갑자기 깨지다. 25) 水漿迸(수장병)－물과 장이 흩어지다, 병 안의 물이나 장이 터져 흩어지다. 26) 刀鎗鳴(도창명)－칼과 창이 서로 부딪쳐 소리내다. 27) 抽撥(추발)－줄 채를 빼어내다. '발'은 현을 뜯을 때 쓰는 물건, 줄 채. 28) 當心畫(당심획)－비파를 들어 '가슴에 대고 줄 채로 줄을 긋다'. 29) 悄(초)－고요한 것, 근심하는 것. 30) 沉吟(침음)－생각에 잠기는 것. 31) 斂容(염용)－얼굴빛을 바로잡다, 몸가짐을 바로잡다. 32) 京城(경성)－서울, 장안. 33) 蝦蟆陵(하마릉)－장안 동쪽에 있는 한나라 동중서(董仲舒)의 능. 그는 대학자여서 무제도 그 앞에서는 말 위에서 내렸다 하여 하마릉(下馬陵)이라 부르던 것이 하마릉(蝦蟆陵)으로 달리 전해지게 되었다. 34) 名屬教坊(명속교방)－이름이 교방에 오르다. 교방은 당 현종이 개설했던 음악 관서. 35) 第一部(제일부)－일류 악공들의 부서. 36) 善才(선재)－훌륭한 재능을 지닌 사람. 여기선 비파의 명수. 37) 秋娘(추낭)－옛날 기생 이름. 38) 五陵(오릉)－장안 성 밖에 한대 다섯 임금의 능이 있는 곳. 뒤에는 황족과 귀족들이 이곳에 몰려 살았다. 39) 纏頭(전두)－악공이나 기생에게 예물로 주던 물건. 흔히 비단을 머리에 감아주어 전두라 부르게 되었다. 40) 鈿頭銀篦(전두은비)－머리 쪽을 자개를 박아 장식한 은으로 만든 머리빗. 41) 等閑度(등한도)－아무 걱정없이 보내다. '등한'은 아무 생각도 없는 것, 걱정없고 여유가 있는 것. 42) 阿姨(아이)－양모, 기생들의 양어머니. 43) 顏色故(안색고)－얼굴빛이 낡아지다, 몹시 늙는 것. 44) 冷落(냉락)－ 싸늘하게 시드는 것, 쓸쓸해지는 것. 45) 鞍馬稀(안마희)－안장을 올려놓는 일이 드물게 되다, 말 타고 찾아오는 부자들이 드물게 되다. 46) 老大(노대)－나이가 들다. 47) 浮梁(부량)－차(茶)의 명산지인 강서성(江西省) 부량현(浮梁縣)임. 48) 遶(요)－둘리다, 감싸다, 얽다. 요(繞)와 통함. 49) 紅闌干(홍란간)－붉게 줄줄 흐른다. '난간'은 줄줄 흐르는 것.

50) 喞喞(즉즉)－연이어 탄식하는 모양. 보통은 소리가 요란한 것을 형용하는 말임. 51) 淪落(윤락)－몰락하다, 타락하다. 52) 湓江(분강)－강서성(江西省) 구강현(九江縣)에서 장강으로 합쳐지는 강물 이름. 53) 黃蘆(황로)－누런 갈대. 54) 苦竹(고죽)－대나무의 일종. 이 죽순은 먹을 수 있고, 이 대로는 바구니나 가구들을 많이 만든다. 55) 杜鵑啼血(두견제혈)－주나라 말엽 촉왕(蜀王) 두우(杜宇 : 望帝)가 죽은 뒤 두견새가 되었다 한다(《華陽國志》). 그리고 두견새가 피를 토하고 울어 그 피가 두견화(杜鵑花)가 되었다 한다. 두견의 전설 자체에는 슬픈 게 없으나 두견새 울음소리가 애절하여 후세 문인들은 두견과 슬픔을 관련시키고 있다. 56) 山歌(산가)－산 사람의 노래. 사실은 농촌의 민요. 57) 嘔啞嘲哳(구아조찰)－소리가 잡되고 시끄러운 것. 58) 蹔(잠)은 暫(잠)과 동자(同字)로 잠시 잠깐. 갑자기. 별안간의 뜻. 59) 翻作(번작)－옮겨 짓다. 비파 곡조의 뜻을 글로 옮겨 쓰는 것. 60) 却坐(각좌)－물러나 앉다, 물러서서 제자리에 앉는 것. 61) 促絃(촉현)－빠른 동작으로 줄을 뜯는 것. 62) 凄凄(처처)－싸늘한 모양, 쓸쓸한 모양. 여기서는 처(悽)와 통하여 슬픈 모양. 63) 掩泣(엄읍)－눈을 닦으며 우는 것. 64) 江州司馬(강주사마)－백거이 자신을 가리킴. 65) 靑衫(청삼)－파란 저고리. '삼'은 웃옷의 일종.

解說 앞에 보인 〈장한가〉와 함께 백거이의 시를 대표한다고 할 장시이다. 장시이면서도 전편의 얘기 속에 깃들인 서정이 독자들의 심금을 울린다. 특히 여인의 파란 많은 생애를 통하여 자신의 처경을 되돌아보고 있는 시인의 마음이 더욱 독자들의 공감을 불러일으키는 듯하다.

아내에게 바침(贈內)

살아서는 한 집 식구로 지내다가
죽어서는 한 구덩이 먼지 됩시다.
남들과도 잘 지내려 힘쓰거늘
하물며 나와 당신 사이랴!

옛날 검루(黔婁)는 매우 가난한 선비였지만
처가 현명하여 그들의 가난도 잊었고,
기결(冀缺)은 한 사람의 농부였지만
처는 남편을 손님처럼 공경히 모셨다 하며,
도연명(陶淵明)은 생업이 없어도
부인 적씨(翟氏)는 스스로 알아서 살림을 했고,
양홍(梁鴻)은 벼슬도 하려하지 않았으나
처 맹광(孟光)은 무명치마 달갑게 입고 지냈다 하오.
당신 비록 책 읽지 않았다 해도
이런 일들 잘 들어 알고 있으리라.
지금 와선 천 년 전의 일이지만
어떤 사람들이라 전해지고 있나요?
사람이 나서 죽지 않는 동안엔
자기 몸 잊을 수는 없는 일이지만,
꼭 필요한 건 옷과 음식이오,
배부르고 따스하면 그만이네.
채식도 주림을 채우기엔 충분하거늘
어찌 꼭 기름지고 진귀한 음식이어야만 할 것이며,
명주와 솜도 추위를 막기에 충분하거늘
어찌 꼭 무늬 수놓인 비단옷이어야만 하겠소?
당신 집안엔 대대로 전해오는 가훈이 있어
자손들에게 청렴결백하라 가르쳤다는데,
나 역시 곧게 애쓰는 선비라서
당신과 지금 결혼하게 된 거지요.
제발 가난함과 소박함 보전하면서
함께 해로하고 즐겁게 삽시다.

생 위 동 실 친　　　사 위 동 혈 진
生爲同室親이오,　死爲同穴塵이라.

타 인 상 상 면　　　이 황 아 여 군
他人尙相勉이어늘,　而況我與君고!

검 루 고 궁 사　　　처 현 망 기 빈
黔婁[1]固窮士로되,　妻賢忘其貧이오,

기 결 일 농 부　　　처 경 엄 여 빈
冀缺[2]一農夫로되,　妻敬儼如賓이라.

도 잠 불 영 생　　　적 씨 자 찬 신
陶潛[3]不營生이로되,　翟氏自爨薪[4]이오,

양 홍 불 긍 사　　　맹 광 감 포 군
梁鴻[5]不肯仕로되,　孟光甘布裙[6]이라.

군 수 불 독 서　　　차 사 이 역 문
君雖不讀書로되,　此事耳亦聞이라.

지 차 천 재 후　　　전 시 하 여 인
至此千載後에,　傳是何如人고?

인 생 미 사 간　　　불 능 망 기 신
人生未死間엔,　不能忘其身이라.

소 수 자 의 식　　　불 과 포 여 온
所須者衣食이나,　不過飽與溫[7]이라.

소 식 족 충 기　　　하 필 고 량 진
蔬食足充飢어늘,　何必膏粱珍[8]고?

증 서 족 어 한　　　하 필 금 수 문
繒絮[9]足禦寒이어늘,　何必錦繡文고?

군 가 유 이 훈　　　청 백 유 자 손
君家有貽訓하니,　淸白遺子孫이라.

아 역 정 고 사　　　여 군 신 결 혼
我亦貞苦士[10]로,　與君新結婚이라.

서 보 빈 여 소　　　해 로 동 흔 흔
庶保貧與素하고,　偕老同欣欣[11]이라.

註解 1) 黔婁(검루)－춘추(春秋)시대 제(齊)나라 사람. 올바른 몸가짐으로 깨끗하고 가난하게 살면서 벼슬을 하지 않았다. 노(魯)나라 공공(恭公)이 재상으로 삼고자 하였으나 응하지 않았고, 제(齊)나라 위왕(威王)도 경(卿)으로 모시고자 하였으나 나아가지 않았다. 그러나 제나라에 적이 침공해 왔을 적마다 그가 나가서 막을 계책을 알려주었다. 뛰어난 능력을 지니고도 극히 가난하게 살았지만 그의 처는 현명하여 바르고 곧은 그의 남편을 잘 이해하고 있었다. 2) 冀缺(기결)－춘추시대 진(晉)나라 사람. 농사를 짓고 살면서도 자기 처와 손님을 대하듯 서로 공경하였다 한다. 친구가 진나라 문공(文公)에게 추천하여 하군대부(下軍大夫)가 되었고, 그 뒤로 나라를 위하여 크게 활약하였다. 3) 陶潛(도잠)－동진(東晉)의 대시인 도연명(陶淵明). 적씨(翟氏)는 그의 부인. 4) 爨薪(찬신)－불을 때어 밥을 짓고, 밥을 지을 나무를 해 오는 것. 곧 살림을 하는 것. 5) 梁鴻(양홍)－동한(東漢) 때의 사람. 올바른 기개가 있는 곧은 사람으로, 많은 공부를 했으면서도 노동을 하면서 가난하게 살았다. 맹광(孟光)은 그의 처 이름. 검소한 생활을 하면서 남편이 일을 하고 돌아오면 밥을 지어 '밥상을 높이 들고 와서(擧案齊眉)' 남편을 모셨다. 6) 甘布裙(감포군)－허름한 무명치마를 입고 달갑게 지내는 것. 7) 飽與溫(포요온)－배부름과 따스함. 8) 膏粱珍(고량진)－ 진귀한 기름지고 좋은 음식. 9) 繒絮(증서)－명주와 솜, 명주나 솜으로 만든 옷. 10)貞苦士(정고사)－곧으면서도 고생하며 살아가는 선비. 11) 欣欣(흔흔)－기쁘게 살아가는 모양.

解說 백거이가 36살 때(807) 홍농(弘農)지방 명문인 양씨(楊氏) 집안의 딸과 결혼한 뒤 지은 시라 한다. 일찍이 자손을 낳아 가계를 잇도록 하는 것이 효도의 으뜸이어서 모두 조혼을 하던 습관이 있던 중국이니, 이 결혼이 초혼일 수는 없을 것이다. 어떻든 서른여섯이란 나이에 명문가 딸에게 장가들었으니 기쁘기도 하려니와 그 아내가 남달리 소중하게 여겨졌을 것이다. 그래서 지은 것이 이 시이다. 이 뒤로도 백거이는 〈아내에게 부침(寄內)〉·〈배에서 밤에 아내에게 바침(舟夜贈內)〉 등의 시를 계속 짓고 있는 것을 보면, 백거이의 아내에 대한 사랑은 남달랐음을 알게 된다.

백거이는 이 시에서 자기 아내가 된 사람에게 자신의 결혼관과 처세관을 밝히며 함께 깨끗하고도 소박한 일생을 보낼 것을 바라고 있다. 그리고 시의 많은 부분을 옛 명인들의 보기를 들어가며 아내는 남편을 도와 올바르고 깨끗하게 살아가야 함을 강조하고 있다.

이때 백거이는 이미 진사(進士)가 된 뒤 교서랑(校書郎)·집현교리(集

賢校理) 등의 벼슬을 거쳐 한림학사(翰林學士) 자리에 있었다. 그리고 당(唐) 현종(玄宗)과 양귀비(楊貴妃)의 사랑을 노래한 긴 시 〈장한가(長恨歌)〉의 작자로 대단한 명성을 떨치고 있었지만 생활은 여전히 청빈하였던 것 같다. 그의 아내 양씨가 부유한 대갓집 규수였기 때문에 특히 가난하면서도 깨끗하고 바른 생활을 강조하였을 것이다.
그의 시는 시종 설교조의 말투여서 시답지 않게 느껴져, 독자들은 작자의 아내에 대한 사랑이나 결혼의 기쁨 같은 정은 놓쳐버리기 쉽다. 그러나 시를 잘 음미해 보면 설교조가 실은 아내에 대한 알뜰한 관심의 표현임을 알게 된다. 그리고 특히 "살아서는 한 집 식구로 지내다, 죽어서는 한 구덩이 먼지 됩시다."고 하는 첫머리 구절과 "제발 가난함과 소박함 보전하면서, 함께 해로하며 즐겁게 사라갑시다."고 하는 끝머리 구절의 권유에는 어떤 다른 요란하고 긴 표현보다도 진실하고 알뜰한 아내에 대한 사랑과 결혼에 대한 자신의 기쁨과 기대가 담기어 있음을 발견하게 된다.

다시 죽은 딸을 가슴아파함(重傷小女子)

사람이 말을 배우며 침대에 기대어 걸을 적에는
곱기가 꽃송이 같고 귀엽기 옥과 같다네.
겨우 사랑을 아는 세 살이 되어
동서도 분간 못하면서 일생을 마쳤다네.
너는 하상(下殤)도 아니라서 장례도 치르지 않았는데,
나는 성인이 아니어늘 어찌 슬픈 정을 잊겠는가?
가슴 아프게 스스로 자기 둥지 잘 간수하지 못한 비둘기처럼 탄식하는데,
어린 병아리 떨어뜨려 죽이어 기르지 못하게 된 때문이라네.

학인언어빙상행　　　눈 사화방 취 사경
學人言語憑牀[1]行엔,　　嫩[2]似花房[3]脆[4]似瓊[5]이라.

재 지은애영삼세　　　미변동서과일생
纔[6]知恩愛迎三歲하여,　　未辨東西過一生이라.

여 이 하 상 응 쇄 례　　　　오 비 상 성 거 망 정
汝異下殤[7]應殺禮[8]어늘, 吾非上聖詎[9]忘情고?

상 심 자 탄 구 소 졸　　　　장 타 춘 추 양 불 성
傷心自歎鳩巢拙[10]하니, 長墮春雛養不成이로다.

註解 1) 憑牀(빙상) - 침대에 기대다, 걸상에 의지하다. 2) 嫩(눈) - 고운 것, 예쁜 것. 3) 花房(화방) - 꽃송이. 4) 脆(취) - 무르다, 약하다. 5) 瓊(경) - 옥. 6) 纔(재) - 겨우, 방금. 7) 下殤(하상) - 사람이 어른이 되지 못하고 죽는 것. 19세에서 16세 사이에 죽는 것을 장상(長殤), 15세에서 12세 사이는 중상(中殤), 11세에서 8세 사이에 죽는 것을 '하상' 이라 하였다. "하상이 아니라"는 것은 8세도 되기 전에 죽은 것이다. 8) 殺禮(쇄례) - 장례를 치르지 않는 것. 9) 詎(거) - 어찌. 10) 鳩巢拙(구소졸) - 비둘기가 둥지를 졸렬하게 다루는 것, 비둘기가 새끼를 낳고 자기 둥지를 잘 간수하지 못 하는 것.

解說 일찍 죽은 딸을 가슴아파하며 지은 시이다. 백거이는 〈금란의 돌날에(金鑾子晬日)〉 시에서는 딸은 귀찮기만 한 존재라고 말하면서도 딸에 대한 사랑을 노래하고는 끝머리에 "만약 일찍이 죽는 재난만 없다면, 곧 시집을 보내야 할 책임이 있으니, 나의 산속으로 들어가 살려는 계획도, 15년은 늦추어 지겠네.(若無夭折患, 則有婚嫁牽. 使我歸山計, 應遲十五年.)" 하고 읊고 있다. 딸 때문에 세상일로부터 손을 떼는 시기를 15년이나 늦추게 된다는 것은 자기의 기쁨의 표현인 것 같다. 그러나 여기에 소개한 시에서 딸의 돌날에 "일찍 죽는" 요절(夭折)을 입에 담고 있어서 불길해진 것 같은 느낌도 든다. 어떻든 자신도 앓고 있다가 딸의 죽음을 듣고 슬퍼한 「병중에 딸 금란을 곡함(病中哭金鑾子)」 시에서는 "누어있다 놀라서 베개 밀치고, 부축 받고 곡하며 등불 앞으로 다가가네.--- 사랑의 눈물은 울음소리 따라 터져 나오고, 슬픈 창자는 물건을 대할 적마다 저려오네. 입던 옷 아직도 옷걸이에 걸려있고, 먹다 남은 약은 그대로 머리맡에 있네.(臥驚從枕上, 扶哭就燈前.--- 慈淚隨聲迸, 悲腸遇物牽. 故衣猶架上, 殘藥尙頭邊.)" 하며 통곡하고 있다. 딸이 죽은 지 3년 되던 해에 지은 〈딸 금란을 생각하며(念金鑾子)〉 시에서도 "하로 아침에 날 버리고 가버리니, 혼이고 그림자고 있을 곳도 없게 되었네. 더욱이 어려서 가버릴 적 생각해 보니, 조잘조잘 말을 배우기 시작할 적이었지. 비로소 알게 된

것은 골육 사이의 사랑이란, 바로 걱정과 슬픔을 몰아오는 것이라는 것일세.(一朝捨我去, 魂影無處所. 况念夭化時, 嘔啞初學語. 始知骨肉愛, 乃是憂悲聚.)" 하며 슬퍼하고 있다. 다시 백거이는 40세에 읊은 〈자각(自覺)〉시의 제2수에서 "아침에는 마음으로 사랑하던 애 죽음을 곡하고, 저녁에는 마음으로 친애하던 어머니 가시어 곡하였네.(朝哭心所愛, 暮哭心所親.)" 하고 읊은 것도 어머니와 함께 죽은 금란을 슬퍼한 것이다. 시인은 오래도록 사랑하는 딸을 가슴 속에 간직하고 있었다. 〈다시 죽은 딸을 가슴아파함(重傷小女子)〉이라는 이 시를 지은 것은 이상할 게 없는 일이다.

부인들의 괴로움(婦人苦)

검은 머리를 정성 것 빗고
눈썹을 마음 써서 다듬으며,
몇 번 새벽화장을 해도
남편은 보고서 좋다는 말 하지 않네.
부인은 몸이 같은 무덤에 묻히게 될 것을 중히 여기는데,
남편 마음은 함께 늙게 되는 것을 가벼이 여기고 있네.
섭섭한 사정을 안고 지난 몇 년 동안
마음으로는 알면서도 말할 수가 없었네.
오늘에야 입을 열게 되었으니
적은 말이지만 뜻은 얼마나 깊은가?
바라건대 다른 일을 끌어다 말하지마는
남편의 지금 마음 바꾸어주게 되기를!
사람들 말하기를 부부관계는 친밀하여
뜻이 한 몸처럼 합쳐진다 하였네.
그러나 살다가 죽는 때에 이르기까지
어찌 괴로움과 즐거움을 같이 할 수 있는가?

부인은 한 번 남편을 잃으면
평생을 홀로 외로움을 지키니,
마치 숲속의 대나무 같아서
갑자기 바람이 불어 꺾이어지게 되면
한 번 꺾어진 채 다시 살아나지 못하고
말라죽게 되더라도 여전히 절개는 지닌다네.
남편이 만약 아내를 잃게 된다면
잠시 마음이 아프지 않을 수야 있겠는가?
그러나 문 앞의 버드나무처럼
봄이 되면 쉽사리 활기가 들어나
바람이 불어 한 가지가 꺾어져도
또 다른 한 가지가 살아나게 된다네.
남편에게 간곡히 말한 것이니
남편께선 잘 들어주기 바라네.
모름지기 부인의 괴로움 알고
이제부터는 가벼이 대하지 않기를!

선빈 가의소　　아미 용심소
蟬鬢[1]加意梳[2]하고,　蛾眉[3]用心掃[4]라.

기도효장성　　군간불언호
幾度曉粧[5]成이로되,　君看不言好라.

첩신중동혈　　군의경해로
妾身重同穴[6]이나,　君意輕偕老[7]라.

추창 거년래　　심지미능도
惆悵[8]去年來에,　心知未能道로다.

금조일개구　　어소의하심
今朝一開口하니,　語少意何深고?

원인타시사　　이군차일심
願引他時事하여,　移君此日心이라!

인언부부친　의합여일신
人言夫婦親은, 義合如一身이라.

급지사생제　하증고락균
及至死生際엔, 何曾苦樂均고?

부인일상부　종신수고혈
婦人一喪夫면, 終身守孤孑[9]이라.

유여임중죽　홀피풍취절
有如林中竹이라가, 忽被風吹折하고,

일절부중생　고사유포절
一折不重生이로되, 枯死猶抱節[10]이라.

남아약상부　능불잠상정
男兒若喪婦면, 能不暫傷情고?

응사문전류　봉춘이발영
應似門前柳하여, 逢春易發榮[11]이라.

풍취일지절　환유일지생
風吹一枝折하면, 還有一枝生이라.

위군위곡언　원군재삼청
爲君委曲[12]言하니, 願君再三聽이로다!

수지부인고　종차막상경
須知婦人苦니, 從此莫相輕이어다!

註解 1) 蟬鬢(선빈)－매미 빛깔의 머리털, 검은 머리. 2) 加意梳(가의소)－뜻을 보태어 머리를 빗다, 정성껏 머리를 빗는 것. 3) 蛾眉(아미)－나방 같은 눈썹, 가늘고 아름다운 눈썹. 4) 掃(소)－쓸다, 다듬다, 손질하다. 5) 曉粧(효장)－새벽 화장. 6) 同穴(동혈)－구덩이를 같이하다, 죽어서 한 무덤에 묻히는 것. 7) 偕老(해로)－함께 늙는 것, 늙도록 함께 사는 것. 8) 惆悵(추창)－슬픈 마음을 지니는 것, 섭섭한 마음을 지니는 것. 9) 守孤孑(수고혈)－외롭고 쓸쓸함을 지키다, 과부로 지내는 것을 말함. 10) 抱節(포절)－절개를 안고 있는 것, 절조를 지키는 것. 11) 發榮(발영)－영화로움이 발생하다, 활기가 생기는 것. 12) 委曲(위곡)－자세히, 빈틈없이, 간곡히.

解說 당나라 시대의 부부관계의 잘못된 점을 바로잡고자 읊은 시이다. 시인 백거이에게는 다른 어떤 시인보다도 자기 부인에게 지어준 시와 딸에 관하여 읊은 시가 많다. 여자들을 가벼이 여기던 당나라 때에 유독 여인을 존중한 인물이다. 이 시도 남성들에게 집안 살림을 위하여 그리고 자기 남편만을 생각하며 고생하는 자기 부인을 잘 보살피고 사랑하라는 뜻을 담고 있다. "말라죽게 되더라도 여전히 절개는 지키는 이" 곧 어려운 처지에 처해지더라도 변하지 않는 자기 부인이니 남편들은 그러한 부인을 위할 줄 알아야 한다는 것이다.

거울을 들여다 보다가 늙은 것을 기뻐함(覽鏡喜老)

오늘 아침 밝은 거울을 들여다 보니
수염이며 머리가 실처럼 모두 희어져 있네.
올해 나이 예순넷이니
어찌 노쇠해지지 않을 수 있겠는가?
집안사람들은 내가 늙은 것을 애석히 여기고
서로 쳐다보며 탄식을 하고 있네.
그런데 나는 홀로 미소를 짓고 있으니,
이 마음을 그 누가 알겠는가?
웃고 나서는 의젓이 술상을 차리게 하고
거울을 덮어놓고 흰 수염을 쓰다듬네.
너희들 지금부터 편히 앉아서
얌전히 내 말 들어보아라!
삶이 만약 연연할게 못 된다면
늙은 것도 어찌 슬퍼할게 되겠는가?
삶이 만약 진실로 미련을 지닐만한 것이라면
늙은 것은 바로 많은 세월을 산 것이 되네.
늙지 않았다는 것은 반드시 일찍 죽은 것이고

일찍 죽지 않았다면 반드시 노쇠해지게 마련일세.
뒤늦게 노쇠해지는 것이 일찍 죽는 것보다 좋은 일이니,
이런 이치는 결코 의심할 것도 없는 것이네.
옛날 분은 또 말하기를
세상 사람 중에는 일흔 살 사는 이 드물다고 하였네.
나는 지금 일흔에 육년 모자라고 있으니
다행히도 일흔 살 살 수 있을지도 모르겠네.
만약 이 나이까지 갈수만 있다면
아흔 살을 넘겨 산 영계기(榮啓期)를 어찌 부러워하겠는가?
기뻐해야할 일이지 탄식할 일이 아니니
다시 술이나 한 잔 기울이자!

금 조 람 명 경　　　수 빈 진 성 사
今朝覽明鏡하니,　鬚鬢[1]盡成絲로다.

행 년 육 십 사　　　안 득 불 쇠 리
行年六十四에,　安得不衰羸[2]오?

친 속 석 아 로　　　상 고 흥 탄 자
親屬惜我老하여,　相顧興歎咨로다.

이 아 독 미 소　　　차 의 하 인 지
而我獨微笑하니,　此意何人知리오?

소 파 잉 명 주　　　엄 경 랄 백 자
笑罷仍[3]命酒하고,　掩鏡捋[4]白髭로다.

이 배 차 안 좌　　　종 용 청 아 사
爾輩[5]且安坐하고,　從容聽我詞하라!

생 약 부 족 련　　　노 역 하 족 비
生若不足戀이면,　老亦何足悲리오?

생 약 구 가 련　　　노 즉 생 다 시
生若苟可戀이면,　老卽生多時로다.

불 로 즉 수 요　　　불 요 즉 수 쇠
不老卽須夭[6]니,　不夭卽須衰라.

만쇠승조요　　　차리결불의
晩衰勝早夭니,　　此理決不疑라.

고인역유언　　　부생 칠십희
古人亦有言하니,　浮生[7]七十稀라.

아금흠육세　　　다행혹서기
我今欠六歲니,　　多幸或庶幾[8]로다.

당득급차한　　　하선영계기
倘得及此限이면,　何羨榮啓期[9]리오?

당희부당탄　　　갱경주일치
當喜不當歎이니,　更傾酒一巵로다.

註解 1) 鬚鬢(수빈)－수염과 머리털. 2) 衰羸(쇠리)－쇠하고 약한 것. 3) 仍(잉)－거듭, 의젓이. 4) 捋(랄)－쓰다듬다, 어루만지다. 5) 爾輩(이배)－너희들, 당신들. 6) 須夭(수요)－반드시 일찍 죽는 것. 7) 浮生(부생)－떠 있는 것 같은 삶, 알 수 없는 삶. 8) 或庶幾(혹서기)－혹은 거의 그렇게 될 것이다. 9) 榮啓期(영계기)－공자와 같은 시대 사람으로 90세 넘도록 살았다 한다.

解說 시인 백거이가 예순네 살 때 거울에 자기 얼굴을 비쳐보고 지은 시이다. 거울에 비치는 자기 모습은 자기가 바라보아도 머리도 하얗게 모두 희어졌고 피부도 쭈글쭈글 늙어있다. 집안사람들도 모두 자기를 바라보면서 늙은 자기를 동정하며 슬퍼서 한숨을 쉬고 있다. 그러나 시인 자신은 자기가 늙었다는 것을 알면서도 오히려 자기의 지금 처지를 기뻐하고 있다.

우선 백거이는 사람의 삶은 태어난 뒤 늙어 죽게 되는 것이라는 원리를 받아들이고 있다. 사람은 늙지 않으려면 젊어서 죽는 수밖에 없고, 젊은 나이에 죽지 않으면 결국은 늙는 수밖에 없는 것이다. 지금 자신이 육십 노인이 되어 늙어 있다는 것은 자신이 그때까지 살아온 당연한 결과임을 받아들이고 있는 것이다.

이어서 옛 분의 말이라며 "세상 사람 중에는 일흔 살 사는 이 드물다고 하였다."고 읊은 이는 선배 시인 두보(杜甫, 712-770)이다. 두보는 〈곡강(曲江)〉 시에서 "사람이 태어나서 일흔까지 사는 이는 예로부터 드물었다.(人生七十古來稀.)"고 읊고 있다. 자신은 지금 예순네 살이니 육 년만 더 살면 일흔 살이다. 잘 하면 자기는 보통 사람으로서는 매우 드물다는 일흔 살의 수를 누릴 수 있을 것 같다. 그러니 자신은 얼마나 축복 받은 사람이냐는 것이다.

여기에 보이는 영계기(榮啓期)는 《열자(列子)》 천서(天瑞)편에 보이는 인물이다. 공자가 태산(泰山)에 놀러갔다가 영계기를 만났는데, 영계기는 무척 허름한 옷을 걸치고도 노래를 부르면서 무척 즐거워하고 있었다. 공자가 그처럼 즐거워하는 까닭이 무엇이냐고 묻자 그는 다음 세 가지 까닭을 말하였다. 첫째는 '사람으로 태어난 것', 둘째는 사람 중에서도 '남자로 태어난 것', 셋째는 지금 '아흔 살이 되도록 살고 있다는 것'이라 하였다. 백거이는 영계기를 들어내어 말한 것은 자신도 영계기 처럼 세상의 부귀를 초월하여 자기에게 주어진 삶의 여건을 모두 긍정적으로 받아들이고 즐겁게 살겠다는 뜻을 보여주기 위해서이다. 백거이는 그 뒤로 일흔을 훨씬 넘어 일흔다섯 살까지 살았으니 그런 마음가짐이 그렇게 장수를 누리도록 하였을 것이다.

사람의 행불행은 사실은 그의 외부 조건은 전혀 문제가 되지 않고 자신의 마음가짐에 달려있다. 사람이 늙는다는 것도 그의 마음가짐에 따라 기쁨이 될 수가 있고 슬픔이 될 수가 있음을 이 시를 통하여 누구나 다시 한 번 깨닫게 될 것이다. 사람으로 태어났으면 누구나 나이를 먹고 늙어가게 마련이니 우리는 그것을 받아들이고 그런 변화를 기뻐할 줄 알아야 할 것이다.

노계(老戒)

나는 머리가 희어진 다음 경계하여야 할 일을 알고 있으니
한 시랑에게서 들은 것일세.
늙으면 흔히 살아갈 일 걱정하게 되고
병이 나면 동료들을 더욱 그리워하게 되며,
기운이 많고 신이 나면 자기 몸이 건강하다고 뽐내기도 하고
이것저것 두루 얘기를 길게 하게 된다네.
나도 그런 짓 하고 있지는 않은지?
머리 이미 서리 내린 듯 희어졌는데.

아 유 백 두 계　　　　　문 어 한 시 랑
我有白頭戒[1]니,　　聞於韓侍郎[2]이라.

노 다 우 활 계　　　　　병 갱 연 반 행
老多憂活計[3]요,　　病更戀班行[4]하고.

확 삭 과 신 건　　　　　주 차 설 화 장
矍鑠[5]誇身健하며,　周遮[6]說話長이로다.

부 지 아 면 부　　　　　양 빈 이 성 상
不知我免否아?　　兩鬢[7]已成霜이로다.

註解 1) 白頭戒(백두계)－머리가 희어진 사람이 경계해야 할 일, 곧 늙은이가 경계해야할 일. 2) 韓侍郎(한시랑)－한유(韓愈, 768-824), 백거이보다 약간 선배의 고문운동(古文運動)으로도 유명한 시인임. 3) 憂活計(우활계)－살아갈 계책을 걱정하는 것, 우리나라에서는 옛날에 대부분 노인들이 노후생활을 자식들에게 의탁하여 스스로 걱정하는 사람들이 적었던 것 같다. 아무래도 당나라 시대의 사회 여건은 우리와 달랐을 것이다. 4) 戀班行(연반행)－함께 활동하던 동료들을 그리워하는 것. '반행'은 함께 일하던 동료들을 뜻한다. 5) 矍鑠(확삭)－기운이 많고 뜨거운 것, 몸이 건강하고 신이 나는 것. 6) 周遮(주차)－두루 이것저것 건드리는 것. 7) 兩鬢(양빈)－양쪽 귀밑털.

解說 '늙어서 조심해야할 일들'에 대하여 읊은 시이다. 《장자(莊子)》 천지(天地)편에는 "오래 살면 욕된 일을 많이 겪게 된다.(壽則多辱.)"는 말이 보인다. 늙어서 잘못 하면 주책없는 짓이나 잘못된 말을 하기 쉽게 된다고 생각했기 때문일 것이다. 여기에서는 노인들이 경계해야 할 일을 네 가지 들고 있다.

첫째 "늙으면 살아갈 일로 걱정을 많이 하게 된다."고 하였다. 늙으면 능력도 줄어들기 때문에 노인들이 노후생활을 걱정하는 것은 불가피한 일이었을 것이다. 둘째로 "병이 나면 더욱 함께 활동하던 동료들을 그리워하게 된다."고 하였는데, 늙으면 병이 나지 않아도 젊은 시절 관청에 나가 벼슬살이하며 활동하던 시절이 그리워질 것이다. 셋째 "기운이 많고 신이 나면 자기 몸이 건강하다고 뽐낸다."는 것은 늙어서 가끔 부리게 되는 주책일 것이다. 자기 몸은 건강을 뽐내지 말고 늘 적절한 운동을 하면서 잘 지켜가야 할 것이다. 넷째로는 "이것저것 두루 얘기를 길게 하게 된다."고 하였다. 노인들 중에는 사석에서나 공석에서나 말을 하기 시작하면 그칠 줄 모르고 홀로 길게 말을 하는 경우가 있다. 생각이 제대로 돌지 않기 때문에 결국은 자기 생각을 제대로 정리하지 못하여 쓸 데 없는 말이 많아지는 것이다. 늙은 사람들이 경계해야 할 일은 이 밖에도 무척 더 많을 것이다. 그러나 '두루 얘기를 길게 하는 것'은 지금의 노인들도 가장 경계해야 할 일이다. 누구나 조금이라도 욕된 일을 덜 겪으며 깨끗한 노년을 누려야 할 것이다.

이웃 아가씨(隣女)

아리따운 열다섯 살 여인, 선녀보다도 아름다워,
대낮의 항아(姮娥) 같고 마른 땅의 연꽃 같네.
어느 곳에서 한가로이 앵무새에게 말 가르치고 있는가?
푸른 사창 아래 수놓인 침상 앞이지.

빙정 십오승천선　　백일항아 한지련
娉婷[1]十五勝天仙하니,　白日姮娥[2]旱地蓮이라.

하처한교앵무어　　벽사창하수상전
何處閑教鸚鵡語오?　碧紗窓下繡牀前이라.

註解 1) 娉婷(빙정) – 아리따운 것, 예쁜 것.　2) 姮娥(항아) – 달에 산다는 선녀, 상아(嫦娥)라고도 함.

解說 백거이와 원진은 현실주의적인 신악부를 쓰는 한편 무식한 할머니라도 알아들을 수 있는 일상적이고 쉬운 말을 시의 용어로 써서 유명하다. 백거이는 스스로 자신의 시를 짓는 목표는 그릇된 세상 일을 들추어내어 풍자하는 풍유(諷諭)에 있다고 선언하고 있는데(《與元九書》), 실제로는 앞에 든 바와 같은 〈장한가〉 〈비파행〉 등 서정시에 더 많은 빼어난 작품을 남기고 있다. 그 위에 백거이와 원진은 서민들의 말뿐만이 아니라 서민들의 서정까지도 시로 살려내려고 애썼다.

그러기에 그들의 서정시 중에는 이 〈이웃 아가씨〉의 경우처럼 야하게 느껴지는 작품들도 적지 않다. 그 때문에 역대 비평가들은 흔히 '원진은 가볍고 백거이는 속되다(元輕白俗)' 고 말해왔다. 그러나 그들이 시를 통하여 서민의 언어와 서정을 살려내려고 노력한 점은 높이 평가되어야 할 것이다. 그런 노력이 민간 가요형식을 계승한 새로운 시, 사(詞)를 발전시키게 하였을 것이다.

끝없는 그리움(長相思[1])

구월달 가을바람 일 때면
달빛 차갑고 된서리 내리는데,
님 그리움에 가을밤은 길기만 해서
하로 밤에도 혼백은 수없이 날아오르네.
한 봄에 봄바람 불어와
풀 싹 트고 꽃 봉우리 필 때면
님 그리움에 봄날은 더디기만 해서
하로 밤에도 창자가 수없이 뒤틀리네.
나는 낙수(洛水) 다리 북쪽에 살고
님은 낙수 다리 남쪽에 살았는데,
열다섯 살부터 사귀기 시작하여
지금 나이 스물셋이라네.
마치 새삼 풀처럼
소나무 곁에 자라났지만
덩굴 짧은데 가지는 높이 있어
감고 올라가지를 못한다네.
남들이 말하기를 사람에게 소원 있을 때
소원 지극하면 하나님이 반드시 이루어 주신다는데,
내 소원은 님과 비견수 되어

언제나 어깨 나란히 하고 걸어 다니거나,
님과 함께 깊은 산의 나무가 되어
가지마다 서로 연이어져 살아가고 싶은 거라네.

구월서풍 흥　　월냉로화응
九月西風[2]興하니,　月冷露華凝[3]이라.

사군추야장　　일야혼구승
思君秋夜長하여,　一夜魂九升[4]이라.

이월동풍 래　　초탁 화심개
二月東風[5]來하니,　草坼[6]花心開라.

사군춘일지　　일일장구회
思君春日遲하여,　一日腸九廻[7]라.

첩주낙 교북　　군주낙교남
妾住洛[8]橋北하고,　君住洛橋南이러니,

십오즉상식　　금년이십삼
十五卽相識하여,　今年二十三이라.

유여여라 초　　생재송지측
有如女蘿[9]草하여,　生在松之側이로되,

만단지고고　　영회 상부득
蔓短枝苦高하여,　縈廻[10]上不得이라.

인언인유원　　원지천필성
人言人有願하여,　願至天必成이라.

원작원방수　　보보비견 행
願作遠方獸[11]하여,　步步比肩[12]行이라.

원작심산목　　지지련리생
願作深山木[13]하여,　枝枝連理生이라.

註解 1) 長相思(장상사) – 옛날 악부시 제목, 대체로 님 그리움을 노래한 내용들이다. 백거이도 그 형식을 좇아서 님 그리운 정을 노래하고 있다. 2) 西風(서풍) – 서쪽으로부터 불어오는 바람, 가을바람. 3) 露華凝(노화응) – 이슬 꽃이 엉기다, '이슬 꽃'이란 이슬이 얼어 서리가 됨을 말하고 '엉긴다'는 것은 된 서리가 내림을 뜻한다. 4)

魂九升(혼구승)－혼백이 아홉 번이나 올라간다. '아홉 번' 은 여러 번을 뜻하고, '혼백이 올라간다' 는 것은 정신을 차릴 수 없게 되는 것을 말한다. '구' 는 '여러 번' 으로 새겨도 되지만 '높이' 의 뜻으로 새겨도 된다. '구' 에는 높다는 뜻도 있다. 5) 東風(동풍)－동쪽 바람, 서풍의 반대로 '봄바람' 을 뜻한다. 6) 坼(탁)－터지다, 풀싹이 솟아나오는 것을 형용한 말. 7) 腸九廻(장구회)－창자가 여러 번 뒤틀리다, 가슴이 아파 오는 것을 형용한 말. 8) 洛(낙)－하남성 낙양(洛陽) 옆을 흐르는 황하의 지류. 9) 女蘿(여라)－토사(菟絲)라고도 부르는 소나무에 감겨 올라가 기생하는 식물, 새삼. 10) 縈廻(영회)－감기는 것. 11) 遠方獸(원방수)－언제나 나란히 암수컷이 나란히 붙어 다닌다는 전설적인 동물로 비견수(比肩獸, 《爾雅》 釋地에 보임). 12) 比肩(비견)－어깨를 나란히 하는 것. 13) 深山木(심산목)－깊은 산의 나무, 두 나무의 가지가 연이어 자란다는 연리수(連理樹). 사랑하는 남녀를 형용하는 말로 많이 쓰였다.

解說 절절한 님 그리움의 정을 노래한 시이다. 백거이는 현실 문제를 시로 노래하는 한편 서민들의 서정도 추구하여 이처럼 일반적인 사랑이나 그리움의 정 같은 것을 읊은 시도 많이 썼다. 그리고 시의 용어도 서민들의 언어를 노래 속에 살려보려고 노력하였다. 따라서 시의 표현이 얘기를 하고 있는 것처럼 무척 평이하다.

■ 작가 약전(略傳) ■

원진(元稹, 779~831)

자는 미지(微之). 당나라 하남(河南) 하내(河內 : 지금의 河南省 洛陽 부근) 사람. 15세에 진사가 된 뒤 교서랑(校書郎)·좌습유(左拾遺) 등을 거쳐 감찰어사(監察御史)가 되었으나, 정쟁에 말려들어 환관들과 다투다가 통주(通州) 사마(司馬)로 쫓겨났다. 그러나 곧 환관들과 화해하여 귀양에서 풀려나 공부시랑(工部侍郎)이 되었고, 목종(穆宗) 때에는 배도(裴度)와 함께 재상 자리에 올랐으며, 무창(武昌) 절도사(節度使)로 있다가 죽었다.

그는 백거이와 친했고 문학이념도 비슷하여 현실을 풍자하는 신악부운동(新樂府運動)을 전개하여 세상에선 백거이와 함께 원백(元白)이라 불렀다. 시의 표현이나 내용이 백거이에 매우 가까우나, 모든 면에서 백거이보다는 약간 아래 수준이라고 할 수 있다. 《원씨장경집(元氏長慶集)》 백 권, 《소집(小集)》 10권이 전한다.

농가의 노래(田家詞)

소는 헐떡헐떡
밭은 데굴데굴,
마른 흙덩이 소 발굽에 타닥타닥 부딪치며,
관청 창고에 구슬 같은 알곡식 채우기 위해 농사짓는다네.
60년래 줄곧 전쟁 잦으니
다달이 군량미 실어 나르는 수레 덜컹거렸네.
어느 날 관군이 변경 땅 되찾자
소 몰며 수레 끌다 소 잡아 고기 먹어 버렸네.
돌아와선 두 개의 쇠뿔 겨우 얻어놓고도,
다시 쇠 녹여 호미 보습과 도끼 괭이 만드네.
시어미 방아 찧고 며느리는 메어다가 관청에 바쳐도,
바칠 것 모자라 되돌아와선 집을 팔면서도,
관군이 어서 이기어 적에 대한 원수 갚아주기만 바라네.
농군 죽으면 자식 있고 소에게는 송아지 있을 것이니,
맹세코 관군에게 군량미 부족하게 보내지 않겠다 하네.

우 타 타
牛吒吒[1]하고,
전 학 학
田确确[2]이오,

한 괴 고 우 제 박 박
旱塊[3]敲牛蹄趵趵하며,
종 득 관 창 주 과 곡
種得官倉珠顆穀[4]이라.

육 십 년 래 병 족 족
六十年來兵簇簇[5]하니,
월 월 식 량 거 록 록
月月食糧車轆轆[6]이라.

일 일 관 군 수 해 복
一日官軍收海服[7]하니,
구 우 가 거 식 우 육
驅牛駕車食牛肉이라.

귀 래 수 득 우 량 각
歸來收得牛兩角하고,
중 주 서 리 작 근 촉
重鑄鋤犁[8]作斤斸이라.

고용부담 거수관 수관부족귀매옥
姑舂婦擔[9]去輸官이로되, 輸官不足歸賣屋하고,

원관조승구조복
願官早勝仇早復[10]이라.

농사유아우유독 서불견 관군량부족
農死有兒牛有犢이니, 誓不遣[11]官軍糧不足이라.

註解 1) 吒吒(타타) - 소가 숨을 헐떡헐떡거리는 것. 2) 确确(학학) - 흙덩이나 자갈이 데굴데굴한 모양. 나쁜 밭을 형용한 말임. 3) 旱塊(한괴) - 마른 흙덩이. 제박박(蹄趵趵)은 소 발굽에 타닥타닥 부딪치는 것. 4) 珠顆穀(주과곡) - 구슬 같은 알곡식. 땀흘려 농사지은 귀중한 곡식을 형용한 말. 5) 簇簇(족족) - 잦은 모양, 많은 모양. 6) 轆轆(록록) - 수레가 덜컹거리는 모양. 7) 海服(해복) - 바다 안쪽의 땅, 잃었던 변경 땅. 8) 鋤犁(서리) - 호미와 보습. 농기구를 뜻함. 근촉(斤劚)은 도끼와 괭이. 역시 농기구를 뜻함. 9) 姑舂婦擔(고용부담) - 시어머니는 방아 찧고, 며느리는 그것을 져 나르는 것. 10) 仇早復(구조복) - 적에 대한 원수를 속히 갚는 것. 11) 不遣(불견) - 하게 하지 않다, 불양(不讓), 불사(不使)나 같은 말.

解說 여기에서 '60년래 전쟁이 잦았다'고 노래한 것은 천보(天寶) 14년(755) '안사의 란'이 일어난 뒤 이 시를 지은 원화(元和) 12년(817)에 이르기까지 대체로 60년의 세월이 흐르고 있음을 뜻한다. 그 사이 농민들은 농사를 지어 군량미를 대는 등 전쟁의 뒷바라지하기에 여념이 없었다. 농민들은 전쟁에 시달리며 죽지 못해 살면서도 반항이나 불평 한마디 못하며 소고 양식이고 모두 관에 빼앗기고 있다. 그러면서도 어서 관군이 적을 완전히 쳐부수어 주기만을 바라는 농민들의 처경이 눈물겹다.

연창궁의 노래(連昌宮辭[1])

연창궁(連昌宮) 안 궁중에 가득 찬 대나무가,
세월 오래되고 사람 아무도 없어 다발로 묶어놓은 듯 빽빽하고 높이 자랐네.
또 담머리에는 벽도(碧桃)나무 있는데,
부는 바람에 꽃잎 떨어져 붉은 꽃잎 어지럽네.
궁전 옆에 한 노인 있다가 나에게 울며 말해 주었네.
젊어서 뽑히어 일찍이 궁 안으로 들어갔는데,
상황인 현종께선 마침 망선루(望仙樓)에 계시면서,
양귀비와 함께 난간에 기대어 서 계셨는데,
누각 위와 앞은 모두 진주와 비취로 장식한 여자들로 가득하고,
찬란하고 휘황한 빛이 하늘과 땅 비추고 있었다네.
돌아와 보니 꿈과도 같고 또 바보가 된 것도 같았는데,
궁전 안 일을 다 말할 겨를 어디 있겠느냐고 하네.

처음으로 동지 후 105일 지난 한식날 맞았을 적,
상점이나 민가에선 연기 오르지 않아 궁전의 나무 더욱 푸르기만 한데,
밤중 달 높이 뜨자 현악기 소리 울렸으니,
악공 하회지(賀懷知)가 비파(琵琶)로 연회 시작에 연주했다네.
고역사(高力士)가 현종의 뜻 소리쳐 전하여 명기 염노(念奴)를 찾게 하니,
염노는 남몰래 젊은 악공들과 어울리고 있었는데,
곧 찾아내어 빨리 오도록 재촉하며,
특명으로 거리에 촛불 켜는 것 허락했었다네.
봄의 아리따움 눈 가득 담고 붉은 비단 침구 속에서 자다가 나와,
구름 같은 머리 빗어넘기고 재빨리 화장 몸치장하고 달려와,

하늘로 날아오르는 듯한 노래 한 곡조 부르니,
이십오랑(二十五郎)은 저〔笛〕를 불어 반주하는데,
곧장 대편(大遍) 양주곡(梁州曲)을 끝까지 다 부르고,
여러 가지 구자악(龜玆樂)을 연이어 노래 하더라네.
이때 이모(李謨)는 저〔笛〕들고 궁전 담 곁에 숨어,
새로 작곡한 몇 가지 곡조를 훔쳐 베꼈다네.

이른 새벽 천자의 수레 행궁(行宮)을 출발하니,
수많은 사람들 길거리 가운데서 신이 나 날뛰고,
여러 관원과 호위대는 기왕(岐王) · 설왕(薛王)의 길 비키게 하며,
양귀비 여러 형제들 수레 바람과 싸우듯 달려갔다네.
다음 해 10월에 동도 낙양이 반란군에게 함락되어,
그대로 있는 한길에는 안록산이 지나다니게 되었네.
억지 명령으로 숙식 제공하라 해도 감히 숨지도 못하고,
백성들 소리없이 눈물만 남몰래 떨구었네.
서경 장안과 동도 낙양 수복한 뒤 육칠 년만에,
다시 집 찾아 행궁 앞으로 돌아왔는데,
농가들 다 타 버리고 마른 우물만 남아 있고,
행궁 문 안쪽에는 나무만 우거져 있는 형편이네.
그 뒤로 여섯 황제가 서로 천자 자리에 올랐으나,
아무도 이 행궁에는 오지 않아 문은 오래 닫혀 있다네.

내왕하는 젊은이들이 하는 장안 얘기 듣건대,
현무루(玄武樓) 새로 세우고 화악루(花萼樓)는 없애 버렸다네.
작년에 천자의 사자가 와서 대나무를 베었는데,
마침 문 열 때에 잠시 따라 들어가 보니,
싸리나무 개암나무 같은 잡목 잔뜩 우거져 연못 메워지고,
여우와 토끼, 사람 보고도 놀라지 않아 교만한 듯 바보인 듯 푸른

나무 사이에 뛰노는데,
춤추며 놀던 높은 정자 기울어졌으되 터는 그대로 남아 있고,
꽃무늬 새긴 창 으슥한데 창사(窓紗)는 아직도 파란 빛 남았으며,
먼지 덮인 흰 벽 아래 낡은 꽃비녀 보였고,
까마귀 풍경 쪼아 옥 부숴지는 소리 내고 있으며,
상황 현종이 섬돌 가까이의 꽃을 특히 좋아해서,
예대로 천자의 걸상 섬돌 향해 기울어져 있으며,
뱀이 제비집에서 기어나와 기둥 머리에 감겨 있고,
향로 탁자에는 버섯이 난 채 천자 계시던 곳 향해 놓여 있더라네.
침전은 단정루(端正樓)와 연이어져 있는데,
양귀비가 그 누각 위에서 머리 빗고 세수했었다네.
아침 해 뜨지 않아 발 그림자 검을 때였는데
지금도 산호 발고리만은 젖혀진 채 걸려 있더라네.
옆사람에게 손가락질하며 통곡을 하고,
궁문으로 물러 나오는데도 눈물은 연이어 흐르더라네.
이 뒤로부터는 다시 문 닫히어,
밤마다 여우와 살쾡이가 문 위며 지붕 위 오르내린다네.
내 이 말 듣고 마음과 뼛속까지 슬퍼졌으니,
평화는 누가 이룩하는 것이며 혼란은 누가 일으키는 것인가?

노인 말하기를, 시골 영감 무슨 분별이 있겠소마는,
귀로 듣고 눈으로 본 걸 당신 위해 말해 주리다.
전에 요숭(姚崇)과 송경(宋璟)이 재상 노릇 할 적에는,
상황 현종에게 옳은 일 권하고 잘못된 일 간하여 아뢰는 말 절실하였고,
음양의 변화 잘 다스리어 곡식은 풍년이 들었으며,
안팎을 잘 조화시켜 전쟁이란 없었고,
장관들은 깨끗하고 공정하며 고을 태수들도 훌륭하여,

관리 등용이 모두 지극히 공정히 이루어졌었다오.
개원(開元) 말엽에 요숭(姚崇)과 송경(宋璟)이 죽자,
조정은 점점 양귀비 손에 놀아나게 되었으니,
안록산이 궁 안으로 들어와 양귀비의 양자가 되기도 하였고,
괵국부인(虢國夫人)의 집 문앞은 시끄럽기 시장 같았소.
권세를 희롱하던 재상의 이름 똑똑히 알지 못하지만,
어렴풋이 양국충(楊國忠)과 이임보(李林甫)라 기억하고 있소.
조정의 계책 무너지고 온 세상이 요동하니,
50년 동안 나라는 부스럼과 상처로 앓게 된 거지요.

지금의 헌종(憲宗) 매우 성인다우시고 승상 또한 명철하여,
황제가 명령 내리자마자 오 땅 이기(李錡)와 촉 땅 유벽(劉闢)의 난 모두 평정되었소.
관군은 또 회서(淮西) 오원제(吳元濟)의 반란군 정벌하니,
이 반란군도 없어지자 천하가 평화로워졌지요!
해마다 궁전 앞길까지 곡식을 심었는데,
금년엔 천자 납실까봐 농민 자손들 길에 농사짓지 않았다오.

이 늙은이의 마음 천자가 납시기를 간절히 바라고 있으니,
조정은 올바른 계책에 힘쓰고 전쟁 않기 바라기 때문일세.

연 창 궁 중 만 궁 죽
連昌宮中滿宮竹이,
세 구 무 인 삼 사 속
歲久無人森似束[2]이라.

우 유 장 두 천 엽 도
又有墻頭千葉桃[3]하니,
풍 동 낙 화 홍 속 속
風動落花紅蔌蔌[4]이라.

궁 변 노 인 위 여 읍
宮邊老人爲余泣하되,
소 년 선 진 인 증 입
少年選進[5]因曾入이러니,

상 황 정 재 망 선 루
上皇正在望仙樓[6]하고,
태 진 동 빙 란 간 립
太眞[7]同凭欄干立이라.

누상누전진주취 현전형황 조천지
樓上樓前盡珠翠[8]요, 炫轉熒煌[9]照天地라.

귀래여몽부여치 하가비언궁리사
歸來如夢復如癡니, 何暇備言宮裡事오?

초과한식 일백오 점사무연 궁수록
初過寒食[10]一百五하니, 店舍無煙[11]宮樹綠이라.

야반월고현색명 하로 비파정장옥
夜半月高絃索鳴하니, 賀老[12]琵琶定場屋[13]이라.

역사 전호멱염노 염노잠반 제랑 숙
力士[14]傳呼覓念奴[15]러니, 念奴潛伴[16]諸郎[17]宿이라.

수유멱득우련최 특칙가중허연촉
須臾覓得又連催[18]하고, 特勅街中許燃燭[19]이라.

춘교 만안수홍초 약삭 운환선장속
春嬌[20]滿眼睡紅綃[21]라가, 掠削[22]雲鬟旋粧束[23]이라.

비상구천 가일성 이십오랑 취관축
飛上九天[24]歌一聲하니, 二十五郎[25]吹管逐이라.

준순 대편양주철 색색구자 굉록속
逡巡[26]大遍梁州徹[27]하고, 色色龜茲[28]轟錄續[29]이라.

이모 엽적 방궁장 투득신번수반곡
李謨[30]擪笛[31]傍宮墻하여, 偷得新翻數般曲이라.

평명 대가발행궁 만인고무 도로중
平明[32]大駕發行宮하니, 萬人鼓舞[33]途路中이라.

백관대장 피기설 양씨제이 거투풍
百官隊仗[34]避岐薛[35]하고, 楊氏諸姨[36]車鬪風[37]이라.

명년시월동도 파 어로유존록산과
明年十月東都[38]破하여, 御路猶存祿山過라.

구령공돈 불감장 만성무성루잠타
驅令供頓[39]不敢藏하니, 萬姓無聲淚潛墮라.

양경정후 육칠년 각심가사행궁전
兩京定後[40]六七年에, 却尋家舍行宮前이라.

장원 소진유고정　　행궁문달 수완연
莊園[41]燒盡有枯井하고,　行宮門闥[42]樹宛然[43]이라.

이후상전육황제　　부도리궁문구폐
爾後相傳六皇帝[44]나,　不到離宮門久閉라.

왕래년소설장안　　현무루 성화악 폐
往來年少說長安하니,　玄武樓[45]成花萼[46]廢라.

거년칙사인작 죽　　우치문개잠상축
去年敕使因斫[47]竹하니,　偶値門開暫相逐[48]이라.

형진 즐비 색지당　　호토교치 록수목
荊榛[49]櫛比[50]塞池塘하고,　狐兎驕癡[51]綠樹木이라.

무사 의경기상존　　문창 요조 사유록
舞榭[52]欹傾基尙存하고,　文窓[53]窈窕[54]紗猶綠이라.

진매분벽구화전　　오탁풍쟁 쇄여옥
塵埋粉壁舊花鈿[55]하고,　烏啄風箏[56]碎如玉이라.

상황편애림체화　　의연어탑 림계사
上皇偏愛臨砌花[57]하여,　依然御榻[58]臨階斜라.

사출연소반두공　　균 생향안정당아
蛇出燕巢盤斗栱[59]하고,　菌[60]生香案正當衙[61]라.

침전상련단정루　　태진소세루상두
寢殿相連端正樓[62]하니,　太眞梳洗樓上頭라.

신광미출렴영흑　　지금반괘산호구
晨光未出簾影黑[63]이나,　至今反掛珊瑚鉤[64]라.

지향방인인통곡　　각출궁문루상속
指向傍人因慟哭하고,　却出宮門淚相續이라.

자종차후환폐문　　야야호리상문옥
自從此後還閉門하고,　夜夜狐狸上門屋이라.

아문차어심골비　　태평수치란자수
我聞此語心骨悲하니,　太平誰致亂者誰오?

옹언야보 하분별　　이문안견위군설
翁言野父[65]何分別고?　耳聞眼見爲君說이라.

요숭송경　작상공　　　　권간상황언어절
姚崇宋璟[66]作相公할제,　勸諫上皇言語切이라.

섭리음양　화서풍　　　　조화중외무병융
燮理陰陽[67]禾黍豊하고,　調和中外無兵戎이라.

장관청평태수호　　　　간선　개언유지공
長官淸平太守好하고,　揀選[68]皆言由至公이라.

개원욕말요송사　　　　조정점점유비자
開元欲末姚宋死하니,　朝廷漸漸由妃子[69]라.

녹산궁리양작아　　　　괵국　문전뇨여시
祿山宮裏養作兒[70]하고,　虢國[71]門前鬧如市라.

농권재상불기명　　　　의희억득양여리
弄權宰相不記名하니,　依稀憶得楊與李[72]라.

묘모　전도사해요　　　　오십년래작창유
廟謨[73]顚倒四海搖하니,　五十年來作瘡痏[74]라.

금황신성승상　명　　　　조서재하오촉　평
今皇神聖丞相[75]明하여,　詔書纔下吳蜀[76]平이라.

관군우취회서적　　　　차적역제천하녕
官軍又取淮西賊[77]하니,　此賊亦除天下寧이라.

연년경종궁전도　　　　금년불견자손경
年年耕種宮前道러니,　今年不遣子孫耕[78]이라.

노옹차의심망행　　　　노력묘모휴용병
老翁此意深望幸[79]하니,　努力廟謨休用兵이라.

註解 1) 連昌宮辭(연창궁사)－ 연창궁(連昌宮)은 하남군(河南郡) 수안현(壽安縣 : 지금의 河南省 宜陽縣)에 있던 행궁(行宮) 이름. 연창궁 근처에 사는 노인의 입을 빌어 '안사의 란'이 일어나기 전후 현종 때의 정치 상황과 나라의 흥망성쇠의 원인을 노래하고, 다시 옛날의 평화를 되찾고자 하는 소망을 읊은 것이다. 원진의 이른바 풍간시(諷諫詩) 중에서는 유명한 작품의 하나이다. 2) 森似束(삼사속)－대나무가 길고 빽빽하게 자라 다발로 묶어 세운 듯하다는 뜻. 3) 千葉桃(천엽도)－벽도(碧桃)의 별명, 복숭아나무의 일종. 4) 紅蔌蔌(홍속속)－붉은 꽃잎이 어지러이 날려 떨어지는 모양.

5) 選進(선진)－일하는 사람으로 뽑혀 연창궁에 들어간 것. 6) 望仙樓(망선루)－본시 섬서성 여산(驪山)의 화청궁(華清宮)에 있던 누각 이름. 작자는 연창궁에도 가보지 않고 상상으로 읊은 것이어서 딴 궁전의 누각 이름까지 인용하고 있는 것이다. 실제로는 현종과 양귀비도 연창궁에 간 일이 없다 한다. 7) 太眞(태진)－양귀비에게 내려졌던 호. 8) 珠翠(주취)－진주와 비취. 진주와 비취로 장식한 미녀들을 가리킴. 9) 炫轉熒煌(현전형황)－찬란하고 휘황한 것, 빛이 밝고 요란한 것. 10) 寒食(한식)－동지 후 105일만에 오는 절후 이름. 옛 풍속으로 이날은 집에 불을 때지 않았다. 11) 店舍無煙(점사무연)－가게와 집에서 연기가 나지 않는 것. 한식날의 풍경임. 12) 賀老(하로)－악공인 하회지(賀懷知). 현종 때 비파의 명수로 이름났었다. 13) 定場屋(정장옥)－압장(壓場)이라고도 하며 연희나 음악 연주를 시작할 때 처음으로 연주하여 장내를 정숙케 하는 것. 14) 力士(역사)－고역사(高力士), 현종 때 내관으로 벼슬이 표기대장군(驃騎大將軍)까지 올라갔고 제국공(齊國公)에도 봉해졌던 사람. 현종의 총애를 받아 언제나 천자 곁에서 일하며 막대한 권세를 지녔었다. 15) 念奴(염노)－현종 때의 유명한 기생 이름. 16) 潛伴(잠반)－남몰래 짝을 짓다, 남몰래 어울리다. 17) 諸郎(제랑)－궁전에서 일하는 젊은 연예인들. 18) 連催(연최)－연달아 재촉하다, 연이어 천자 잔칫자리에 빨리 나갈 것을 재촉하는 것. 19) 許燃燭(허연촉)－촛불을 켜도록 허락하다. 한식날이지만 염노의 몸치장을 빨리 할 수 있도록 특별히 촛불 밝히는 것을 허락한 것이다. 20) 春嬌(춘교)－봄의 아리따움, 여인으로서의 애교. 21) 紅綃(홍초)－붉은 비단, 붉은 비단으로 만든 침구. 22) 掠削(약삭)－손으로 빗고 쓰다듬는 것. 23) 旋粧束(선장속)－재빨리 화장하고 몸치장을 하는 것. 24) 飛上九天(비상구천)－높은 하늘로 날아오른다. 노랫소리를 높게 뽑는 것을 형용한 말. 25) 二十五郎(이십오랑)－빈왕(邠王) 이승녕(李承寧). 현종의 아우로 저〔笛〕의 명수였다. 26) 逡巡(준순)－여기서는 무엇을 빨리 하는 모양. 보통은 '뒷걸음질치는 모양'을 뜻하나, 여기서는 예외임. 27) 大遍梁州徹(대편양주철)－대편 양주곡(梁州曲)을 끝까지 다 부른다. 양주곡은 본디 서량악곡(西凉樂曲)인데 대편과 소편(小遍)이 있었다(《唐書》 禮樂志). 대편은 소편

보다 완전한 형식이 갖추어진 곡일 것이다. 28) 色色龜玆(색색구자)－여러 가지 구자 음악. 구자는 한대의 서역 나라 이름. 당대에는 구자악부(龜玆樂府)를 두었을 정도로 그곳 음악이 성행하였다. 29) 轟綠續(굉록속)－연이어 소리가 울리다, 연이어 노래 불리어지다. '녹속'은 연이어지는 것. 30) 李謨(이모)－저〔笛〕의 명수. 현종이 일찍이 상양궁(上陽宮)에서 새로운 곡을 밤에 지었는데, 다음날인 정월 보름에 남몰래 등불놀이에 나갔다. 그런데 어떤 술집의 누각 위에서 전날 밤 자신이 작곡한 저〔笛〕를 부는 소리를 듣고 깜짝 놀라 사람을 보내어 잡아들였다. 그에게 심문하자 그는 "전날 밤 천진교(天津橋) 위를 거닐다가 궁중에서 나는 음악소리를 듣고 악보를 적어놓은 것이며, 저는 장안에서 적(笛)을 잘 불기로 유명한 이모(李謨)입니다."라는 대답이었다. 현종은 기이하게 여기고 상을 주어 돌려보냈다 한다. 작자는 여기에 이러한 주를 달고 있음. 31) 擫笛(엽적)－저〔笛〕를 꽉 쥐다, 저를 들다. 32) 平明(평명)－날이 샐 무렵, 이른 새벽. 33) 鼓舞(고무)－신이 나 날뛰는 것, 감동하여 분발하는 것. 34) 隊仗(대장)－호위대. 호위를 맡은 사람들. 35) 岐薛(기설)－기왕(岐王) 이범(李范)과 설왕(薛王) 이업(李業). 모두 현종의 동생들. 36) 楊氏諸姨(양씨제이)－양씨 집안의 출가한 여자 형제들. 양귀비의 언니인 한국부인(韓國夫人)·괵국부인(虢國夫人)·진국부인(秦國夫人) 등을 가리킴. 37) 車鬪風(거투풍)－수레가 바람과 다투다. 수레가 바람처럼 빨리 달림을 형용한 말. 38) 東都(동도)－낙양. 천보 14년(755) 12월에 동도 낙양이 안록산에게 함락되었음. 39) 驅令供頓(구령공돈)－억지명령으로 숙식을 제공토록 하는 것. 40) 兩京定後(양경정후)－장안과 낙양이 곽자의(郭子儀)에 의하여 수복된 뒤(肅宗 때). 41) 莊園(장원)－귀족들의 시골 농가와 부속 시설. 42) 門闥(문달)－대궐 문, 궁문. 43) 宛然(완연)－뚜렷이 보이다, 무성한 모양. 44) 六皇帝(육황제)－현종(玄宗)·숙종(肅宗)·대종(代宗)·덕종(德宗)·순종(順宗)·헌종(憲宗)에 이르는 여섯 황제. 45) 玄武樓(현무루)－장안 대명궁(大明宮)의 북쪽에 있던 누각 이름. 덕종(德宗) 때 세움. 46) 花萼(화악)－장안 흥경궁(興慶宮) 서남쪽에 있던 누명. 현종 때 세웠음. 47) 斫(작)－찍다, 베다. 48) 暫相逐(잠상축)－잠시 따라 들어가

보다. 49) 荊榛(형진)－싸리나무와 개암나무. 잡목을 가리킴. 50) 櫛比(즐비)－빗살처럼 빽빽히 들어선 것. 51) 驕癡(교치)－교만하거나 바보 같다. 사람을 보고도 놀라지 않는 모양을 형용한 말. 52) 舞榭(무사)－춤추고 놀던 높은 정자. 53) 文窓(문창)－꽃무늬를 조각한 창문. 54) 窈窕(요조)－깊고 으슥한 모양. 55) 花鈿(화전)－꽃비녀, 꽃장식이 달린 여자의 머리장식. 56) 風箏(풍쟁)－풍경, 지붕 처마에 달린 쇠로 만든 방울 같은 것. 57) 臨砌花(임체화)－섬돌 가까이에 피어 있는 꽃. 58) 御榻(어탑)－천자의 걸상. 59) 盤斗栱(반두공)－기둥 위 나무에 감기다. '두공'은 기둥 위에 얹은 네모꼴 나무. '반'은 뱀이 감기는 것, 서리는 것. 60) 菌(균)－버섯. 61) 正當衙(정당아)－바로 천자 계시던 곳을 향해 있는 것. '아'는 천자가 거처하는 곳(《新唐書》 儀衛志 上). 62) 端正樓(단정루)－본시 섬서성 여산(驪山)의 화청궁(華淸宮)에 있던 누각 이름. 앞의 망선루(望仙樓)와 함께 상상으로 빌어 쓴 것임. 63) 簾影黑(염영흑)－발 그림자가 검다. 이것은 앞 양귀비가 세수할 적을 형용한 말임. 64) 珊瑚鉤(산호구)－산호로 만든 발고리. 65) 野父(야보)－시골 영감, 촌 영감. 66) 姚崇宋璟(요숭송경)－현종의 개원 연간의 두 재상 이름. 모두 정치를 잘 하여 태평성대를 이룩했다. 67) 燮理陰陽(섭리음양)－음양의 변화를 잘 다스리어 자연과 인간세계가 모두 조화를 이루게 하는 것. 옛날엔 이것이 재상의 임무라 여겼다. 68) 揀選(간선)－관리를 뽑아 쓰는 것. 69) 妃子(비자)－양귀비를 가리킴. 70) 祿山宮裏養作兒(녹산궁리양작아)－안록산이 궁 안으로 들어와 양귀비의 양자가 되다. 천보 10년(751) 안록산이 궁중에 들어왔을 때 양귀비는 그에게 매력을 느끼어 그를 양자로 삼고, 세아회(洗兒會)를 한다고 법석을 떨어 현종에게 세아전(洗兒錢)을 받아내기도 하였다. 이때 안록산도 양귀비에게 빠져 뒤에 반란을 일으키는 원인의 하나가 되었다. 71) 虢國(괵국)－양귀비의 언니 괵국부인(虢國夫人)의 집. 72) 楊與李(양여리)－양국충과 이임보. 두 사람 모두 현종의 천보 연간의 재상으로 나라를 망치는 정치를 한 사람들임. 73) 廟謨(묘모)－조정의 계책, 조정의 계획, 나라의 정책. 74) 瘡痏(창유)－부스럼과 상처. 백성들에게 끼친 해독을 가리킴. 75) 丞相(승상)－이때의 임금은 현종, 재상은 배도(裵度)였음. 76) 吳蜀(오촉)－오는 강남동도절도사(江南東道節度使) 이기(李錡), 촉은 서천절도사(西川節度使) 유벽(劉闢)을 가리키며, 이들은 모두 반란을 일으켰었음. 77) 淮西賊(회서적)－회서절도사(淮西節度使) 오원제(吳元濟)를 가리킴. 그는 원화(元和) 10년(815)에 반란을 일으켰는데, 원화 12년 말에 평정되었음. 78) 不遣子孫耕(불견자손경)－연창궁 앞길을 경작하던 농민들도 다시 평화가 찾아오자 천자가 이 행궁(行宮)으로 납시기를 바라서 '자손들을 보내어 길에 농사를 짓지 않게 되었다' 는 뜻. 79) 望幸(망행)－천자가 그곳으로 납시기를 바라는 것, 천자가 연창궁에 오시기를 바라는 것.

解說 원진의 대표적인 풍유시라지만 모두가 허구적인 내용이다. 무엇보다도 작자 자신이 연창궁(連昌宮)에 가본 일도 없고, 현종과 양귀비가 그곳에 왔던 일도 없으며, 여기에서 노래하고 있는 망선루(望仙樓)·단정루(端正樓) 등은 모두 여산(驪山)의 화청궁(華淸宮)에 있는 누각 이름이다. 그럼에도 불구하고 당제국은 강성하였는데 무엇 때문에 하루아침에 멸망할 위기로 빠졌고, 지금은 어떻게 하여 다시 국세를 회복하게 되었는가를 잘 설명한 시이다. 내용의 구성에는 문제가 없지만 시적인 표현에 있어서는 아무래도 백거이에게 뒤지는 듯하다. 그 시대 사람들이 이들의 시체를 원백체(元白體)라 하였고, 원진과 백거이는 의기투합하는 친구였지만 아무래도 글 재주는 백거이 쪽이 한발 앞서고 있다.

춤추는 여인의 허리(舞腰)

치맛자락 빙빙 돌고 손은 먼 곳을 가리키는 듯
음악 따르지 않아도 스스로 교태 드러나네.
젊은이들 곡조 맞지 않는 것 알 턱도 없으니,
한동안 훔쳐보는 것은 돌아가는 허리 때문일세.

군거 선선수초초 부진음성자진교
裙裾[1)]旋旋手迢迢하며, 不趁音聲自趁嬌[2)]라.

미필제랑지곡오 일시투안 위회요
未必諸郎知曲誤니, 一時偷眼[3)]爲廻腰라.

註解 1) 裙裾(군거)－치맛자락. 선선(旋旋)은 빙글빙글 돌아가는 모양. 초초(迢迢)는 먼 모양. 여기서는 먼 곳을 가리키듯 손을 들고 움직이는 것. 2) 自趁嬌(자진교)－스스로 교태를 따르다, 스스로 교태를 드러내는 것. 3) 偷眼(투안)－남모르게 훔쳐보는 것, 슬그머니 훔쳐보는 것.

解說 원진은 백거이와 함께 서민들의 언어와 서민들의 서정을 시로 살려보려고 노력하였다(앞 백거이의 〈이웃 아가씨(隣女)〉 시 참조 바람). 시가 야한 듯하지만 서민의 언어와 그들의 서정은 중국시에 새로운 바람을 불어넣게 된다. 그런 점에서 그들의 이러한 노력은 높이 평가하여야 할 것이다.

막고굴(莫高窟) 180의 일부 모사 막고굴(莫高窟) 320의 일부 모사

▲당나라 때의 돈황벽화

앵두꽃(櫻桃花)

앵두꽃이
한 가지 두 가지에 천만 송이 피었네.
꽃 벽돌 위에 서서 꽃 꺾는 사람이 있는데
갑자기 비단 치마 걸려 찢어져서 붉기가 불같네.

櫻桃花(앵도화), 一枝兩枝千萬朶(일지양지천만타)[1]라.
花塼(화전)[2]曾立摘花人(증립적화인)이러니, 窣(졸)[3]破羅裙(파라군)[4]紅似火(홍사화)라.

註解 1) 朶(타)－송이, 꽃송이. 2) 塼(전)－벽돌. 땅바닥에 깐 벽돌임. 3) 窣(졸)－갑자기, 졸지에. 졸(猝)과 뜻이 통함. 4) 羅裙(나군)－비단 치마.

解說 앵두꽃에 미인을 견주고 있는 것 같다. “천만 송이”의 앵두꽃은 무척이나 아름다운 여인을 뜻할 것이다. 꽃을 꺾는 사람의 비단치마가 찢어졌다는 것도 남녀 간의 일종의 애정행위를 암시하는 듯하다. “붉기가 불과 같다”는 것은 미인의 몸 일부분의 살결을 가리키는 것이 아닐까? 이런 야한 듯이 보이는 애정시는 작자가 서민들의 서정을 추구한 데서 얻어진 것이다.

■ 작가 약전(略傳) ■

이신(李紳, 780~846)

자는 공수(公垂). 당나라 무석(無錫 : 지금의 江蘇省 無錫市) 사람. 진사가 된 뒤 국자감(國子監) 조교(助敎)를 지냈고, 무종(武宗) 때에는 재상이 되었으며, 뒤에 회남절도사(淮南節度使)도 지냈다. 시(謚)는 문숙(文肅)이라 하였다. 이덕유(李德裕)·원진(元稹)과 함께 삼준(三俊)이라 불리기도 하였고, 백거이·원진이 신악부를 제창하기 전에 그는 이미 신제악부(新題樂府) 20수를 지었으며, 곧 그들과 친교를 맺었다. 《추석유집(追昔游集)》 3권이 전한다.

농부를 가엾게 여김(憫農[1]) 2수

봄에 한 톨의 곡식을 심어,
가을이면 만 알을 거둬들이네.
온 세상에 놀리는 밭은 없건만
농부들은 그래도 굶어 죽는다네.

김매는데 해는 대낮,
땀방울이 곡식 밑의 흙에 떨어지네.
그릇에 담긴 밥이,
알알이 모두가 괴로움임을 뉘 알랴?

춘종일립속　　추수만과자
春種一粒粟하여,　秋收萬顆子[2]라.
사해무한전　　농부유아사
四海無閑田이어늘,　農夫猶餓死라.

서화일당오　　한적화하토
鋤[3]禾日當午하니,　汗[4]滴禾下土라.
수지반중손　　입립개신고
誰知盤[5]中飧이,　粒[6]粒皆辛苦오?

註解 1) 憫農(민농)－노고하는 농민을 동정한다는 뜻. 2) 萬顆子(만과자)－ 만 개의 곡식 알. 과자(顆子)는 곡식의 '알맹이'를 뜻한다. 3) 鋤(서)－ 호미, 김매는 것. 화(禾)는 벼. 본시는 가곡(嘉穀)의 뜻이어서 땅 위에 자란 짚이 달린 곡식 그대로를 말하였다. 따라서 여기서는 '화'를 '곡식'이라 보아도 좋다. 서화(鋤禾)는 곡식의 김을 매는 것. 4) 汗(한)－땀. 적(滴)은 물방울, 물방울이 떨어지다. 5) 盤(반)－쟁반. 여기서는 큰 접시로 옛날에 밥을 담던 그릇을 말한다. 손(飧)은 저녁 밥. 여기서는 그대로 '밥'이라 봄이 옳다. 6) 粒(입)－낟알. 입립(粒粒)은 알알이, 낱낱이.

解說 첫째 시에서는 농부들이 아무리 열심히 농사를 지어도 자신들은 제대로 먹지도 못하고 심지어는 굶어 죽게 되는 사회의 모순을 신랄하게 비판하고 있다. 그리고 둘째 시에서는 뜨거운 햇볕 아래 김을 매는 농부들의 노고를 노래하고, 우리가 평상시 먹는 곡식 알 하나하나에는 농민들의 노고가 깃들어 있음을 노래하고 있다.

追昔遊集目錄 卷上 終

追昔遊集卷上

東吳毛晉子晉訂

南梁行

江城鬱鬱春草長悠悠漢水浮青光雜英飛盡空晝景綠楊重陰官舍靜此時醉客縱橫書公言可薦承明廬 元和十四年蒙故山南僕射崔公奏觀察判官蒙以書奏見委當歲擢遠 青天詔下寵光至頒藉金閨徵石渠 是歲五月蒙恩除右拾遺 梯歸山路煙嵐隔山木幽深晚花拆澗底紅光奪火燃搖風有毒愁行客 駱谷中多毒樹名山琵琶其花丁與杜鵑花同類者謙

▲이신의 추석유집(追昔游集)

Ⅵ. 만당(晩唐)의 시

■ 작가 약전(略傳) ■

두목(杜牧, 803~852)

자가 목지(牧之)이고 경조(京兆) 만년(萬年 : 陝西省 西安) 사람이다. 조부 두우(杜佑)는 '중당' 때 재상까지 지낸 집안이나, 두목 대에 와서는 집안 살림이 어려웠다. 26세에 진사가 되었으나 대부분을 지방관리로 지냈고, 우승유(牛僧孺)와 이덕유(李德裕)의 당쟁 틈에 끼어 뜻을 제대로 펴지 못하였다. 그는 세상을 바로잡으려는 뜻을 갖고 나라의 재정과 전쟁 및 정치에 관한 글도 썼으나, 한때는 주색을 즐기는 퇴폐적인 생활에 빠져들기도 했다.
그는 흔히 '풍류재자'로 불리는데, 그의 시는 개성적이면서도 아름답고 멋있는 표현을 추구하고 있다. 그리고 그 시대의 문제를 놓고 고민하는 현실주의적인 경향의 작품도 적지 않게 남기고 있다. 시형에 있어서는 7언 율시와 절구를 잘 지었는데, 특히 7언 율시는 두보의 만년 작품들과 풍격이 비슷하여 세상 사람들은 두목을 '소두(小杜)'라고도 불렀다. 두보에게서 고도로 닦여졌던 7언 율시는 '중당' 시대에는 좋은 작품들이 별로 없었는데, '만당'의 두목과 이상은(李商隱)에 이르러 다시 빛을 발하였던 것이다.

산행(山行)

멀리 추운 산 위로 올라가니 돌길 비끼어 있는데
흰구름 솟아나는 곳에 인가가 있네.
수레 세워놓고 앉아 해저무는 단풍숲 감상하노니
서리 내린 단풍잎은 한봄의 꽃보다도 붉네.

원상한산석경사　　　　백운생처유인가
遠上寒山石徑斜하고, 白雲生處有人家라.
정거좌애풍림만　　　　상엽홍어이월　화
停車坐愛楓林晩하니, 霜葉紅於二月[1]花라.

註解 1) 二月(이월)－한봄, 1월, 2월, 3월 석 달의 봄 가운데 중간 달임.

解說 가을산에 가서 아름다운 단풍숲을 바라보며 읊은 시이다. 읽는 이에게 매우 맑고 깨끗한 느낌을 안겨준다.

하황(河湟[1])

재상 원재는 일찍이 서북변 방위 계책 올렸고
헌종 황제도 그 일에 유념하셨네.
곧 원재는 관복 입은 채 동시에서 처형당하고
갑자기 헌종 돌아가시어 서쪽 토벌 못하였네.
양치고 말 모는 이들 비록 오랑캐 옷 입고 있지만
머리 희었어도 마음은 붉은 온전한 한족 신하일세.
오직 양주라는 가무곡만이
천하 건달들 사이에 유행되고 있네.

원재 상공증차저　　헌종황제역류신
元載[2]相公曾借箸하고,　憲宗皇帝亦留神[3]이라.

선 견의관취동시　　홀유궁검 불서순
旋[4]見衣冠就東市하고,　忽遺弓劍[5]不西巡이라.

목양구마수융복　　백발단심진한신
牧羊驅馬雖戎服이나,　白髮丹心盡漢臣이라.

유유량주 가무곡　　유전천하낙한인
唯有涼州[6]歌舞曲이,　流傳天下樂閑人[7]이라.

註解 1) 河湟(하황)－황하와 황수(湟水). 황수는 청해성(青海省)에서 시작하여 동쪽으로 흘러 감숙성(甘肅省)으로 들어와 황하와 합쳐진다. '하황' 은 황수가 흐르는 유역과 황수가 황하로 합쳐지는 지역을 가리킨다. 곧 '안사의 란' 이후에 당나라의 내란을 틈타 토번(吐蕃)이 침입하여 점령하였던 하서(河西)와 농우(隴右) 지방을 가리킨다. 2) 元載(원재)－자는 공보(公輔), 그는 재상 자리에 있으면서 대력(大曆) 8년(773) 대종(代宗)에게 서북쪽 국경 방비에 대한 계획을 아뢰는 상서를 올렸다. 차저(借箸)는 주책(籌策), 계획. 《사기》 유후세가(留侯世家)에서 장량(張良)이 고조(高祖)와 식사를 함께 하다가 "먼저 젓가락〔箸〕을 빌려주십시오."하고 말하면서 계책을 아뢰었던 고사에서 나온 말. 3) 留神(류신)－정신을 두다. 서북쪽 국경 방비에 유의하였음을 뜻함. 4) 旋(선)－곧. 의관취동시(衣冠就東市)는 원재(元載)가 대력(大曆) 12년(777)에 부정으로 체포되어 하옥된 뒤 칙명으로 자살한 것을 가리킴. 그의 계책이 대종(代宗)에게 받아들여지지 않고 오히려 처형된 것을 개탄한 것임. 서한(西漢) 때 조착(晁錯)은 경제(景帝) 밑에 어사대부(御史大夫)로 있으면서, 제후들의 땅을 적절히 빼앗아 줄일 것을 건의하였다. 결과적으로 오(吳)·초(楚) 등 일곱 나라가 반란을 일으키자 모함을 받아 사형을 당하였다. '관복을 입고 동시에 끌려가 처형된 것(衣朝衣, 斬東市)' 은 조착의 일이다. 5) 忽遺弓劍(홀유궁검)－갑자기 활과 칼을 남기다, 헌종(憲宗)이 갑자기 죽은 것을 뜻함. 옛날에 황제(黃帝)가 죽을 때 활과 칼을 남겨놓았다는 고사가 있다. 6) 涼州(양주)－지금의 감숙성(甘肅省) 영창(永昌) 동쪽으로부터 천축(天祝) 서쪽에 이르는 지역. 끝 두 구절은 양주를 포함하는 하황지역을 아직도 완전히 수복하지 못하고 있음을 가리킴. 당대에는 양주지방의 가무가 크게 유행하였다. 중당의 많은 시인들에게 〈양주사(凉州詞)〉·〈서량기(西凉伎)〉 등의 시가 있다. 7) 樂閑人(낙한인)－한가함을 즐기는 사람, 곧 건달.

解說 내란통에 소홀히 하여 이족들에게 점령당한 조국 강토에 대한 각성을 촉구하는 시이다. 중당과 만당의 시인에게는 이러한 잃어버린 강토에 대한 각성을 불러일으키는 시들이 적지 않다. 전통적인 풍유(諷諭) 정신의 발로라 할 수 있다.

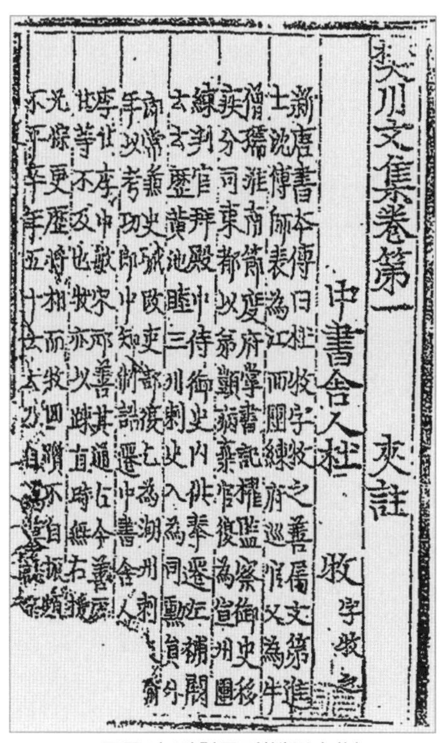
樊川文集卷第一 夾註

中書舍人杜牧 字牧之

▲두목의 번천문집(樊川文集)

■ 작가 약전(略傳) ■

이상은(李商隱, 812~858)

자가 의산(義山)이며, 호는 옥계생(玉谿生), 회주(懷州) 하내(河內 : 河南省 沁陽縣) 사람이다. 그도 25세에 진사가 되었으나 우승유(牛僧孺) · 이덕유(李德裕)의 당쟁에 휩쓸려 대부분 벼슬은 지방 관료의 밑에서 일하는 관리로 지내다가 일생을 마쳤다. 그러나 그는 일찍이 시재를 인정받아 두목과 함께 만당의 시를 대표하는 작가로 지목되고 있다.

이상은은 그의 시에 괴벽스런 전고를 많이 사용하고 지나치게 함축적인 표현을 많이 썼고, 아름다운 말들로 염정을 노래한 것들이 많다. 따라서 그의 시를 읽어보면 문구가 아름답고 음조가 멋지지만 글뜻은 이해하기 어려운 것들이 많다. 두목의 시가 아름답고 밝은 것과 성격이 다르다. 두목이 사랑한 대상은 기녀나 보살 또는 고관들의 희첩들이었지만 이상은은 염정을 노래하고 있으면서도 대상이 어떤 여인인지도 드러나지 않는다. 간혹 현실문제를 다룬 듯한 작품들도 있지만 그가 진지하게 사회문제에 관심을 지녔다고 보기는 어렵다.

이하(李賀)와 함께 중국 시인들 중에 가장 난해한 시를 쓴 작가로 알려져 있다. 그리고 중국시의 창작기교 발전을 위하여는 적잖은 공헌을 했다고 볼 수 있다. 그의 문집으로 〈번남문집(樊南文集)〉과 〈번남문집보편(樊南文集補編)〉이 있다.

금슬(錦瑟[1])

금슬은 무단히 50줄 있는데
한 줄 한 받침 기둥마다 화려했던 시절 생각케 하네.
장자는 새벽 꿈에 나비가 된 뒤 자신이 사람인가 나비인가 어리둥절했었고,
촉(蜀)의 망제는 여인 좋아했던 마음 두견새에 기탁했네.
푸른 바다에 달 밝을 때면 교인(鮫人)이 눈물 흘려 진주가 되고,
남전에 해 따스할 때면 옥돌에서 연기가 피어오르네.
이러한 정들 어찌 추억이 될 수 있으리?
다만 옛날 일들은 이미 아득하기만 한 것을.

금슬무단오십현　일현일주 사화년
錦瑟無端五十絃[2]이오,　一絃一柱[3]思華年이라.

장생 효몽미호접　망제 춘심탁두견
莊生[4]曉夢迷蝴蝶하고,　望帝[5]春心託杜鵑이라.

창해월명 주유루　남전 일난옥생연
滄海月明[6]珠有淚요,　藍田[7]日暖玉生煙이라.

차정가 대성추억　지시당시 이망연
此情可[8]待成追憶고?　只是當時[9]已惘然이라.

註解 1) 錦瑟(금슬)－아름다운 비단처럼 무늬가 그려져 장식된 슬(瑟). 슬은 옛날 현악기의 일종. 2) 五十絃(오십현)－보통 슬은 25현이나, 옛날에는 50현의 슬도 있었다 한다. 3) 柱(주)－현악기의 줄을 받치고 있는 작은 기둥. 화년(華年)은 화려했던 시절, 젊은 시절. 4) 莊生(장생)－장자(莊子)를 가리킴. 이 구절은 장자의 호접몽(胡蝶夢)을 빌어 노래한 것임. 5) 望帝(망제)－주나라 말엽 촉(蜀)나라 임금 두우(杜宇), 그는 사랑하는 여인을 그리다가 죽어 두견(杜鵑)새가 되었다 한다. 춘심(春心)은 사랑하는 이를 그리는 마음을 가리킴. 6) 滄海月明(창해월명)－옛날에는 바다의 진주조개가 달이 밝으면 그 속의 진주도 둥글게 자라고, 달이 일그러질

적에는 진주도 이지러진다고 전해져 왔다. 전설에 바다에는 교인(鮫人)이 살고 있는데, 그들은 물에 젖지 않는 비단 초(綃)를 짜고, 그들이 눈물을 흘리면 진주로 변한다고 하였다. 두 가지 고사를 합쳐 표현한 것이다. 7) 藍田(남전)－지금의 섬서성 남전현(藍田縣) 동남쪽에 있는 산 이름. 좋은 옥돌이 많이 난다 한다. 날이 따스할 적에는 좋은 옥돌에서 연기가 피어오르는데, 그 옥돌을 발견하기는 어렵다고 한다. 8) 可(가)－어찌. 기(豈)의 뜻. 9) 當時(당시)－젊었던 시절. 옛날.

解說 중국 시 중에서 아름다우면서도 그 뜻은 난해한 시로 유명하다. 제목은 〈금슬〉이지만 아름다운 악기를 노래한 것이 아니라, 금슬처럼 아름답고, 아름다운 소리를 내던 젊었던 시절을 그리는 시인 듯하다. 이 시에 나오는 나비의 꿈이며 그리움에 우는 두견새며 창해의 진주나 남전의 옥돌 모두가 젊었던 시절의 아름다운 추억들을 상징한 것이다.

낙유원(樂遊原[1])

저녁 무렵 마음 어수선하여
수레 타고 옛 낙유원으로 올라갔네.
지는 해는 한없이 아름다운데,
다만 어둠이 깃들고 있네.

향만 의부적 / 구거등고원
向晚[2]意不適[3]하여, 驅車登古原[4]이라.

석양무한호 / 지시근황혼
夕陽無限好나, 只是近黃昏이라.

註解 1) 樂遊原(낙유원)－한나라 선제(宣帝)가 이곳에 궁전을 지었고, 뒤에는 그곳의 선제의 묘(廟)가 세워졌다. 장안 동남쪽 언덕 위이며, 곡강지(曲江池)도 그 아래 있었고, 제왕 귀족들이 놀이를 하던 장소였다. 2) 向晩(향만)－저녁 무렵, 해가 지고 있을 때. 3) 意不適(의부적)－뜻이 즐겁지 않다. 기분이 언짢은 것, 마음 어수선한 것. 4) 古原(고원)－옛 낙유원, 옛 들.

解說 만당 때 와서는 당제국의 위세도 시들어 낙유원도 크게 황폐하였다. 이상은은 그러한 낙유원에 저녁 무렵 올라가 감회를 노래한 것이다. '마음이 어수선하고', '해가 지고', '어둠이 깃든다'는 표현들이 쇠약해 가는 조국을 상징하는 듯하다. 표현은 간단하면서도 무척 풍부한 감개가 담긴, 음미할수록 맛이 깊어지는 시이다.

▲이상은의 〈낙유원〉 시를 소재로 현대화가 진혜관(陳惠冠)이 그린 그림

곡강(曲江)

멀리 바라보아도 취옥(翠玉)으로 장식한 수레 다니던 평시 모습 보이지않고,
밤이면 귀신이 부르는 자야(子夜)의 슬픈 노래만 들릴 뿐.
금수레는 절세의 미인 싣고 되돌아오지 않는데
옥 전각(殿閣)은 여전히 곡강의 물결 갈라놓고 있네.
옛날 육기(陸機)는 죽으면서도 화정(華亭)의 학 울음소리를 생각하였고,
색정(索靖)은 늙어서도 왕실 걱정으로 궁전 앞 청동 낙타가 잡초에 묻힐 생각에 울었다네.
세상의 격변이 내 마음 비록 슬프게 하지만
만약 상춘(傷春)의 정에 비긴다면 아무 것도 아닐세.

망단 평시취련 과 / 공문 자야 귀비가
望斷[1]平時翠輦[2]過하고, 空聞[3]子夜[4]鬼悲歌로다.

금여 불반경성색 / 옥전유분하원파
金輿[5]不返傾城色[6]이로되, 玉殿猶分下苑波[7]로다.

사억화정문려학 / 노우왕실읍동타
死憶華亭聞唳鶴[8]하고, 老憂王室泣銅駝[9]로다.

천황지변심수절 / 약비상춘 의미다
天荒地變心雖折[10]이나, 若比傷春[11]意未多[12]로다.

註解 1) 望斷(망단)－바라보는 풍경이 끊이다, 바라보아도 보이지 않게 되다. 2)翠輦(취련)－비취 또는 취옥(翠玉)으로 장식한 수레. 3) 空聞(공문)－공연히 들리다, 부질없이 듣고 있다. 4) 子夜(자야)－자야가(子夜歌). 남북조(南北朝)시대에 유행하던 민요로 진(晉)나라 자야라는 여자가 만들었는데, 여인들의 애상(哀傷)을 노래한 슬픈 노래라 한다. 5) 金輿(금여)－금수레. 6) 傾城色(경성색)－경성의 미인, 절세의 미인. 7) 下苑波(하원파)－아래 정원에 흐르는 물결, 곧 곡강의 물결. 8) 死憶華亭聞唳鶴(사억화정문려

학)—죽으면서 지난 날 화정에서 학이 우는 소리를 듣던 일을 생각하다. 이는 오(吳)나라의 시인 육기(陸機, 261-303)의 고사를 인용한 것임. 화정은 그의 집의 정자 이름. 9) 老憂王室泣銅駝(노우왕실읍동타)—늙어서도 왕실 걱정으로 궁전 앞 청동 낙타가 잡초에 묻히게 될 생각을 하고 우는 것. 이는 서진(西晉) 나라 색정(索靖, 239-303)의 고사를 인용한 것이다. '동타(銅駝)'는 낙양(洛陽) 왕궁의 남쪽의 동서로 뚫린 길 이름인데, 그 길에는 양편에 청동으로 만든 낙타가 세워져 있었다 한다. 색정은 천하가 크게 어지러워질 것임을 예견하고 청동 난타를 가리키며 "지금은 궁문 앞에 서 있지만 곧 가시덩굴 우거진 폐허 속에서 너를 보게 되리라."고 하면서 눈물을 흘렸다 한다. 얼마 뒤에 낙양은 오호(五胡)의 침입으로 폐허로 변한다. 10) 天荒地變心雖折(천황지변심수절)—하늘이 거칠어지고 땅이 변화하여 마음이 비록 꺾여도, 세상이 격변하여 내 마음 비록 슬프게 되어도. 11) 傷春(상춘)—봄이 되어 옛날 자기가 사랑하던 여인과 지내던 일을 되새기며 가슴아파 하는 것. 12) 意未多(의미다)—뜻이 많지 않다, 별것 아니다, 아무것도 아니다.

解說 이 시를 이해하자면 먼저 곡강은 장안(長安) 주작가(朱雀街) 동쪽에 흐르는 강물 이름으로 당(唐) 나라 현종(玄宗)이 양귀비(楊貴妃)와 함께 즐길 적에 보수한 승경(勝景)으로 유명하며, 뒤에 문종(文宗)도 양현비(楊賢妃)와 함께 자주 나와 놀던 곳임을 알아야 한다. 따라서 첫 구의 '취련(翠輦)'은 현종의 양귀비나 문종의 양현비 같은 미인들이 타고 다니던 수레를 가리킨다. 둘째 구의 '자야'는 자야가(子夜歌)로 남북조(南北朝)시대에 유행하던 민요인데 여인들의 애상(哀傷)을 노래한 슬픈 곡으로, 여러 곳에서 밤에 귀신이 자야가를 노래했다는 전설이 전한다. 셋째 구의 '경성색(傾城色)'은 한(漢)대 이연년(李延年, B.C.140?-87?)이 지은 〈가인가(佳人歌)〉에서 "한 번 돌아보면 사람들의 성을 기울게 하고, 두 번 돌아보면 사람들의 나라를 기울게 한다.(一顧傾人城, 再顧傾人國.)"고 읊은 데서 나온 말로 절세의 미인을 뜻한다. 그리고 다섯째 구는 오(吳) 나라 육기(陸機, 261-303)의 고사를 인용한 것이고, 여섯째 구는 서진(西晉) 색정(索靖, 239-303)의 고사를 인용한 것이다.

이 밖에도 망단(望斷)·공문(空聞)·금여(金輿)·하원(下苑)·화정(華

亭) · 천황지변(天荒地變) · 심절(心折) · 상춘(傷春) 등 더 뜻을 깊이 알지 않으면 안 되는 어려운 말과 숙어들이 많다. 이러한 전고와 숙어의 뜻을 알고 시를 읽어야만 이 시가 굉장한 함축을 지닌 아름답고도 슬픈 정감이 담긴 아름다운 글로 이루어진 작품임을 알게 된다.

■ 작가 약전(略傳) ■

섭이중(聶夷中, 837?~884?)

자는 탄지(坦之), 당나라 하동(河東 : 지금의 山西省 永濟 부근) 사람. 진사가 된 뒤 혼란으로 한참 후에야 겨우 화음현위(華陰縣尉)가 되었으나 시종 가난했다. 따라서 시국의 어려움, 백성들 특히 농민의 곤경을 동정하는 내용의 시를 많이 썼다. 특히 악부체 시에 뛰어나다.

농가를 읊음(詠田家)

아비는 들의 밭을 갈고,
자식은 산 아래 거친 땅을 파네.
6월 곡식은 아직 패지도 않았는데,
관가에서는 벌써 창고를 수리하네.
2월에 미리 새 고치실을 팔고,
5월에 미리 새 곡식을 팔아 돈을 빌리네.
눈앞의 부스럼은 고쳐지지만,
심장의 살처럼 도려내는 격일세.
바라노니 임금님의 마음,
밝게 비추는 촛불이 되어,
화려한 잔칫자리 비칠 게 아니라,
사방으로 유랑할 집들에 두루 비춰 줬으면!

부 경 원 상 전　　자 촉 산 하 황
父耕原上田하고,　子劚[1]山下荒이라.

유 월 화 미 수　　관 가 이 수 창
六月禾未秀어늘,　官家已修倉이라.

이 월 매 신 사　　오 월 조 신 곡
二月[2]賣新絲요,　五月[3]糶新穀이라.

의 득 안 전 창　　완 각 심 두 육
醫[4]得眼前瘡이나,　剜[5]却心頭肉이라.

아 원 군 왕 심　　화 작 광 명 촉
我願君王心이,　化作[6]光明燭하여,

부 조 기 라 연　　편 조 도 망 옥
不照綺[7]羅筵하고,　偏[8]照逃亡屋이라.

註解 1) 劚(촉)－깎다, 파다. 황(荒)은 거친 땅. 2) 二月(이월)－음력(陰曆) 2월로 누에를 치기 시작하는 때. 누에를 치기 시작하면서 그것을 담보로 돈을 미리 빌어다 쓰기 때문에 매신사(賣新絲), 곧 '새로 생산될 실을 판다' 고 한 것이다. 3) 五月(오월) – 음력 5월은 모를 심을 때. 조(糶)는 곡식을 파는 것, 곡식을 내보내는 것. 양식이 떨어져 농민은 모심을 때 이미 추수할 곡식을 담보로 곡식이나 돈을 빌리는 것이다. 이른바 '보릿고개' 는 옛날 중국 농민에게도 있었던 모양이다. 4) 醫(의) – 병 고치는 것. 창(瘡)은 부스럼. 안전창(眼前瘡)은 눈앞의 고통을 뜻한다. 농민들은 양식이 없어 굶고 있으므로, 추수할 것을 담보로 곡식이나 돈을 빌리면 당장의 굶주림은 면하게 된다. 5) 剜(완) – 도려내는 것. 각(却)은 도려내 '버리는 것'. 심두육(心頭肉)은 심장(心臟)의 살점. 농민들이 이처럼 미리 누에고치나 양식을 담보로 돈이나 곡식을 빌리는 것은 심장의 살을 도려내는 것처럼 사태를 더욱 악화시켜 생명을 단축시키는 거나 같은 짓이라는 뜻이다. 6) 化作(화작) – 변화하여 ……이 되는 것. 촉(燭)은 촛불. 7) 綺(기) – 무늬 비단. 라(羅)는 비단. '기라' 는 귀족들의 옷, 또는 화려함을 형용한 말임. 연(筵)은 잔치, 잔칫자리. 8) 徧(편) – 두루. 도망옥(逃亡屋)은 생활고로 생활 근거지로부터 도망치다시피 떠나서 떠돌아다니게 되는 집안.

解說 만당의 혼란한 사회 속에서 모순된 경제체제 밑에 고생하는 농민들의 실태를 읊은 것이다. 《재자전(才子傳)》 권9에 의하면 작자 섭이중은 오래도록 벼슬도 못하고 갖은 고생을 한 뒤에 임관(任官)된 사람이다. 작자는 특히 농민들의 고통에 많은 주의를 기울이고 있었던 것 같다. 작자가 벼슬하기 전에 농촌에서 농민들의 고통을 친히 체험했던 탓인지도 모른다. 이러한 농민들의 고통을 살펴줄 임금이 나오기를 작자는 간절히 바랐지만 당나라엔 그런 명군이 영영 나오지 않았다.

■ 작가 약전(略傳) ■

육구몽(陸龜蒙, ?~881?)

자는 노망(魯望), 강호산인(江湖散人) · 천수자(天隨子) · 보리선생(甫里先生) 등으로 호하였다. 당나라 고소(姑蘇 : 지금의 江蘇省 蘇州) 사람. 학문에 뛰어났고 벼슬을 시작하자 곧 내던지고 송강(松江) 보리(甫里)에 숨어 살았다. 피일휴(皮日休)와 함께 사람들은 피륙(皮陸)이라 불렀다. 산문에는 당시의 모순을 폭로하는 글이 많으나 시에는 자연 풍경을 노래한 게 많다. 많은 저술과 함께 《보리선생문집(甫里先生文集)》 20권을 남겼다.

흰 연꽃(白蓮)

흰 꽃은 흔히 별난 고운 색 꽃에게 능욕을 당하지만
이 꽃만은 정말 신선 세상의 요지(瑤池)에 있어야만 어울리겠네.
무정한 듯하지만 한이 있음을 어느 누가 알겠는가?
달 밝은 새벽 맑은 바람 속에 꽃잎 떨어지려 하는 것을!

소위 다몽별염 기　　　차화단합 재요지
素蘤[1]多蒙別艶[2]欺[3]로되,　此花端合[4]在瑤池[5]라.

무정유한하인각　　　월효 풍청욕타 시
無情有恨何人覺고?　月曉[6]風淸欲墮[7]時로다.

註解 1) 蘤(위)－꽃. 옛날 화(花) 자. 2) 別艶(별염)－각별히 고운 색깔의 꽃. 3) 蒙…欺(몽…기)－능욕을 당하다, 업신여김을 당하다. 4) 端合(단합)－꼭 …함이 합당하다, 정말로 …해야만 한다. 5) 瑤池(요지)－신화 중에 신선 세상에 있다는 연못. 6) 月曉(월효)－달이 떠 있는 새벽, 달 밝은 새벽. 7) 欲墮(욕타)－꽃잎이 떨어지려 하다.

解說 이 시의 흰 연꽃은 자신에게 견주고 있는 것이다. 흰 꽃처럼 깨끗하게 세상에서 숨어 사는 사람은 흔히 별난 고운 색깔의 꽃처럼 출세한 사람들로부터 업신여김을 당하기 일쑤이다. 그러나 흰 연꽃이 신선 세상의 요지에 잘 어울리듯이 자기도 이 세상이 아니라 깨끗한 신선 세계에나 살아야 할 사람이다. 그러나 달 밝은 새벽 맑은 바람 속에 흰 연꽃은 향기를 잃고 꽃잎이 떨어지려 하고 있다. 흰 연꽃은 무정한 듯하지만 뜻대로 향기를 발하며 깨끗이 삶을 이어가지 못하는데 대한 한이 있다. 그것은 깨끗한 자세로 살아가고는 있지만 늙어가고 있는 자신의 처지나 같다는 것이다. 숨어 사는 이의 홀로 고상하고 깨끗하다고 여기면서도 쓸쓸함에서 벗어나지 못하는 정회를 잘 표현하고 있는 시이다.

이별(別離)

대장부도 눈물이 없는 것은 아니지만,
이별할 때 흘리지는 않는다.
칼을 짚고 술그릇을 대하니,
나그네의 수심 띤 얼굴 모습 수치스럽다.
독사가 손을 한번 물었다면,
장사는 속히 팔을 잘라내는 법.
생각이 공명에 있으니,
이별쯤으로 어찌 탄식하리?

장부비무루　　　　　불쇄 이별간
丈夫非無淚로되,　不灑[1]離別間이라.

장 검대준주　　　　치 위유자안
仗[2]劍對樽酒하니,　耻[3]爲游子顔이라.

복사 일석수　　　　장사질 해완
蝮蛇[4]一螫手면,　壯士疾[5]解腕이라.

소사재공명　　　　이별하족탄
所思在功名하니,　離別何足歎고?

註解 1) 灑(쇄)－물 뿌리는 것, 눈물을 뿌리는 것. 본음은 새. 2) 仗(장)－의지하는 것. 준(樽)은 술통. 이별주가 담긴 술통. 3) 耻(치)－부끄러운 것. 치(恥)와 같은 자(字). 유자안(游子顔)은 나그네의 수심띤 얼굴. 4) 蝮蛇(복사)－독사. 석(螫)은 벌레가 쏘는 것, 독사가 무는 것. 5) 疾(질)－빠른 것. 완(腕)은 팔. 해완(解腕)은 독사의 독이 전신에 번지는 것을 막기 위하여 팔을 잘라내는 것. 장사란 커다란 목적을 위해서는 조그만 희생 같은 것은 감수한다는 것이다.

解說 이 시는 대장부의 비장한 이별에 대하여 읊은 것이다. 정든 사람들과의 이별은 언제나 가슴 아픈 것이다. 그러나 큰 뜻을 품고 떠나는 남

아가 쉽사리 서글픈 얼굴을 하고 눈물을 뿌릴 수는 없다. 독사에 물렸을 때 전신을 구하기 위하여 물린 팔을 잘라내는 듯한 결의로 이별의 슬픔을 억누르고 떠난다는 것이다. '독사에 손을 물리면 장사는 팔을 잘라낸다'는 말은 옛날의 성어였던 것 같다.
《통감강목(通鑑綱目)》엔 진(晉)나라 민제(愍帝)가 군사를 모집했을 때 신하가 '독사가 손을 물면 장사는 팔을 자른다' 하였고, 《한서(漢書)》 권13 전담전(田儋傳)에도 제왕(齊王)이 '독사가 손을 물면 곧 손을 자르고, 발을 물면 곧 발을 자른다'고 하였다. 또 《문선(文選)》 진공장(陳孔障)의 〈오(吳)나라 장교(將校) 부곡(部曲)에게 격(檄)하는 글〉에서도 '독사가 손에 있으면 장사는 그 손목을 자른다'고 하였다.

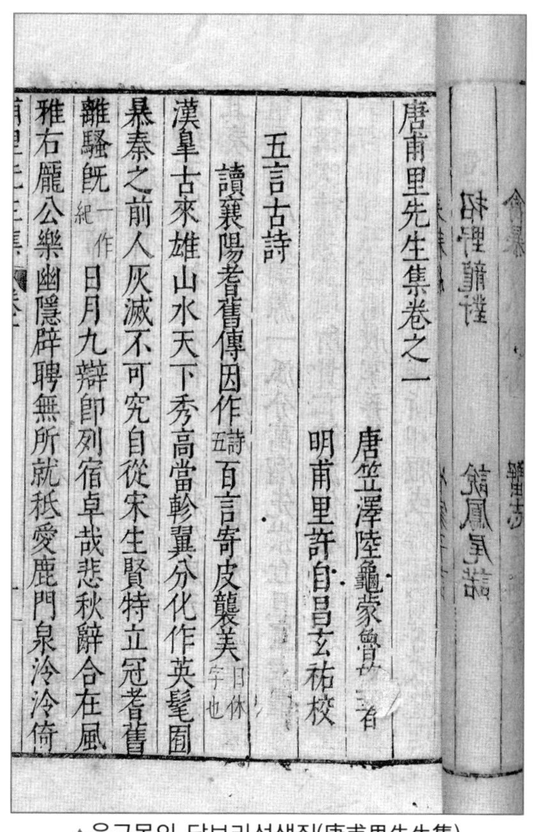
唐甫里先生集卷之一
唐笠澤陸龜蒙魯望 著
明甫里許自昌玄祐校
五言古詩
讀襄陽耆舊傳因作詩五百言寄皮襲美(日休字也)
漢皐古來雄山水天下秀高當軫翼分化作英髦囿
暴秦之前人灰滅不可究自從宋生賢特立冠耆舊
離騷旣(一作紀)日月九辯卽列宿卓哉悲秋辭合在風
雅右麗公樂幽隱辟聘無所就秖愛鹿門泉泠泠倚

▲육구몽의 당보리선생집(唐甫里先生集)

■ 작가 약전(略傳) ■

조업(曹鄴, 816~875?)

자는 업지(鄴之), 당나라 계림(桂林 : 지금의 廣西省 桂林市) 사람. 진사가 된 뒤 함통(咸通) 초년(800)에 태상박사(太常博士)가 되고 양주자사(洋州刺史)도 지냈다. 《조업집(曹鄴集)》 1권이 전한다고 한다.

넷째 원한(四怨)

손으로는 삐걱삐걱 수레 밀고 다니며
아침마다 저녁마다 밭갈이하는데,
나누어 받는 곡식이란 없었으니
헛되이 늙은 농부란 이름만 얻고 있네.

수퇴구아거 조조모모경
手推嘔啞[1]車하고, 朝朝暮暮耕이로되,

미증분득곡 공득로농명
未曾分得穀하고, 空得老農名이라.

註解 1) 嘔啞(구아)－수레가 삐걱거리는 소리.

解說 작자는 〈사원삼수오정시(四怨三愁五情詩)〉 12수를 짓고 있다. 이 시는 '사원'시 중의 넷째 시이다. 농부가 일 년 내내 농사를 지으면서도 자기 집안에 곡식을 별로 거두어드리지 못하는 현실을 풍자한 시이다.

다섯째 어긋나는 마음(五情)

들판의 참새들 빈 성에서 굶주리어
이리 날고 저리 날고 하네.
관청 창고의 곡식 괴상하게 생각지 마라,
관청 창고는 빌 날이 없단다.

야작공성기 교교부비비
野雀空城飢하여, 交交[1]復飛飛라.

물 괴 관 창 속　　　　관 창 무 공 시
勿怪官倉粟하라,　官倉無空時라.

註解 1) 交交 (교교) – 새가 이리저리 날아다니는 모양. 『시경』 소아(小雅) 〈상호(桑扈)〉 시에 보이는 표현임.

解說 앞의 시와 같이 지어진 〈사원삼수오정시〉 중 '다섯 번째 어긋나는 마음(五情)'을 노래한 시이다. 작자는 이 시의 서문에서 "본성을 범한 것이 정이다(犯於性者, 情也.)" 하고 '정'이란 말을 설명하고 있다. "본성을 범한 정"이란 '본성에 어긋나는 정' 곧 '사리에 어긋난다고 여겨지는 마음'을 말한다. 이 시에 의하면 온 성 안에는 백성들이 먹고 살 곡식이 없다. 그래서 참새들도 굶주리어 먹을 것을 찾아 이리저리 날아다니고 있다. 그런데도 관청 창고에는 농민들을 착취하여 언제고 곡식이 떨어질 날이 없다는 것이다.

성 남쪽에서 싸움(戰城南[1])

천금을 들여 작전계획 세우고
스스로 활과 칼을 쓰는 수고를 하네.
들판의 사람 다 죽이고도
장군은 여전히 전쟁 좋아하여,
남의 생명으로 각별한 은총 바꾸는데
공로 이루어지면 누가 그걸 차지하는 건가?
봉황새 차림의 누각 위 사람들은
밤마다 언제나 노래하고 춤추며 즐기네.

천 금　화 진 도　　　　자 위 궁 검　고
千金[2]畫陣圖[3]하고,　自爲弓劍[4]苦라.

살 진 전 야 인　　　　장 군 유 애 무
殺盡田野人하고,　將軍猶愛武하여,

성명 환타은 공성수작주
性命[5)]換他恩[6)]하니, 功成誰作主오?

봉황 루상인 야야장가무
鳳皇[7)]樓上人은 夜夜長歌舞라.

註解 1) 戰城南(전성남)－한대 악부 제목, 본시부터 전쟁에 관한 일을 읊은 시가였다. 2) 千金(천금)－많은 돈을 뜻함. 3) 畵陣圖(화진도)－군대 진지의 도표를 그리다, 곧 작전계획을 세우는 것. 4) 爲弓劍(위궁검)－활과 칼을 위한다, 무기를 들고 전쟁을 하는 것. 5) 性命(성명)－생명, 사람들의 목숨. 6) 他恩(타은)－다른 은총, 각별한 임금의 은총을 가리킨다. 7) 鳳皇(봉황)－봉황(鳳凰), 봉황새 같은 차림, 우아하고 고상한 모양을 형용한 말.

解說 짧은 시이면서도 전쟁의 비리가 잘 표현되어 있다. 전쟁은 백성들을 위하여 하는 것이 아니라 싸움을 하여야만 공을 세울 수 있고 또 싸움을 좋아하는 장군들에 의하여 이루어진다. 전쟁을 통하여 무수한 백성들이 죽게 되지만 그 대가로 이루어지는 전과는 장군이 누리고 임금과 그 주위의 사람들은 호화로울 집에서 밤낮없이 노래와 춤으로 즐기고 있다. 백성들은 전쟁 통에 목숨을 부지하기도 힘든데, 그 대가로 장군들은 공을 누리고 임금과 귀족들은 밤낮없이 즐기는 일에 빠져 있다.

이사전을 읽고(讀李斯傳[1)])

한 수레에 세 바퀴를 단 것은
본시 빨리 달리게 하려는 것이나,
그 수레를 모는 어려움은 모른 체한 것이니
출발하자마자 엎어져 버리기 일쑤이네.
남 모르는 것 속여도 잘 되지 않거늘,
남 아는 것 속이면 늘 자살하는 꼴 된다네.

한 사람의 손으로는
천하의 눈을 가리기 어려운 것.
석 자 넓이의 무덤엔
그늘졌다 햇빛났다 하며 풀만 공연히 푸른 것을 보지 못하는가?

일 거 치 삼 곡　　본 도 행 지 속
一車致三轂[2]은　本圖行地速이나,

부 지 가 어 난　　거 족 성 전 복
不知駕馭[3]難이니　擧足[4]成顚覆이라.

기 암 상 불 연　　기 명 상 자 륙
欺[5]暗常不然커든　欺明[6]常自戮이라.

난 장 일 인 수　　엄 득 천 하 목
難將[7]一人手론　掩[8]得天下目이라.

불 견 삼 척 분　　운 양 초 공 록
不見三尺墳에　雲陽[9]草空綠고?

註解 1) 李斯傳(이사전)-《사기》의 이사열전(李斯列傳)을 말한다. 이사는 한비(韓非)와 함께 순경(荀卿)에게 제왕의 나라 다스리는 술법을 배우고 법을 바탕으로 한 엄격한 방법으로 나라를 다스려야 한다는 이론을 앞세워 진시황(秦始皇)을 섬겼다. 진시황이 중원을 통일한 뒤에는 승상이 되어 군현제(郡縣制)를 실시하면서, 금서령(禁書令)을 내리고 한자의 자체를 소전(小篆)으로 통일하였다. 그러나 진이세(秦二世) 때에 환관 조고의 모함을 받아 처형되었다. 진시황이 온 세상의 책을 모두 모아 불 태우고 선비들을 산 채로 땅에 묻어버린 분서갱유(焚書坑儒) 같은 폭정은 그의 권장으로 시행된 것이라 한다. 작자는 그러한 이사의 전기를 적은 《사기》의 이사열전을 읽고 느낀 것을 읊었다는 뜻이다. 2) 致三轂(치삼곡)-3개의 수레바퀴를 달다. '곡'은 본시 수레바퀴통을 뜻하나 여기에선 수레바퀴의 뜻으로 보아야 한다. 3) 駕馭(가어)-수레를 몰고 가는 것. 4) 擧足(거족)-발을 들다, 발을 떼어놓다. 출발하는 것. 5) 欺(기)-속이다. 암(暗)은 남몰래. 남은 모르고 자기만 아는 일. 상(常)은 언제나. 연(然)은 시(是)와 뜻이 통하여,

불연(不然)은 불시(不是), 곧 '제대로 되지 않는 것', '옳게 되지 않는 것'. 상(常)은 '상(尙)'으로 된 판본도 있다. 6) 明(명)－앞의 '암(暗)'의 반대로 '공공연한 일' '남이 다 아는 것'. 륙(戮)은 죽이는 것, 처형당하는 것. 7) 將(장)－'……을 가지고', '……로써'의 뜻. 난(難)은 다음 구절 끝에까지 전부 걸린다. 8) 掩(엄)－가리다. 천하목(天下目)은 천하 모든 사람들의 눈. 9) 雲陽(운양)－ 구름으로 가리어 그늘이 졌다 햇볕이 났다 하는 것.

解說 이사의 전기는 《사기》 권87 열전(列傳) 27에 실려 있다. 정도를 버리고 술수로 평생을 정치에 바친 이사의 전기는 읽는 이들에게 많은 감흥과 교훈을 줄 것이다. 권모나 술수는 일시 그 당장은 통할지 모르지만 결국은 그 부정이 드러난다. 그 부정이 드러날 뿐만 아니라 자기 자신을 결과적으로는 죽이게 된다. 그리고 한 사람이나 몇 사람은 속일 수 있을지 몰라도 온 세상을 속이기는 어렵다는 것이다.

■ 작가 약전(略傳) ■

관휴(貫休, 832~912)

본래의 성은 강(姜), 자는 덕은(德隱). 당(唐) 오대(五代)의 불승(佛僧)으로 무주(婺州) 난계(蘭谿 : 지금의 浙江省 蘭溪縣) 사람이다. 뒤에 선월대사(禪月大師)란 호가 내려졌고, 붓글씨와 그림 및 시로 그 시대에 유명했다. 시는 악부와 고율(古律)에 뛰어났고, 《선월집(禪月集)》 25권이 있다.

늘 이백을 생각함(常思李白)

늘 생각컨대 이태백은,
신선 같은 글솜씨로 조화를 부렸지.
현종이 그에게 칠보로 장식된 걸상을 권했는데,
호랑이 조각 있는 궁전하며 용 새긴 누각도 그에겐 어울리지 않을 것 없었지.
어느 날 고역사(高力士)에게 자기 신발을 벗기게 한 뒤로는,
그의 원한으로 옥돌 위에 쉬파리 한 마리 앉은 꼴 되었지.
하나님 책상 앞에 매여 있던 오색의 기린(麒麟)이,
갑자기 황금 쇠사슬 끊고 달아나듯 그는 조정을 떠났네.
여러 호수의 큰 물결은 은산(銀山)처럼 사나운데,
배 가득히 술 싣고 북 두드리며 지났다네.
그의 친구 하지장(賀知章)도 죽어 버렸으니,
그의 광기(狂氣) 누가 감히 어루만져 주리?
어찌 아랴, 강가 그의 무덤이,
취하여 누운 거와 같지 않다는 것을?

상사이태백 / 선필구조화
常思李太白이 仙筆驅造化[1]라.

현종치지칠보상 / 호전용루 무불가
玄宗致之七寶牀[2]하니, 虎殿龍樓[3]無不可[4]라.

일조력사 탈화후 / 옥상청승 생일개
一朝力士[5]脫靴後에, 玉上靑蠅[6]生一箇라.

자황 안전오색린 / 홀연체단 황금쇄
紫皇[7]案前五色麟이, 忽然掣斷[8]黃金鎖라.

오호 대랑여은산 / 만선재주추고 과
五湖[9]大浪如銀山한데, 滿船載酒槌鼓[10]過라.

하로 성이물 / 전광 수감화
賀老[11]成異物하니, 顚狂[12]誰敢和오?

영지강변분　　　　　　　　　불시유취와
寧知江邊墳[13]이,　　　　　不是猶醉臥를?

註解 1) 驅造化(구조화)－조화를 부리다. 조물주의 창조와 같은 변화 많은 것을 창작해 내다. 2) 七寶牀(칠보상)－칠보로 장식한 걸상. 현종이 이백의 문명을 듣고 그를 불렀을 때 칠보로 장식된 걸상을 권하고, 음식도 친히 권하였다 한다(李陽冰《太白集》序). 3) 虎殿龍樓(호전용루)－호랑이 조각으로 장식한 궁전과 용 조각으로 장식된 누각. 왕궁의 화려하고 웅장한 전각과 누각들을 형용한 말임. 4) 無不可(무불가)－안될 것이 없다. 모두 다 잘 어울리는 풍채였다는 뜻. 5) 力士(역사)－고역사(高力士). 당나라 환관으로 현종의 총애를 받아 표기대장군(驃騎大將軍)이란 벼슬까지 했었다. 이백은 현종 앞에서 술에 취하자 고역사를 불러 자기 신을 벗기도록 명하였다. 고역사가 이 원한으로 이백을 양귀비에게 모함하여 결국 그는 조정에서 쫓겨나게 된다(《新唐書》 李白傳). 6) 玉上靑蠅(옥상청승)－옥돌 위에 앉은 쉬파리. 결백한 물건 위에 앉은 파리는 언제건 쫓겨나거나 죽게 된다. 여기서는 고역사의 모함을 뜻함. 7) 紫皇(자황)－하나님, 천제(天帝). 하늘엔 자미원(紫微垣)이 있고 그 별자리 가운데에 하나님 자리가 있다고 해서 자황이라고도 부름. 오색린(五色麟)은 오색의 털을 지닌 기린. 여기서는 이백에 비김. 8) 掣斷(체단)－ 잡아 끊다. 쇄(鎖)는 쇠사슬. 9) 五湖(오호)－남쪽의 다섯 개의 큰 호수. 태호(太湖)와 그 근처의 호수를 가리킨다는 이도 있다. 10) 槌鼓(추고)－북을 치다, 북을 두드리다. 11) 賀老(하로)－이백의 친구 하지장(賀知章). 그는 이백을 처음 만나자마자 귀양 내려온 신선(謫仙人)이라 불렀다 한다(앞의 李白의 〈對酒憶賀監〉 시 참조). 성이물(成異物)은 다른 물건이 되다. 죽은 것을 뜻함. 12) 顚狂(전광)－ 멋대로 광기(狂氣)를 부리는 것. 13) 江邊墳(강변분)－강가의 무덤. 이백은 채석기(采石磯)에서 뱃놀이하다가 술에 취하여 물속의 달을 건지겠다며 물에 빠져 죽었다고도 한다. 따라서 그의 무덤은 채석강(采石江) 가에 있다고 한다.

解說 세상일에 초탈하여 시를 쓰고 달과 술을 사랑하며 멋대로 산 이백을 흠모하는 작자의 정이 잘 드러나 있는 시다. 관휴는 중이면서도 자유분방하게 산 이백을 몹시 좋아했던 듯하다.

■ 작가 약전(略傳) ■

피일휴(皮日休, 843?~883~)

자는 습미(襲美), 또는 일소(逸少), 스스로 취음선생(醉吟先生)이라고 호하였고, 양양(襄陽, 지금의 湖北省 襄陽) 사람. 함통(咸通) 8년(867) 진사가 되어 저작랑(著作郞) · 태상박사(太常博士) 등의 벼슬을 하였고, 건부(乾符) 5년(878)에는 소주(蘇州)에서 황소(黃巢)의 난군에 가담하여 황소의 군대가 장안을 점령했을 적에는 한림학사(翰林學士)를 지냈다. 뒤에 병란 중에 어떻게 언제 죽었는지도 모르게 죽었다.

난군에 가담한 시인답게 그의 시는 반항정신이 넘치고 위정자들의 모순을 정면으로 드러내는 한편 그 속에서 겪는 백성들의 고난을 노래하고 있다. 그의 문집으로 『피자문수(皮子文藪)』가 있다.

졸병 처의 원한(卒妻怨)

서북쪽 하황지방으로 수자리 살러 간 졸병들은
태반이 집으로 돌아오지 못하네.
집에서는 잡곡밥이나 먹고 지내는데
그의 몸은 한 자루 재가 되어 버렸네.
관리들은 그의 병적(兵籍)을 찾아
군인 가족 중에서 그의 처를 빼어버리네.
곳곳에 상(喪) 당한 머리 모양의 부인 보이고
집집마다 남편 잃은 부인 애통하고 있네.
젊은 여자들은 되는대로 다시 시집간다지만
늙은 여자들은 의지할 곳도 없네.
더욱이 역병까지 겹쳐 많은 사람들이 죽게 되니
쌀알은 주옥보다도 귀하네.
질펀히 굶어죽은 시체 널려있으니
그걸 볼 때마다 마음은 찢어지는 것 같네.
그의 남편은 창칼에 찔려 죽고
그의 아내는 먼지 구덩이에 버려져 있네.
그의 목숨을 이렇게 썼는데
그 대가는 어디에 있는가?
어찌하여 검오 같은 사랑을 지닌 사람이 나와
이 궁하고 굶주려 죽어가는 자들을 구해주지 않는 것인가!
누가 알겠는가? 이 빈 손의 선비만이
이들 생각하고 거듭 한탄하고 있는 것을!

하황 수졸 거　　일반다불회
河湟[1]戍卒[2]去하여, 一半多不回라.

가유반숙식　　신위일낭회
家有半菽食[3]이어늘, 身爲一囊灰[4]라.

관리안기적 오중척 기처
官吏按其籍[5]하여, 伍中斥[6]其妻라.

처처노인좌 가가기부애
處處魯人髽[7]요, 家家杞婦哀[8]라.

소자임소귀 노자무소휴
少者任所歸[9]로되, 老者無所攜[10]라.

황당찰차 년 미립여경괴
況當札瘥[11]年하여, 米粒如瓊瑰[12]라.

누루 작아표 견지심약최
累累[13]作餓殍[14]하니, 見之心若摧[15]라.

기부사봉인 기실 위진애
其夫死鋒刃[16]이어늘, 其室[17]委塵埃라.

기명즉용의 기상안재재
其命卽用矣어늘, 其賞安在哉아?

기무검오 은 구차궁아해
豈無黔敖[18]恩하여, 救此窮餓骸[19]아?

수지백옥사 염차번 애애
誰知白屋士[20]이 念此翻[21]欸欸[22]!아!

註解 1) 河湟(하황) – 황수(湟水)는 청해(靑海)성 동북 지방에서 시작하여 감숙(甘肅)성 경계에 이르러 황하에 합쳐진다. 따라서 '하황'은 청해성과 감숙성 일대, 곧 중국의 서북방 지역을 가리킨다. 2) 戍卒(수졸) – 수자리 사는 병졸, 국경을 방비하는 졸병. 3) 半菽食(반숙식) – 반은 잡곡으로 이루어진 음식. '숙'은 콩을 뜻하나 여기서는 잡곡을 가리킨다. 4) 一囊灰(일낭회) – 한 자루의 재. 죽어서 화장을 한 뒤 남은 재를 자루에 담아 보낸 것을 말한다. 5) 籍(적) – 호적, 병적(兵籍). 6) 斥(척) – 없애다, 빼 버리다. 7) 魯人髽(노인좌) – '노'는 옛날 산동(山東)성 남부의 노나라. 그곳 풍습으로 상(喪)을 당한 부인들은 삼 껍질을 머리와 함께 섞어 쪽을 찌고 곡을 하였다(《禮記》 檀弓). 8) 杞婦哀(기부애) – '기부'는 전국시대 제(齊)나라 대부 기량(杞梁)의 처, 남편이 전장에 나가 죽어 그의 아내가 시체를 안고 통곡을 하자 성벽이 허물어졌다고 한다. 9) 任所歸(임소귀) – 돌아가는 대로 맡겨 둔다, 아무렇게나 다시 시집가서 되는대로 살아간다는 뜻. 10) 無所攜(무소휴)－의지할 곳도 없다, 돌보아 주는 곳도 없다. 11) 札瘥(찰차)－'찰'은 질병으로 죽는 것(《周禮》 注), 많은 사람이 역병으로 죽는 것(《左傳》 昭公 4年 注). '차'는 역병, 병. 12) 瓊瑰(경괴)－좋은 옥, 주옥. 13) 累累(누루)－쌓이듯 많은 모양. 14) 餓殍(아표)－굶주려 죽은 시체. 15) 摧(최)－무너지다, 부서지다. 16) 鋒刃(봉인)－창끝과 칼날, 창과 칼. 17) 其室(기실)－그의 아내, 졸병의 아내. 18) 黔敖(검오)－춘추시대 제나라 사람. 그는 나라에 재난이 겹치어 백성들이 어려움을 당하자 자기의 재산을 풀어 굶주리는 사람들을 구제하였다. 19) 餓骸(아해)－굶주려 죽어가는 사람. 20) 白屋士(백옥사)－가난한 선비, 빈손의 사람. 21) 翻(번)－거듭하여. 22) 欸欸(애애)－슬퍼 탄식하는 모양.

解說 이 시는 작자의 〈정악부(正樂府)〉 10편 중의 제1수이다. 전쟁에 졸자로 끌려 나가 죽은 가족의 비참한 모양을 노래하고 있다. 백성들은 이처럼 굶주리며 죽어가고 있는데도 나라에서는 이들에 대한 관심이 전혀 없다. 이 비참한 처지에 있는 사람들을 동정해 주는 사람조차도 없다. 이런 비참한 현실을 눈 뜨고 보고만 있을 수가 없어서 작자는 결국 황소(黃巢)의 반란군에 가담하여 목숨을 잃게 되는 것이다.

도토리 줍는 할머니의 탄식(橡[1]媼[2]歎)

가을 깊어 도토리가 익어
나무와 풀 우거진 언덕에 여기저기 떨어지니,
허리 굽은 머리 반백의 할머니가
아침 서리 밟으며 그걸 줍고 있네.
한참을 주어야 겨우 한 줌
하루종일 주어야 겨우 광주리에 차네.
잘 말리고 잘 쪄 가지고
한 겨울의 양식을 삼네.

산 아래엔 잘 여문 벼가 있어
자줏빛 이삭에서는 사람들에게 향기를 뿜고 있네.
잘 거두어서 곱게 찧어 놓으면
한 알 한 알이 귀고리 옥만 같네.
그걸 가져다가 관청에 바쳐버리어
자기 집 창고나 쌀통에는 남는 것이 없네.
어찌된 일인지 한 섬이 넘는 쌀을
다섯 말이라고 헤아려 받네.
교활한 관리들은 형벌도 겁내지 않고
탐욕스런 관리들은 도둑질을 꺼리지 않네.
농사지을 적에는 사채를 농민들에게 빌려주고
농사를 짓고 나면 모두 관리들 창고로 들어가게 되네.
겨울로부터 봄이 되기까지는
도토리로 굶주린 창자를 추스른다네.
내가 듣건대 제(齊)나라 전성자는
거짓된 어진 행동으로도 왕이 되었다 하거늘!
아아! 도토리 줍는 할머니 보니
나도 모르게 눈물이 바지를 적시네.

추 심 상 자 숙　　산 락 진 무 강
秋深橡子熟하여,　散落榛蕪[3]岡이라.

구 루 황 발 온　　습 지 천 신 상
傴僂[4]黃髮[5]媼이　拾之踐晨霜이라.

이 시 시 영 국　　진 일 방 만 광
移時[6]始盈掬[7]하고,　盡日方滿筐이라.

기 폭 부 기 증　　용 작 삼 동 량
幾曝復幾蒸하여,　用作三冬[8]糧이라.

산 전 유 숙 도　　자 수 습 인 향
山前有熟稻하니,　紫穗襲人香이라.

세 확 우 정 용　　입 립 여 옥 당
細穫又精舂[9]하니,　粒粒如玉璫[10]이라.

지 지 납 어 관　　사 실 무 창 상
持之納於官하니,　私室無倉箱이라.

여 하 일 석 여　　지 작 오 두 량
如何一石餘를　只作五斗量고?

교 리 불 외 형　　탐 관 불 피 장
狡[11]吏不畏刑하고,　貪官不避贓[12]이라.

농 시 작 사 채　　농 필 귀 관 창
農時作私債[13]하고,　農畢歸官倉이라.

자 동 급 어 춘　　상 실 광 기 장
自冬及於春으로　橡實誑[14]饑腸이라.

오 문 전 성 자　　사 인 유 자 왕
吾聞田成子[15]는　詐仁猶自王이라.

우 차 봉 상 온　　불 각 루 첨 상
吁嗟逢橡媼하니,　不覺淚沾[16]裳이라.

註解 1) 橡(상)－상수리, 도토리. 2) 媼(온)－할머니, 노파. 3) 榛蕪(진무)－풀과 나무가 무성한 것. 4) 傴僂(구루)－허리가 꼽추처럼 구부러진 것. 5) 黃髮(황발)－노인의 머리가 많이 희어진 것을 형용하는 말(《詩經》 魯頌 閟宮). 6) 移時(이시)－한참 시간이 지나는 것, 한참 만에야. 7) 盈掬(영국)－한 줌이 차는 것. 8) 三冬(삼동)－한 겨울, 겨울 석 달 동안. 9) 舂(용)－방아를 찧는 것. 10) 玉璫(옥당)－귀고리의 옥, 옥으로 만든 귀고리. 11) 狡(교)－교활함, 간사함. 12) 贓(장)－도둑질한 물건, 물건 도둑질. 13) 私債(사채)－개인적으로 돈이나 물건을 빌려주고 이자를 받는 것. 14) 誑(광)－속이다, 적당히 추스르다. 15) 田成子(전성자)－춘추시대 제나라 재상이었던 전상(田常). 그는 민심을 얻기 위하여 가난한 백성들에게 곡식을 큰 말로 헤아려 빌려준 뒤 돌려받을 적에는 작은 말로 헤아렸다 한다. 이에 제나라 사람들은 모두 그를 칭송하게 되었고 그 덕으로 전상의 자손이 강(姜)씨의 제나라 임금 자리를 빼앗아 제나라는 전씨의 나라가 되었다. 16) 沾(첨)－적시다.

解說 도토리 줍는 할머니 얘기를 읊으면서 중간에 관리들의 부패상과 농촌의 어려운 실정을 고발하고 있다. 농민들은 애써 농사를 지어도 곡식은 관리들에게 모두 빼앗기고 한 겨울을 산에서 주어 모은 도토리로 연명하고 있다. 위세를 크게 떨친 당제국도 망해가고 있음을 실감케 하는 시이다.

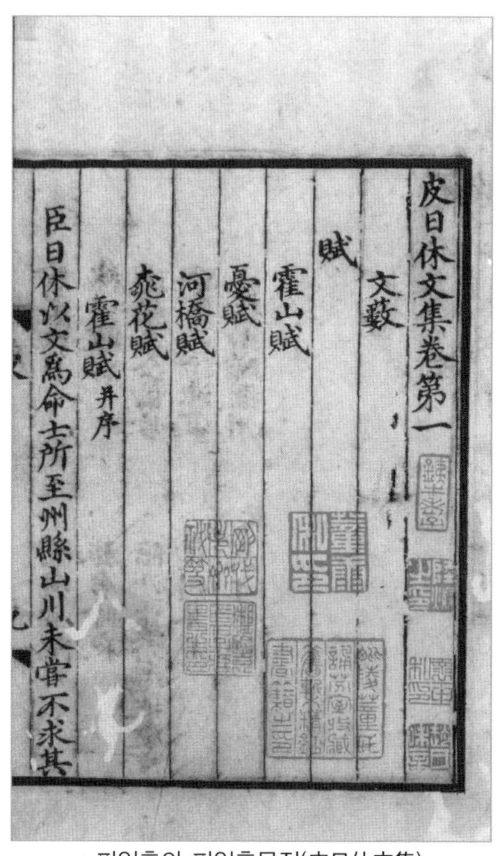
皮日休文集卷第一
文藪
賦
霍山賦
憂賦
河橋賦
桃花賦
霍山賦 并序
臣日休以文爲命士所至州縣山川未嘗不求其

▲피일휴의 피일휴문집(皮日休文集)

■ 작가 약전(略傳) ■

두순학(杜荀鶴, 846~907)

자는 언지(彥之), 호는 구화산인(九華山人), 지주(池州) 석태(石埭, 지금의 安徽省 青陽縣 남쪽) 사람이다. 진사가 된 뒤 양(梁)나라로 들어가 한림학사(翰林學士)가 되었다. 그의 시 속에는 현실 정치와 사회의 모순을 고발하고 백성들의 참혹한 생활을 노래한 작품이 많다. 황소(黃巢)의 난이 일어나 극도로 어지러웠던 당나라 말엽의 사회상을 잘 드러내 보여주고 있다. 시의 표현도 운률이나 구성에 그다지 구속받지 아니하고 쉽고도 통속적인 특징을 보여준다. 그의 시집으로 《당풍집(唐風集)》이 있다.

난리 뒤에 만난 촌 늙은이(亂後逢村叟)

팔십 세의 노쇠한 늙은이 파괴된 마을에 살고 있는데
마을 안 무슨 일인들 넋을 상하게 하지 않겠는가?
성채의 나무 공급하다 보니 뽕나무도 모두 없어졌고
고을의 젊은이들 병정으로 끌어가는 바람에 자손 끊기었네.
그래도 평화롭던 때처럼 세금 거두어들이면서
한시도 고을에선 편안히 살도록 놓아둔 일이라곤 없네.
지금은 닭과 개도 모두 흩어져 없어졌으니,
해가 앞산으로 지자 홀로 문에 기대어 서 있네.

팔 십 쇠 옹 거 파 촌　　　촌 중 하 사 불 상 혼
八十衰翁[1)]居破村하니,　村中何事不傷魂고?

인 공 채 목 무 상 자　　　위 점 향 병 절 자 손
因供寨木[2)]無桑柘[3)]하고,　爲點鄕兵[4)]絕子孫이라.

환 사 평 녕 징 부 세　　　미 상 주 현 략 안 존
還似平寧徵賦稅하니,　未嘗州縣略安存이라.

지 금 계 견 개 성 산　　　일 락 전 산 독 의 문
至今鷄犬皆星散하니,　日落前山獨倚門이라.

註解 1) 八十衰翁(팔십쇠옹)－팔십 세의 노쇠한 늙은 이, 제목에 보인 "촌 늙은이(村叟)"를 말한다. 2) 寨木(채목)－성채(城寨)의 나무, 성 위를 울처럼 두른 재목. 3) 桑柘(상자)－뽕나무와 산뽕나무, 사람들이 살아가는 데 도움을 주는 나무. 4) 點鄕兵(점향병)－시골 사람들을 병정으로 잡아가는 것.

解說 시골에서 농사지으면서 고생만 하고 산 팔십 세 노인의 모습을 노래한 시이다. 그 노인의 모습을 통하여 혹독한 나라의 정치를 고발하고 있다. "성채의 나무 공급하다 보니 뽕나무도 모두 없어졌고, 고을의 젊은이들 병정으로 끌어가는 바람에 자손 끊기었다."고 하였으니 듣는 이의 가슴을 찢는 노래이다. 세상은 극히 어지럽고 백성들은 먹고 살기 어려운데도 관청에서는 세금을 철저히 거두어 간다. 그래서 시

골 마을인데도 닭이나 개 같은 가축조차도 기르지 못하게 되어 다 없어졌다는 것이다. 정말 한심스런 세상이다. 그런 속에서 이 노인은 어떻게 팔십 세나 되도록 목숨을 유 지하고 있는지 알 수가 없다. 어떻든 두순학이란 시인은 적극적으로 세상의 모순을 들추어내어서 시단에는 일찍이 이름이 알려졌다. 그때 사람들은 그의 시를 "장대한 표현(壯言大語)"을 칭송하였고, "탐욕한 자를 청렴케 하고 사악한 신하를 바로잡아 줄 글.(貪夫廉, 邪臣正.)"이라고도 하였다.* 두순학의 시는 '황소의 난'이 일어난 이후의 사회와 백성들의 고난을 여러 가지로 잘 반영하고 있기 때문이다. 그는 세련되었으면서도 쉽고 통속적인 용어를 잘 살려 시를 썼다. 더구나 이전 사람들은 악부체로 사회문제를 쓰는 게 보통이었으나 그것을 '근체'에 잘 가다듬어 담고 있는 것이다. 따라서 그는 작시기교 면에 있어서도 상당한 성취를 보이고 있는 것이다.

* 『唐詩百名家全集』 第四函 第七册 顧雲 『唐風集序』에 보임.

산속의 과부(山中寡婦)

남편은 전쟁통에 죽어 초가집 지키고 있는데
해진 삼베옷에 머리는 까칠하네.
뽕나무 다 죽었는데도 여전히 세금은 내야하고,
밭과 들판 황폐한 뒤에도 여전히 곡식 세는 거두어 가네.
막 들나물 뽑아다가 뿌리 채 삶고 있고
다시 생나무 베어다가 입새 채 불 지피고 있네.
이처럼 깊은 산의 깊숙한 곳에서도
세금과 부역은 피할 길이 없다네.

부 인 병 사 수 봉 모　　　마 저　의 삼 빈 발 초
夫因兵死守蓬茅[1)]러니, 麻苧[2)]衣衫鬢髮焦[3)]로다.

상 자　폐 래 유 납 세　　　전 원 황 후 상 징 묘
桑柘[4)]廢來猶納稅하고, 田園荒後尙徵苗[5)]로다.

시도야채화근자　　　　선 작 생시대엽소
時挑野菜和根煮하고,　旋[6]斫[7]生柴帶葉燒로다.

임시 심산갱심처　　　　야응무계피정요
任是[8]深山更深處로되,　也應無計避征徭[9]로다.

註解 1) 蓬茅(봉모)－초가집. 2) 麻苧(마저)－삼과 모시. 여기서는 다 해어진 삼베옷을 뜻한다. 3) 焦(초)－타다. 불에 거슬린 듯 까칠한 모양. 4) 桑柘(상자)－뽕나무와 산뽕나무. 누에를 칠 때 그 입새를 먹인다. 뽕나무가 버려졌다 또는 죽었다는 것은 누에도 치지 못하고 있음을 말한다. 5) 苗(묘)－곡식을 수확한데 물리는 세금. 6) 旋(선)－곧, 지금. 7) 斫(작)－도끼로 찍다, 쪼개다. 8) 任是(임시)－이토록, 그처럼. 9) 征徭(정요)－세금과 부역.

解說 어지러운 정치와 내란 속에 겪고 있는 백성들의 고난을 노래한 시이다. 이 시의 주인공은 남편을 전쟁에 잃은 과부이고 또 보통 세상에서는 살아갈 수가 없어 깊은 산속으로 도망 와 있는 부인이다. 내란 통에 많은 백성들이 목숨을 건지려고 깊은 산속으로 피란을 하였다. 그런데 정부에서는 깊은 산속으로 도망 와 겨우 목숨만 부지하고 있는 사람들까지도 모두 찾아내어 도와주기는커녕 세금을 쥐어짜 빼앗아 가고 있다. 아무 능력도 없는 과부가 이러할진대 보통 백성들의 실정은 어떠하겠는가?

호성현을 다시 지나면서(再經胡城縣[1])

작년에 이 고을을 지난 일이 있었는데
고을 백성들은 입이 없는 것처럼 원망하는 소리도 못 내었네.
이번에 와보니 고을 원님은 붉은색 관복을 입고 있는데
바로 백성들의 흘린 피로 물들여진 것이라네.

거세증경차현성　　　　현민무구불원성
去歲曾經此縣城이러니,　縣民無口不寃聲이라.

금래현재 가주불 변시생령 혈염성
今來縣宰[2]加朱紱[3]하니, 便是生靈[4]血染成이라.

註解 1) 胡城縣(호성현) - 지금의 안휘(安徽)성 부양현(阜陽縣) 서북쪽에 있던 고을 이름. 2) 縣宰(현재) - 현장(縣長), 고을 원님. 3) 朱紱(주불) - 붉은색의 관복. 고을 원님은 백성들을 잡아 죽인 공로로 벼슬이 더 올라가 붉은색의 관복을 입게 된 것이다. 당나라 때에는 4품(品)과 5품의 벼슬아치가 주불 관복을 입었다. 4) 生靈(생령) - 백성들.

解說 호성현의 농민들이 기의(起義)를 하였을 때 이 현의 원님은 잔인한 수법으로 백성들을 학살하여 민란을 수습하였다. 수많은 무고한 백성들을 학살한 공로로 현의 원님은 조정으로부터 공로를 인정받아 더 높은 관직을 내려 받았다. 현실을 고발하는 작자의 풍자가 무척 신랄하다.

■ 작가 약전(略傳) ■

왕곡(王轂, 900년 전후)

자는 허중(虛中). 당나라 의춘(宜春 : 지금의 江西省 古安縣) 사람. 진사가 된 이래, 당나라 말엽에 상서낭중(尙書郎中)으로 치사하였다. 그의 문집 3권이 전한다.

심한 더위를 노래함(苦熱[1]行)

불의 신 축융(祝融)이 남쪽으로부터 불 용을 채찍질하며 오니,
불꽃 깃발 펄펄 하늘에 붉게 타오르네.
태양이 하늘 가운데 엉겨붙어 떠나지 않으니,
모든 나라들이 붉게 타는 화로 가운데 놓인 듯.
모든 산의 파란 초목 마르고, 구름 빛깔조차 없어져,
물의 신 양후(陽侯)는 바다 밑에서 물결 말라 버릴까 근심할 걸세.
언제면 하루저녁에 가을바람 불어와,
나를 위해 천하의 열기를 쓸어 버려 주려나?

축 융 남 래 편 화 룡 　　화 기 염 염 소 천 홍
祝融[2]南來鞭火龍[3]하니, 火旗焰焰[4]燒天紅이라.

일 륜 당 오 응 불 거 　　만 국 여 재 홍 로 중
日輪當午[5]凝不去[6]하니, 萬國如在紅爐中이라.

오 악 취 건 운 채 멸 　　양 후 해 저 수 파 갈
五嶽翠乾[7]雲彩滅하여, 陽侯[8]海底愁波竭이라.

하 당 일 석 금 풍 발 　　위 아 소 제 천 하 열
何當一夕金風[9]發하여, 爲我掃除天下熱고?

註解 1) 苦熱(고열)－심한 더위, 또는 괴로운 무더위. 2) 祝融(축융)－불의 신, 여름의 신. 남방의 신도 됨(《禮記》 月令 注). 3) 鞭火龍(편화룡)－불 용을 채찍질하다. 축융(祝融)은 불 용이 끄는 수레를 타고 다니며 세상에 열기를 뿌린다. 4) 火旗焰焰(화기염염)－불꽃 깃발이 펄펄 타오른다. 화룡(火龍)의 수레엔 화기(火旗)가 꽂혀 있음. 5) 日輪當午(일륜당오)－태양이 정오의 자리에 있다. 해가 하늘 가운데 있는 것. 6) 凝不去(응불거)－엉겨붙어 떠나지 않다. 7) 五嶽翠乾(오악취건)－오악(五嶽)의 푸르름이 마른다. 오악은 중국 동서남북과 중앙의 명산으로 태산(泰山)·형산(衡山)·화산(華山)·항산(恒山)·숭산(嵩山). 곧 모든 산의 초목이 마른다는 뜻. 8) 陽侯(양후)－바다의 신, 물의 신(《漢書》 揚雄傳). 9)

金風(금풍) – 가을바람. 오행설(五行說)에 금은 서쪽, 가을에 해당됨.

解說 이 시는 칠언팔구(七言八句)이지만 율시가 아니며, 앞뒤로 운을 바꾼 고체시이다. 간단하면서도 시 속에 전고를 잘 활용하고 있어, 읽는 이에게 절실한 느낌을 준다.

색인(索引)

[ㄱ]

[ㄴ]

[ㄷ]

[ㄹ]

[ㅁ]

[ㅂ]

[ㅅ]

[ㅇ]

[ㅈ]

[ㅊ]

[ㅋ]

[ㅌ]

[ㅍ]

[ㅎ]

개정증보

당시선(唐詩選)

초　판 1쇄 발행 _ 2011년 6월 10일
개정증보 1쇄 인쇄 _ 2025년 2월 7일
개정증보 1쇄 발행 _ 2025년 2월 14일

저　자 _ 김학주
발행자 _ 김동구
본문 편집 _ 이명숙, 양철민

발행처 _ 명문당(1923. 10. 1 창립)
서울시 종로구 안국동 17~8
우체국 010579-01-000682
Tel (영)733-3039, 734-4798
(편)733-4748 Fax 734-9209
Homepage : www.myungmundang.net
E-mail : mmdbook1@hanmail.net
등록 1977. 11. 19. 제1~148호

값 35,000원
ISBN 979-11-94314-14-1 03820